易均室先生

姓名	易忠籙	性別	男	年齡	六七	家庭出身	地主	本人成份	文教人員	民族	漢		
文化程度	日本早稻田大學政治經濟學科畢業學士	主要技能或特長	考古藝術 文學（詩詞曲） 古物鑑別及整理 摩拓							宗教	無		
籍貫	湖北省潛江縣	住址	成都玉泉街六九號					有何疾病	無				
何時何地受過何種訓練	~~一九五一年在西南學院授課時查封後集體受訓五日~~ 無												
何時何地參加過什麽黨派團體道會門	無												

經歷

起止時間		地點	工作單位名稱	担任職務	證明人
一九一三年	一九一四年	湖北潛江	潛江縣議會	議長	朱心佛
(一九一七年	一九一八年	湖南醴陵	護國軍湘西防務督辦公署	顧問	李書城)
一九一八年	一九二六年	湖北武昌	湖北省議會	議員	朱心佛
一九二八年	一九二九年	湖北武昌	湖北省立圖書館	館長	沈肇年
一九三一年八月	一九三二年九月	湖北武昌	湖北省立第一女子中學	教員	朱心佛
一九三二年八月	一九三八年一月	湖北武昌	私立文華圖書館學專科學校	專任講師	沈祖榮
一九三三年二月	一九三六年七月	湖北武昌	私立藝術專科學校	兼任教授	張肇銘
一九四0年八月	一九四六年七月	陝西城固	國立西北大學	專任教授	黎錦熙
一九四六年八月	一九四七年七月	湖北江陵	國立湖北師範學院	主任教授	張春霆
一九四八年二月	一九五0年二月	四川成都	國立四川大學	專任教授	葉石蓀 周菊吾
一九五二年	曾參加寧夏街轄區板報組工作				
一九五二年	至現在	四川省成都	四川省人民委員會文史研究館	研究員	

備攷：本人曾用名稱 字均室 别號稻園 前在西北大學曾領過久任教學獎金二次，在四川大學領過久任教學獎金一次。

又民國元年曾參入湖北省支部黨員（國民黨）（另） 后因避禍脫黨 事后亦未參加何黨派（本人雖關政治 專志學術）

過去（前）在各大學及專科學校講授課程工作表

私立武昌文華圖書館學專科學校　古器物學　版本學　日本（？）法學

私立武昌藝術專科學校　金石篆刻學

各大學中文系語文組 ~~（四川大學史學系）~~　文字學　西北大學開　西北師範學院開

古文字學　四川大學開

~~宋史　西北大學史學系開~~

~~中國美術史　西北大學　四川大學史學系開~~

各大學中文系文學組　歷代駢文選　西北大學　西北師範學院開

歷代詩選　仝上

歷代詞選　四川大學開

歷代曲選　四川大學開

歷代小說選　四川大學開

陸宣公奏集研究　四川大學開　西北師範開

溫飛卿專集研究　西北師範開　~~湖北師範開~~

秦淮海詞專集研究　仝上

王碧山花外集詞研究　仝上

各大學歷史系　中國美術史　西北 四川大學開

〔〕著述輯錄

稻園詩文稿一卷　以上早年成作

稻園古籀詮中四卷　李北海書碑年畧一卷　安陽攷古記一卷

鄂中先哲印集一卷　武昌城塼圖錄二卷　靜偶軒藏古泉（圜）錄四卷

鵠磯印攗四種　金石微初集　靜偶軒集古錄四種　以上中年成作

稻園論畫絕句詩一卷　中國美術史講稿二冊　隅雲集一卷

滄浪一舸詞一卷　明代書畫史稿　以上晚年成作

稻園題跋二卷

健康狀况

向無酒（烟）等嗜好、每食二碗。行路每小時可八華里至十里。看書每日可五小時。眼力與壯年同，不用加光鏡。聽力約同上。惟牙齒損去甚多，須換假牙方行。其餘精神方面，與五十歲人相等。亦無慢性疾患。

簡歷

湖北經心書院肄業，提派（留學）東京早稻田大學政學士。湖北省議會議員。湖北省立圖書館館長。私立武昌文華圖書館學專校教授。私立武昌藝術專校教授。國立西北大學教授，兼西北師範學院教授。湖北師範學院主任教授。國立四川大學教授，兼私立成華大學教授。

前在西北大學、及四川大學均領過久任教員獎金。以上各校聘書現存

著作

稻園詩文稿二卷　以上早年作　稻園古籀詮中四卷　李北海書碑年畧一卷　安陽攷古記一卷　鄂中先哲印集一卷　武昌城塼圖錄二卷，靜偶軒藏古泉錄四卷　附說泉　鵠磯印攗四種　金石徵初集　靜偶軒集古錄四種　古印攷四卷　靜[illegible]　以上中年作　焦山周鼎銘攷釋　百年來藝海揚塵錄二卷　靜偶軒題跋二卷　稻園論畫絕句詩一卷　中國美術史講稿二冊　隅雲集一卷　滄浪一舸詞一卷　明代書畫史稿　以上晚年作

專長

考古藝術　一古金　古玉　古匋　古印　古甲骨　二歷代碑帖雕刻　三歷代古泉幣　四歷代書畫　以上攷證解釋及鑑别

文學　詩　詞　曲　小說（前在西北、四川各大学講授）

美術史（前在西北、四川大學講授）

古文字學（前在四川大學講授）

古器物鑑别　整理　編輯　摹拓

自書簡歷

目录

世間已無易均室

——易均室先生書信釋讀札記

陳龍海

易均室先生像

克羅齊（Benedetto Croce）說，一切歷史都是當代史。這是否說明了，歷史與現在，乃至未來的關聯。問題是，我們憑什麼瞭解歷史？通常的路徑是，我們經由閱讀歷史文本來走進歷史。然而，幾乎所有的歷史文本都是他者的書寫或叙述；而所有的書寫或叙述都取決於書寫或叙述主體的歷史視域、寫作角度、解讀方式、文獻佔有、主觀態度以及當時的社會意識形態等等，其書寫或叙述的過程都是對歷史的一種重組。在這一過程中，不可避免的是，歷史事件可能被遺漏，真實的歷史鏡像可能無法完全還原。近年來，受到重視的口述史，也衹是對逝水年華的追憶，記憶的偏差、含混在所難免。於是，書信，作爲歷史的『樣本價值』就越來越引起人們的關注。可以說，衹有書信是歷史親歷者、見證者、局中人在場的、適時的、知性的書寫。書信的作者引領我們走進他身處其中的歷史場域，爲我們提供豐富多彩的歷史細節——真實的細節，即使片光吉羽，也彌足珍貴。

易均室先生留下的致友人書信正是這種具有歷史『樣本價值』的珍貴遺存。值得注意的是：第一，易均室先生所處的時代跨越二十世紀以降的七十多年歷史；第二，易均室先生具有多重複雜的文化身份，在多個領域皆卓有建樹，在多所大學的任教经歷，使得他的交際圈極爲廣闊，而且與之唱和、往來者皆一時翹楚，真可謂談笑皆鴻儒也。如甲骨學家胡厚宣，教育家黎錦熙，治金石考證之學者馬衡、顧鼎梅、王獻唐、胡小石、董壽平、王霞宙等，書畫篆刻家則有沈尹默、潘伯鷹、唐醉石、王福厂、沙孟海、黄賓虹、喬大壯、方介堪、徐無聞等，其他如章士釗、常書鴻、林山腴、龐石帚等等，無不名頭響亮；第三，雖經『文革』灾難，其所遺留下來的信件仍有二百餘封之多，且保存基本完好。正因爲如此，易先生的這一『歷史樣本』不僅具有遼闊的時代視域，而且見證了那一時代的文化生態。

易均室（一八八六—一九六九年），名忠籙，字均室，號稆園。湖北潛江人。光緒末，畢業於日本早稻田大學政治、文學兩科，參加了同盟會。武昌首義，在潛江回應獨立。民國初，爲湖北省議會議員，討袁運動中，參加護國軍於湘西。曾任湖北省圖書館館長，執教於武昌文華圖書館學專科學校。後退居鄉里，閉門讀書著述。一九三九年，均室先生五十四歲時因避寇難，流落渝州。期間應邀至設於城固的西北大學和西北師範學院，教授中文、歷史两系的課程，凡五年。抗戰勝利後至成都，客居二十餘載，直至逝世。綜觀易均室先生一生，有幾個重要的人生節點。首先他是魏源、林則徐等晚清有識之士睜開眼睛看世界並主張『師夷長技以制夷』理念的實踐者，留學日本，則是到近代學習西方的『優等生』的國度；遭逢中國『三千年未有之巨變』，易先生不僅是見證者，而且是積極參與者；十四年的抗戰，易先生親身感受到了戰爭給中國人民帶來的深重災難，而他也因此流落他鄉；中華人民共和國成立是開天闢地的大事件，先生爲新政權而歡呼，而歌吟，並積極參加政治學習，以期跟上時代的步伐；『文革』中，先生與中國千千萬萬的知識份子一起經歷了劫難。

從易先生留下的這批書信（大致自二十世紀三十年代至六十年代）可以看出，在恢弘壯闊的時代巨潮面前，個人的渺小與卑微。其實個人永遠是渺小和卑微的，在莊子看來，『號物之數謂之萬，人處一焉；人卒九州，穀食之所生，舟車之所通，人處一焉』。用『命塗多舛』來概括易先生的人生歷程，顯得太輕。然而，易先生似乎有意忽略、或遮蔽了他此間生命中的苦難、折

易均室先生像

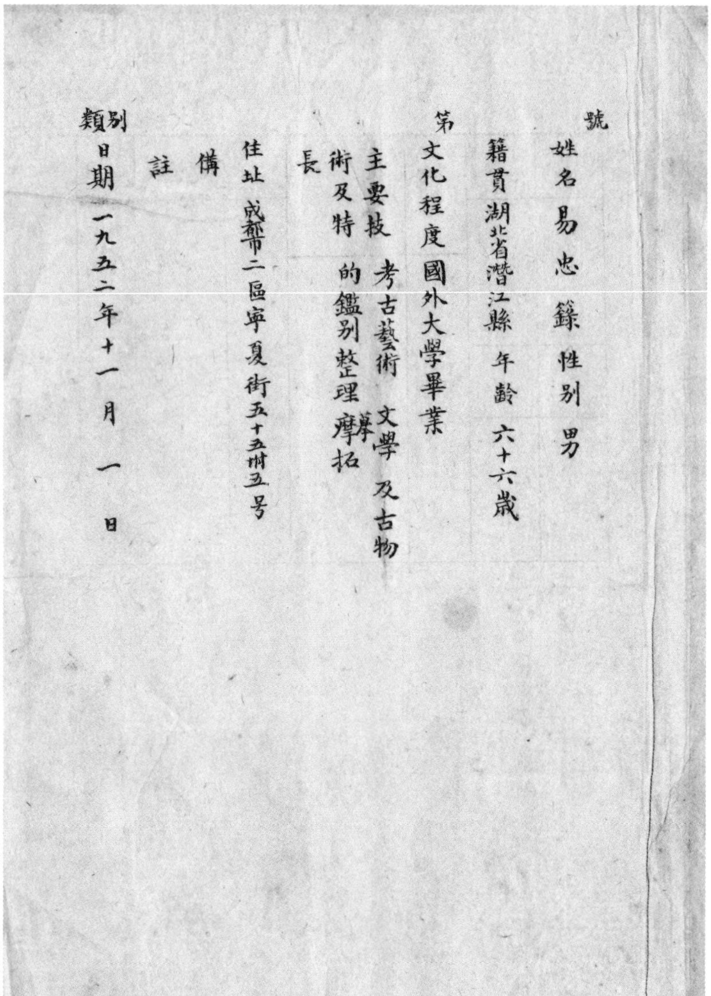

號
姓名 易忠籙 性別 男
籍貫 湖北省潛江縣 年齡 六十六歲
第 文化程度 國外大學畢業
主要技術及特長 考古藝術的鑑別整理 文學及古物摹拓
備註
住址 成都市二區寧夏街五十五卅五号
類別 日期 一九五二年十一月一日

自書簡歷

磨——生存的艱難與心靈的煎熬，而表現出豁達、樂觀的詩意棲居。但忽略或遮蔽，不等於苦難與折磨的不存在，我們從其書信中還是多少能尋繹出一些蛛絲馬迹。

自武漢陷落以後，日寇西薄里門，兼遭逆壻之戹，襆被蜀秦，幸不隕越。（《致朱峙三》）

近值小病二次，無力調攝。偶思曩承招晏，曾飫餐薰臘豬頭聞貴邑特產，佳極，爲他處尠見。值冬瓜上市，殊欲乞分惠少許，以清腸胃，非爲恣口體也。（《致雲生先生》）

借米苦心，尤爲感念，非此則不得旋身。（《致林山腴》）

去秋蒙惠遺舊衣疊疊，服我良多。因十年在外，祇添圖史，未理裘葛，值冬春冷長，幾於僵卧不能起耳。（《致林山腴》）

項承老友唐醉石之招，決意回鄂，蓋歸骨爲要。李太白亦言錦城雖樂，不如早還也。惟舟車資斧不能自備，已請唐公設法，尚未得覆，幸爲從傍相噓，至爲感盼。（《致金範山》）

玉局卹人頻惠園蔬，使走沃飡，此在今日爲不世之愛，其何以報？（《致周菊吾》）

今春物價陡增，即小學生習字所用之帖亦數萬。較之去冬，相差太遠，且貨尤少見，是以不敢貿然代辦，必須先請尊裁爲鈔耳。（《致沈淯莽》）

日來困狀仍無法支持，是以須乞援左右，其情非得已不待云耳。坿上甲骨文并漢甓兩拓本（此拓可補景），乞莞存之。……李培甫不受拓片，退下。又記。（《致李培甫》）

唯吾輩處研究之地，資料一空，稿件蹂躪，其將何以報稱耶？抄燬之際（敝寓在八月二十六日），片紙未留，須知此與資產階級玩物喪志指趣大異，未識可申請否？（《致吳硯丞》）

敝寓于八月二十六日以破四舊之故，文物一空。自審平生所藏，皆研究資料，與玩物者劇別，且手鈔筆記，片紙無存。（《致方介堪》）

『逆壻之戹』關乎着易先生一段慘痛的家史：『逆壻』即金亦吾。因其父爲易先生同學，易先生遂將長女許配之。後金亦吾自黃埔三期畢業隨北伐軍至武昌，滯留於此，被署爲漢口水警廳副司令。金專事收編土匪，到襄河中下游一帶打家劫舍，無惡不作。又借巡防襄河之名義，乘汽艇潛至易先生潛江家中，欲擄掠其三小女爲妾，幸逃脱。金賊賊心不死，易先生一家數遭威脅，以致移家數處。金賊因作惡多端，民怨極大，終被投入陸軍獄中待決。抗戰軍興，金賊得康澤庇護，得以釋放，並保其爲襄河游擊挺進縱隊長。金空無一兵，純事收編土匪，劫掠地方，爲虎作倀，變本加厲。此時金賊帶領匪徒進駐易先生移居之天門嶽口，以横暴手段威逼次小女爲妾，以至其小女如落深淵，生死未明；曾受到威逼之三女兒在武昌羞憤而亡。可憐一門三女，盡遭凌辱。直到湖北解放，金匪伏法，易先生一家多年含垢忍辱始得昭雪（《易忠籙自傳》）。易先生五十四歲入蜀後的日子，可謂貧病交加。戰

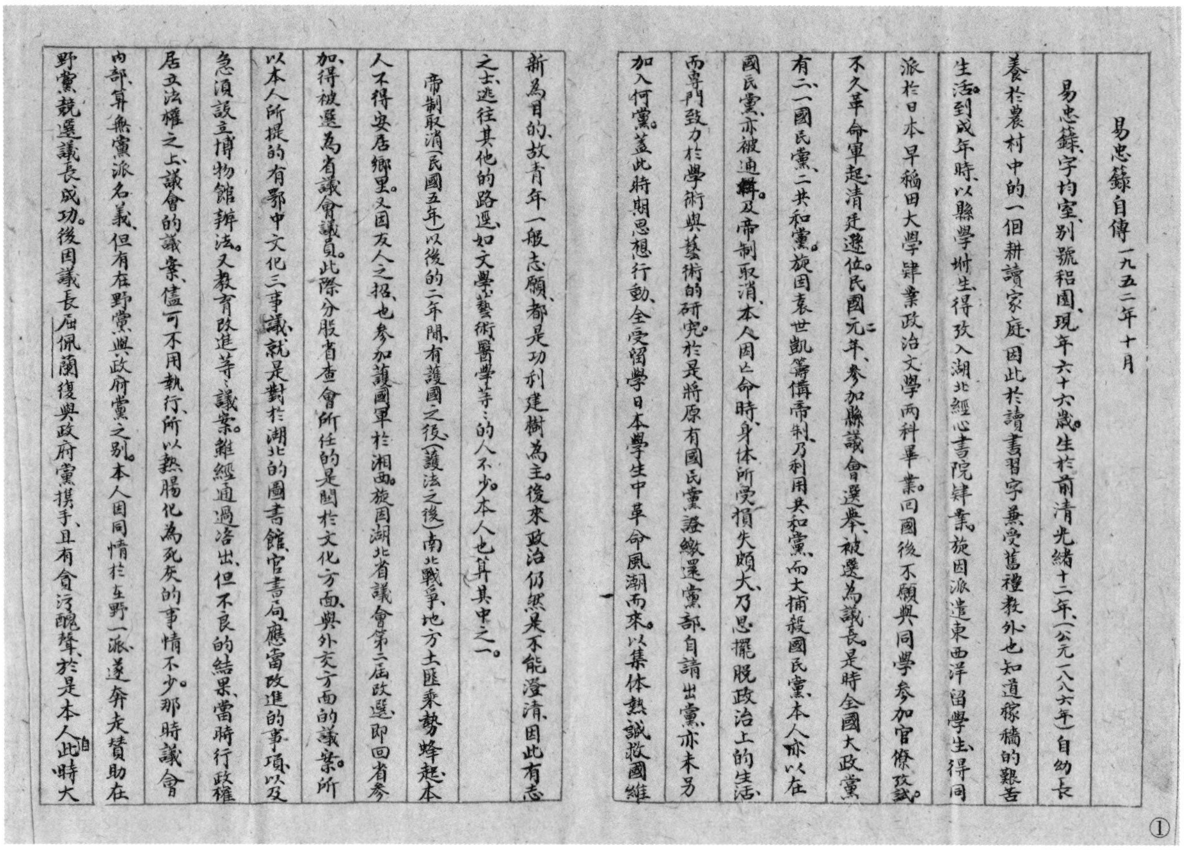

易忠籙自傳 一九五二年十月

易忠籙、字均室、別號稆園、現年六十六歲。生於前清光緒十二年、(公元一八八六年)自幼長
養於農村中的一個耕讀家庭、因此於讀書習字兼受舊禮教外也知道稼穡的艱苦
生活。到成年時、以縣學附生得考入湖北經心書院肄業、旋因派遣東西洋留學生、得同
派於日本早稲田大學肄業政治文學兩科畢業。回國後不願與同學參加官僚考試。
不久革命軍起、清廷遜位。民國元年、參加縣議會選舉、被選為議長。是時全國大政黨
有二、一國民黨、二共和黨。旋因袁世凱籌備帝制、乃利用共和黨而大捕殺國民黨、本人亦以在
國民黨、亦被通緝。及帝制取消、本人因亡命時、身体所受損失頗大、乃思擺脫政治上的生活、
而專門致力於學術與藝術的研究。於是將原有國民黨證繳還黨部自請出黨、亦未另
加入何黨。蓋此時期思想行動、全受留學日本學生中革命風潮而來。以集体熱誠救國維
新為目的、故青年一般志願、都是功利建樹為主。後來政治仍然是不能澄清、因此有志
之士、逃往其他的路逕、如文學藝術醫學等等的人不少。本人也算其中之一。
帝制取消(民國五年)以後的二年間有護國之役(護法之役)南北戰爭、地方土匪乘勢蜂起、本
人不得安居鄉里。又因友人之招、也參加護國軍於湘西。旋因湖北省議會第二屆改選、即回省參
加、得被選為省議會議員。此際分股省查會所任的是關於文化方面與外交方面的議案。所
以本人所提的有鄂中文化三事議、就是對於湖北的圖書館官書局應當改進的事項、以及
急須設立博物館辦法。又教育改進等等議案。雖經通過洛出、但不良的結果、當時行政權
居立法權之上、議會的議案、儘可不用執行、所以熱腸化為死灰的事情不少。那時議會
內部、算無黨派名義、但有在野黨與政府黨之別。本人因同情於在野一派、遂奔走贊助在
野黨競選議長成功。後因議長屈佩蘭復與政府黨携手、且有貪污醜聲、於是本人自此時大

①

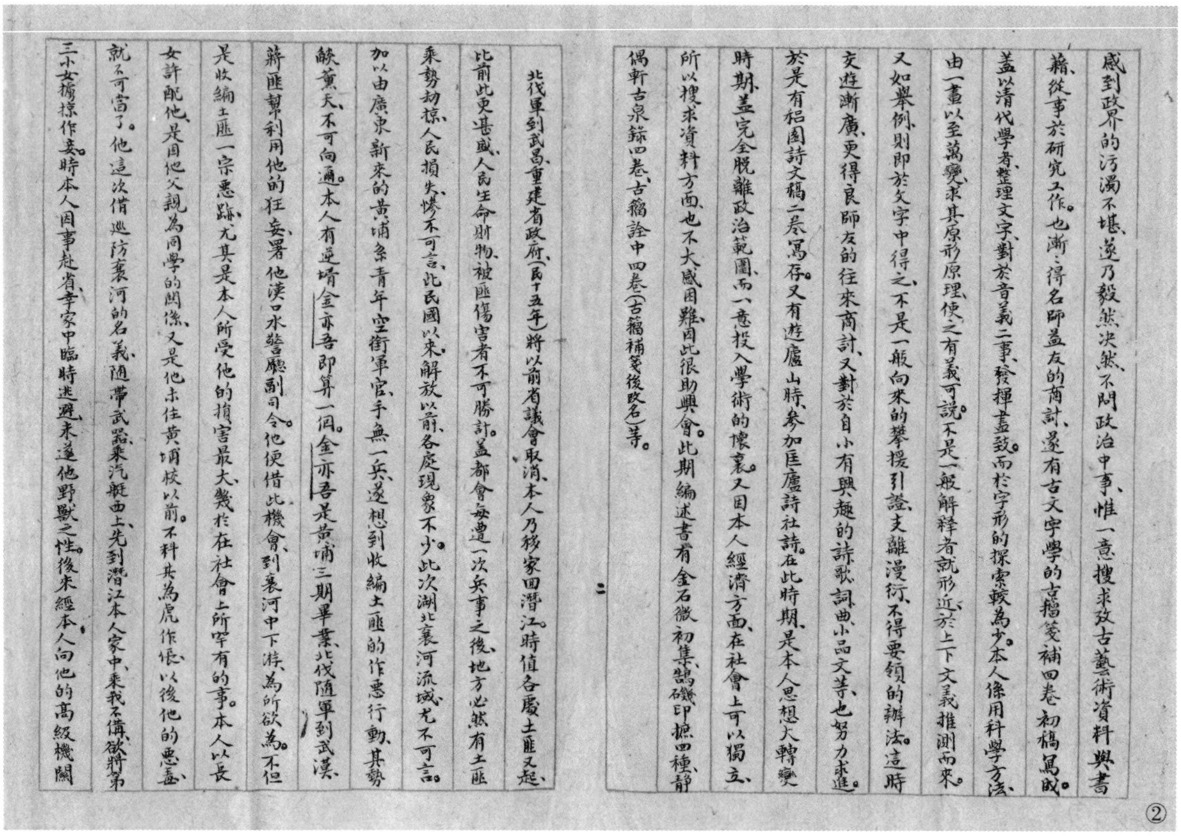

感到政界的污濁不堪、遂乃毅然決然、不問政治中事、惟一意搜求考古藝術資料與書
籍、從事於研究工作。也漸漸得名師益友的商討、遂有古文字學的古籀箋補四卷初稿寫成。
蓋以清代學者、整理文字、對於音義二事、發揮盡致。而於字形的探索較為少。本人係用科學方法、
由一畫以至萬變、求其原形原理、使之有義可說。不是一般解釋者就形近、於上下文義推測而來。
又如舉例則即於文字中得之、不是一般向來的攀援引證、支離漫衍、不得要領的辦法。這時
交遊漸廣、更得良師友的往來商討、又對於自小有興趣的詩歌詞曲小品文等、也努力求進。
於是有稆園詩文稿二卷寫存。又有遊廬山時、參加匡廬詩社詩。在此時期、是本人思想大轉變
時期、蓋完全脫離政治範圍、而一意投入學術的懷裏。又因本人經濟方面、在社會上可以獨立、
所以搜求資料方面、也不大感困難、因此很助興會。此期編述書有金石微初集、鵠磯印攗四種、靜
偶軒古泉錄四卷、古籀詮中四卷(古籀補箋後改名)等。
北伐軍到武昌、重建省政府、(民十五年)將以前省議會取消、本人乃移家回潛江。時值各處土匪又起、
比前此更甚盛、人民生命財物、被匪傷害者不可勝計。蓋都會每遭一次兵事之後、地方必然有土匪
乘勢劫掠、人民損失、慘不可言。此民國以來、解放以前、各處現象不少。此次湖北襄河流域尤不可言。
加以由廣東新來的黃埔系青年空銜軍官、手無一兵、遂想到收編土匪的作惡行動、其勢
燄薰天、不可向邇。本人有逆婿金亦吾即算一個。金亦吾是黃埔三期畢業、北伐隨軍到武漢、
蔣匪幫利用他的狂妄、署他漢口水警廳副司令。他便借此機會、到襄河中下游、為所欲為。不但
是收編土匪一宗惡跡、尤其是本人所受他的損害最大、幾於在社會上所罕有的事。本人以長
女許配他、是因他父親為同學的關係、又是他未住黃埔校以前。不料其為虎作倀、以後他的惡毒、
就不可當了。他這次借巡防襄河的名義、隨帶武器、乘汽艇西上、先到潛江本人家中、乘我不備、欲將第
三小女擄掠作妾。時本人因事赴省、幸家中臨時逃避、未遂他野獸之性。後來經本人向他的高級機關

②

自書《易忠籙自傳》節選

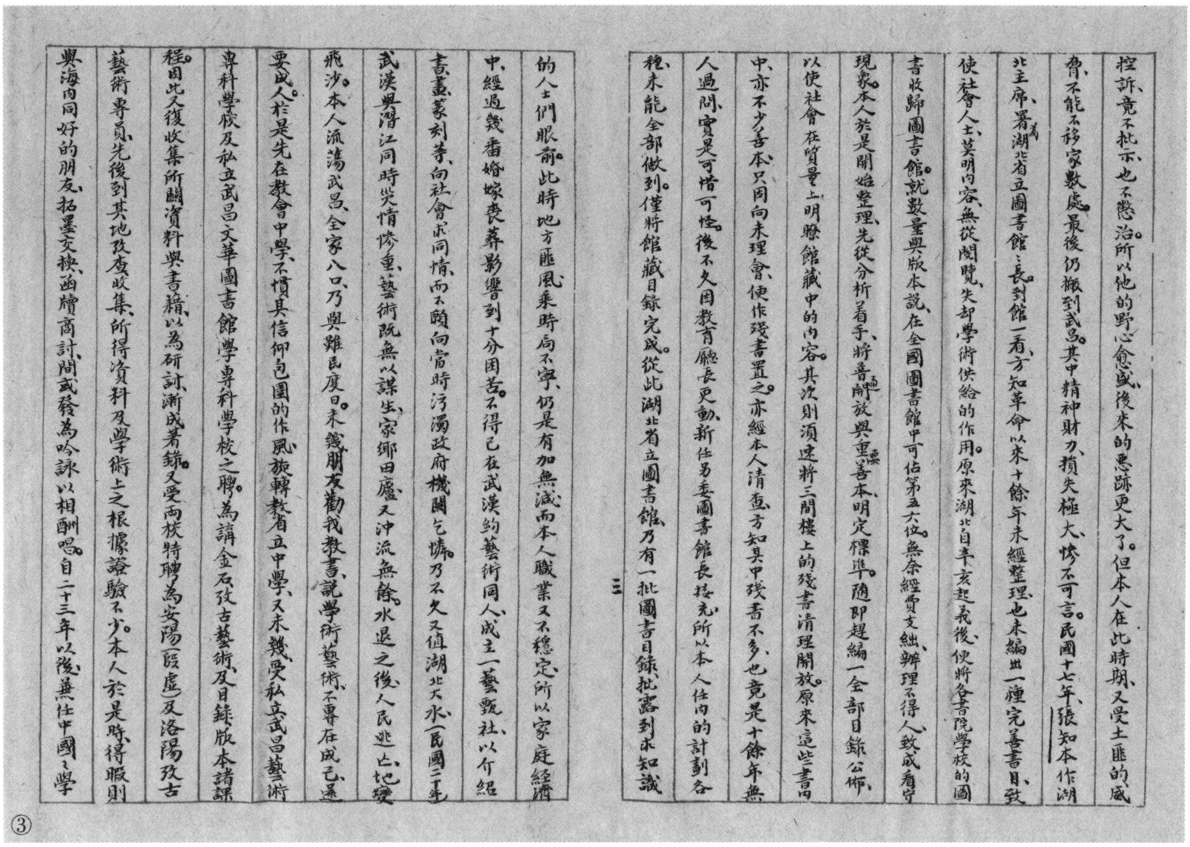
控訴，竟不批示，也不懲治。所以他的野心愈盛，後來的惡跡更大了。但本人在此時期，又受土匪的威脅，不能不移家數處，最後仍搬到武昌。其中精神財力，損失極大，慘不可言。民國十七年，張知本作湖北主席，署為湖北省立圖書館館長。到館一看，方知革命以來十餘年未經整理，也未編出一種完善書目，致使社會人士，莫明內容，無從閱覽，失卻學術供給的作用。原來湖北自辛亥起義後，便將各書院學校的圖書收歸圖書館。就數量與版本說，在全國圖書館中可佔第五六位。無奈經費支絀，辦理不得人，致成看守現象。本人於是開始整理，先從分析着手，將普通與重要善本，明定標準。隨即趕編一全部目錄公佈，以使社會在質量上明瞭館藏中的內容。其次則須速將三間樓上的殘書清理開放。原來這些書內中，亦不少善本，只因向未理會，便作殘書置之。亦經本人清查，方知其中殘書不多，也竟是十餘年無人過問，實是可惜可怪。後不久因教育廳長更動，新任另委圖書館館長接充，所以本人任內的計劃各種，未能全部做到。僅將館藏目錄完成，從此湖北省立圖書館，乃有一批圖書目錄，披露到不知識的人士們眼前。此時地方匪風乘時局不寧，仍是有加無減，而本人職業又不穩定，所以家庭經濟中，經過幾番婚嫁喪葬影響，到十分困苦。不得已在武漢約藝術同人，成立一藝甄社，以介紹書畫篆刻等，向社會求同情，而不願向當時污濁政府機關乞憐。乃不久又值湖北大水（民國二十年）武漢與潛江同時災情慘重，藝術既無以謀生，家鄉田廬又沖流無餘。水退之後，人民逃亡，地變飛沙。本人流蕩武昌，全家八口，乃與難民度日。未幾朋友勸我教書，說學術藝術，不專在成已，還要成人。於是先在教會中學，不慣其信仰包圍的作風，旋轉教省立中學，又未幾，受私立武昌藝術專科學校及私立武昌文華圖書館學專科學校之聘。為講金石考古藝術，及目錄版本諸課程。因此又復收集所關資料與書籍，以為研討，漸成著錄。又受兩校特聘為安陽（殷虛）及洛陽考古藝術專員，先後到其地考查收集，所得資料及學術上之根據證驗不少。本人於是時，得暇則與海內同好的朋友，拓墨交換，函牘商討，間或發為吟詠以相酬唱。自二十三年以後，兼任中國之學

③

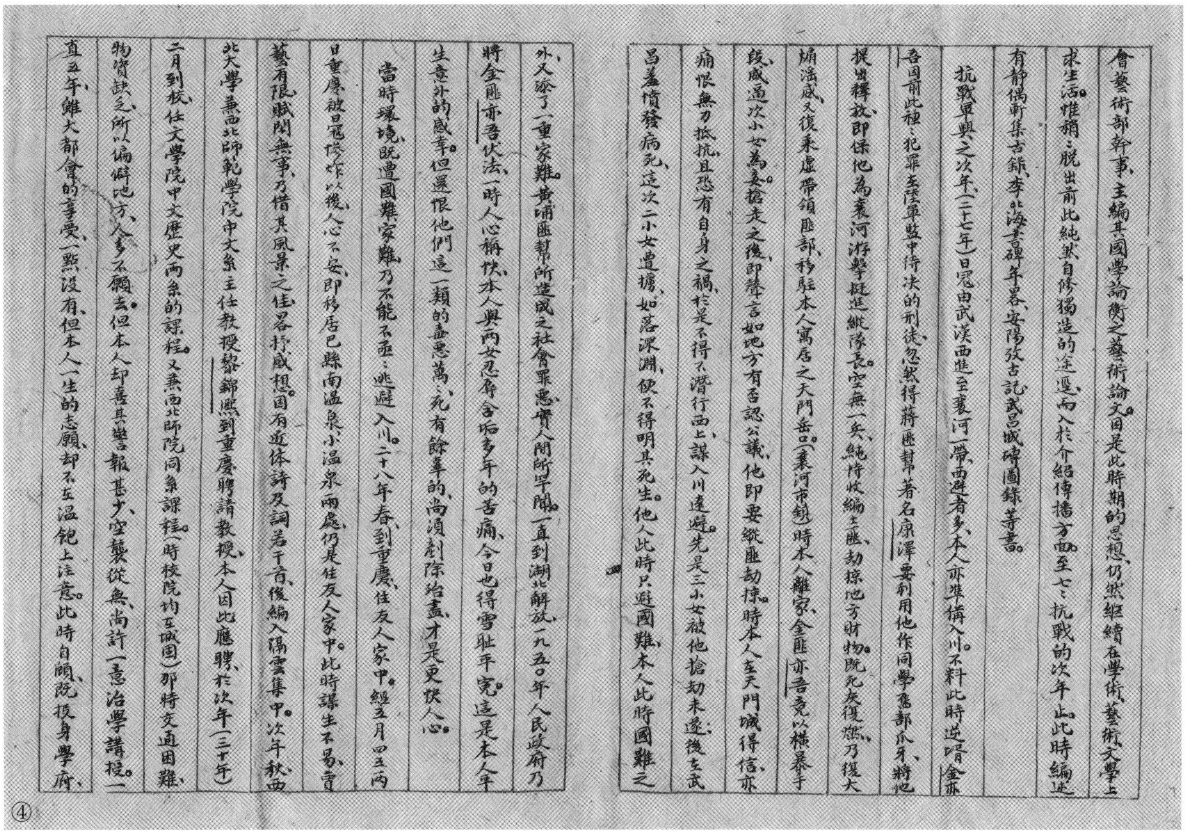
會藝術部幹事，主編其國學論衡之藝術論文。因是此時期的思想，仍然繼續在學術、藝術、文學上求生活。惟稍稍脫出前此純然自修獨造的途逕，而入於介紹傳播方面。至七七抗戰的次年止。此時編述有靜偶軒集古錄、李北海書碑年略、安陽考古記、武昌城磚圖錄等書。

抗戰軍興之次年（二十七年）日寇由武漢西進至襄河一帶，西避者多，本人亦準備入川。不料此時逆匪金亦吾因前此種種犯罪在陸軍監中待決的刑徒，忽然得蔣匪幫著名康澤要利用他作同學會部爪牙，將他提出釋放，即保他為襄河游擊挺進縱隊長。空無一兵，純恃收編土匪，劫掠地方財物。既死灰復燃，乃復大肆淫威，又復乘虛帶領匪部，移駐本人寓居之天門岳口（襄河市鎮）。時本人離家，金匪亦吾竟以橫暴手段威逼次小女為妾。搶走之後，即聲言如地方有否認公議，他即要縱匪劫掠。時本人在天門城得信，亦痛恨無力抵抗，且恐有自身之禍，於是不得不潛行西上，謀入川遠避。先是三小女被他搶劫未遂，後在武昌羞憤發病死。這次二小女遺擄，如落深淵，使不得明其死生。他人此時只避國難，本人此時國難之外，又添了一重家難。黃埔匪幫所造成之社會罪惡，實人間所罕聞。一直到湖北解放，一九五〇年人民政府乃將金匪亦吾伏法，一時人心稱快。本人與兩女忍辱含垢多年的苦痛，今日也得雪耻平冤。這是本人平生意外的感幸。但還恨他們這一類的毒惡萬萬，死有餘辜的，尚須剷除殆盡，才是更快人心。

當時環境既遭國難家難，乃不能不亟亟逃避入川。二十八年春，到重慶，住友人家中。經五月四五兩日重慶被日寇慘炸以後，人心不安，即移居巴縣南溫泉、小溫泉兩處，仍是住友人家中。此時謀生不易，賣藝有限，賦閑無事，乃借其風景之佳，略抒感想。因有近體詩及詞若干首，後編入隔雲集中。次年秋，西北大學兼西北師範學院中文系主任教授黎錦熙到重慶聘請教授，本人因此應聘，於次年（三十年）二月到校，任文學院中文歷史兩系的課程，又兼西北師院同系課程。（時校院均在城固）那時交通困難，物資缺乏，所以偏僻地方，人多不願去。但本人卻喜其警報甚少，空襲從無，尚許一意治學講授。一直五年，雖大都會的享受，一點沒有，但本人一生的志願，卻不在溫飽上注意。此時自願既投身學府，

④

時之困窘自不必説。嗣後遭遇物價飛漲，又患水腫病三年，既無良藥，又缺營養，生活之窘迫，需要靠典當，或友朋借米、贈衣、送菜方能勉强維持；更兼遭『文革』之難，先生平生節衣縮食搜羅之文物、文獻等抄毀殆盡，片紙未留；先生應唐醉石先生之邀欲歸鄂，終因盤纏無着，未能達成葉落歸根之願景。

面對無法承受的生命苦難之重，易先生没有被苦難所淹没，而是試圖突破生存的重壓，盡可能在苦澀的日子中創造出愉悦。丙子年（一九三六年）易先生在致華陽陳問時的信中寫道：

> 今年元旦便約爲坡公作生年生日雅集，盖坡公生于宋仁宗景祐丙子，到兹十六丙子，九百歲。吾生際此，如癸丑之禊，壬戌之遊，弗可再得。至日當有畫像、碑帖、文集等陳設，更須寫一雅集圖及同人合作書畫題詠等副之，方不寂寞。且必早爲籌備精緻，臨時尤徵興會。今擬乞大筆寫坡像一幀，即仿在景印《天際烏雲帖》首翁蘇齋囑朱野雲畫盤石藤杖底本，再參以宋刻丰儀則佳。況蕙風訪得之宋像石，今不知歸何處，即西鳳前倩紅漁題者。荒舸新獲一幀，甚潔，未經裝池者。高軒如無《天際烏雲帖》景本，當寄上一臨耳。

當此際，日寇早已佔領東北，蠶食華北，正是全面抗戰的前夜。先生的『壽蘇』行爲自有不一般的意味。先生出於對這位九百年前的文化大師的景仰，在艱難竭蹶中爲其張羅一場祝壽的文化盛宴，爲風雨如晦，雞鳴不已的神州天空撐開一片亮色。據《丙子靜偶軒壽蘇題名》可見這次雅集的有關情況：與會者基本上爲鄂籍人士，有浠水蘇鍾貞、徐炳龍、聞惕生，華陽陳同澍，羅田周景墀、王葆心，棗陽王霞宙，武昌吕覺、徐石、唐義精，天門沈肇年，孝感鄧一鶴，麻城余晋芳、余仁錫，潛江易忠籙、朱羲胄，凡十六人。因是日風雪大作，未至者尚有枝江張春霆等十數人。陳設爲易均室先生所拓南宋蘇漢臣督姜氏所鑄香爐全形、鄂渚畫家分繪蘇詩中所咏花木補景、明文壽承刻前赤壁賦句八字印六面分横幅與小册二種、花好月圓人壽之石四面横幅各四十份。所買瓜子、幹荔枝、茶水、白米、香煙、木炭、煤油等及合影，『共付去法幣四十三元五角六分』。這樣的雅集，比不得蘭亭興集，永和流觴；比不得鄴水朱華，光照臨川；更遑論陳王平樂，熙載夜宴。然而，正是這樣一群楚蜀兩地的寒門學士，在那特殊的時期，在易均室先生的感召下，以一種最清寒、最簡儉的方式爲蘇學士九百壽，其所表達的是一種家國情懷和文化擔當。

易先生不僅是一位有情懷、有擔當的人，還是一位有情趣的人。嘗自謂『潛江易忠籙字均室、萬瑞藥字靈蕤夫婦，讀書研古之所曰稆園，賞鑑氈蠟之所曰靜偶軒，書畫吟嘯之所曰滄浪一舸，怡情樂志之所曰靈蕤館。』避居重慶南泉時，『故舊星散，唯華陽喬大壯時相唱和，遂有詩篇。此間風物，頗似匡廬，祇規模差小，又乏昔賢題咏供人徜徉耳。東洲、廣雅均極道青城、瓦屋之勝，未識何日得新屐齒。』（《致季申》）；將之城固，『意欲於襄樊西上劍門，領西域騎驢風味』（《致陳問時》）；居成都時，『北郊苗圃諸樹，大有雲林高致，雲林有《六君子圖》，即松、柏、樟、楠、槐、榆也。明李竹嬾又有《後六君子圖》，竊欲就此間嘉樹作《十二君子圖》以踵往賢。甚望大筆先起一稿，亦將勉效步趨，乘興爲妙，不可緩耳。』（《致陳德子》）先生既要爲山川立言，又要爲嘉木寫照，全然忘却其處境之維艱，真與坡公『人間有味是清歡』同一機樞也。

易先生與沈尹默先生之交往，實爲書林之佳話：『曩嘗與沈尹默論書，沈送我中楷狼毫，其值一金，意甚歉然。頃之，乃道其平生不用一金以下之筆。籙答以平生亦未嘗用一金以上之筆。相與拊掌。』（《致曾默躬》）可見二位先生用筆之講究與不講究，何者？蓋因其經濟基礎有别也。又致書沈尹默先生云：

> 閒得整比篋中書，獨少吳興手翰，不禁詫訝。今特馳書，乞惠數牋，以爲荒冊壓卷，幸幸。新有佳什，尤盼録示也。昔靖節有《乞食詩》，魯公有《乞米帖》，今不佞所乞又與二公異，謂之爲韻事，可謂之爲癡人，亦無不可。辛苦賊中來，行极都盡。抵寓，唯銘研尚繫肘後，此不得不亟报知己者耳。尊藏皮紙佳，乞分惠全張，會當以舊墨爲報。

直白一點説，我的書箧中還没有您的信，給我寄幾封過來吧，好爲我的『荒冊壓卷』。信中提及的靖節乞食詩，即陶淵明之《乞食》：

> 饑來驅我去，不知竟何之。行行至斯里，叩門拙言辭。
> 主人解余意，遺贈豈虚來。談諧終日夕，觴至輒傾杯。
> 情欣新知歡，言咏遂賦詩。感子漂母惠，愧我非韓才。
> 銜戢知何謝，冥報以相貽。

此陶淵明歸隱後真實生活的寫照。饑餓驅使我走出去，但走到哪裏去呢？漫無目標，走啊走啊，走到了我熟悉的地方，一句『叩門拙言辭』包含着多少辛酸和無奈！的確，説什麼呢？明明是來蹭飯的，總要找個藉口吧。魯公乞米事見於其《乞米帖》：因『拙於生事』，以至『舉家食粥』數月，當『今又磬竭』時，衹得投書李太保『惠及少米，實濟艱辛』。此二事皆言古賢之貧賤，但不以貧賤爲愧，安貧而樂道之謂也。易先生向沈先生求書信而涉此二事：一者，此爲易先生生存境遇之實况；二者，實《詩》之『興』者——先言他物，以引起所咏之詞也。其情趣若此。

誰能想到，貧寠困厄終身的易先生，竟是一位收藏家。其收羅之富，賞鑒之精，實在罕有其匹。易先生收藏有甲骨、彝器、鐵器、拓本、書畫、古璽、古玉、古泉、古硯、古墨、古城塼、古琴、方志、印譜、古文獻（涵蓋經、史、子、集）等等。從易先生留下的二百餘封信件中可以看出，與友朋論及收藏的佔據了大宗。從某種程度上説，收藏是易先生的主要人生事功，念兹在兹，窮收博取。易先生之於收藏有幾點值得注意：其一，易先生非富非貴，有時簡直可以説是赤貧，其致力於收藏的出發點乃其家國意識和社會責任；其二，易先生所處的時代，自民國初軍閥混戰，兵燹頻仍，到抗戰興起，家國亂離，其收藏的文物中時有善本、孤本，因而具有搶救文物，保存國粹的性質；其三，易先生對文物是真正的『好之者』和『樂知者』。他每有所得，其便喜洋洋，並急於與同好分享。或椎拓分贈，或約聚品鑒，或集編成册；其四，易先生再三言明，他的收藏絕非玩物喪志之舉，而是用於學術研究。他秉承的是王觀堂之所謂『二重證據法』，即以古之實物與文獻互證，以還原和求解『歷史』真相。可以説，是收藏成就了他的學問，而學問又助力於收藏。易先生對文物首先是一位『知之者』，易先生慧眼獨具，上述列舉的文物品類，一經入目，則真贋立判，極少有差池。因此鑒物、品人等往往有卓見存焉。兹舉證數例：

一、《絳帖》辨僞：

昨于一處得見一廿卷《絳帖》，以『日月光天德』五言絕詩分次。細讀一過，猶是明時集刻僞裝，其次第無倫，字體失真，自不能揜。又潘師旦尚哲宗公主上距太宗已五世，末款竟題淳化，與十二卷本正同，其可笑孰甚。（《致曾龢君》）

二、斷隋唐造像：

蒙惠『天龍山船像集錦』八幅，金石書竟無著録，當由無碑記之故。又檢近人美術史，乃悉屬北齊隋唐琱鑿。（《致吴綬之》）

三、識當陽玉泉寺隋大業鐵鑊：

當陽玉泉寺隋大業銕鑊爲海内銕器第一，拓墨不易致，後五字完本尤可貴。（《致沙孟海》）

四、説古鏡：

古鏡有三例，紀年爲上，紀人次之，紀地又次之。下此則論花紋，花紋以紀事爲上，如歌舞、車馬等。與漢畫像石刻同者。（《致蔚亭》）

五、談古玉：

新獲小玉器，四棱上有繫穿，《古玉圖攷》易舊説，瑱爲漆筆（前四器仍未易），此誤。信賈客之言，其失更甚，竊以形論，疑當屬鏢，仍明器寓厭勝之意，故不必大如瑱與筆，不得作四棱，又何用穿爲？穿固爲後加者，唯此器盡有之，自是原工，非出土後事也。吴愙斋玉攷甚疏陋，籙一一爲校正之。又吾人耆古，日與賈人接，萬不可以其眩語入著作，畐見曾爲藏玉家立三事，以爲品玉之資印，應首製作，次琢工，三沁采。近有好玉者，專尚沁色，不論製作，非學人之業，可云翫物喪志矣。復有一攷古家著書，專以賈人之言爲證據，尤可發噱耳』（《致陳定謨》）

六、論製印：

製印必明文字三事：本字、通用、俗體。（《致周菊吾》）

七、言古泉之鑄造：

日内因友人言，紹聖通寶爲明交址鑄，此説證之制作，極有見地。第檢《紀元編》云，一作紹成。羅氏雪堂校訂李書，且將此條刪去，知交址明時無此紀元，仍屬宋時遵鑄也。遵鑄一語，亦自尊見始爲提出，藏泉家多誤爲仿鑄耳。從茲外國泉當可以遵鑄、自鑄即有紀元、無紀元爲類別。因思天福、太平二泉，黎桓丁部領既有此紀元，理當屬之，又何必持黎爲監地、丁紀甲子之説？此用夷變夏，鄙見頗不謂然。至其制作，全用中朝，既奉正朔，則亦不足異矣。（《致曼殊》）

八、考花押：

若應世關防所需，鄙意當推花押。花押實剏自三代，不過流傳未廣，如福山王氏天壤閣所藏，今不知歸何所，前人唯《癸辛雜誌》所斠，愙齋《古玉圖攷》亦著録之。余至西川，見嘉禾盛氏（元盛子昭之後）有舊刻十餘品，極精，惜未多拓存，今不悉尚存否？質半犀象。又見有滿文玉銀押，篆鏤亦工，頗以凡押文多屬自擬，原爲關防，故不必它人易識也。（《致方介堪》）

凡此種種，難以盡舉。由此可見，易先生之於收藏，的確是用於學術研究，與玩物喪志不可同日而語。視其平生著述，亦多半與收藏有關，如《稆園古籀詮》《李北海書碑年略》《安陽考古記》《武昌城塼圖録》《靜偶軒藏古泉録》《古印甄》《鵠磯印摭》《金石徵初集》《靜偶軒集古録》《焦山周鼎銘考釋》《百年來藝海揚塵録》《靜偶軒論畫絶句》《中國美術史講稿》《明代書畫史稿》等等，正所謂『操千曲而後曉聲，觀千劍而後識器』是也。易先生在古器物鑒別、整理與研究方面的精深造詣已爲同行和社會認可。他曾於私立武昌藝術專科學校和私立武昌文華圖書館學專科學校教授金石、考古、藝術及版本目録等課程，又受兩校特聘爲安陽及洛陽考古專員，親赴其地考察。二十世纪五十年代初，因川西文物管理委員會推薦，參加文物評價會議及提選文物展覽出品會；唐醉石先生爲湖北文物管理委員會主任，特聘易先生爲文物及考古專家，終因路資籌措無方而未能到任。

收藏成就了易先生，易先生爲他那個時代的收藏確立了一種範式（研究型收藏）；收藏撑起了易先生的學術大厦，學術使他的收藏具有科學、理性的文化邏輯。收藏和學術相輔相成，是易先生人生之兩翼。而書信中的譚藝論學，則是易先生隨時隨地的有感而發焉。更重要的是，他需要一種通道，來消解苦澀的現實際遇。

在我們整理和閲讀易先生留下的這二百餘封信件的時候，易先生的形象時而清晰，時而模糊，因爲其學術身份過於複雜，其修爲過於淵深，很難用現代學科分類和專業類别來給易先生定位。在《易忠籙自傳》的扉頁上，易先生自己認定的『主要技術及特長』爲考古藝術、文學及古物的鑒别、整理、摹拓。其實，易先生遠不止這些『技術和特長』。我們就這批信件中所涉的易先生的多方面的造詣作一簡單梳理，讓我們領略易先生文物收藏與鑒别、考古之外的學術風采。

於『文學』領域，易先生對宋詩詞和清詩的研究着力頗多，寥寥數語，切中要害。其在聲律、戲曲上的研究格外引人注目：

> 不佞少好倚聲，麁闚作者之奥，第古今所苦辭情与聲情不能一致，求之于四聲，求之于起調畢曲，此蘇、常諸公之佳境，訖未盡合于兩宋也。于是始知宮商之音準，元明以來遂亡而不講。所以明人製譜，僅計平仄，清初乃重四聲，嘉道以還，復嚴三仄，就曲家説，終未盡善。嘗思沈休文正定四聲之時，本以補字音、宮商之不足，誰知四聲明而宮商漸秘，至宋時尚在學士大夫之口間，在今日幾成絶響。回憶在休文以前，固人人知此理，不待言也。傳本韵書唯《古今韵會注》有五音，然若不明其理，刻舟膠柱，未可通已。如宮字注云『角清音』，徵字注云『次商清音』，羽字注云『商次濁次音』等，殊費解。或云五音之每一音中復可分宮、商、角、徵、羽，如宮之宮、宮之羽等是，然以何方去推定，亦無知者。同館中聞有諳空谷傳聲法者，尚未去訪，不識能共攻錯否。至李培甫言音紐、趙少咸言等韵，則均相委謝曰：子之所須，非吾所任。不獲已，今以扣長者，肯爲一啓備瞀否？律吕之學，近有友人安順羅蔗園能通之。向來詞人亦競競于此者，良以詞屬燕樂之故。度入歌喉，乃伶工之事。倚聲家藉不明了于字音之宮商，使配聲帖語無譌，則名章儁句往往爲伶工竄易不通。于是始見譜律与伶工之間，詞人之所負甚重。否則有譜無辭，有辭不歌矣。匈中懷此疑者有年，而無人可語，爲惘惘耳。川劇之高腔一種曲牌唱法沿于北曲，唯字句多七言，或加襯字，則已流于皮簧，其關目多曼衍，又已化爲南曲。近世唯趨重鋪設，而于宮調四聲，無人過問，此不得謂之進化也。（《致李澄波》）

從現代學術規範來衡量，這大抵不能算『論文』，然其對聲律的古今之變及其與曲之關係論説得明白暢曉。在一個歷史悠久、幅員遼闊的國度來談聲律的確是一件不容易的事，至今也是漢語言文學專業大學生頭疼的課程。歷史悠久導致了聲律的古今之變；地域广袤則使方言駁雜。即以平上去入四聲爲例，其古今之變可以簡單地概括成八個字——平分陰陽，入派三聲，但對現代人來説，掌握起來却非常難，關鍵是，入聲字已經『派』到『三聲』，即平（陰平、陽平）、上、去中了。如果『派』到上聲、去聲中倒無妨，因爲都爲『仄』；但『派』到平聲中就難以辨别了，稍有不慎就混爲『平』了。這大抵是現代人閲讀和寫作古詩文之一大難點。杜甫之《登高》被譽爲『古今七律第一』，而老杜又是『語不驚人死不休』的詩人，如果用普通話來讀，簡直是平仄不調。蓋因『急』『白』等字古爲入聲，現爲平聲。李清照《聲聲慢》爲仄體，其中的『急』『識』『摘』『滴』『得』等字均爲入聲，現爲平聲。俗云：五里不同風，十里不同俗。此語亦關乎着方言。南腔北調所指僅説南北方言大的差異，不同的方言區、方言島之間的複雜性非深入研究者不能知曉。在古代，也是要推廣『普通話』的，祇是那時叫做『官話』。如中國歷史上的兩次『衣冠南渡』即永嘉與靖康，『官話』的推行就很有必要，其關係到國家政令的施行與各級官吏之間的溝通。在古代，有時候，官員的『普通話』水準與其仕途直接掛鈎。如北宋時福建人劉昌言『奏對時皆操南音』皇上（宋真宗）『理會不得一句』，於是，劉某『乞歸郡，允之』。蒙古族、滿族建立王朝，官方用語除蒙古文、滿文外，就是漢語。於是對漢語『官話』的推行作了制度上的規定。如雍正六年規定，廣東、福建的舉子如不通官話，則不得進京參加殿試；嘉慶十一年規定，有粤東口音者，不宜擔任『上書房行走』。（萍庵《『普通話』小考》，《隨筆》，二〇二〇年第二期）如今，國家既頒布了《中華人民共和國國家通用語言文字法》，又啓動了『語保工程』，旨在保護方言以保存地域文化。由此可見，易先生在聲律方面所做的研究仍有着重要的現實意義和當代價值。

又各劇曲聲情之美，南北二派有天然界劃。如高腔中有和聲，爲北曲無論矣。即皮簧亦自北流，至各影響于南，則時有之。捴之，北趍健爽而南耽婉粹。北腔多行于詞後，南腔則涵濡于詞中。即令一字字皆發生美感，不將詞句作間音念過後，再行空腔，致詞情与聲情分揚。初無論中聲、側調，必盡婉約清脆之致。此南曲以崑曲爲首者所特擅，京秦諸劇望塵莫及。沉復平去陰陽，清釐喉唇，諧理嘘吸，深護哀秘。聲技之妙，幾于透闢無間然矣。故聞崑曲，則他曲皆等檜以下也可。又《樂記》師乙所示抗隊諸語，他曲不過具一二，崑曲輒備，以是頗覺吾楚謝默卿之譜《碎金》，並非多事，蓋有不得已者在耳。詞之歌譜既亡，以曲譜入詞，正爲尠悟。《董西廂》之搊彈，多屬雙調，未脱詞式。而唱法有尾聲，已入曲律，此前例也。閒嘗究詞譜之亡，實以曲之管色既起，則聲情更優。同一歌喉、管弦，悦耳者宜，此古今樂府升降之大凡。《小秦王》《陽關》何以不唱而有詞興？曲之代詞，將毋猶是耶？默翁深究管色腔旨，不減明之王伯良、沈詞隱。昨獲其《海天秋角》諸詞，工尺拍眼，套印極精。内人靈蕤開卷上口，如訂宿契，毫無傎牙拗嗓之病。益信詞曲歌法同源而異流，絕非二途，意必微有繁簡之殊而已。（《致曾龢君》）

論南北二派劇曲的不同之美，條分縷析，鞭辟入裏。

在『藝術』園地，易先生書畫研究的視域和方法都具有可資借鏡的獨特價值。如明代書畫研究，他多在吴門和香光、徐渭之外進行探討；而清畫，則越過四僧、四王、八怪等大家，以二三流畫家，甚至名不見經傳者作爲研究對象，又與其力所能及的收藏品相印證，填補了美術史和書法史的諸多遺珠之憾。易先生之書法，諸體皆能，小楷精絕，行草流暢，篆書則守錢十蘭法而爲玉筯，多爲人題耑或書聯。詩詞，與友朋唱和或雅集，自然是少不了的『道具』；行游攬勝，每有留題；著有《靜偶軒論畫絕句》和《隔雲集》等。最不可忽略的是，易先生作爲印學家的身份。他對古文字和古鉨印的研究不遺餘力，積累了豐碩的學術成果。易先生本人不刻印，但他實爲印家之伯樂，五六十年間海内名家爲他奏技者或有聯繫者凡四五十人，如趙叔孺、徐星洲、吴石潛、王福厂、唐醉石、易大厂、李鉢齋、鄧爾雅、徐松安、周菊吾、沙孟海、方介堪、蔣峻齋、鄧散木、頓立夫、徐無聞等等，幾乎囊括了二十世紀最知名的篆刻大家，共獲印三百餘方，其中不乏名品和絕品。如唐醉石先生所刻『滄浪一舸』，五面皆有款，有醉石先生的寫意畫和刻款；越十八年，徐無聞先生補刻《碧山・南浦詞》於其上：

柳下碧粼粼，認麴塵乍生，色嫩如染。清溜滿銀塘，東風細，參差縠紋初遍。別君南浦，翠眉曾照波痕淺。再來漲綠迷舊處，添却殘紅幾片。

葡萄過雨新痕，正拍拍輕鷗，翩翩小燕。簾影蘸樓陰，芳流去，應有淚珠千點。滄浪一舸，斷魂重唱蘋花怨。采香幽涇鴛鴦睡，誰道湔裙人遠。

一方小印，銘刻着一段印林佳話。再如王福厂刻『願得黃金三百萬，交盡美人名士，更結盡燕韓邯俠子』（龔自珍詞句），其款曰：『均室道兄摘龔定庵先生詞以作印，屬古杭王福厂刻之，福厂亦有斯願焉。壬戌九月記。』其他如沙孟海先生所刻『臣書刷字』和方介堪先生所刻的許多印，都堪稱印林經典。同時，從易先生與這些篆刻大師的書信往返中還可讀出二十世紀篆刻藝術的大量信息和易先生的印學建樹。在《覆鄧縣沙石荒》中說：

福莽三十年前過鄂渚，曾屬爲其《麋研齋印譜》作叙，抗戰一起，遂不相聞。昨歲聞《麋研譜》已拓存，遠離無從惠寄。大札又偁其已故，思之惘然。海内篆刻，不能不悼此靈光之長霣已。前在鄂中所集印譜，有《鵠磯印摭》《錢書冣録》《稆園印鯖》《文何印萃》《福莽印炙》《古印甄》《名印絜髓》《錢書過眼録》等七八種，唯《印甄》《印鯖》二種有投贈，餘無多副本，須付影方得流傳。寓蜀以來，思西川尟人留意此事，于是比歲有《成都篆刻徵存》，今亦將拓成，分古今二類，精選二三百名，坿以《瑑刻志林》。蒙下问，當先以提要乞鑑。蜀中印學，向坐墨守舊式，皖浙新究，全不入目。自籙至此，學者得覩行縢佳製，風氣爲易。新出五六子成績可觀，坿拓一二，可資評泊。

易先生的多種集拓並分贈同好，對近世篆刻的發展其了極大的促進作用。從此信可知王福厂對易先生的欣賞與認可，以至『屬爲其麋研齋印譜作叙』；黃少牧在編輯其父黃牧父先生印存時，亦曾與易先生商榷；易先生對古鉨印、明清諸子，直至現代名

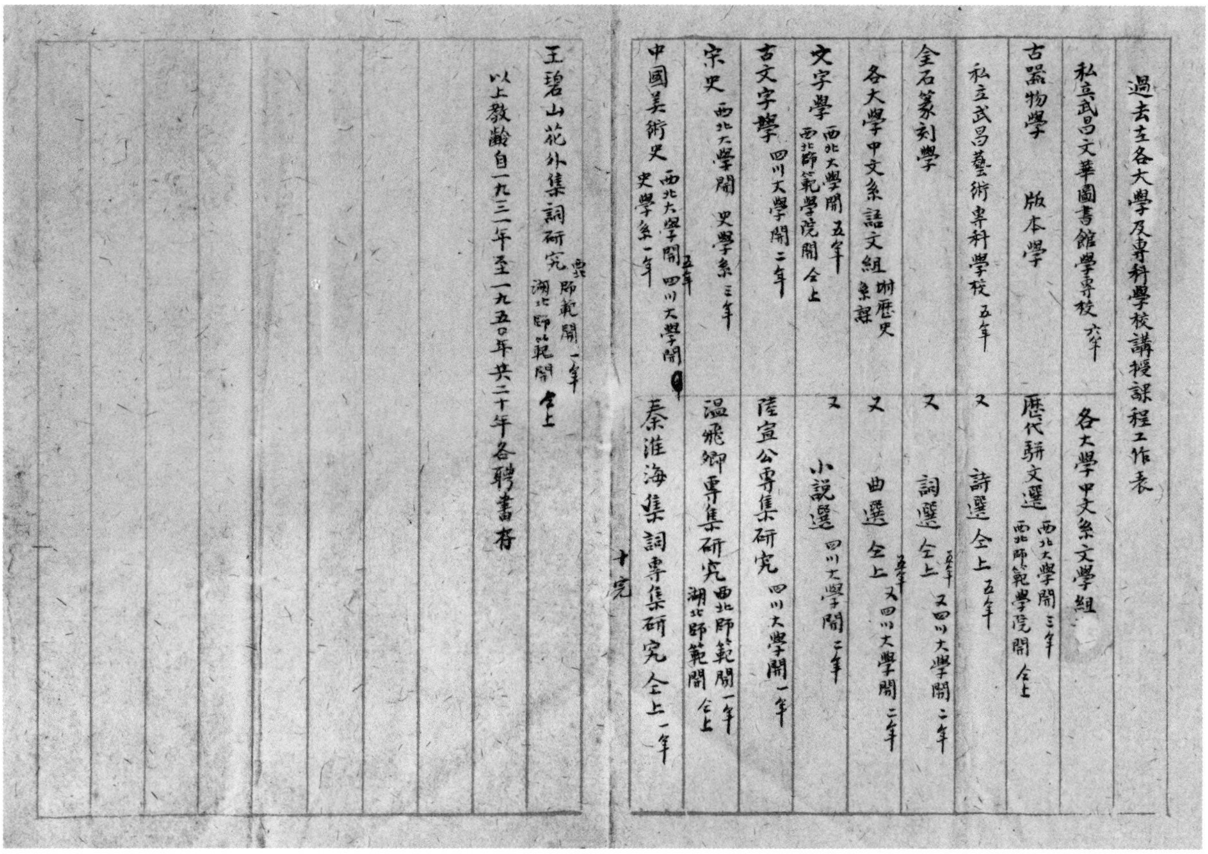

過去在各大學及專科學校講授課程工作表
私立武昌文華圖書館學專校 六年
各大學中文系文學組
古器物學
版本學
歷代駢文選 西北大學開 三年 西北師範學院開 仝上
私立武昌藝術專科學校 五年
又 詩選 仝上 五年
金石篆刻學
又 詞選 仝上 五年 又四川大學開 二年
各大學中文系語文組 兼歷史系課
又 曲選 仝上 五年 又四川大學開 二年
文字學 西北大學開 五年 西北師範學院開 仝上
又 小說選 四川大學開 二年
古文字學 四川大學開 二年
陸宣公專集研究 四川大學開 一年
宋史 西北大學開 史學系 三年
温飛卿專集研究 西北師範開 一年 湖北師範開 仝上
中國美術史 西北大學開 史學系 一年 四川大學開 五年
秦淮海集詞專集研究 仝上 一年
王碧山花外集詞研究 西北師範開 一年 湖北師範開 仝上
以上教齡自一九三一年至一九五〇年共二十年各聘書存
十完

自書課程表

家，多有評騭，其識見之高遠，眼光之犀利，迥出時流……正是在這個意義上，沙孟海先生才在他的《沙邨印話》中説——『世間不可無易均室』。

在爲易先生奏刀的諸家中，刻印最多的當屬方介堪先生，僅一九六五年冬至《致永嘉方介堪》信中，『稆園又乞十石印文』：『天均之室』『病因外史（以上對石乞昉前刻，不必另擬。附拓）』『蘆西亭』『竫耦軒（朱文）』『稆園金石（吕中加直，白文）』『字余曰靈均（離騷句）』『易均室父所作（朱文）』『錦冡佗（朱風語）』『倚聲家兼金石學（朱文，蕙文）』『暝煙（朱文）』至於『潤格』，如手頭稍寛裕，則寄上幾元；當手頭太緊時，則以拓片或印石『衝抵』，如田黄（當時價甚廉）等。得名家印三百餘方，即使有『黄金三百萬』也未必可得，而易先生則清貧如洗，足可見當時印人與易先生之間的情誼和對他的服膺。可惜，『盛地不常，盛宴難再。蘭亭已矣，梓澤丘墟！』

『世間不可無易均室』，沙孟海先生如是説。然而，世間已無易均室。既是指作爲自然個體生命的消失，更是指像易先生這樣在多個領域跨界作戰，八面出鋒，並能登高望遠的學者没有了。而作爲活着的後來人，我們應該做些什麽呢？

易先生歿於一九六九年三月。十月，易

夫人萬靈蕤女史遵易先生生前囑，將劫後存留的易先生平生著述和往来書札等悉數交給这批信件中多次提及的嘉舲。易先生能辨物，能識器，更能識人。易先生曾得嘉舲『精意奏刀』，認爲『後起之秀，成都實無二人』（《致徐鴻冥》），並斷言『其好學天性勝流輩，其藝事於錦里將來不能不讓此人出一頭地矣。』（《致林山腴》）嘉舲即是後來大名鼎鼎的徐無聞（名永年，字嘉舲、嘉令、嘉齡）先生。無聞先生得乃師重托，將之視若珍寶，衹待有朝一日讓易先生之著述流布天下。『文革』中，無聞先生亦在難中。嗣後，教學、科研、藝事紛遝累迭，竟無片刻之暇，意欲退居成都後再整理、出版易先生的著作。不料天妒英才，無聞先生於一九九三年憾歸道山。

二〇一九年是易先生逝世五十周年的日子，對於這樣一位離我們並不遙遠而幾乎湮埋於歷史塵埃中的文化大師，没有人爲他開紀念會，更遑論學術研討會。恰在這時，無聞先生之子徐立（正行）兄在先生遺物中發現了易先生的這批信件，特邀漢上陳龍海（徐無聞先生入室弟子、易先生鄉晚）教授赴渝觀覽。摩挲這整整半個世紀前的封存，感念均室先生和無聞先生皆已作古，相與感歎，把盞述懷，遂起整理易先生書信之願。經徐立兄擘畫，兩人分工合作，於渝楚兩地，經秋越冬，終於將這二百餘封信件大致點校完畢。这件工作實在是難！從客觀來説，易先生何等淵深，所涉學術、藝術門類眾多，而其書寫，諸體雜出，並多有添加、刪除、塗改；從主觀上來説，是我們學力不逮，我们與易先生相差何止千里。即以異體字來説，易先生往往信手拈來，而我們釋讀時却費盡腦筋。我們常常爲一字揣度數日，爲句讀斟酌而數易其稿；時而抵掌而笑，時而相對嗟歎。恨不得再讀十年書，恨不得起二位先生於地下……我們衹能説——盡心焉爾矣！但終究限於識力，舛誤在所難免，實在愧對先賢。如果這批書信的整理和出版，爲完成均室先生和無聞先生的遺願做了點事，亦爲普天之下景仰均室先生的同道、意欲研究均室先生學術的學者做點索引的工作，那就不負我們的初心了。

二〇二〇年七月三日稿於武漢桂子山

书札

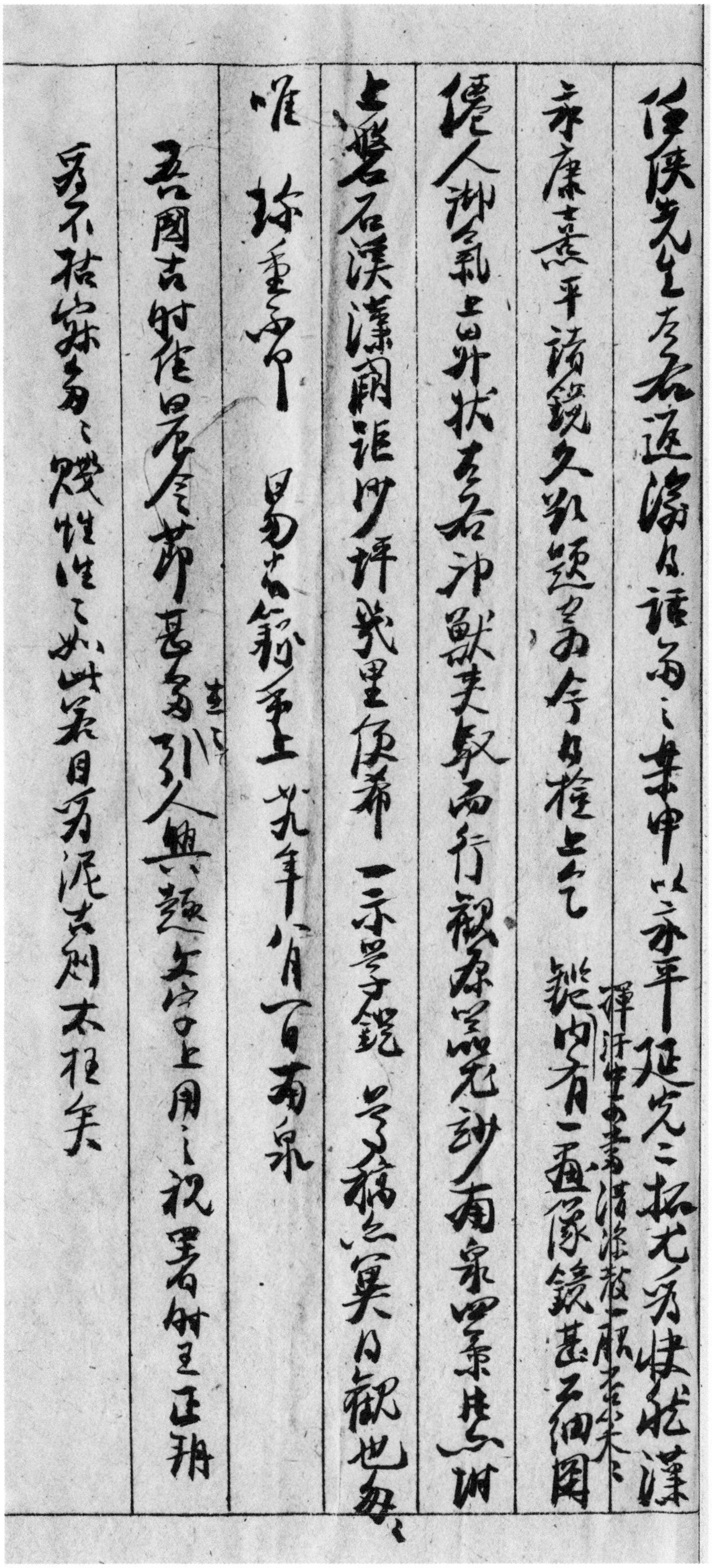

〇〇一　致常任俠

任俠先生左右：返渝得話雨之樂，申以永平、延光二拓，尤爲快然。漢永康、熹平諸鏡，久欲題寄，今得檢上，乞鑑。揮汗中可當清涼散一服否？笑笑。内有一畫像鏡，甚工細，圖僊人御氣上昇狀，左右神獸夾馭而行，觀原器尤玅。南泉四景片亦坿上。磐石溪漢闕距沙坪幾里？便希一示。《學鐙》尊稿亦冀得觀也。匆匆，唯珍重不具。

易忠籙手上廿九年八月一日，南泉。

吾國古時佳晨令節甚多，在在引人興趣。文字上用之，視署時王正朔，爲不枯寂多多。賤性往往如此，若目爲泥古，則太枉矣。

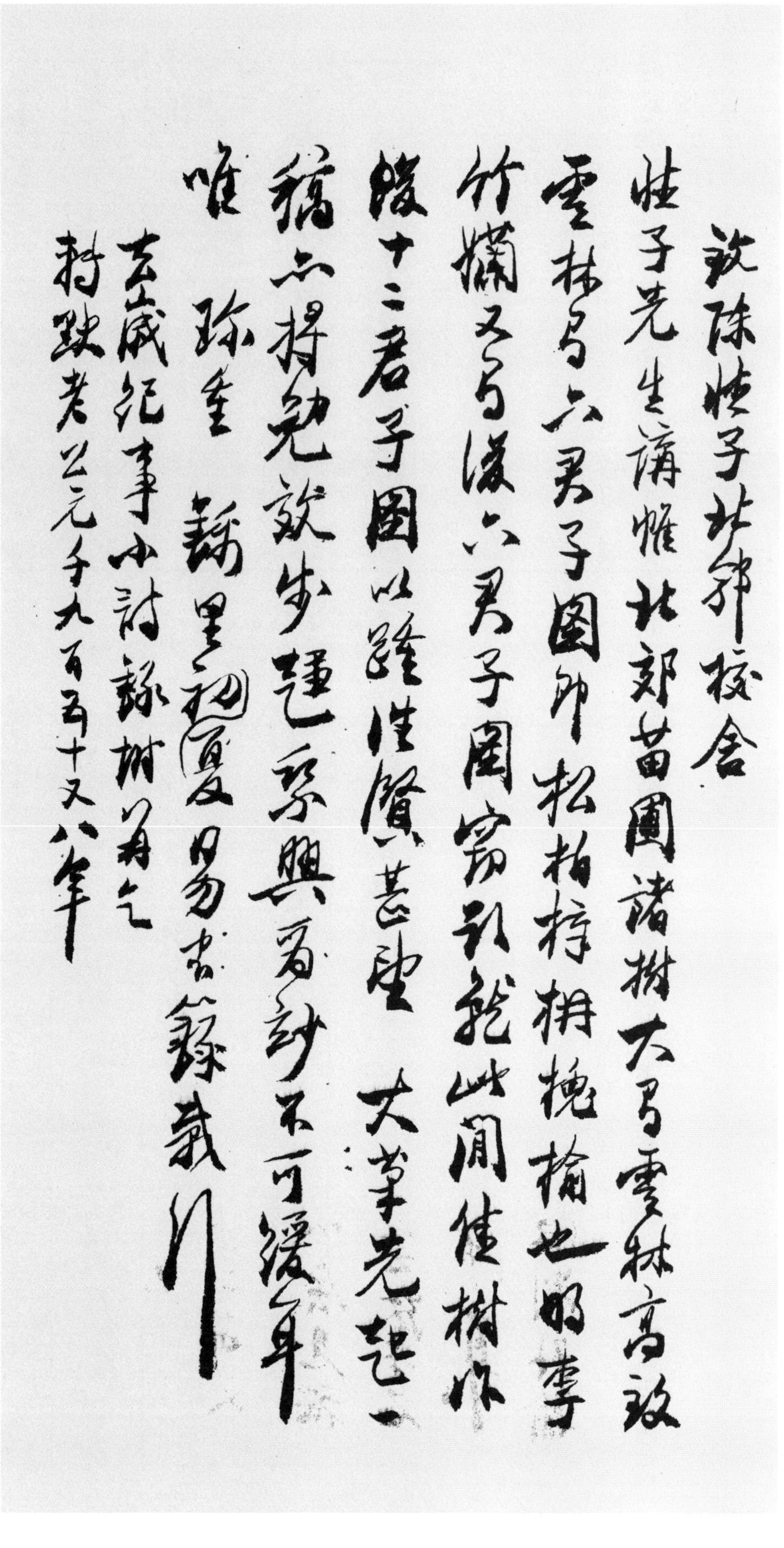

〇〇二　致陳德子

致陳德子北郭校舍

德子先生講帷：北郊苗圃諸樹，大有雲林高致，雲林有《六君子圖》，即松、柏、樟、枏、槐、榆也。明李竹嬾又有《後六君子圖》，竊欲就此間嘉樹作《十二君子圖》，以踵往賢。甚望大筆先起一稿，亦將勉效步趨。乘興爲玅，不可緩耳。唯珍重。錦里夏初易忠籙載拜。

去歲紀事小詩録坿，并乞轉默老。公元千九百五十又八年。

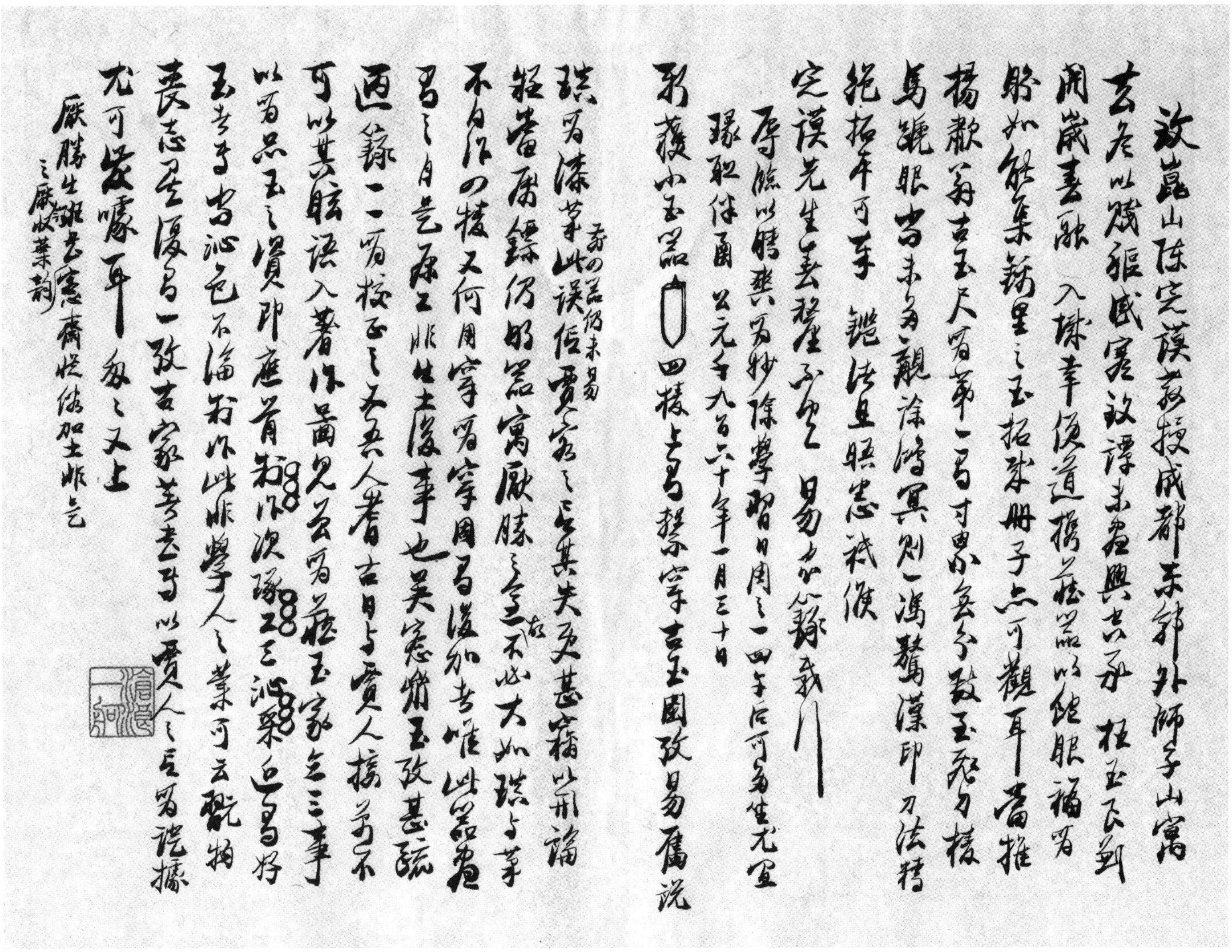

○○三　致陳定謨

致崑山陳定謨[一]教授　成都東郭外師子山寓

去冬以賤軀感寒，致譚未盡興，空承枉至，良歉。開歲春融，入城幸便道携藏器以飽眼福爲盼。如能集錦里之玉拓成册子，亦可觀耳。當推楊歗翁古玉尺爲第一，有寸界，無分數。至飛刀棱、馬蹏眼，尚未多覯。徐鴻冥則一馮騺漢印，刀法精絕，拓本可奉鑑。諸且晤悉。祗候定謨先生春釐。不具。易忠籙載拜。

辱臨以晴爽爲妙，除學習日，周之一、四午後可多坐，尤宜瑑聯伴函。公元千九百六十年一月三十日。

新獲小玉器（原文附圖），四棱上有繫穿，《古玉圖攷》易舊説，瑱爲漆筆前四器仍未易，此誤。信賈客之言，其失更甚。竊以形論，疑當屬鏢，仍明器寓厭勝之意，故不必大如瑱与筆，不得作四棱，又何用穿爲？穿固有後加者，唯此器盡有之，自是原工，非出土後事也。吴窓齋玉攷甚疏陋，籙一一爲校正之。又吾人耆古，日与賈人接，萬不可以其眩語入著作，畐見曾爲藏玉家立三事，以爲品玉之資印，應首製作，次琢工，三沁采。近有好玉者，專尚沁色，不論製作，此非學人之業，可云翫物喪志矣。復有一攷古家著書，專以賈人之言爲證據，尤可發噱耳。匆匆又上。

厭勝出班《書》之厭，今收葉韵，窓齋從俗加土，非是。

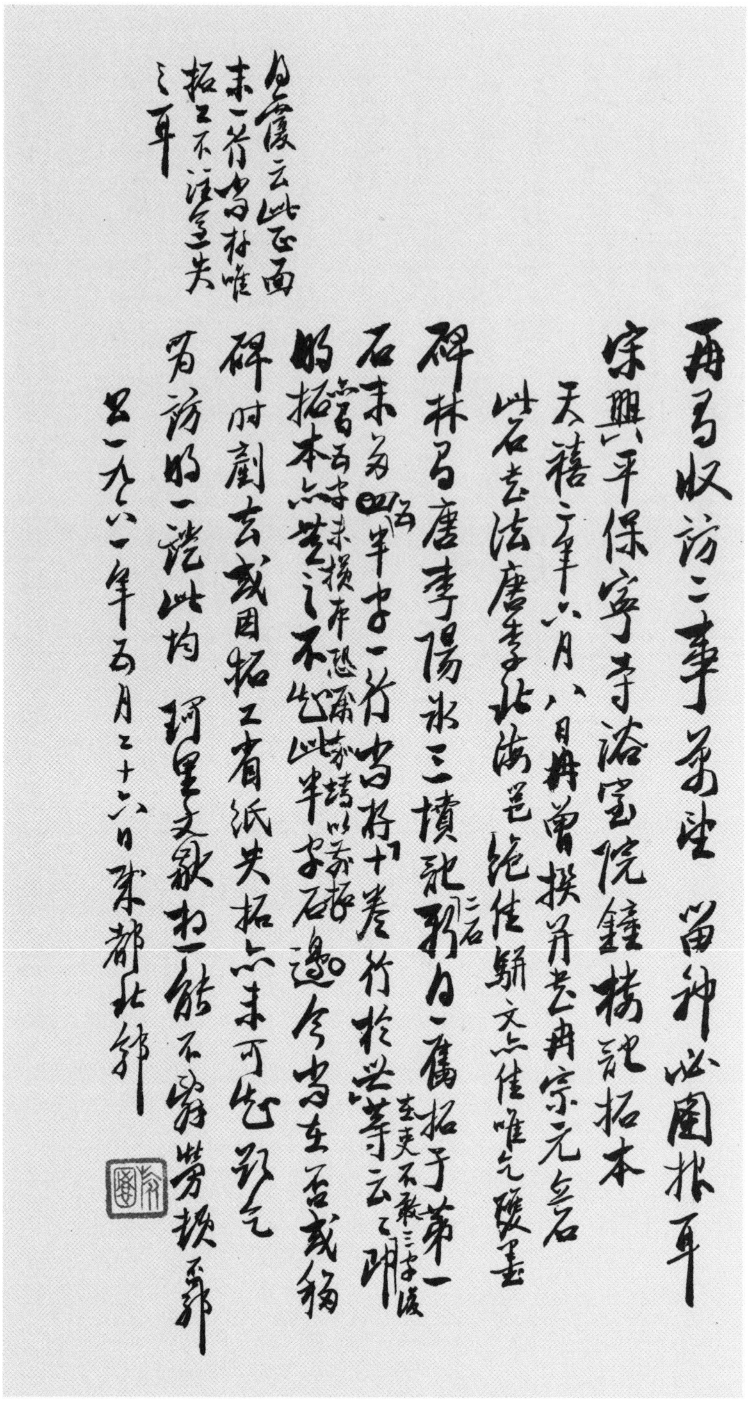

再有收訪二事，萬望留神，必圖報耳。宋興平保寧寺浴室院鐘樓記拓本。天禧二年六月八日冉曾撰并書，冉宗元立石。此石書法唐李北海邕，絕佳，駢文亦佳，唯乞雙墨。碑林有唐李陽冰《三墳記》二石，新得一舊拓，于第一石末多五半字一行，尚存『十卷行于世』等云云。在『吏不敢』三字後，即明拓本亦無之，亦有五字未損本，恐屬嘉靖以前拓。不知此半字石邊今尚在否？或移碑時剷去，或因拓工省紙失拓，亦未可知。欲乞爲訪明一證。此均珂里文獻，想能不辭勞頓否耶？公一九六一年五月二十六日。成都北郭。

得覆云此正面末一行尚存，唯拓工不注意失之耳。

【注釋】

［一］陳定謨（一八八九—一九六一年），江蘇昆山人。現代著名學者、教育家。

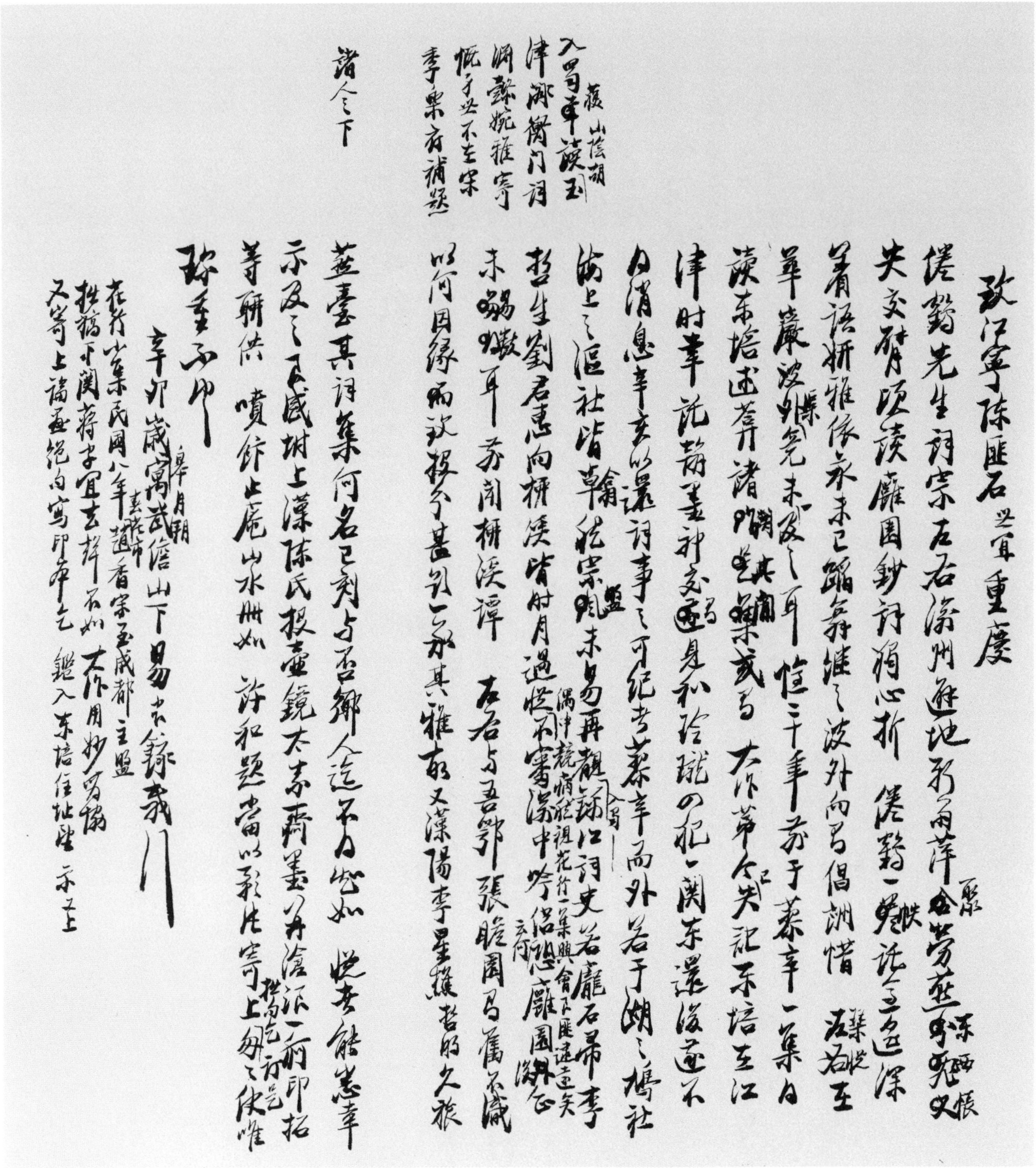

○○四　致陳匪石

致江寧陳匪石[一]世宜

重慶

倦鶴先生詞宗左右：渝州避地，新雨萍聚，勞燕東西，悵失交臂。頃讀《廱園鈔詞》，獨心折倦鶴一帙，託意遙深，着語妍雅，依永未已，蹈舞繼之。波外向有倡詶，惜渠從在華嚴，波渠竟未一及之耳。憶二十年前，于《蓼辛》一集，得讀東培、述莽諸闋，其間或有大作，第今已失記。東培在江津時，幸託翰墨神交，有見和《玲瓏四犯》一闋。東還後，遂不得消息。辛亥以還，詞事之可紀者，蓼辛而外，若于湖之鳩社、海上之漚社，皆翕然宗盟，未易再覯。入蜀錦江詞史，若龐石帚[二]、李哲生[三]、劉君惠[四]、向柳溪，[五]皆時月過從，偶申競病。然視花行一集，與會良匪逮遠矣。不審渝中吟侶云何？恐廱園後正未易數耳。前聞柳溪譚，左右与吾鄂張瞻園[六]有舊，不識以何因緣致投分？甚欲一承其雅故。又，漢陽李星樵哲明[七]，久旅燕臺，其詞集何名？已刻与否？鄉人迄不得知。如從者能悉，幸示及之，良感。

入蜀獲讀山陰胡玉津[八]《衡門詞》，淵懿婉雅，寄慨于世，不在宋季《樂府補題》諸人之下。

坿上漢陳氏投壺鏡、太素齋墨，并滄浪一舸印拓等，聊供噴飯。止庵山水册如許和題，當以影片寄上，拙句乞訂是。匆匆，伏唯珍重不具。

辛卯歲臯月朔，寓武儋山下，易忠籙載拜。

花行小集，民國八年春，花市趙香宋至成都主盟。拙稿下闋『蔣』字宜去聲，不如大作用『妙』爲協。又，寄上《論畫絕句》寫印本，乞鑑入。東培[九]住址望示。又上。

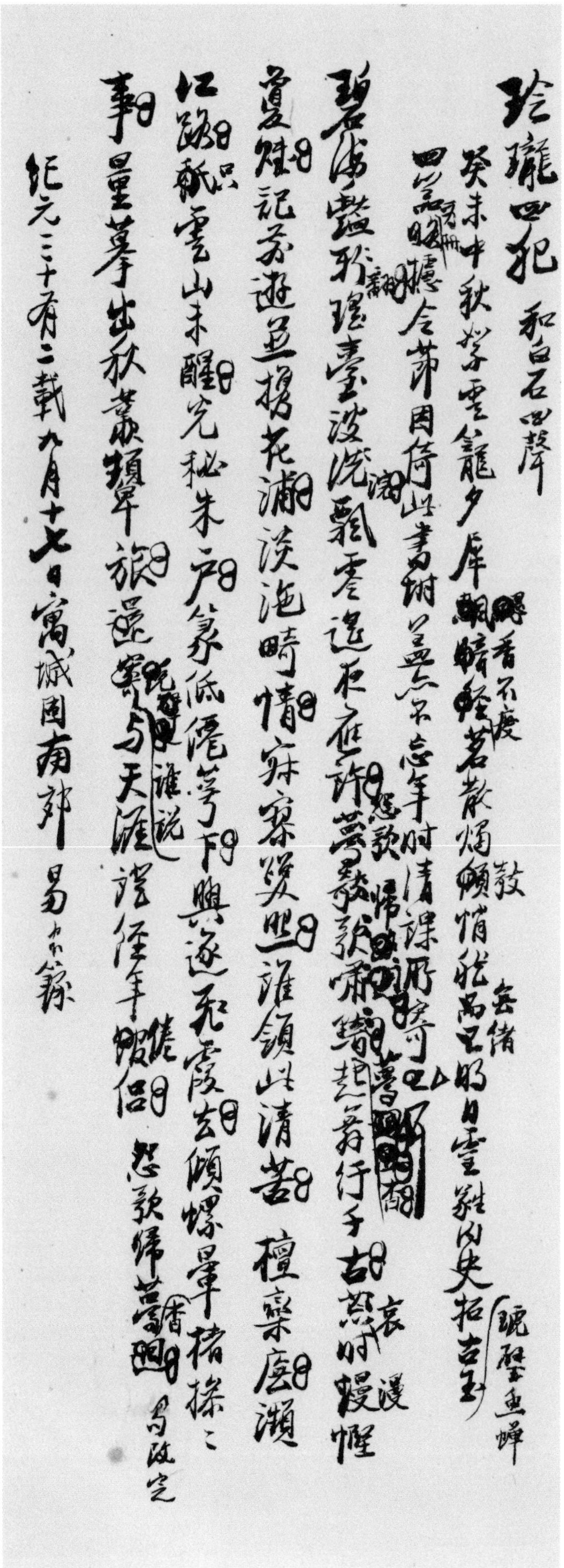

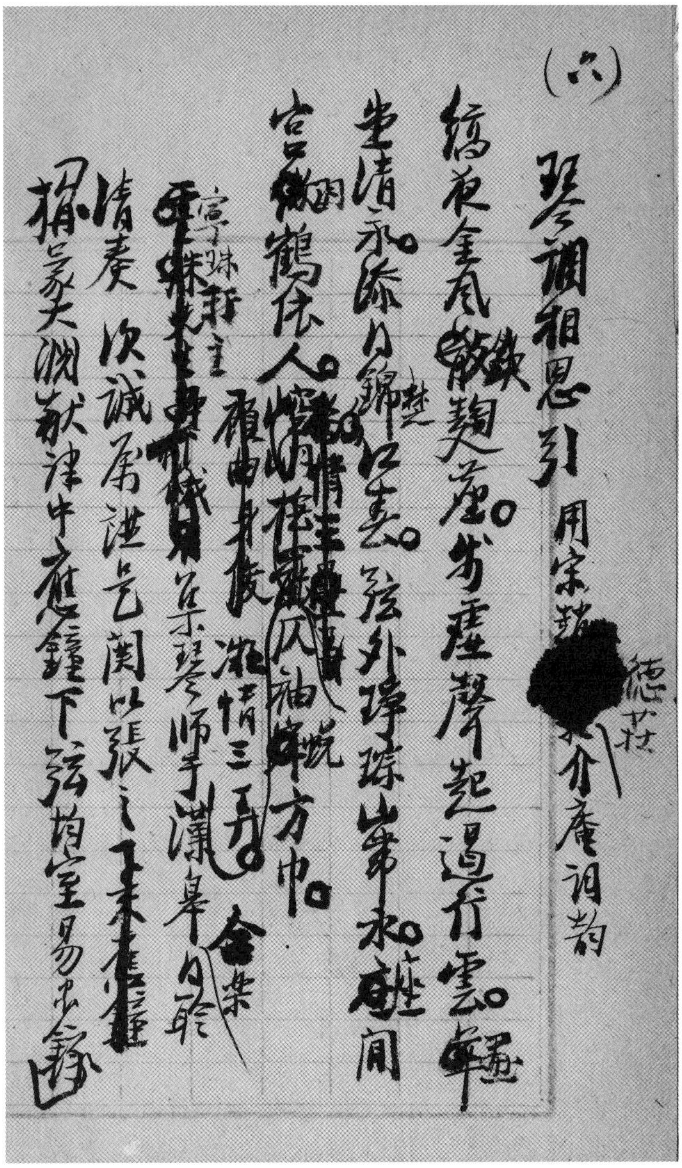

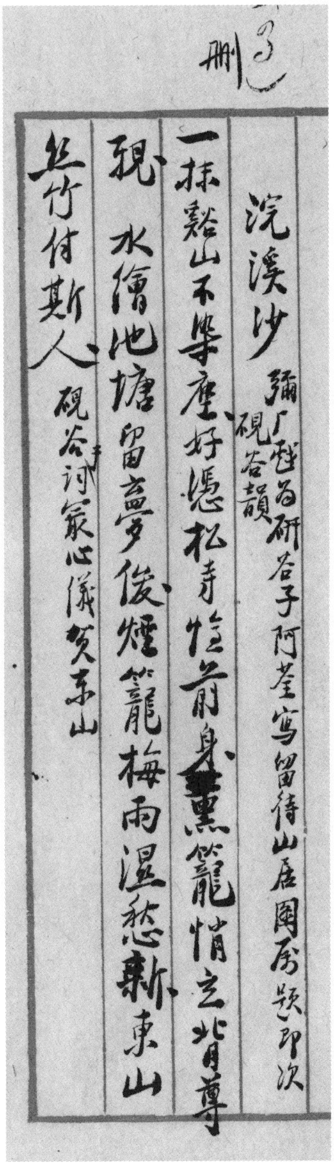

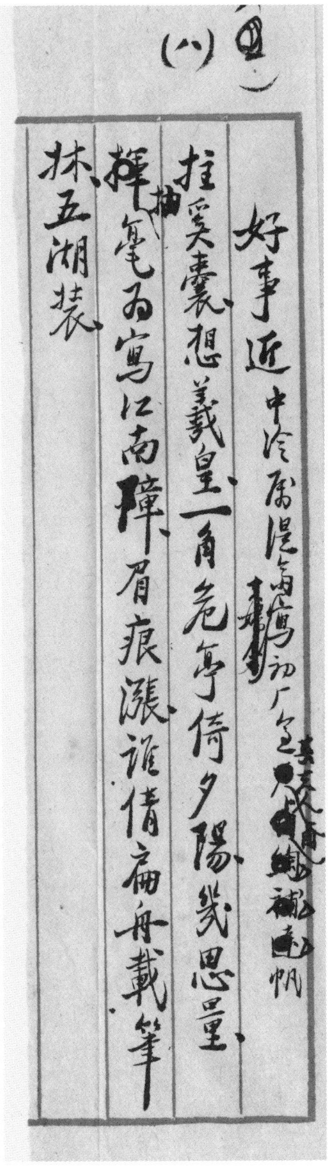

【附録】

玲瓏四犯和白石四聲

癸未中秋，絮雲籠夕，犀香不度，茗散燭歆，悄然無緒。明日，靈蕤内史拓古玉琥、璧、魚、蟬四器爲册，略慮令節。因倚此書坿，蓋亦不忘年時清課所寄。

碧海艷翻，瑤臺波浣，飄零遥夜應許。怨歌歸夢杳，起舞行千古。哀時漫慳夐賦。記前遊、並携花浦。淡淹畸情，寂寥雙熙，誰領此清苦。檀欒廡瀕江路，只雲山未醒，光秘朱戶。箓低僊萼下，興逐飛霞去。傾螺暈楮摻摻事，量摹出、秋叢羇旅。誰説與，天涯證、經年倦侶。怨歌歸夢杳。寫改定。紀元三十有二載九月十七日，寓城固南郊，易忠籙。

（六）琴調相思引用宋趙德莊介庵詞韻

縞夜金風□麴塵。步虛聲起遏行雲。畫堂清永，添得錦（楚）江春。弦外琤琮山帶水，座間宮羽鶴依人。凝情三弄，仄袖蜕方巾。寧珠軒主集琴師于漢高，得聆清奏。次誠屬譜是闋以張之。（旃蒙大淵獻律中應鐘下弦。均室易忠籙）

浣溪沙　彌厂戲爲研谷子阿荃寫《留待山居圖》屬題，即次硯谷韻。

一抹谿山不染塵，好憑松寺憶前身。黑籠悄立背尊親。水繪池塘留夢俊，煙籠梅雨濕愁新。東山絲竹付斯人。硯谷于詞最心儀賀東山。

（八）好事近中泠屬湜翁寫初厂意，其夫人卣綯補遠帆。

拄奚囊，想羲皇，一角危亭倚夕陽。幾思量，抽毫爲寫江南障。眉痕漲，誰倩扁舟載筆牀，五湖裝。

【注釋】

[一] 陳匪石即陳世宜（一八八四—一九五九年），字小樹，號匪石，别號倦鶴。江蘇江寧人。著名藏書家、近代詞人。

[二] 龐石帚（一八九五—一九六四年），名俊。祖籍重慶綦江。生於成都。四川大學教授。近代著名學者、詞人。

[三] 李哲生即李思純（一八九三—一九六〇年），四川成都人。著名歷史學家、元史學家。著有《李思純文集》。

[四] 劉君惠（一九一二—一九九九年），名道龢，以字行，號佩蘅。祖籍四川樂至。生於四川華陽。四川師範大學教授。著名學者、詞人。

[五] 向柳溪即向迪琮（一八七七—一九六一年），字僊喬（亦作僊樵），號鮫公，别號柳溪。四川巴縣人。四川大學教授。近代著名學者、詞人、校讎學家。有《柳溪長短句》。

[六] 張瞻園，即張仲炘，生卒年不詳。湖北江夏人，有《瞻園詞》。

[七] 李星樵，即李哲明，生卒年不詳。字星樵，號靜娱。漢陽人。光緒十八年（一八九二年），進士。著有《自然室詩稿》。

[八] 胡玉津即胡薇元（一八五〇—一九二〇年），字孝博，號詩舲。浙江山陰人。學者、詞人。

[九] 東培即王孝煃，字東培，號寄漚。南京人。有《寄漚詞》《秋夢録》。

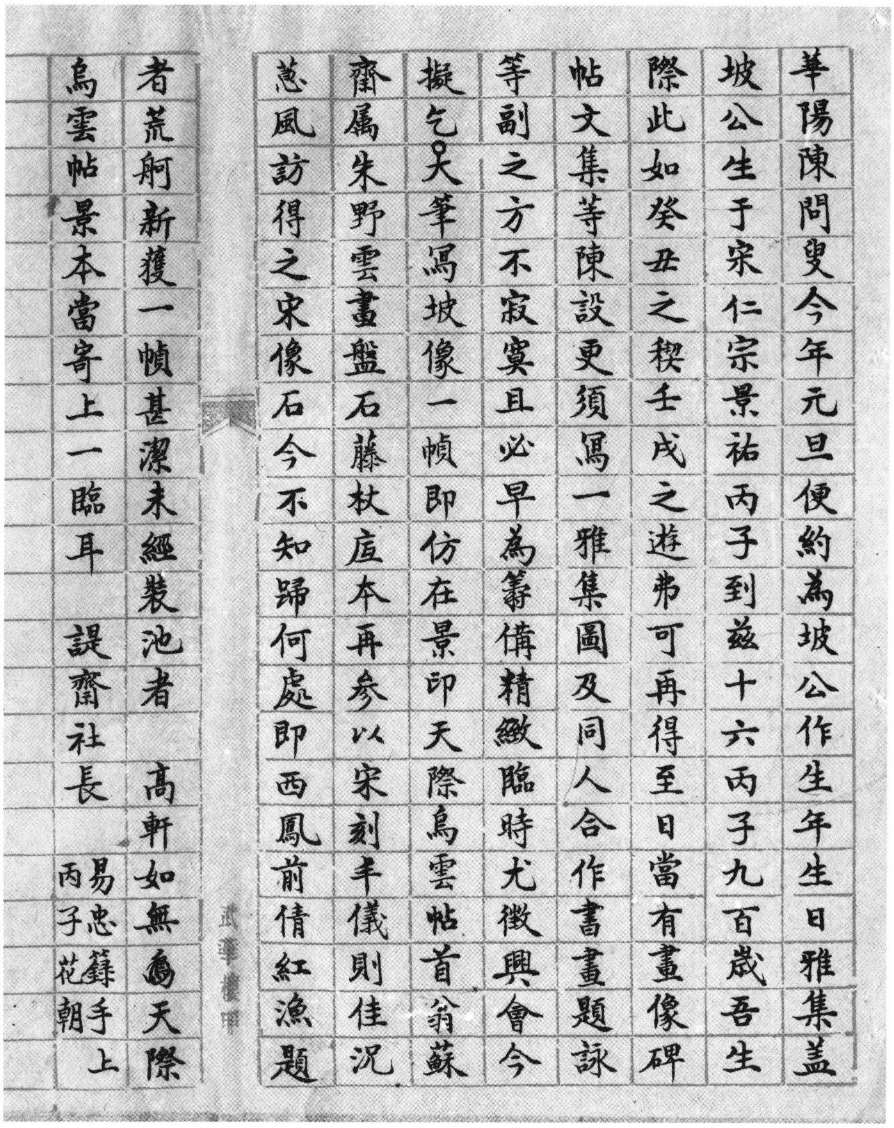

華陽陳問叟今年元旦便約爲坡公作生年生日雅集蓋
坡公生于宋仁宗景祐丙子到兹十六丙子九百歲吾生
際此如癸丑之禊壬戌之遊弗可再得至日當有畫像碑
帖文集等陳設更須寫一雅集圖及同人合作書畫題詠
等副之方不寂寞且必早爲籌備精緻臨時尤徵興會今
擬乞大筆寫坡像一幀即仿在景印天際烏雲帖首翁蘇
齋屬朱野雲畫盤石藤杖庋本再參以宋刻丰儀則佳況
蕙風訪得之宋像石今不知歸何處即西鳳前倩紅漁題
者荒舸新獲一幀甚潔未經裝池者　高軒如無天際
烏雲帖景本當寄上一臨耳　提齋社長　易忠籙手上
丙子花朝

〇〇五　致陳問時（一）

華陽陳問叟今年元旦便約爲坡公作生年生日雅集，蓋坡公生于宋仁宗景祐丙子，到兹十六丙子，九百歲。吾生際此，如癸丑之禊，壬戌之遊，弗可再得。至日當有畫像、碑帖、文集等陳設，更須寫一雅集圖及同人合作書畫題詠等副之，方不寂寞。且必早爲籌備精緻，臨時尤徵興會。今擬乞大筆寫坡像一幀，即仿在景印《天際烏雲帖》首翁蘇齋囑朱野雲畫盤石藤杖庋本，再參以宋刻丰儀則佳。況蕙風訪得之宋像石，今不知歸何處，即西鳳前倩紅漁題者。荒舸新獲一幀，甚潔，未經裝池者。高軒如無《天際烏雲帖》景本，當寄上一臨耳。提齋社長。易忠籙手上。丙子花朝。

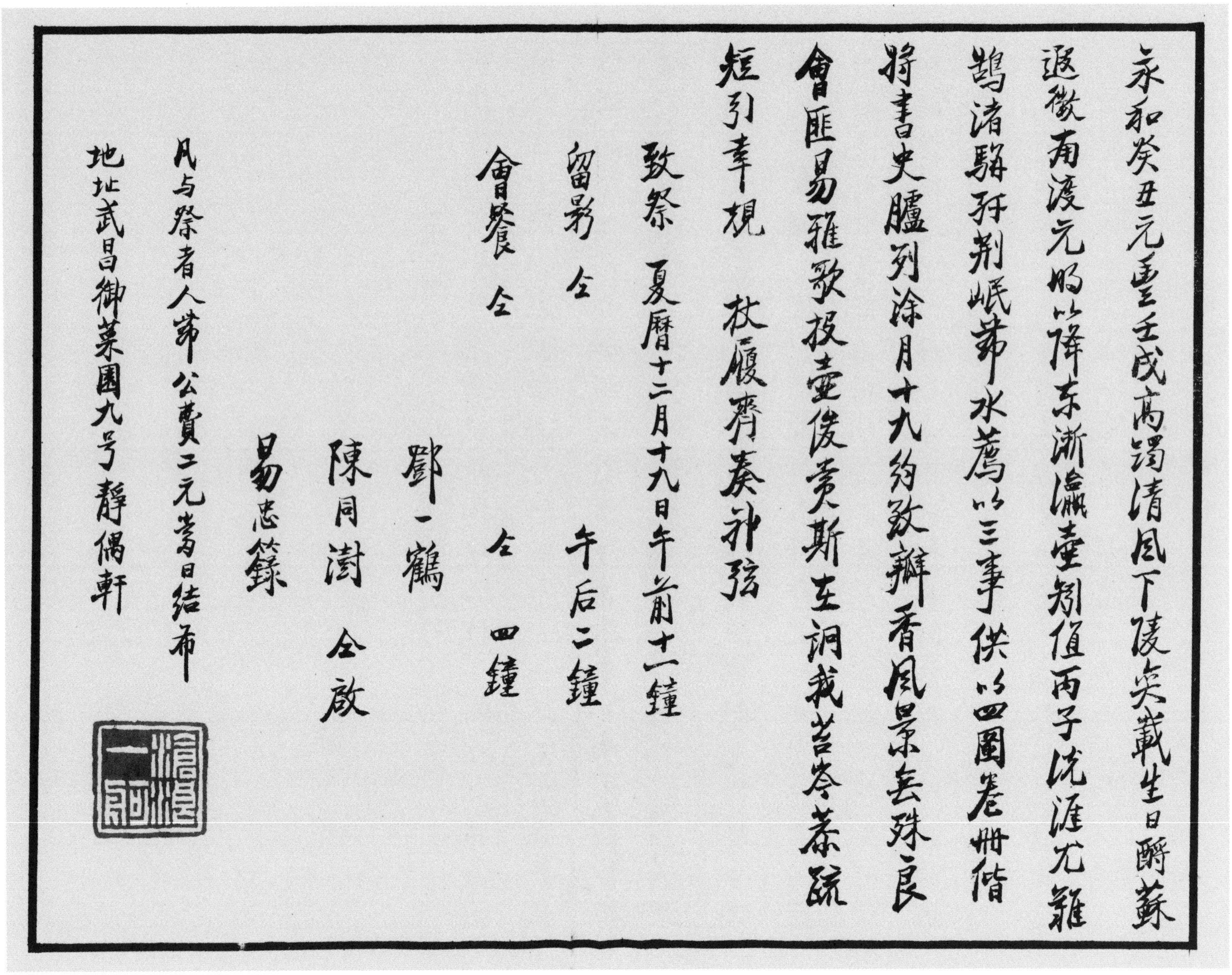

永和癸丑元豐壬戌高躅清風下陵奕載生日酹蘇
遐徵南渡元明以降東漸瀛壺矧值丙子洸涯尤艱
鵠渚駿軒荊岷帶水薦以三事供以四圖卷册偕
將書史臚列涂月十九約致瓣香風景無殊良
會匪易雅歌投壺俊賞斯在詗我苔岑恭疏
短引幸觀杖履齊奏神弦

致祭 夏曆十二月十九日午前十一鐘
留影 仝 午后二鐘
會餐 仝 仝 四鐘

鄧一鶴
陳同澍 仝啓
易忠籙

凡与祭者人帶公費二元當日結布
地址武昌御菜園九号靜偶軒

附：丙子靜偶軒壽蘇啓事

永和癸丑，元豐壬戌。高躅清風，下陵奕載。生日酹蘇，遐徵南渡。元明以降，東漸瀛壺。矧值丙子，洸涯尤艱。鵠渚駿軒，荊岷帶水。

荐以三事，供以四圖。卷册偕將，書史臚列。涂月十九，約致瓣香。風景無殊，良會匪易。雅歌投壺，俊賞斯在。詗我苔岑，恭疏短引。幸觀杖履，齊奏神弦。

致祭夏曆十二月十九日午前十一鐘
留影 仝 午後二鐘
會餐 仝 仝 四鐘

鄧一鶴
陳同澍仝啓
易忠籙

凡與祭者人帶公費二元，當日結布。
地址：武昌御菜園九號靜偶軒

丙子靜偶軒壽蘇題名

浠水蘇鍾貞　毓青別號三角山民年六十九
浠水徐炳龍　臥漁年五十三
華陽陳同澍　問時別號瓦屋山人年六十七
羅田周景墀　季英別號爛石柯樵年六十二
棗陽王霞宙　以字行年三十五
武昌呂　覺　聖逸年二十七
武昌徐　石　松巖年二十五
武昌唐義精　粹盦別號韻農年四十四
潛江朱義胄　心佛別號悟園年五十
天門沈肇年　碧舫別號韀公年五十八
羅田王葆心　季薌別號青垞年六十九
浠水聞惕生　以字行別號辜庵年三十八
孝感鄧一鶴　北堂別號逋廬年五十六
麻城余晉芳　子青年七十七
麻城余仁錫　散木年五十三
潛江易忠籙　均室別號稌園年五十一

是日晨雨入午風雪大作未至者爲枝江張春霆繼煦鄂城陳豫生廷英襄陽錢仲僊葆青武昌楊乙父彤光成都楊中之季先夏口趙孟兼垓葉肖荀炳堃鄂城杜曼殊盤武昌張九宜張肇銘黃陂王廓夫重慶羅伯昭宋景祐三年後九百有一年夏曆十二月朔十有九日靜偶軒內史靈棃萬瑞葉錄

預期敝軒拓得南宋蘇漢臣督姜氏鑄香罏全形延鄂渚畫家分繪蘇詩中所詠花木補景　明文壽承刻赤壁前賦句八字印六面分橫幅與小册二種花好月圓人壽之石四面橫幅各四十份分遺同好以廣韻事并記

支銷

橘	四斤	六角四分
乾荔枝	二斤	一元一角二分
香蕉	六斤	六角六分
蘇餻	一枚	二元
白檀香	半斤	八角八分
雪堂義酒	六瓶	二元五角
龍團茶	四兩	八角
小啟印資百份 江南紙廠紙		一元八角
題名等件印資 三宗共五百份宣紙		六元
攝影 十二英寸正副張 凡加映每張六角須者請向三佛閣容康相館接洽		五元
會餐 附點心四十	二桌 另會菜一元	十三元八角
白米	五升	四角
瓜子	三斤	八角
白金龍香煙	二罐	八角
木炭	一擔	一元六角
煤　薪　水	三宗	一元
煤汽燈租金	一盞	五角
煤油	一斤	一角六分
武漢送信車資		六角
雜役工資	二名	一元
廚娘工資	一名	五角

共付去法幣四十三元五角六分

靜偶軒主計

附：丙子靜偶軒壽蘇題名

丙子靜偶軒壽蘇陳設
下列諸件除景蘇園帖金剛經赤壁圖唐蘇珦碑四種其餘均靜偶軒藏本

雪堂義酒
橘
荔支乾
香蕉
壽餅
南宋蘇漢臣鑄香鑪內炷沉檀承以樃几
蘇漢臣鑄鑪已著錄明曹明仲格古要論清王漁洋居易錄張叔未清儀閣題跋其文在底外篆書曰紹興二年大寧廠臣蘇漢臣監督姜氏鑄至德壇用凡五行二十字
右供品

赤壁刻正坐磐石手執如意像 宜都楊鄰蘇舊藏
赤壁刻笠屐像 長白先芝圃摹仇十洲本宜都楊鄰蘇舊藏
宋刻平山堂側面半身像 臨桂況氏蕙風簃藏石
文游臺刻宋本蘇書陶集像 光州胡石查舊藏
右坡公畫像石本以臨桂況氏蕙風簃所藏宋平山堂刻爲可貴第壽蘇在楚中故祀像仍以赤壁磐石者爲主餘分列四壁
赤壁刻宋德壽殿藏蘇寫壽者像 壬戌生易磐拓本
舊拓赤壁賦文衡山補字幷跋本 光州胡石查舊藏
舊拓與李方叔御賜馬劵 明嘉興陸祠刻本胡石查舊藏
舊拓應詔內翰批答 清清江楊氏四知堂刻本胡石查舊藏
舊拓雪浪石幷盆銘
舊拓天際烏雲帖元明詩跋 清新安程氏木庵刻本
舊拓巴縣刻蘇帖四種 監利王氏百柱堂舊藏
舊拓澄鑑堂帖 漢陽葉氏平安館舊藏
初拓景蘇園帖 景蘇老人贈成都陳氏瓦屋山莊藏
明拓蘇書金剛經 何蝯叟等手跋天門沈氏甓盧藏
東坡居士四字玉印拓小立軸 漢陽萬氏梅巖藏印
東坡居士元祐四年琴拓立軸 銘八言徙倚庭戶破寵寒聲
明文壽承刻赤壁賦句白文印清鄧完白刻赤壁賦句朱文印拓合册 新安汪梧庵藏石

清湯貞愍繪赤壁後遊圖吳山子刻硯拓小立軸 天門蔣氏藏硯
右坡公法帖篆刻器物

景明刻東坡七集一百十卷
查初白徐畏壘黎二樵顧印伯四家手評原刻本施注蘇詩四十六卷
蘇黃尺牘題跋二十二卷 清浦江周氏紛欣閣重刻宋本
蘇米志林三卷 明海虞毛氏綠君亭刻本平安館舊藏
六如亭傳奇二卷 湘潭張氏紫峴山人全集本
右書籍

明張君度赤壁夜泛圖立軸 着色紙本竟陵胡氏蕙亭藏
清顧印伯行書涪翁遺山句壽蘇聯 茶宣朱絲闌本
武昌楊乙父草書集蘇詞聯
成都陳問時行書集蘇詞聯
孝感鄧逋盧行書集蘇詞聯
潛江易均室篆書集蘇詞聯
成都揚中之繪宋元祐四年御賜坡公玉鼻騂幷題詩立軸 絹本
棗陽王霞宙夏口徐松巖呂聖逸合寫坡公笠屐杖三器圖立軸 紙本
武昌唐粹庵棗陽王霞宙夏口徐松巖張肇銘葉肖萏呂聖逸合寫坡公和子由園中草木詩意圖立軸 紙本
夏口趙孟兼寫靜偶軒壽蘇雅集圖卷 紙本
西冷王福庵爲靜偶軒壽蘇撰句隸書九言聯
丹徒蘇碩人響拓蘇公子癸敵
武進張提齋響拓蘇衞妃鼎
永嘉方介堪響拓蘇公敵
黟山葉肖萏響拓蘇冶姫鼎
潛江易均室補臨右拓四器銘辭
潛江易萬靈蘂拓南宋蘇漢臣鑄香鑪全形夏口徐松巖補綴雲石張肇銘補萱草潛江易均室題詩立軸
右書畫

宋景祐三年後十五丙子十二月朔十有九日靜偶軒易忠籙錄目

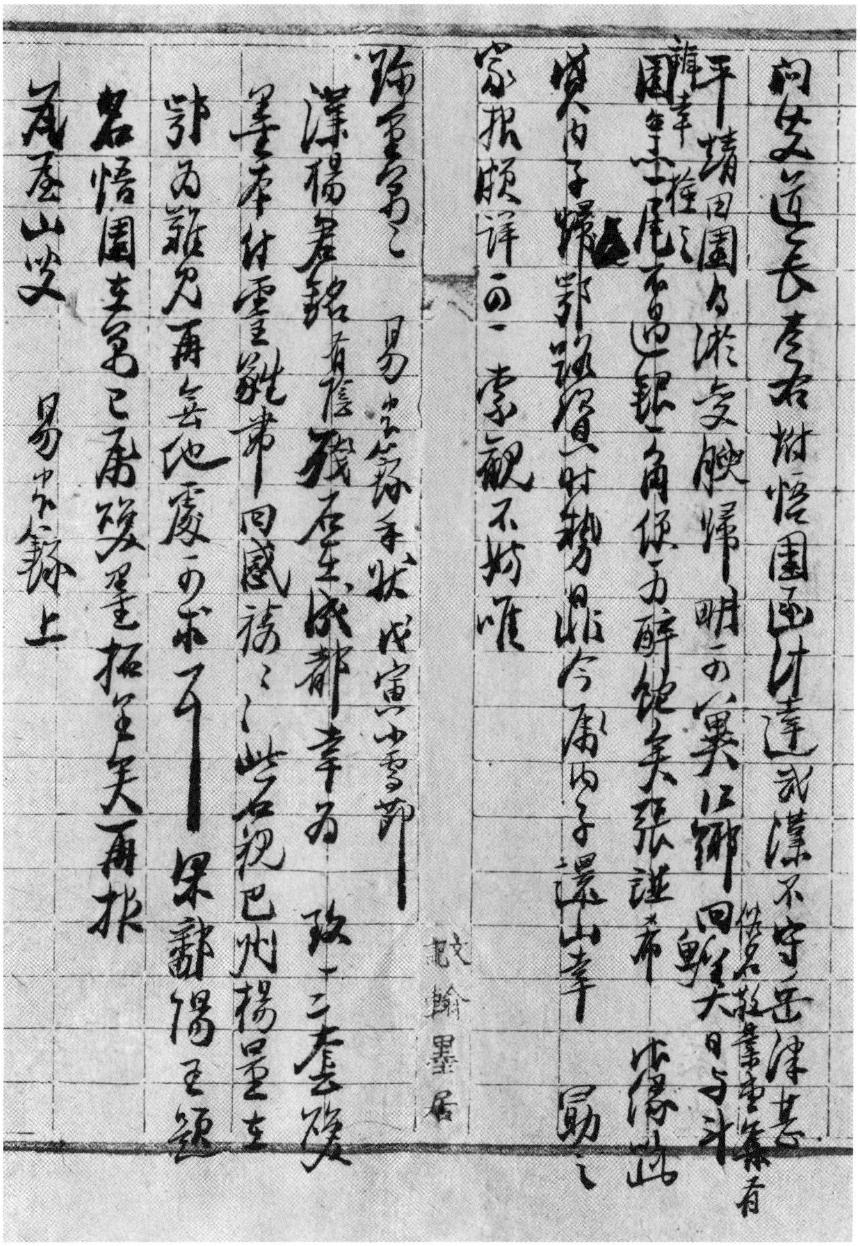

〇〇六　致陳問時（二）

問叟道長左右：坿悟園函計達。武漢不守，岳津甚平靖。田園得淤變腴，歸畊可冀。江鄉回魚（俗名，《敬業堂集》有辨，幸檢之。）美，日与斗園烹一尾，不過銀一角，便可醉飽矣。張譜希作緣以此貸內子歸鄂路資。時勢日非，今屬內子還山，幸勗之。家報頗詳，可一索觀，不妨。唯珍重萬萬。易忠籙手狀。戊寅小雪節。

《漢陽君銘》（有陰）殘石在成都，幸爲致一二套雙墨本付靈蕤帶回，感禱感禱！此石視《巴州楊量》在鄂爲難見，再無他處可求耳。梁鄱陽王題名，悟園在萬已屬雙墨拓呈矣。再報瓦屋山叟。易忠籙上。

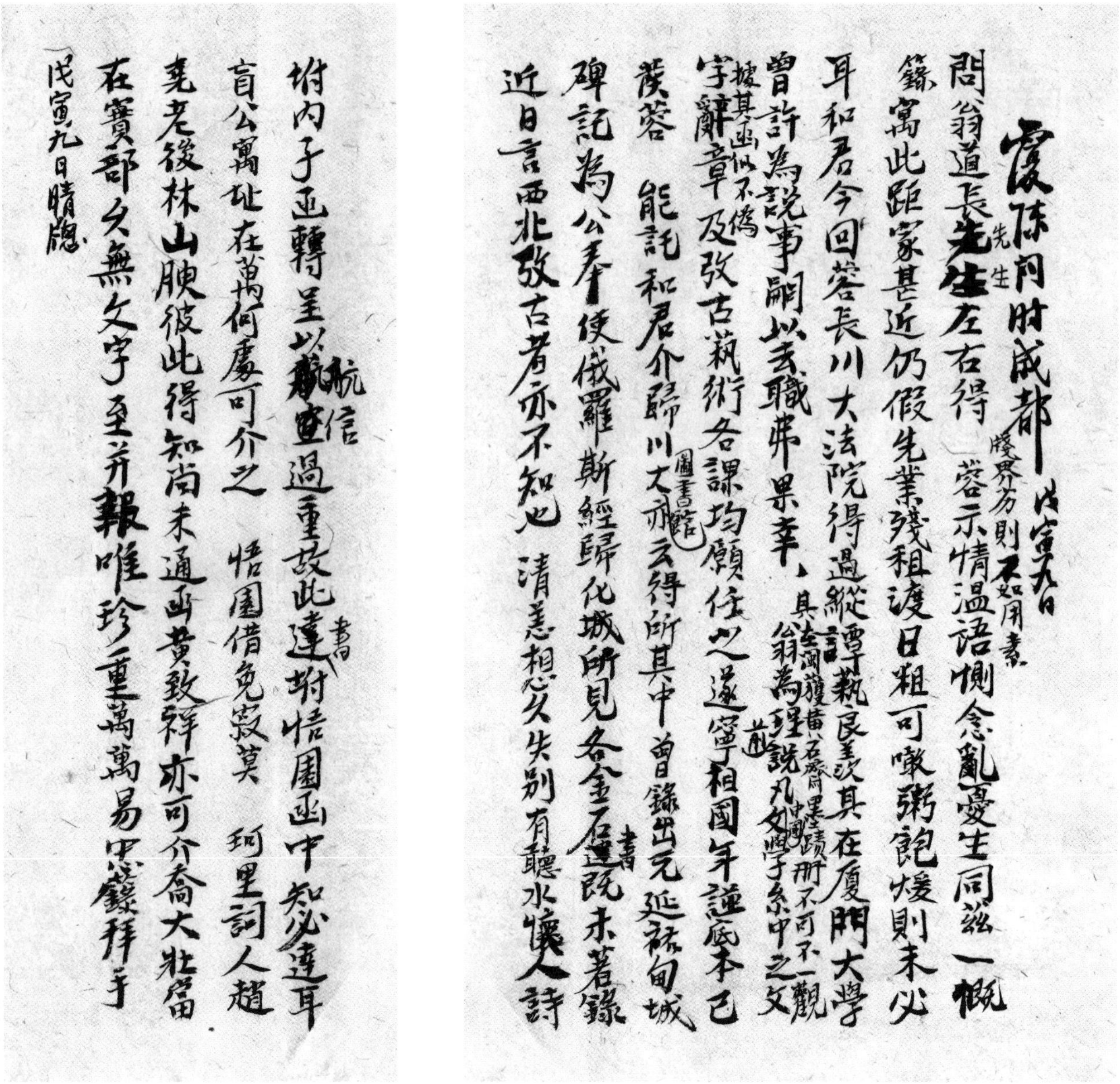

○○七　致陳問時（二）

覆陳問時　成都　戊寅九日

牋界劣則不如用素

問翁道長先生左右：得蓉示，情温語惻，念亂憂生，同兹一慨。

籙寓此距家甚近，仍假先業殘租渡日，粗可啜粥，飽煖則未必耳。和君今回蓉，長川大法院，得過縱（從）譚蓺，良羡。其在厦門大學曾許爲説事，嗣以去職，弗果。其在閩獲《黄石齋墨蹟册》，不可不一觀。據其函，似不偽。幸翁爲理前説，凡中國文學系中之文字、辭章及攷古、蓺術各課均願任之。遂寧相國年譜底本已發蓉，能託和君介歸川大圖書館，亦云得所。其中曾録出《元延祐甸城碑記》，爲公奉使俄羅斯，經歸化城所見，各金石書既未著録，近日言西北攷古者亦不可知也。清恙想久失，别有聽水懷人詩坿内子函轉呈，以航信過重，故此書坿悟園函中，知必達耳。盲公寓址在萬何處，可介之悟園，借免寂莫。珂里詞人，趙堯老後林山腴，彼此得知，尚未通函。黄致祥亦可介，喬大壯當在實部，久無文字至，并報。唯珍重萬萬。易忠籙拜手。戊寅九日晴牕。

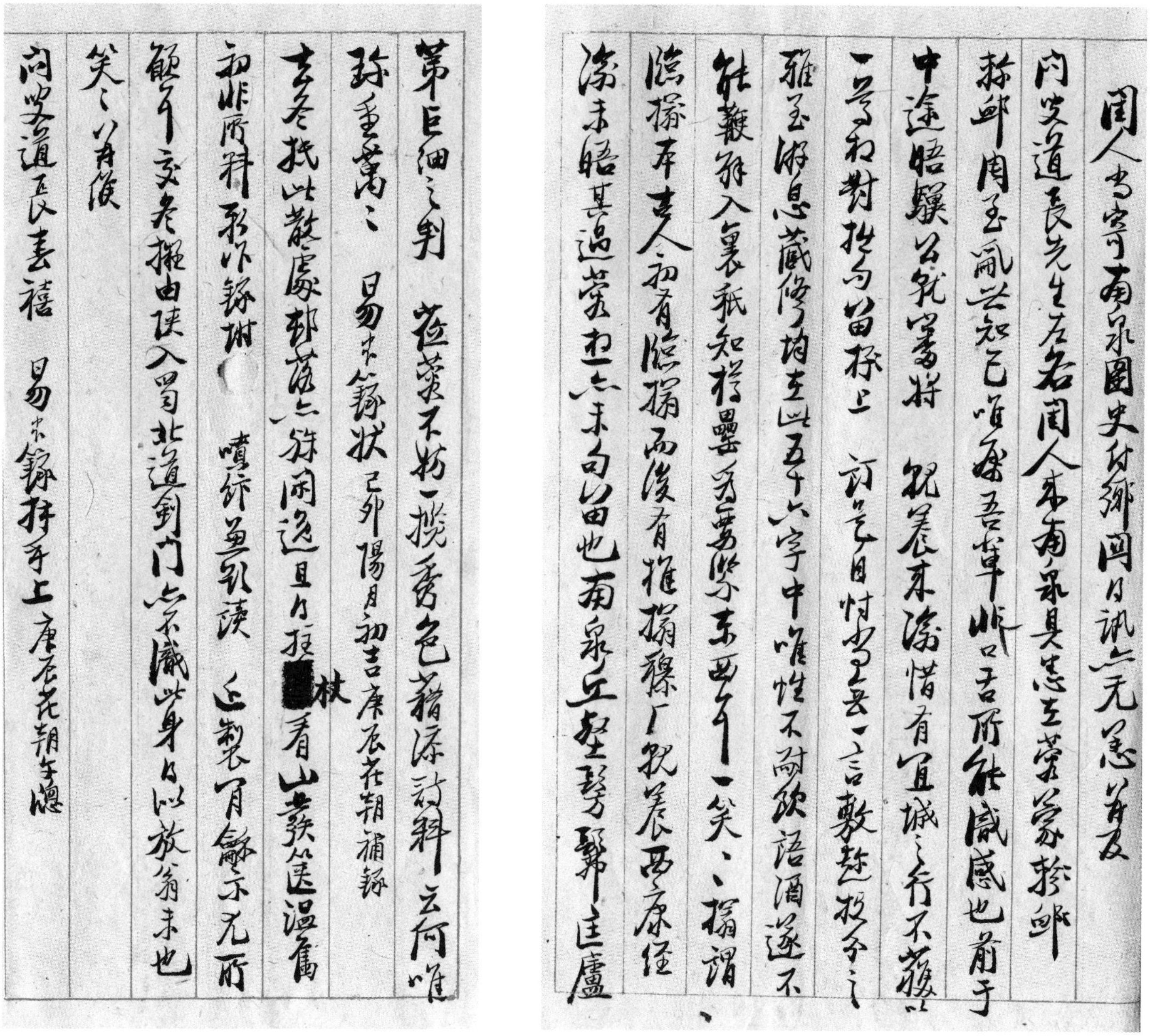

○○八　致陳問時（四）

問叟道長先生左右：閩人來南泉，具悉在蓉蒙軫卹周至，亂世知己，唯屬吾輩，非口舌所能識感也。前于中途晤驥公，就審將親養來渝，惜有宜城之行，不獲以一尊相對。拙句留上訂是，自忖尚無一言敷趂，投分之雅，至游息藏修，均在此五十六字中。唯性不耐飲，語酒遂不能鞭辟入裏，秪知樽罍爲要緊東西耳。一笑，一笑。搨謂臨本，古人初有臨搨，而後有椎搨。穆厂就養西康，經渝未晤，其過蓉想亦未句留也。南泉丘壑髣髴匡廬，第巨細之判，莅蓉不妨一攬秀色，藉添詩料，云何？唯珎重萬萬。易忠籙狀。己卯陽月初吉。庚辰花朝補録。

去冬抵此，散處邨落，亦殊閒逸，且得柱杖看山，發篋温舊，初非所料。新作録坿噴飰，兼欲讀近製，肯鉌示，尤所願耳。交冬擬由陜入蜀，北道劍門，亦不識此身得似放翁未也？笑笑。并候問叟道長春禧。易忠籙拜手上。庚辰花朝午牕。

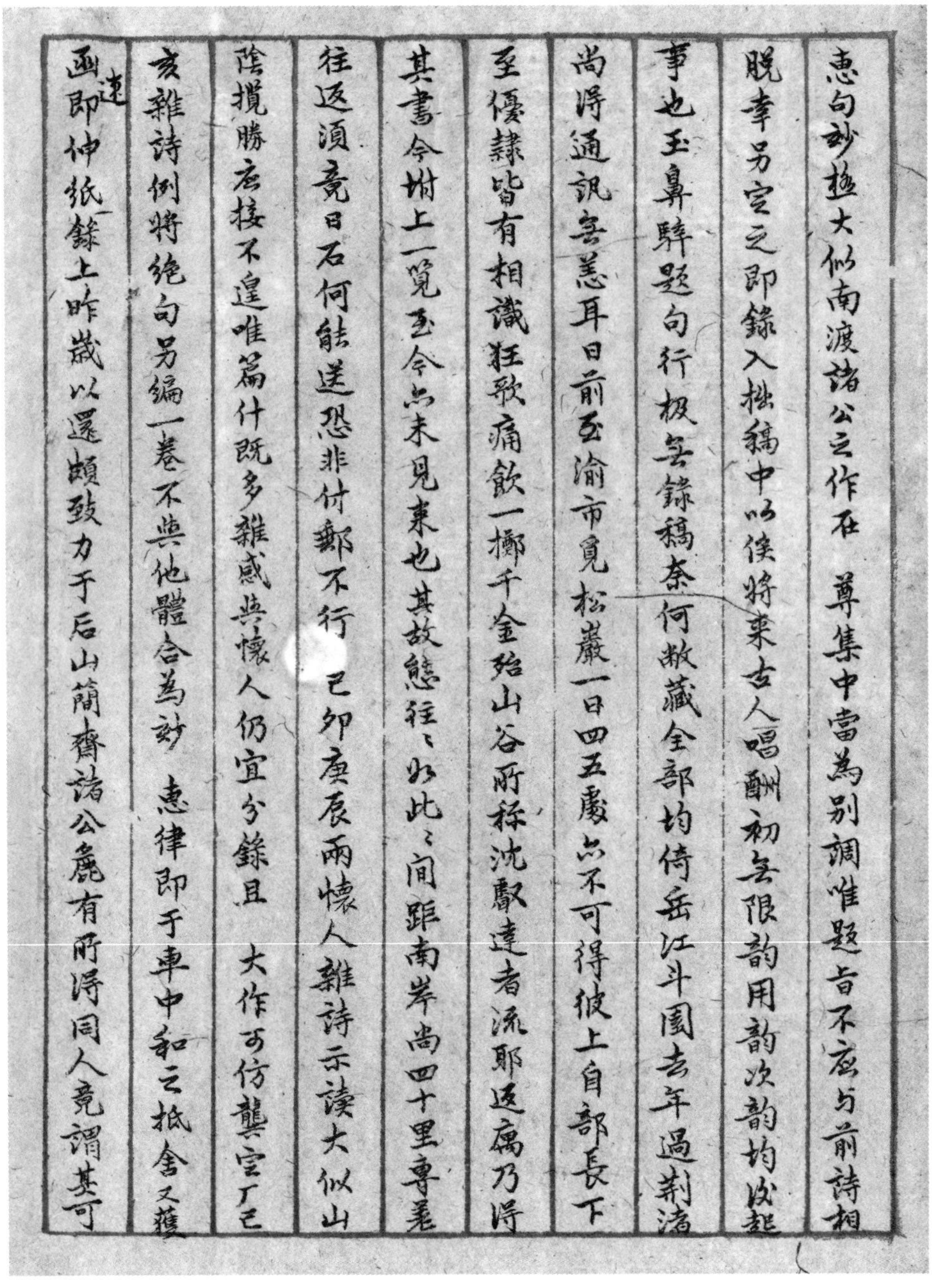

○○九　致陳問時（五）

惠句鈔極，大似南渡諸公之作，在尊集中當爲別調。唯題旨不應与前詩相脱，幸另定之。即録入拙稿中，以俟將來。古人唱酬，初無限韵，用韵、次韵，均後起事也。玉鼻騂題句，行极無録稿，奈何！敝藏全部均倚岳江斗園，去年過荆渚，尚得通訊無恙耳，日前至渝市覓松巖，一日四五處，亦不可得。彼上自部長，下至優隸，皆有相識。狂歌痛飲，一擲千金，殆山谷所稱沈叡達者流耶？返廣乃得其書，今坿上一覽，至今亦未見來也，其故態往往如此。此間距南岸尚四十里，專差往返，須竟日，石何能送？恐非付郵不行。己卯、庚辰兩懷人雜詩示讀，大似山陰攬勝，應接不遑。唯篇什既多，雜感与懷人仍宜分録，且大作可仿龔定厂《己亥雜詩》例，將絶句另編一卷，不與他體合爲鈔。惠律即于車中和之，抵舍又獲函，速即伸紙録上。昨歲以還，頗致力于后山、簡齋諸公，麁

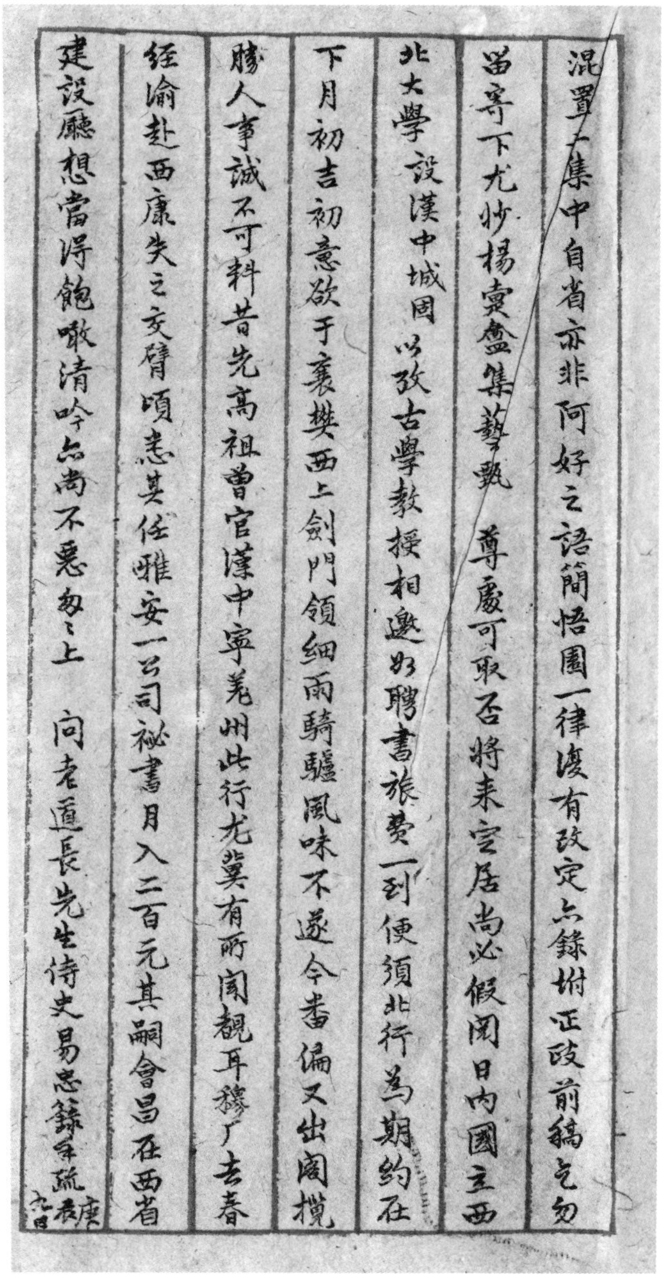
混置二集中自省亦非阿好之語簡悟園一律復有改定亦錄坿正政前稿乞勿
留寄下尤妙楊𡌴盦集藝甄 尊處可取否將來定居尚必假閱日内國立西
北大學設漢中城固以攷古學教授相邀如聘書旅費一到便須北行爲期約在
下月初吉初意欲于襄樊西上劍門領細雨騎驢風味不遂今番偏又出閣攬
勝人事誠不可料昔先高祖曾官漢中寧羌州此行尤冀有所聞覩耳穆厂去春
經渝赴西康失之交臂頃悉其任雅安一公司祕書月入二百元其嗣會昌在西省
建設廳想當得飽噉清吟亦尚不惡匆匆上 問老道長先生侍史易忠籙手疏庚辰九日

有所得，同人竟謂其可混置二集中。自省亦非阿好之語。簡悟園一律，復有改定，亦録坿正政。前稿乞勿留，寄下尤妙。楊𡌴盦集《藝甄》，尊處可取否？將來定居，尚必假閲。日内國立西北大學（設漢中城固）以攷古學教授相邀，如聘書旅費一到，便須北行，爲期約在下月初吉，初意欲于襄樊西上劍門，領細雨騎驢風味，不遂。今番偏又出閣攬勝，人事誠不可料。昔先高祖曾官漢中寧羌州，此行尤冀有所聞覩耳。穆厂去春經渝赴西康，失之交臂，頃悉其任雅安一公司秘書，月入二百元，其嗣會昌在西省建設廳，想當得飽噉清吟，亦尚不惡。匆匆上。問老道長先生侍史。易忠籙手疏。庚辰九日。

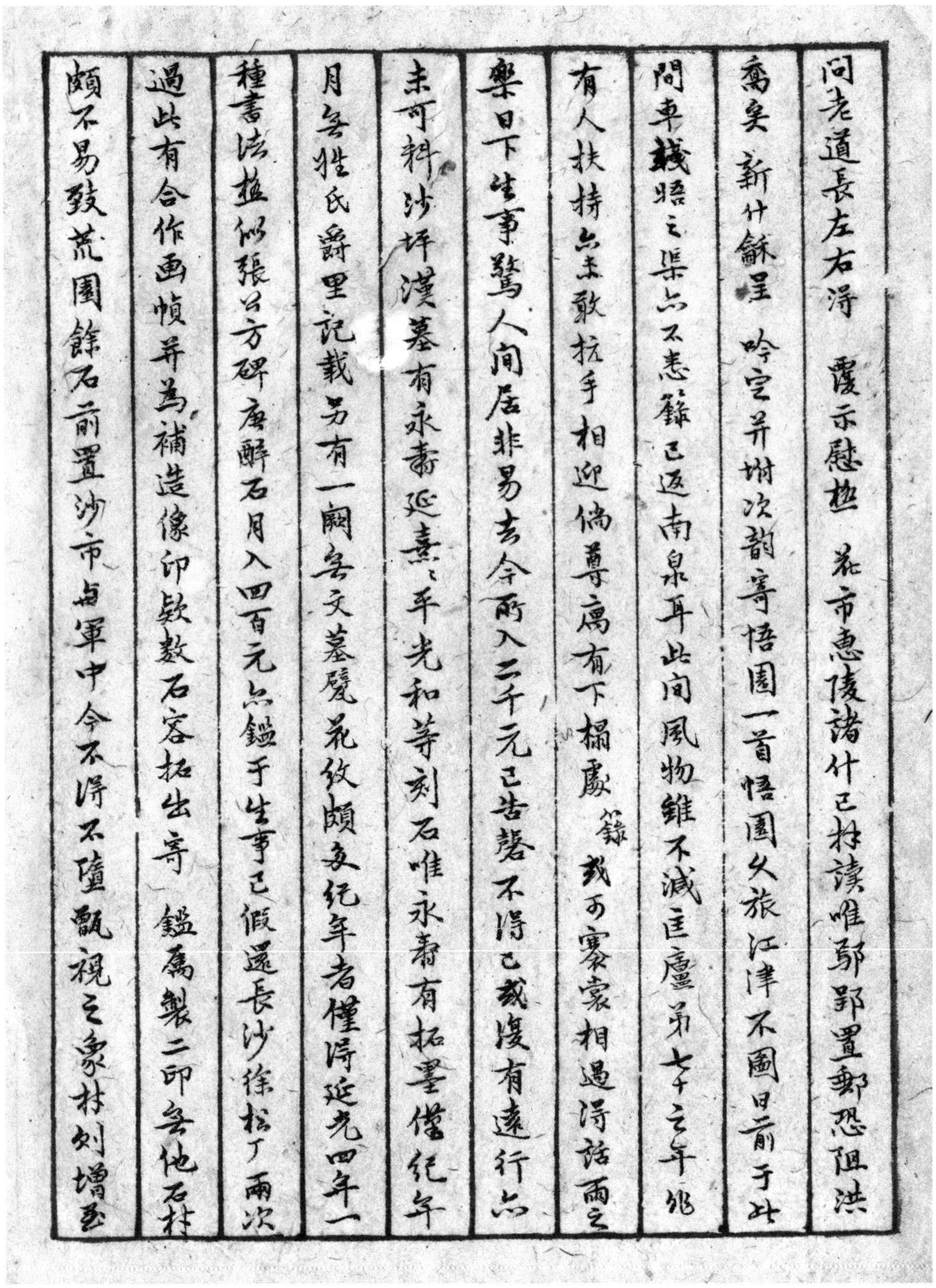

○一○ 致陳問時（六）

問老道長左右：得覆示，慰極。花市、惠陵諸什已拜讀，唯鄢郢置郵恐阻洪喬矣。新什穌呈吟定，并坿《次韻寄悟園》一首。悟園久旅江津，不圖日前于此間車棧晤之，渠亦不悉籙已返南泉耳。此間風物雖不減匡廬，弟七十之年，非有人扶持，亦未敢抗手相迎。倘尊寓有下榻處，籙或可褰裳相過，得話雨之樂。日下生事驚人，閒居非易，去今所入二千元已告罄，不得已，或復有遠行，亦未可料。沙坪漢墓有永壽、延熹、熹平、光和等刻石，唯永壽有拓墨，僅紀年月，無姓氏爵里記載。另有一闕無文墓甓，花紋頗多，紀年者僅得延光四年一種，書法極似《張公方碑》。唐醉石月入四百元，亦鑑于生事，已假還長沙。徐松厂兩次過此，有合作畫幀，并爲補造像印欵數石，容拓出寄鑑。屬製二印，無他石材，頗不易致。荒園餘石，前置沙市

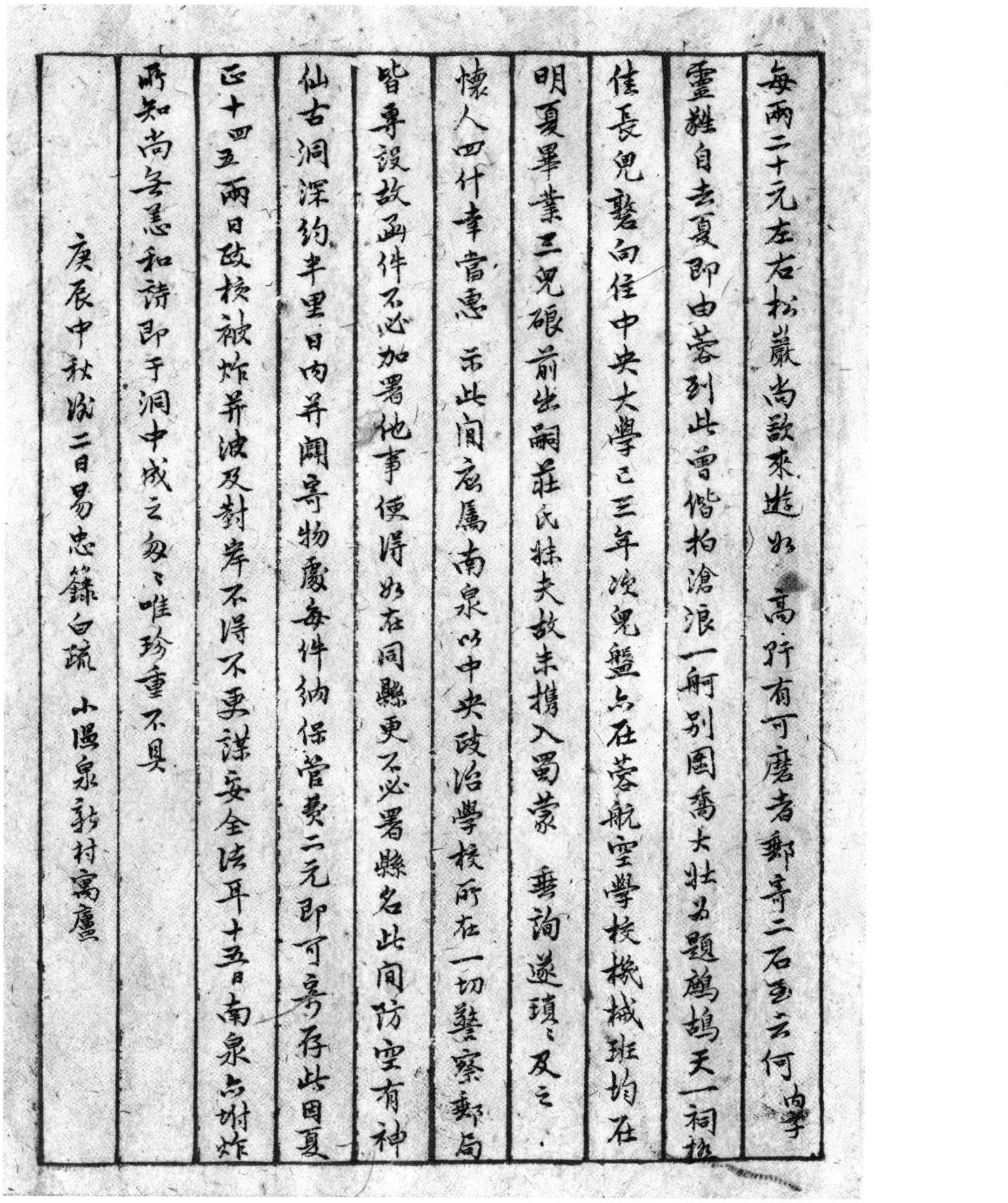
每兩二十元左右松巖尚欲來遊如高軒有可磨者郵寄二石至云何内子
靈𧃍自去夏即由蓉到此曾偕拍滄浪一舸別圖喬大壯爲題鷓鴣天一祠極
佳長兒磬向住中央大學已三年次兒盤亦在蓉航空學校機械班均在
明夏畢業三兒硠前出嗣莊氏妹夫故未携入蜀蒙垂詢遂瑣瑣及之
懷人四什幸當惠示此間應屬南泉以中央政治學校所在一切警察郵局
皆專設故函件不必加署他事便得如在同縣更不必署縣名此間防空有神
仙古洞深約半里日内并闢寄物處每件納保管費二元即可寄存此因夏
正十四五兩日政校被炸并波及對岸不得不更謀安全法耳十五日南泉亦坿炸
所知尚無恙和詩即于洞中成之匆匆唯珍重不具
庚辰中秋後二日易忠籙白疏 小温泉新村寓廬

与軍中，今不得不墮甑視之。象材則增至每兩二十元左右。松巖尚欲來遊，如高軒有可磨者，郵寄二石至云何？内子靈𧃍自去夏即由蓉到此，曾偕拍《滄浪一舸別圖》，喬大壯爲題《鷓鴣天》一祠（詞），極佳。長兒磬向住中央大學，已三年。次兒盤亦在蓉航空學校機械班，均在明夏畢業。三兒硠前出嗣莊氏妹夫，故未携入蜀，蒙垂詢，遂瑣瑣及之。懷人四什幸當惠示。此間應屬南泉，以中央政治學校所在，一切警察、郵局皆專設，故函件不必加署他事便得。如在同縣，更不必署縣名。此間防空有神仙古洞，深約半里，日内并闢寄物處，每件納保管費二元，即可寄存此。因夏正十四、五兩日政校被炸，并波及對岸，不得不更謀安全法耳。十五日南泉亦坿炸，所知尚無恙。和詩即于洞中成之。匆匆，唯珍重不具。庚辰中秋後二日，易忠籙白疏。小温泉新村寓廬。

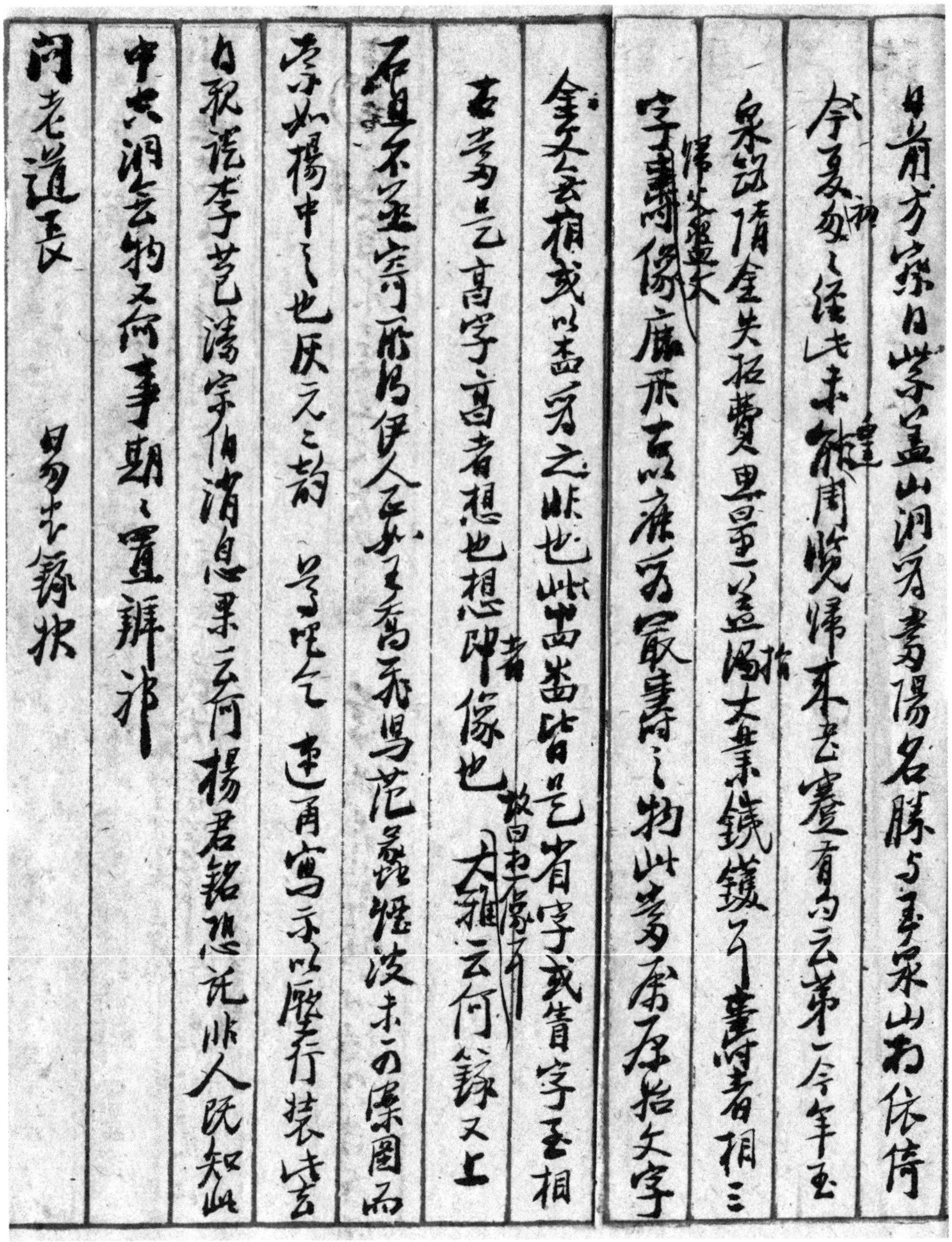

〇一一　致陳問時（七）

日前方察得，紫盖山洞爲當陽名勝，与玉泉山相依倚。夏初匆匆經此，未遑周覽。歸來書蹇有句云：『苐一今年玉泉路，隋金失拓費思量。』盖指大業銕鑊耳。『壽者相』三字，歸父盤文。壽像鹿形，古以鹿爲最壽之物，此當屬原始文字。金文無相，或以沓爲之，非也。凿盎皆是省字，或旹字。至相，古當是亯字，亯者，想也。想者像也，故曰想像耳。大雅云何，籙又上石，且不亟寄，所謂伊人，正如王喬飛舄，范蠡煙波，未可案圖而索，如楊中之也。灰元二韻。此尊□乞速再寫示，以壓行裝。此去得親談，李苞、潘宗伯消息果云何？楊君銘恐托非人，既知此中空洞無物，又何事期期置辨耶？問老道長。易忠籙報。

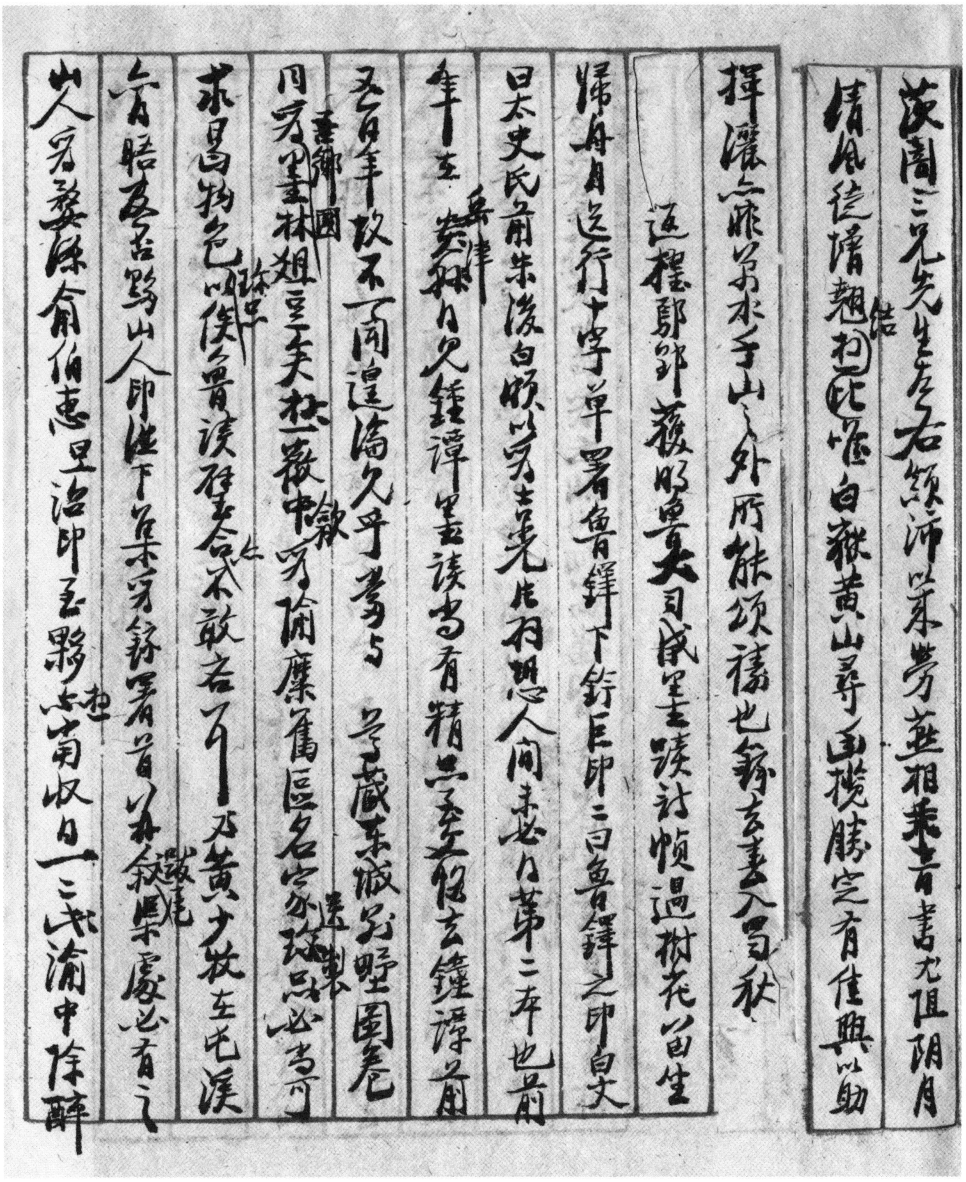

〇一二　致茨闇

茨闇三兄先生左右：顛沛以來，勞燕相乖，音書尤阻。陰月清風，徒增翹結。比想唯白嶽、黄山，尋幽攬勝，定有佳興，以助揮灑，亦非萬水千山之外所能頌禱也。籙去春入蜀，秋返楻鄢郢，獲明魯大司成墨蹟詩幀『過樹花留坐，歸舟月送行』十字，單署『魯鐸』，下鈐巨印二，曰：『魯鐸之印』，白文曰『太史氏』，前朱後白，頗以爲吉光片羽，恐人間未必得第二本也。前年在岳津得見鍾、譚墨蹟，尚有精品，至文恪去鍾、譚前又百年，故不一聞，遑論見乎？當与尊藏《東城別墅圖卷》同爲鄉國墨林俎豆矣。徽歙爲隃麋舊區，名家遺製必尚可求，曷物色珎品，以俟魯蹟璧合？亦不敢吝耳。黄少牧在屯溪，亦得晤及否？《黟山人印譜》下集爲籙署首并跋尾，渠處必有之。山人爲婺源俞伯惠旦治印至夥，想當收得一二。渝中除醉石，其他皆黟山印派也。此外，明人徽宗印多爲完白祖本，應于得閒亦應搜求之。以印爲主，不必問人与石之顯晦。又徽屬自明季以來，圖畫雕版良精，可收其舊刻，改印信牋至妙。若遇精刻有圖之書，尤不宜放過。前在光

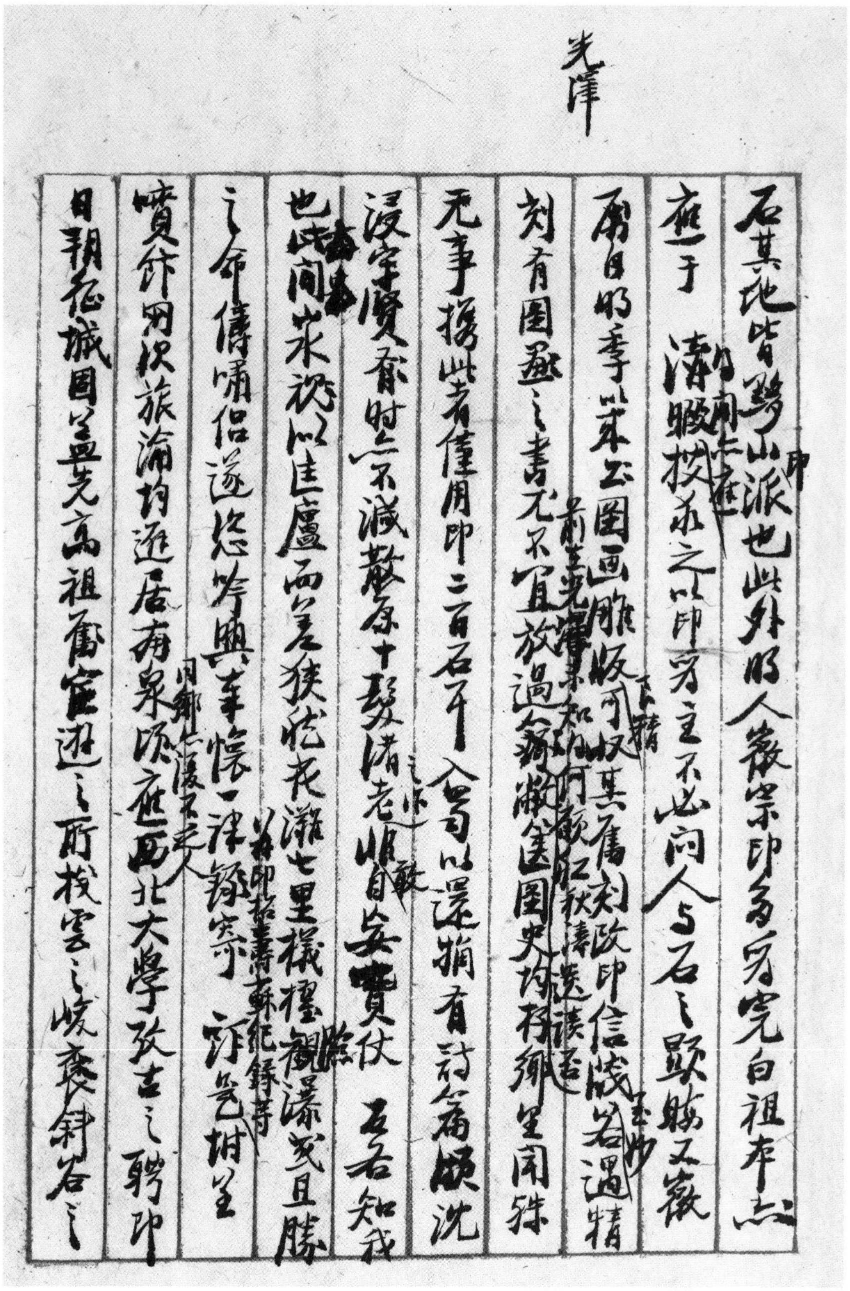

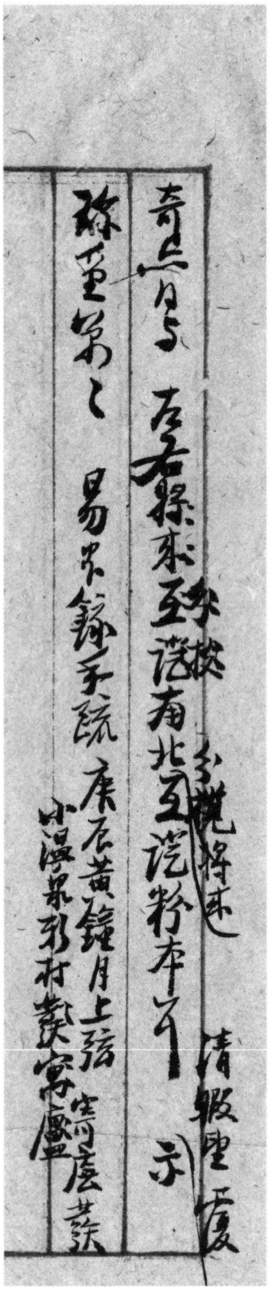

澤，未知得何願舡秋濤遺蹟否？敝篋圖史均存鄉里，聞殊無事，携此者僅用印二百石耳。入蜀以還，摘有詩篇，頗沉浸宋賢，時亦不減散原[一]、十髮[二]諸老之作，非敢妄贊，仗左右知我也。此間山水似匡廬而差狹，然花灘七里，檥櫂臨瀑，或且勝之。命儔嘯侶，遂恣吟興。奉懷一律并印拓、壽蘇紀録等，埘呈噴飯。兩次旅渝，均避居南泉，同鄉亦復不乏人。頃應西北大學攷古之聘，即日朔征城固，蓋先高祖宦遊之所。棧雲之峻，斜谷之奇，亦得与左右南北分攬，將來互證粉本耳。清暇望覆示。珎重萬萬。

易忠籙手疏庚辰黄鐘月上弦，小温泉新村寄廡發。

【注釋】

［一］散原即陳三立（一八五二—一九三七年），字伯嚴，號散原老人。江西義寧人。清光緒十二年進士。近代著名詩人、文學家。

［二］十髮即程頌萬（一八六五—一九三二年），字子大，一字鹿川，晚號十髮居士。湖南寧鄉人近代著名學者、書畫家、文學家。

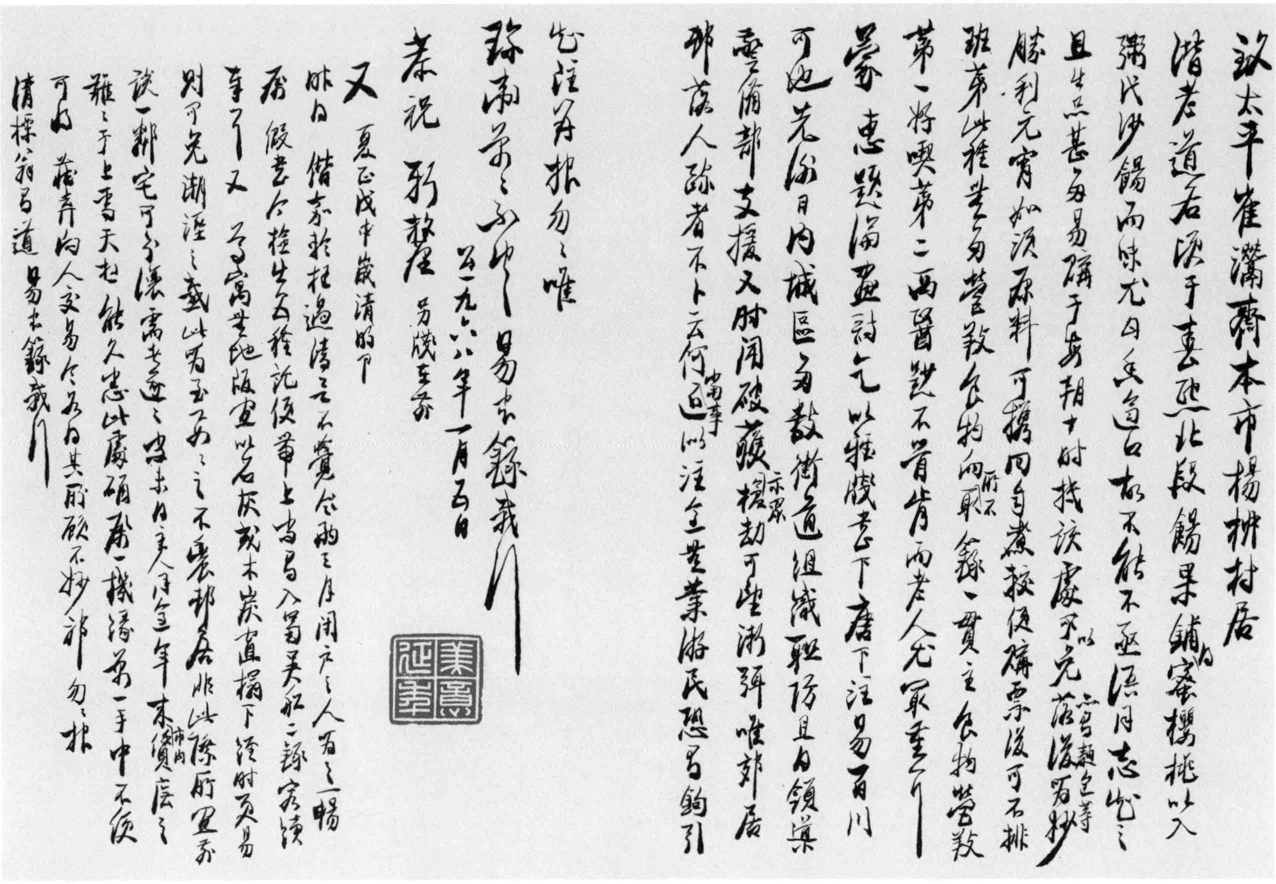

○一三　致崔龍灊[一]（一）

致太平崔灊齋　本市楊柳村居

灊老道右：頃于春熙北段錫果鋪得蜜櫻桃，以入粥代沙錫，而味尤甘香適口，故不能不亟語同志知之。且出品甚多，易購，于每朝十時抵該處，以免落後爲妙亦有麵包等。勝利元宵如須原料，可携回自煮較便，購票後可不排班。第此種無多營養食物，向所不取。籙一貫主食物營養第一，好喫第二，西醫匙不首肯，而老人尤最重耳。蒙惠題論畫詩，乞以雅牋書下，唐下注易百川可也。先謝。日内城區多數街道組織聯防，且得領導警備部支援，又時聞破獲示衆，搶劫可望漸弭。唯郊居邨落人疏者，不卜云何？當事近似注意無業游民，恐有鉤引，知注并報。匆匆，唯珍衛萬萬。不具。易忠籙載拜。

公一九六八年一月五日。

恭祝新釐。另牋在前。

又，夏正戊申歲清明節。

昨日偕嘉軨枉過清居，不覺兩三月閉戶之人爲之一暢。屬假書，今檢出五種，託便帶上。尚有《入蜀》《吳舡》二録，容續奉耳。又，尊寓無地版，宜以石灰或木炭置榻下，經時更易，則可免潮濕之感，此爲至要。要之不農邨居，非此際所宜。前談一鄰宅可分讓，需者逐逐，尚未得主人同意。年末市内賃廡之難，難于上青天，想能久悉。此處確屬一機緣，萬一手中不便，可將藏弆向人交易，令各得其所，顧不妙耶？匆匆報。

清標翁有道。易忠籙載拜。

【注釋】

[一]崔灊齋即崔之雄，生卒年不詳。名之雄，號龍潛、灊齋。安徽太平人。徐無聞之舅父。文物收藏家。

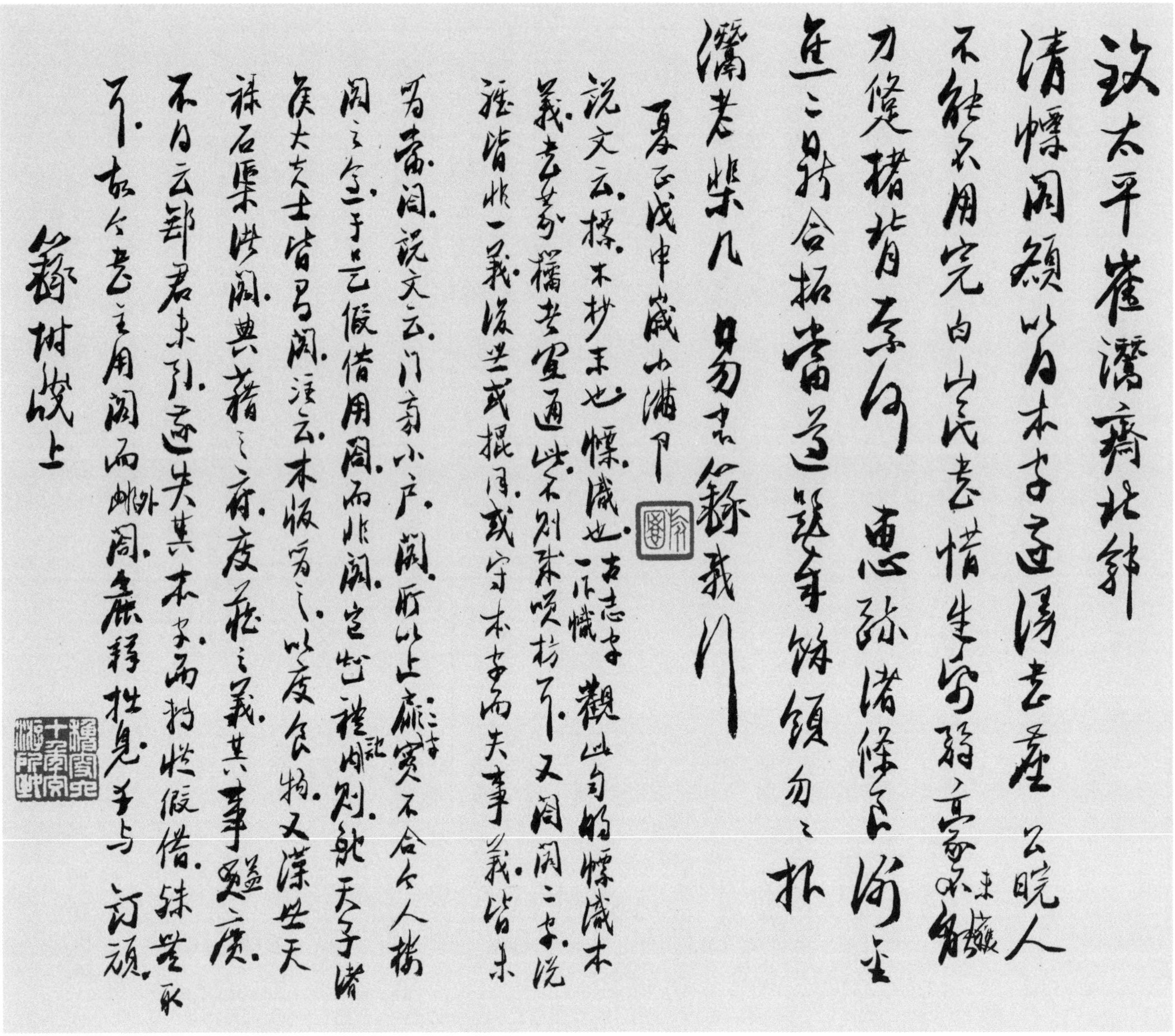

○一四　致崔龍瀗（二）

致太平崔瀗齋　北郭

清幖閣額以得本字，遂漫書塵公。皖人不能不用完白山民書，惜生䋽弱豪，未能力筦楮背，奈何。惠疏諸條，良謝。金、焦二鼎合拓當遵題奉。餘頌。匆匆報。

瀗老棐几。易忠籙載拜。

夏正戊申歲小滿卪。

《説文》云：：標，木杪末也。幖，識也古志字一作幟。觀此自明幖識本義，書篆籀者宜通此，不則成笑枋耳。又閤、閣二字，《説》《雅》皆非一意，後世或掍同，或守本字而失事義，皆未爲當。閤，《説文》云：：門旁小戶。閣，所以止扉。二字實不合今人樓閣之意，于是假借用閤，而非閣。豈知《禮記·内則》天子、諸侯、大夫、士皆有閣，注云：：木版爲之，以庋食物。又漢世天禄、石渠諸閣，典籍之府，庋藏之義，其事益廣。不得云鄦君未引，遂失其本字，而轉從假借，殊無取耳。故今書主用閣而外閤。矗釋拙見，幸与訂頑。

籙坿牋上。

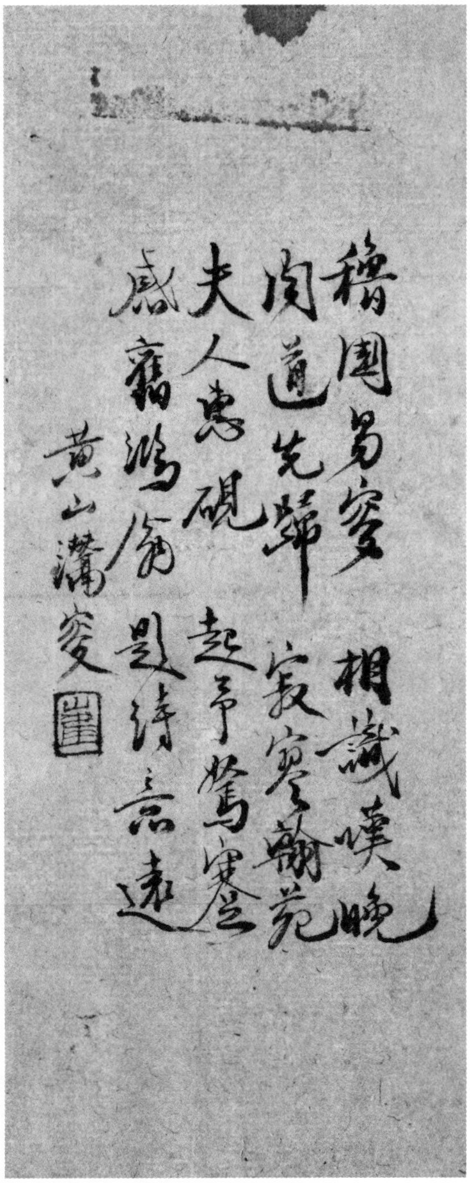

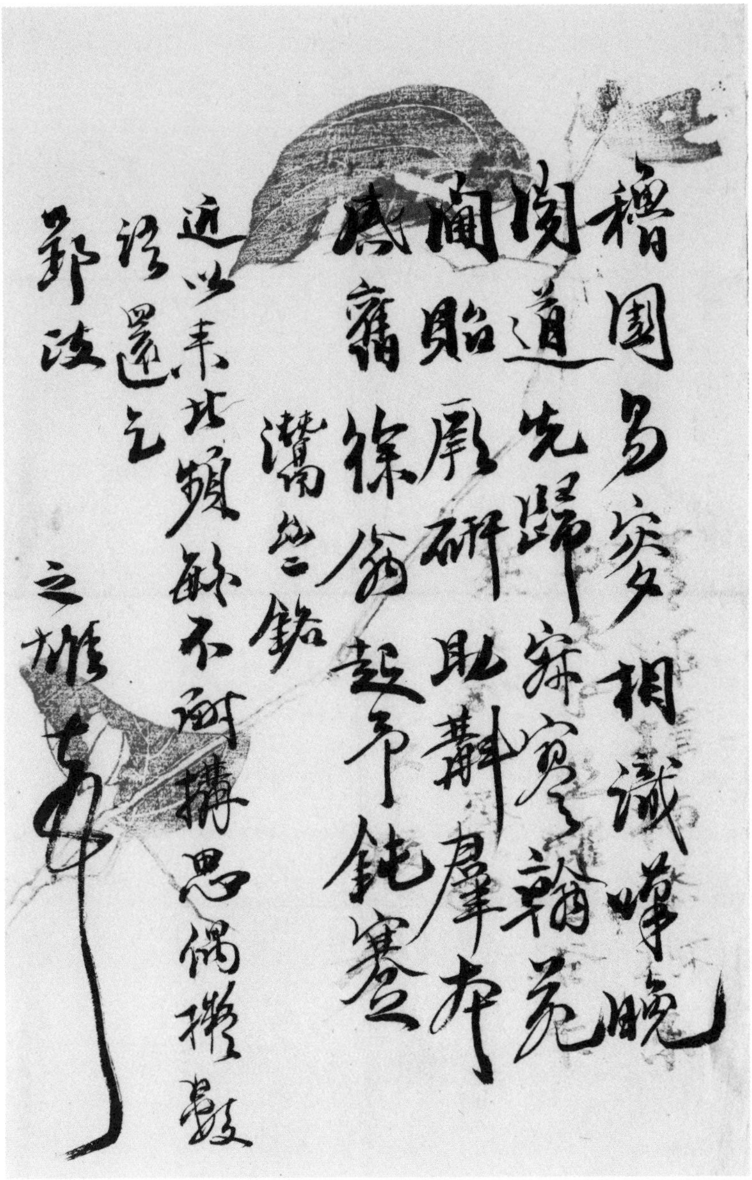

附：崔龍灊來函

穭園易安，相識嘆晚。聞道先歸，寂寥翰苑。夫人惠硯，起予駑蹇。感舊鴻翁，題詩意遠。

黃山灊安。

穭園易安，相識嘆晚。聞道先歸，寂寥翰苑。闓貽厥硯，助斠羣本。感舊徐翁，起予鈍蹇。

灊齋銘

近以來者頻繁，不耐構思，偶擬數語，還乞郢政。之雄頓首。

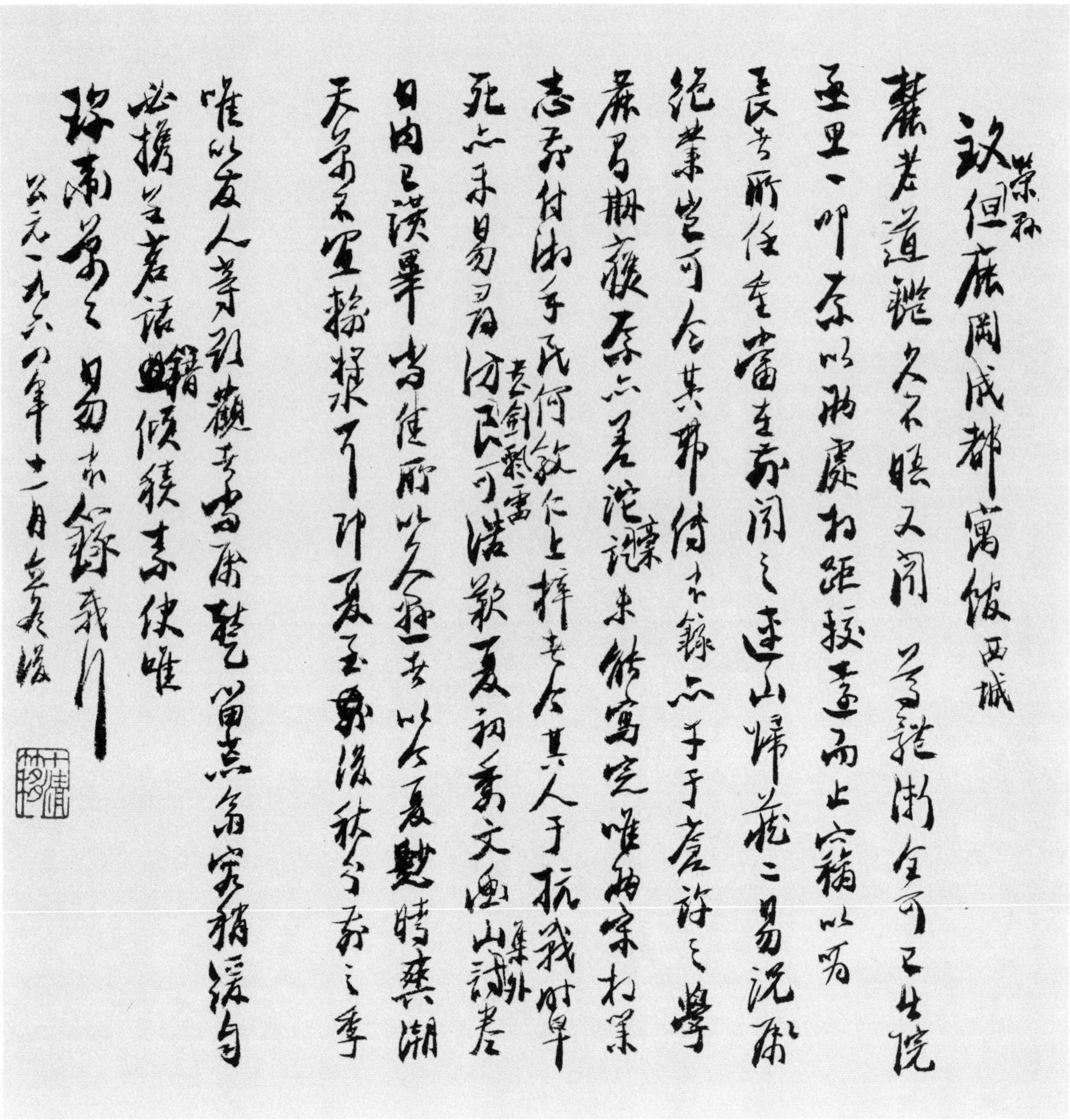

○一五　致但鹿岡（一）

致榮縣但鹿岡[一]成都寓館西城

麓老道鑑：久不晤，又聞尊體漸全，可已出院，亟思一叩，奈以兩處相距較遠而止。竊以爲長者所任重當在前，聞之《連山》《歸藏》二易説屬絶業，豈可令其弗傳？忠籙亦幸于蒼、許之學，麁有捌獲，奈亦差跎，稾訖未能寫定。唯《兩宋相業志》，前付湘手民何敦仁上梓者，今其人于抗戰時早死，亦未易尋訪。書劍飄霝，良可浩歎。夏初委文衡山集外詩卷，日内已潢畢，尚佳。所以久懸者，以今夏匙晴爽，潮大萬不宜輪漿耳。即夏至後秋分前之季，唯以友人等欲觀者，尚屬蹔留荒齋，容稍緩自必携呈茗話，籍傾積素。伏唯珎衛萬萬。易忠籙載拜。公元一九六四年十一月立冬後。

【注释】

[一] 但鹿岡即但懋辛（一八八四—一九六五年），字怒剛。四川荣縣人。曾任國民黨陸軍上將，後爲四川省政協副主席。工詩文，懂易理，善書法。

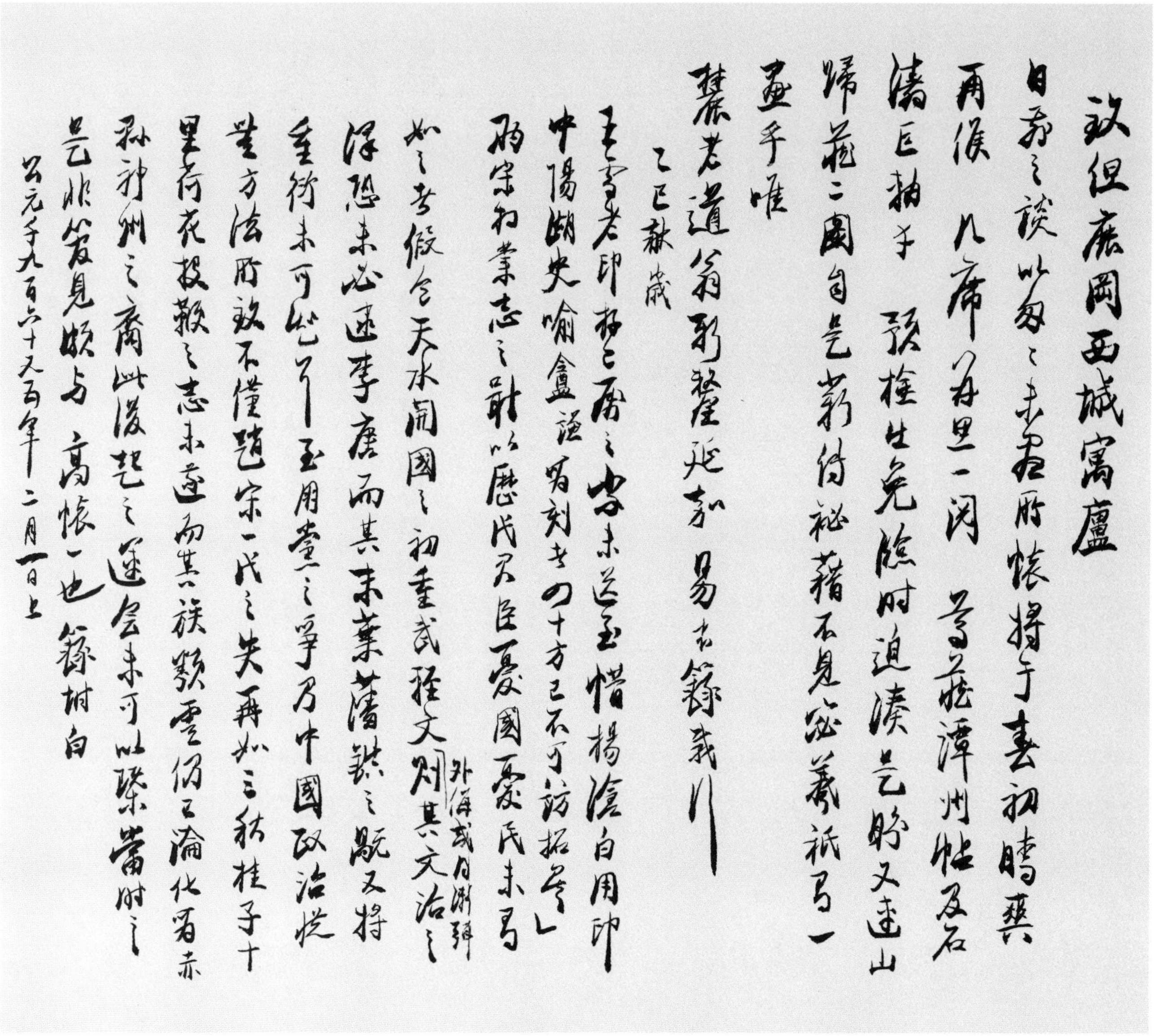

○一六　致但鹿岡（二）

致但鹿岡西城寓廬

日前之談，似匆匆未盡所懷，將于春初晴爽再候几席，并思一閱尊藏《潭州帖》及石濤巨軸，幸預檢出，免臨時迫湊是盼。又《連山》《歸藏》二圖，自是薪傳秘籍，不見宓義，衹有一畫乎？唯麓老道翁新釐延嘉。易忠籙載拜。乙巳獻歲。

王雪老印存已屬之，尚未送至，惜楊滄白用印中，陽湖史喻龕謙爲刻者四十方，已不可訪拓矣。

《兩宋相業志》之[illegible]，以歷代君臣憂國憂民未有如之者。假令天水開國之初，重武輕文，外侮或得漸弭，則其文治之澤，恐未必逮李唐，而其末葉，藩鎮之旤又將重衍，未可知耳。至朋黨之爭，乃中國政治從無方法所致，不僅趙宋一代之失。再如三秋桂子，十里荷花，投鞭之志未遂，而其族類雲仍，已淪化爲赤縣神州之裔，此後起之運會，未可以槩當時之是非。管見頗与高懷一也。籙坿白。公元千九百六十又五年二月一日上。

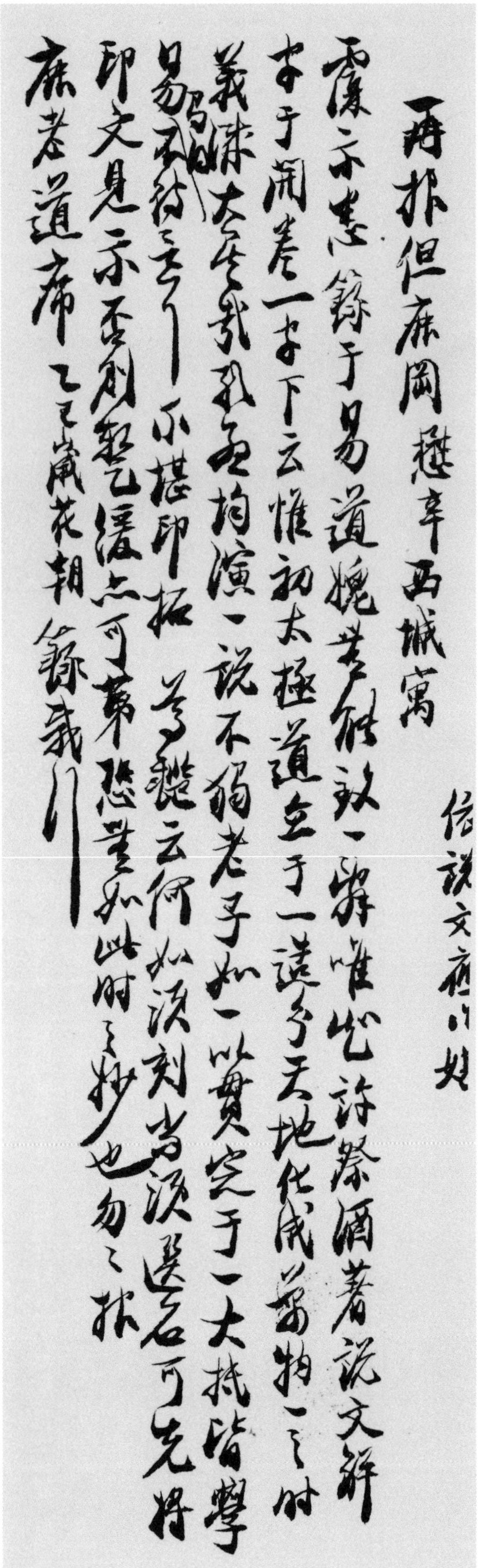

〇一七　致但鹿岡（三）

再報但鹿岡懋辛　西城寓

覆示悉。籙于《易》道媿無能致一辭，唯知許祭酒著《説文解字》，于開卷『一』字下云：『惟初太極，道立于一。造分天地，化成萬物。』一之時義，誠大矣哉。孔、孟均演一説，不獨老子，如『一以貫』『定于一』，大抵皆學《易》有得，不待言耳。介堪印拓尊鑑云何？如須刻，尚須選石，可先將印文見示，否則蹔緩亦可，第恐無如此時之妙也。匆匆報。

鹿老道席。乙巳歲花朝，籙載拜。

霞戴松谷都門寓 江北人鄭大鶴之壻 四川省文史館館員

松谷月館史席久未奉候飛到祇以今夏以還時弱小病亦痊未全清不能不圖有事耳前年到夏公秀霖翁處見子一冊于李公約拈一莖誤取詢衡陽錢仲僊云為與歸安沈仲復貴陽黃子壽諸公為石芝之詩並圖此幅以花一朵藻紀年燕耳銅鏡拓墨投根詠海內名流題詠諸編以資借材擇氣與名風雅入其門覘其儀徽能紅樓夢之賈員外一流至其與詩文不過為宦場裝門面而已此鏡後以朵金歸吳興張叔鑑閣今據先生美洲不識他日能返國否月前吾友人持呈桐鳳日札等來閱自必為高雅作緣並乞先為選各紙之最所列幸為宜可用之照以旅池亦早之紙料歲行實甚屢承詠以僕且云得為蜀人毫不妥敢而學習進步謙蜀不易惜多蹉跎衰支持費力[redacted]訖（去閏聞營養食堂不飯不愛亦紹月人為之電于人民公社之門詐都）今營養品亦為清息存例月末成都小食店加強但肉魚仍甚難子枚七八角餘可熬推樹此林上唯 珍重不具 日易頓首錄我

共和紀元拾[illegible]辛丑歲初冬

〇一八　致戴松谷[一]（一）

覆戴松谷　都門寓　江北人鄭大鶴之壻，四川省文史館同館

松谷同館史席：久未奉覆，良歉。衹以今夏以還，時觸小病，水腫亦未全消，不能不圖省事耳。前奉到夏公[二]《秀麗辭》，良謝。已分一册于李公約，想無誤。承詢襄陽錢仲僊，云曾与歸安沈仲復、貴陽黄子壽諸公并題《石芝詩夢圖》，此公以藏一東漢紀年熹平銅鏡拓墨投報，致海内名流題詠殆徧，以是借博聲氣与名風雅。入其門，覩其儀，儼然《紅樓夢》之賈員外一流。至書与詩文，不過爲宦場裝門面而已。此鏡後以萬金歸吴興張叔馴，聞今携走美洲，不識他日能返國否？月前又有人持曾桐鳳日札等來閲，自必爲高軒作緣，茲乞先爲選各紙扇別列，幸爲寄用，良盼，以痎池亦早乏紙料故耳。賓老屢屬致尊候，且云將有書。爲人毫不世故，而學習進步，誠爲不易。惜身體近衰，支持費力。訖今營養品尚未有消息，奈何！春間開營養食堂，本館不發，介紹同人多乞靈于人民公社之門診部。月來成都小食店加增，但肉魚仍無，雞子枚七八角，餘可類推。坿此報上。唯珍衛不具。易忠籙載拜。共和紀元始辛丑歲初冬。

【注釋】

［一］戴松谷即戴正誠（一八八三—一九七五年），字亮吉，四川江北縣人。鄭文焯女婿。近代著名詩人。有《鄭叔問先生年譜》《峨眉游草》等。

［二］夏公即夏蓮居（一八八四—一九六五年），本名繼泉，字溥齋，號渠園。中年以後專修净業，改名蓮居。山東鄆城人。博覽群書，兼善眾藝，爲二十世紀傑出的佛教學者和净宗行人、在家大德。一九六一年九月於《光明日報》發表《秀麗辭》。

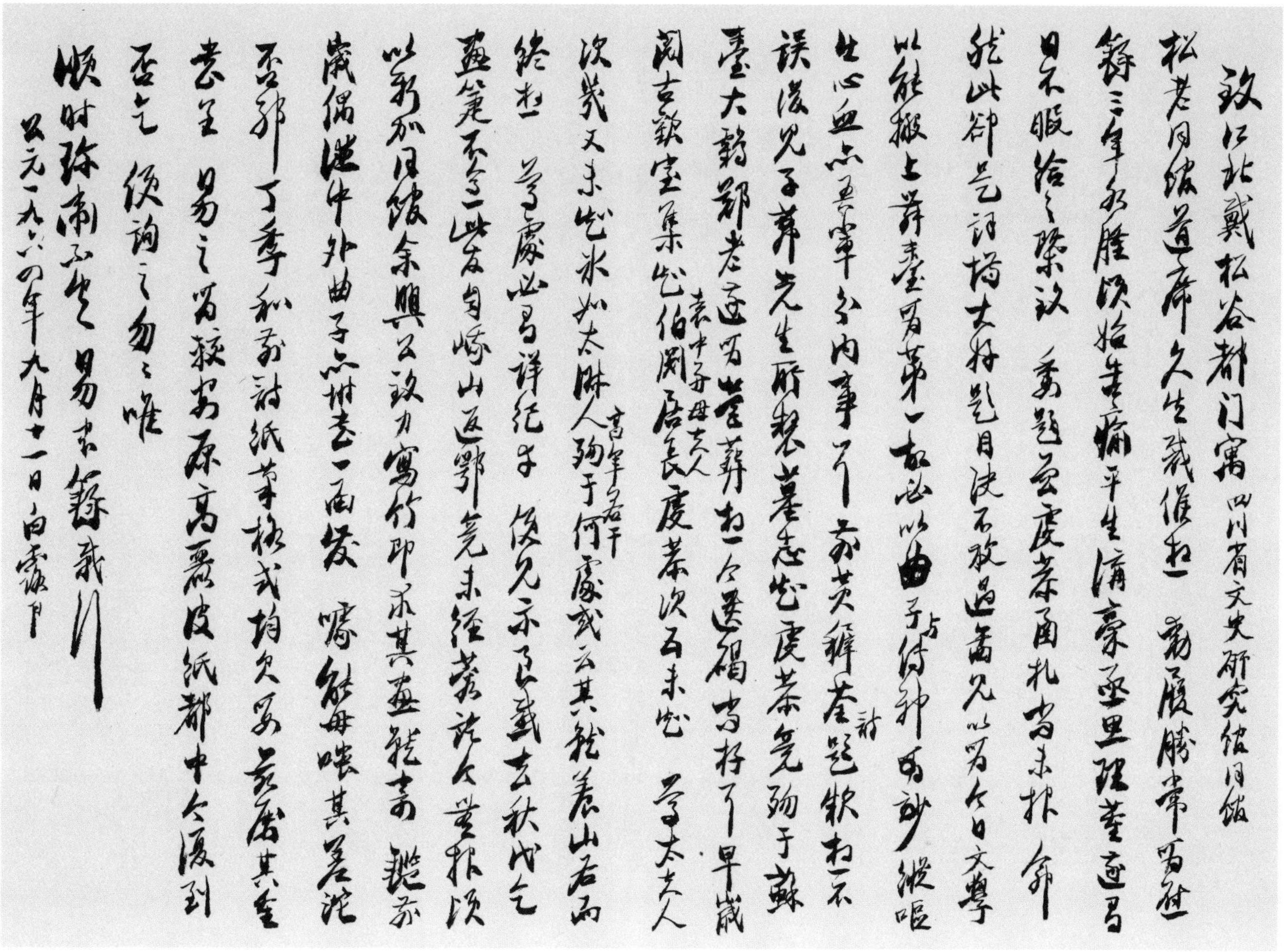

〇一九　致戴松谷（二）

致江北戴松谷都門寓　四川省文史研究館同館

松老同館道席：久失裁候，想動履勝常爲慰。籙三年水腫，頃始告瘉。平生講稾，亟思理董，遂有日不暇給之槩，致委題曾虔恭函札尚未報命，然此卻是詞場大好題目，決不放過。啚見以爲今日文學以能搬上舞臺爲第一，故必以曲子與傳神，縱嘔出心血，亦吾輩分內事耳。前黄穉荃詩題欵想不誤，後見子茀先生所製墓志，知虔恭竟殁于蘇臺，大鶴鄭老遂爲營葬，想今遺碣尚存耳。早歲閲《古歡室集》，知伯淵袁中舟母夫人居長，虔恭次五，未知尊太夫人次幾？又未知氷如太淑人享年若干？殁于何處？或云其就養山右而終，想尊處必有詳紀，幸便見示，良感。去秋代乞畫箑，不意此友自峨山返鄂，竟未經荅，訖今無報。頃以新加同館余興公致力寫竹，即求其畫就寄鑑。前歲偶譜中外曲子，亦埘書一面發噱，能毋嗤其差跎否耶？丁季和前詩紙筆格式均欠妥，兹屬其重書呈易之爲較安。原高麗皮紙都中今復到否？乞便詢之。匆匆，唯順時珍衛。不具。易忠籙載拜。公元一九六四年九月十一日白露卪。

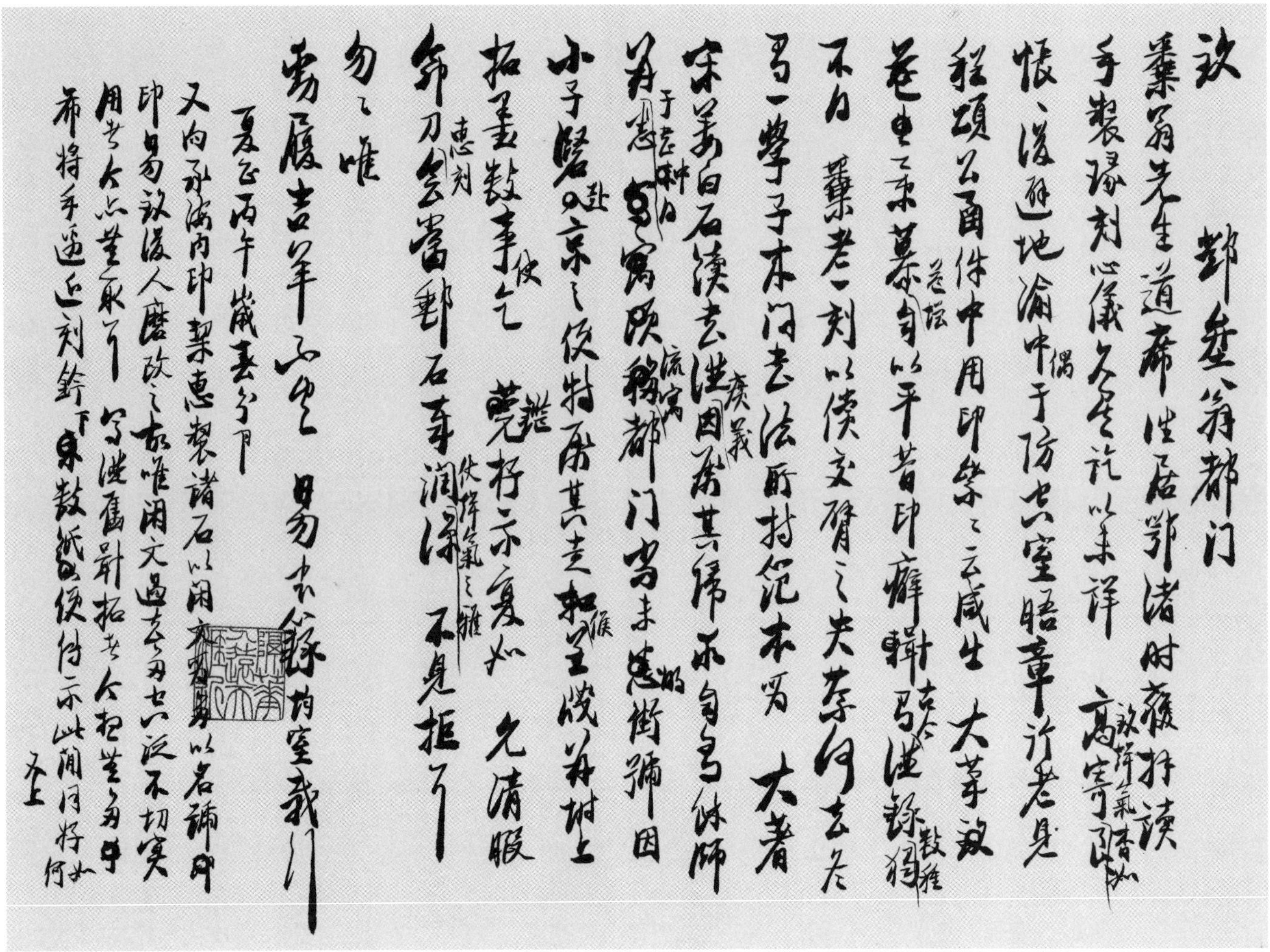

○二○　致鄧糞翁[一]

致鄧坌翁都門

糞翁先生道席：往居鄂渚，時獲拜讀手製瑑刻，心儀久矣。訖以未詳高寄，致聲氣杳如。良悵良悵！後避地渝中，偶于防空室晤章行老，見程頌公函件中用印纍纍，云咸出大筆，景慕益增。自以平昔印癖，蚪有古今譜録數種，獨不得糞老一刻，以償交臂之失，奈何！去冬有一學子來問書法，所持笵本爲大著宋姜白石《續書譜》廣義，因屬其歸求，自有餘師。并于書中得悉流寓都門，尚未明街號。因小子謈赴京之便，特屬其走候呈牋，并坿上拓墨數事，伏乞鑑存示复。如允清暇，命刀惠刻，會當郵石奉潤。仗聲氣之雅，諒不見拒耳。匆匆，唯動履吉羊。不具。　易忠籙均室載拜。夏正丙午歲春分卩。

又向承海内印契惠製諸石，以閑文爲多，以名號印易致後人磨改之故。唯閑文過去多空泛不切實用者，今亦無取耳。尊譜舊蚪拓者今想無多，希將手邊近刻鈐下數紙，便傳示此間同好，如何？又上。

【注釋】

[一]鄧糞翁即鄧散木（一八九八—一九六三年），原名菊初，又名鐵，學名士杰，字鈍鐵，散木，別號糞翁、蘆中人、無恙。上海人。中國現代書法篆刻家。

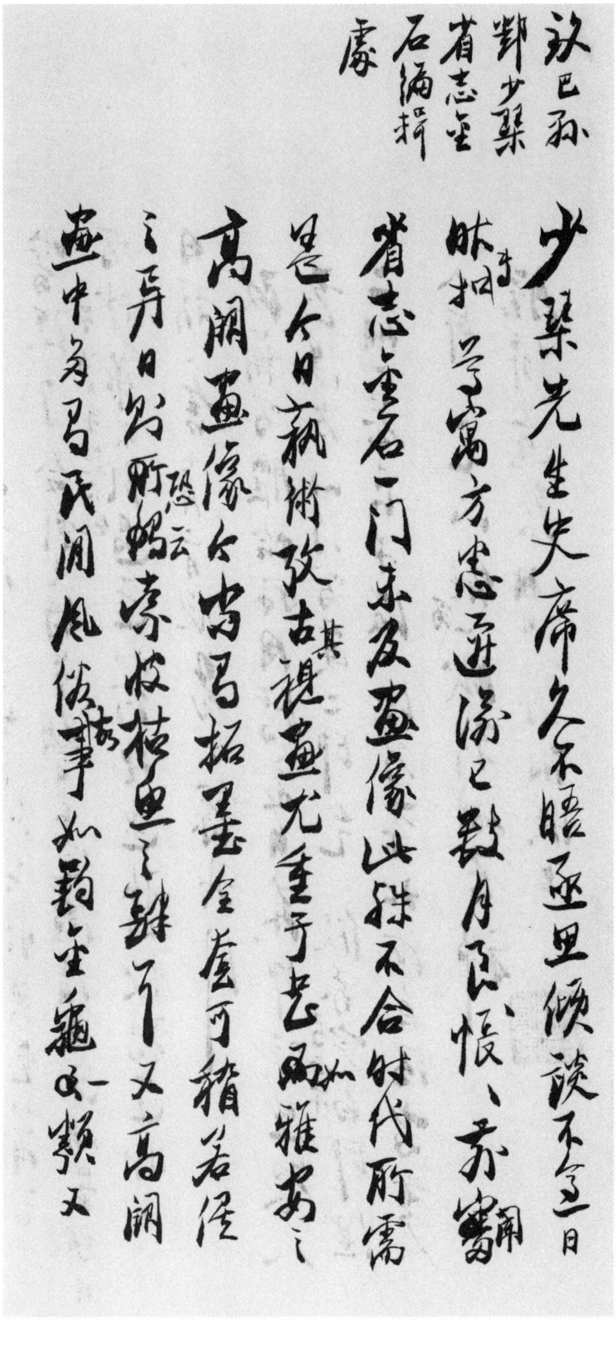

致巴縣鄧少琹省志金石編輯處

少琹先生史席久不晤亟思傾談不意日昨專扣尊寓方悉遷渝已數月良悵良悵前聞省志金石一門未及畫像此殊不合時代所需蓋今日藝術考古其視畫尤重于書如雅安之高闕畫像今尚有拓墨全套可稽若俟之异日則恐云索彼枯魚之肆耳又高闕畫中多有民間風俗故事如釣金龜一類又

〇二一　致鄧少琴［一］

致巴縣鄧少琹　省志金石編輯處

少琹先生史席：久不晤，亟思傾談。不意日昨專扣尊寓，方悉遷渝已數月。良悵良悵。前聞省志金石一門未及畫像，此殊不合時代所需。蓋今日藝術考古，其視畫尤重于書，如雅安之高闕畫像，今尚有拓墨全套可稽，若俟之异日，則恐云索彼枯魚之肆耳。又高闕畫中多有民間風俗故事，如《釣金龜》一類，又有車上行旌圖，爲它漢畫所未見等等，特舉一隅而已。其次則《廣政石經》是也。《廣政》有注，與《開成》《嘉祐》所關尤大，清代譔述約五六家，唯吳興歸安張叔憲度《蜀石經攷證》二卷訖未獲寓目。張氏以收得蜀石經《毛詩》《左傳》孤拓，故自號抱蜀老人。至今景印本，則以盧江劉氏所得山陽丁儉卿舊藏爲最多。倘能薈

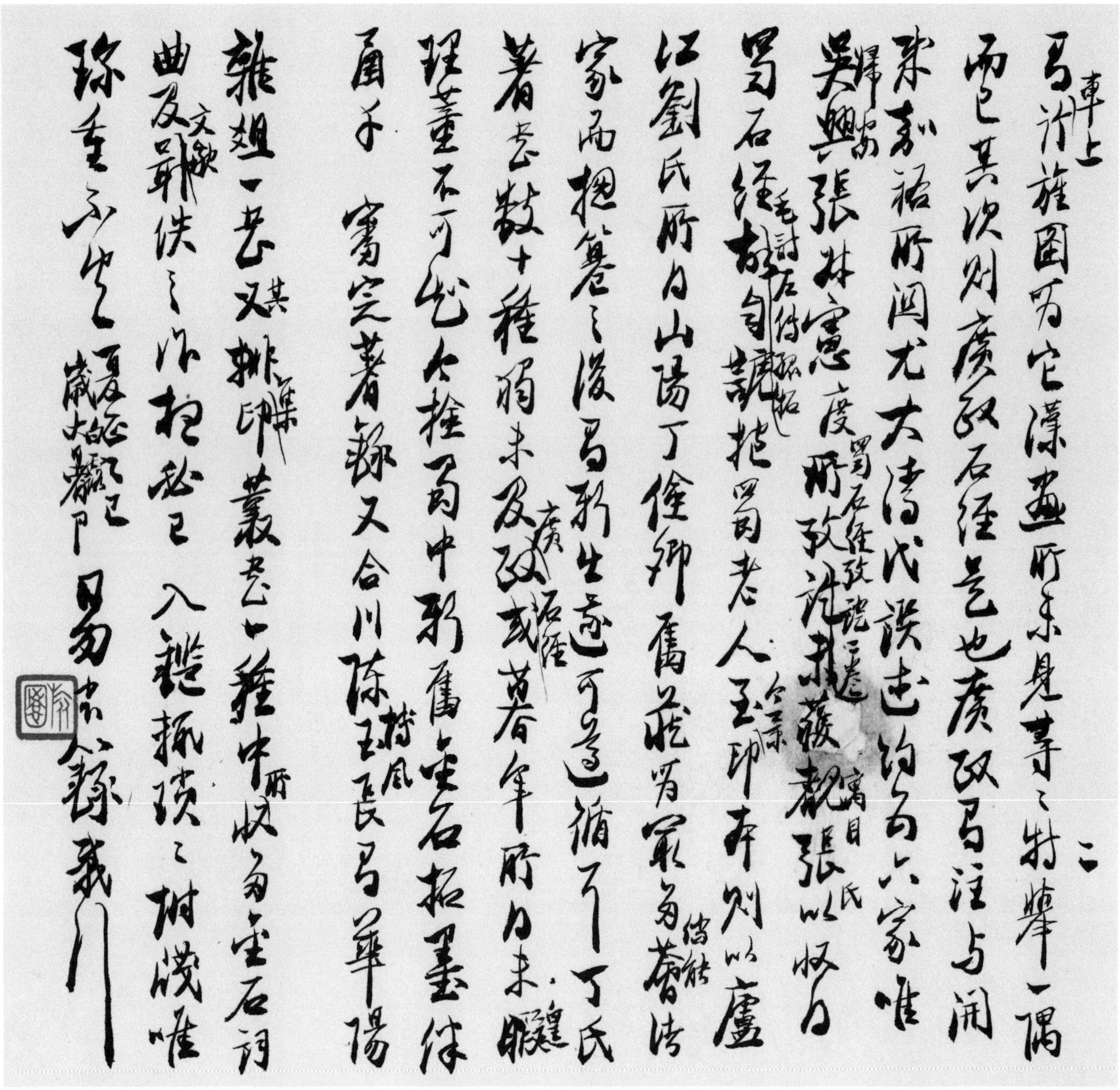

諸家而揔簒之，後有新出，遂可遵循耳。丁氏著書數十種，獨未及《廣政石經》，或暮年所得未遑理董，不可知。今檢蜀中新舊金石拓墨伴函，幸審定著録。又合川陳玉長（博風）有《華陽雜俎》一書，其集印叢書一種中，所收多金石詞曲及文獻卝佚之作，想必已入鑑。輒瑣瑣坩㦗。唯珍重不具。夏正乙巳歲白露大暑卩，易忠籙載拜。

【注釋】

［一］鄧少琴（一八九七—一九九〇年），原名作楷，字紹勤，中年以後以字諧音作少琴。重慶江津人。歷史學家、文博和民族學專家、重慶文博事業的創始人之一。

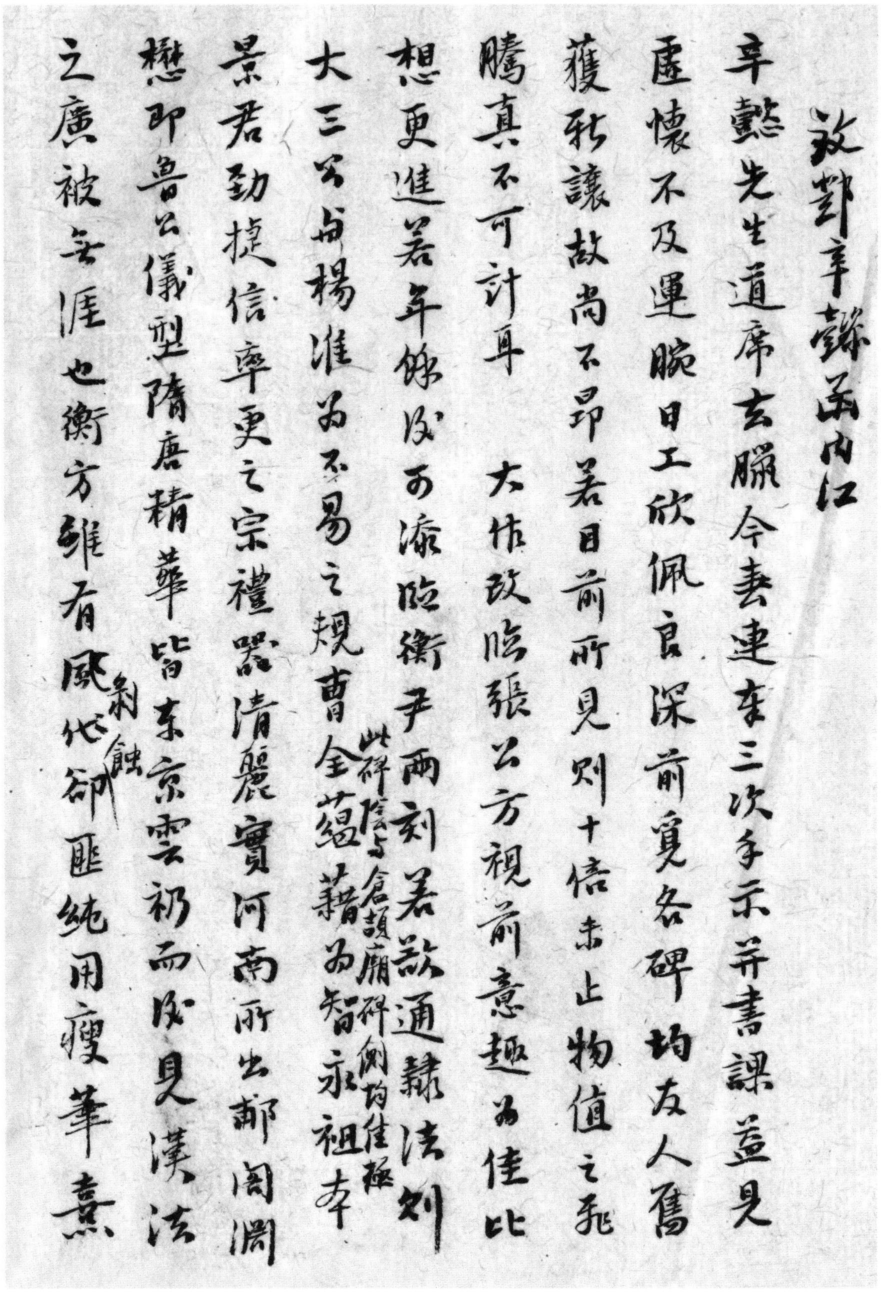

〇二二　致鄧辛懿

致鄧辛懿函內江

辛懿先生道席：去臘今春，連奉三次手示并書課，益見虚懷不及，運腕日工，欣佩良深。前覓各碑均友人舊獲新讓，故尚不昂。若目前所見，則十倍未止，物值之飛騰，真不可計耳。大作改臨《張公方》，視前意趣爲佳，比想更進。若年餘後，可添臨《衡》《尹》兩刻。若欲通隸法，則《大三公》與《楊淮》爲不易之規。《曹全》蘊藉，爲智永祖本此碑陰与《倉頡廟》碑側均佳極；《景君》勁捷，信率更之宗；《禮器》清麗，實河南所出；《郙閣》淵懋，即魯公儀型。隋唐精華皆東京雲礽，而後見漢法之廣被無涯也。《衡方》雖有剥蝕，卻匪純用瘦筆。《熹平石經》出諸儒之手，非中郎一人所書。中郎鈔蹟，舊説多坿會，惟《郭有道碑》可信。惜原石久佚，以《魏三體石經》證之，知《漢石經》爲當時儒宗正體書，故以

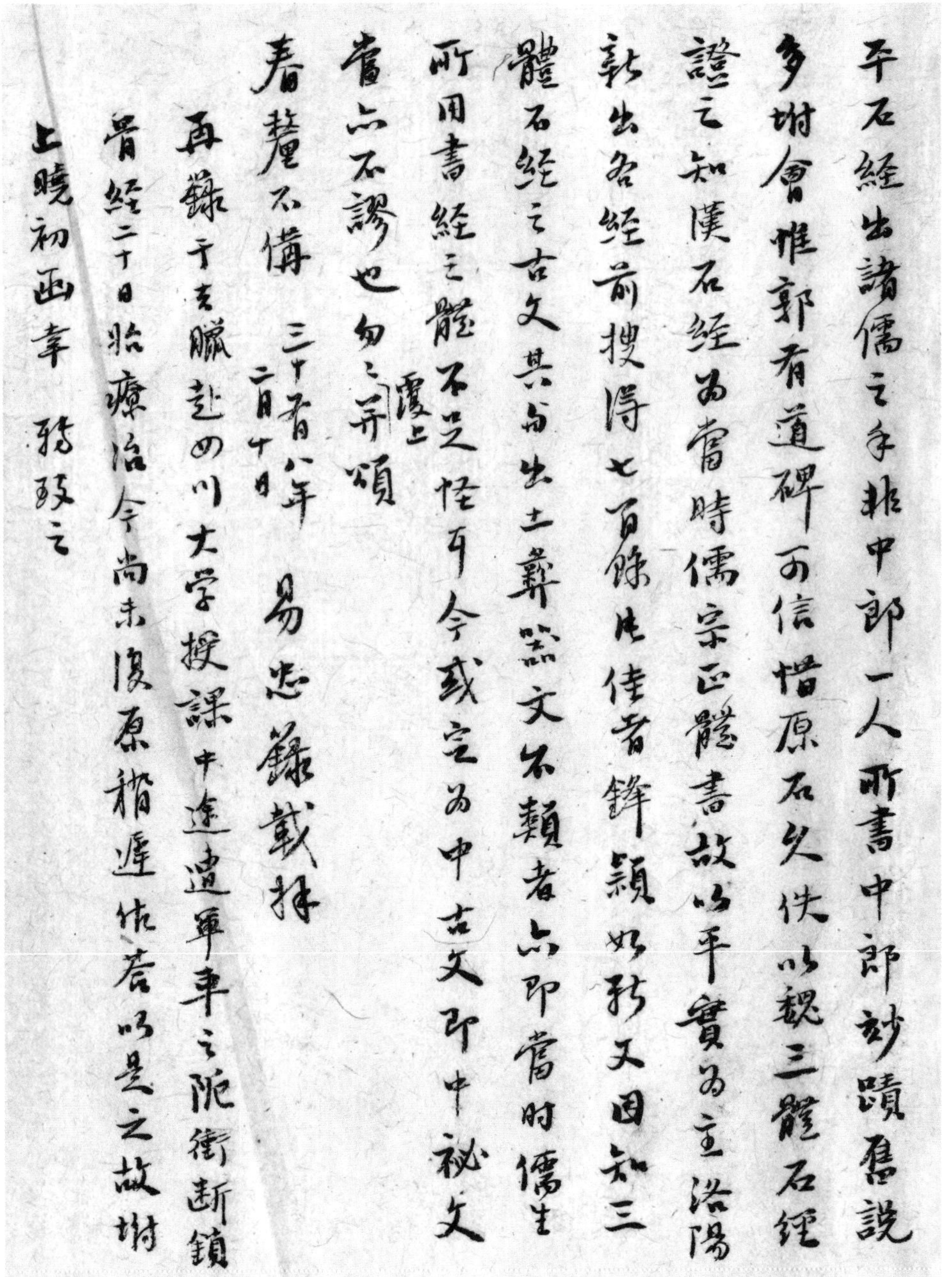
平石經出諸儒之手非中郎一人所書中郎紗蹟舊說
多坿會惟郭有道碑可信惜原石久佚以觀三體石經
證之知漢石經爲當時儒宗正體書故以平實爲主洛陽
新出各經前搜得七百餘片佳者鋒穎如新又因知三
體石經之古文其與出土彝器文不類者亦即當時儒生
所用書經之體不足怪耳今或定爲中古文即中秘文
當亦不謬也匆匆覆上并頌
春釐不備　三十有八年二月十日　易忠籙載拜
再籙于去臘赴四川大學授課中途遭軍車之阸衝斷鎖
骨經二十日始療治今尚未復原稍遲作答以是之故坿
上曉初函幸轉致之

平實爲主。洛陽新出各經，前搜得七百餘片，佳者鋒穎如新。又因知《三體石經》之古文，其與出土彝器文不類者，亦即當時儒生所用書經之體，不足怪耳。今或定爲中古文，即中秘文，當亦不謬也。匆匆覆上。并頌春釐。不備。三十有八年二月十日。易忠籙載拜。

再，籙于去臘赴四川大學授課，中途遭軍車之阸，衝斷鎖骨，經二十日始療治，今尚未復原。稍遲作答，以是之故。坿上曉初函，幸轉致之。

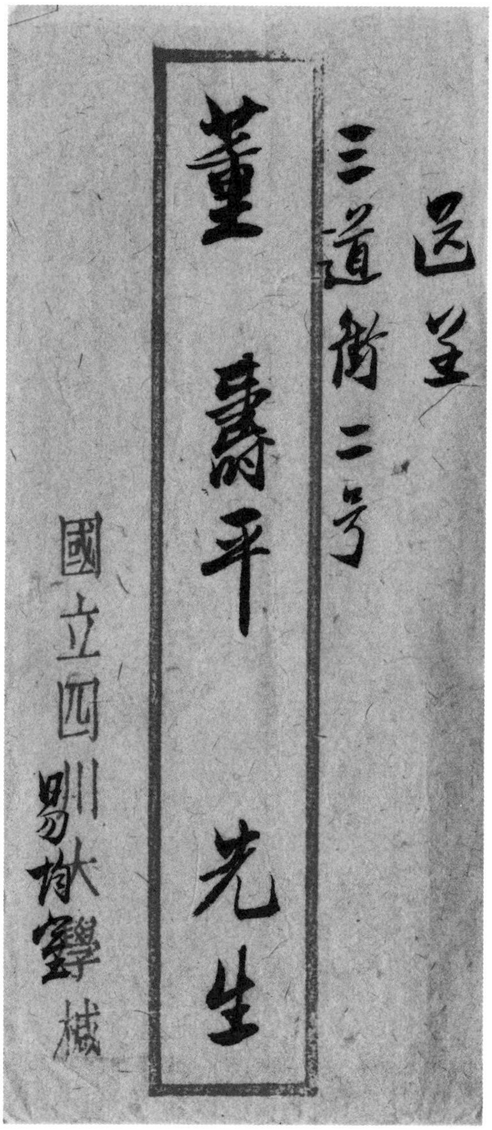

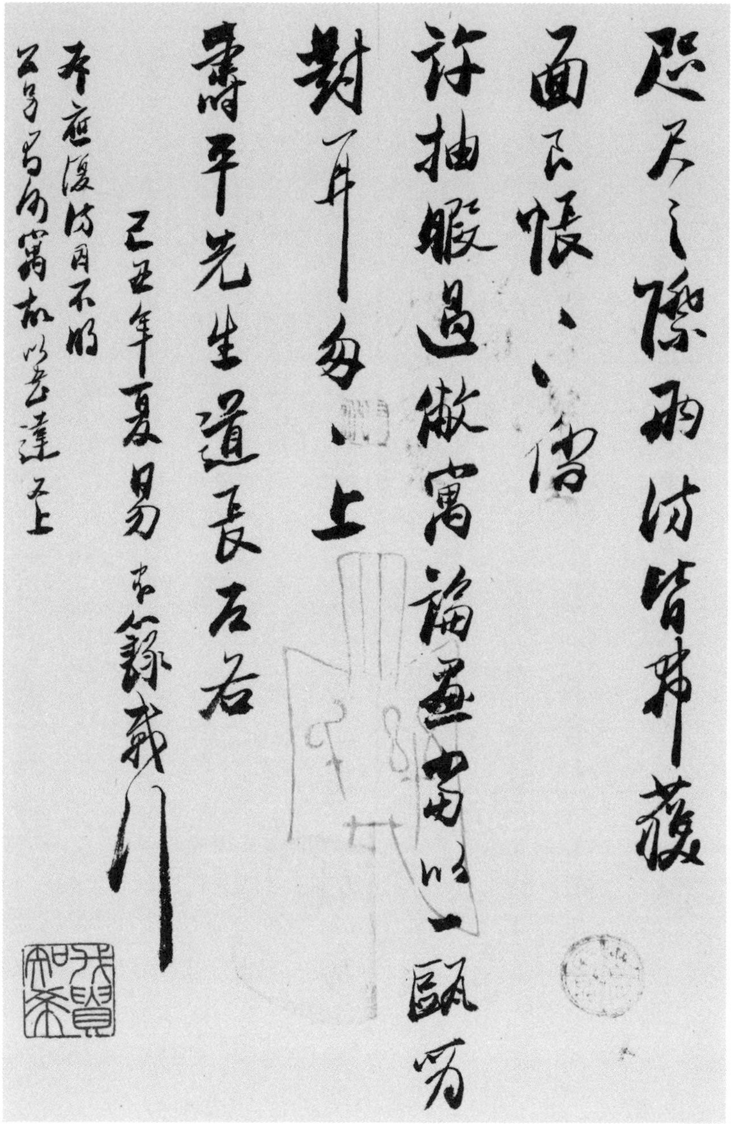

〇二三　致董壽平［一］

送呈三道街二號　董壽平先生　易均室

咫尺之際，兩訪皆弗獲面。良悵，良悵。倘許抽暇過敝寓論畫，當以一甌爲對耳。匆匆上

壽平先生道長左右。

己丑年夏，易忠籙載拜。

本應復訪，因不明公另有何寓，故以書達。又上。

【注釋】

［一］董壽平（一九〇四—一九九七年），原名揆，字諧伯。後慕南田惲壽平遂改名壽平。山西臨汾人。當代著名寫意畫家、書法家。

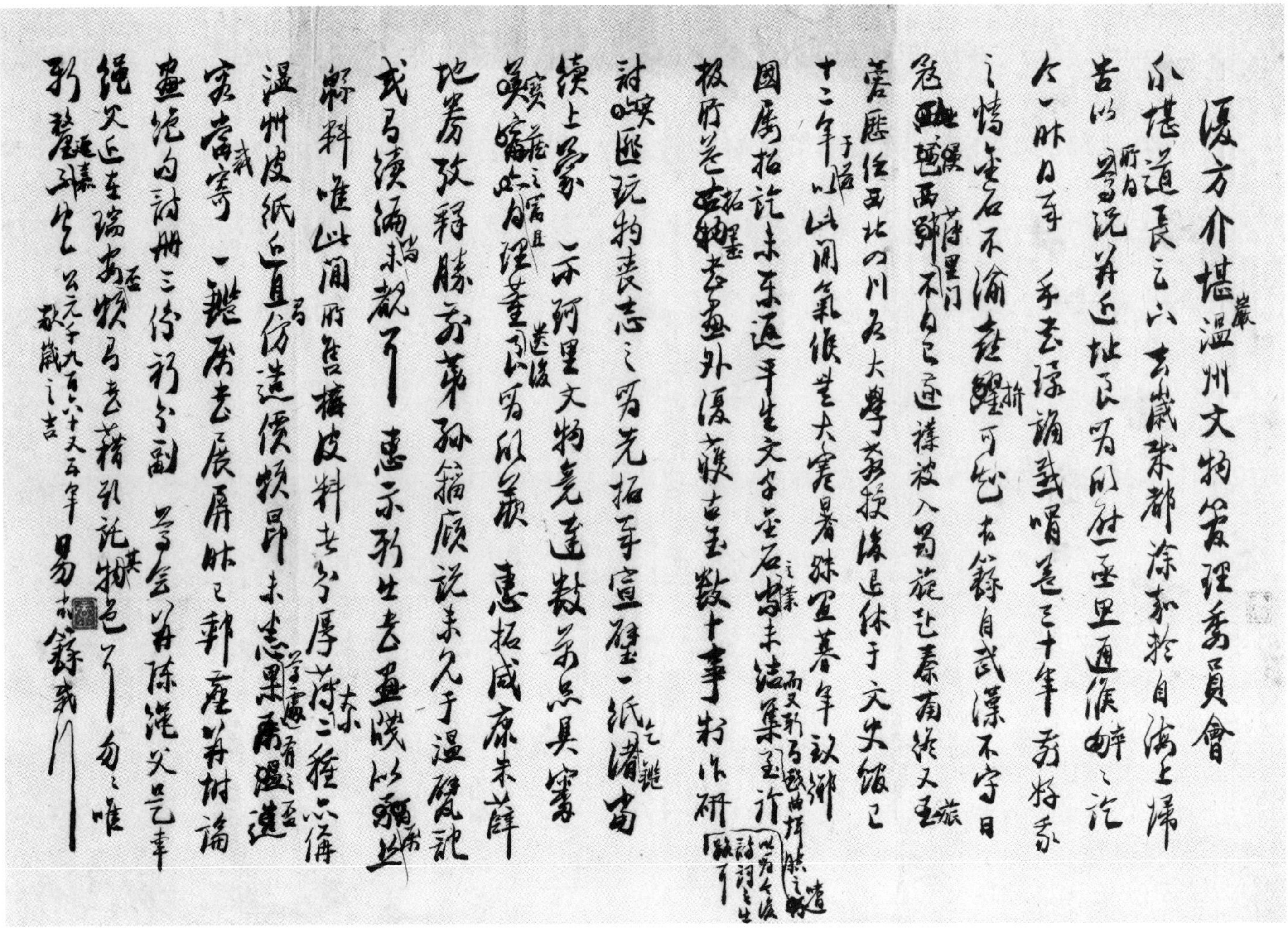

○二四　致方介堪（一）

復方介堪巖　温州文物管理委員會

介堪道長足下：去歲成都徐嘉軨自海上歸，告以所得尊況并近址，良爲欣慰。亟思通候，卒卒訖今。一昨得奉手書，環誦感喟，蓋三十年前好我之情，金石不渝，喜抃可知。忠籙自武漢不守，日寇西薄里門，不得已，遂襆被入蜀，旋赴秦南，終又旅蓉，歷任西北、四川各大學教授，後退休于文史館，已十二年于兹。以此間氣候無大寒暑，殊宜暮年，致鄉國屢招，訖未東返。平生文字、金石之業，尚未結集，而又新有戲曲聲腔之嗜，以爲今後詩詞之出路耳。至行极所益，拓墨、書畫外，復獲古玉數十事，製作研討，實匪玩物喪志之爲。先拓奉宣璧一紙，乞鑑，諸當續上。蒙示珂里文物，竟達數萬品，具審寶藏之富，且得理董遺後，良爲欣羡。惠拓《咸康朱薛地券》攷釋勝前，苐孫籀廎説未見于《温甓記》，或有續編，尚未覯耳。惠示新出書畫牋，似屬絲緜料，唯此間所售構皮料者，分厚薄大小二種，亦偁温州皮紙，近且有仿造，價頗昂，未悉尊處果有之否？容當裁寄一鑑。屬書展屏，昨已郵塵，并坿論畫絕句詩册三份，乞分副尊會并陳繩父是幸。繩父近在瑞安否？頗有書籍欲託其物色耳。匆匆，唯新釐延嘉。不具。公元千九百六十又五年獻歲之吉。

　　拜上。易忠籙載拜。

再記，前惠遺寫松并玉瑑箋一面，今未携出，擬

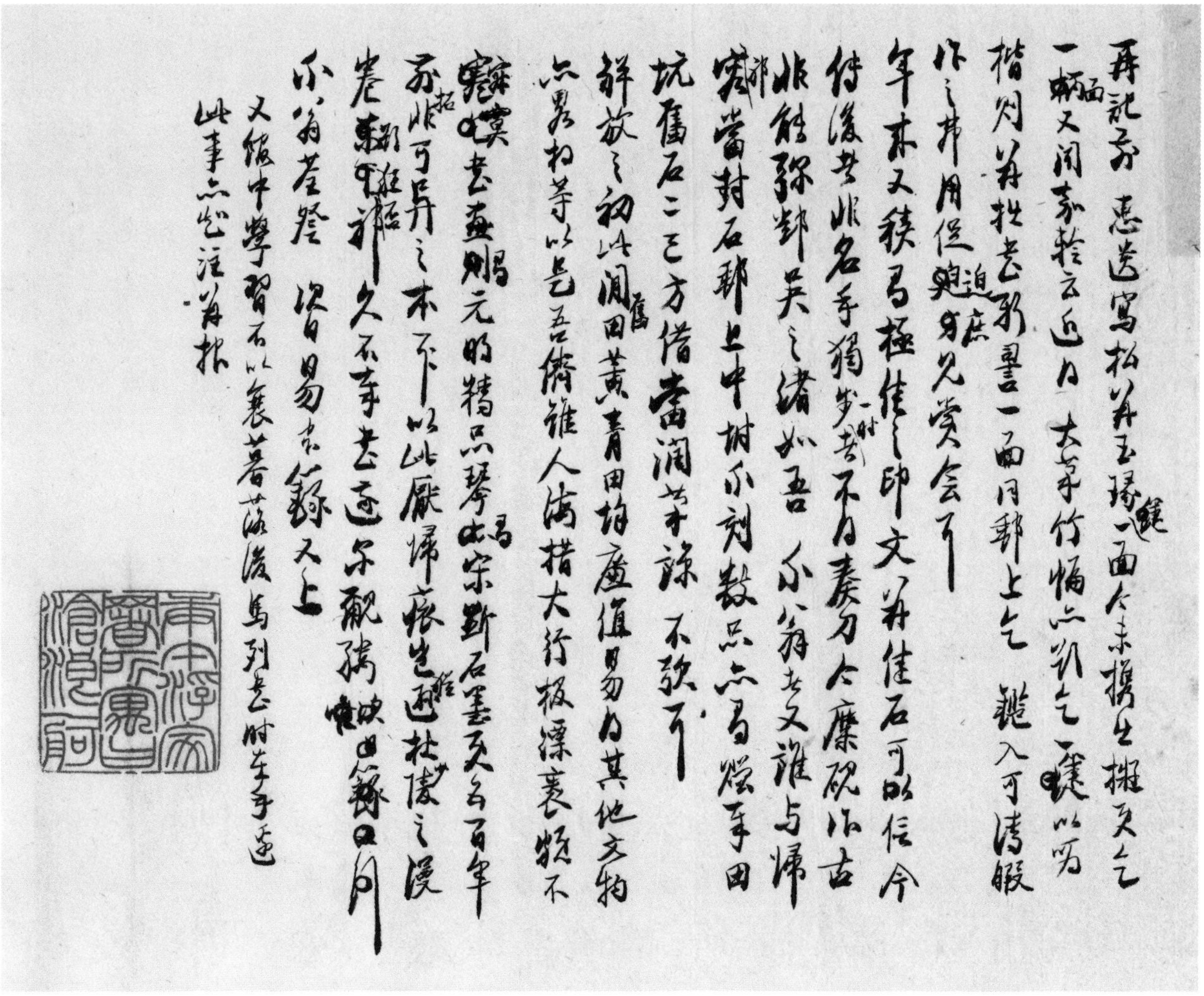

更乞一面。又聞嘉軨云，近得大筆竹幅，亦欲乞一箑，以爲楷則。并拙書新習一面同郵上，乞鑑入。可清暇作之，弗用促迫，庶見賞會耳。

年來又積有極佳之印文并佳石可信今傳後者，非名手獨步一時者不得奏刀。今麋硯作古，非能彌鄧、吴之緒如吾介翁者，又誰与歸耶？容當封石郵上，中坿介刻數品，亦有贈奉田坑舊石二三方，借當潤筆，諒不弜耳。

解放之初，此間舊田黄、青田均廉值易得，其他文物亦畧相等，以是吾儕雖人海措大，行极縹衺，頗不寂寞。書畫有元明精品，琴有宋斲，石墨更五百年前拓，非可異之本。以此厭歸瘃，豈猶遜杜少陵之漫卷欲狂否耶？久不奉書，遂尔覼縷。介翁荃詧。次日易忠籙又上

又館中學習，不以衰暮落後，馬列書時在手邊。此事亦知注，并報。

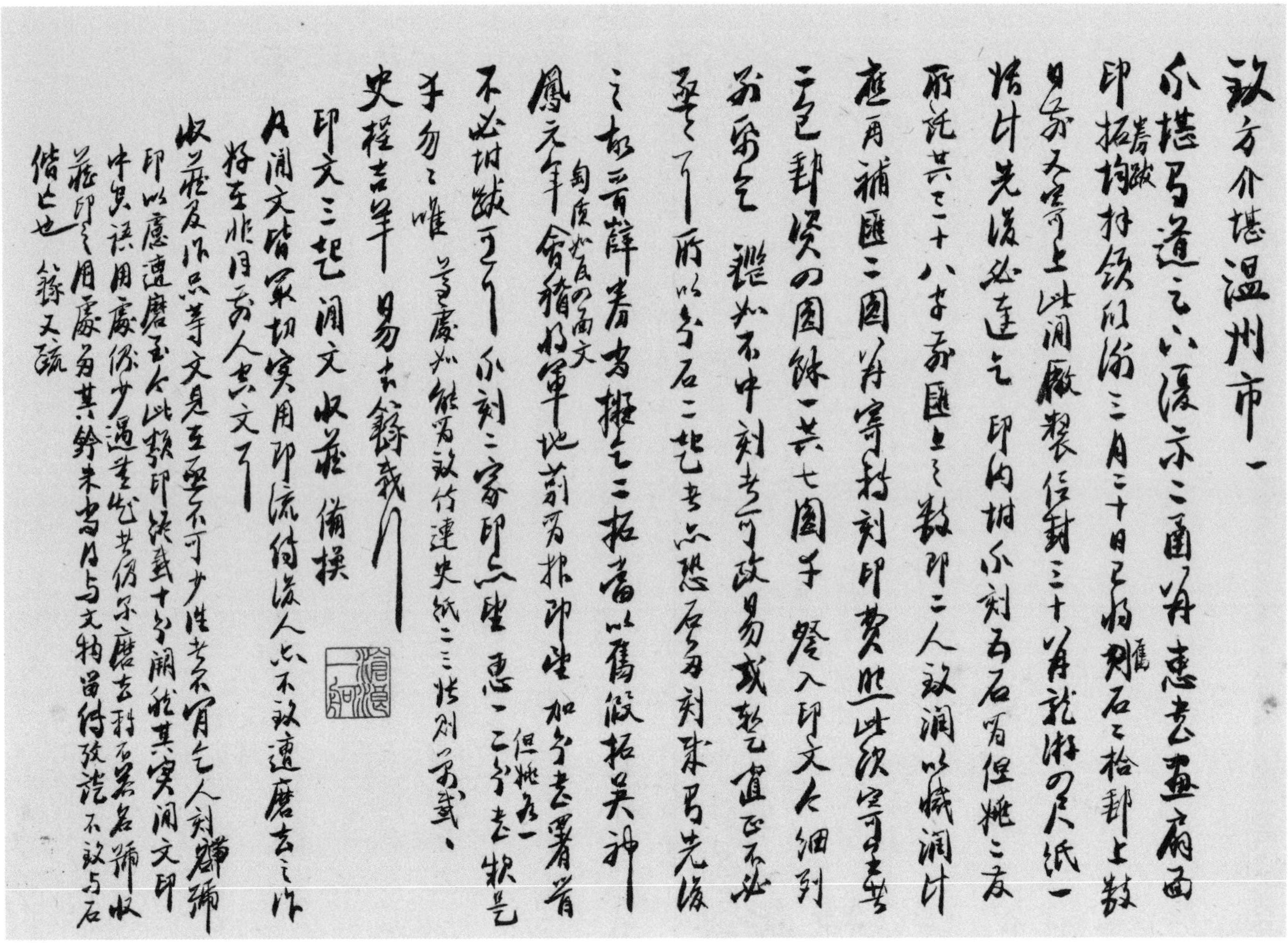

○二五　致方介堪（二）

致方介堪　温州市　一

介堪有道足下：復示二函，并惠書畫扇面、印拓、券跋，均拜領，欣謝。三月二十日已將舊石石㭘郵上，數日前又寄上此間廠製信封三十，并龍游四尺紙一張，計先後必達。乞印內坿介刻五石，爲但、姚二友所托，共三十八字。前匯上之數，即二人致潤，以減潤計，應再補匯二圓。并寄轉刻印費，照此次寄呈者，二包郵資四圓餘，一共七圓，幸督入。印文今細列別帋，乞鑑。如不中刻者，可改易，或暫置，正不必亟亟耳。所以分石二起者，亦恐石多，刻成有先後之故。《晉辟券》尚擬乞二拓，當以舊假拓《吴神鳳元年會稽將軍地莂》匋質如瓦，四面文爲報，即望加分書署首，不必坿跋可耳。介刻二家印亦望惠一二分書欵但、姚各一是幸。匆匆，唯史程吉羊。尊處如能爲致竹連史紙二三張，則萬感萬感。易忠籙載拜。

印文三起：閒文、收藏、備換。

凡閒文皆最切實用，即流傳後人亦不致遭磨去之作，好在非同前人空文耳。

收藏及作品等文，見在亟不可少。往者不肯乞人刻帶名號印，以慮遭磨，至今此類印終感十分闕然。其實閒文印中空語用處少，遇無知者，仍尔磨去，轉不若名號、收藏印之用處多。其鈐朱尚得与文物留傳攷證，不致与石偕亡也。籙又疏。

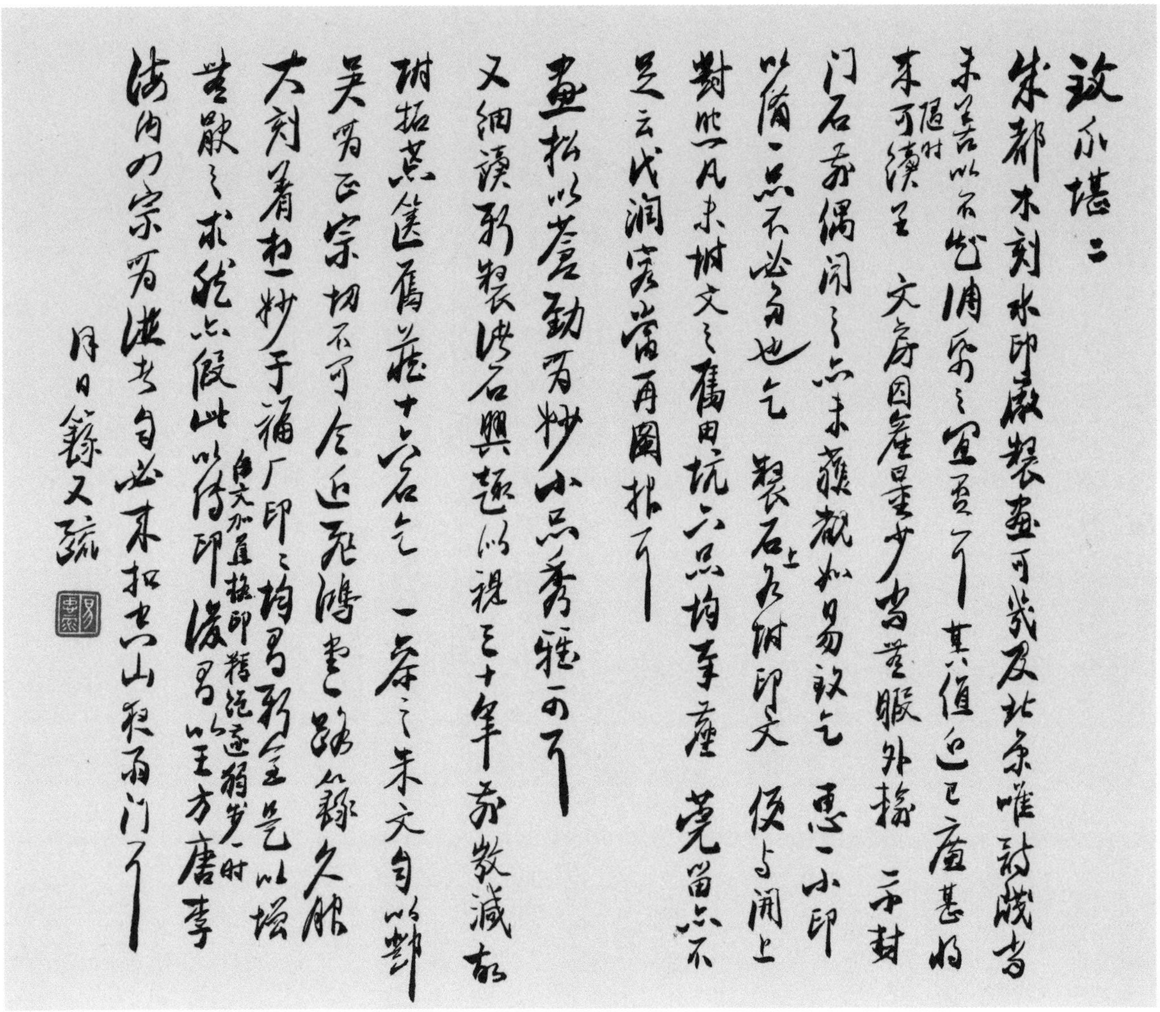

○二六　致方介堪（三）

致介堪　二

成都木刻水印廠製畫可幾及北京，唯詩牋尚未善，以不知調帋之宜否耳。其值近已廉甚，將來可隨時續呈。文房因產量少，尚無暇外輸。示封門石，前偶聞之，亦未獲覩，如易致，乞惠一小印，以備一品，不必多也。乞製石上各坿印文，便与開上對照。凡未坿印文之舊田坑六品，均奉塵莞留，亦不足云代潤，容當再圖報耳。

畫松以蒼勁爲妙，小品秀雅可耳。又細讀新製諸石，興趣似視三十年前微減，故坿拓荒篋舊藏十六石，乞一參之。朱文自以鄧、吴爲正宗，切不可令近飛鴻堂一路。籙久服大刻，著想妙于福厂，印印均有新意，是以增無猒之求，然亦假此亦傳印。白文加直格印精絕，遂獨步一時。後有以王、方、唐、李海内四宗爲譜者，自必來叩空山夜雨門耳。同日　籙又疏。

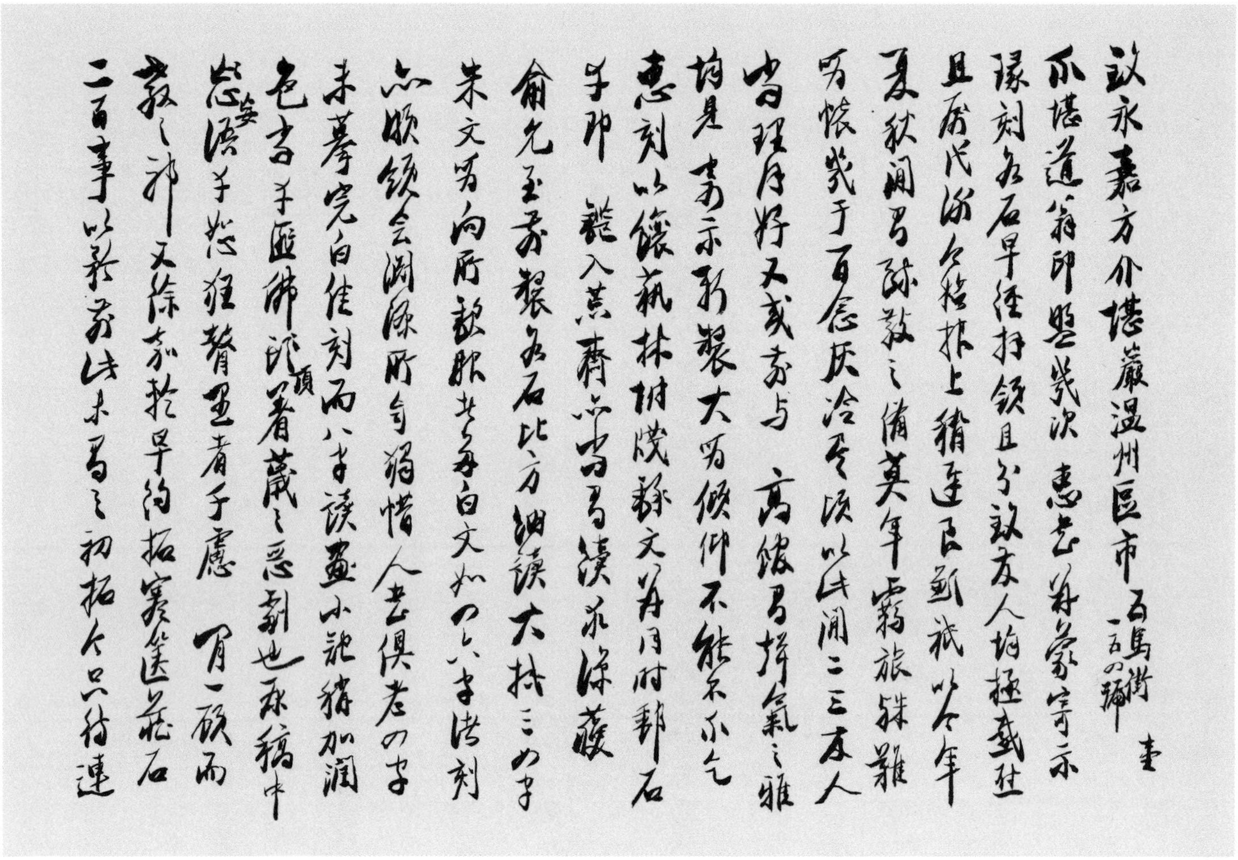

○二七　致方介堪（四）

致永嘉方介堪巖　溫州區市五馬街一五四號

介堪道翁印盟：幾次惠書，并蒙寄示篆刻各石，早經拜領，且分致友人，均極感慰，且屬代謝。今始報上，稽遲良歉。祇以今年夏秋間有疏散之備，莫年羈旅，殊難爲懷，幾于百念灰冷矣。頃以此間二三友人，尚理同好，又或前與高館有聲氣之雅，均見寄示新製，大为傾仰，不能不介乞惠刻，以鑲菻林。坿牋録文，并同時郵石，幸即鑑入。荒齋亦尚有續求，諒獲俞允。至前製各石，比方細讀，大抵三四字朱文爲向所欽服者多，白文如四六字諸刻，亦頗領會淵源所自。獨惜『人書俱老』四字未摹完白佳刻，而八字讀畫小記，稍加潤色，尚幸匪佛頂著蕆之惡劇也。原稿中妄語幸恕狂瞽，愚者千慮，肯一顧而教之耶？又，徐嘉軨早約拓寒篋藏石二百事，以矜前此未有之初拓，今只待連史之生産。擬用十二裁巾箱本訂四册，拓二百部。果尔則惠製前後諸石皆從今傳後，自然不朽，而賤子荒園亦何期而得坿驥矣。嘉軨亦久思惠刻一二石，以資式範，唯尚未能備潤，且待將來如何？新封門青田良佳，乞示值，以便繳還爲是。諸詳坿牋。伏唯吉祥不具。

易忠籙拜手。共和紀元始，乙巳歲長至卩。

又同時坿牋：

明文衡山有云：吾家樓臺多于印上起造，王福菴遂于荒篋印册上爲篆『印起樓臺』四字，然福菴僅爲籙製齋館印一二而已。頃檢行极，尚待補充，方不負良友期許至意。故此次所乞奏刀諸石，『半齋館』印文，少閒文生字，亦無多字，小石也。前拓惠《晉咸康朱薛地券》尊跋至詳，頃檢廣倉出《古石裒守録》，邹適盧記云：『朱曼爲孫吳舍人，泉唐吳祁甫有攷，見余（鄒）所輯《蒿里遺珍拾補》。』尊跋似未引吳說，宜據補之。　籙。

贰

夫夫生產果能对（拟用十二裁中分为本订四册拓二百部）惠襄秀後此石
皆作今後自能不朽而附於其固亦何
期而可謝驗否 亦於此人里 惠刻一二石
以資式涅唯苦未能備潤且詩的本如
何于封门青田凡佳乞 亦值以便篆
遂写完诸评树戊伏唯
吉年小兄 易未翁録拜手
廿和纪元后七[illegible]岁[illegible]至[illegible]

又 同时树戊

昭文渔山写云五日家楼台为于印上起
造王福厂遂于其筐册上（印）写篆印起
楼台の字從福厂仅写録製齊饭
印一二两已顷检計板当付補充方不
负兄了友期许至今一年故此次所乞 秦刀
诸石与齊饭印文少间文生字亦並为
手山石也
亦拓惠晋成康來薛地書 写缺玉详
頃检庚会生古石哀字録鄧迺庵記云

叁

米曼（孙）写吴舍人家唐吴祁甫写玫
見余（鄭）所撰蒿里遗珍拾補 写跋
以未引吴說宜援補之 録

又 同日樹疏

今再细读此次 惠刻廿餘石甚为治
執録已臻两京名作唯玉文之超逸
以及鄧吴之逸趣其興会以滅钱
由年龄之写 也 丢秋此志區七十祁
写 小照氣一示一 写録亦必检总印図
朴 况了堂以文學藝術莫年最
怕读唐诗自作五年日英逸之氣迷
悦而代为恬熟一路了亦益太白一大平憾
可是今取恬熟则非以其色俗而失雅可
能苍之读唐之末路寧拟莽勿示人以
璪硕不妙於此至人成獻之固挨乞不
可以不於今之去 邪获一長洲沉南齋（寿昌作一石）
自製五字白文陶詩印 卧石田翁之世父

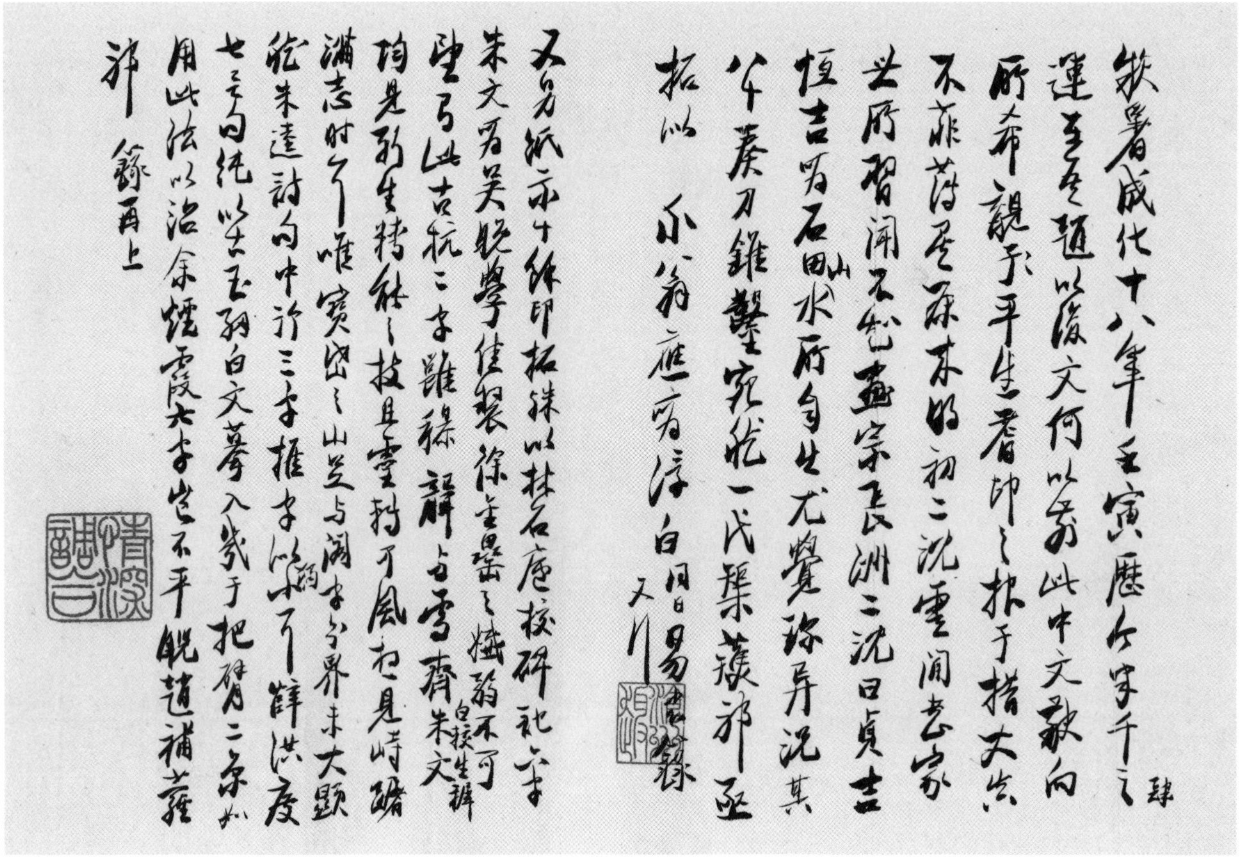

又同日坿疏：

今再細讀此次惠刻二十餘石，其刀法孰鍊，已臻兩京名作。唯玉文之超逸，以及鄧、吳之邁往，其奧會似減。此或由年齡之爲，想春秋比亦近七十耶？有小照乞示一尊，籙亦必檢品印圖報貺耳。嘗以文學莂術莫年最怕隤唐，許多作者早日英邁之氣，逮晚而化爲恬熟一路，良足太息。夫平憺可矣，恬孰則非，以其近俗而失雅耳。能警隤唐之末路，寧輟筆勿示人以璞，顧不妙耶？此吾人成虧之關捩，是不可以不加意者。新獲一長洲沈南齋自製五字白文（素昌化石）陶詩印，即石田翁之世父，欵署成化十八年壬寅，歷今半千之運，在吾、趙以後，文、何以前，此中文獻向所希覯。平生耆印之報于措大，真不菲薄矣。原來明初二沈，雲間書家，世所習聞，不知畫宗長洲二沈曰貞吉、恒吉，爲石田山水所自出，尤覺珍異。況其八十奏刀錐鑿，宛然一代榘矱耶？亟拓似介翁應爲浮白。同日，易忠籙又拜。

又，另紙示十餘印拓，殊以『林石廬校碑記』六字朱文爲吳晚學佳製。徐金罍之纖弱，不可望有此。『古杭』二字雖穆，『聾』与『雪齋』朱文白較生穉均見新生精能之技，且靈轉可風，想見峙躋滿志時耳。唯『寶岱』之『山』足与『閣』字分界，未大顯。然朱逵詩句中行三字，『推』字似獨小耳。薛洪度七言句，純以古玉細白文摹入，幾于把臂二京。如用此法以治余煙霞六字，豈不平睨趙補羅耶？籙再上。

稆園又乞十石印文。公元一九六五年冬至，易忠籙拜上。

天均之室　病因外史以上對石乞昉前刻，不必另儗。坿拓。

蘆西亭　竫耦軒朱文　稆園金石吕中加直，白文

字余曰靈均離騷句　倚聲家兼金石學朱文。蕙風語

易均室父所作朱文　錦冢佗朱文　瞑煙朱文

右對石文，前刻『外』字難得，非讓翁莫辨。唯『室』字較小，乞酌之（二拓坿）。『靜』之本字許書作『立』旁，福莽亦未遑改，今須正。『稆』之『吕』，漢印多是兩口，然加直，不難刻，宜用《說文》

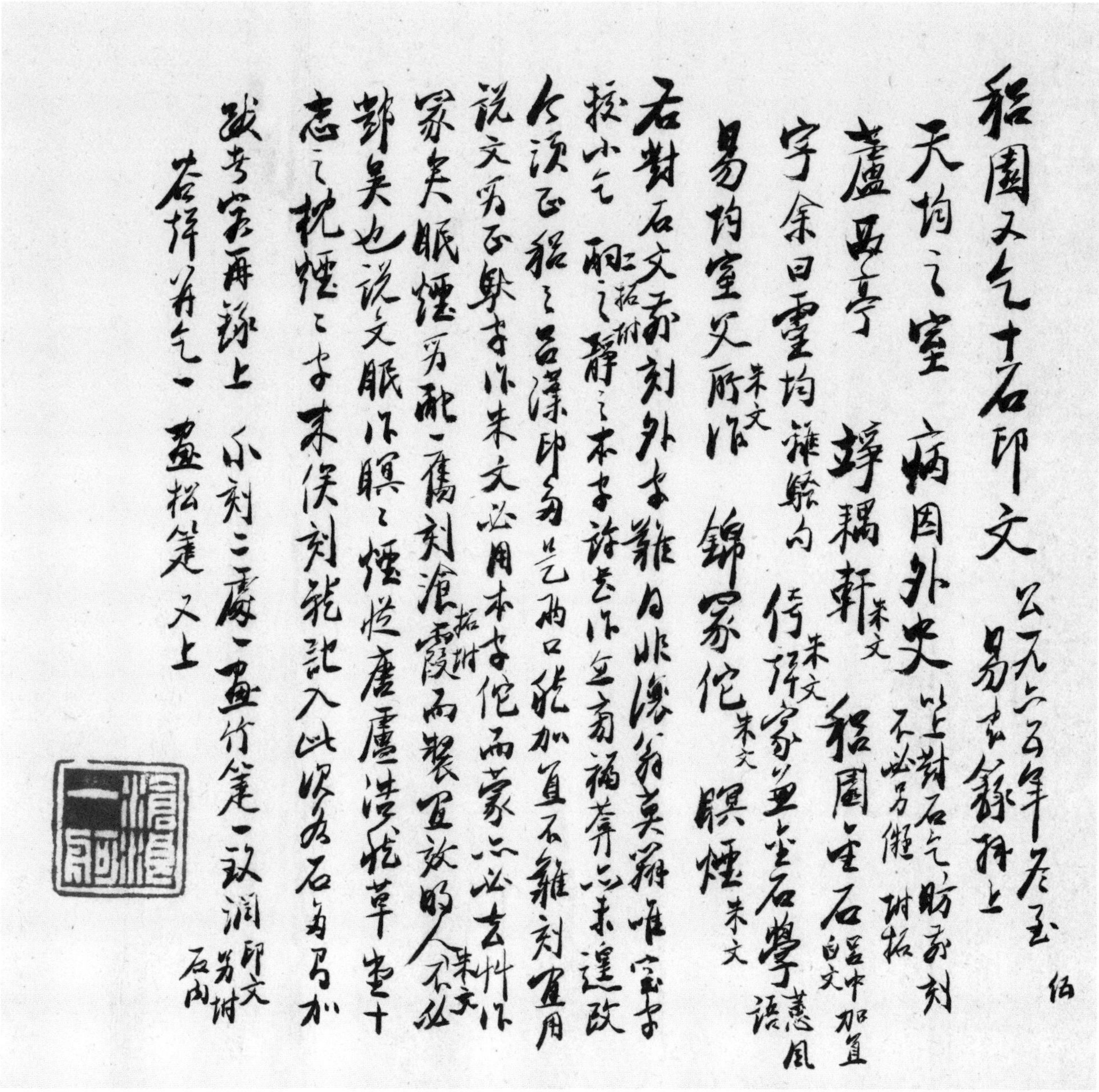

爲正。『馱』字作朱文必用本字『佗』。而『蒙』亦必去『艸』作『冢』矣。『眠煙』爲配一舊刻『滄霞』拓坿而製，宜效明人朱文，不必鄧、吳也。《説文》『眠』作『瞑』，『瞑煙』從唐盧浩然《草堂十志》之『枕煙』二字來。俟刻就，記入此次各石，多有加跋者，容再録上。介刻二處，一畫竹箋，一致潤印文另坿石內。谷聲并乞一畫松箋。又上。

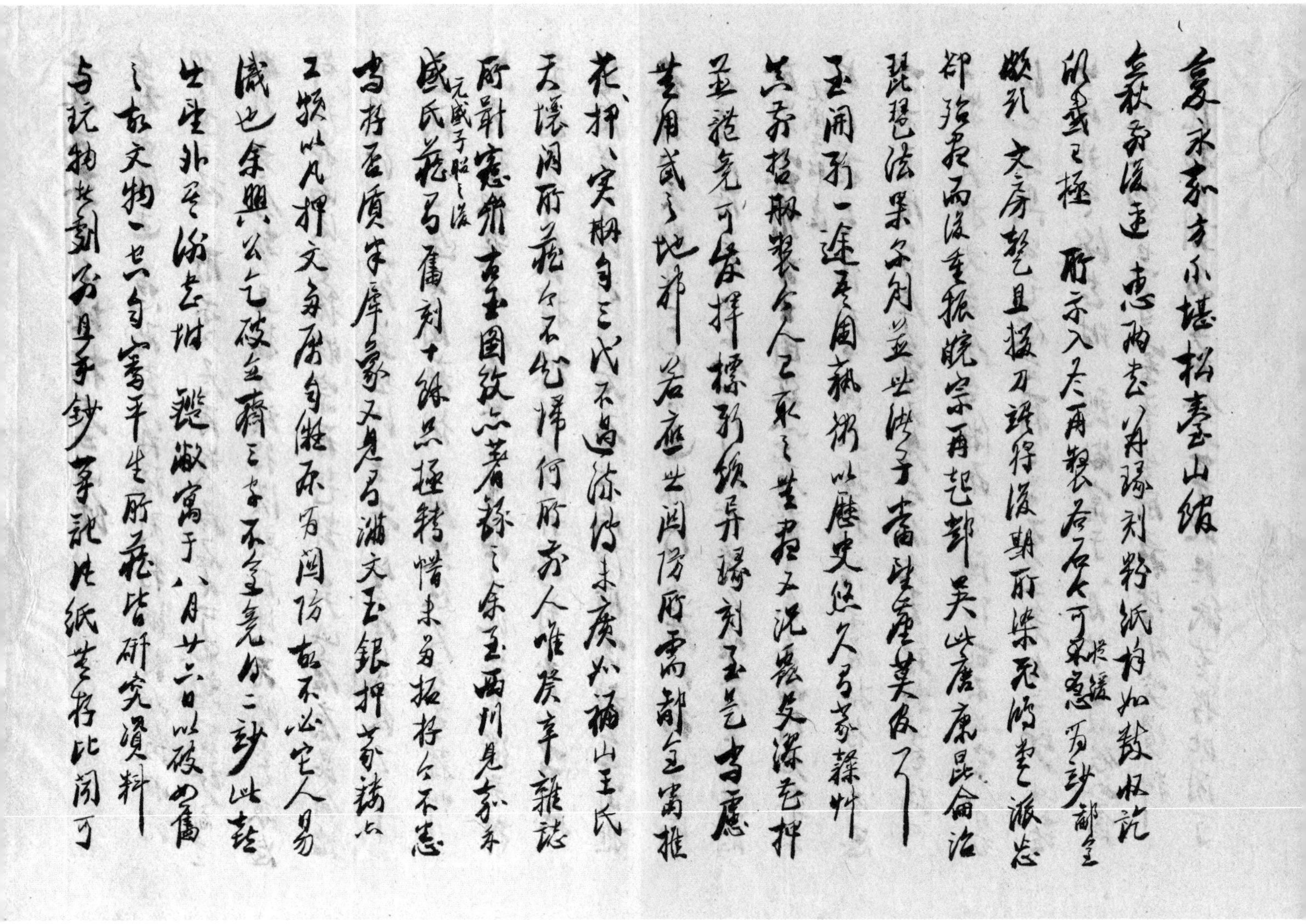

○二八　致方介堪（五）

復永嘉方介堪松臺山館

立秋前後，連惠兩書，并瑑刻、粉紙，均如數收訖，欣感已極！所示入冬再製各石，今可從緩爲玅。鄙意頗欲文房暫且輟刀，竢將後期所染飛鴻堂派忘卻殆盡，而後重振皖宗，再起鄧、吴，此唐康昆侖治琵琶法，果尔，則並世諸子當望塵莫及耳。至開新一途，吾國蓺術以歷史悠久，有篆、隸、艸、真，前哲搠製，今人已取之無盡，又況蟲、殳、繆、花押並體，竟可發揮，標新領異，瑑刻至是，尚慮無用武之地耶？若應世關防所需，鄙意當推花押。花押實搠自三代，不過流傳未廣，如福山王氏天壤閣所藏，今不知歸何所，前人唯癸辛雜誌所卟，窓齋《古玉圖攷》亦著録之。余至西川，見嘉禾盛氏（元盛子昭之後）有舊刻十餘品，極精，惜未多拓存，今不悉尚存否？質半犀象。又見有滿文玉銀押，篆鏤亦工，頗以凡押文多屬自擬，原爲關防，故不必它人易識也。余興公乞『破立齋』三字，不意竟得二玅，此喜出望外矣。謝書坿鑑。敝寓于八月廿六日以破四舊之故，文物一空。自審平生所藏，皆研究資料，与玩物者劇別，且手鈔筆記，片紙無存。比聞可請發還，亦未行也。谷叟以過去地主，資囊所抄，不徒文物。其應歸石值，昨始交來，并興老一石，共七圓，今匯上，乞檢存。承許冬閒再爲奏刀，今暫不必。遲復，諸唯

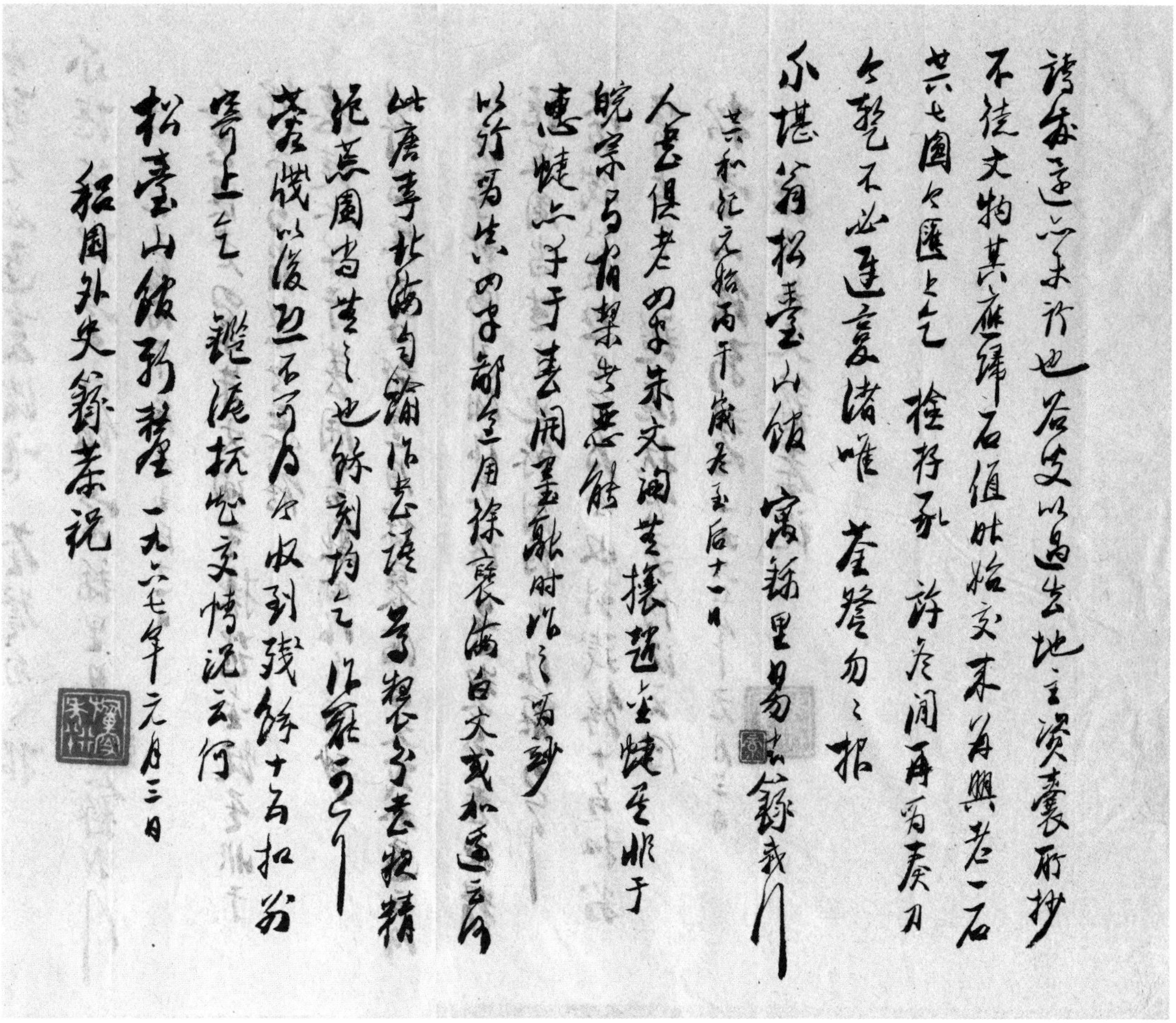

荃督。匆匆報。

介堪翁松臺山館，寓錦里易忠籙載拜。共和紀元始丙午歲冬至後十一日。

『人書俱老』四字朱文，詢無攘趙金蜨矣，非于皖宗有宿契者，惡能惠蜨？亦幸于春開墨融時作之爲訬。『以行爲真』四字，鄙意用徐褒海白文，或加邊，云何？此唐李北海自諭作書語。尊製分書歎精絕，荒園當無之也。餘刻均乞作罷可耳。蓉牋以後恐不可得，今收到殘餘十五扣，別寄上，乞鑑。滬杭知交情況云何？松臺山館新釐。一九六七年元月三日，稆園外史籙恭祝。

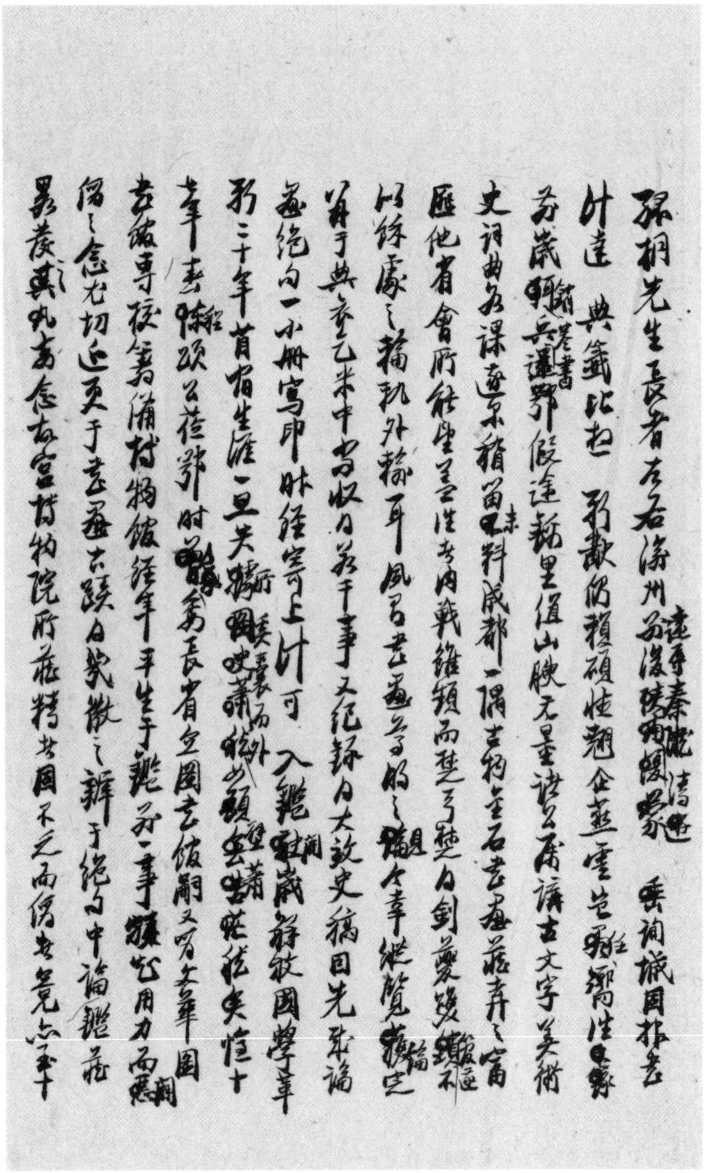

〇二九　致孤桐

孤桐[一]先生長者左右：渝州別後，遠辱秦隴清詢，城固報書，計達典籤。比想新猷，仍賴碩德，翹企燕雲，豈任嚮往。前歲銷兵，卷書還鄂，假途錦里，值山腴、无量諸公屬講古文字、美術史、詞曲各課，遂尔稽留。未料成都一隅，古物、金石、書畫藏弆之富，匪他省會所能望。盖往者内戰雖頻，而楚弓楚得，劍夔雙管，遂不似餘處之輪軌外輸耳。夙有書畫尊明之見，今幸縱覽論定，並于典衣乞米中，尚收得若干事。又紀録得大致史稿，曰先成《論畫絕句》一小册寫印。昨經寄上，計可入鑑。開歲解放，國學革新，二十年苜蓿生涯，一旦失所，奚囊而外，四壁蕭然。憶十七年春，程頌公[二]莅鄂時，曾委長省立圖書館，嗣又爲文華圖書館專校籌備博物館經年。平生于鑑別一事，頗知用力，而闢僞之念尤切。近更于書畫古蹟得幾微之辨，于絕句中論鑑藏畧發之。每念故宫博物院所藏精者固不乏，而僞者竟亦至十之四五，若不掄鼇，整齊其事，漸明其價值，自有損第一。前參加倫敦展覽，出品種種，多擷精粹。獨古畫贋鼎居十之八九廿五年四月商務館印。幸外人無知，否則中國尚僞無真識之風，騰于宙合矣。至運蓉展覽者，专就古畫言，且有酒肆茶寮之物羼于其中，均一一鈐以部印，良爲笑枋。此其弊由于前此之過信不疑與自尊其體，又幾經竊易。其實在

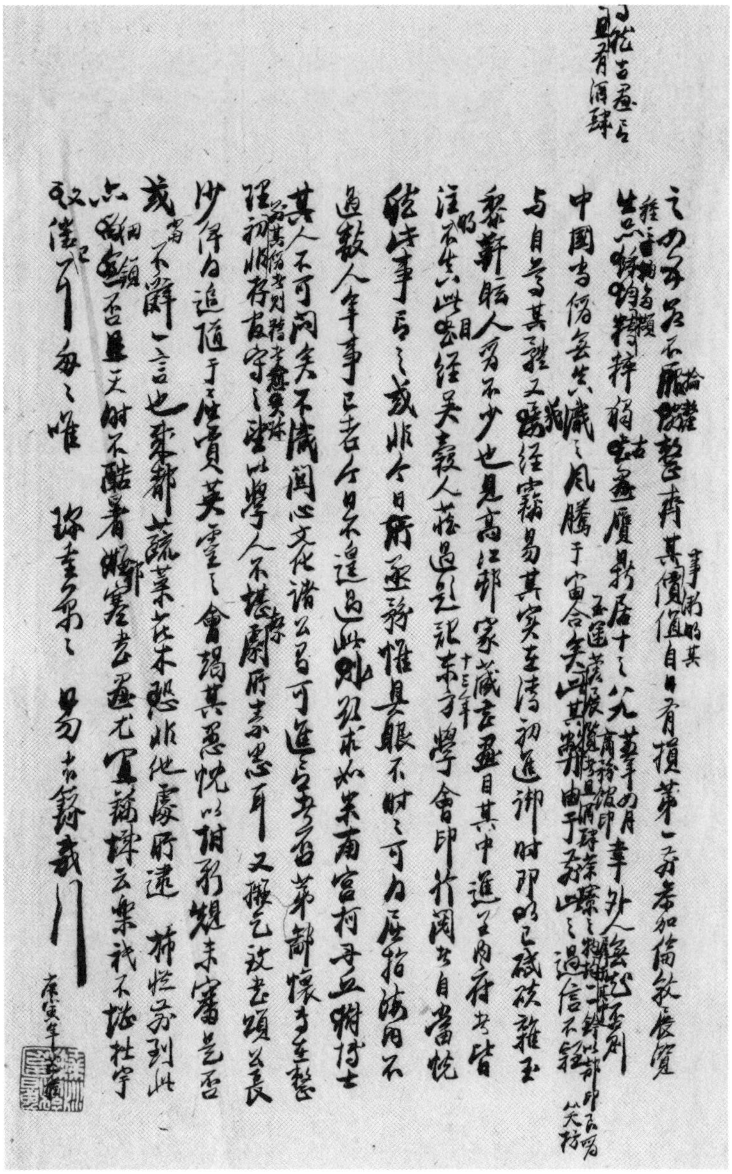

清初進御時，即已碔砆雜玉，黎軒眩人，爲不少也。見高江邨家藏書畫目，其中進呈内府者，皆注明不真。此目經吳穀人藏過題記，東方學會印行，十三年。閲者自當恍然。此事言之，或非今日所亟務。惟具眼不時時可得，屈指海内，不過數人，年事已老，今日不遑，過此欲求如米南宫、柯丹丘博士其人，不可問矣。不識關心文化諸公，有可進言者否？弟鄙懷專在整理，別其僞者，則精者愈珍，初非存官守之望，以學人不堪繁據，所素悉耳。又擬乞致書頌公長沙，俾得追隨于屈、賈英靈之會，竭其愚忱，以坿新規，未審是否？或當不辭一言也。成都蔬菜、花木非他處所逮，旆從前到此亦細領否？且天時不酷暑祁寒，書畫尤宜。錦城云樂，祇不堪杜宇又催已耳。匆匆，唯

珍重萬萬。

易忠籙載拜。庚寅年芒種。

【注释】

[一]孤桐即章士釗（一八八一—一九七三年），字行嚴，筆名黄中黄、青桐、秋桐。湖南善化人。著名學者、國學大師。中央文史研究館副館長。

[二]程頌公即程潛（一八八二—一九六八年），字頌雲。此處尊稱頌公。湖南醴陵人。曾任民革中央副主席、全國人大常委會副委員長。

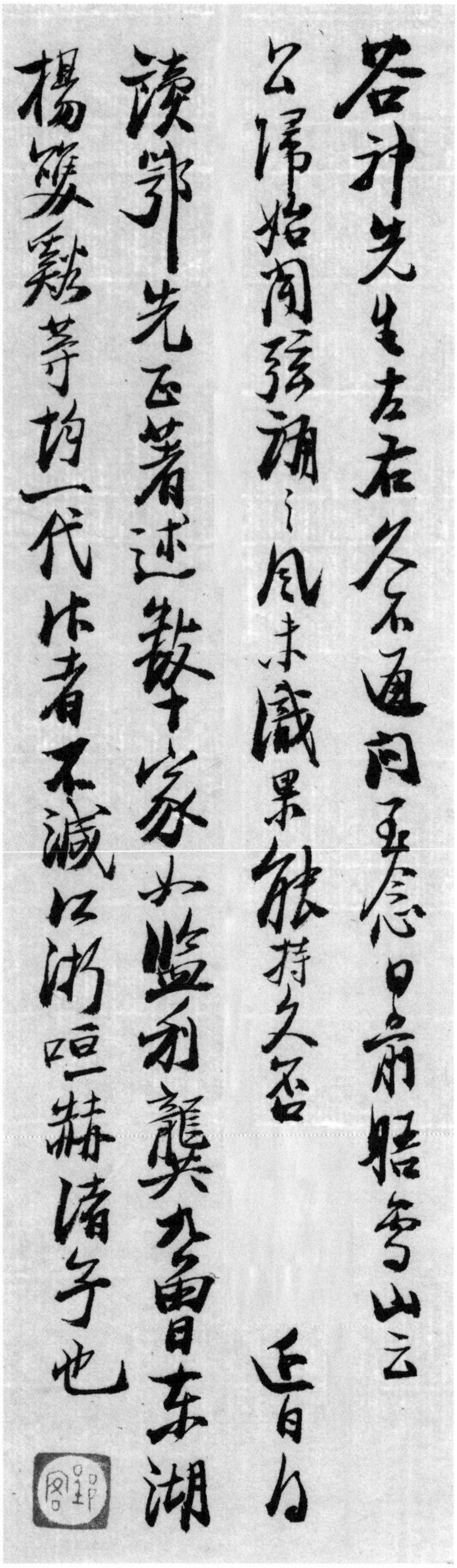

〇三〇　致谷神

谷神先生左右：久不通問，至念。日前晤雪山云：公歸始聞弦誦之風，未識果能持久否？近日得讀鄂先正著述數十家，如監利龔九曾、東湖楊雙谿等，均一代作者，不減江浙咺赫諸子也。

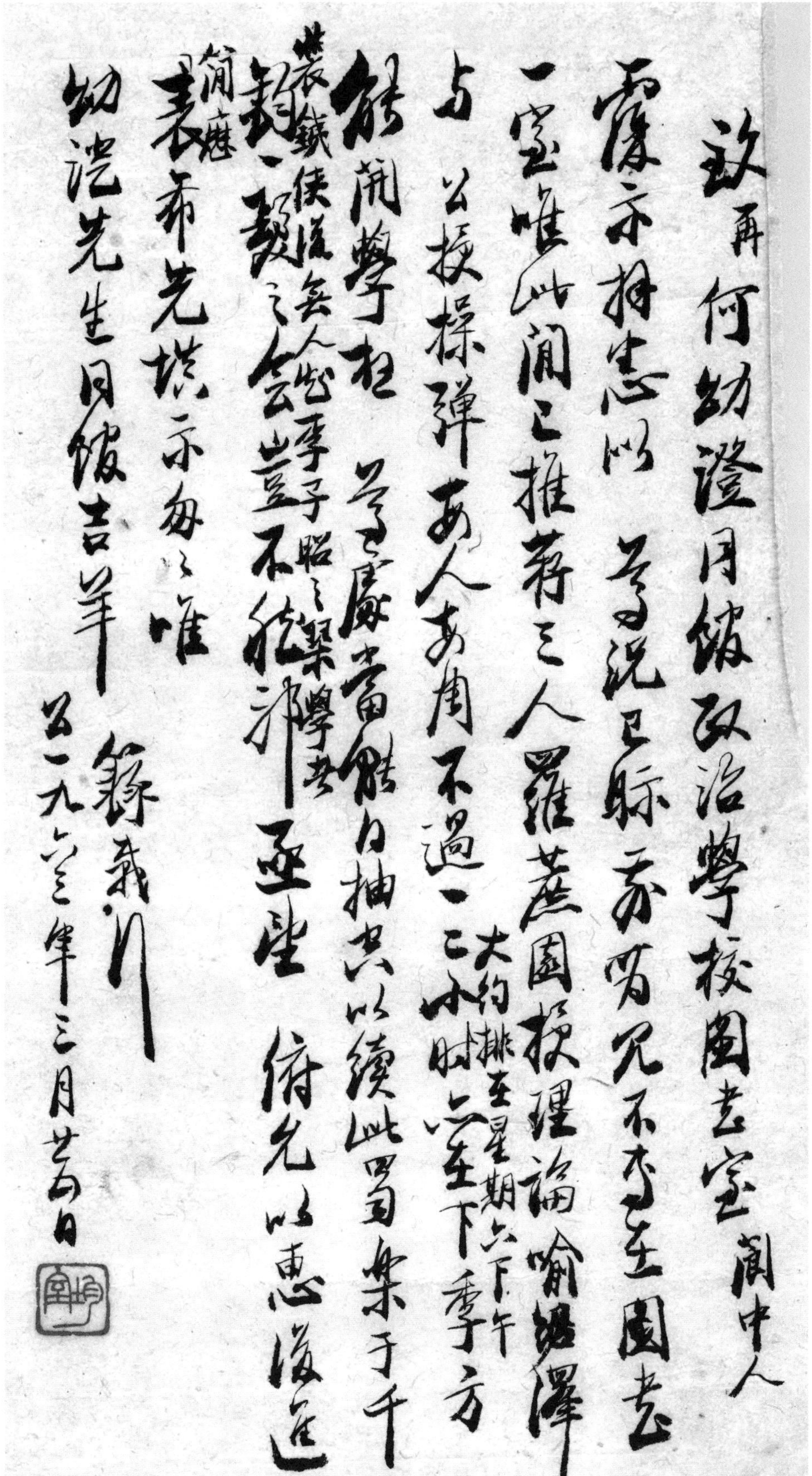

〇三一　致何幼澄

致再何幼澄同館　政治學校圖書室　閬中人

覆示拜悉，似尊況已眎前爲冗，不專在圖書一室。唯此间已推薦三人：羅蔗園授理論，喻紹澤与公授操彈，每人每周不過一二小時（大約排在星期六下午），亦在下季方能開學。想尊處當能得抽空以續此蜀樂于千鈞一髮之會（裴鍈俠後，無人知李子昭之琹學者），豈不然耶？亟望俯允，以惠後進。簡歷表希先填示。匆匆，唯幼澄先生同館吉羊。籙載拜。公一九六三年三月廿五日。

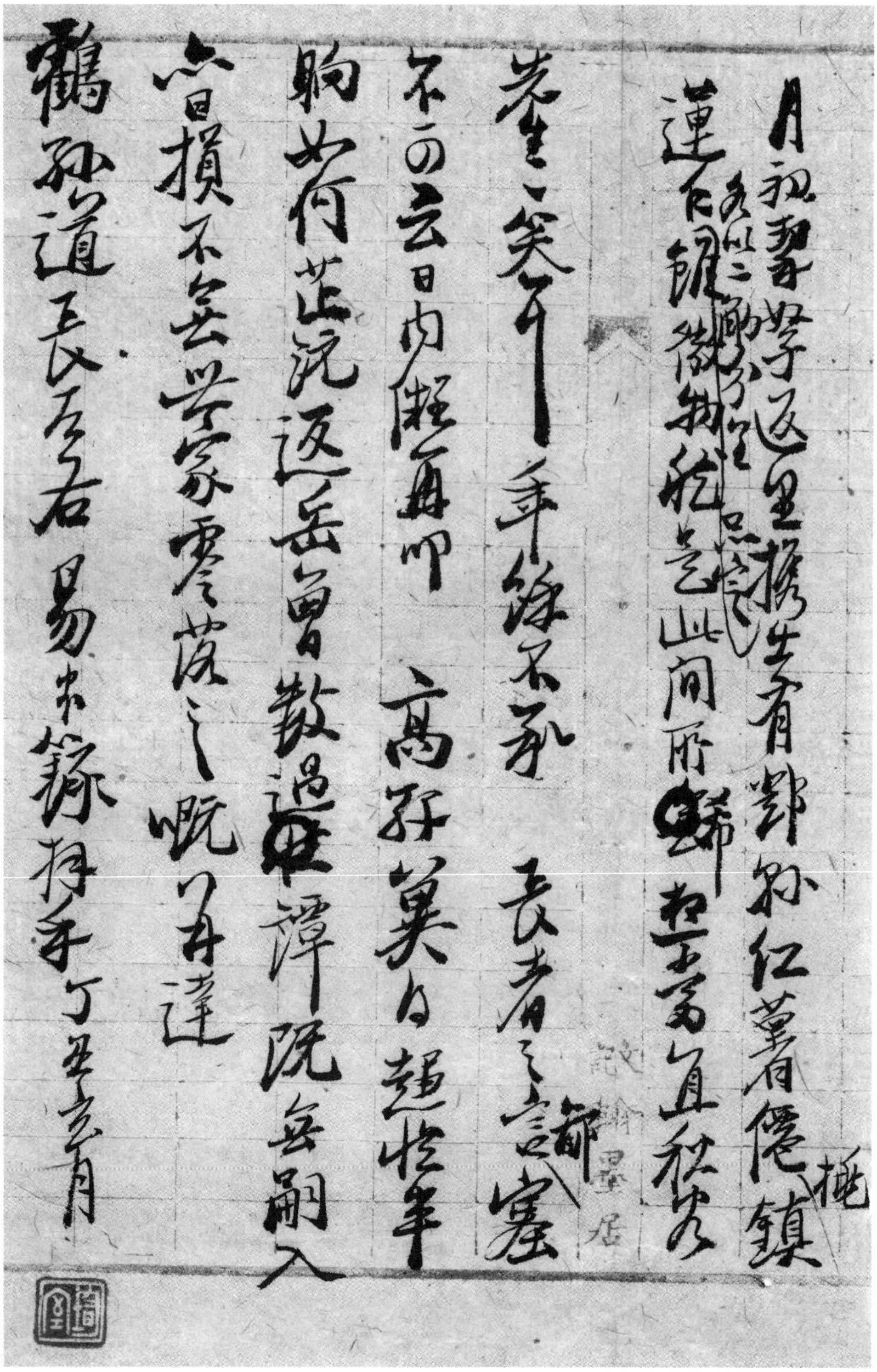

〇三一　致鶴孫

月初挈孥返里，携出有鄧縣紅薯、僊桃鎮蓮仁，各以二觔分呈品定。雖微物，然是此間所希。想當直秋谷先生一笑耳。年餘不承長者之言，鄙塞不可云。日内擬再叩高軒，冀得趨從半晌，如何？芷沅返岳，曾數過譚，既無嗣入，亦日損，不無世家零落之慨。并達。鶴孫道長左右。易忠籙拜手。丁丑玄月。

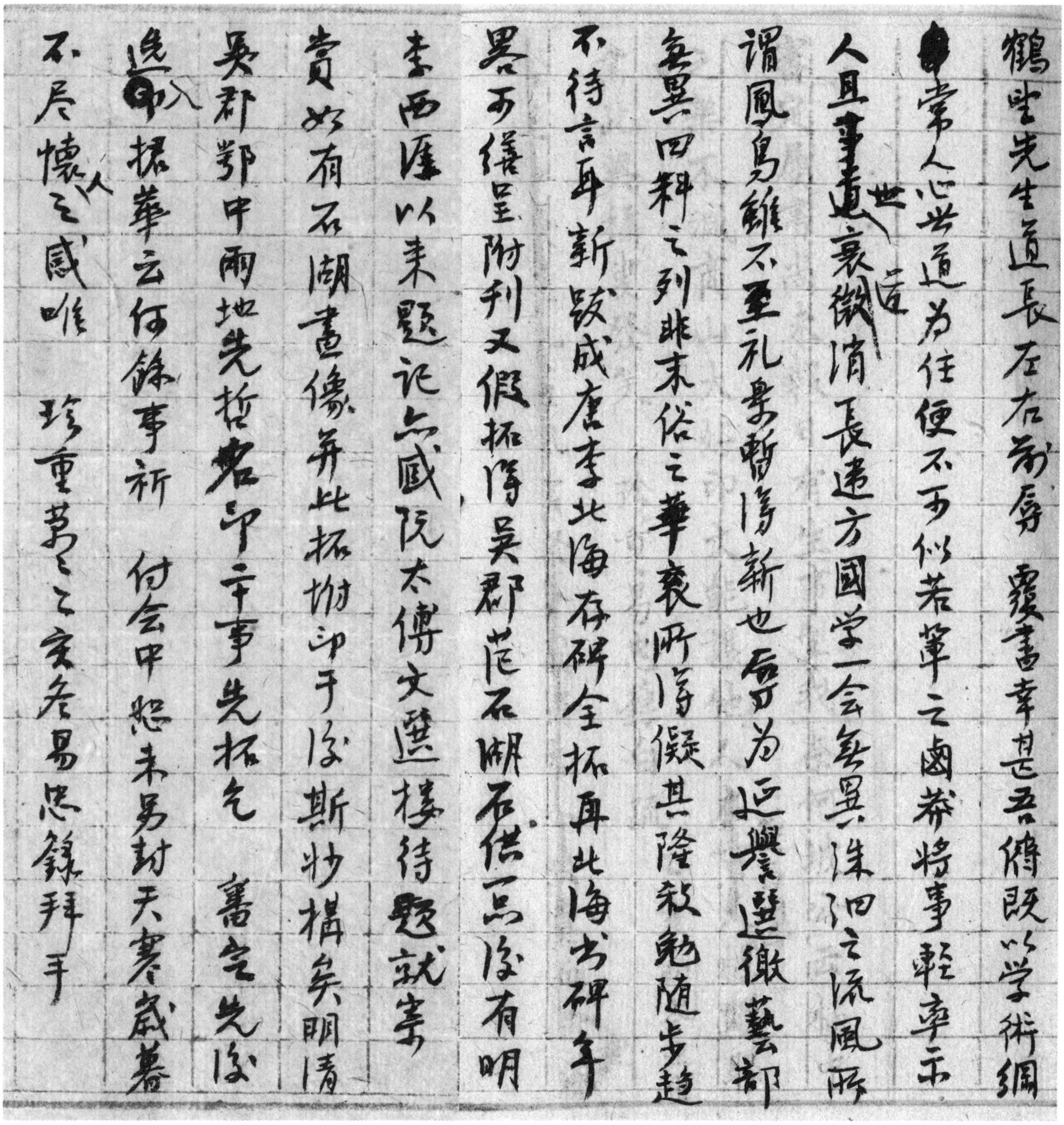

〇三三　致鶴望

鶴望先生道長左右：前辱覆書，幸甚。吾儕既以學術綱常、人心世道爲任，便不可似若輩之鹵莽將事，輕率示人。且世衰道微，消長違方，國學一會，無異洙泗之流風，所謂『鳳鳥雖不至，禮樂暫得新』也。辱爲延譽，選徵藝部，無異四科之列，非末俗之華袞所得擬其隆殺，勉隨步趨，不待言耳。新跋成，唐李北海存碑全拓，再北海書碑年，畧可繕呈附刊。又假拓得吳郡范石湖石供一品，後有明李西涯以來題記，亦臧阮太傅文選樓，待題就寄賞。如有石湖畫像并此拓坿印于後，斯妙構矣。明清吳郡、鄂中兩地先哲名印二十事先拓，乞審定，先後选入《捃華》云何？餘事祈付會中，恕未另封。天寒歲暮，不盡懷人之感，唯珍重萬萬。乙亥冬，易忠籙拜手。

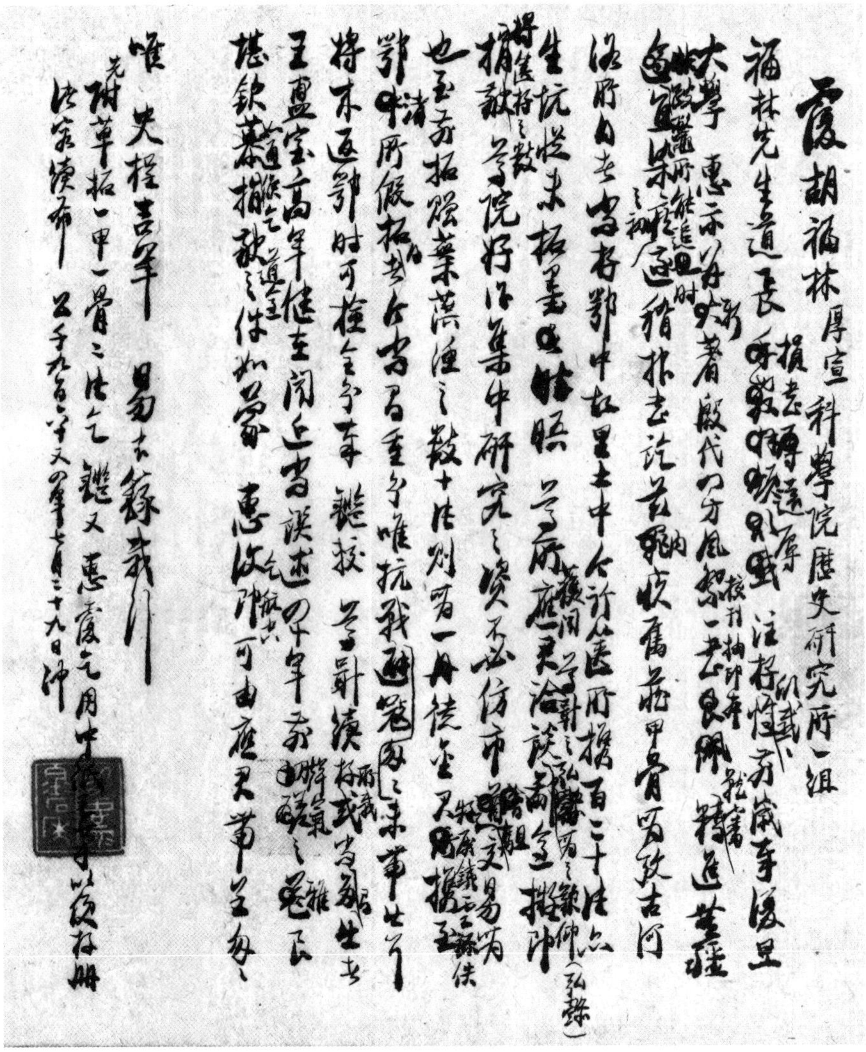

○三四　致胡厚宣[一]（一）

覆胡福林厚宣　科學院歷史研究所一組

福林先生道長：損書，遠辱注存，欣感欣感。憶前歲奉復旦大學惠示，并新著《殷代四方風祭》一書 校刊抽印本，就審精進無疆，非跛鼈所能追。時直染疾之初，遂稽報書，訖茲内疚。舊藏甲骨爲攷古河洛所得者，尚存鄂中故里土中。今行篋所携百二十片，亦生坑，從未拓墨。昨晤尊所應君洽談，獲聞尊斟之弘懿，爲之歎仰。啚意擬即將篋存之數捐獻尊院，好作集中研究之資，不必仿市駔交易爲也。至前拓贈葉渶漁之數十片，則爲一丹徒金君 疑屬銕雲録佚 携至鄂渚。所假拓得者，今尚有重分，唯抗戰匆匆避寇，未帶出耳。將來返鄂時，可檢全分奉鑑。較尊斟《續存》所藏，或尚有多出者。王簠室高年健在，聞近尚譔述，四十年前聲氣之雅，良堪欽慕。如通候，乞道意。捐獻之件，如蒙惠復 乞航空，即可由應君帶呈。匆匆，唯

史桯吉羊。

易忠籙載拜。

先坿草拓一甲一骨二片，乞鑑。又惠覆，乞用中紙毛筆，以便存册。諸容續布。

公千九百六十又四年七月二十九日。沖。

【注釋】

[一]胡福林即胡厚宣（一九一一—一九九五年），幼名福林。河北望城人。甲骨學家、史學家。

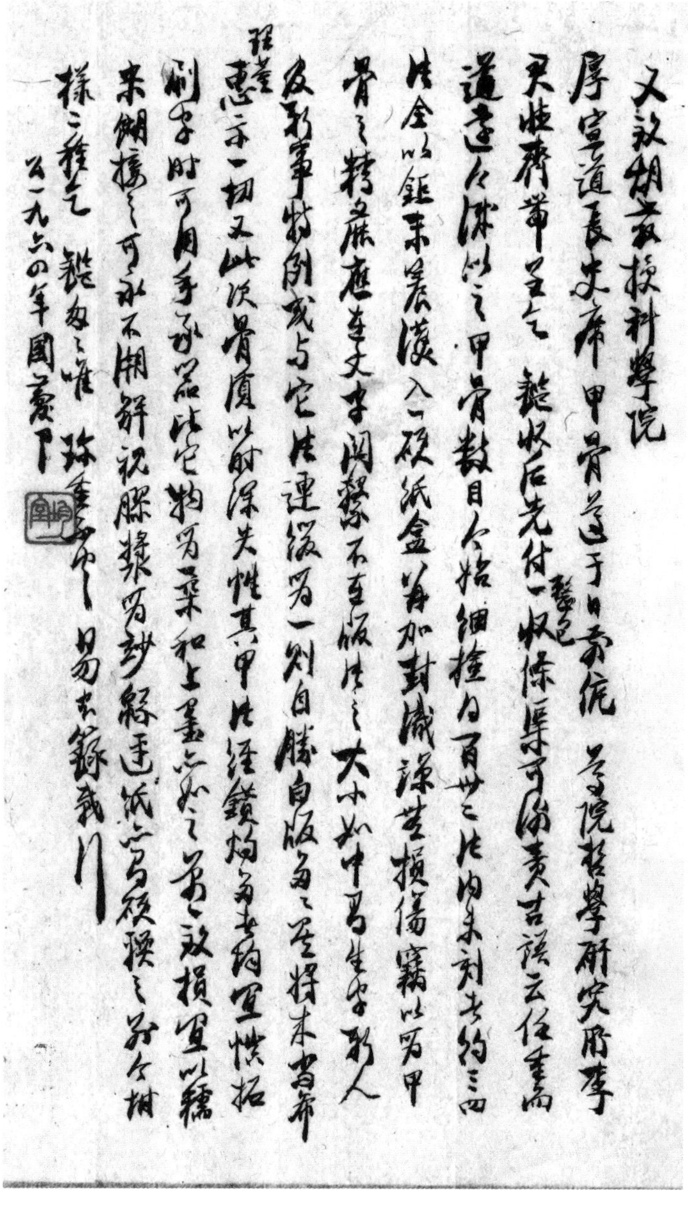

○三五　致胡厚宣（二）

又致胡教授　科學院

厚宣道長史席：甲骨遵于日前侂尊院哲學研究所李君德齊帶呈，乞鑑。收後先付一收條（整包），渠可謝責。古語云：任重而道遠，今誠似之。甲骨數目今始細檢，得百卅二片，内未刻者約三四片，全以鉅末養護，入一硬紙盒，并加封識，諒無損傷。竊以爲甲骨之精麤，應在文字關繫，不在版片之大小。如中有生字、新人及新事特例，或与它片連綴爲一則，自勝白版多多矣。

將來尚希理董，惠示一切。又，此次骨質以時深失性，其甲片經鑽灼多者均宜慎拓。刷字時可用手承器，比它物爲柔和，上墨亦如之。萬一致損，宜以糯米餬接之，可永不潮解，視膠漿爲尠。緜連紙亦有硬輭之別，今坿樣二種，乞鑑。匆匆，唯

珍重不具。

易忠籙載拜。

公一九六四年國慶卩。

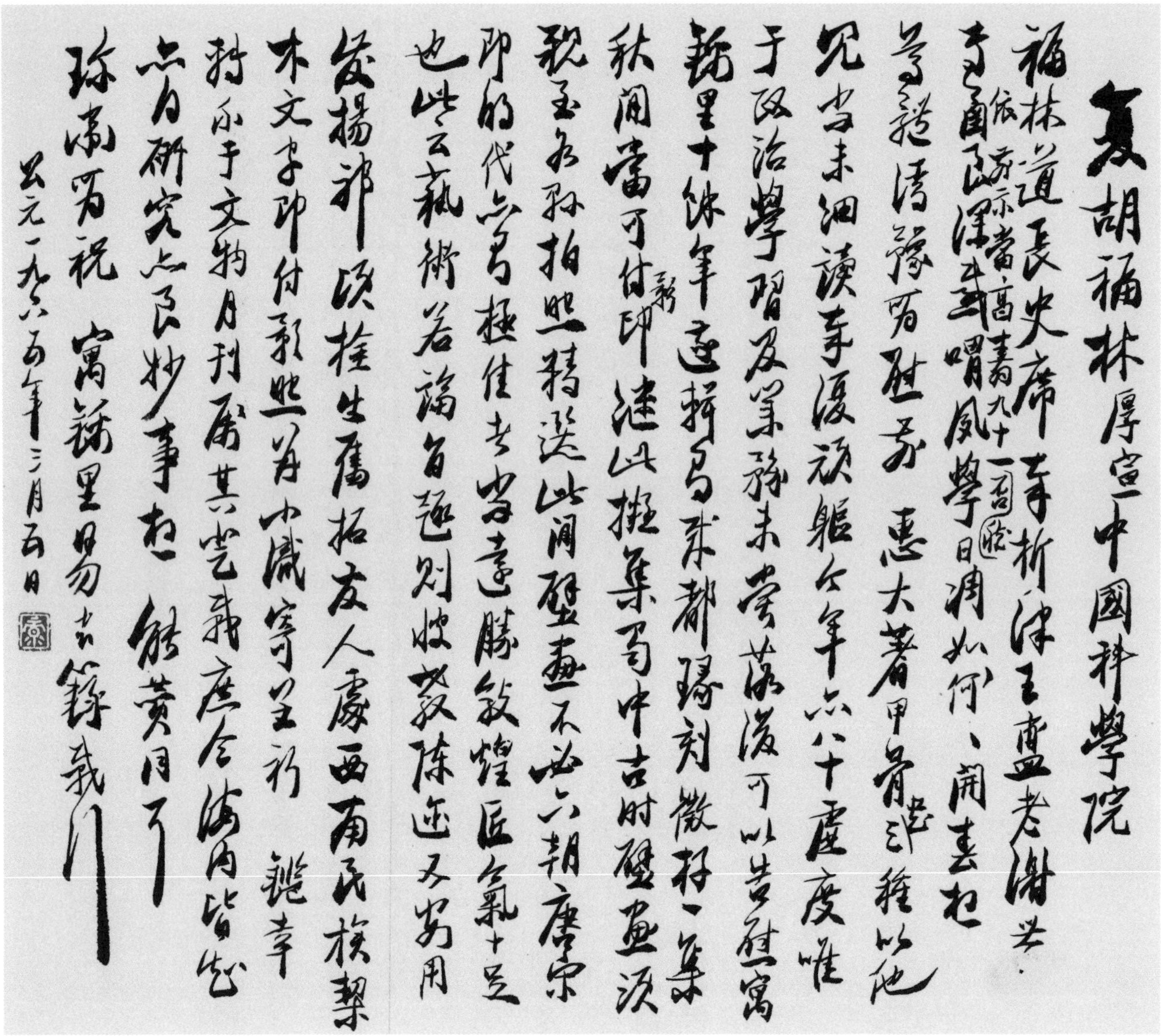

○三六　致胡厚宣（二）

復胡福林厚宣　中國科學院

福林道長史席：奉析津王盦老謝世專函，良深感喟。依前示當享壽九十一，然否？夙學日凋，如何如何。開春，想尊體清豫爲慰。前惠大著甲骨書三種，以他冗尚未細讀奉復。頑軀今年亦八十虛度，唯于政治學習及業務未嘗落後，可以告慰。寓錦里十餘年，遂輯有《成都瑑刻徵存》一集，秋間當可付影印。繼此擬集蜀中古時壁畫，須親至各縣拍照精選。此間壁畫不必六朝唐宋，即明代亦有極佳者，當遠勝敦煌匠氣十足也。此云藝術，若論旨趣，則彼教陳迹，又安用發揚耶？頃檢出舊拓友人處西南民族槧木文字，即付影照并小識，寄呈祈鑑。幸轉介于《文物》月刊，屬其登載，庶今海内皆知，亦得研究，亦良妙事，想能贊同耳。

珍衛爲祝，寓錦里易忠籙載拜。

公元一九六五年三月五日。

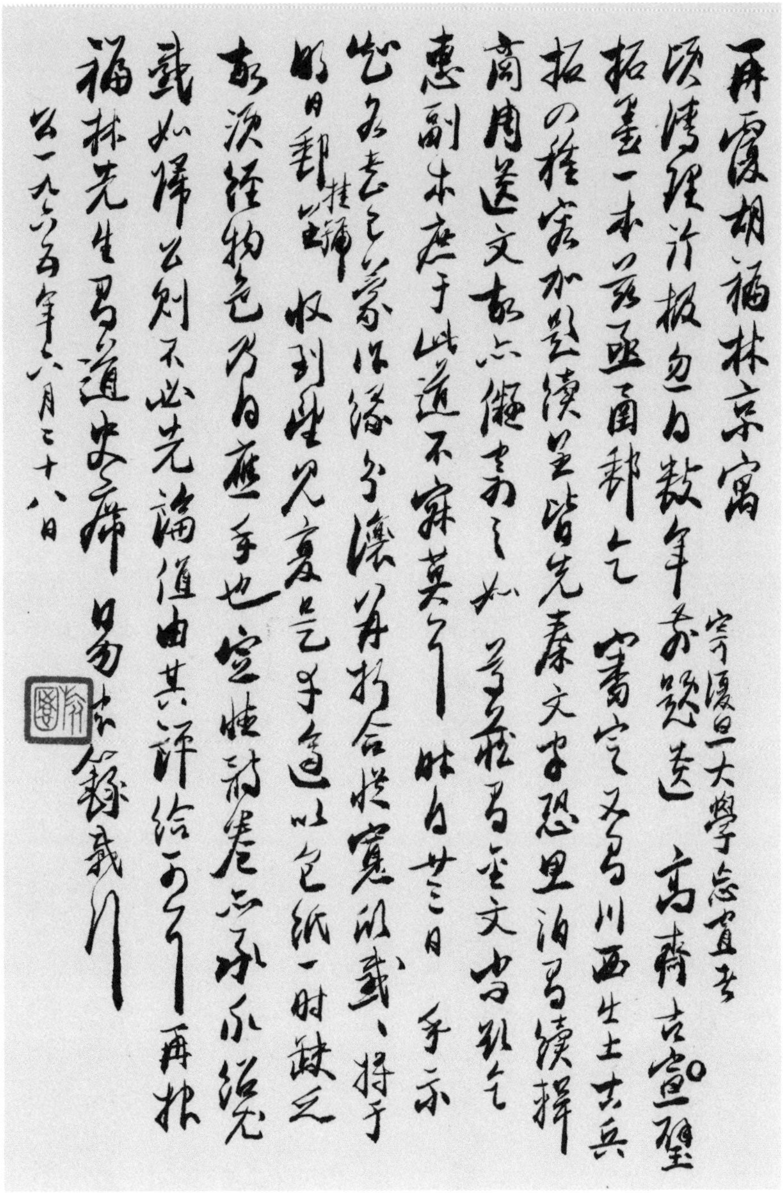

〇三七　致胡厚宣（四）

再覆胡福林　京寓

頃清理行极，忽得數年前題遺高齋古宣壁拓墨一本寄復旦大學忘置者，茲亟函郵，乞審定。又有川西出土古兵拓四種，容加題續呈。皆先秦文字，恐思泊[一]有續輯《商周遺文》，故亦擬寄之。如尊藏有金文，尚欲乞惠副本，庶于此道不寂莫耳。昨得廿三日手示，知各書已蒙作緣分讓，并折合從寬，欣感欣感。將于明日郵挂號呈，收到望見復是幸。適以包紙一時缺乏，故須經物色，乃得應手也。宣德詩卷亦承介紹，尤感。如歸公則不必先論值，由其評給可耳。再報

福林先生有道史席。

易忠籙載拜。

公一九六五年六月二十八日。

【注釋】

[一]思泊即于省吾（一八九六—一九八四年），字思泊，號雙劍誃主人、澤螺居士、夙興叟。遼寧海城人。中國現代著名古文字學家、訓詁學家。著有《商周金文録遺》。

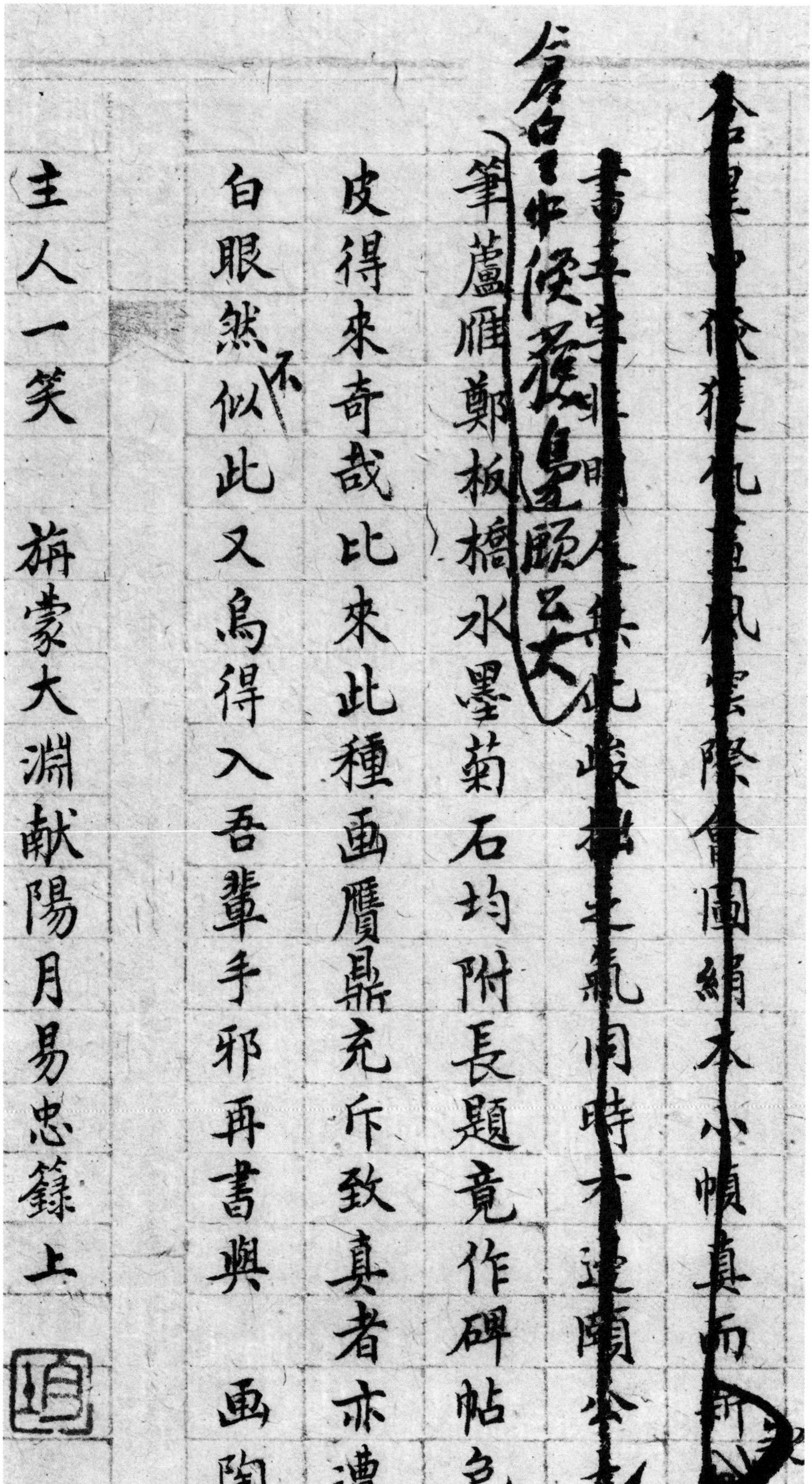
倉皇中倏獲邊頤公大
筆蘆雁鄭板橋水墨菊石均附長題竟作碑帖包
皮得來奇哉比來此種畫贗鼎充斥致真者亦遭
白眼然不似此又烏得入吾輩手邪再書與畫陶
主人一笑　旃蒙大淵獻陽月易忠籙上

〇二八　致畫陶

倉皇中倏獲邊頤公大筆《蘆雁》、鄭板橋水墨《菊石》，均附長題，竟作碑帖包皮，得來奇哉。比來此種畫贗鼎充斥，致真者亦遭白眼。然不似此，又烏得入吾輩手耶？再書与画陶主人一笑。旃蒙大淵獻月，易忠籙上。

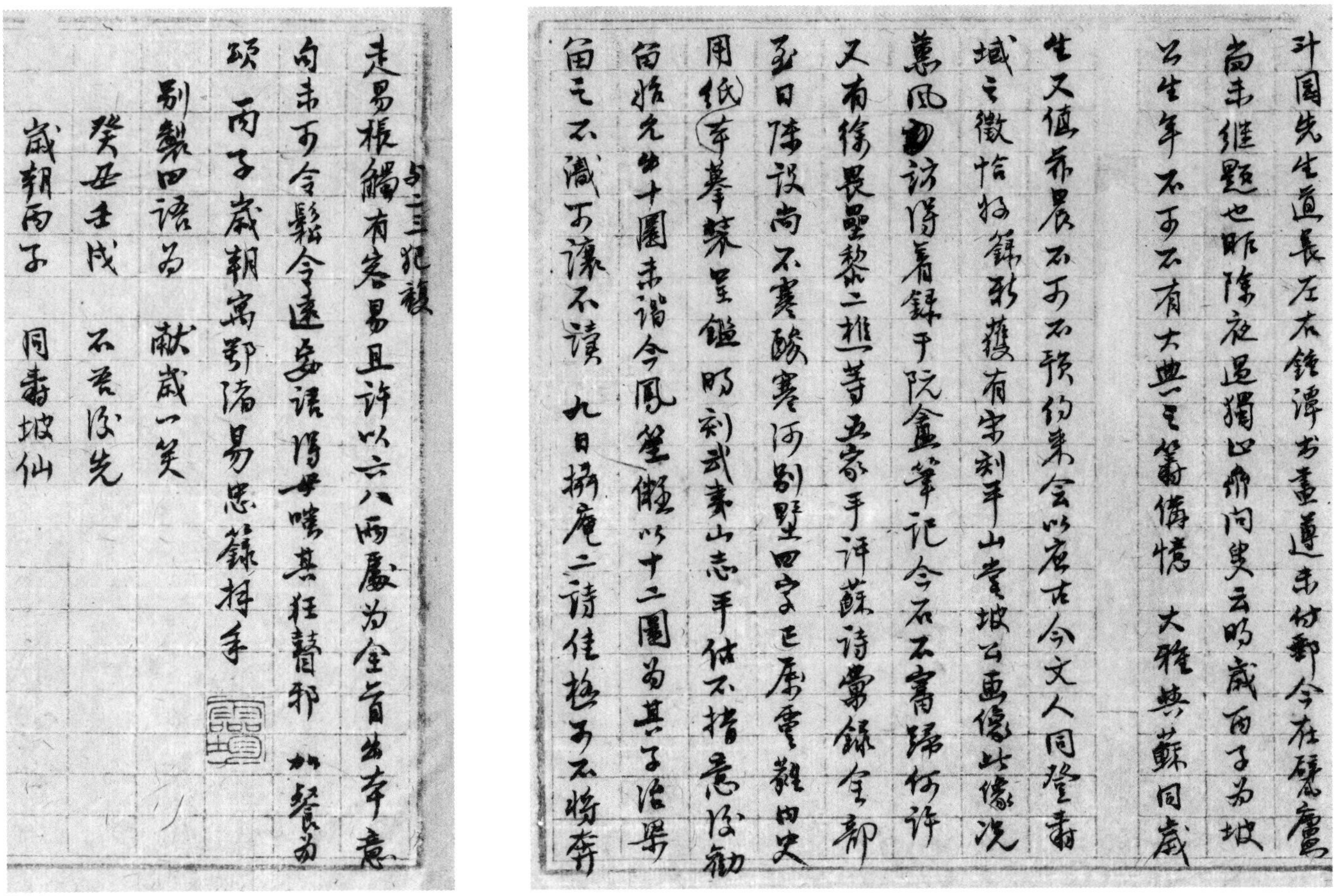

○三九　致金範山（一）

斗園先生道長左右：鍾、譚書畫遵未付郵，今在甓廬，尚未繼題也。昨除夜過獨止齋，問叟云明歲丙子爲坡公生年，不可不有大典之籌備。憶大雅与蘇同歲生，又值茲晨，不可不預約來會，以應古今文人同登壽域之徵。恰好籙新獲有宋刻平山堂坡公畫像，此像況蕙風訪得，著録于《阮盦筆記》，今石不審歸何許。又有徐畏壘、黎二樵等五家手評《蘇詩彙録》，全部至日陳設，尚不寒酸。『寒河別墅』四字已屬靈蕤内史用本紙摹裝呈鑑。明刻《武夷山志》平估不措意，後勸留，始允出十圜，未諧。今鳳笙擬以十二圜爲其子治梁留之，不識可讓不？讀《九日》《攝庵》二詩，佳極。可不將『奔走』易『棖觸』，（與二三犯複）『有客』易『且許』？以六、八兩處爲全首出本意句，未可令鬆令遠，安語得毋嗤其狂瞽耶？加餐爲頌。丙子歲朝寓鄂渚，易忠籙拜手。

　別製四語爲：獻歲一笑，癸丑壬戌，不吾後先，歲朝丙子，同壽坡仙。

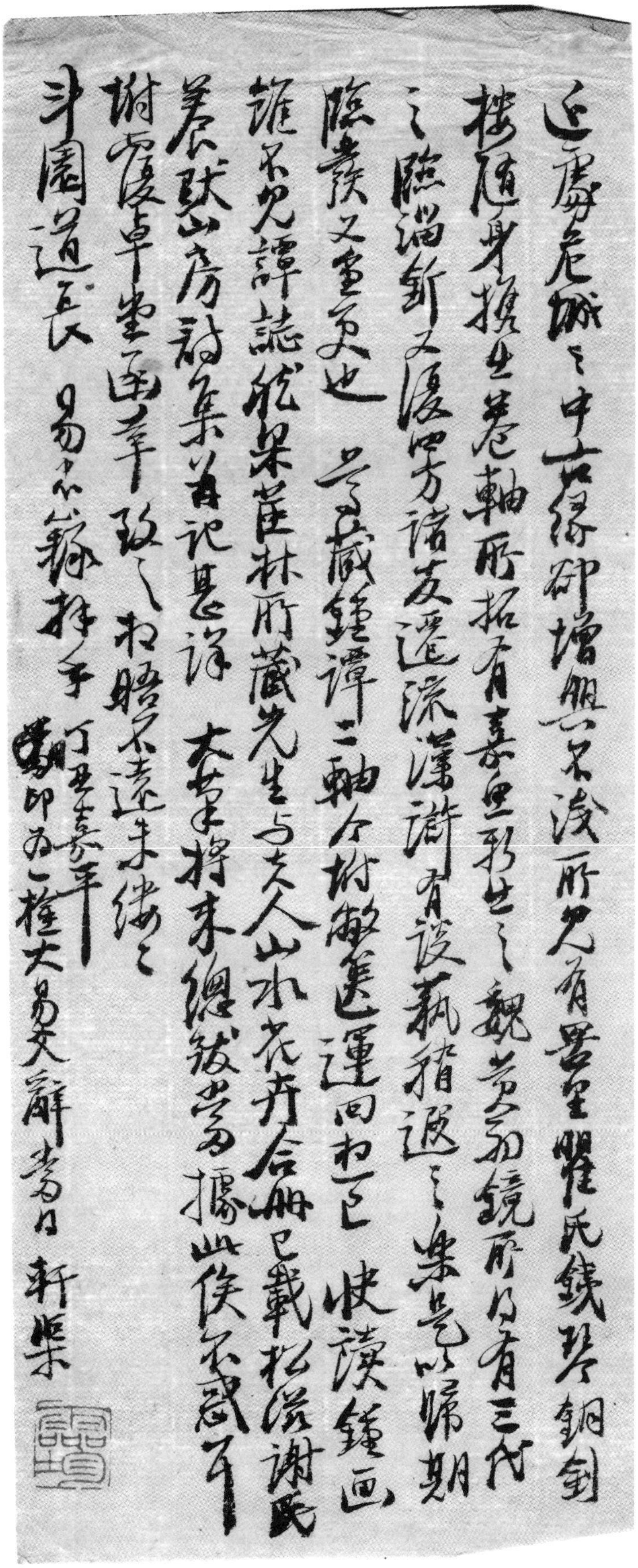

〇四〇　致金範山（二）

近處危城之中，古緣卻增興不淺，所見有罟里瞿氏銕琴銅劍樓隨身携出卷軸，所拓有嘉魚新出之魏黃初鏡，所得有三代之臨淄鈃，又復四方諸友遷流漢滸，有談蓺稽遐之樂，是以歸期臨發又重更也。尊藏鍾、譚二軸，今坿敝篋運回，想已快讀。鍾畫雖不見譚誌，然梁茝林所藏先生与夫人山水花卉合册，已載松滋謝氏《養默山房詩集》，并記甚詳。大筆將來總跋當據此，俟不惑耳。坿覆卓堂函，幸致之。相晤不遠，未縷縷。斗園道長。易忠籙拜手，丁丑嘉平。

印爲一旌，大易文辭，當得軒渠。

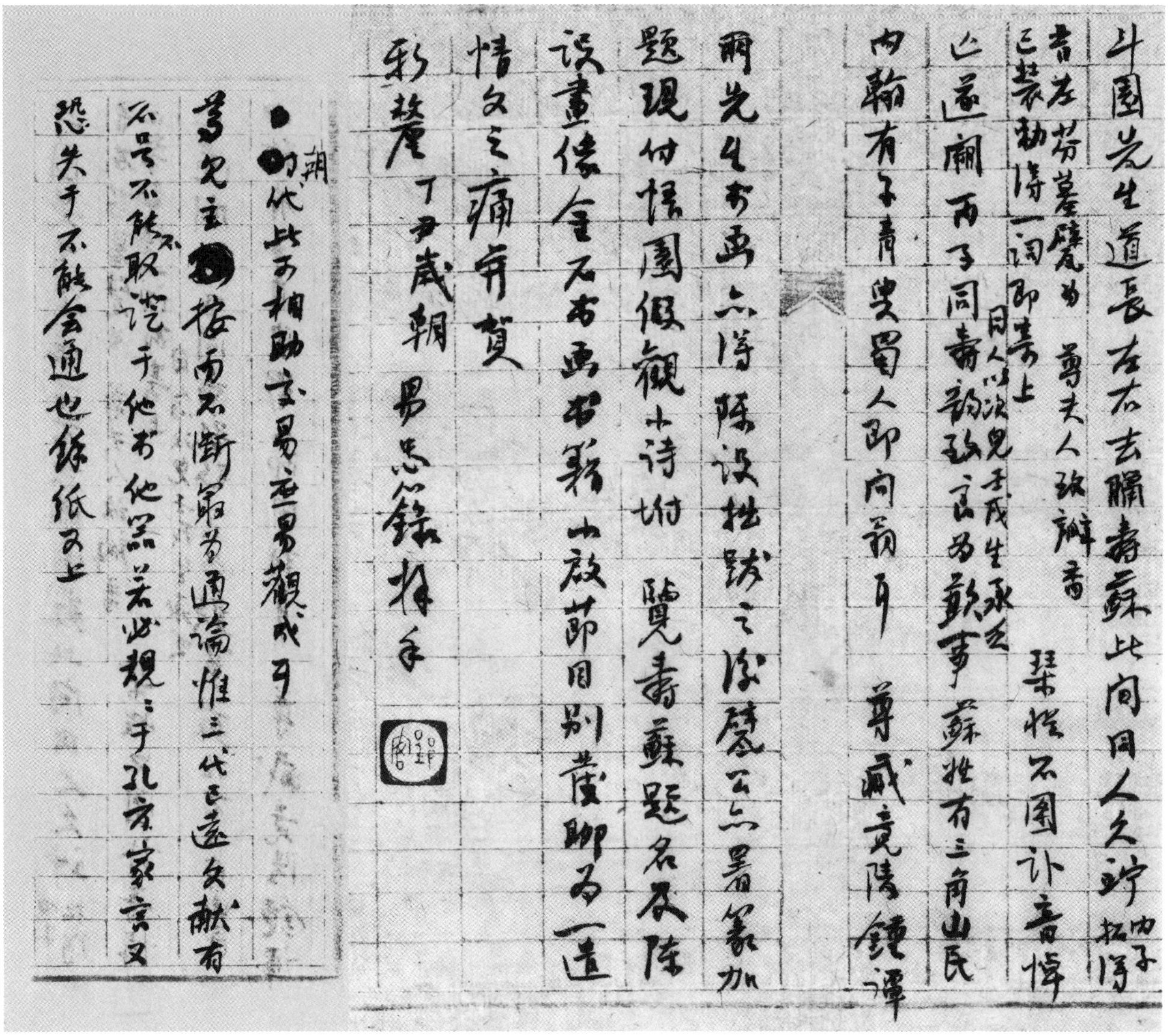

○四一　致金範山（三）

斗園先生道長左右：去臘壽蘇，此間同人久竚。內子拓得晉《左芬墓甓》，爲尊夫人致瓣香，正裝勅，得一詞，即寄上。琹從不圖訃音悼亡，遂闕丙子同壽韻致，良爲歉事。同人以次兒壬戌生承乏。蘇姓有三角山民，內翰有子青叟，蜀人即問翁耳。尊藏竟陵鍾、譚兩先生書畫，亦得陳設，拙跋之後，甓公亦署篆加題，現付悟園假觀。小詩坿覽，壽蘇題名及陳設畫像、金石、書畫、書籍小啓節目別發，聊爲一遣情文之痛，并賀新釐。丁丑歲朝，易忠籙拜手。

朝代此可相助交易，庶易觀成耳。尊見主按而不斷，最爲通論。惟三代已遠，文獻有不號不能不取證于他書他器，若必規規于孔方家言，又恐失于不能會通也。餘紙又上。

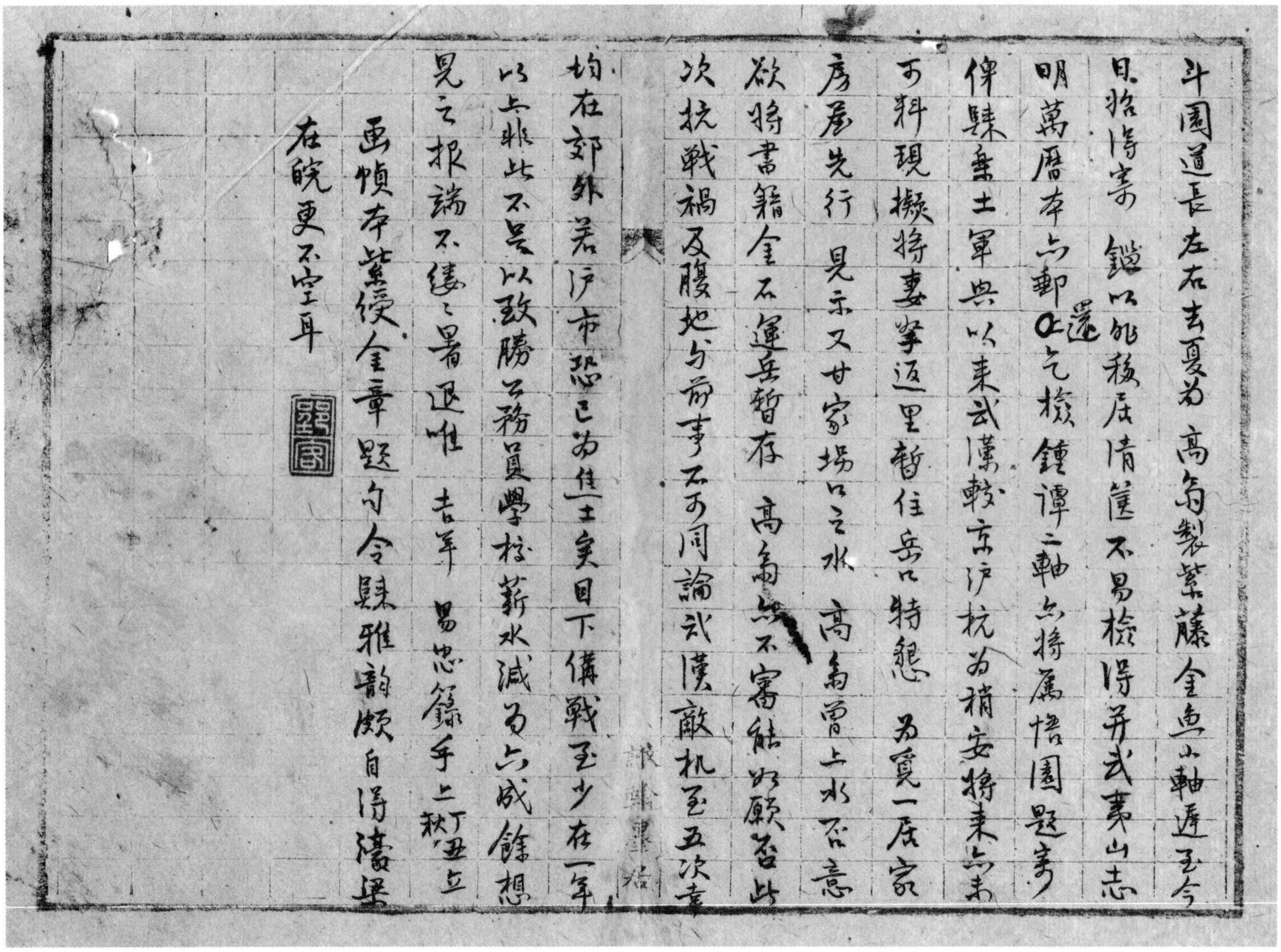

〇四二　致金範山（四）

斗園道長左右：去夏爲高齋製紫藤金魚小軸，遲至今日，始得寄鑑。以非移居清篋，不易檢得，并《武夷山志》，明萬曆本，亦郵還。乞檢鍾、譚二軸，亦將屬悟園題寄，俾歸樂土。軍興以來，武漢較京、滬、杭爲稍安，將來亦未可料。現擬將妻孥返里，暫住岳口，特懇爲覓一居家房屋，先行見示。又甘家拐口之水，高齋曾上水否？意欲將書籍、金石運岳，暫存高齋，亦不審能如願否？此次抗戰，禍及腹地，與前事不可同論。武漢敵機至五次，幸均在郊外，若滬市恐已爲焦土矣。目下備戰至少在一年以上，非此不足以致勝。公務員、學校薪水減爲六成餘，想見之報端。不縷縷。暑退，唯吉羊。　易忠籙手上丁丑立秋。

畫幀本紫綬金章，題句令歸雅韵，頗自得。濠梁在皖，更不空耳。

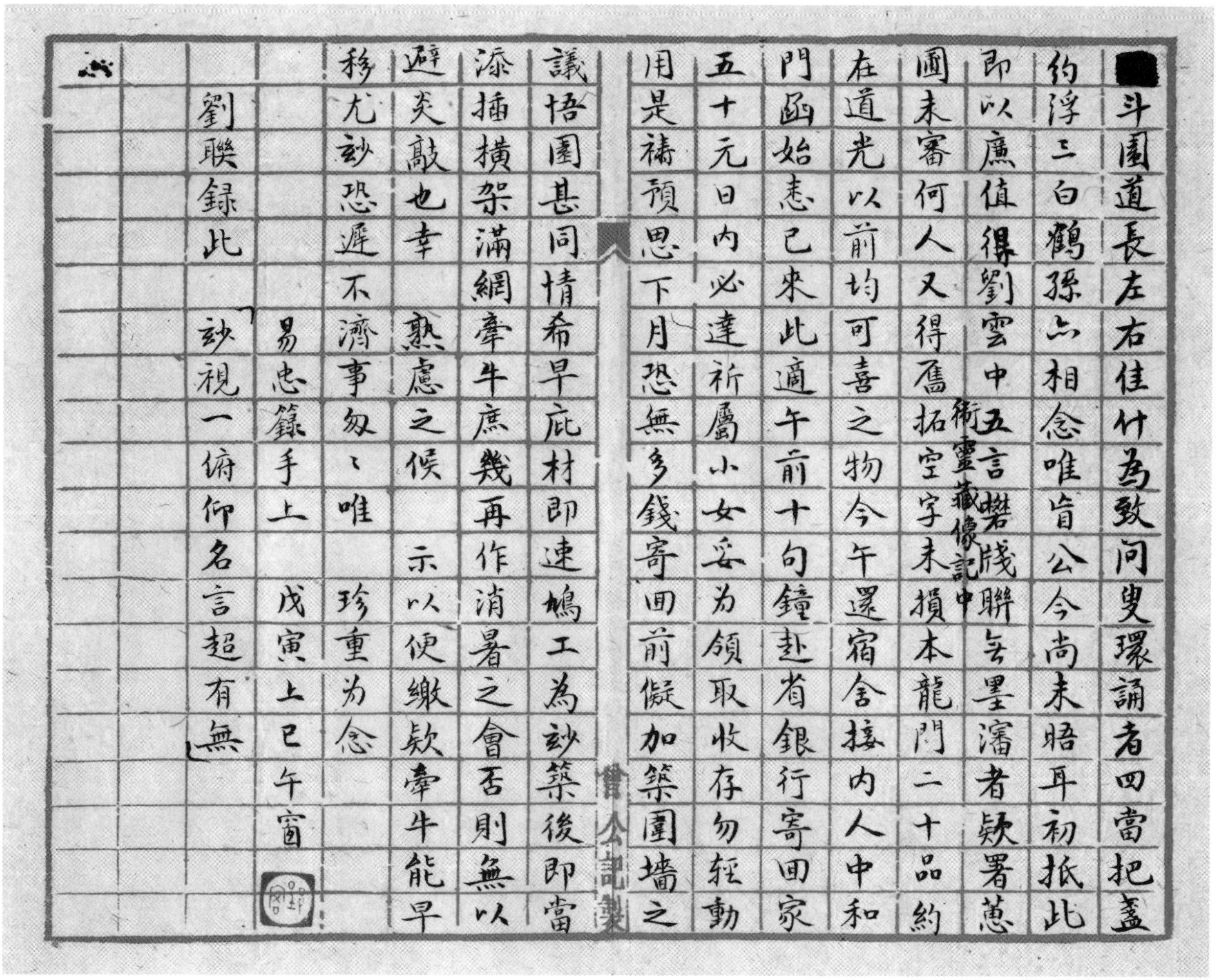

○四三　致金範山（五）

斗園道長左右：佳什爲致問叟，環誦者四，當把盞約浮三白。鶴孫亦相念，唯肓公今尚未晤耳。初抵此，即以廉值得劉雲中五言磬牋聯，無墨瀋者，欵署蕙圃，未審何人。又得舊拓『空字』未損本《龍門二十品》衛靈藏像記中，約在道光以前，均可喜之物。今午還宿舍，接内人中和門函，始悉已來此，適午前十句鐘赴省銀行寄回家五十元，日内必達，祈屬小女妥爲領取收存，勿輕動用是禱。預思下月恐無多錢寄回。前擬加築圍牆之議，悟園甚同情，希早庀材，即速鳩工爲妙。築後即當添插横架，滿網牽牛，庶幾再作消暑之會，否則無以避炎敲（歊）也。幸熟慮之。候示，以便繳款。牽牛能早移尤妙，恐遲不濟事。匆匆，唯珍重爲念。易忠籙手上，戊寅上巳午窗。

劉聯録此：『竗視一俯仰；名言超有無。』

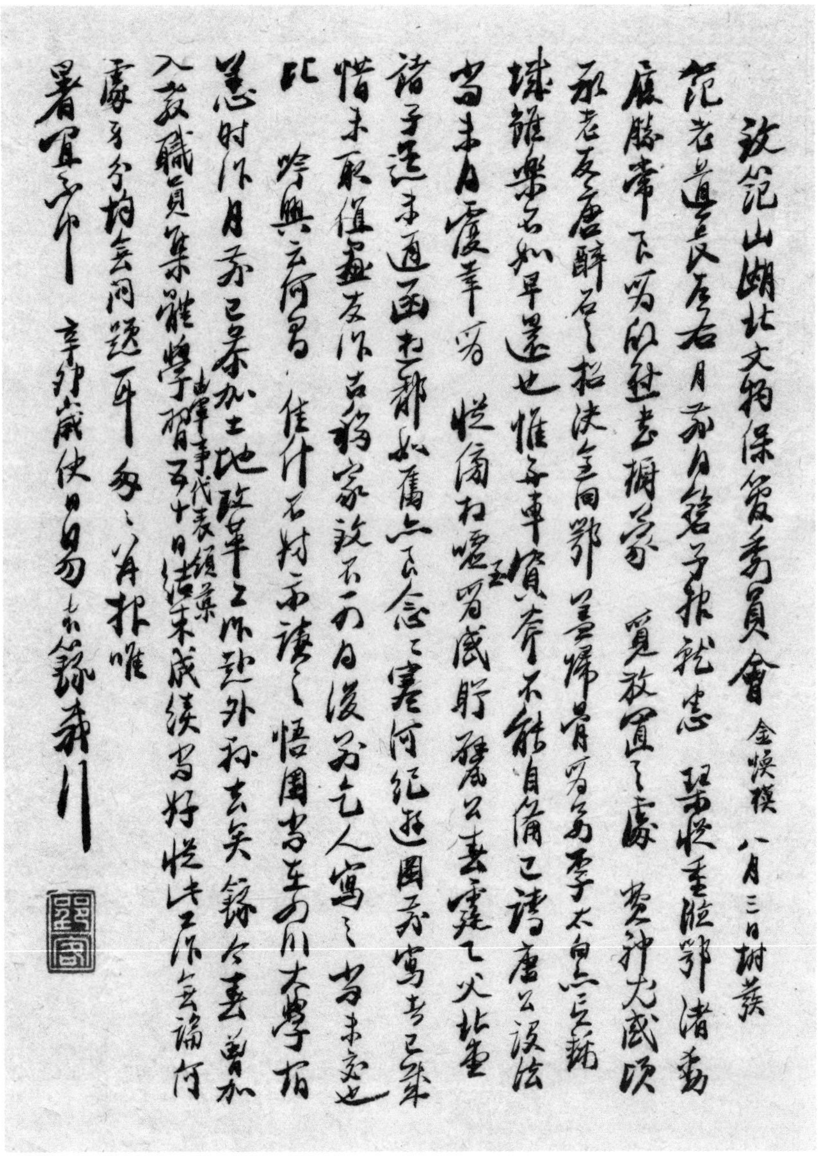

○四四　致金範山（六）

致笵山。湖北文物保管委員會。金煥模，八月三日坿發。

笵老道長左右：月前得磬子報，就悉琹從重莅鄂渚，動履勝常，良爲欣慰。書橱蒙覓放置之處，費神尤感。頃承老友唐醉石之招，決意回鄂，蓋歸骨爲要，李太白亦言錦城雖樂，不如早還也。惟舟車資斧不能自備，已請唐公設法，尚未得覆，幸爲從傍相噓，至爲感盼。甓公、春霆、乙父、北堂諸子，迄未通函，想都如舊，亦良念念。《寒河紀遊圖》前寫者已成，惜未取，值畫友作古移家，致不可得。後別乞人寫之，尚未交也。比吟興云何？有佳什不妨示讀之。悟園尚在四川大學，宿恙時作，日前已參加土地改革工作，赴外縣去矣。籙今春曾加入教職員集體學習由軍事代表領導，五十餘日結束，成績尚好。從此工作，無論何處，身分均無問題耳。匆匆，并報。唯

暑宜不具，辛卯歲伏日。易忠籙載拜。

〇四五　致金範山（七）

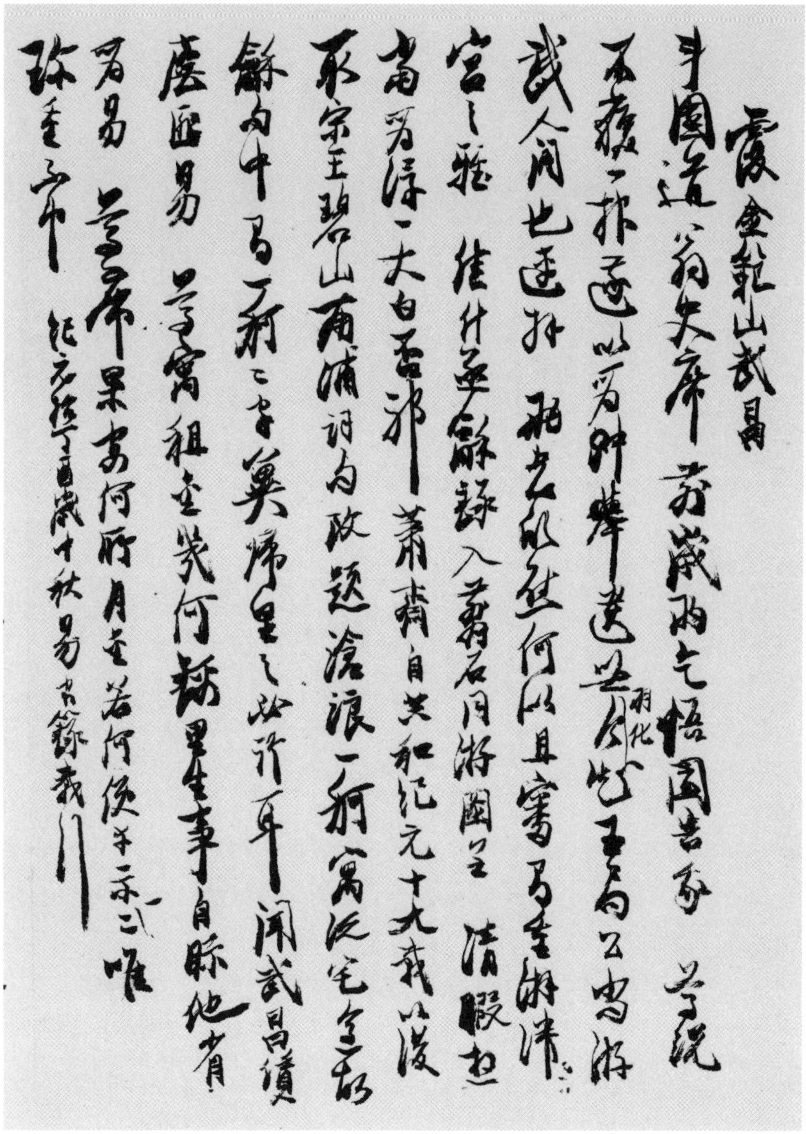

覆金範山（武昌）

斗園道翁史席：前歳丙乞悟園告我尊况，不獲一報，遂以爲遺世羽化，今知玉局公尚游戲人間也。連拜兩書，欣慰何似。且審有重游泮宫之雅，佳什亟龢，録入《翦石同游圖》，呈清暇，想當爲浮一大白否耶？蕭齋自共和紀年十九載以後，取宋王碧山《南浦》詞句改題『滄浪一舸』，寓泛宅意，故龢句中有『一舸』二字，冀歸里之必行耳。聞武昌賃廡匪易，尊寓租金幾何？錦里生事，自睎他省爲易。尊席果安何所？月金若何？便幸示一二。唯珍重不具。紀元始丁酉歳中秋，易忠籙載拜。

《翦石同遊圖》上留空一半，備書大作，唯須細書乃容得下。觀惠書，似年耄已不耐細書，《插芹》詩亦有頹唐之感，不能如《獨游翦石》四詩之精氣焕發，令人飛舞弗置。唯四詩之第二首末句應易『乃』爲『那』，始可以爲鍾、譚辯誣。竟陵之詩正爲救七子之弊，錢、朱論起，竟陵躓息，漁洋之詩遂得應運而興耳。後來蘄水陈簡齋實導源竟陵，致新同光間閩派之幟，令錢、朱在今日，豈容置喙耶？故敢乞易一字爲妙。匆匆又報。忠籙。

尊宅尚在岳江丁字街否？兆錦是否玄初？其語甚幻，或有族中人去，渠記左耳。又劉有吾、朱絜甫等在文史館否？并欲得朱峙山、熊獻方寓址，乞便及之。

泮宫之芹与藻同類，乃水芹，雖有小白花，卻不可簪，隨園誤甚，尊圖『插』字可易。武漢裝工比成都高一倍，必取綾絹裝，可寄此代理。又，滬上有仿錦花紋紙，亦可用，祈覓之。并坿影印奚鍈生某、藕二小品，皆平日雅賞所及，一笑而已。前書『揣』字未誤，唯『黌』字不宜從『与』，蓋『爻』即古初之『教』『學』二字。楊乙父、陳鶴孫聞已作古，然否？籙又上。

麻城杜曼殊曾晤及否？如在文史館，祈示。

前月將圖上留與千年備去　大作唯收細者乃答日下觀
速去以今年老已不耐細書播芹詩如額唐之藏不能如猶將薦石
田詩之精氣煥發人人為舞弗宜唯田詩之第之第一首末句應易乃竟振歎息
罗那指可以為離群辨經竟陵之詩正為救七子之弊錢朱論起浙
洋之詩運日旋運而興耳　後來薪水除詹前宥實道源無復議
到日光潤潤源之識今錢朱至今日惟容查氏神一　韓敬之易為一字寫
抄身之又株　古心錄
兮宅當甚岳江寧東陽石地鋪邑至言訓其謀甚因或是談中人去擇記在年
又劉肎五六末契蒹葭等左文史館至以科私自禾寺山　熊叔方窩址緩及之之
洋宮之寺與藻日類乃水芹雖為小白花卻不可錯隨園說
甚　兮圖播書可另為武漢裝工此春都高一倍必求綫絹裱可
寄與代理又滬上另行辦花紋紙亦可用裱　覓之以科城郭窩錢收物果
藕之小品皆平日雅賞所及一笑而已吾書擒者未課唯覽書不宜
縱与吾文即古初之教與學二字　楊之父陳鶴孫閒之作古跪正　錄又上
麻城杜君翼琳曾縣及吾如左文史館祈　示

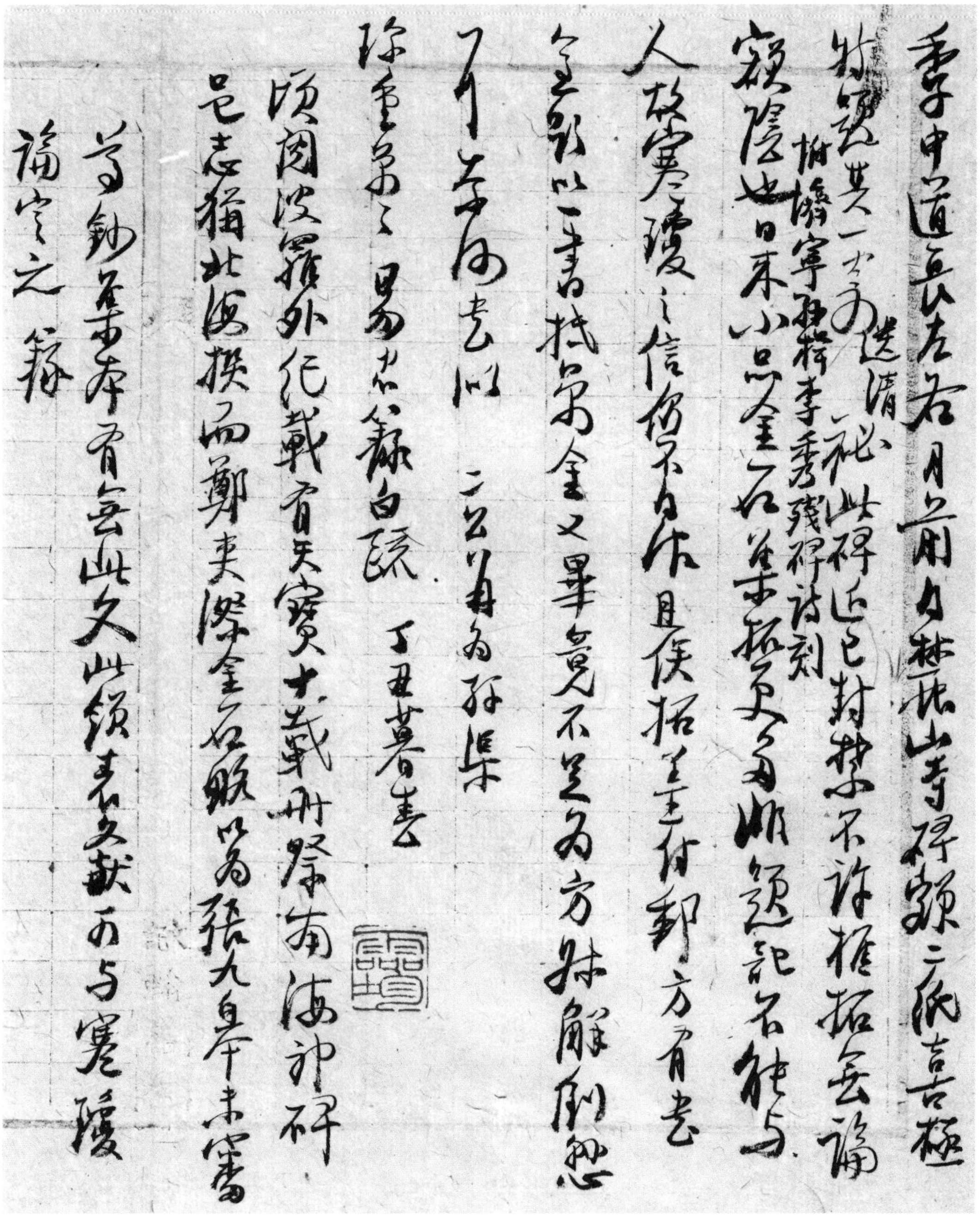

○四六　致季申（一）

季申道長左右：月前得《麓山寺碑額》二紙，喜極。特題其一，寄遺清秘。此碑近已封禁，不許椎拓，無論額陰也。坿濟寧孫楫《李秀殘碑詩刻》。日來小品金石集拓更多，非題記不能與人，故寒瓊之信仍不得作。且俟拓墨付郵，方有書意。欲以一書抵萬金，又畢竟不足爲方叔解倒懸耳，奈何！書似二公，并爲軒渠。珍重萬萬。易忠籙白疏。丁丑暮春。

頃閱《波羅外紀》，載有天寶十載《册祭南海神碑》，邑志稱北海撰，而鄭夾漈《金石略》以爲張九皋，未審尊鈔集本有無此文？此領表文獻，可与寒瓊論定之。籙。

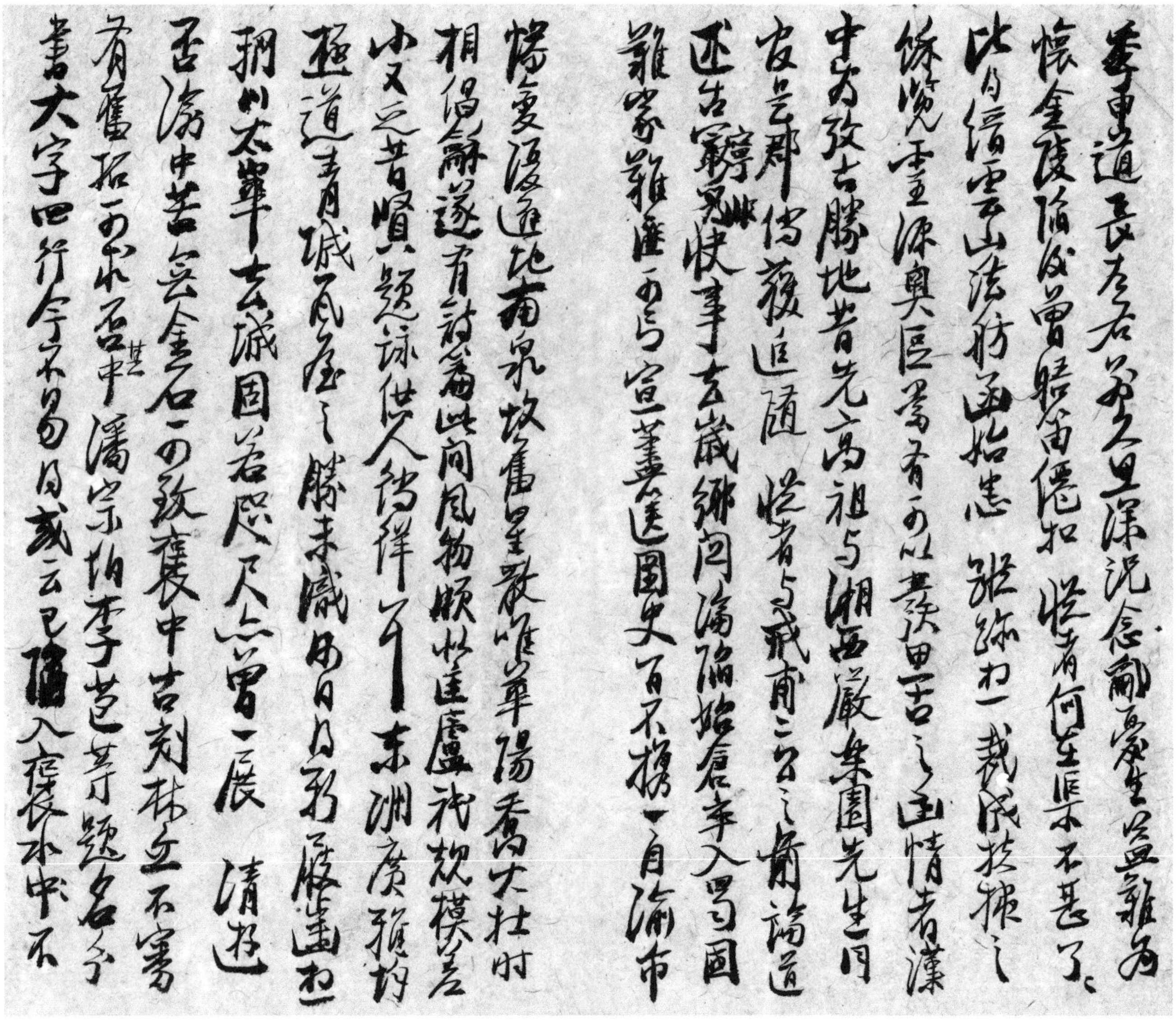

○四七　致季申（二）

季申道長左右：別久思深，況念亂憂生，益難爲懷。金陵陷後，曾晤笛僊，扣從者何在，渠不甚了了。比得縉雲山法舫[一]函，始悉蹤跡，想裁成扶掖之餘，覽靈源奥區，當有可以發思古之幽情者。漢中爲攷古勝地，昔先高祖与湘西嚴樂園先生同官是郡，倘獲追隨從者与戒甫[二]，二公之前，論道述古，寧非快事！去歲鄉關淪陷，始倉卒入蜀。國難家難，匪可言宣。蓋篋圖史，百不携一。自渝市慘變，復避地南泉，故舊星散，唯華陽喬大壯時相倡龢，遂有詩篇。此間風物，頗似匡廬，祇規模差小，又乏昔賢題詠，供人徜徉耳。東洲、廣雅均極道青城、瓦屋之勝，未識何日得新屐齒。想輞川、太華去城固若咫尺，亦曾一展清遊否？渝中苦無金石可致，褒中古刻林立，不審有舊拓可求否？其中潘宗伯、李苞等題名，分書大字四行，今不易得，或云已陷入褒水，不悉碻否？幸爲詳扣老碑估，如見拓墨，必乞代購。其漢中十三種全套，有舊拓白皮紙者，亦可收。唯漢《李寓表》（永壽間）上有一大『表』字，分書，自來拓工俱遺，故著録家亦不得知。定拓須丁寧。頃歲新脩公路，恐有初發見金石，幸爲留意見示。昨覩嵩嶽《唐景賢大師身墖記》，沙門温古

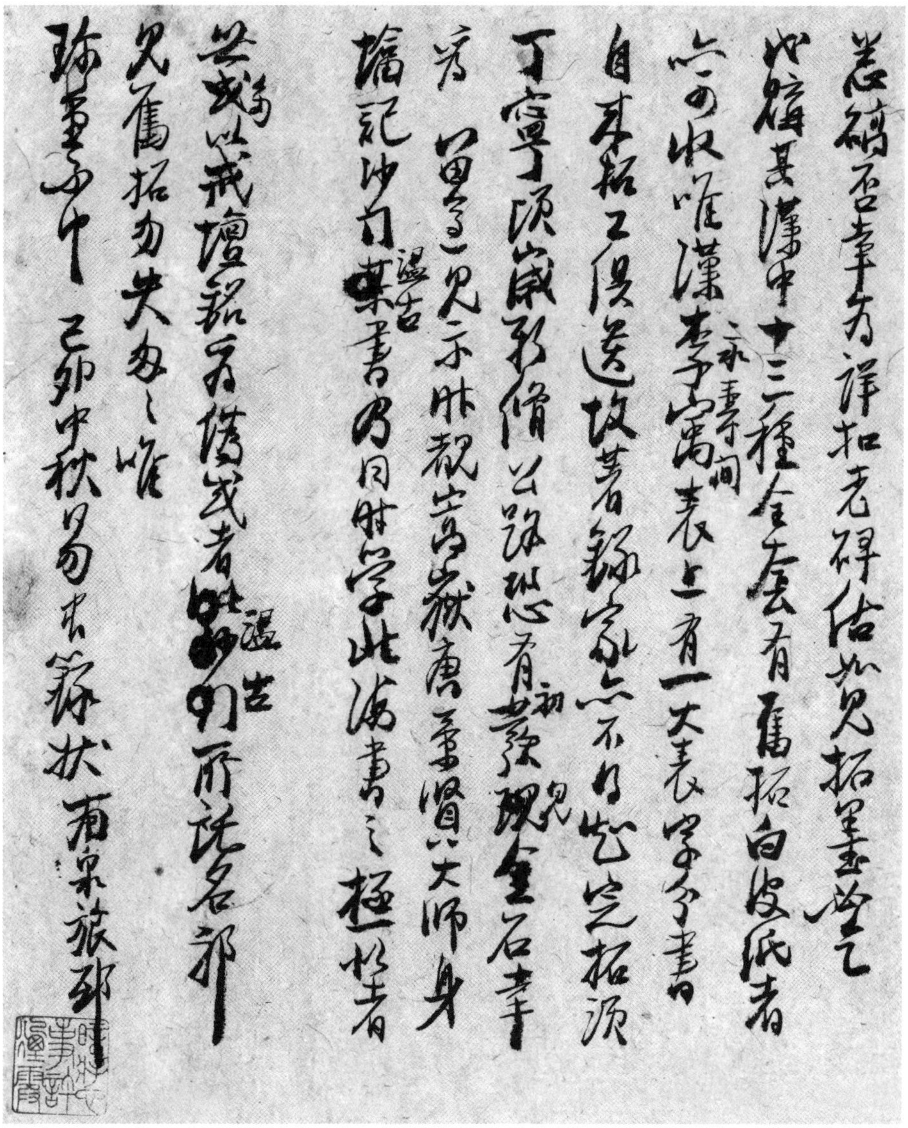

書，乃同時學北海書之極似者。世多以《戒壇銘》爲僞，或者温古所託名耶？見舊拓勿失。匆匆，唯珍重不具。己卯中秋，易忠籙狀南泉旅邸。

【注釋】

［一］法舫（一九〇四—一九五一年），俗姓王，河北井陘縣人。精通中、英、梵、巴四種語言及大小乘佛教，先後任教於武昌佛學院、柏林教理院、漢藏教理院。爲中國近代傑出高僧之一。

［二］戒甫即譚戒甫（一八八七—一九七四年），原名作民，字介夫，又用戒甫。湖南湘鄉人。中國現代著名先秦文學專家。以研究先秦諸子、楚辭和金文擅長。著有《墨辯發微》《公孫龍子形名發微》等。

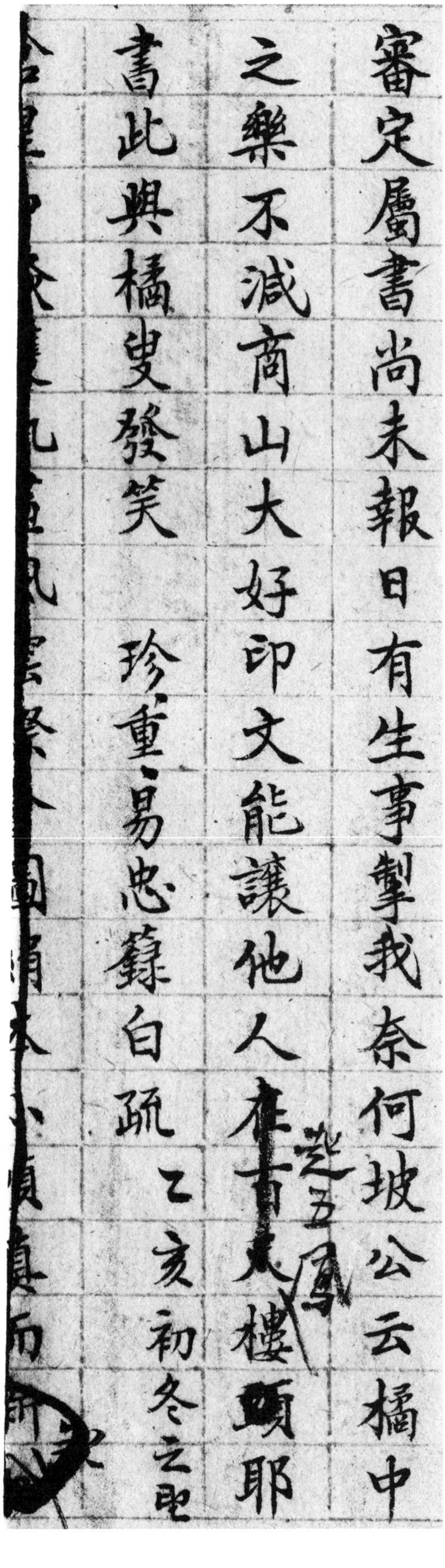

○四八　致橘叟

審定屬書尚未報，日有生事掣我，奈何。坡公云：『橘中之樂，不減商山。』大好印文讓他人起五鳳樓耶？書此与橘叟發笑。珍重珍重。易忠籙白疏，己亥初冬之望。

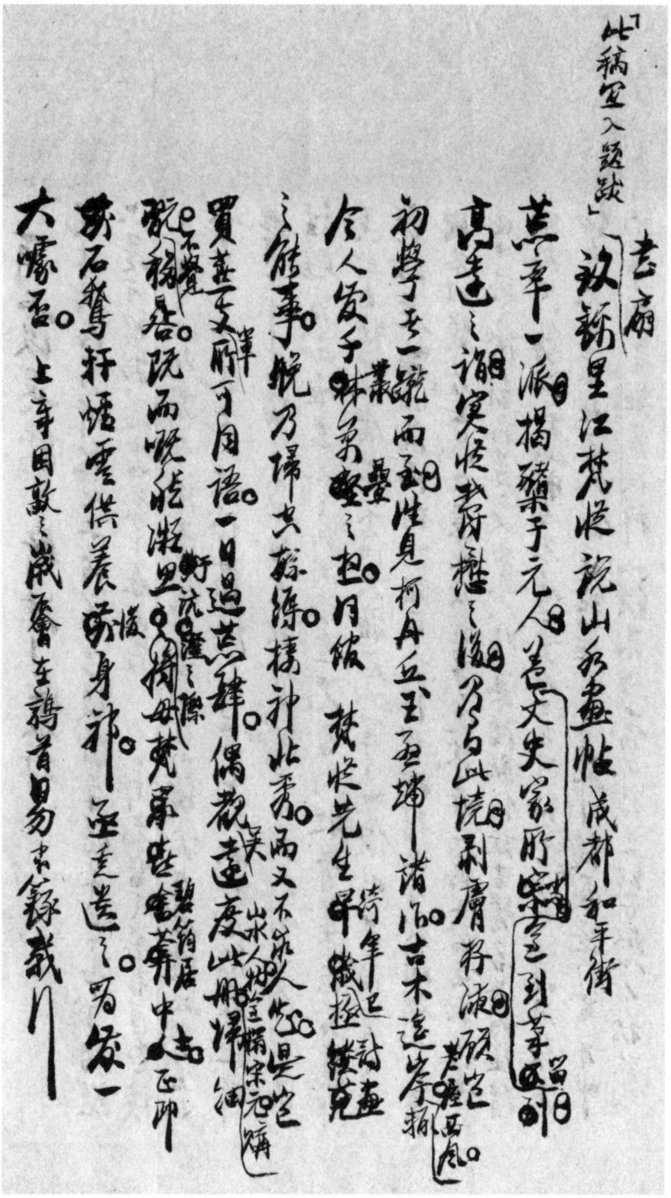

〇四九　致江梵眾［一］

書扇致錦里江梵從説山水畫帖成都和平街（此稿宜入題跋）

荒率一派，揭猪于元人。蓋意到筆留，文史家所尚。高遠之詣，实從鬱懋之後，乃有此境。剥膚存液，顧豈初學者一蹴而至？往見柯丹丘、王孟端諸作，古木遙岑，老屋西風，輒令人發千叢萬疊之想。同館梵從先生綺年已極詩畫之能事，晚乃埽空縶縟，棲神北秀，而又不求人知，是豈買燕支輩所可同語？一日過荒肆，偶覩吳遠度此册，山水人物，意搨宋元。購歸細翫，不覺移晷。既而嘅然凝思于沆瀣之際，將毋碧筠居中士，正即石鶩軒煙雲供養後身耶？亟走遺之，爲發一大噱否？

上章困敦之歲曆在鶉首，易忠籙載拜。

【注釋】

［一］江梵從即江梵眾（一八九五—一九七一年），四川華陽人。著名國畫家。四川省文史館館員。

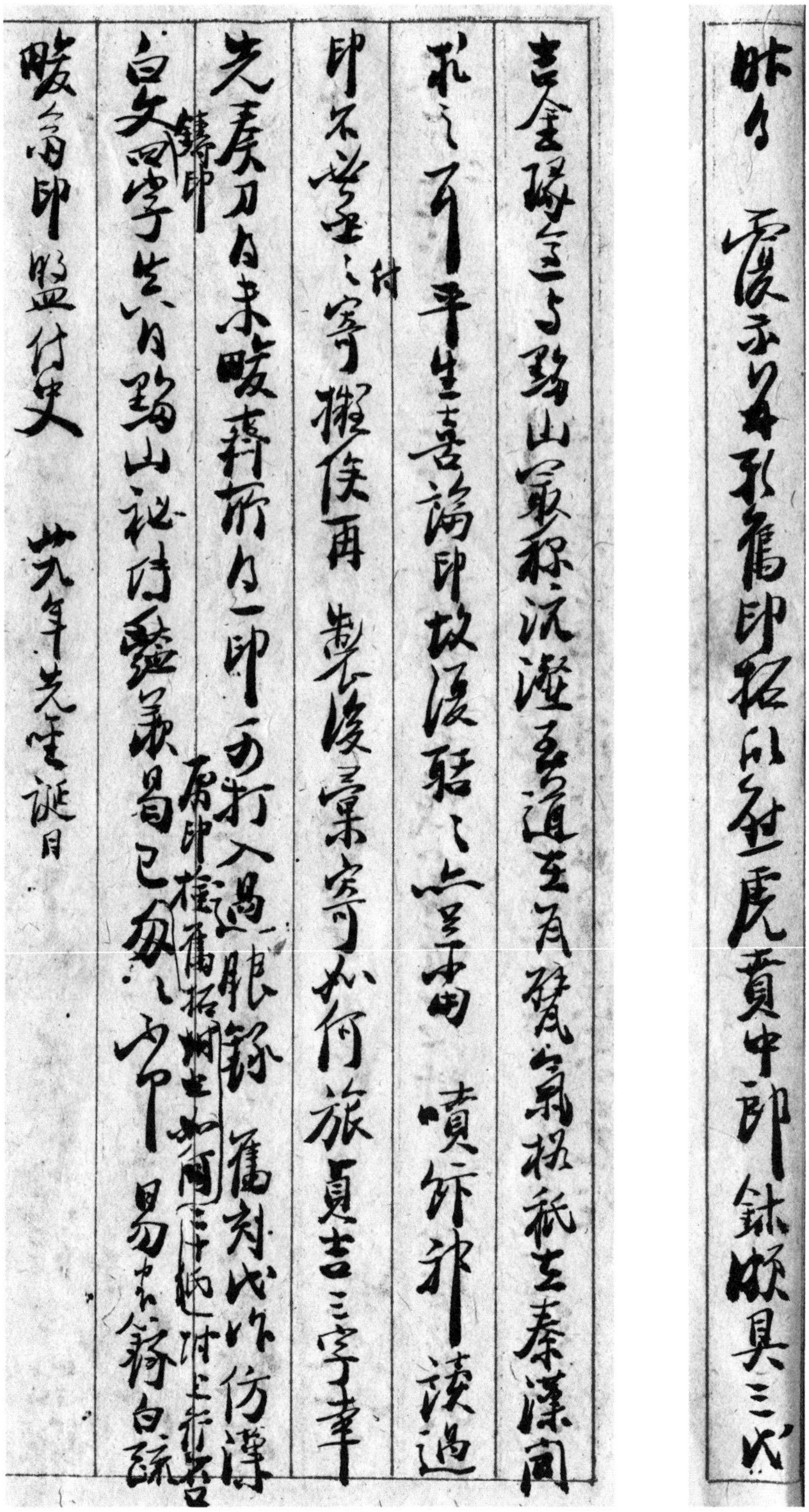

○五○　致蔣維崧（一）

昨得覆示并新舊印拓，欣慰。『虎賁中郎』鉨頗具三代吉金瑑意，與黟山最稱沉邃。至『道在瓦甓』，氣格衹在秦漢間求之耳。平生喜論印，故復聒聒，亦足當噴飯耶？『讀過』印不必亟亟付寄，擬俟再製後彙寄如何？『旅貞吉』三字幸先奏刀，得未？『畯齋[一]所得』一印可打入過眼録。舊刻代作仿漢白文鑄印四字，真得黟山秘傳，艷羨曷已。屬印檢舊拓二十紙坿上，行否？匆匆，不具。易忠籙白疏。　畯齋印盟侍史，廿九年先聖誕日。

【注釋】

［一］畯齋即蔣維崧（一九一五—二〇〇六年），字畯齋。江蘇常州人。中國當代著名文字語言學家、書法篆刻家。

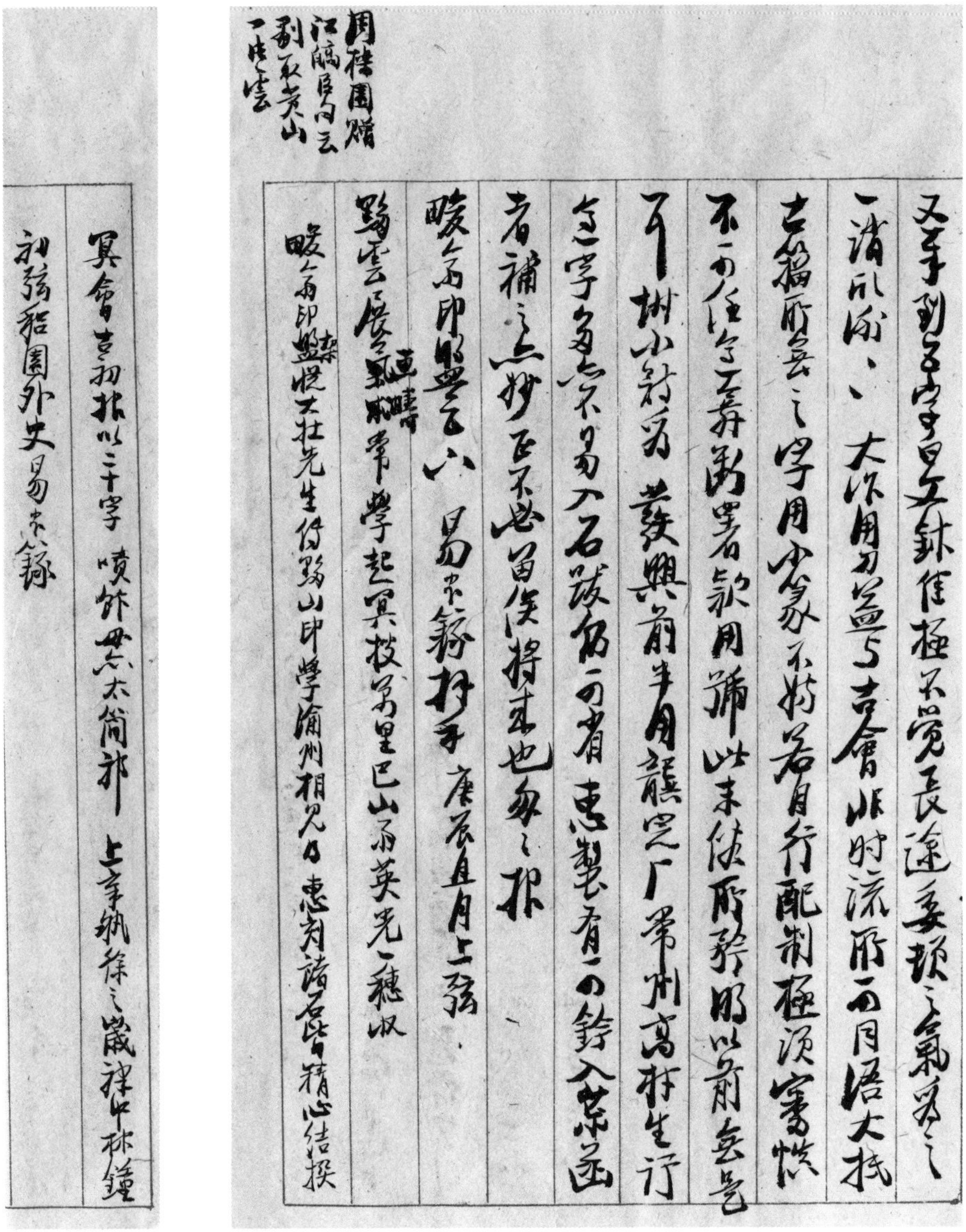

〇五一　致蔣維崧（一一）

又奉到五字白文鉩，佳極，不覺長途委頓之氣爲之一消。欣謝，欣謝。大作用刀益與古會，非時流所可同語。大抵古籀所無之字，用小篆不妨，若自行配制，極須審慎，不可任意舞斷。署款用號，此末俗所矜，明以前無是耳。坿小詩爲發興，前半用龔定厂常州高材生行意。字多亦不易入石，跋仍可省。惠製有可鈐入荒函者，補之亦妙，正不必留俟將來也。匆匆報畯齋印盟足下。　易忠籙拜手，庚辰且月上弦。

黟雲展画疇，常學起冥搜。萬里巴山雨，英光一穗收。（周棣園贈江皜臣句云：劃取黃山一片雲。）

畯齋印盟槼從大壯先生傳黟山印學，渝州相見，得惠刻諸石，皆精心結撰，冥會古初。報以二十字噴飭，毋亦太簡耶。

上章執徐之歲，律中林鐘初弦。稻園外史易忠籙。

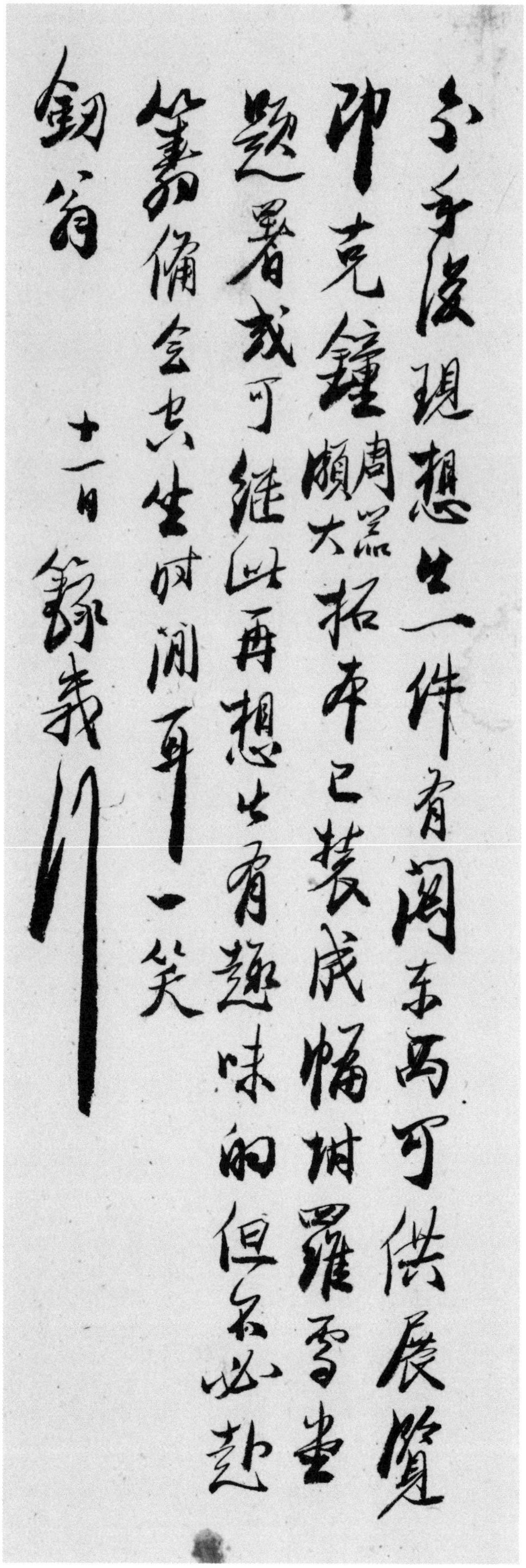

○五二　致劍翁

分手後，現想出一件有關東西可供展覽，即克鐘周器，頗大。拓本。已裝成幅，坿羅雪堂題署。或可繼此再想出有趣味的，但不必赴籌備會空坐時閒耳。一笑。劍翁。十一日，籙載拜。

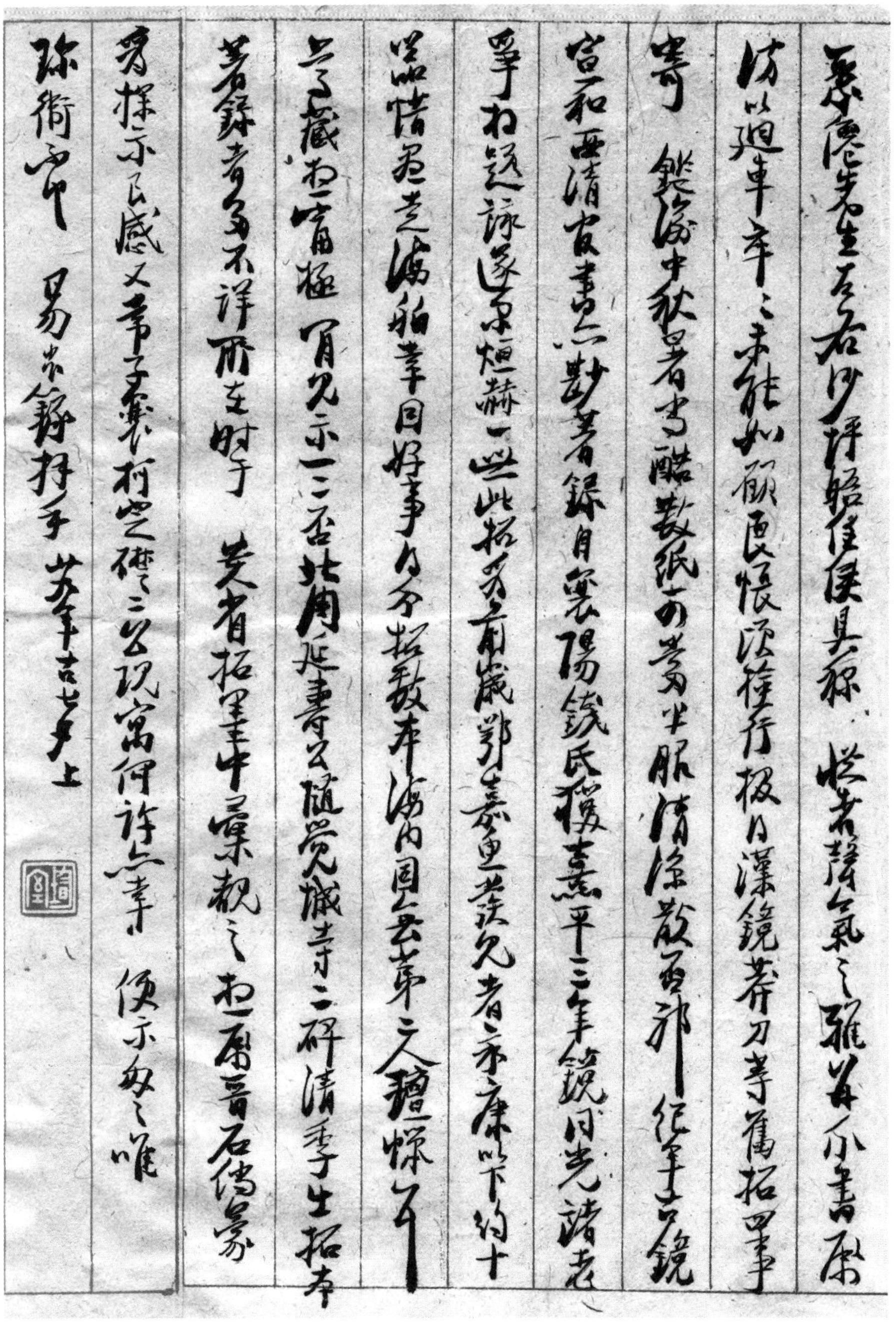

○五三　致聚僊

聚僊先生左右：沙坪晤任俠，具稱從者聲氣之雅，並介書屬訪，以迴車，卒卒未能如願。良悵。頃檢行极，得漢鏡、莽刀等舊拓四事，寄鑑。渝中秋暑尚酷，數紙可當半服清涼散否耶？紀年古鏡，《宣和》《西清》官書亦尠著録。自襄陽錢氏獲熹平三年鏡，同光諸老爭相題詠，遂尔烜赫一世。此拓爲前歲鄂嘉魚發見者，永康以下約十器，惜盡走海舶，幸因好事，得分拓數本，海内固無第二人氈蠟耳。尊藏想富極，肯見示一二否？北周《延壽公》、隨《覺城寺》二碑，清季出拓本，著録者多不詳所在，時于貴省拓墨中彙覯之，想屬晉石。倘蒙爲探示，良感。又常子襄、柯定礎二公現寓何許？亦幸便示。匆匆，唯珍衛不具。

易忠籙拜手，廿九年古七夕上。

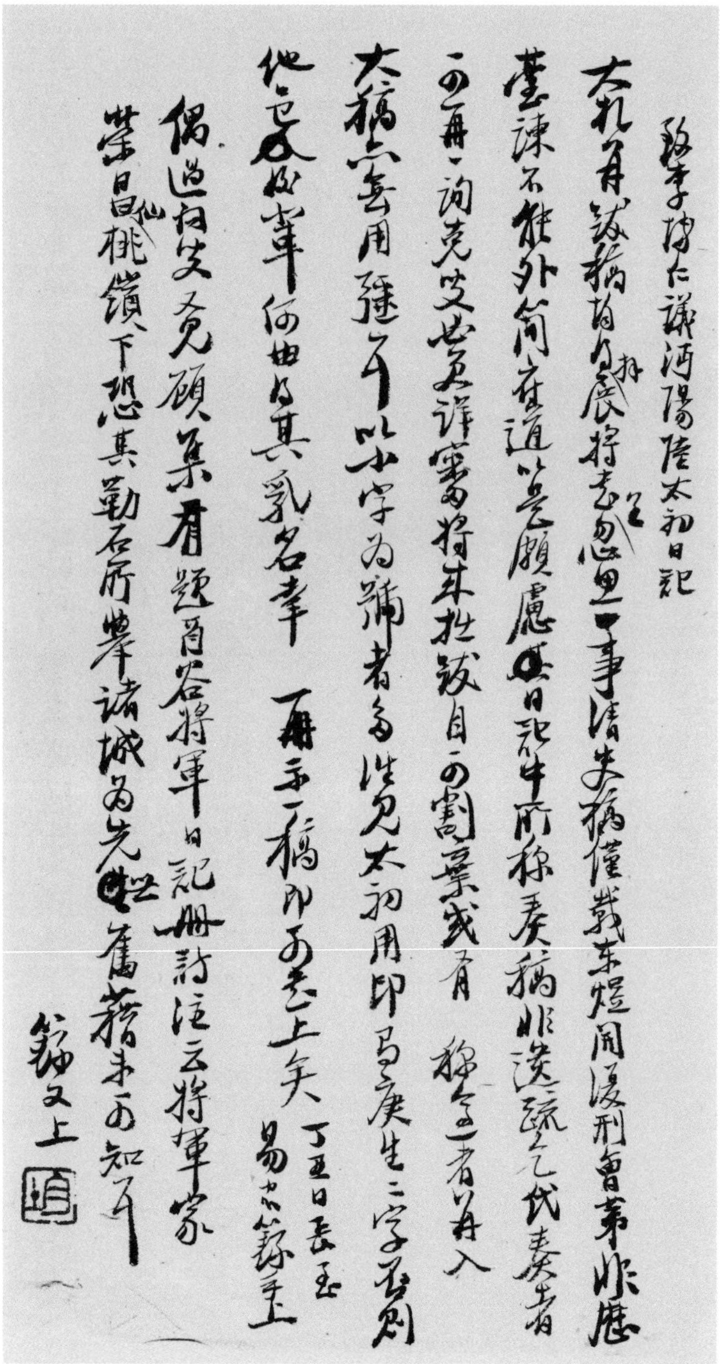

○五四　致李博仁[一]

致李博仁議沔陽陸太初日記

大札并跋稿均得拜展，將書呈，忽思一事，《清史稿》僅載東煜開復刑曹，苐非歷臺諫，不能外簡府道。以是頗慮《日記》中所稱奏稿非遺疏乞代奏者，可再一詢克叟，必更詳審。將來拙跋自可割棄，或有稱意者并入大稿，亦無用彊耳。以小字爲號者多，往見太初用印，有『庚生』二字，否則他邑後輩何由得其乳名？幸再示一稿，即可書上矣。丁丑日長至，易忠籙手上。

偶過問叟，又見顧集有《題西谷將軍日記册》詩，注云：『將軍家榮昌仙桃鎮嶺下。』恐其勒石所舉諸城爲先世舊籍，未可知耳。籙又上。

【注釋】

［一］李博仁（一八八九—一九六七年），又名光榮，字國乾。湖北洪湖人。醫學博士。學者。

沔陽陸太初行程日記手稿跋 前跋不存存此

廿六年冬，東事日亟，中原澒洞，故家藏弆時有散落。此册于友人蓋篋見之，亟介歸隋齋學長插架，并假觀數日，爲署首還之。吾鄂先哲手稿，前唯覩江夏彭子嘉氏《賜龍堂日記》十餘，然所志盡在官酬應及家常瑣事，視此當弗逮。隋齋其訶護之。潛江易忠籙識于鄂渚寓廬。

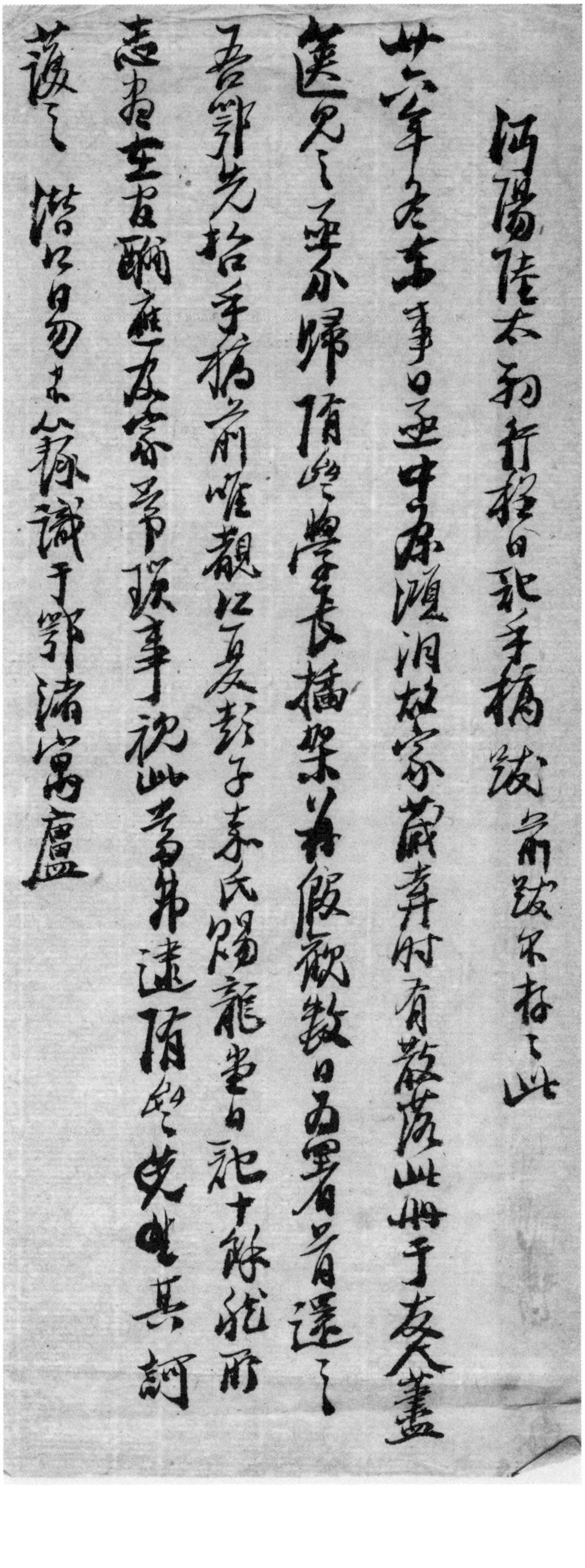

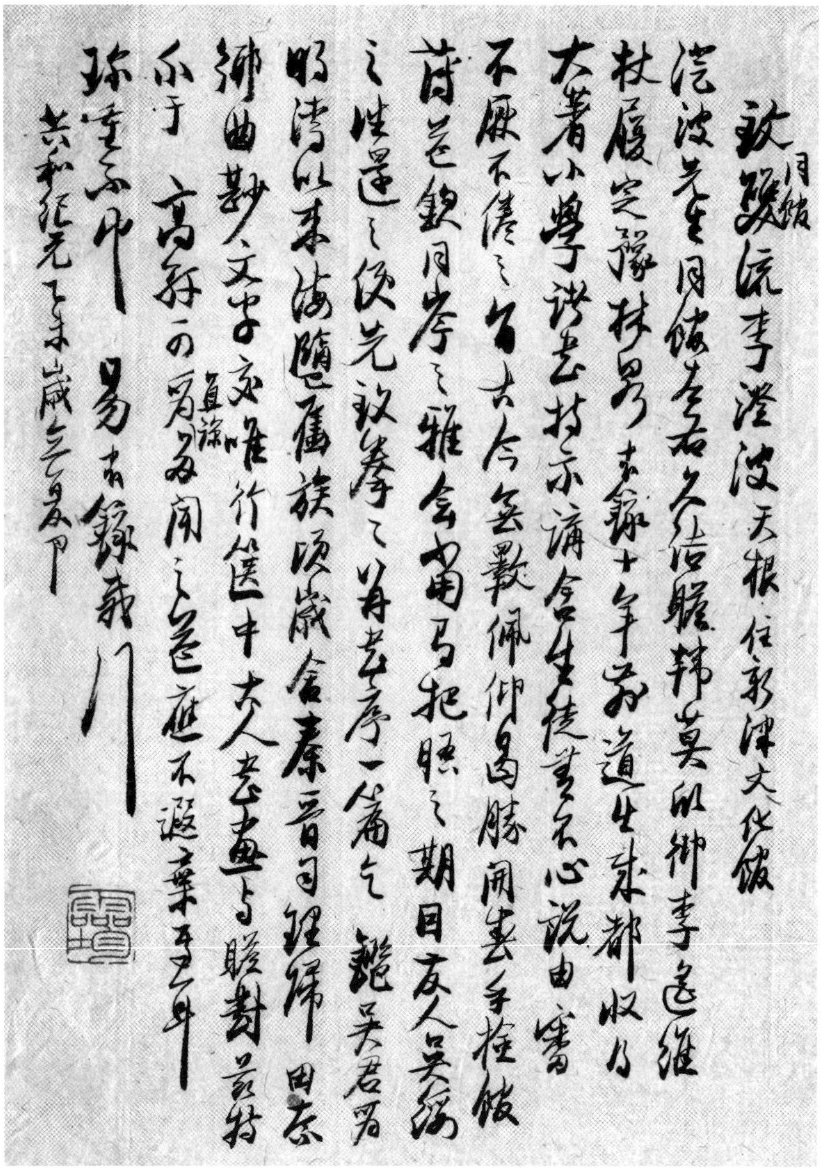

○五五　致李澄波[一]（一）

致同館雙流李澄波天根，住新津文化館

澄波先生同館左右：久結瞻韓，莫欣御李，遥維杖履，定豫林泉。忠籙十年前道出成都，收得大著小學諸書，持示講舍生徒，無不心説。由審不厭不倦之旨，古今無斁，佩仰曷勝。開春手檢館薄，益欽同岑之雅，會當有把晤之期。曰友人吴綬之往還之便，先致拳拳，并書序一篇，乞鑑。吴君爲明清以來海鹽舊族，頃歲舍秦晉自理歸田，奈鄉曲尠文字交，唯行篋中古人書畫与瞻對，兹特介于高軒，可爲直諒多聞之益，應不遐棄焉耳。珍重不具。易忠籙載拜。共和紀元乙未歲立夏卩。

【注釋】

[一] 李澄波（一八七二—一九六一年），名天根，號文湘。四川雙流人。著名學者、方志學家、藏書家。著有《牧馬山志》、文集《念煦堂叢書》等。

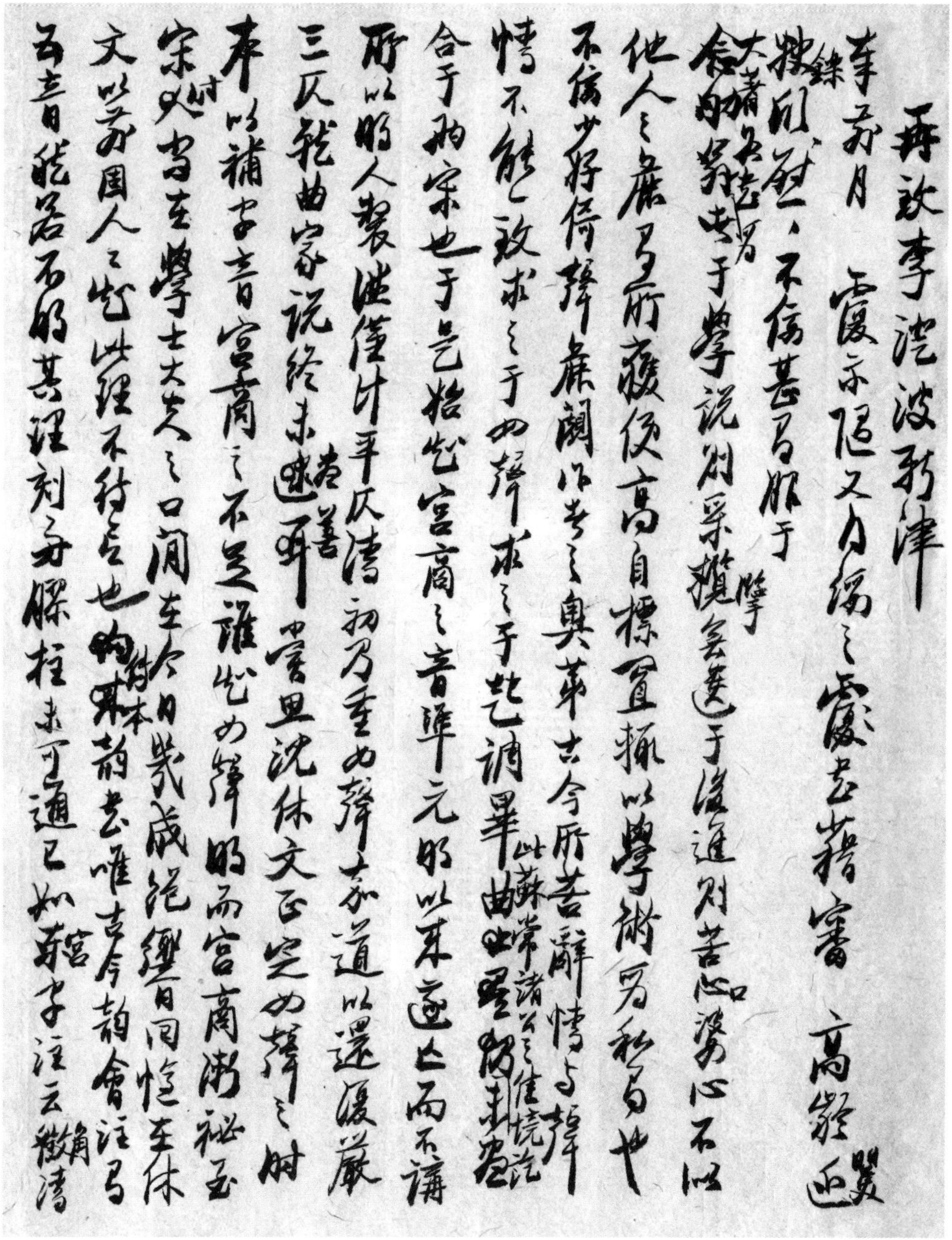

○五六　致李澄波（一二）

再致李澄波　新津

奉前月覆示，隨又得綏之書藉，審高齡矍鑠，欣慰欣慰。不佞甚有服于大著各書，爲于學説則采擥無遺，于後進則苦口婆心，不似他人之庵有所獲，便高自標置，輒以學術爲私有也。不佞少好倚聲，庵閲作者之奧，第古今所苦辭情与聲情不能一致，求之于四聲，求之于起調畢曲，此蘇、常諸公之佳境，訖未盡合于兩宋也。于是始知宮商之音準，元明以來遂亡而不講。所以明人製譜，僅計平仄，清初乃重四聲，嘉道以還，復嚴三仄，就曲家説，終未盡善。嘗思沈休文正定四聲之時，本以補字音、宮商之不足，誰知四聲明而宮商漸秘，至宋時尚在學士大夫之口間，在今日幾成絶響。回憶在休文以前，固人人知此理，不待言也。傳本韵書唯《古今韵會注》有五音，然若不明其理，刻舟膠柱，未

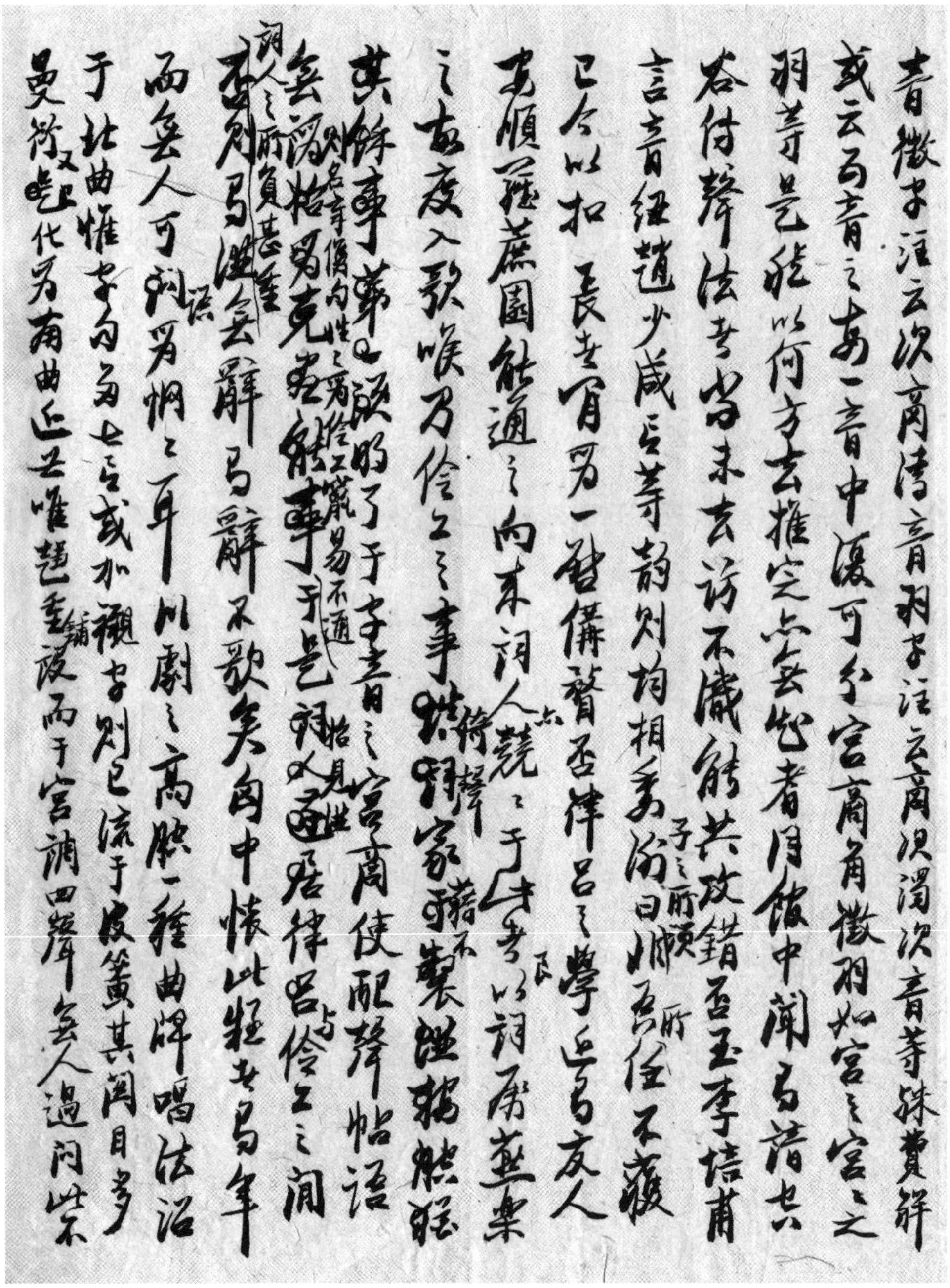

可通已。如宮字注云『角清音』，徵字注云『次商清音』，羽字注云『商次濁次音』等，殊費解。或云五音之每一音中復可分宮、商、角、徵、羽，如宮之宮、宮之羽等是，然以何方去推定，亦無知者。同館中聞有諳空谷傳聲法者，尚未去訪，不識能共攻錯否。至李培甫言音紐、趙少咸言等韵，則均相委謝曰：子之所須，非吾所任。不獲已，今以扣長者，肯爲一啓備沓否？律呂之學，近有友人安順羅蔗園能通之。向來詞人亦競競于此者，良以詞屬燕樂之故。度入歌喉，乃伶工之事。倚聲家藉不明了于字音之宮商，使配聲帖語無譌，則名章儁句往往爲伶工竄易不通。于是始見譜律与伶工之間，詞人之所負甚重。否則有譜無辭，有辭不歌矣。匈中懷此疑者有年，而無人可語，爲惘惘耳。川劇之高腔一種曲牌唱法沿于北曲，唯字句多七言，或加襯字，則已流于皮簧，其關目多曼衍，又已化

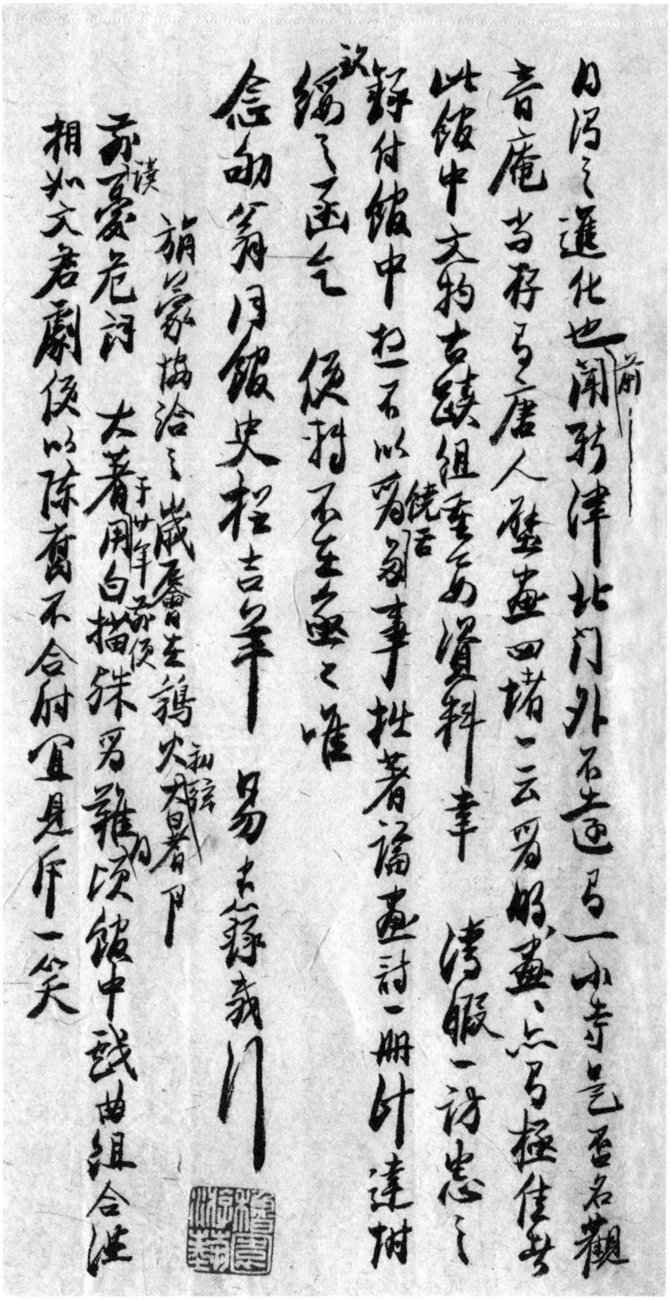

爲南曲。近世唯趨重鋪設，而于宮調四聲，無人過問，此不得謂之進化也。前聞新津北門外不遠有一小寺，是否名觀音庵？尚存有唐人壁畫四堵，一云爲明畫，明畫亦有極佳者。此館中文物古蹟組重要資料，幸清暇一訪悉之，録付館中，想不以爲饒舌多事。拙著論畫詩一册，計達。坿致綏之函，乞便轉，不在亟亟。唯念劬翁同館史程吉羊。易忠籙載拜。旃蒙協洽之歲，層在鶉火初弦大暑卩。

前讀《憂危詞》，大著于廿年前便用白描，殊爲難得。頃館中戲曲組合譜相如文君劇，便以陳腐不合時宜見斥。一笑。

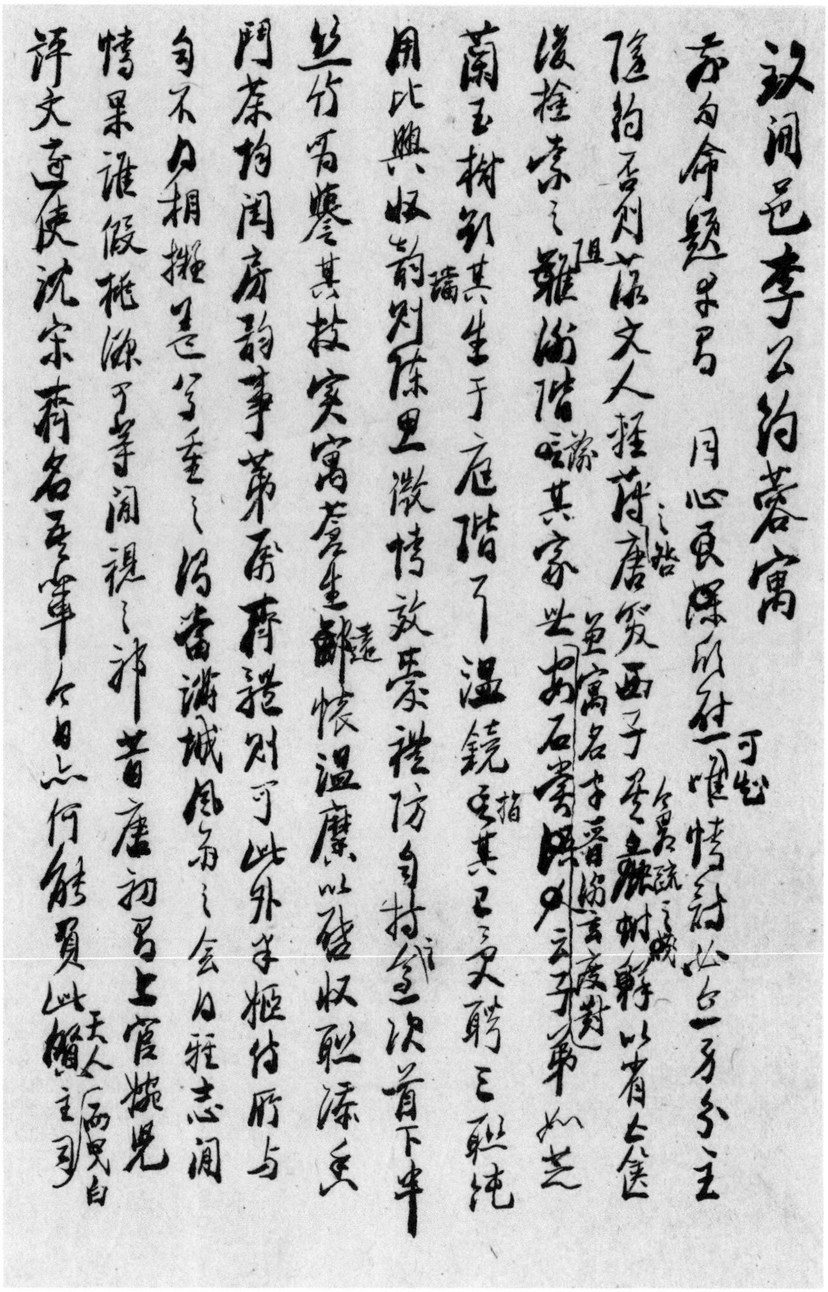

○五七　致李公約[一]

致開邑李公約蓉寓

前句命題，幸有同心，欣慰可知。唯情詩必立身分、主隨約，否則落文人輕薄之咎，唐突西子矣。今畧疏之，以省亡篋後檢索之阻。『謝階』論其家世，兼寓名字，晉謝玄度對安石嘗云：『子弟如芝蘭玉樹，欲其生于庭階耳。』『温鏡』指其已受聘。三聯純用比興，收韻瓃則陳思微情效愛，禮防自持之意。次首下半『絲竹』爲譽其技，實寓蒼生遠懷，温馨以啓。收聯、添香、鬥茶均閨房韻事，第屬齊體則可。此外，半姬侍所與自不得相擬，蓋尊重之謂。當滿城風雨之會，得雅志閒情，果誰假桃源，可等閒視之耶？昔唐初有上官婉兒評文，遂使沈宋齊名。吾輩今日亦何能負此天人主司而曳白耶？是必和作，以資排遣。一笑，一笑。

公約道翁吟侶。　錄載拜。

立春。

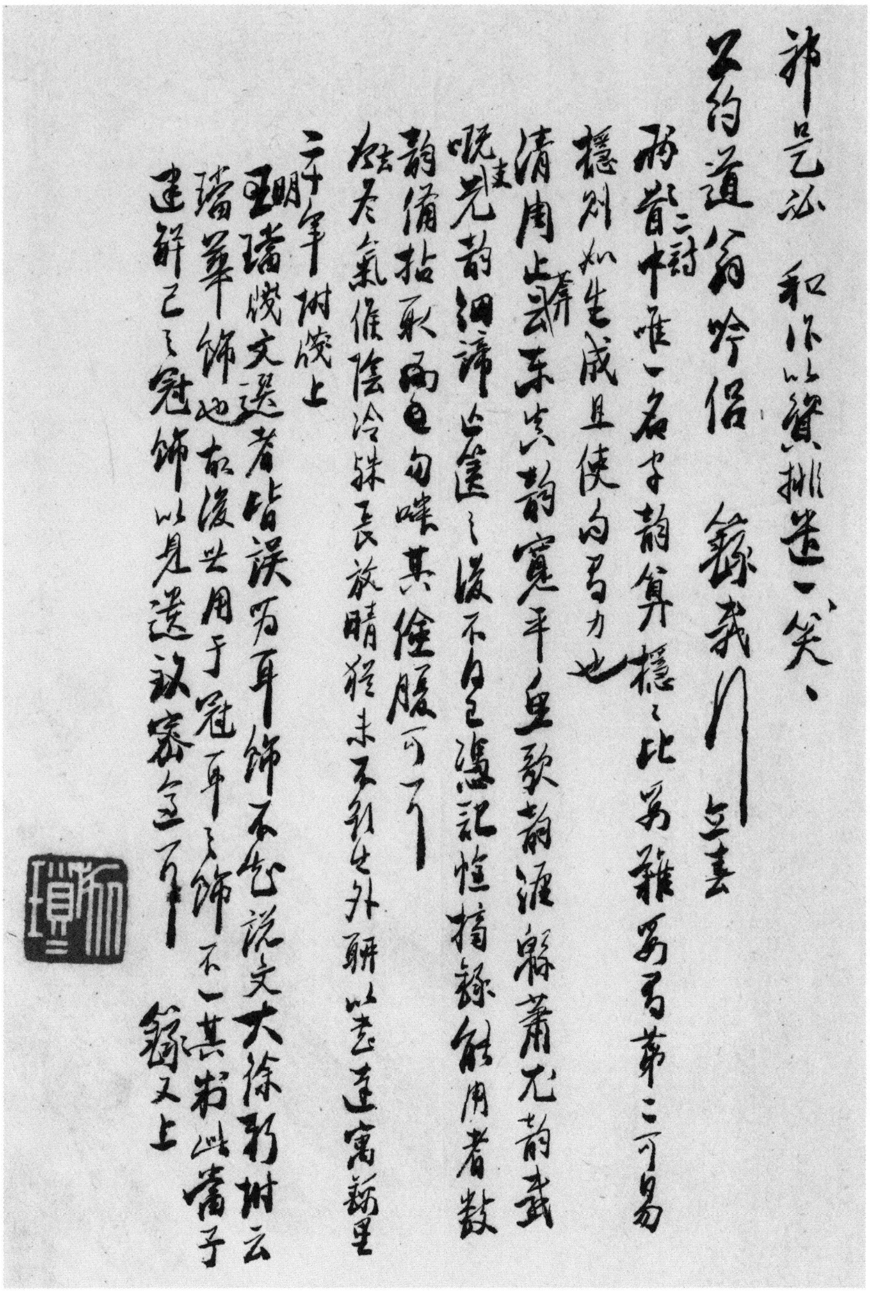
二詩中唯一名字韻算穩，穩比妥難，妥有第二可易，穩則如生成，且使句有力也。
清周止菴云：『東真韻寬平，魚歌韻纏緜，蕭尤韻感慨，支先韻細譏（膩）。』亡篋之後，不得已憑記憶摘録能用者數韻備拈取，勿嗤其儉腹可耳。
去冬氣候陰冷殊長，放晴猶未，不欲出外，聊以書達。寓錦里二十年。坿陵上。
明瓚，陵《文選》者皆誤爲耳飾，不知《説文》大徐新坿云：瓚，華飾也。故後世用于冠耳之飾，不一其制。此當子建解己之冠飾以見遺，致密意耳。籙又上。

二詩中唯一名字韻算穩，穩比妥難，妥有第二可易，穩則如生成，且使句有力也。

清周止菴云：『東真韻寬平，魚歌韻纏緜，蕭尤韻感慨，支先韻細譏（膩）。』亡篋之後，不得已憑記憶摘録能用者數韻備拈取，勿嗤其儉腹可耳。

去冬氣候陰冷殊長，放晴猶未，不欲出外，聊以書達。寓錦里二十年。坿陵上。

明瓚，陵《文選》者皆誤爲耳飾，不知《説文》大徐新坿云：瓚，華飾也。故後世用于冠耳之飾，不一其制。此當子建解己之冠飾以見遺，致密意耳。籙又上。

【注釋】

［一］李公約，生卒不詳。名世豐，字公約。民國時期曾任崇寧縣縣長。書法家。詞人。

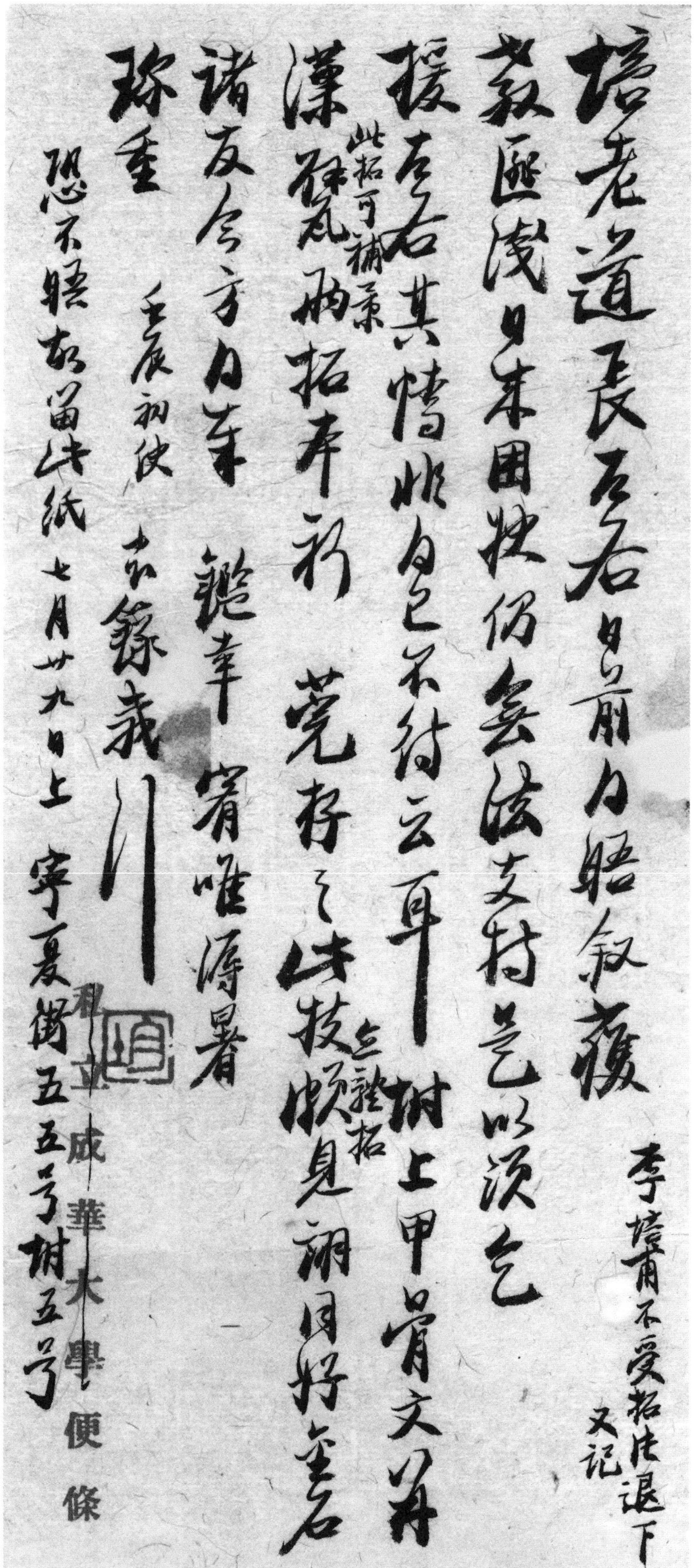

○五八　致李培甫

培老道長左右：日前得晤叙，獲益匪淺。日來困狀仍無法支持，是以須乞援左右，其情非得已不待云耳。坿上甲骨文并漢甓兩拓本，此拓可補景，祈莞存之。此技立體拓頗見詡同好金石諸友，今方得奉鑑。幸宥。唯溽暑珍重。壬辰初伏，忠鏤載拜。

恐不晤，故留此紙。七月廿九日上。寧夏街五五號坿五號。

李培甫不受拓片退下。又記。

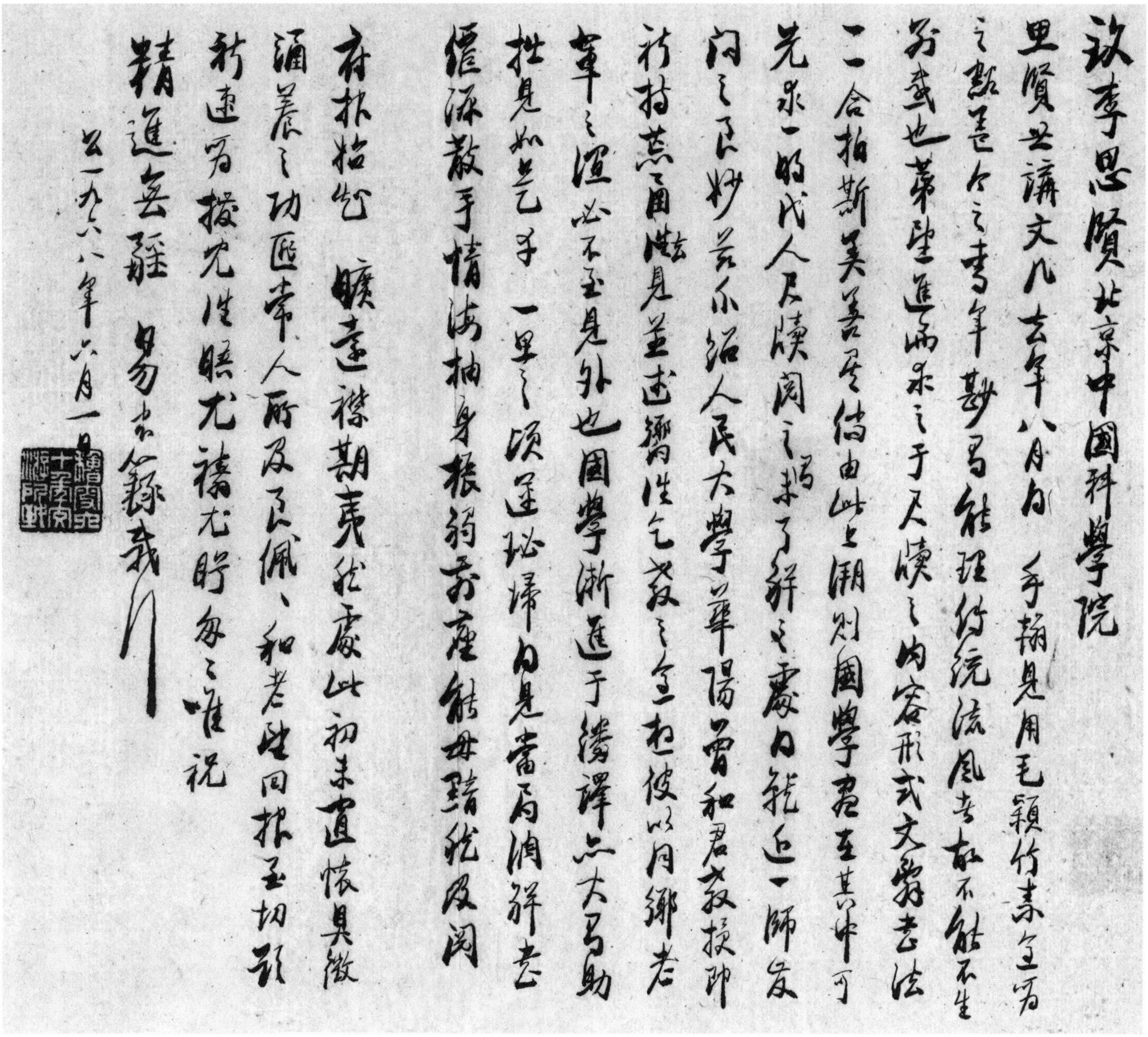

○五九　致李思賢

致李思賢 北京中國科學院

思賢世講文几：去年八月得手翰，見用毛穎竹素，意爲之豁。蓋今之青年尠有能理傳統流風者，故不能不生別感也。茀望進而求之于尺牘之内容、形式、文辭、書法，一一合拍，斯美善矣。倘由此上溯，則國學盡在其中。可先求一明代人尺牘閲之，有未了解之處，得就近一師友問之，良妙。玆介紹人民大學華陽曾和君教授，即祈持荒函去見，並述嚮往乞教之意，想彼以同鄉老輩之誼，必不至見外也。國學漸進于繙譯亦大有助，拙見如是，幸一思之。頃運珌歸，得見當局調解書，僊源散手，情海抽身，棖觸前塵，能毋黯然？及閲府報，始知曠遠襟期，夷然處此，初未置懷。具徵涵養之功，匪常人所及。良佩良佩。和老望回報，至切。欲新速爲撥冗往晤，尤禱尤盼。匆匆，唯祝

精進無疆。易忠籙載拜。

公一九六八年六月一日。

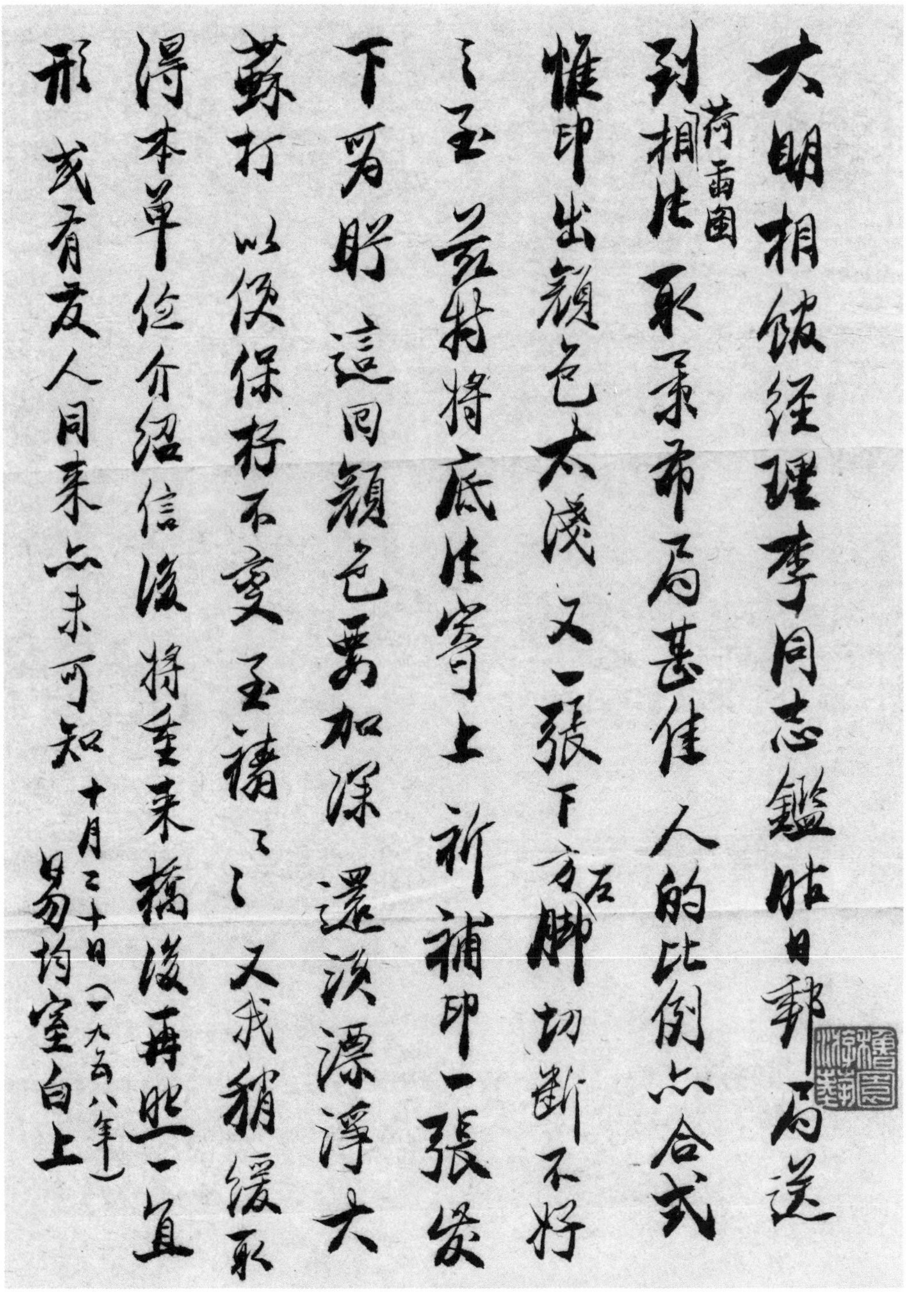
大明相館經理李同志鑒：昨日郵局送到荷亩圖相片，取景布局甚佳，人的比例亦合式，惟印出顔色太淺，又一張下方右脚切斷，不好之至。茲特將底片寄上，祈補印一張發下爲盼。這回顔色要加深，還須漂淨大蘇打，以便保存不變。至禱至禱。又我稍緩取得本單位介紹信後，將重來橋後再照一直形。或有友人同來，亦未可知。十月二十日（一九五八年）易均室白上

〇六〇　致大明相館李同志

大明相館經理李同志鑒：昨日郵局送到《荷亩圖》相片，取景布局甚佳，人的比例亦合式。惟印出顔色太淺，又一張下方左腳切斷，不好之至。茲特將底片寄上，祈補印一張發下爲盼。這回顔色要加深，還須漂淨大蘇打，以便保存不變。至禱，至禱。又，我稍緩取得本單位介紹信後，將重來橋後再照一直形。或有友人同來，亦未可知。

十月二十日（一九五八年）易均室白上。

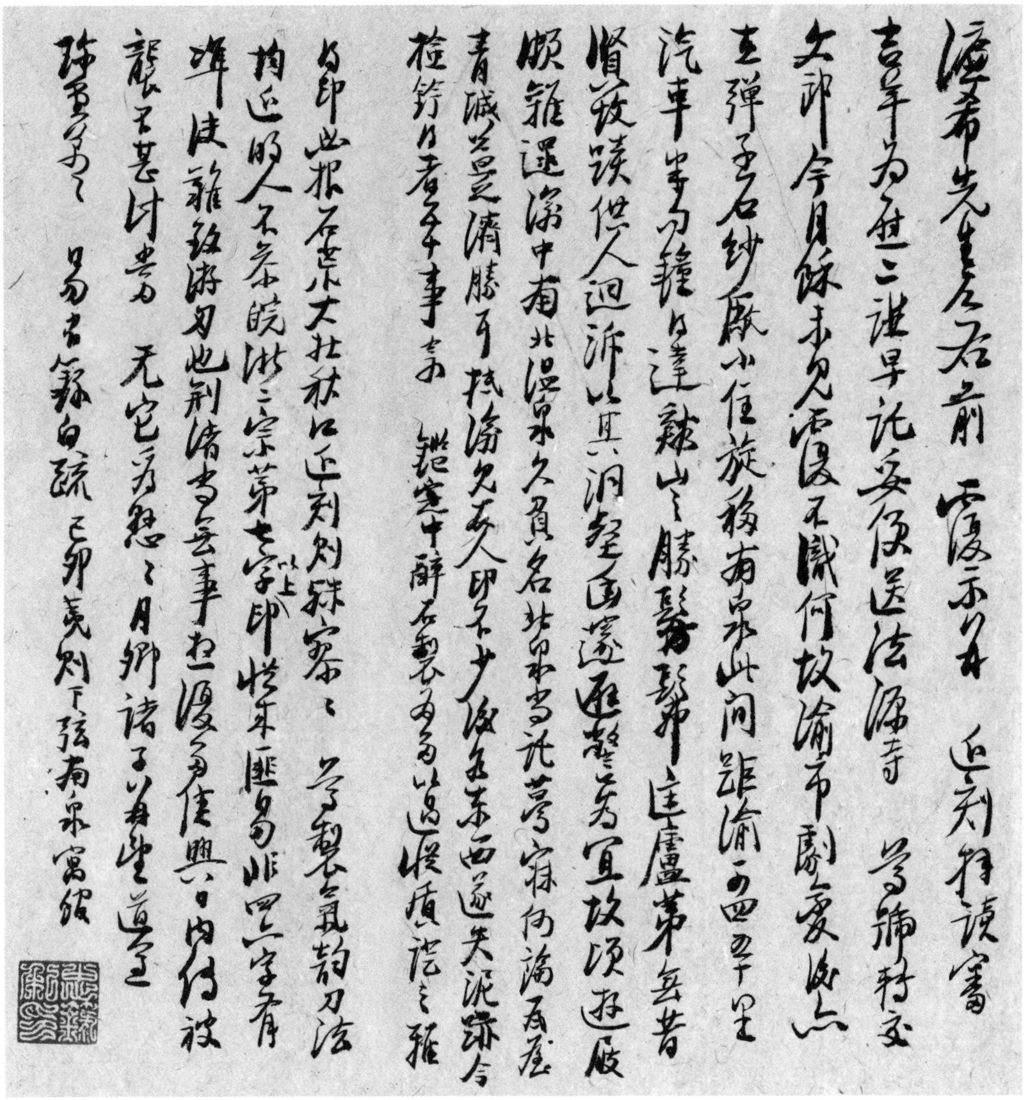

○六一　致濂希[一]

濂希先生左右：前覆示并近刻拜讀，審吉羊爲慰。二譜早託妥便送法源寺尊號轉交文郎，今月餘未見覆，不識何故？渝市劇變後亦在彈子石紗廠小住，旋移南泉。此間距渝可四五十里，汽車半句鐘得達。谿山之勝，髣髴匡廬，苐無昔賢故蹟，供人迴泝。以其洞壑幽邃，避警爲宜，故頃遊屐頗雜遝。渝中南北温泉久負名，北泉尚託夢寐，何論瓦屋、青城，益乏濟勝耳。抵渝，見友人印不少，後各東西，遂失泥跡。今檢鈐得者五十事寄鑑。中醉石製爲多，以過從質證之雅，得印必報。石荒、大壯、秋江近刻則殊寥寥。尊製氣韻刀法均近明人，不參皖、浙二宗，苐七字以上印從來匪易，非四六字有準，決難致游刃也。荊渚尚無事，想復多佳興。日内傳被襲，不甚計，當無它爲懸懸。月卿諸子，並望道意。

珍重萬萬，易忠籙白疏。

己卯夷則下弦南泉寓館。

【注釋】

[一] 濂希，張祖濂（一八九四—一九六九年），字濂希，號髯窠盧主。湖北沙市人。工書畫。歷任中國美術家協會武漢分會會員、沙市第二届人大代表。有《張濂希詩存》。

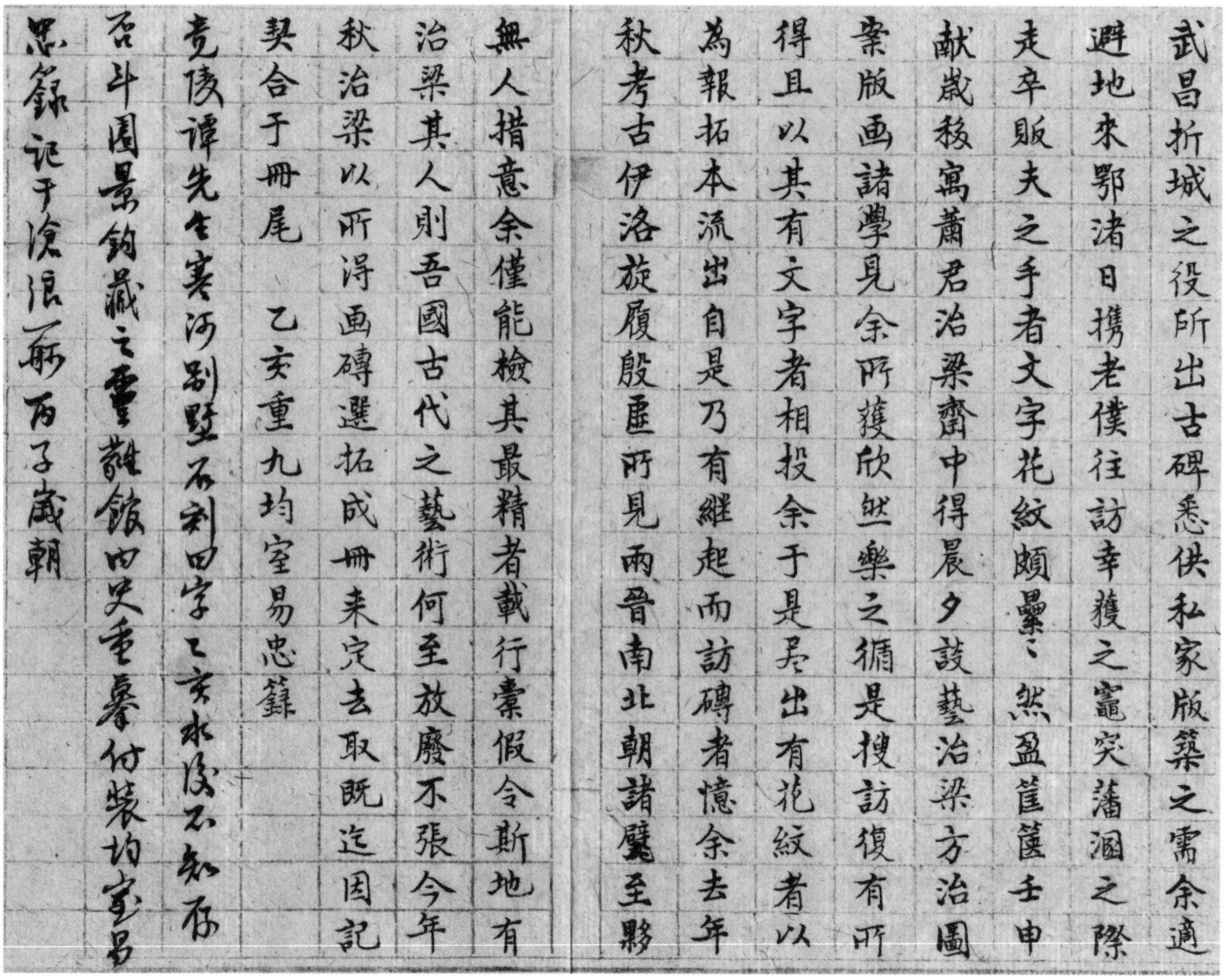
武昌折城之役所出古碑悉供私家版築之需余適
避地來鄂渚日携老僕往訪幸獲之竈突藩溷之際
走卒販夫之手者文字花紋頗纍纍然盈筐篋壬申
献歲移寓蕭君治梁齋中得晨夕談藝治梁方治圖
案版画諸學見余所獲欣然樂之循是搜訪復有所
得且以其有文字者相投余于是盡出有花紋者以
為報拓本流出自是乃有繼起而訪磚者憶余去年
秋考古伊洛旋履殷墟所見兩晉南北朝諸甓至夥
無人措意余僅能檢其最精者載行槖假令斯地有
治梁其人則吾國古代之藝術何至放廢不張今年
秋治梁以所得画磚選拓成冊來定去取既迄因記
契合于冊尾　乙亥重九均室易忠籙
竟陵譚先生寒河別墅石刻四字乙亥水後不知存
否斗園景鈞藏之靈蕤館内史重摹付裝均室易
忠籙記于滄浪一舸丙子歲朝

武昌折城之役，所出古碑悉供私家版築之需，余適避地來鄂渚，日携老僕往訪，幸獲之竈突藩溷之際、走卒販夫之手者，文字花紋，頗纍纍然盈筐篋。壬申獻歲，移寓蕭君治梁[一]齋中，得晨夕談藝。治梁方治圖案版畫諸學，見余所獲，欣然樂之。循是搜訪，復有所得，且以其有文字者相投，余于是盡出有花紋者以爲報。拓本流出，自是乃有繼起而訪磚者。憶余去年秋，考古伊洛，旋履殷虚，所見兩晉南北朝諸甓至夥，無人措意，余僅能檢其最精者載行槖。假令斯地有治梁其人，則吾國古代之藝術何至放廢不張？今年秋，治梁以所得畫磚選拓成册，來定去取，既迄，因記契合于册尾。　乙亥重九，均室易忠籙。

竟陵譚先生寒河别墅石刻四字，乙亥水後不知存否？斗園景鈞藏之，靈蕤館内史重摹付裝。均室易忠籙記于滄浪一舸。丙子歲朝。

【注釋】

[一] 蕭治梁，生卒不详。曾任湖北省政府主任秘书、省立第二女子師範學校藝術師範科主任。

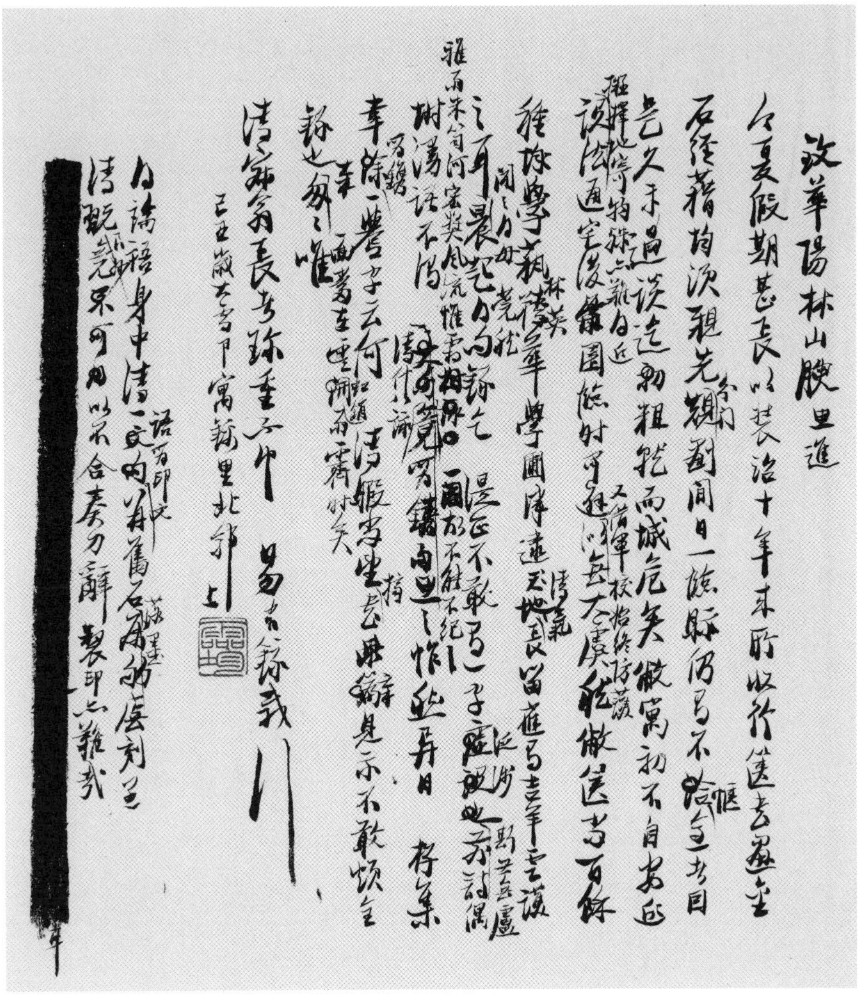

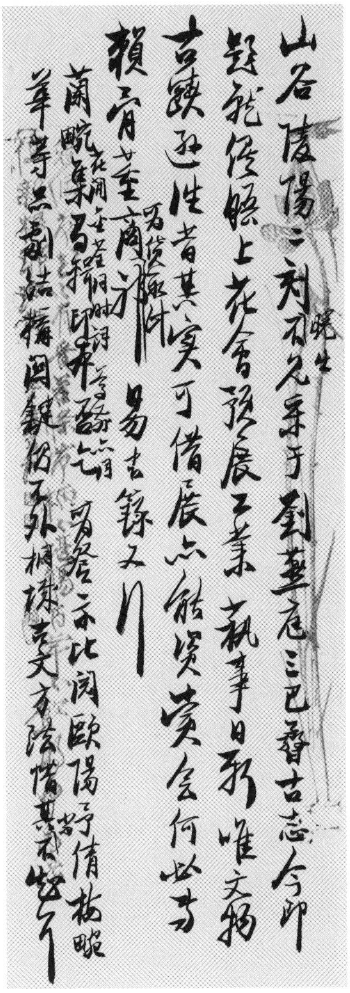

○六二一　致林山腴（一）

致華陽林山腴思進

今夏假期甚長，以裝治十年來所收行篋，書畫、金石、經籍，均須親先分門規劃，間日一臨眎，仍有不惬意者，因是久未過談，迄粗就而城危矣。敝寓初不自安，擬擇地寄物，殊亦難得。近設法通宅後園，臨時可避，又借軍校始終防護，似無大虞。然敝篋尚百餘種萩林英華，學圃津逮，清氣長留，應有吉羊雲護之耳，聞之得毋莞然？晨起得句，録乞諟正，不敢有一字泛涉。前詩偶拊漫語，不謂清什八詠，竟爲鑄句，思之怍然。斯世無盧雅雨、朱笥河宏奬風流，惟霜柑一閣，故不能不紀之。異日存集，幸爲鐫一譽字云何？清暇尚望摘書此章見示，不敢煩仝録也。奉面當在虹銷雨霽時矣。匆匆，唯清寂翁長者珍重。不具。　易忠籙載拜。己丑歲大雪節寓錦里北郭上。

得《論語》『身中清』一語爲印文，并舊石落墨，屬劬庵刻呈清翫，良妙。竟以不合奏刀辭，製印亦難哉。

《山谷》《陵陽》二刻晚出，不見采于劉燕庭《三巴孴古志》，今即題就，俟晤上。花會預展，工業、萩事日新，唯文物古蹟逐往昔。其實可借展，亦能資賞會，何必專賴骨董商爲貨取計耶？易忠籙又拜。

《蘭畹集》（《花間》《金荃》同時詞，《尊前》亦同。）有輯印本否？乞爲督示。比閱歐陽予倩、梅畹華等品劇，結構關鍵仍不外桐城古文方法，惜其不知耳。

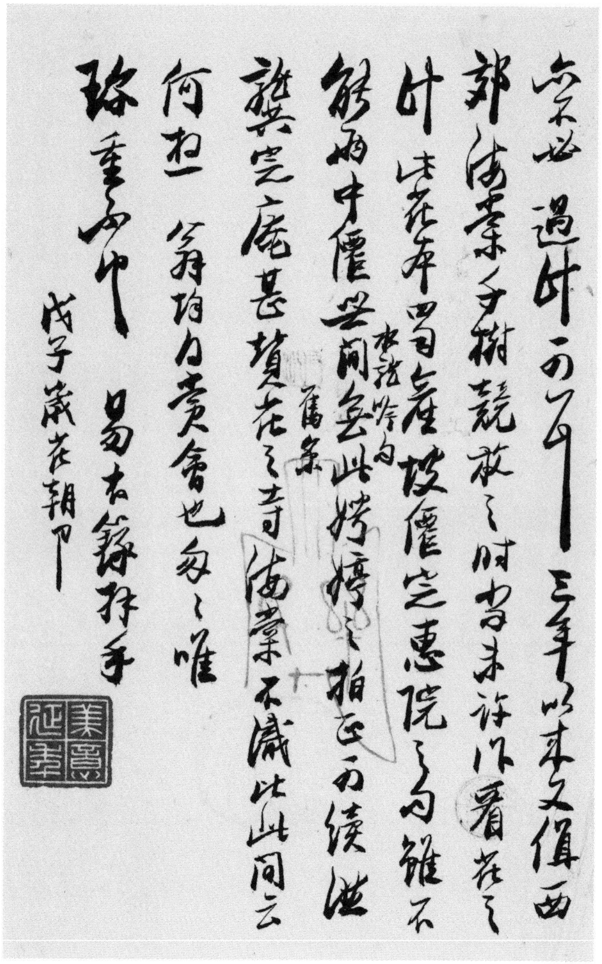

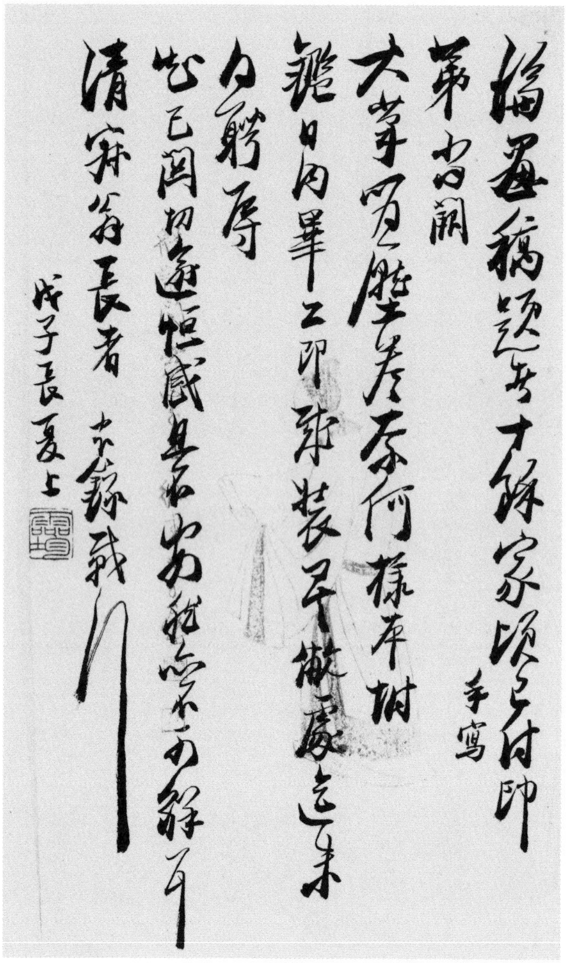

亦不必過計可耳。三年以來，又值西郊海棠千樹競放之時，尚未許作看花之計。此花本蜀產，坡僊定惠院之句雖不能兩中僊『世間無此娉婷』水龍吟句之拍，正可續譜。龔定庵甚贊花之寺舊京海棠，不識比此間云何？想翁均得賞會也。匆匆，唯珍重不具。易忠籙拜手。戊子歲花朝節。

論畫稿題者十餘家，頃已付印。手寫苐尚闕大筆爲壓卷，奈何！様本坿鑑，日内畢工，即成裝矣。敝處迄未得聘，辱知己關切逾恒，感且不安，然亦不可解耳。清寂翁長者，忠籙載拜，戊子長夏上。

臨江僊

清秘谿山逶迤秀，和煙和雨濛濛，浣溪花發倩誰同。支筇千障杳，掠黛一簾濃。靜夜茶煙消澮浥，添香更倚紅慵。意中佳處最惺忪。江山餘粉本，清夢岳從容。

靜庵先生今春自寫水墨精冊八開屬題，倚此，乞噴飰。潛江易忠籙，戊子新秋同寓錦里。

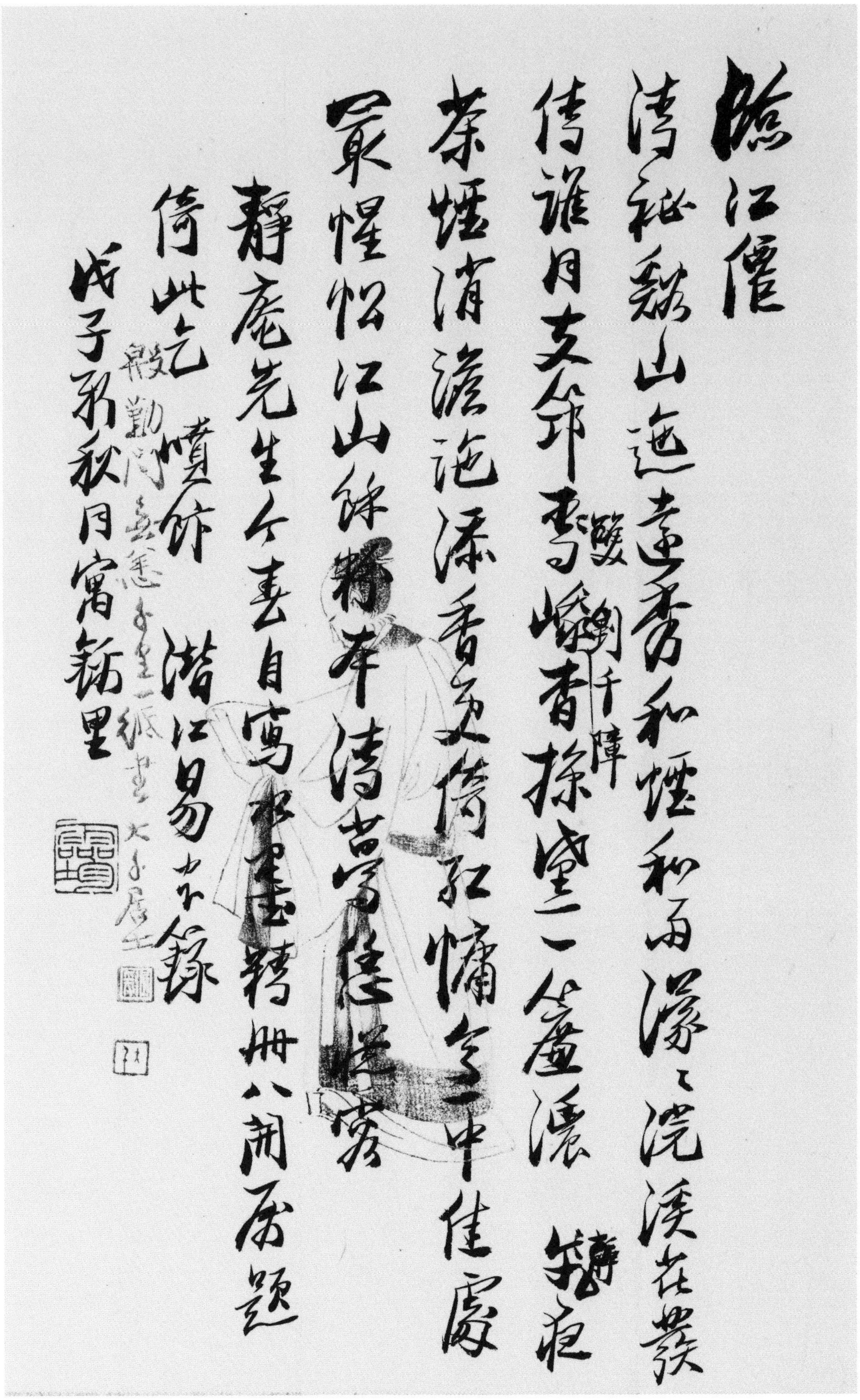

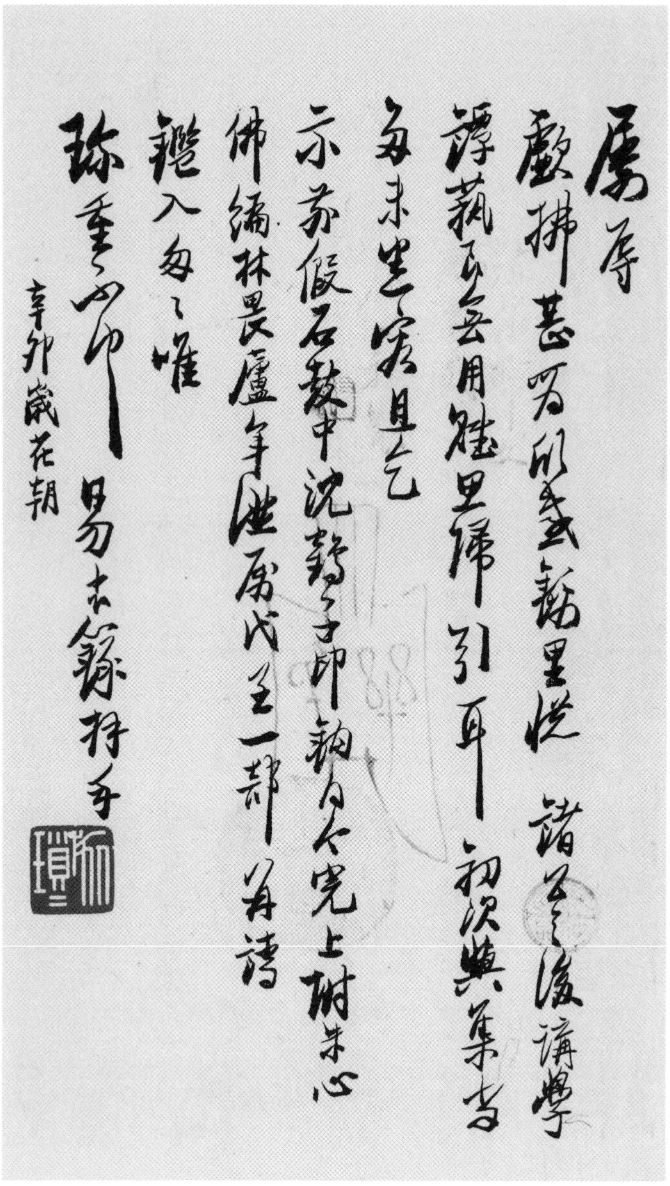

○六三　致林山腴（二）

送呈爵板街十三号

林山腴先生

易上。

屢辱歔拂，甚爲欣感。錦里從諸公之後，講學譚䕠，良無用賦《思歸引》耳。初次与集，尚多未悉，容且乞示。前假石鼓中沈鶴子印鈎得，今完上，坿朱心佛編《林畏盧年譜》，屬代呈一部，并請鑑入。匆匆，唯珍重。不具。易忠籙拜手。辛卯歲花朝。

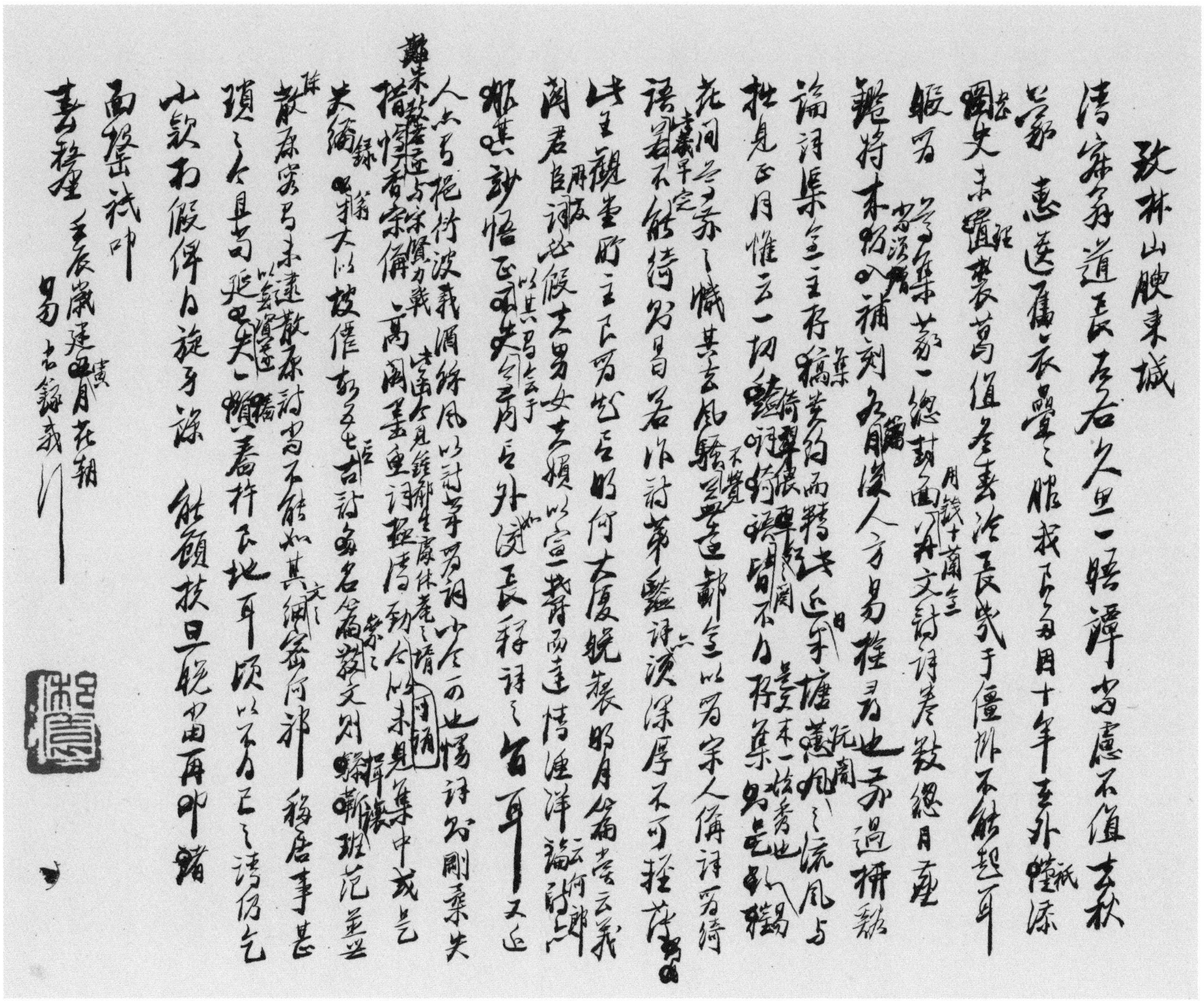

○六四　致林山腴（三）

致林山腴　東城

清寂翁道長左右：久思一晤譚，尚慮不值。去秋蒙惠遺舊衣疊疊，服我良多。因十年在外，祗添書史，未理裘葛，值冬春冷長，幾于僵卧不能起耳。暇爲尊集纂一總封面，用錢十蘭意，并文、詩、詞卷數總目塵鑑。將來尚須補刻各篇目，後人方易檢尋也。前過柳谿論詞，渠意主存集貴約而精，此近日半塘、阮閣之流風，與拙見正同。惟云一切倚翠偎紅之闋，皆不得存集，是又來一法秀也。易《花間》《尊前》之幟，其去風騷，不覺益遠。鄙意以爲宋人偁詞爲綺語，此義早定，若不能綺，則曷若作詩？苐豔詞亦須深厚，不可輕薄。此王觀堂所主，良爲知言。明何大復晚製《明月篇》嘗云：『義關君臣朋友，詞必假乎男女夫婦以宣鬱而達情。』漁洋云：何郎紗悟，正以其有會于意内言外，如汶長釋詞之旨耳。又近人亦有挹衍波、載酒餘風，以詩筆爲詞。小令可也，慢詞則剛柔失措。鄭、朱數老遂与宋賢力戰。憶香宋偁高閣《墨魚詞》極清勁可誦。此函今見鍾郁生處，休菴之壻，今似未見集中，或是失録。翁才大似坡僊，故五七言古詩名篇纍纍，散文則揖讓班范，並世陳散原容有未逮。散原詩尚不能如其文之細密，何耶？移居事甚瑣瑣，今且苟延，以無資，遂失一春杵良地耳。頃以不得已之請，仍乞小欵相假，俾得旋身，諒能顧扶。旦晚當再叩面罄。祗叩春釐，壬辰歲建寅月花朝，易忠籙載拜。

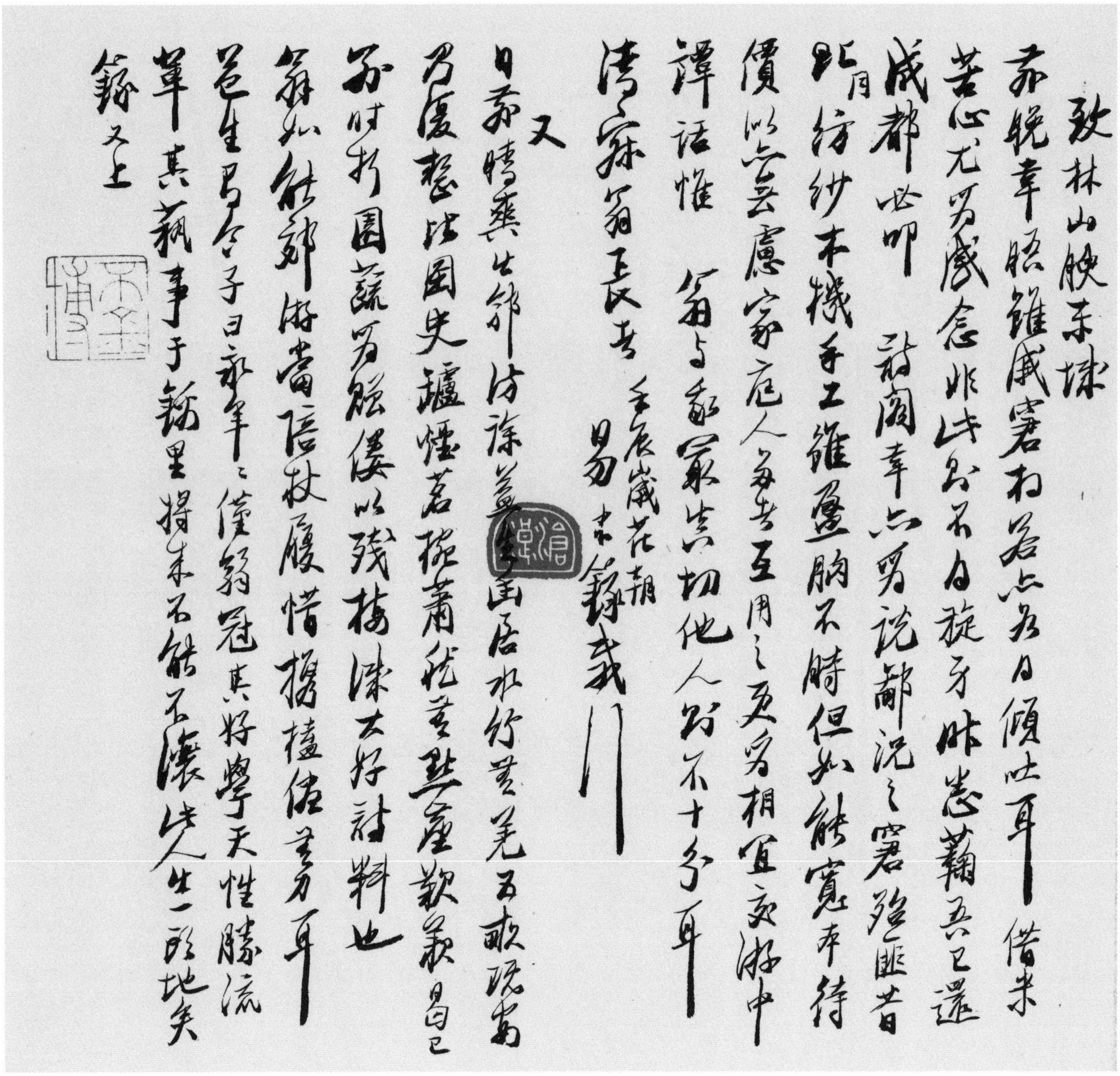

○六五　致林山腴（四）

致林山腴東城

前晚幸晤，雖戚窘相若，亦各自傾吐耳。借米苦心，尤爲感念，非此則不得旋身。昨悉蘜吾已還成都，必叩詩閣。幸亦爲説鄙況之窘，殆匪昔同。紡紗木機手工雖盈朒不時，但如能寬本待價，似亦無慮，家庭人多者互用之，更爲相宜。交游中譚話，惟翁与我最真切，他人則不十分耳。清寂翁長者　壬辰歲花朝，易忠籙載拜。

又

日前晴爽，出郭訪徐益生，幽居水竹無恙，五畝既安，乃復整比圖史，鑪煙茗椀，蕭然無點塵，歎羨曷已。別時折園蔬爲贈，僂以殘梅，誠大好詩料也。翁如能郊游，當陪杖履，惜携榼儘無力耳。益生有令子曰永年，年僅弱冠，其好學天性勝流輩，其蓺事于錦里將來不能不讓此人出一頭地矣。籙又上。

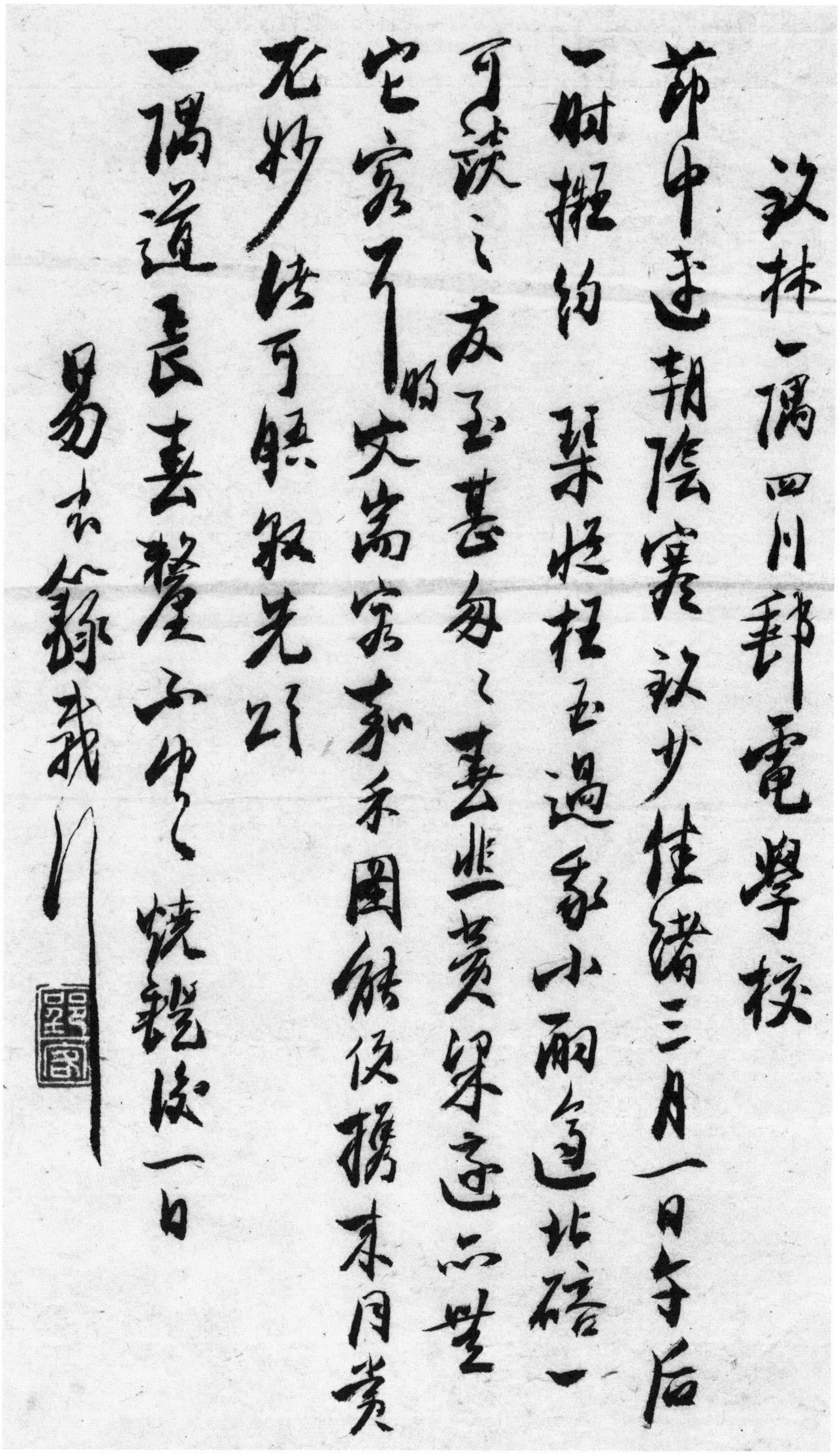

〇六六　致林一隅（一）

致林一隅　四川郵電學校

節中連朝陰寒，致少佳緒。三月一日午後一时，擬約槼從枉至過我小酌，適北碚一可談之友至，甚匆匆。春韭黄粱，遂亦無它客耳。明文嵩容《嘉禾圖》能便携來同賞尤妙。諸可晤叙。先頌一隅道長春釐。不具。　燒鐙後一日。易忠籙載拜。

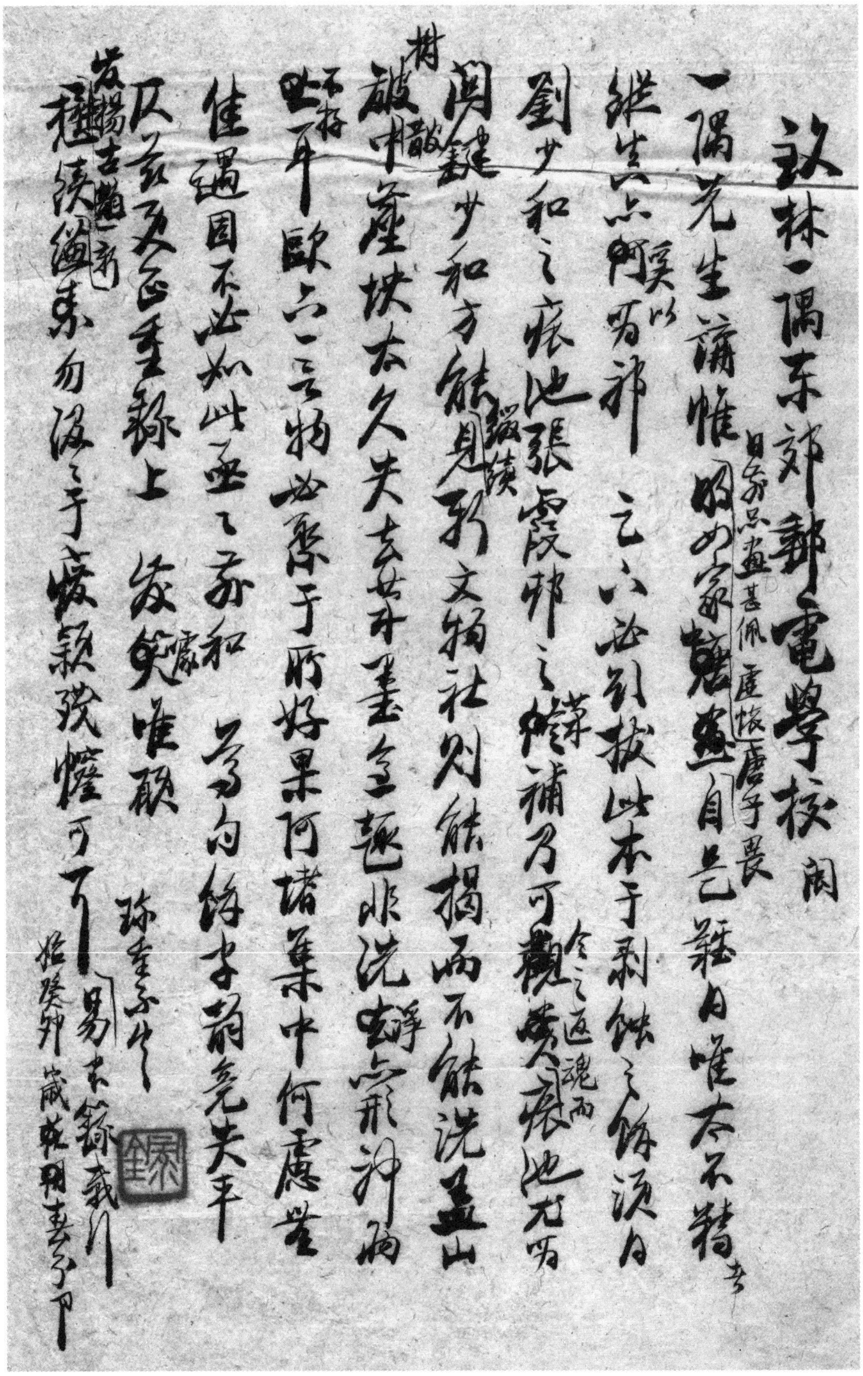

○六七　致林一隅（二）

致林一隅　東郊郵電學校閫

一隅先生講帷：日前品畫，甚佩虛懷，明四家唐子畏自是難得，唯太不精者，縱真亦奚以爲耶？足下必欲拔此本于剝蝕之餘，須得劉少和之痕池，張霞邨之筆補，乃可令之還魂，而痕池尤爲關鍵。少和方能綴續見新，文物社則能揭而不能洗。蓋山樹皴皵中塵坱太久，失去筆墨意趣，非洗淨亦形神兩不存耳。歐六一言：『物必聚于所好』，果阿堵集中，何慮無佳遇？固不必如此亟亟。前和尊句，『餘』字韵竟失平仄，玆更正重録上發噱。唯願發揚古韵，懋績新緗，勿汲汲于廢穎殘幢可耳。珍重不具。易忠籙載拜。始癸卯歲春分卩。

○六八　致劉伯榮

致劉伯榮東城外石佛子街　癸巳年初伏錦城

伯榮道長左右：城固別來，不圖錦里重聚，快慰可知。青羊居然兩臨，且攄佳句，興會真不減，良佩良佩。花市雅故，上泝至放翁而止，有句云『家住花行西復西』。迩歲趙香宋有花行小集，集者桂林鄧雨人、貴陽鄧花溪、山陰胡玉津、富順宋芸子等，凡十七詞人，爲文燕清游之勝踐。今存者林山腴、李哲生二人而已。此三十年來第一文獻，惜吾輩入蜀之晚，此間遂無坐處耳。大作三詩肸蠁宋人，多本色雋語，故于陵陽、誠齋爲近，而又虛己若不勝，豈可度耶？宋詩軼唐處在能陶甄物理，涵咀身世，始于梅宛陵之自苦，進以黃山谷之句律，再繼以陳后山之不犯正位，切忌死語，辭章能事至是誠高且美矣。清代詩人，商丘啓其緒，河間、大興最爲浸漬，而末造乃大發洩之。哭莽、樊山外，幾于風靡一世。前此寂莫諸家，後來尤見專耆，不盡梅、王、黃、陳也。不佞初治金石，遂好翁大興諸製，後晤寧鄉程十髮翁，示以出唐入宋

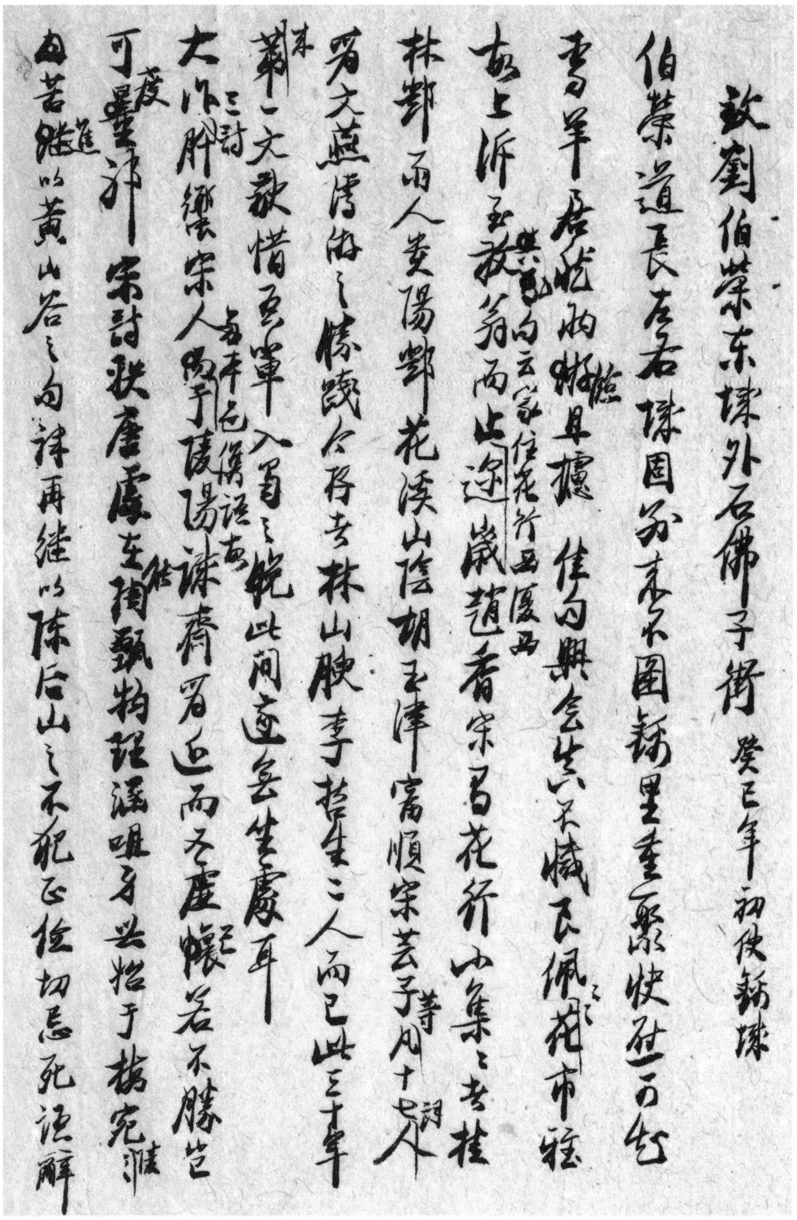

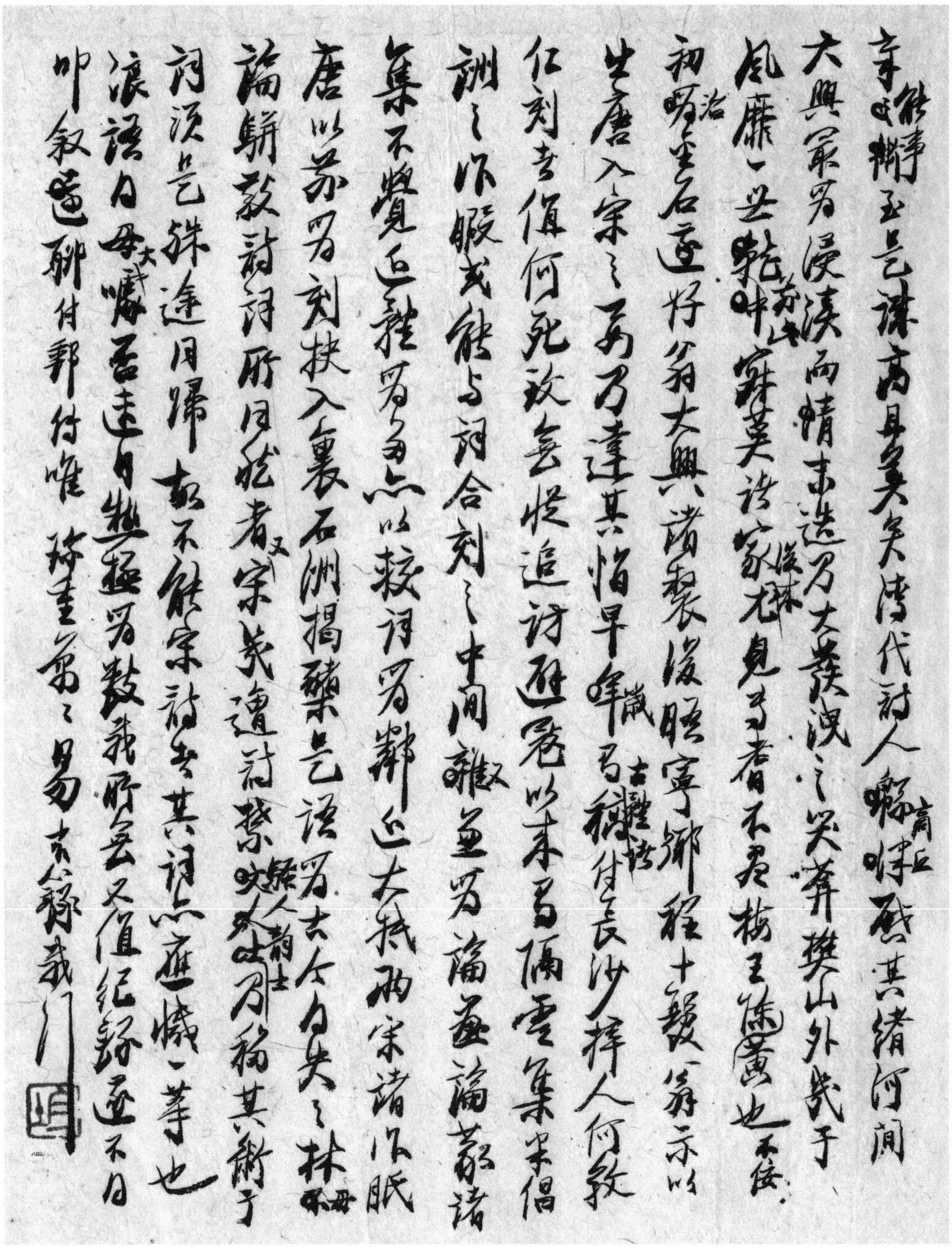

之要，乃達其指。早歲有古體諸稿，付長沙梓人何敦仁刻者，值何死，致無從追訪。避寇以來，有《隔雲集》，半倡詶之作，暇或能與詞合刻之。中間又兼爲論畫、論篆諸集，不覺近體爲多，亦以較詞爲鄰近。大抵兩宋諸作，眡唐以前爲刻抉入裏，石洲揭櫫是語，爲古今得失之林，毋論駢散詩詞所同然者。又，宋幾遭詩禁，騷人韵士乃移其術于詞，須是殊途同歸。故不能宋詩者，其詞亦應減一等也。浪語得毋大噱否？連日熱極，爲數載所無。又值紀録，遂不得叩叙，聊付郵傳。唯珍重萬萬，易忠籙載拜。

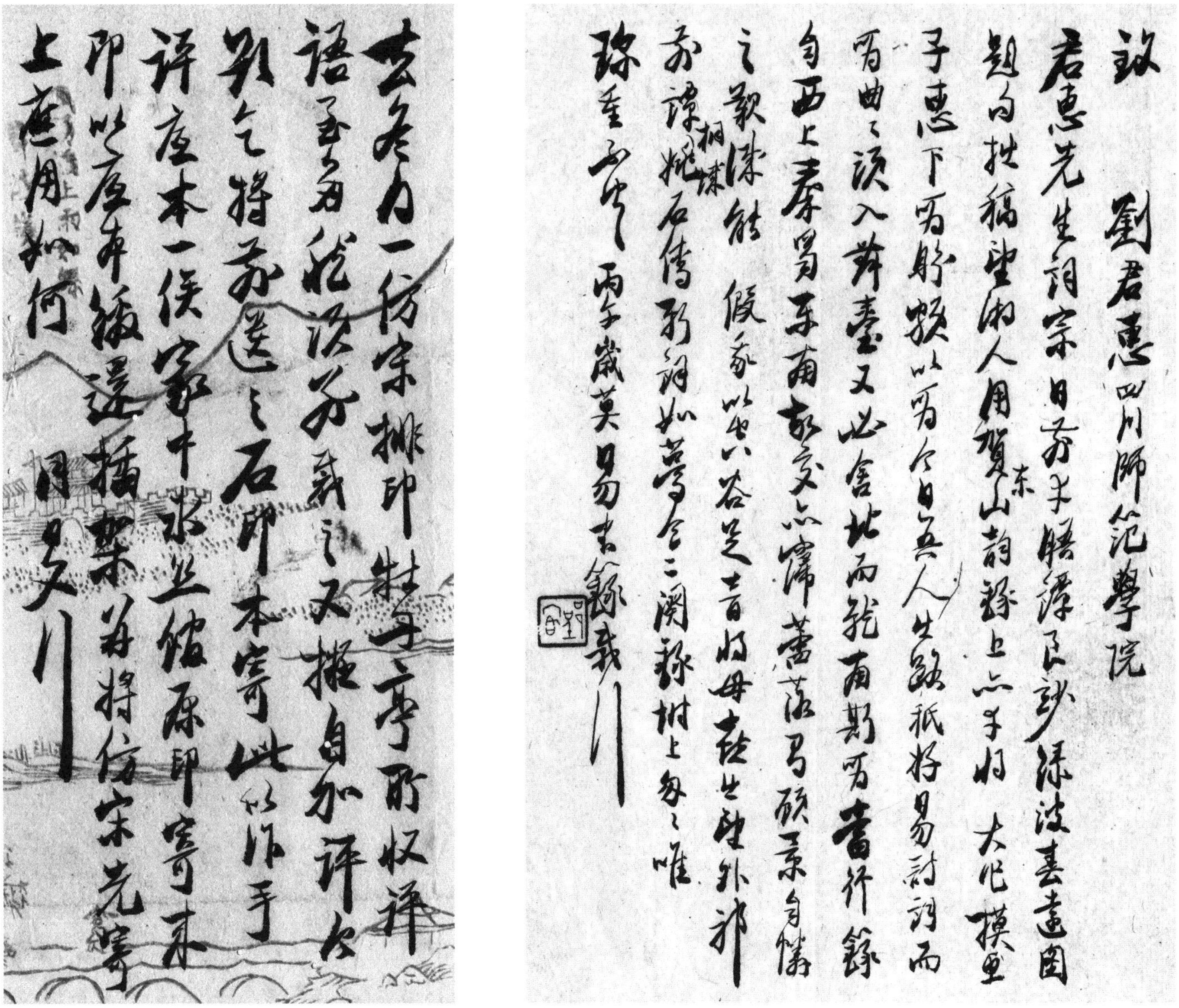

○六九　致劉君惠[一]

致劉君惠　四川師範學院

君惠先生詞宗：日前幸晤譚，良訬。《緑波春遠圖》題句，拙稿《望湘人》用賀東山韻，録上，亦幸將大作《摸魚子》惠下爲盼。頗以爲今日吾人出路，衹好易詩詞而爲曲，曲須入舞臺，又必舍北而就南，斯爲當行。籙自西上秦蜀，东南故交，亦寥藎落，有顧景自憐之歎。誠能假我以空谷足音，將毋喜出望外耶？前譚桐城姚石倩新詞《如夢令》二闋録坿上。匆匆，唯珍重不具。丙午歲莫，易忠籙載拜。

去冬得一仿宋排印《牡丹亭》，所收評語至多，然須別裁之，又擬自加評。今欲乞將前遺之石印本寄此，以作手評底本，一俟家中水絲館原印寄來，即以底本繳還插架。并將仿宋先寄上應用，如何？同日又拜。

【注釋】

［一］劉君惠（一九一二—一九九九年），名道龢，字君惠，號佩蘅，以字行。四川成都人。中國當代著名古典文學研究學者。著有《訓詁學略例》《莊子字義疏證》等。

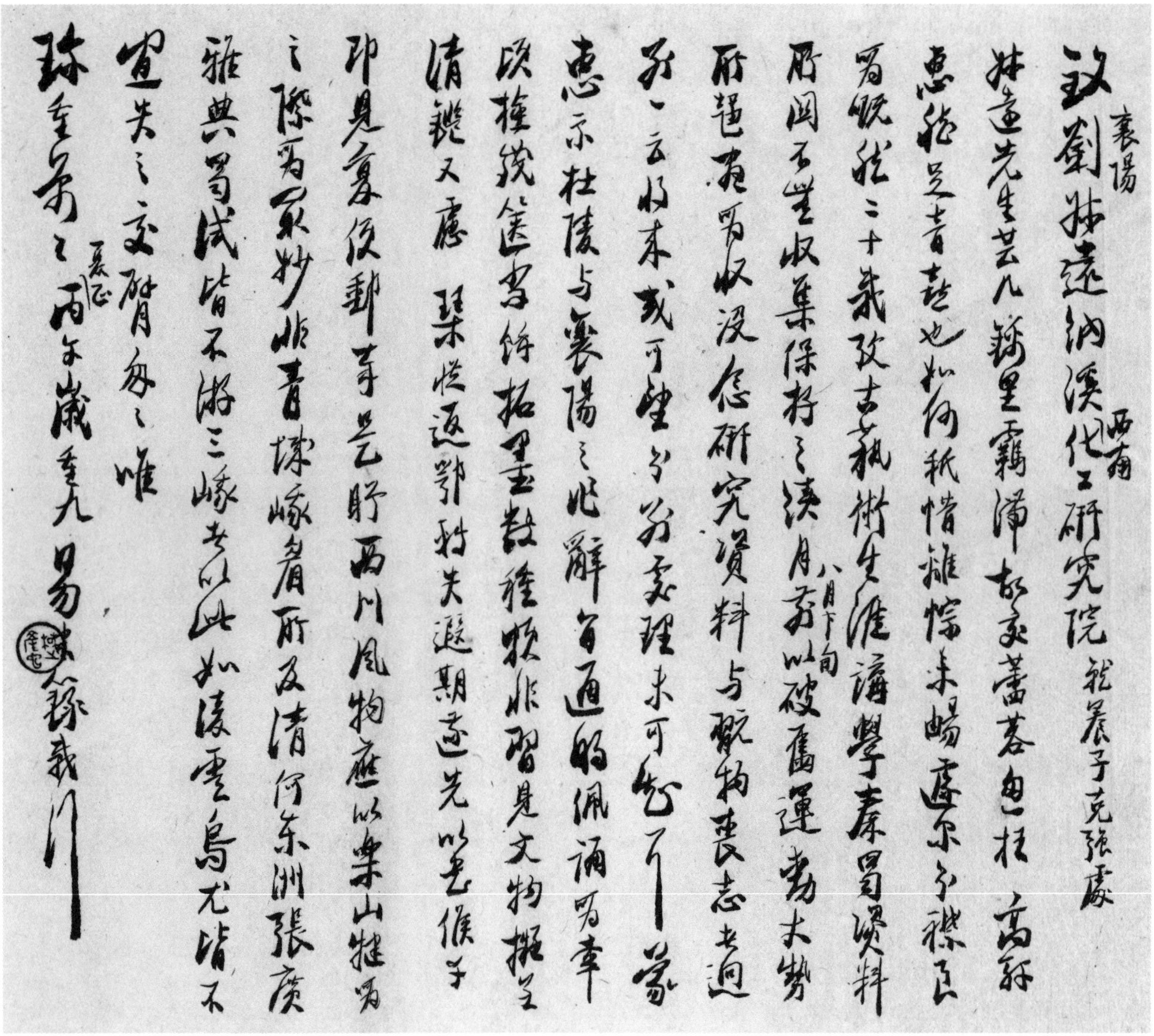

〇七〇　致劉叔遠

致襄陽劉叔遠　納溪西南化工研究院就養子克強處

叔遠先生芸几：錦里羈滯，故交蓋茗，忽枉高軒，惠然足音，喜也如何。秖惜離悰未暢，遽尔分襟，良爲慨然。二十載攷古藝術生涯，講學秦蜀，資料所關，不無收集保存之績。月前八月下旬以破舊運動，大勢所趨，盡爲收没。念研究資料与瓻物喪志者迥别，一云將來或可望分别處理，未可知耳。蒙惠示杜陵与襄陽之作，辭旨通明，佩誦爲幸。頃檢殘篋，尚餘拓墨數種，頗非習見文物，擬呈清鑑。又慮琹從返鄂，轉失遐期，遂先以書候，幸即見復，便郵奉是盼。西川風物，應以樂山、犍爲之際爲最妙，非青城、峨眉所及。清何東洲、張廣雅典蜀試，皆不游三峨者以此。如凌雲、烏尤，皆不宜失之交臂。匆匆，唯

珍重萬萬，夏正丙午歲重九，易忠籙載拜。

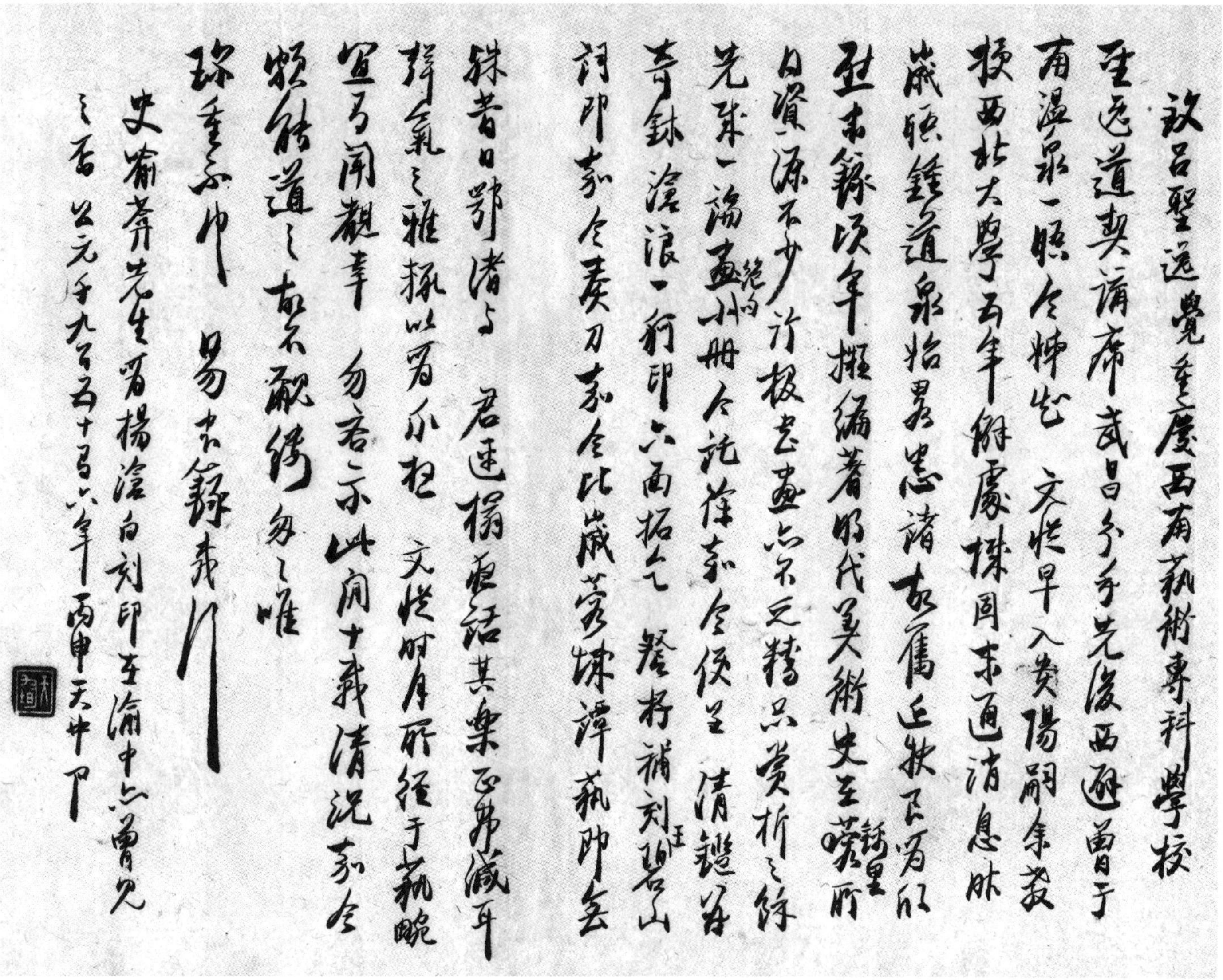

○七一　致呂聖逸[一]

致呂聖逸覺　重慶西南藝術專科學校

聖逸道契講席：武昌分手，先後西避，曾于南温泉一晤令姊，知文從早入貴陽。嗣余教授西北大學五年，僻處城固，未通消息。昨歲晤鍾道泉[二]，始畧悉諸故舊近狀，良爲欣慰。忠録頃年擬編著明代美術史，在錦里所得資源不少，行极書畫亦不乏精品，賞析之餘，先成一論畫絕句小册。今托徐嘉令便呈清鑑，并奇鉢『滄浪一舸』印六面拓，乞督存。補刻王碧山詞印，嘉令奏刀。嘉令比歲蓉城譚藝，即無殊昔日鄂渚與君連榻夜話，其樂正弗減耳。聲氣之雅，輒以爲介，想文從時月所經，于藝畹宜有聞覩，幸勿吝示。此間十載清況，嘉令頗能道之，故不覼縷。匆匆，唯珍重不具。　易忠録載拜。

史喻莽先生爲楊滄白刻印，在渝中亦曾見之否？公元千九百五十有六年丙申天中卩。

【注釋】

[一]呂聖逸（一九一〇—一九八四年），名覺，字聖逸。以字行。中國當代著名國畫家。

[二]鍾道泉（一九〇二—一九六九年），字本立。四川達縣人。中國當代著名花鳥畫家。

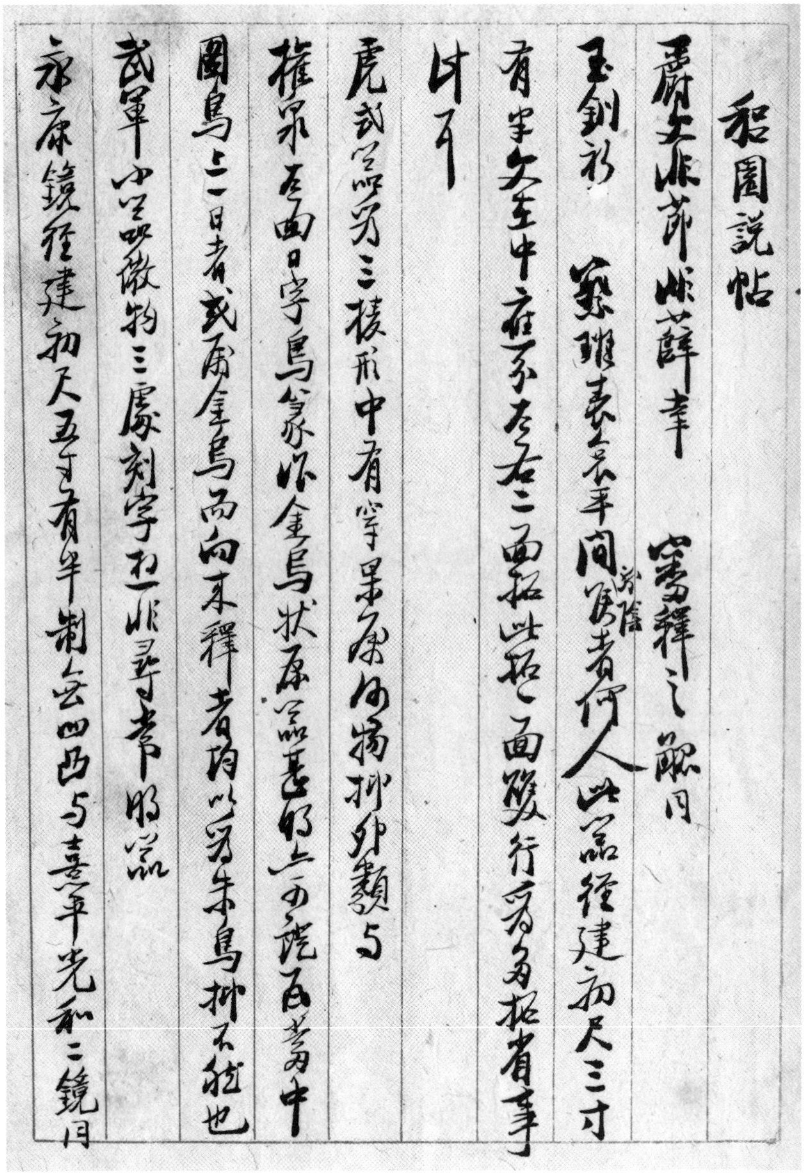
稆園説帖
爵文非茚非薛，幸審釋之。觚同
玉釗祈察班表，哀平間汾陰侯者何人？此器經建初尺三寸
有半，文在中，應分左右二面拓，此拓一面雙行，爲多拓省事
計耳
虎式器爲三棱形，中有穿，果屬何物？抑卯類與
權泉左面日字鳥篆作金烏狀，原器甚明，亦可證瓦當中
圖鳥上一日者或屬金烏，而向來釋者均以爲朱鳥，抑不然也
武軍小器，微物三處刻字，想非尋常明器
永康鏡經建初尺五寸有半，制無凹凸，與熹平光和二鏡同

〇七二　致馬衡（一）

稆園説帖

爵文非茚非薛，幸審釋之。觚同。

玉釗祈察班《表》，哀平間汾陰侯者何人？此器徑建初尺三寸有半，文在中，應分左右二面拓，此拓一面雙行，爲多拓省事計耳。

虎式器爲三棱形，中有穿，果屬何物？抑卯類與？

權泉左面『日』字鳥篆作金烏狀，原器甚明，亦可證瓦當中圖鳥上一日者或屬金烏，而向來釋者均以爲朱鳥，抑不然也。

武軍小器，微物三處刻字，想非尋常明器。

永康鏡徑建初尺五寸有半，制無凹凸，與熹平光和二鏡同。

極中拓，且較他鏡爲速。

黄初鏡尚有四年一品，青緑甚多，文末曰『如律令』，當專爲明器製，厭勝之義尤顯。頗以爲鏡、機徇葬皆寓厭勝意，吾人今日所覩古物皆賴有明器，非是則經銷除，不得發見。三代非無鏡，特不以爲明器，故不得入今人之目。涵楚翁殊不然鄙説。其彝器、兵器皆銅，間有石者。漢以後則多陶，亦可知爲明器專用。至人間實用自是仍屬銕製，正不得據此以定石器、銅器、陶器時代，與掘地攷史法同論。

四言鏡文曾按原鏡録出，筆画省略，至奇異。然以他鏡校之，皆可逆知屬讀。此種省

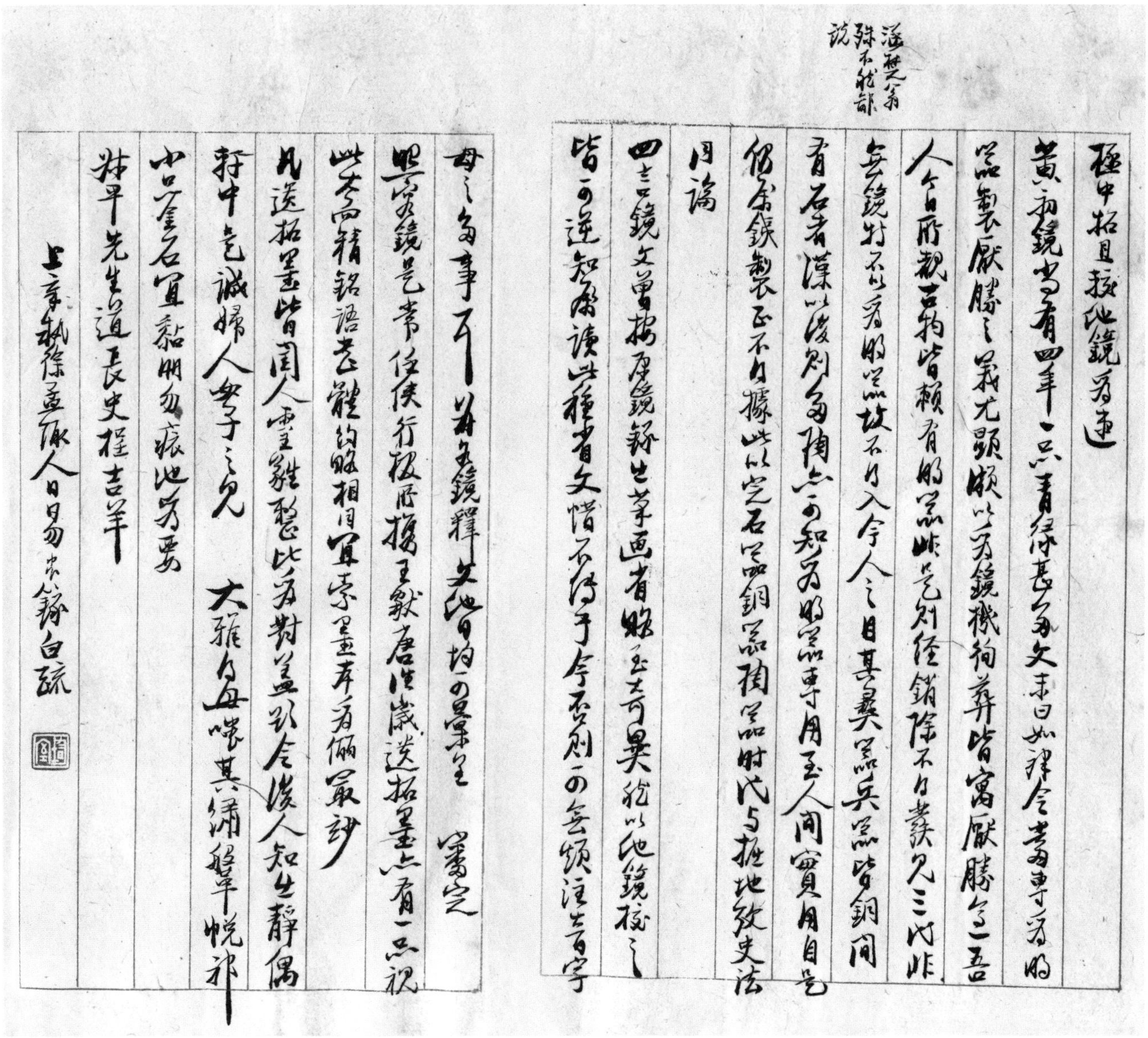

文惜不傳于今，否則，可無煩注音字母之多事耳。并各鏡釋文他日均可彙呈審定。

照容鏡是常任俠[一]行极所携，王獻唐[二]往歲遺拓墨亦有一品，視此大而精，銘語書體，約略相同，宜索墨本爲儷最玅。

凡遺拓墨，皆閨人靈蕤整比爲對，蓋欲令後人知出靜偶軒中，是誠婦人女子之見。大雅得毋嗤其繡鞶悅耶？

小品金石宜黏册，勿庋池爲要。

叔平[三]先生道長史桯吉羊。

上章執徐孟陬人日，易忠籙白疏。

【注釋】

[一] 常任俠（一九〇四—一九九六年），別名季青。安徽潁上人。著名藝術考古家、東方藝術史研究專家、詩人。

[二] 王獻唐（一八九六—一九六〇年），初名家駒，後改名獻唐，字獻堂。號鳳笙。山東日照人。著名學者、考古學家、古文字學家、目録學家。

[三] 馬叔平即馬衡（一八八一—一九五五年），字叔平，別署無咎、凡將齋。浙江鄞縣人。中國現代金石學家、考古學家、書法篆刻家。曾任故宮博物院院長、西泠印社社長。

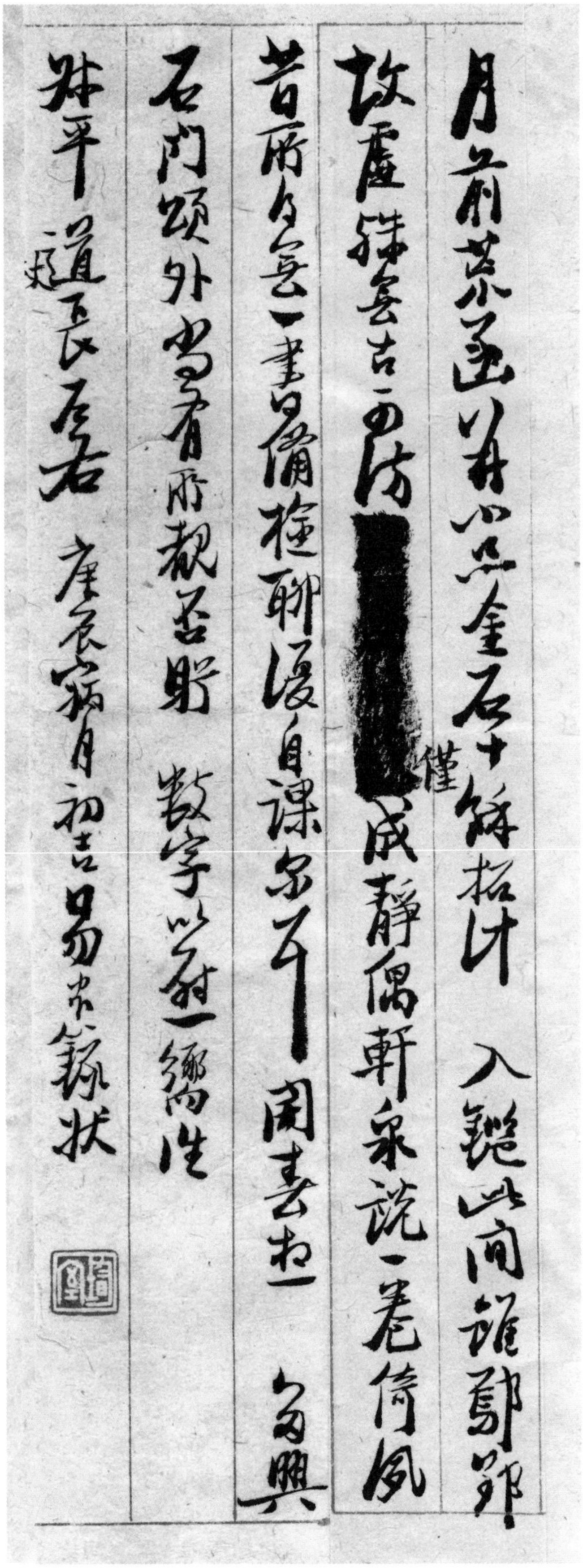

○七三　致馬衡（二）

月前荒函并小品金石十餘拓計入鑑。此間雖鄢郢故虚，殊無古可訪。僅成《靜偶軒泉説》一卷，倚夙昔所得，無一書備檢，聊復自課尓耳。開春，想多興。《石門頌》外，尚有所覩否？盼數字以慰嚮往。

叔平道長左右。庚辰病月初吉。易忠籙狀。

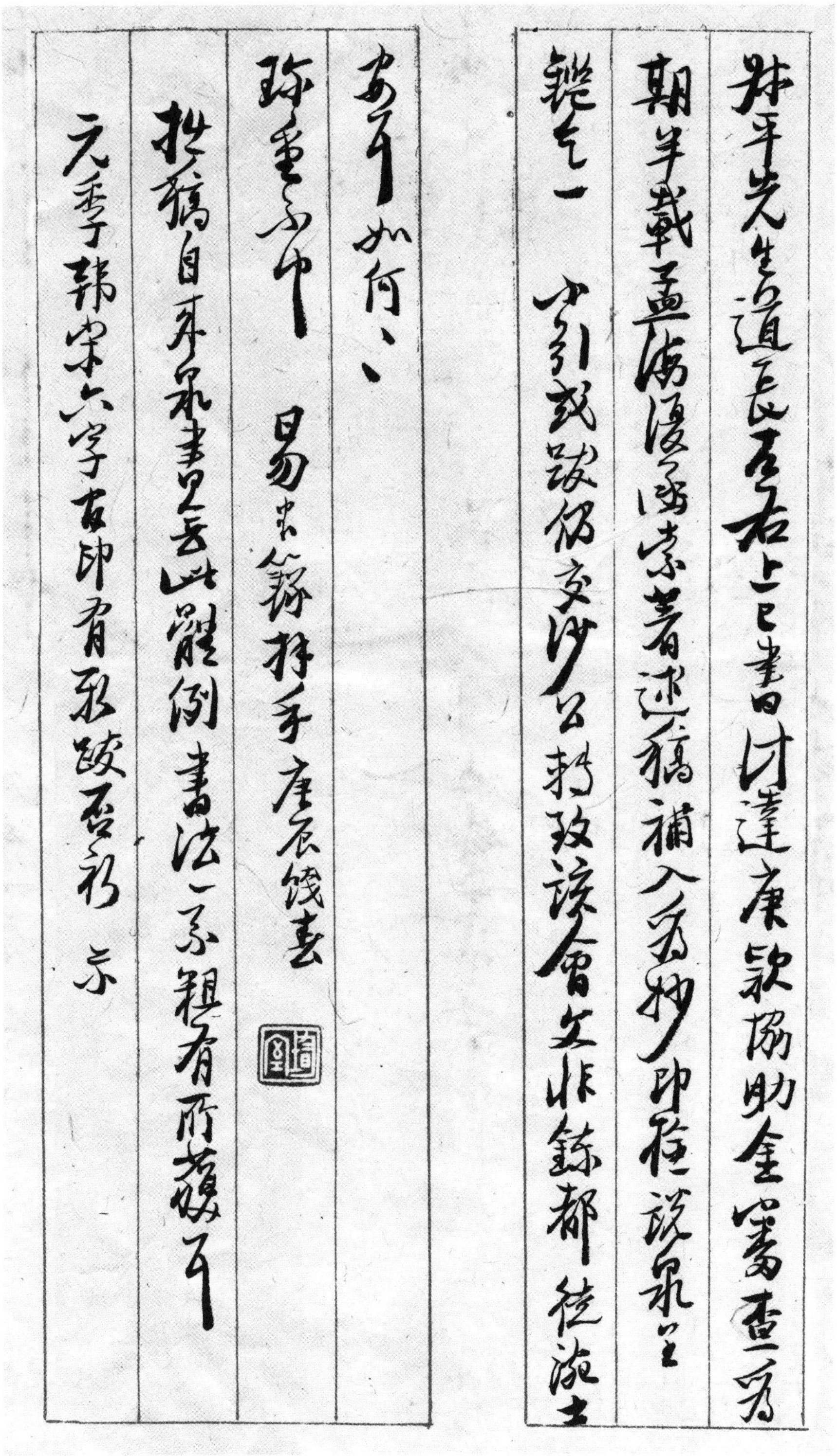

〇七四　致馬衡（三）

叔平先生道長左右：上巳書計達。庚款協助金審查爲期半載，孟海復函索著述稿補入爲妙，即檢《説泉》呈鑑。乞一小引或跋，仍交沙公轉致該會。文非鍊都，徒涴士安耳。如何如何。

珍重不具。易忠籙拜手。庚辰餞春。

拙稿自來泉書無此體例，書法一系粗有所獲耳。

元季韓宋六字古印有新跋否？祈示。

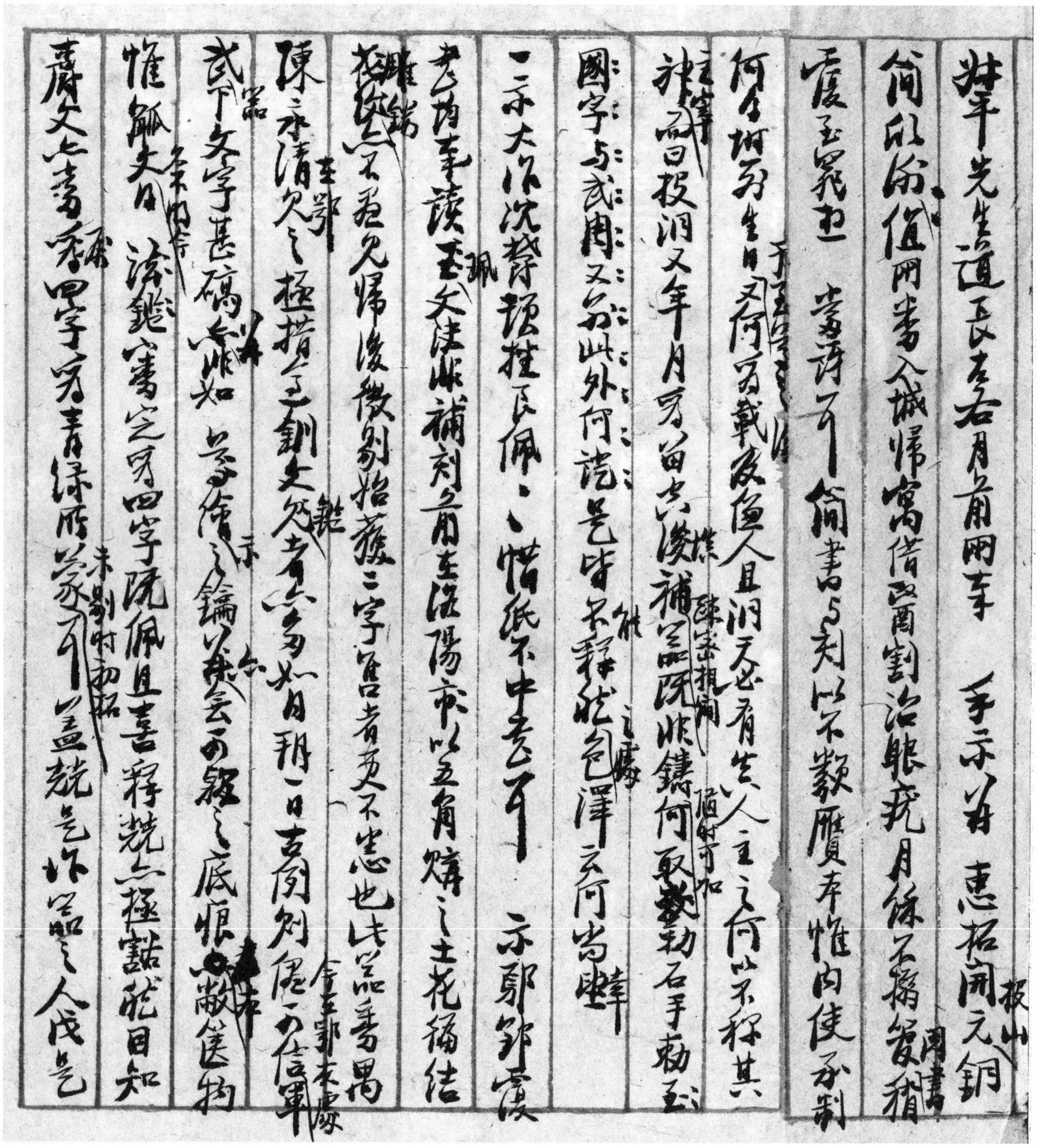

○七五　致馬衡（四）

叔平先生道長左右：月前兩奉手示，并惠拓開元投山銅簡，欣謝，欣謝。值兩番入城歸寓，借醫割眼疣，月餘不搦管閲書，稽覆至罪，想當訝耳。簡書与刻似不類贋本，惟内使承制何得埘列生日于至尊之後？又何爲載及傔人？且洞天必有真人主之，何以不稱其神主宰而曰投洞？又年月爲留空填補，疏密相間，器既非鑄，隨時可加，何取勒石手勑？是皆不能釋然之處。色澤云何？尚幸一示。大作沈鬱頓挫，良佩良佩。惜紙不中書耳。示鄢郢覆書均奉讀，珮文決非補刻，前在洛陽以五角購之，土花徧結，雕鏤亦不盡見。歸後微剔，始獲二字，售者更不悉也。此器番禺陳永清［一］（在鄂）見之，極措意。釧文鑑者亦多，如得朔一日，古例則儘可信。今在鄂友處。軍武器下文字甚碻，並非如繪示之鑰，亦無可疑之底痕，本敞篋物，惟觚文久不明，今得審定爲四字，既佩且喜。釋『兟』亦極豁然。因知爵文亦當屬四字，爲青緑所蒙，未剔時初拓耳。蓋『兟』是作器之人，『戊』是生日。其上自宜有父祖等字，所斷斷然也。鏡文丙午借用者月下必無日數，其有者如熹平六年鏡

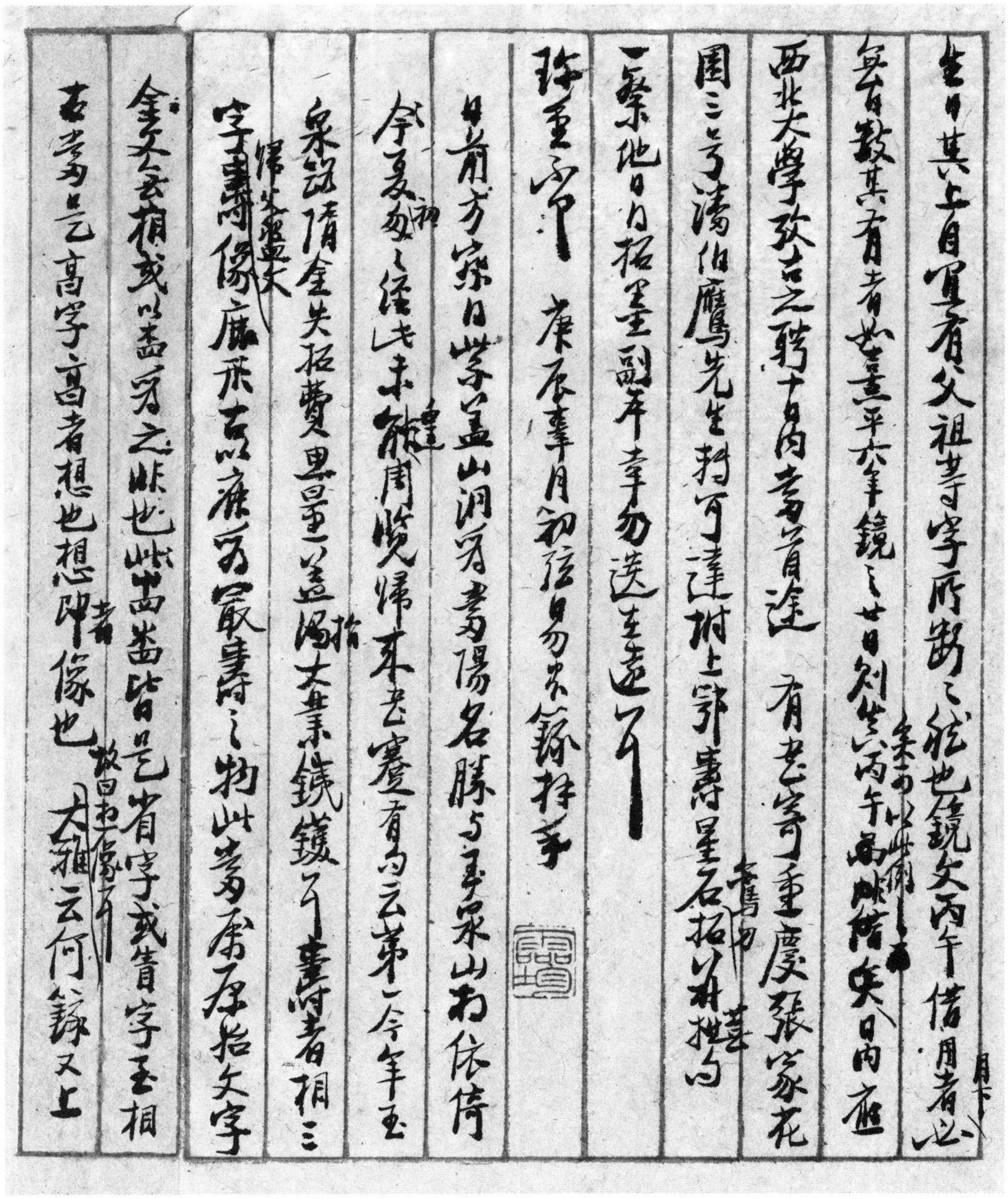

之廿日則真矣。丙午可以此例之。日内應西北大學攷古之聘，十日内當首途。有書寄重慶張家花園三號潘伯鷹[二]先生轉，可達。坿上鄂壽星石鸞刀拓并蕪句一粲。他日得拓墨副本，幸勿遺在遠耳。

珍重不具。庚辰辜月初弦，易忠籙拜手。

日前方察得紫盖山洞爲當陽名勝，与玉泉山相依倚，夏初匆匆經此，未遑周覽。歸來書蹇有句云：『第一今年玉泉路，隋金失拓費思量。』盖指大業鐵鑊耳。『壽者相』三字，歸父盤文。『壽』像鹿形，古以鹿爲最壽之物，此當屬原始文字。金文無『相』，或以峕爲之，非也。峕、峕皆是『省』字，或『眚』字。至『相』，古當是『言』字，言者，想也。想者，像也，故曰想像耳。大雅云何？籙又上。

【注釋】

[一] 陳永清，生卒不詳。

[二] 潘伯鷹（一九〇四—一九六六年），原名式，字伯鷹，後以字行。號鳧公、有髮翁、却曲翁，別署孤雲。安徽懷寧人。現代書法家、詩人、小説家。

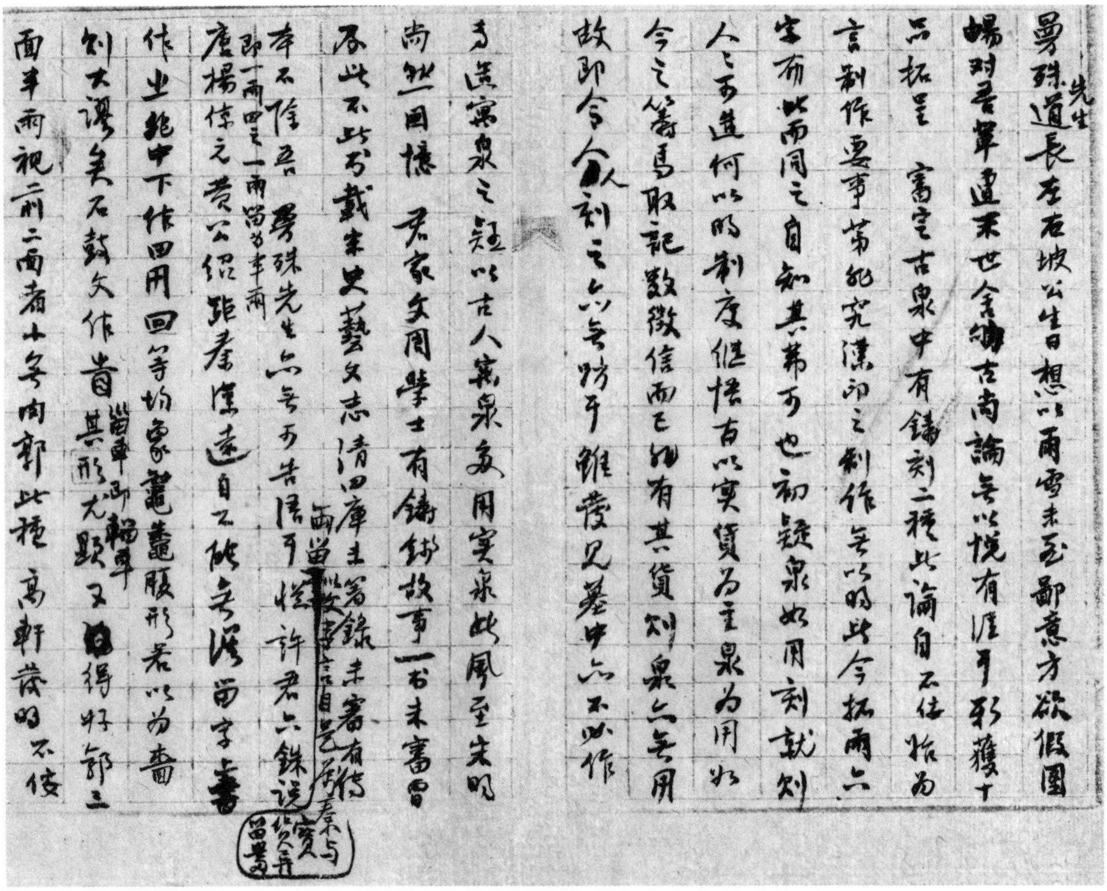

○七六　致曼殊（一）

曶殊先生道長左右：坡公生日，想以雨雪未至。鄙意方欲假圖暢對，吾輩遭末世，舍劬古尚論，無以悦有涯耳。新獲十品拓，呈審定。古泉中有鑄、刻二種，此論自不佞始爲言。制作要事，第非究漢印之制作，無以明此。今拓兩六字布，比而同之，自知其弗可也。初疑泉如用刻就，則人人可造，何以明制度？繼悟古以實貨爲主，泉爲用，如今之籌馬，取記数徵信而已。非有其貨，則泉亦無用，故即令人人刻之，亦無妨耳。雖發見墓中，亦不必作專造寓泉之疑，以古人寓泉多用實泉，此風至宋明尚然。因憶君家文周學士有鑄錢故事一書，未審曾及此不？此書載《宋史·藝文志》，清《四庫》未著録，未審有傳本不？除吾曶殊先生，亦無可告語耳。即兩、甾以文字言，自是屬秦，與寶貨異。甾當從許君『六銖』説即一兩四之一兩，甾爲半兩。唐楊倞、元黄公紹距秦漢遠，自不能無誤。甾字上書作业，非中下作田。用、回等均象龜鼀腹形，若以爲畜，則大謬矣。《石鼓文》作甾。甾車即輜車，其形尤顯。又得好郭三面半兩，視前二面者小，無肉郭。此種高軒發明，不佞乃獲步趨。并前語之小玉筯布泉齊拓呈鑑。坿大中冪十月一品珠月星与甲文爲變體，制極古，如無文三珠，當在寶貨以前。珠玉本上幣，鑄泉仍從其朔耳。崇寧壓勝似宣政。雙龍小壐前譜亦未著録，恐流傳不多，疑非後世仿鑄，故亦收爲吾《金聲譜》中異品，想不值大雅一噱也。赤仄、金背等，恐是當時新鑄之色，舊則見銷，故後世不可得覩。百番擬議，誠爲枉事。高見如同，亦可以俟不惑矣。一笑。祗承新釐。夏正丁丑歲朝　易忠籙拜手白疏。

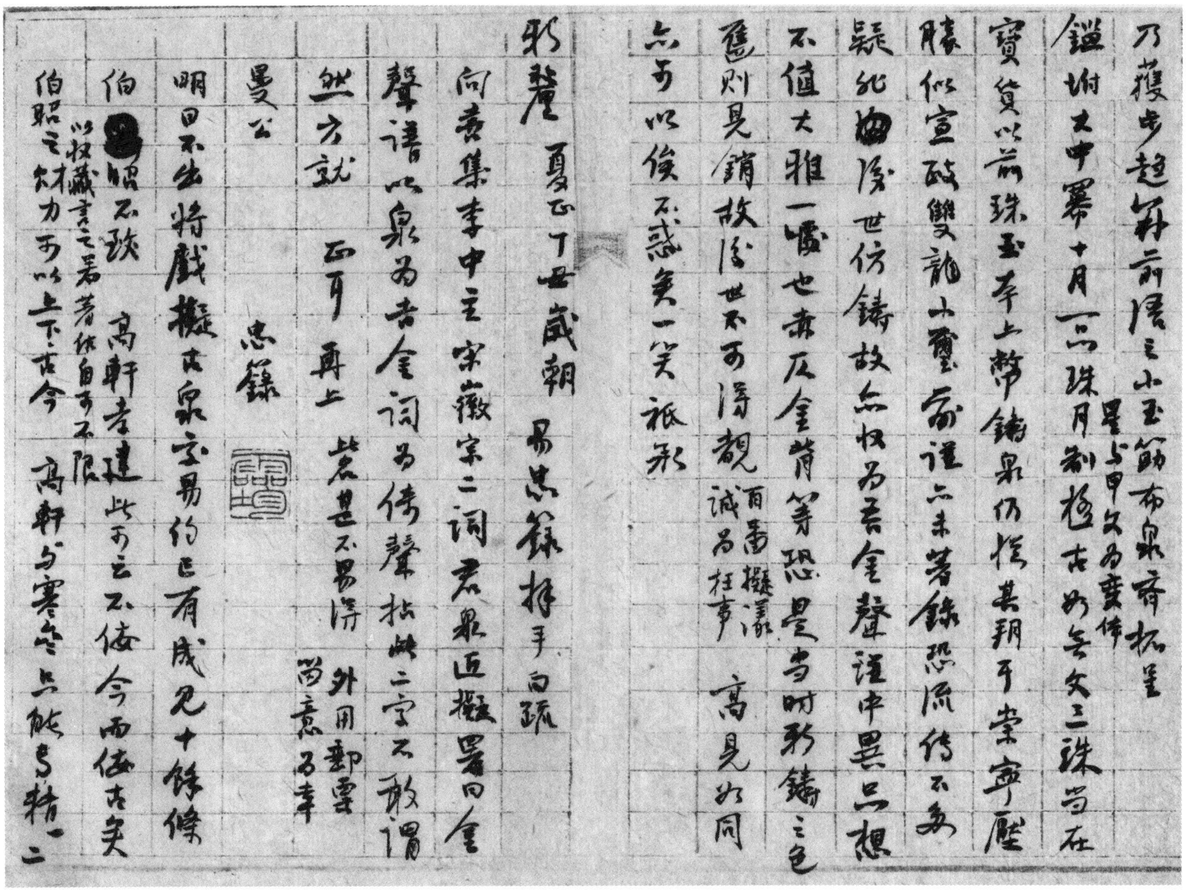

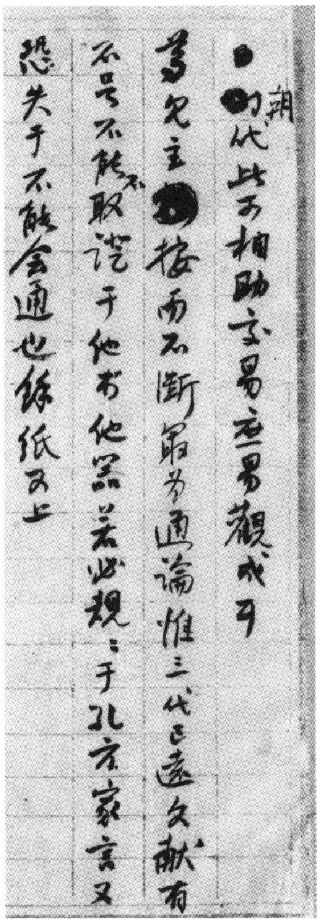

向喜集李中主、宋徽宗二詞君泉，近擬署曰《金聲譜》，以泉爲吉金，詞爲倚聲，拈此二字，不敢謂然，方就正耳。此名甚不易得。再上曼公。忠簶。

外用郵票，留意爲幸。

明日不出，將戲擬古泉交易，約已有成見十餘條。伯昭不致高軒孝建，此可云不佞今而佞古矣。伯昭之財力，可以上下古今，以收藏言之，若著作自可不限。高軒与寒齋只能專精一二朝代，此可相助交易，庶易觀成耳。

尊見主按而不斷，最爲通論。惟三代已遠，文獻有不足，不能不取證于他書他器，若必規規于孔方家言，又恐失于不能會通也。餘紙又上。

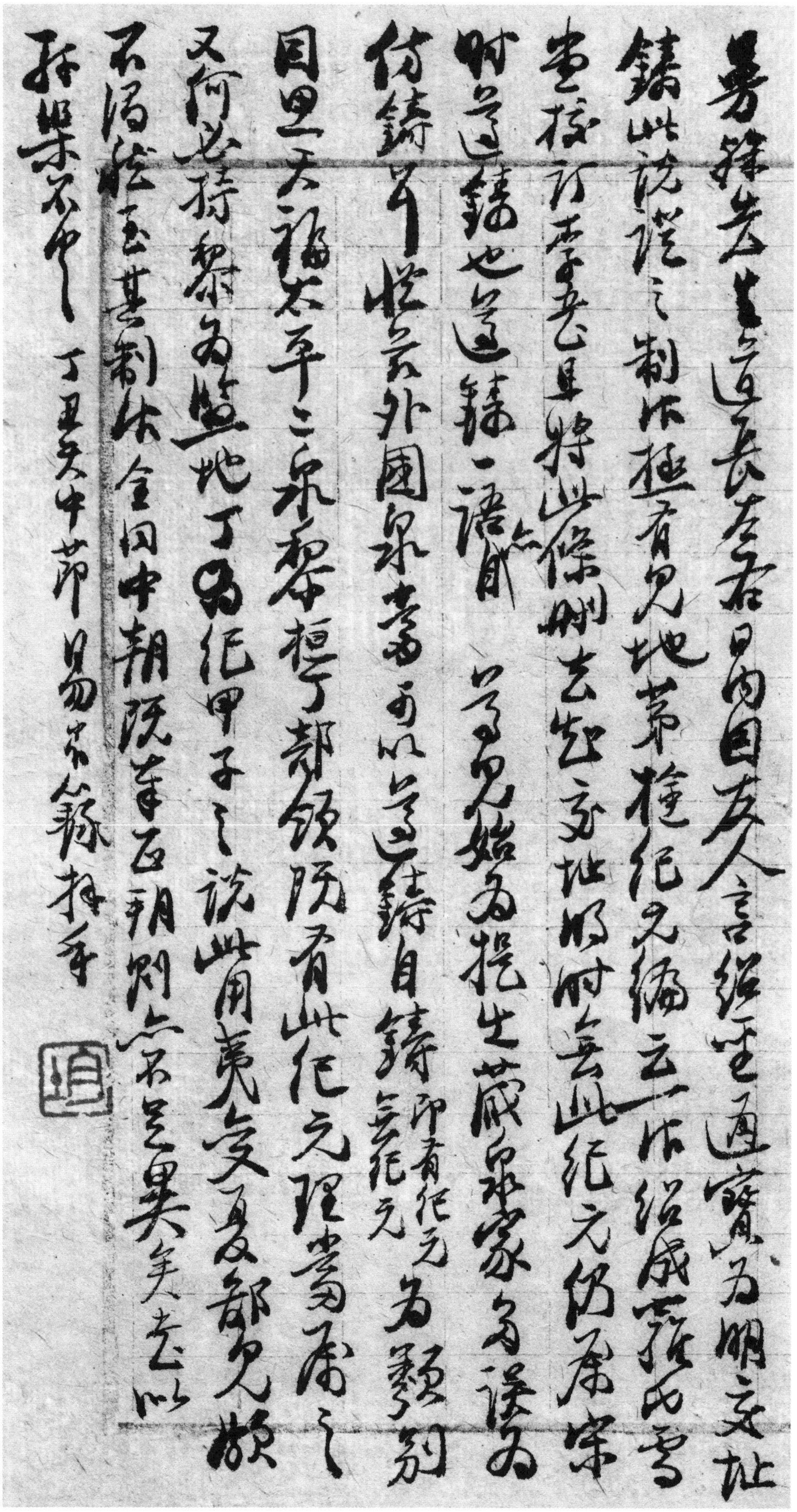

〇七七　致曼殊（二）

曼殊先生道長左右：日内因友人言，紹聖通寶爲明交址鑄，此説證之制作，極有見地。第檢《紀元编》云，一作紹成。羅氏雪堂校訂李書，且將此條刪去，知交址明時無此紀元，仍屬宋時遵鑄也。遵鑄一語，亦自尊見始爲提出，藏泉家多誤爲仿鑄耳。從兹外國泉當可以遵鑄、自鑄即有紀元、無紀元爲類别。因思天福、太平二泉，黎桓丁部領既有此紀元，理當屬之，又何必持黎爲監地、丁紀甲子之説？此用夷變夏，鄙見頗不謂然。至其制作，全用中朝，既奉正朔，則亦不足異矣。書似軒渠。不具。丁丑天中莭。易忠籙拜手。

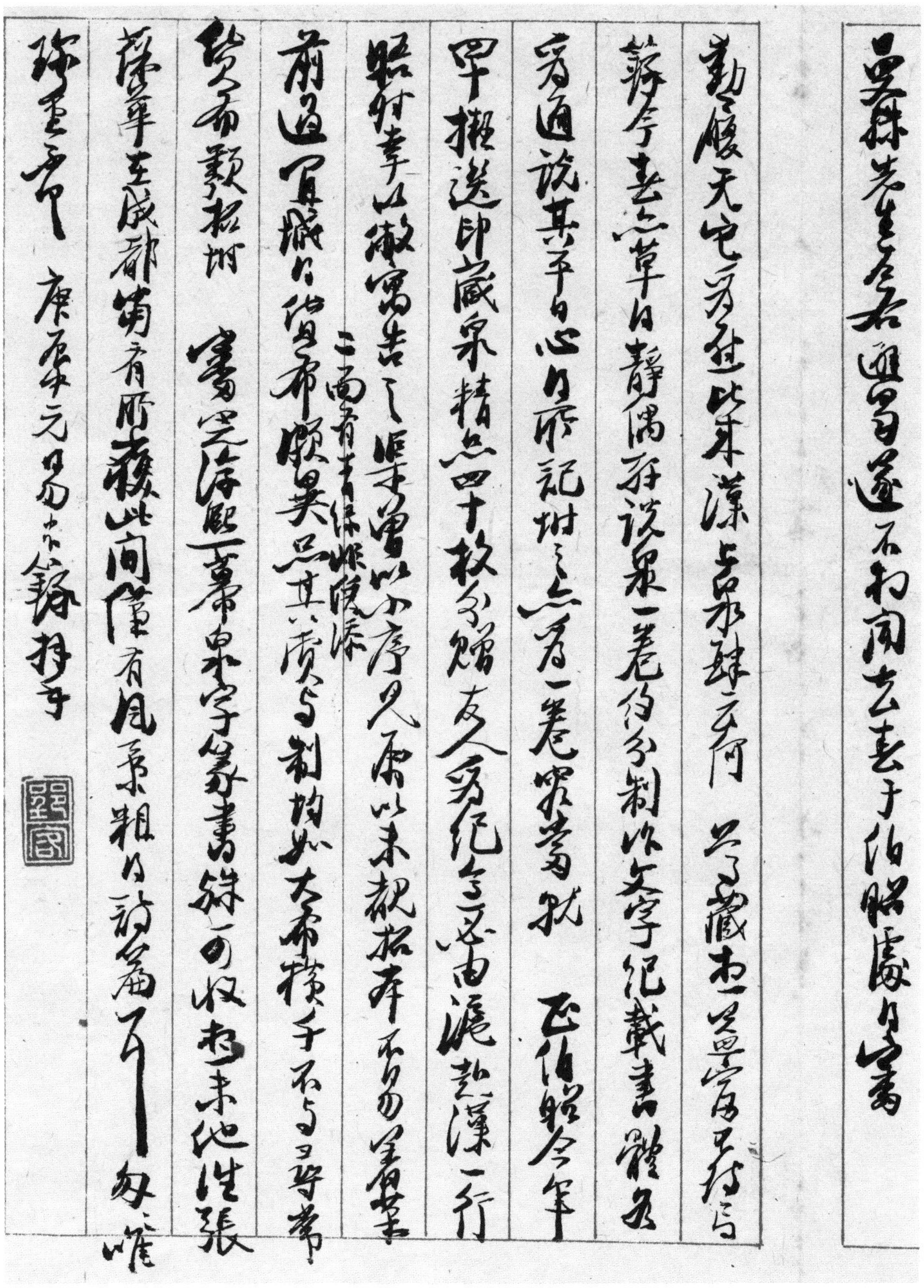

〇七八　致曼殊（二）

曼殊先生左右：避蜀遂不相聞，去春于伯昭處得審動履無它爲慰。比來漢上泉肆云何？尊藏想益富，不待言。籙今春亦草得《靜偶軒說泉》一卷，約分制作、文字、紀載、書體，各爲通說。其平日心得所記坿之，亦爲一卷，容當就正。伯昭今年四十，擬選印藏泉精品四十枚分贈友人爲紀念，必由滬赴漢一行。晤時幸以敝寓告之，渠曾以小序見屬，以未覩拓本，不易着筆。前過宜城，得貨布頗異（二面有青綠，非僞添），品其質与制均如大布橫千，不与尋常貨布類，拓坿審定。淳熙幕泉字篆書，殊可收。想未他往。張葆華在成都，當有所獲。此間僅有風景，粗得詩篇耳。匆匆，唯珍重不具，庚辰中元，易忠籙拜手。

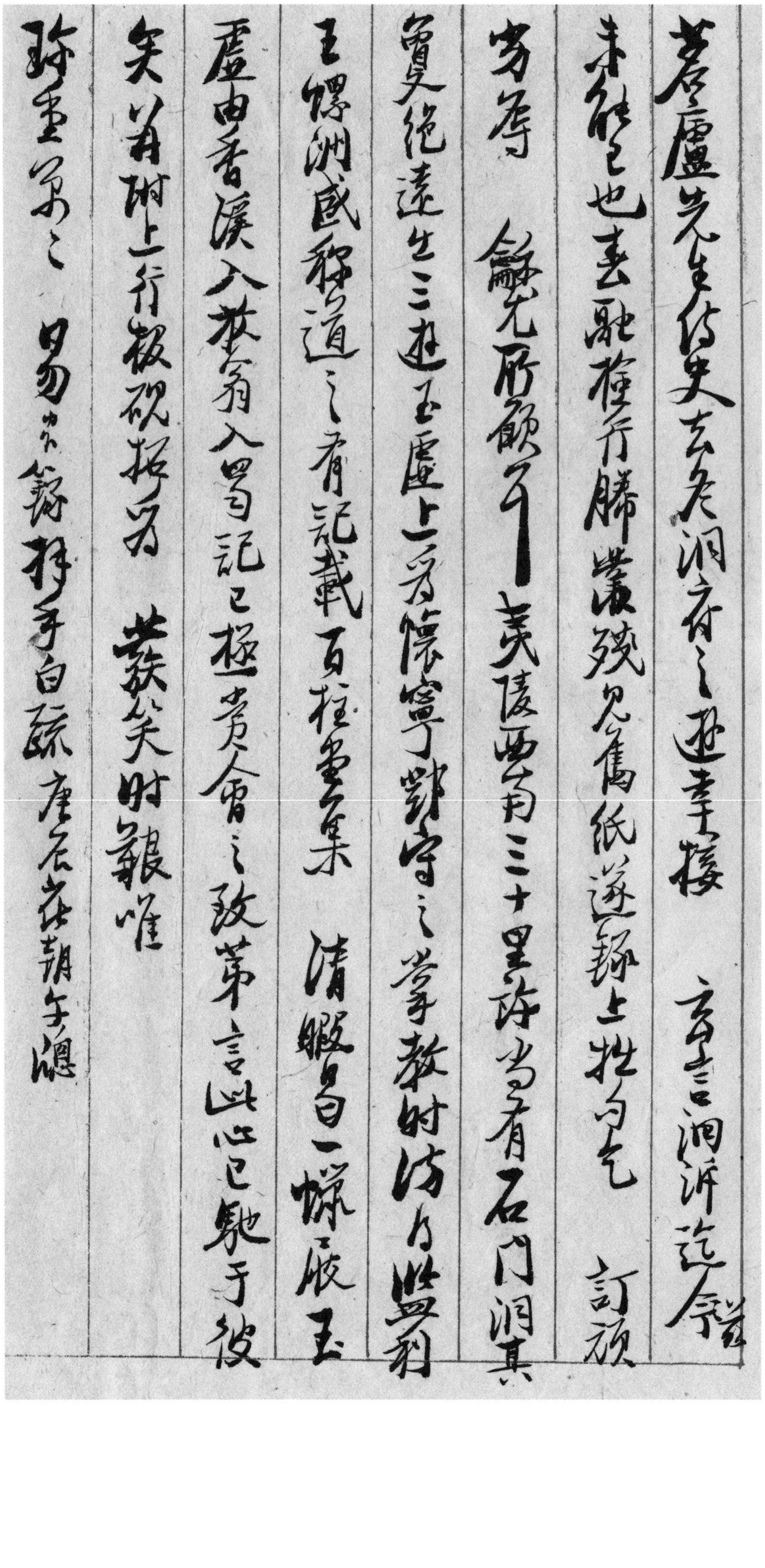

○七九　致茗廬

茗廬先生侍史：去冬洞府之遊，幸接玄言，洄泝迄茲，未能已也。春融檢行縢叢殘，見舊紙，遂録上拙句，乞訂頑劣，辱龢尤所願耳。夷陵西南三十里許，尚有石門洞，其夐絕遠出三遊、玉虛上。爲懷寧鄧守之掌教時訪得，監利王螺洲盛稱道之，有記載《百柱堂集》，清暇曷一蠟屐？玉虛由香溪入，放翁《入蜀記》已極賞會之致。茀言，此心已馳于彼矣。并坿上行极硯拓爲發笑。時艱，唯珍重萬萬。易忠籙拜手白疏。庚辰花朝午牕。

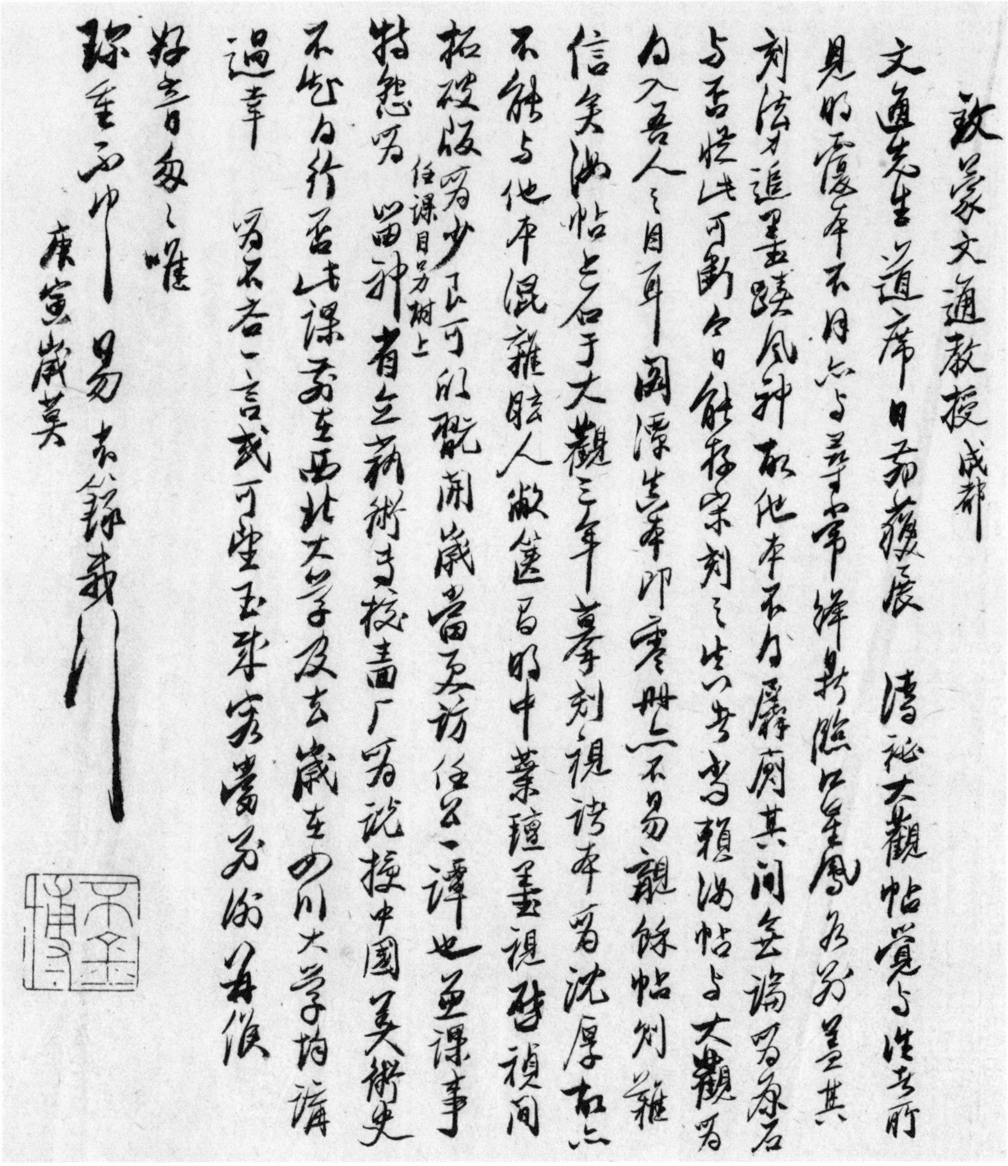

○八○　致蒙文通［一］

致蒙文通教授　成都

文通先生道席：日前獲展清秘《大觀帖》，覺与往者所見明覆本不同，亦与尋常《絳》《鼎》《臨江》《星鳳》各别。蓋其刻法力追墨蹟風神，故他本不得羼厠其間。無論爲原石与否，從此可斷今日能存宋刻之真者，當賴《汝帖》与《大觀》爲得入吾人之目耳。《閣》《潭》真本即零册亦不易覯，餘帖則難信矣。《汝帖》上石于大觀三年，摹刻視諸本爲沈厚，故亦不能与他本混雜眩人。敝篋有明中葉氈墨，視啓、禎間拓破版爲少，良可欣翫。開歲當更訪任公一譚也。兼課事特懇爲留神任課目另坿上。省立藝術專校畜厂爲説授中國美術史，不知得行否？此課前在西北大學及去歲在四川大學均講過，幸爲不吝一言，或可望玉成。容當別謝，并候好音。匆匆，唯珍重不具。

易忠籙載拜。庚寅歲莫。

【注釋】

［一］蒙文通（一八九四—一九六八年），名尔達，字文通。四川鹽亭人。著名史學家、上古史專家。

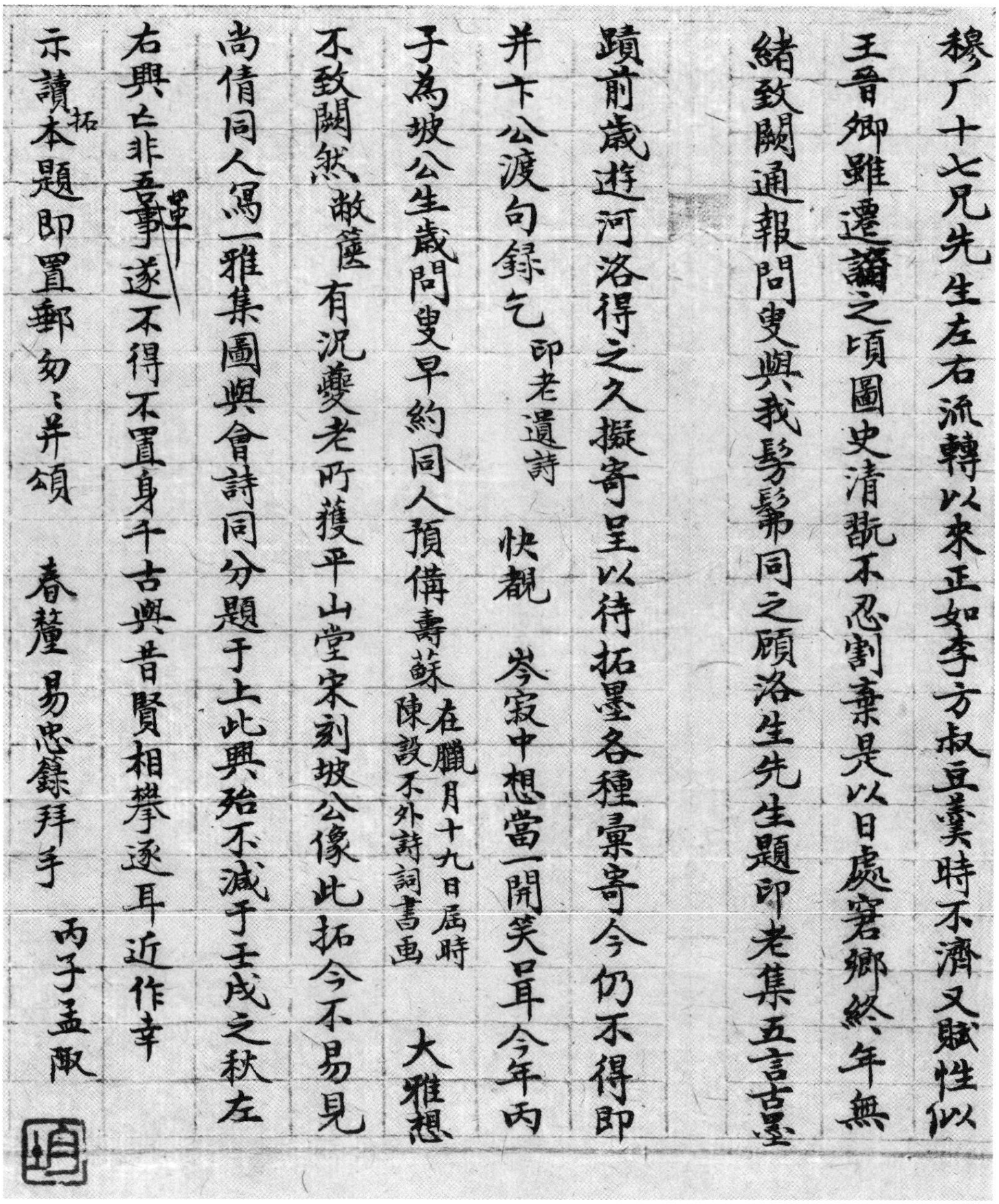

○八一　致穆厂（一）

穆厂[一]十七兄先生左右：流轉以來，正如李方叔豆羹時不濟，又賦性似王晉卿，雖遷謫之頃，圖史清翫，不忍割棄。是以日處窘鄉，終年無緒，致闕通報。問叟與我髣髴同之。頤洛生先生題印老集五言古墨蹟，前歲遊河洛得之，久擬寄呈，以待拓墨各種彙寄。今仍不得，即并《卞公渡》句録乞印老遺詩快覩，岑寂中想當一開笑口耳。今年丙子爲坡公生歲，問叟早約同人預備壽蘇在臘月十九日，届時陳設不外詩詞書畫，大雅想不致闕然。敝篋有況夔老所獲平山堂宋刻坡公像，此拓今不易見，尚倩同人寫一雅集圖，與會詩同分題于上，此興殆不減于壬戌之秋。左右興亡非吾輩事，遂不得不置身千古，與昔賢相攀逐耳。近作幸示讀，拓本題即置郵。匆匆，并頌春釐。

易忠籙拜手。丙子孟陬。

【注釋】

［一］穆厂即程康，生卒不詳。乃程千帆之父。

○八二　致穆厂（二）

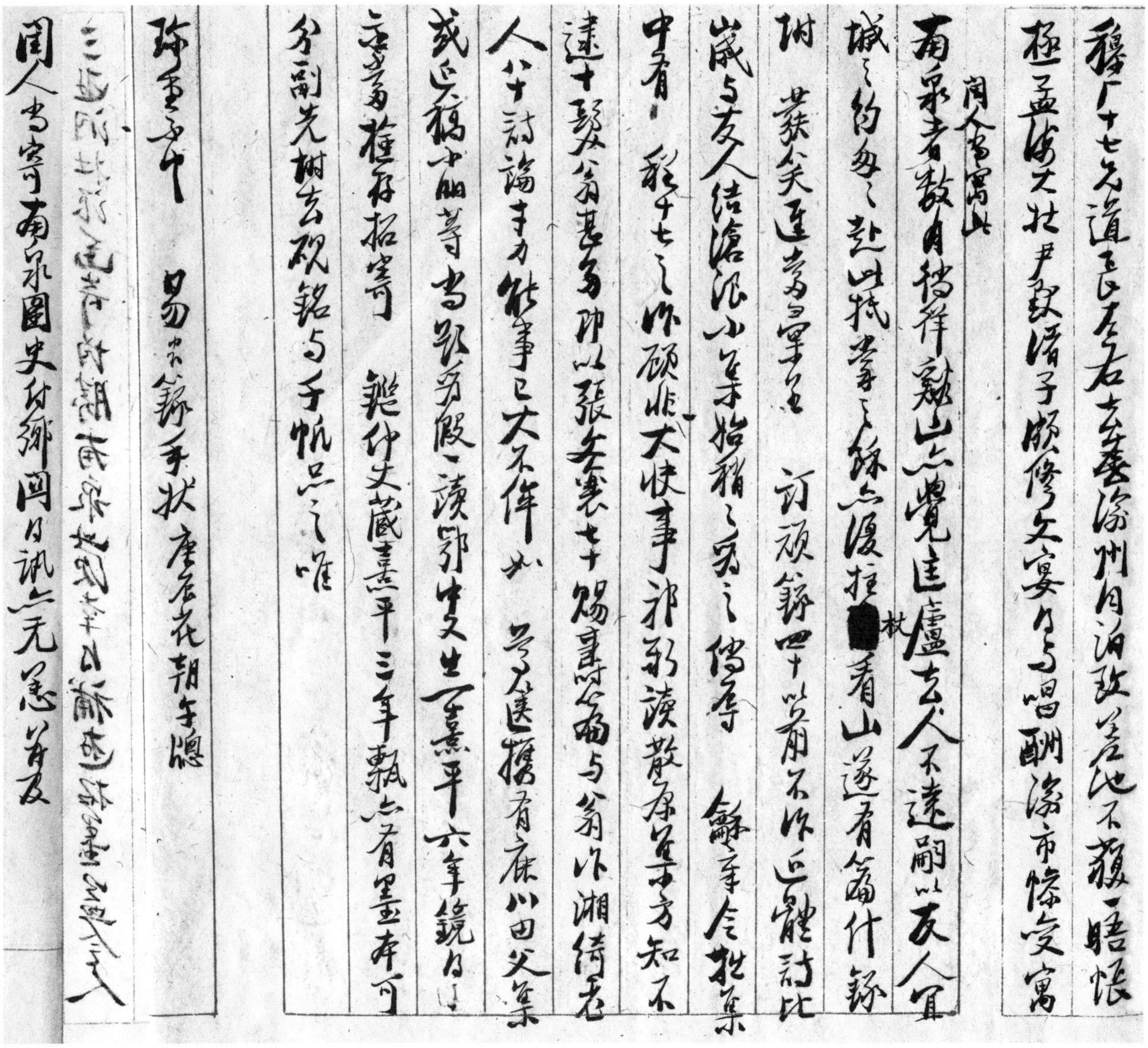

穆厂十七兄道長左右：去春渝州同泊，致差池不獲一晤，悵極。孟海、大壯、尹默諸子頗修文宴，得與唱酬。渝市慘變，寓南泉者閏人尚寓此數月，徜徉谿山，亦覺匡廬去人不遠。嗣以友人宜城之約，匆匆赴此，抵掌之餘，亦復拄杖看山，遂有篇什，録坿發笑，遲當彙呈訂頑。録四十以前不作近體詩，比歲與友人結滄浪小集，始稍稍爲之。倘辱緐章，令拙集中有程十七之作，頋非大快事耶？新讀散原集，方知不逮十髪翁甚多，即以《張文襄七十賜壽篇》与翁作《湘綺老人八十詩》，論才力能事已大不侔。如尊篋携有鹿川田父集或近稿小册等，尚欲爲假一讀。鄂中又出一熹平六年鏡，得示當檢存拓寄鑑。仲丈藏熹平三年甎，亦有墨本可分副，先坿去硯銘與千帆品之。唯珍重不具　易忠籙手狀，庚辰花朝午牕。

閏人尚寄南泉，圖史付鄉關，得訊亦無恙。并及。

〇八三　致穆厂（三）

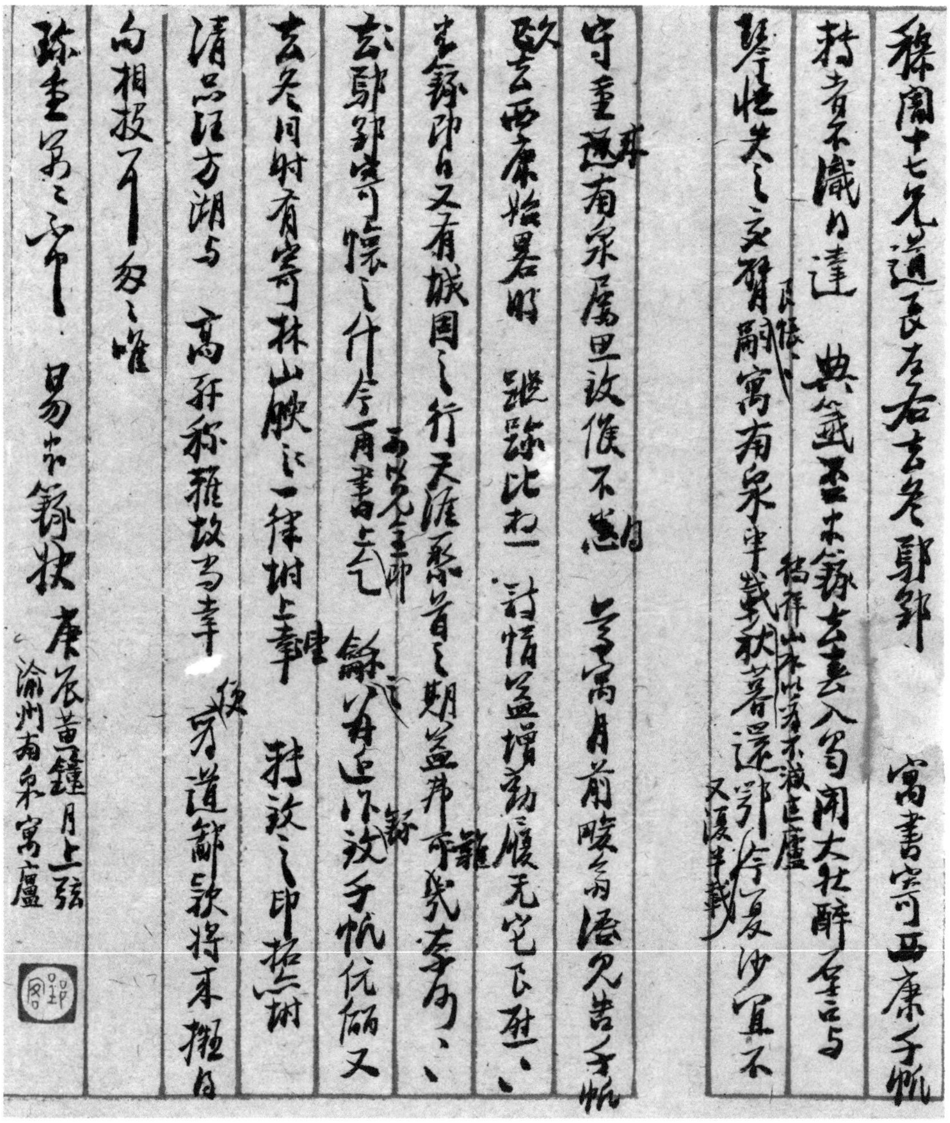

穆闇十七兄道長左右：去冬鄢郢寓書寄西康千帆[一]轉者，不識得達典籤否？忠簶去春入蜀，聞大壯、醉石言，与琴從失之交臂，良悵良悵。嗣寓南泉半載徜徉山水，以爲不減匡廬，秋暮還鄂，又復半載。今夏沙宜不守，重來南泉，屢思致候，不得尊寓。月前畯齋見告，千帆久去西康，始畧明蹤跡。比想詩情益增，動履無它，良慰良慰。忠簶即日又有城固之行，天涯聚首之期，益弗難幾，奈何奈何！鄢郢寄懷之什，今再書上，可以見全，即乞龢之。并近作録致千帆伉儷。又，去冬同時有寄林山腴一律坿上，望轉致之。印拓亦坿清品。汪方湖[二]与高軒稱難故，尚幸便爲道鄙欵，將來擬得句相投耳。匆匆，唯珍重萬萬。不具。易忠簶狀。庚辰黄鐘月上弦。渝州南泉寓廬。

【注釋】

［一］千帆即程千帆（一九一三—二〇〇〇年），湖南長沙人。中國當代著名學者、國學大師。著有《校讎廣義》《史通箋記》《兩宋文學史》等。

［二］汪方湖即汪辟疆（一八八七—一九六六年），江西彭澤人。中國現代著名學者、目録學家、藏書家。著有《光宣詩壇點將録》《近代詩人述評》等。

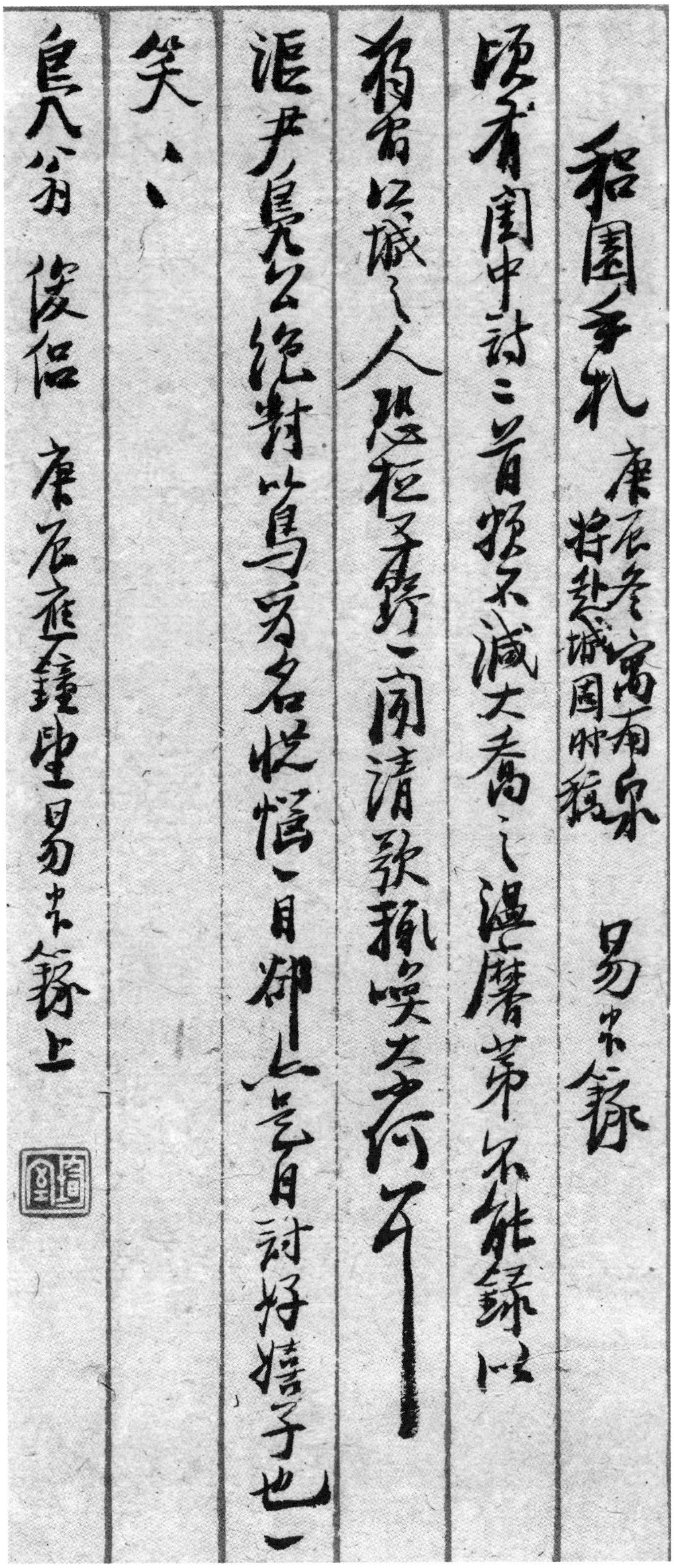
稻園手札　庚辰冬寓南泉將赴城固時稿　易忠籙
頃有閩中詩二首頗不減大喬之温馨弟不能録以
似獨宿江城之人恐桓子野一聞清歌輒喚奈何耳
漚尹皃公絶對以鳥爲名從惱一目卻亦是自討好嬉子也一
笑一笑
皃翁俊侶　庚辰應鐘望易忠籙上

○八四　致潘伯鷹

稻園手札　庚辰冬寓南泉將赴城固時稿　易忠籙

頃有閩中詩二首，頗不減大喬之温馨。弟不能録，似獨宿江城之人，恐桓子野一聞清歌，輒喚奈何耳。漚尹、皃公絶對，以鳥爲名，從惱一目，卻亦是自討好嬉子也。一笑，一笑。

皃翁俊侶。庚辰應鐘望。易忠籙上。

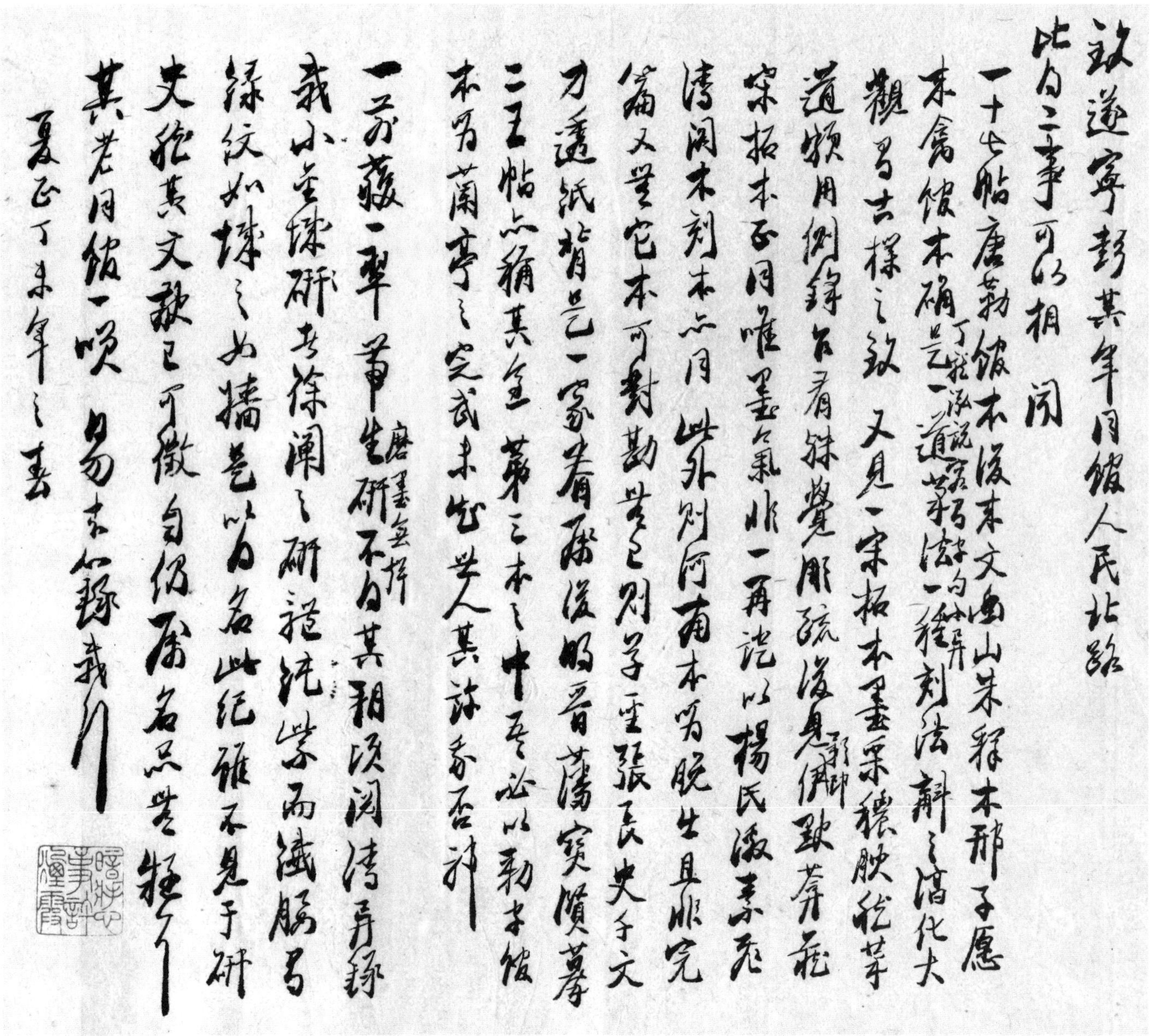

○八五　致彭其年

致遂寧彭其年同館　人民北路

比得二事，可以相聞：

一、《十七帖》唐勒館本，後來文衡山朱釋本、邢子愿來禽館本，确是一道筆法丁龍泓説容有字句小異，一種刻法，斠之《涫化》《大觀》，有古樸之致。又見一宋拓本，墨采穠腴，然筆道頗用側鋒，乍看殊覺彫疏。後見影印伊默莽藏宋拓本正同，唯墨氣非一。再證以楊氏激素飛清閣木刻本，亦同。此外則河南本爲晚出，且非完篇，又無它本可對勘。無已，則草聖張長史《千文》力透紙背，是一家眷屬。後明晉藩寶賢摹二王帖亦稱其意。第三本之中，吾必以『勑』字館本爲《蘭亭》之定武，未知世人其許我否耶？

一、前獲一翠帶生研（磨墨無聲），不得其朔。頃閲《清異録》載小金城者，徐闈之研。體純紫而纖腰有録紋，如城之女牆，是以得名。此紀雖不見于研史，然其文獻已可徵，自仍屬名品無疑耳。

其老同館一咲，易忠籙載拜。

夏正丁未年之春。

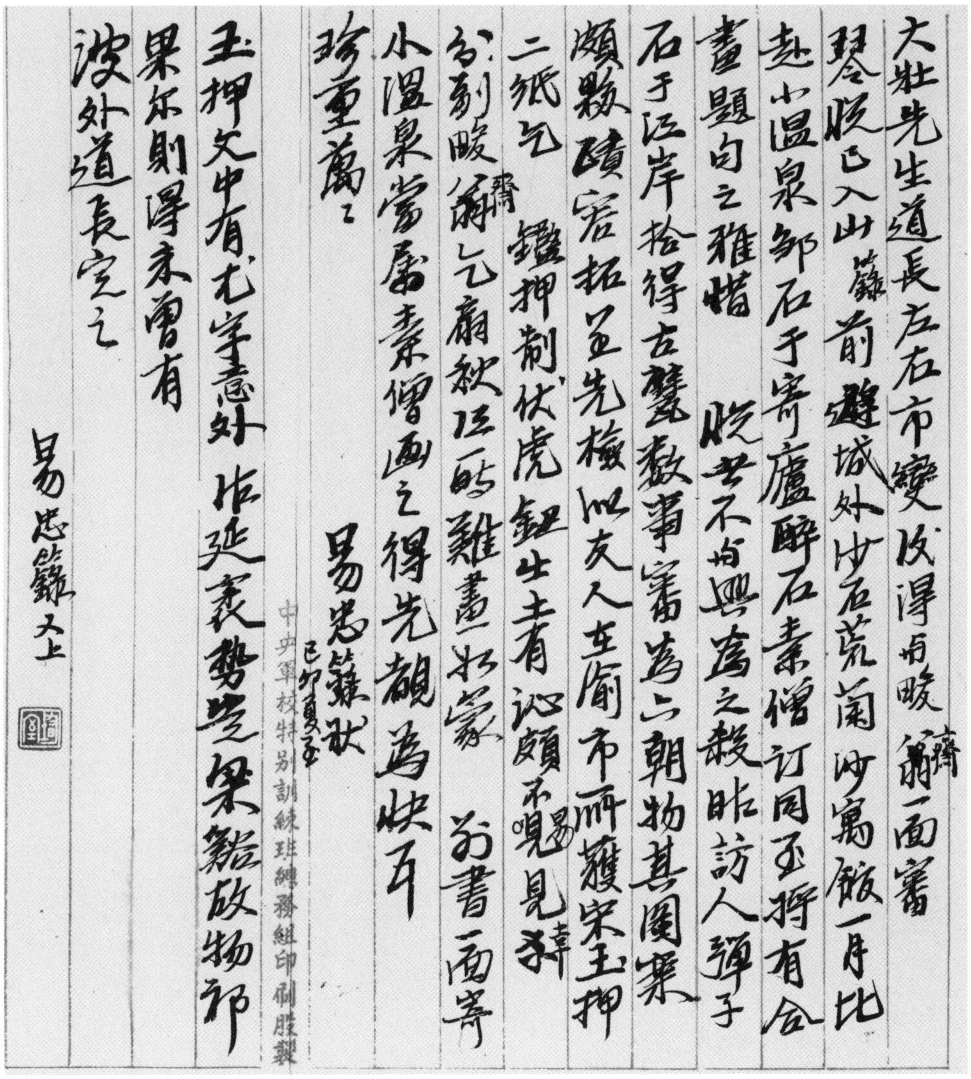
大壯先生道長左右市變後得與晙齋一面審
琴從已入山籙前避城外沙石荒蘭沙寓館一月比
赴小温泉鄒石于寄廬醉石素僧訂同至將有合
畫題句之雅惜從者不与與爲之殺昨訪人彈子
石于江岸拾得古甓數事審爲六朝物其圖案
頗夥蹟容拓呈先檢似友人在渝市所獲宋玉押
二紙乞鑑押制伏虎鈕出土有沁頗不易見幸
分副晙齋乞扇秋江一時難畫如蒙別書一面寄
小温泉當屬素僧畫之得先睹爲快耳
珍重萬萬易忠籙狀
己卯夏至
中央軍校特别訓練班總務組印刷股製
玉押文中有尤字意外作延衮勢豈梁谿故物耶
果爾則得未曾有
波外道長定之
易忠籙又上

〇八六　致喬大壯（一）

大壯先生道長左右：市變後得與晙齋一面，審琴從已入山。籙前避城外沙石荒蘭沙寓館一月，比赴小温泉鄒石于寄廬。醉石、素僧訂同至，將有合畫題句之雅，惜從者不与，興爲之殺。昨訪人彈子石，于江岸拾得古甓數事，審爲六朝物，其圖案頗夥，蹟容拓呈。先檢似友人在渝市所獲宋玉押二紙，乞鑑。押制伏虎鈕，出土有沁，頗不易見，幸分副晙齋。乞扇秋江一時難畫，如蒙別書一面，寄小温泉，當屬素僧畫之，得先睹爲快耳。珍重萬萬。易忠籙狀。己卯夏至。

玉押文中有『尤』字，意外作延衮勢，豈梁谿故物耶？果爾，則得未曾有。波外道長定之。易忠籙又上。

○八七　致喬大壯（二）

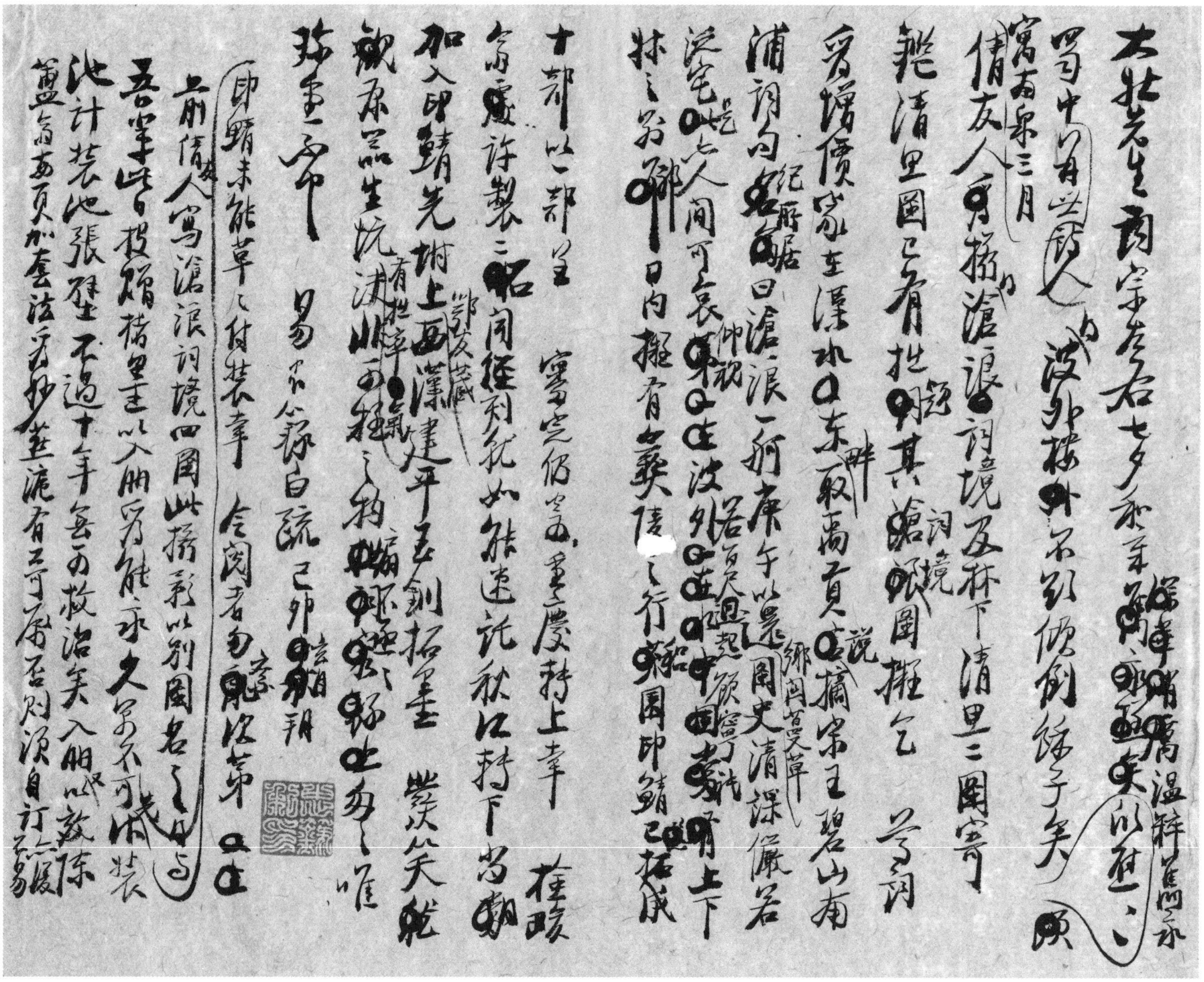

大壯先生詞宗左右：七夕和章，温粹雋永。蜀中詩人，并世得波外樓，不欲傾倒餘子矣。欣慰欣慰。寓南泉三月，倩友人攝得滄浪詞境及林下清思二圖，寄鑒。清思圖已有拙題，其詞境圖擬乞尊詞爲增價。家在漢水東畔，取《禹貢》説，摘宋王碧山《南浦》詞句紀所居曰『滄浪一舸』。庚午以還，鄉關蔓草，圖史清課，儼若泛宅，是亦人間可哀。仰視波外，若百尺迥起，顧寧袛上下牀之別耶？日内擬有彝陵之行，《稆園印鯖》已拓成十部，以一部呈審定，仍寄重慶轉上，幸檢。畯齋許製二石，聞經刻就，如能速託秋江轉下，尚得加入《印鯖》。先埘上鄂友藏西漢建平玉釧拓墨發笑，原器生坑，有拙率氣，決非可疑之物。扇不亟亟。匆匆，唯珍重。不具。易忠籙白疏，己卯玄月朔。

前倩友人寫《滄浪詞境》四圖，此攝影以別圖名之。《印鯖》未能草草付裝，幸令閲者勿紊次第。得与吾輩此日投贈楮墨以入册，爲能永久，萬不可先作裝池計。裝池張壁不過十年，無可救治矣。入册又以效陳簠齋每頁加套法爲妙。燕、滬有工可屬，否則須自訂，亦復不易。

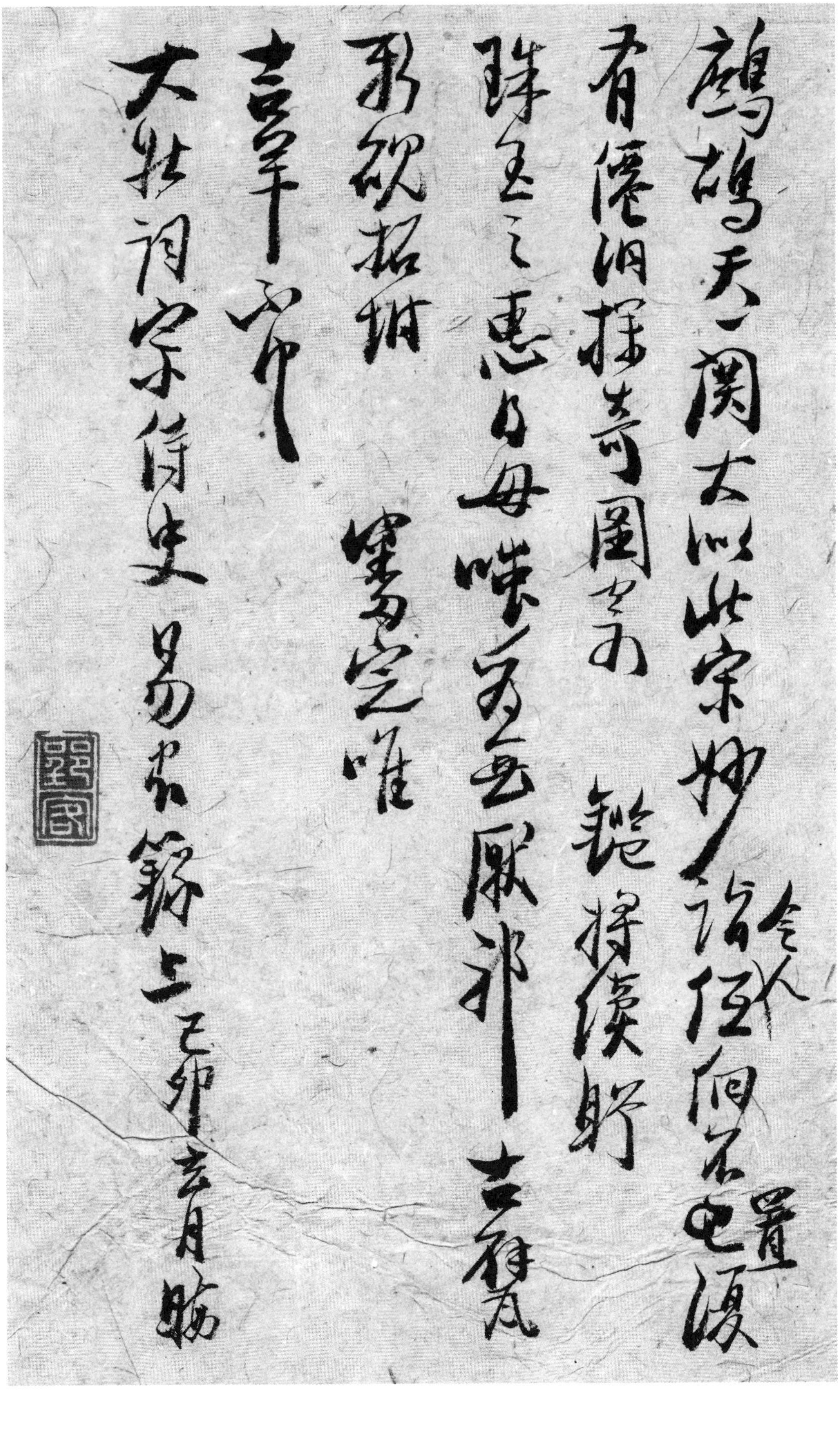

《鷓鴣天》一闋，大似北宋妙詣，令人低佪不置。復有《僊洞探奇圖》寄鑑，將續昑珠玉之惠，得毋嗤爲無厭耶？古甓新硯拓坿審定。唯吉羊。不具。

大壯詞宗侍史。易忠籙上。己卯玄月晦。

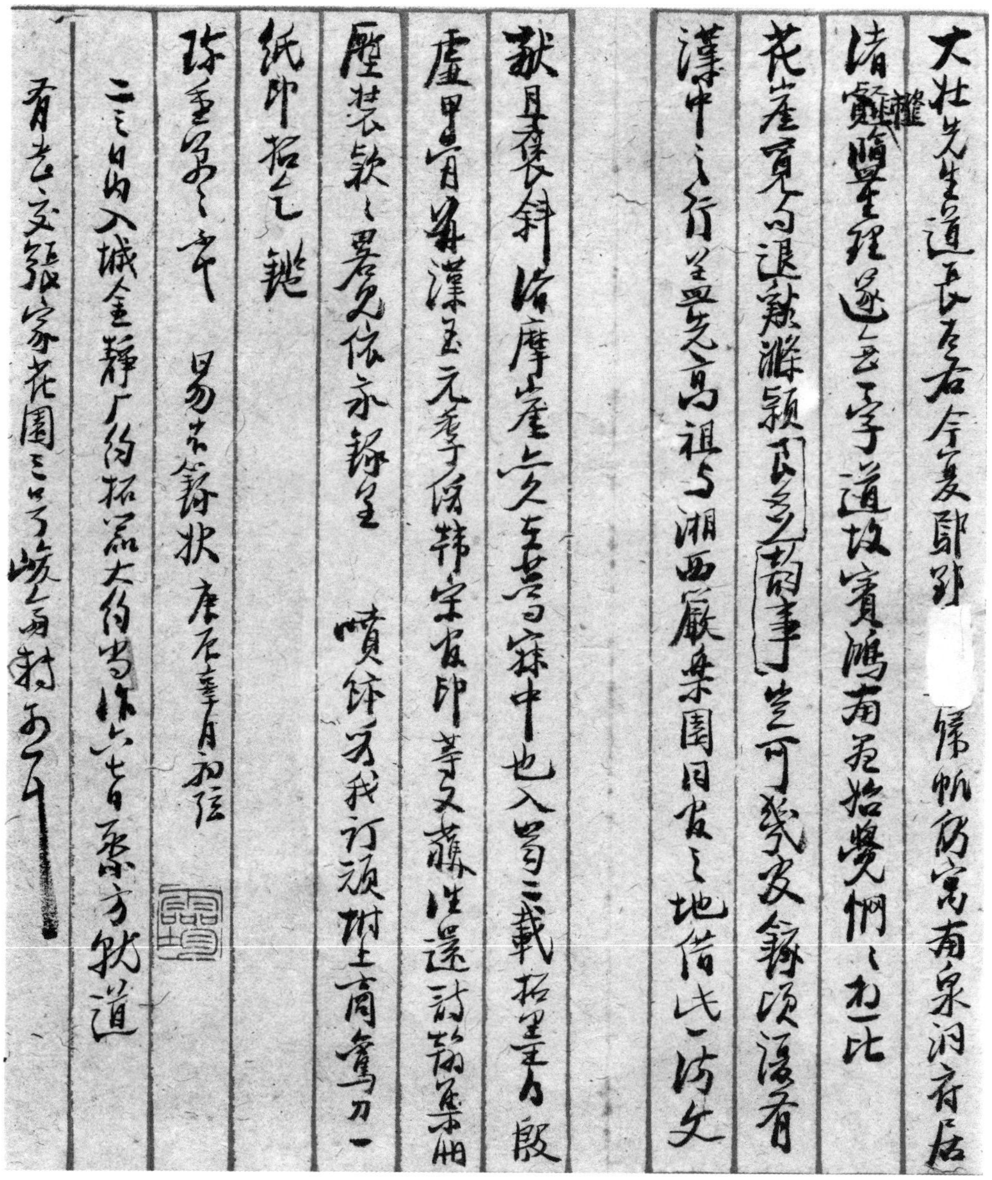

○八八　致喬大壯（三）

大壯先生道長左右：今夏鄢郢歸帆，仍寓南泉。洞府居諸，韃鹽生理，遂無一字道故，賓鴻南懸，始覺惘惘。想比花崖覓句，退谿滁潁，韵事良多，豈可幾及。籙頃復有漢中之行，蓋先高祖與湘西嚴樂園同官之地，借此一訪文獻。且褒斜諸摩崖，亦久在夢寐中也。入蜀二載，拓墨得殷虛甲骨并漢玉、元季僞韓宋官印等，又獲往還詩翰集册，壓裝欸欸，略見依永。録呈噴飰，爲我訂頑。坿上商鸞刀一紙印拓，乞鑑。珍重萬萬。不具。易忠籙狀。庚辰辜月初弦。

二三日内入城，金靜厂[一]約拓器，大約尚作六七日聚方就道。有書交張家花園三號，峻齋轉可耳。

【注釋】

［一］金靜厂即金毓黻（一八八七—一九六二年），又名毓紱，號靜庵。遼寧遼陽人。中國現代著名史學家。著有《中國史學史》《宋遼金史》等。

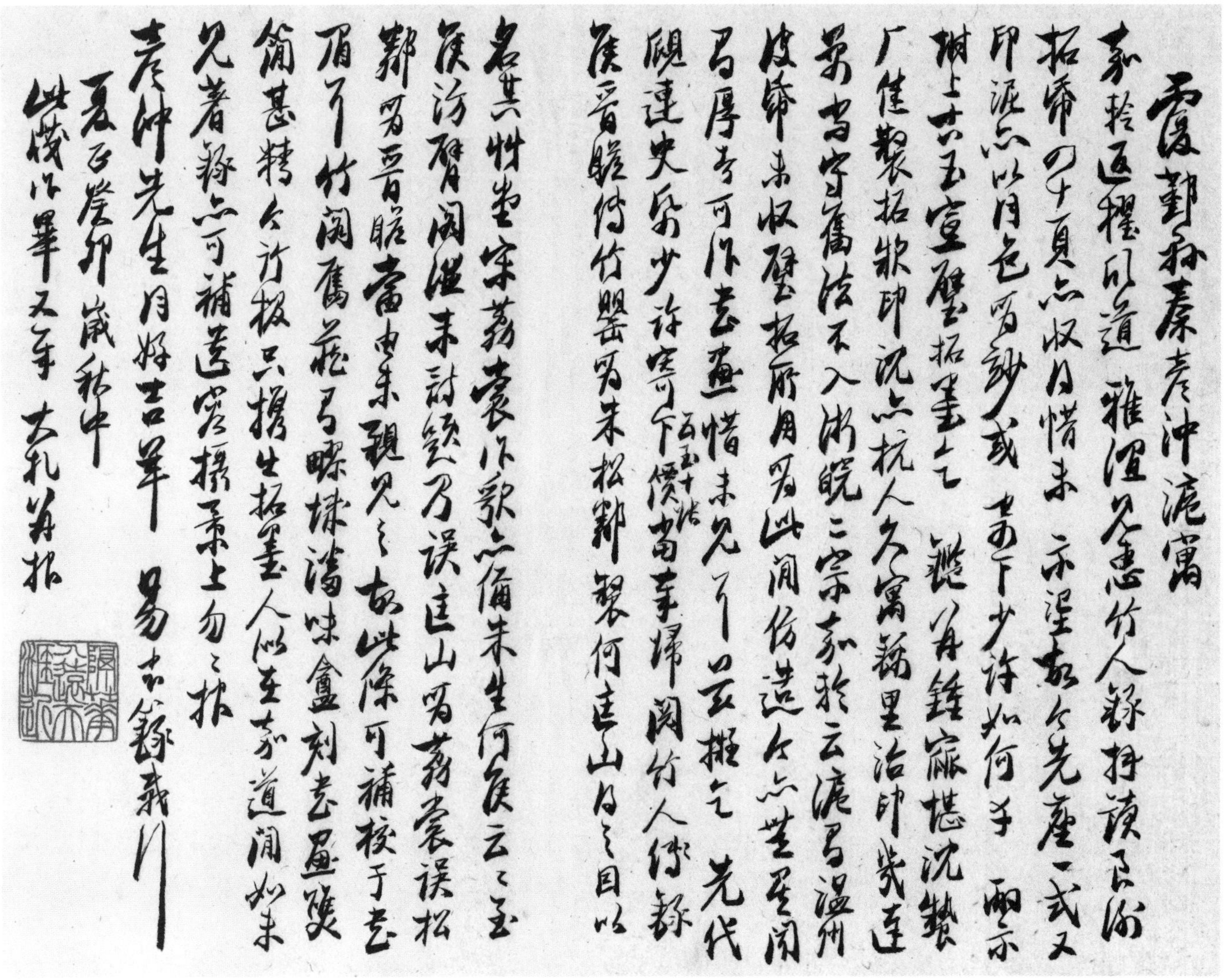

○八九　致秦彥沖（一）

覆鄞縣秦彥沖滬寓

嘉軨返櫂，欣道雅誼，見惠《竹人録》，拜讀，良謝。拓紙四十頁亦收得，惜未示浧，故今先塵一式。又印泥亦以同色爲妙，或寄下少許如何？幸酌示。埘上古玉宣璧拓墨，乞鑑。并鍾瓻堪、沈蟄厂佳製拓欵印。沈亦杭人，久寓錦里，治印幾達萬，尚守舊法，不入浙、皖二宗。嘉軨云，滬有温州皮帋，未收。璧拓所用爲此間仿造，今亦無矣。聞有厚者，可作書畫，惜未見耳。茲擬乞先代硯連史帋少許寄下（五至十張），價當奉歸。閱《竹人録·侯晉瞻傳》，竹罌爲朱松鄰製，何匡山得之，因以名其艸堂。宋荔裳作歌亦僞朱生何侯云云。至侯汸《劈閣譜》末詩題乃誤匡山爲荔裳，誤松鄰爲晉瞻，當由未親見之故，此條可補校于書眉耳。竹閣舊藏有疁城潘味龕刻書畫雙簡，甚精，今行极只携出拓墨。人似在嘉道間，如未見著録，亦可補遺，容攝景上。匆匆報。彥沖先生同好吉羊。易忠籙載拜。夏正癸卯歲秋中。此牋作畢，又奉大札，并報。

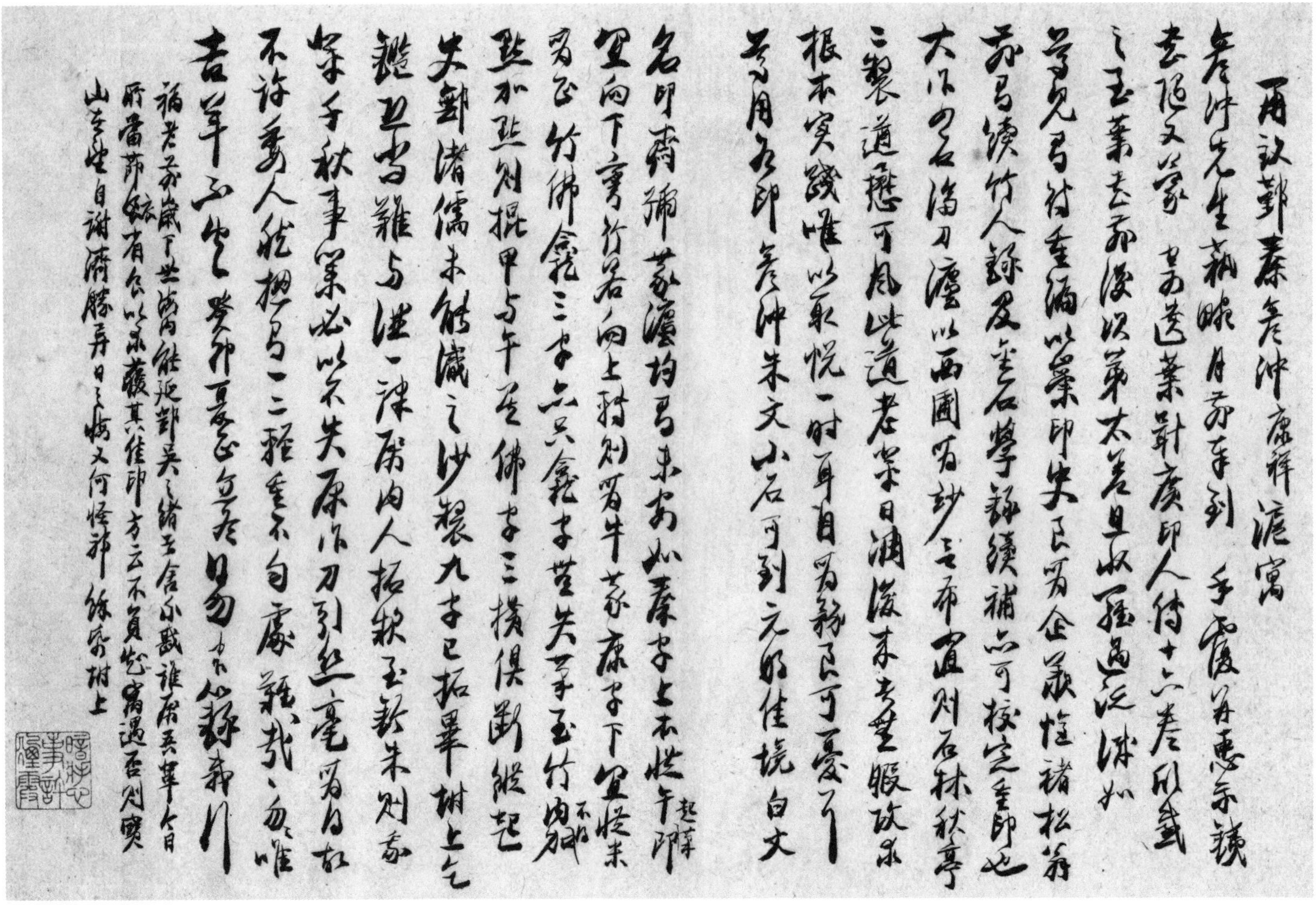

○九○　致秦彥沖（二）

再致鄭秦彥沖（康祥）滬寓

彥沖先生萩畹：月前奉到手覆，并惠示鋏書，隨又蒙寄遺葉卧《廣印人傳》十六卷，欣感之至。葉書前後次第太差，且收羅過泛，誠如尊見，有待重編，以崇印史，良爲企羨。憶褚松翁[一]前有《續竹人録》及《金石學録續補》，亦可校定重印也。大作四石，論刀灋，以『西圃』爲紗；言布置，則『石林』『秋亭』二製，遒懋可風。此道老輩日凋，後來者無暇攻求，根本實踐，唯以取悦一時耳目爲務，良可憂耳。尊用各印，『彥沖』朱文小石可到元明佳境，白文名印、齋號篆灋均有未安。如『秦』字上本從午，起筆即宜向下彎行，若向上轉則爲牛。篆『康』字下宜從米爲正。『竹佛龕』三字亦只『龕』字無失筆，至『竹』内不得加點，加點則掍甲與午矣。『佛』字三横俱斷，縱起史、鄦諸儒，未能識之。沙製九字已拓畢，埘上乞鑑，恐尚難與譜一律。屬内人拓欵，至鈐朱則我輩千秋事業，必以不失原作刀引絲毫爲得，故不許委人。然揔有一二輕重不勻處。難哉，難哉。匆匆，唯吉羊不具。癸卯夏正立冬。易忠籙載拜。

福老前歲下世，海内能延鄧、吳之緒者，舍介戡誰屬？吾輩今日所當節衣省食，以求獲其佳印，方云不負知遇。否則，寶山在望，自謝濟勝，异日之悔，又何怪耶？餘啎埘上。

【注釋】

[一] 褚松翁即褚德彝。

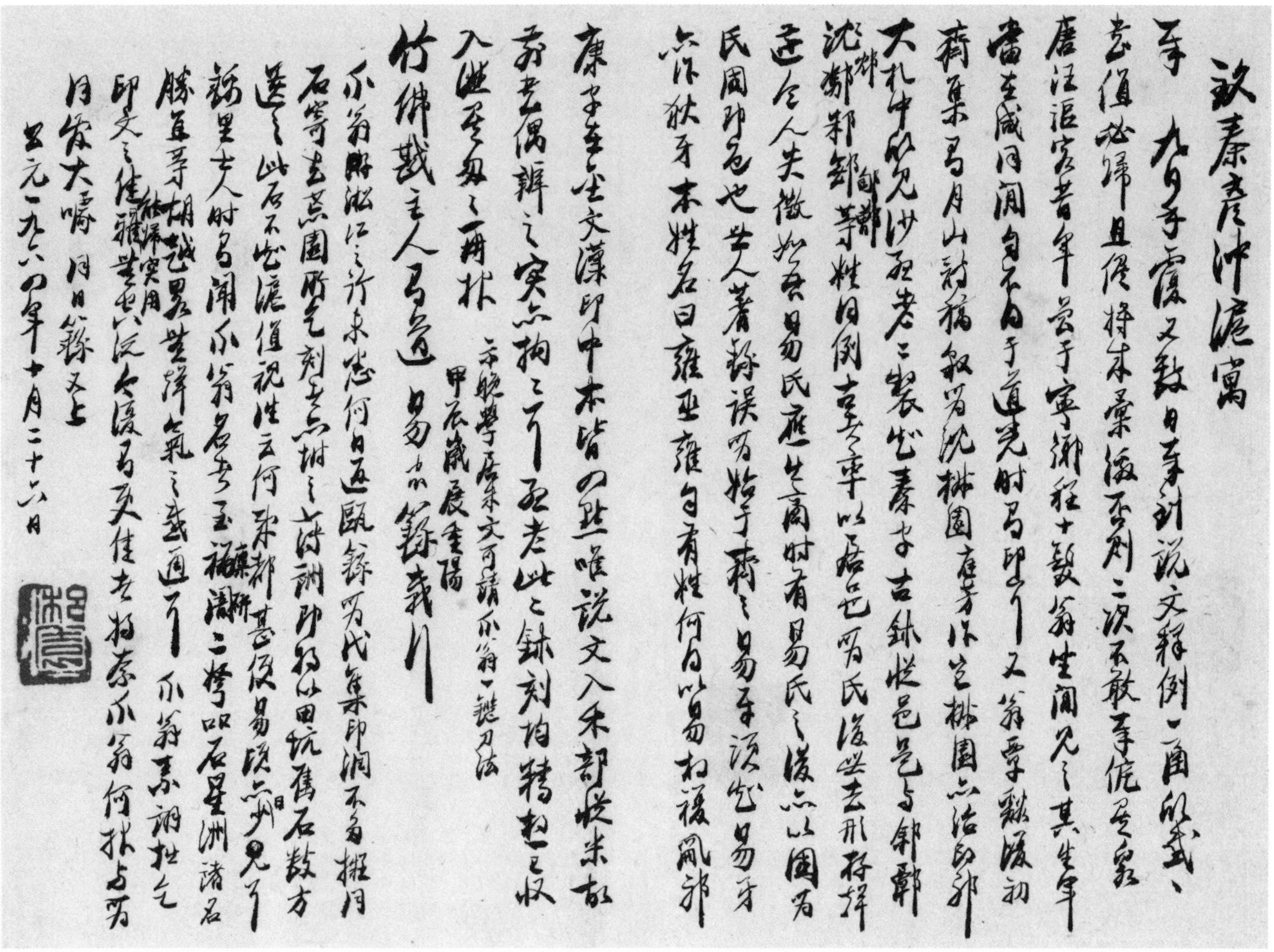

○九一　致秦彦沖（三）

致秦彦沖滬寓

奉九日手覆，又數日，奉到《説文釋例》一函，欣感欣感。書值必歸，且俟將來彙繳，否則二次不敢奉侂矣。泉唐汪滬客昔年曾于寧鄉程十髮翁坐間見之，其生年當在咸同間，自不得于道光時有印耳。又，翁覃谿《復初齋集》有《月山詩稿叙》，爲沈椒園（庭芳）作，豈椒園亦治印耶？大札中欣見沙孟老二製，知『秦』字古鉩從邑，是与『郐』『鄚』『郱』『鄹』『郱』『鄦』『郇』『鄫』等姓同例。古者率以居邑爲氏，後世去形存聲，遂令人失徵。如吾易氏應出商時有易氏之後，亦以國爲氏，國即邑也。世人著録誤爲始于齊之易牙，須知易牙亦作狄牙，本姓名曰雍巫，雍自有姓，何得以易相複亂耶？『康』字在金文、漢印中本皆四點，唯《説文》入禾部，從米，故前書偶辨之，實亦拘拘耳。孟老此二鉩刻均精，想已收入譜矣。匆匆再報。示『晚學居』朱文可請介翁一鑑刀法。竹佛戡主人有道。　甲辰歲展重陽。易忠籙載拜。

介翁淞江之行未悉何日返甌，籙爲代集印潤不多，擬同石寄去。荒園所乞刻者亦坩之薄詶，即特以田坑舊石數方遺之。此石不知滬值視往云何，成都甚便易，頃亦日少耳。錦里士人時有聞介翁名者，至福闍麋研、二弩、叩石、星洲諸名勝，直等胡越，畧無聲氣之感通耳。介翁素詡拙乞印文之佳，能歸實用，雅無空泛，今復有更佳者，將奈介翁何？報與爲同發大噱。同日籙又上。公元一九六四年十月二十六日。

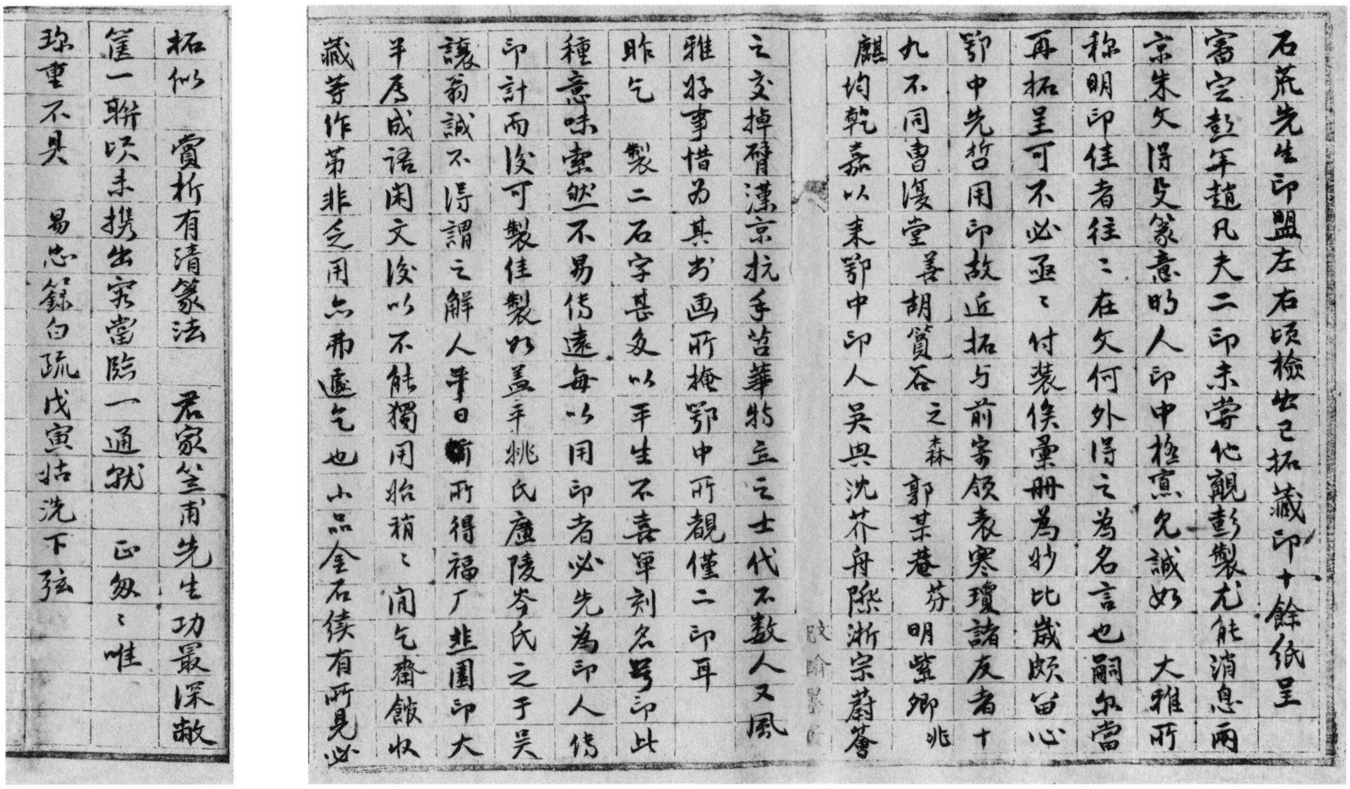

○九二一　致沙孟海（一）

石荒先生印盟左右：頃檢出已拓藏印十餘紙，呈審定。彭年、趙凡夫二印未嘗他覯，彭製尤能消息兩京，朱文得殳篆意，明人印中極寡見。誠如大雅所稱，明印佳者往往在文、何外得之，爲名言也。嗣尔當再拓呈，可不必亟亟付裝，俟彙册爲妙。比歲頗留心鄂中先哲用印，故近拓与前寄領表寒瓊諸友者十九不同。曹復堂善、胡質谷之森、郭某菴芬、明紫卿兆麟，均乾嘉以來鄂中印人。吴興沈芥舟際浙宗蔚薈之交，掉臂漢京，抗手苕華，特立之士，代不數人。又風雅好事，惜爲其書畫所掩。鄂中所覯，僅二印耳。昨乞製二石，字甚多，以平生不喜單刻名号印，此種意味索然，不易傳遠。每以用印者必先爲印人傳印計，而後可製佳製。如盖平姚氏、廬陵岑氏之于吴讓翁，誠不得謂之解人。平日所得福厂、韭園印，大半屬成語閑文，後以不能獨用，始稍稍閒乞齋館、收藏等作，茀非乏用，亦弗遽乞也。小品金石續有所見，必拓似賞析。有清篆法，君家笠甫先生功最深，敝篋一聯，頃未攜出，容當臨一通就正。匆匆，唯珍重不具。易忠籙白疏，戊寅姑洗下弦。

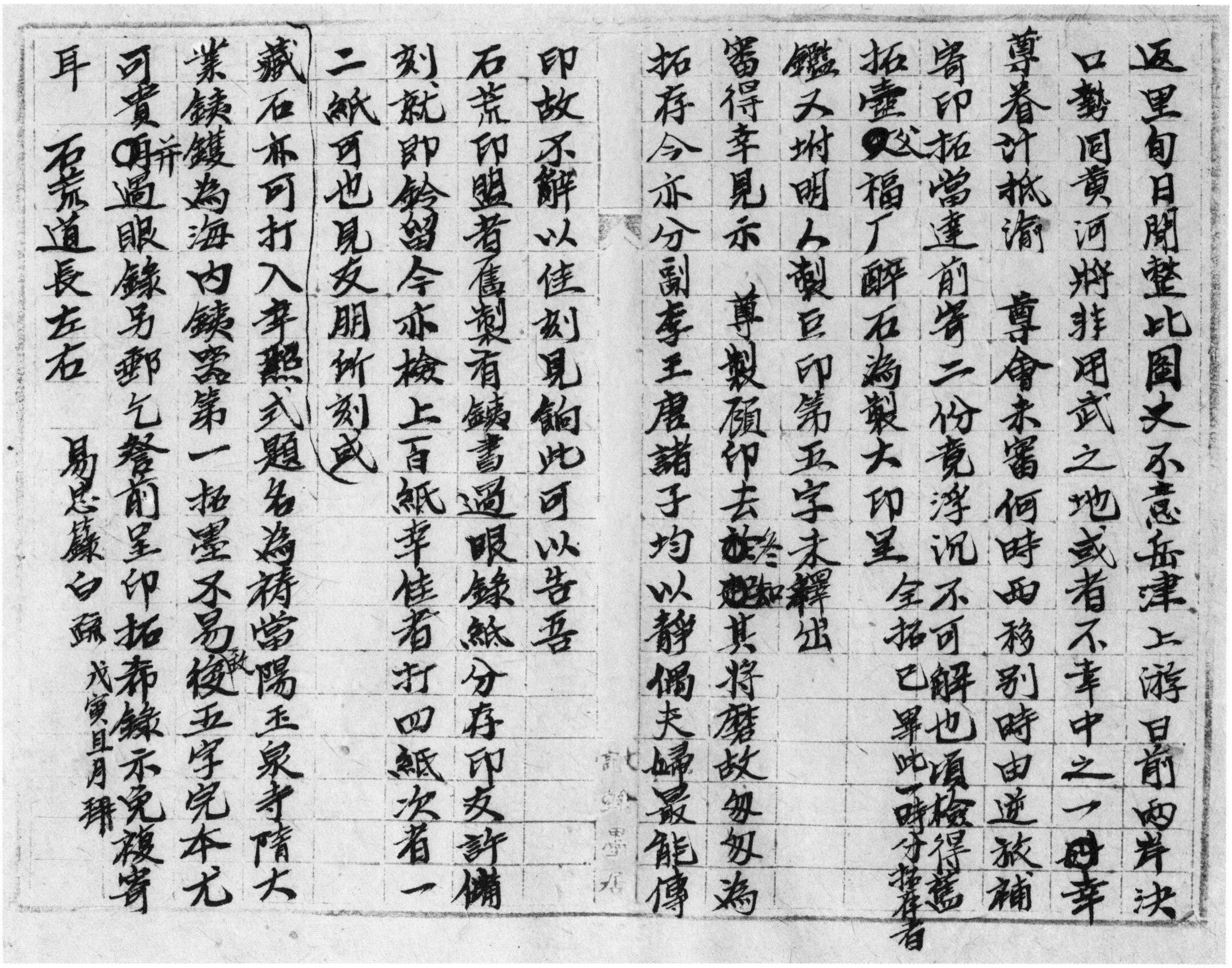

○九三　致沙孟海（一二）

返里旬日閒，整比圖史，不意岳津上游日前兩岸決口，勢同黄河，將非用武之地，或者不幸中之一幸。尊眷計抵滬，尊會未審何時西移？别時由逆旅補寄印拓，當達。前寄二份竟浮沉，不可解也。頃檢得舊拓壺父、福厂、醉石爲製大印全拓已畢，此一時分拓存者，呈鑑。又坿明人製巨印，第五字未釋出，審得幸見示。尊製顧印，去冬知其將磨，故匆匆爲拓存，今亦分副李、王、唐諸子。以靜偶夫婦最能傳印，故不辭以佳刻見餉，此可以告吾石荒印盟者。舊製有鋏書過眼録紙，分存印友許，備刻就即鈐留。今亦檢上百紙，幸佳者打四紙，次者一二紙可也。見友朋所刻或藏石亦可打入，幸照式題名爲禱。當陽玉泉寺隋大業鋏鑊爲海内鋏器第一，拓墨不易致，後五字完本尤可貴，并過眼録另郵，乞督。前呈印拓希録示，免複寄耳。石荒道長左右，易忠籙白疏，戊寅且月拜。

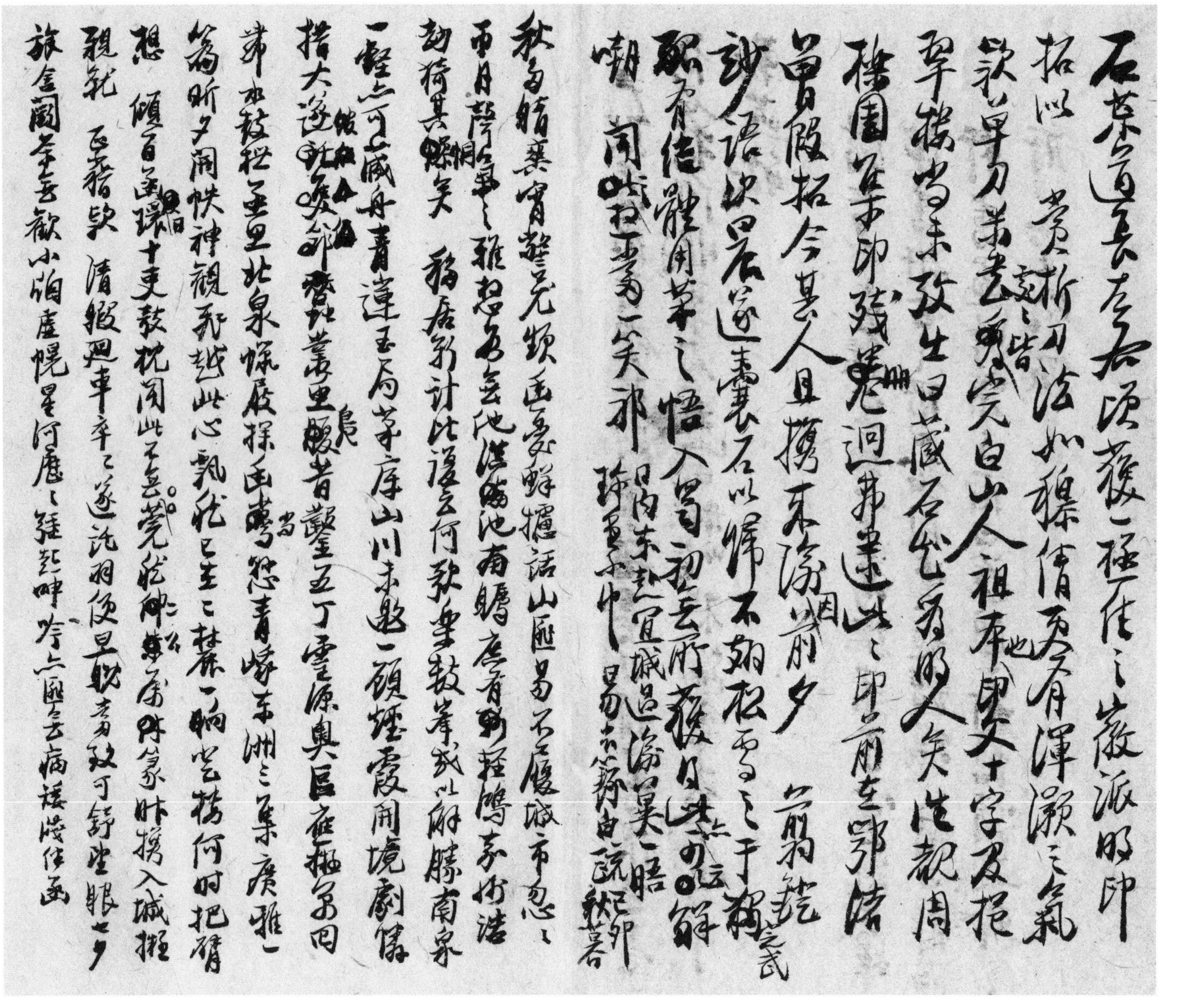

○九四　致沙孟海（三）

石荒道長左右：頃獲一極佳之徽派明印，拓似賞析。刀法如穆倩，更有渾灝之氣，欵單刀米書，處處皆完白山人祖本也。印文十字及挹翠樓尚未攷出，曰藏石，知爲明人矣。往覩周櫟園集印殘册，迴弗逮此。此印前在鄂渚曾假拓，今其人且携來渝，因前夕翦鐙紗語，次晨遂囊石以歸。不翅松雪之于定武，有結體用筆之悟。入蜀初無所獲，得此亦可云解嘲，聞之想當一笑耶。日内東赴宜城，過渝冀一晤。珍重不具，易忠籙白疏，己卯秋暮。

秋多晴爽，宵警尤頻。幽憂鮮攄，話山匪易。不履城市，忽忽帀月。聲氣之雅，想各無他。滇池南矚，庶有輕鴻。嘉州浩劫，猗其恫矣。移居新計，比復云何？歌樂数峰，或以僻勝。南泉一壑，亦可藏舟。青蓮玉局，筆房山川。未邀一顧，煙霞開境。劇憐措大，遂託隻筇。鼉叢魚梟，昔鑿五丁。靈源奥區，應擬萬回。帶水鼓枻，亟思北泉。蠟屐探幽，尚懸青峨。東洲三集，廣雅一篇。昕夕開帙，神觀飛越。此心飄然，已在二麓。一晌登樓，何時把臂？想傾百函，日環十吏。敧枕聞此，

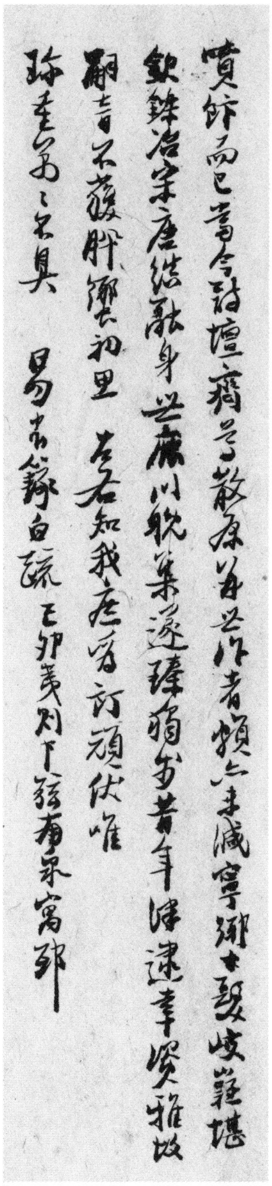

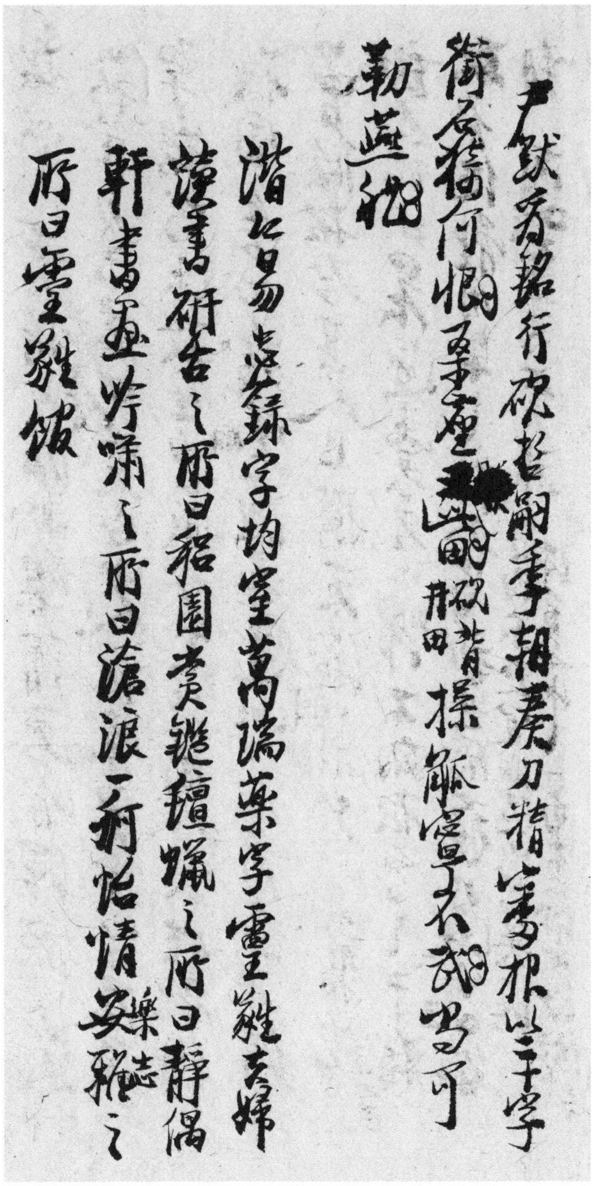

不無莞然。二公屬篆，昨携入城。擬親就正，藉欵清暇。廻車卒卒，遂托羽便。旦晚當致，可舒望眼。七夕旅舍，鬫茶無歡。小牕虚幌，星河歷歷。彊起呻吟，亦匪無病。矮牋伴函，噴飰而已。當今詩壇，齊尊散原。并世作者，頗亦未滅。寧鄉十髮，岐嶷堪欽。鑠冶宋唐，縝融身世。鹿川晚集，遂臻獨步。昔年津逮，幸資雅故。嗣音不獲，肹蠁初思。左右知我，庶爲訂頑。伏唯珍重萬萬。不具。易忠籙白疏。己卯夷則下弦。南泉寓邸。

尹默爲銘行硯，哲嗣季朝奏刀精審，報以二十字：

銜石猗何恨，桑塵□此田硯背井田。

操觚寧不武，尚可勒燕然。

潛江易忠籙字均室、萬瑞藥字靈蕤夫婦，讀書研古之所曰稆園，賞鑑氊蠟之所曰靜偶軒，書畫吟嘯之所曰滄浪一舸，怡情樂志之所曰靈蕤館。

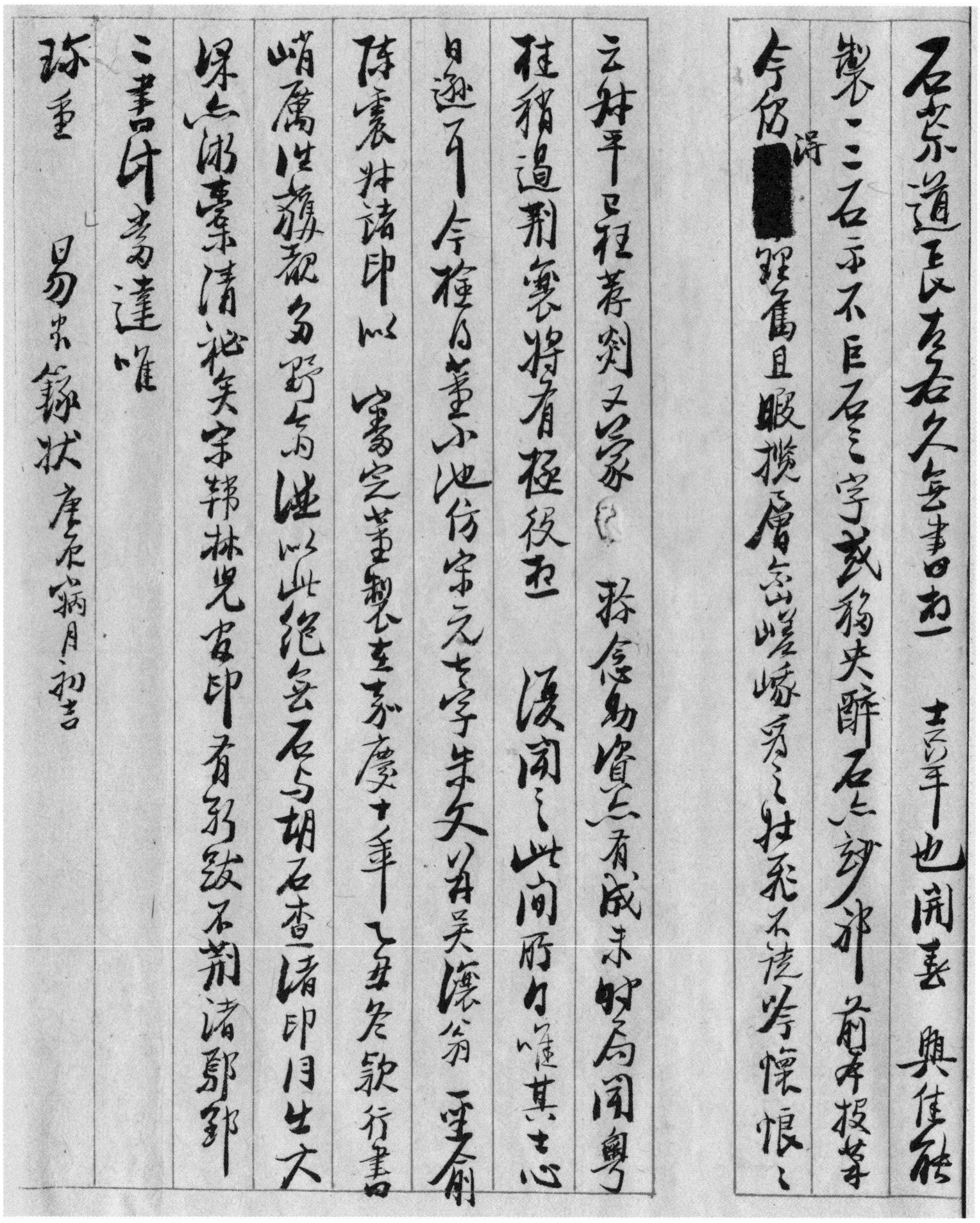

○九五　致沙孟海（四）

石荒道長左右：久無書，想吉羊也。開春興佳，能製一二石示不？巨石三字或移央醉石亦尠耶？前本投筆，今仍得理舊，且暇攬層巒嵯峨，爲之壯飛，不徒吟懷悵悵。云叔平已枉荐刻，又蒙軫念助資，亦有成未？時局聞粵桂稍遏，荆襄將有極役，想復聞之。此間所得，唯其士心日遜耳。今檢得董小池仿宋元七字朱文并吴讓翁、聖俞、陳震叔諸印，似審定董製在嘉慶十年乙丑冬，欵行書峭厲。往獲覩多野齋譜，似此絕無。石與胡石查諸印同出于大梁，亦浙槖清秘矣。宋韓林兒官印有新跋不？荆渚、鄢郢二書計當達。唯珍重。

易忠籙狀，庚辰病月初吉。

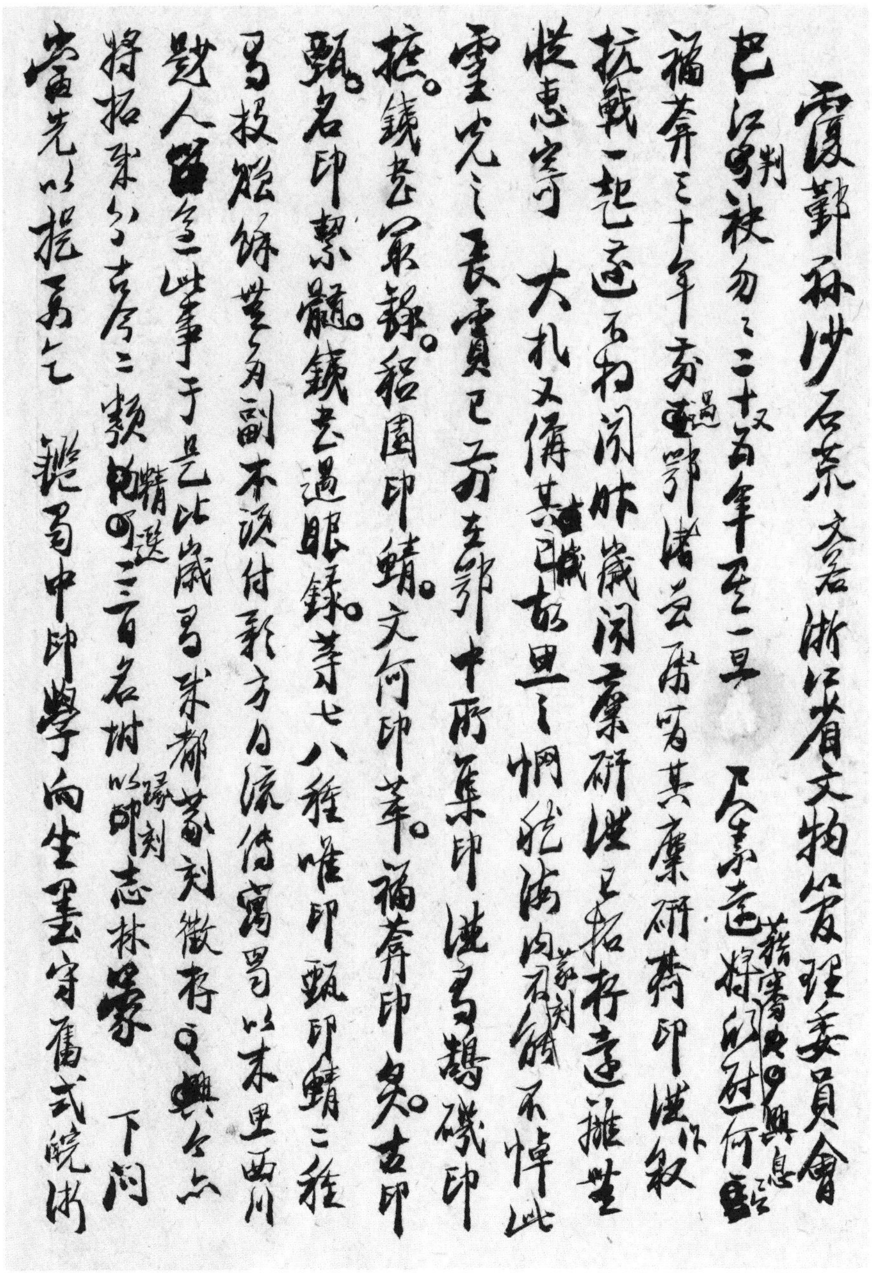

○九六　致沙孟海（五）

覆鄞縣沙石荒文若　浙江省文物管理委員會

巴江判袂，匆匆二十又五年矣。一旦尺素遠將，藉審興息，欣慰何言。福莽三十年前過鄂渚，曾屬爲其《麋研齋印譜》作叙，抗戰一起，遂不相聞。昨歲聞《麋研譜》已拓存，遠離無從惠寄。大札又俑其已故，思之惘然。海内篆刻，不能不悼此靈光之長賓已。前在鄂中所集印譜，有《鵠磯印摭》《銕書冣録》《稆園印鯖》《文何印萃》《福莽印炙》《古印甄》《名印絜髓》《銕書過眼録》等七八種，唯《印甄》《印鯖》二種有投贈，餘無多副本，須付影方得流傳。寓蜀以來，思西川髭人留意此事，于是比歲有《成都篆刻徵存》，今亦將拓成，分古今二類，精選二三百名，坿以《瑑刻志林》。蒙下问，當先以提要乞鑑。蜀中印學，向坐墨守舊式，皖浙新究，全不入目。自籙至此，學者得覩行滕佳製，風氣爲易。新出

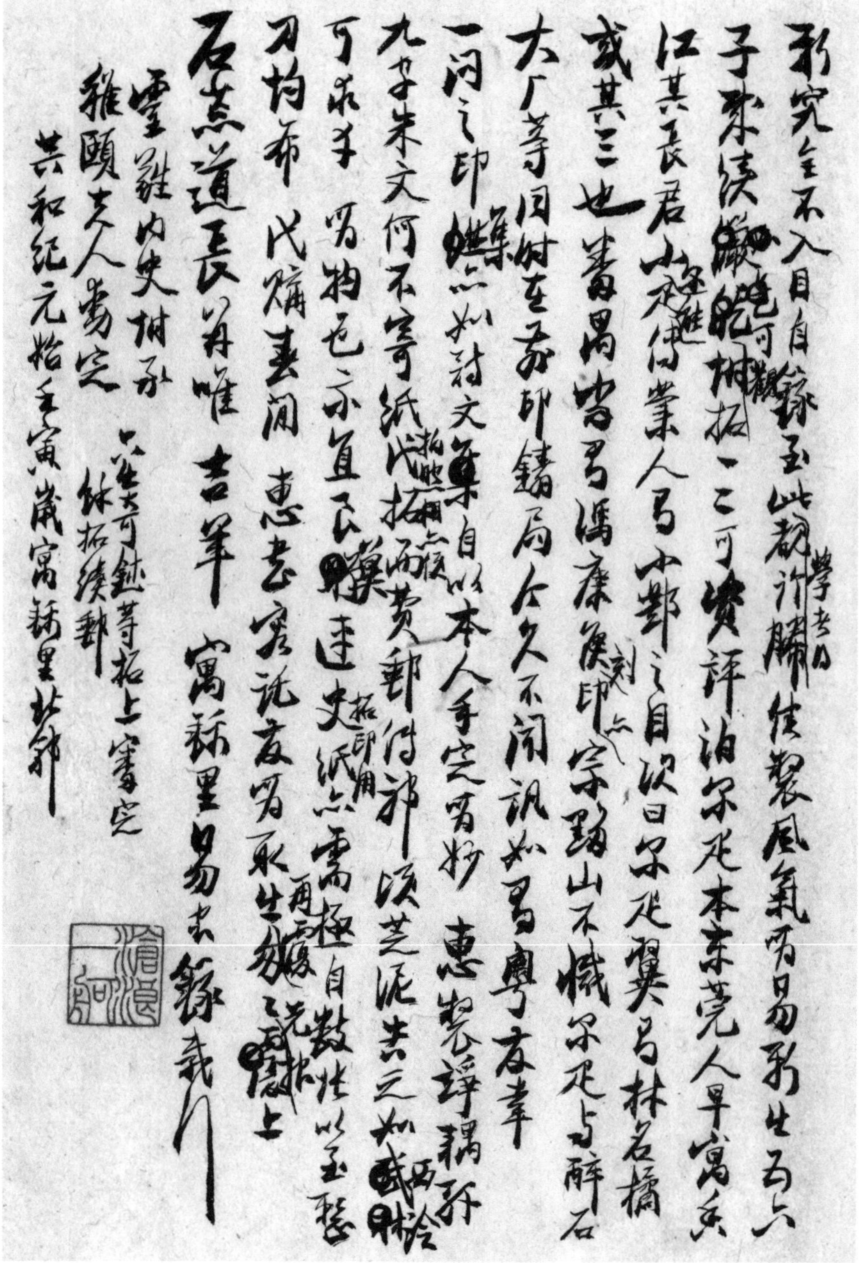

五六子成績可觀，坿拓一二，可資評泊。尔疋本東莞人，早寓香江，其長君小尔疋能傳業，人有小鄧之目，次曰尔疋翼，有林名橋，或其三也。番禺尚有馮康侯，刻印亦宗黟山，不減尔疋與醉石、大厂等。同時在前印鑄局，今久不聞訊，如有粵友，幸一問之。印集亦如詩文，自以本人手定爲妙。惠製『竫耦軒』九字朱文何不寄紙代拓拍照亦便而費郵傳耶？頃芝泥告乏，如西泠可求，幸爲物色示直，良冀連史紙拓印用亦需極，自數張以至整刀，均希代購。春間惠書，容託友爲取出再覆。匆匆，先報上。石荒道長。并唯吉羊。　寓錦里易忠籙載拜。

靈蕤内史坿承稚頤夫人動定。六出大可鉢等拓上審定，餘拓續郵。

共和紀元始壬寅歲寓錦里北郭。

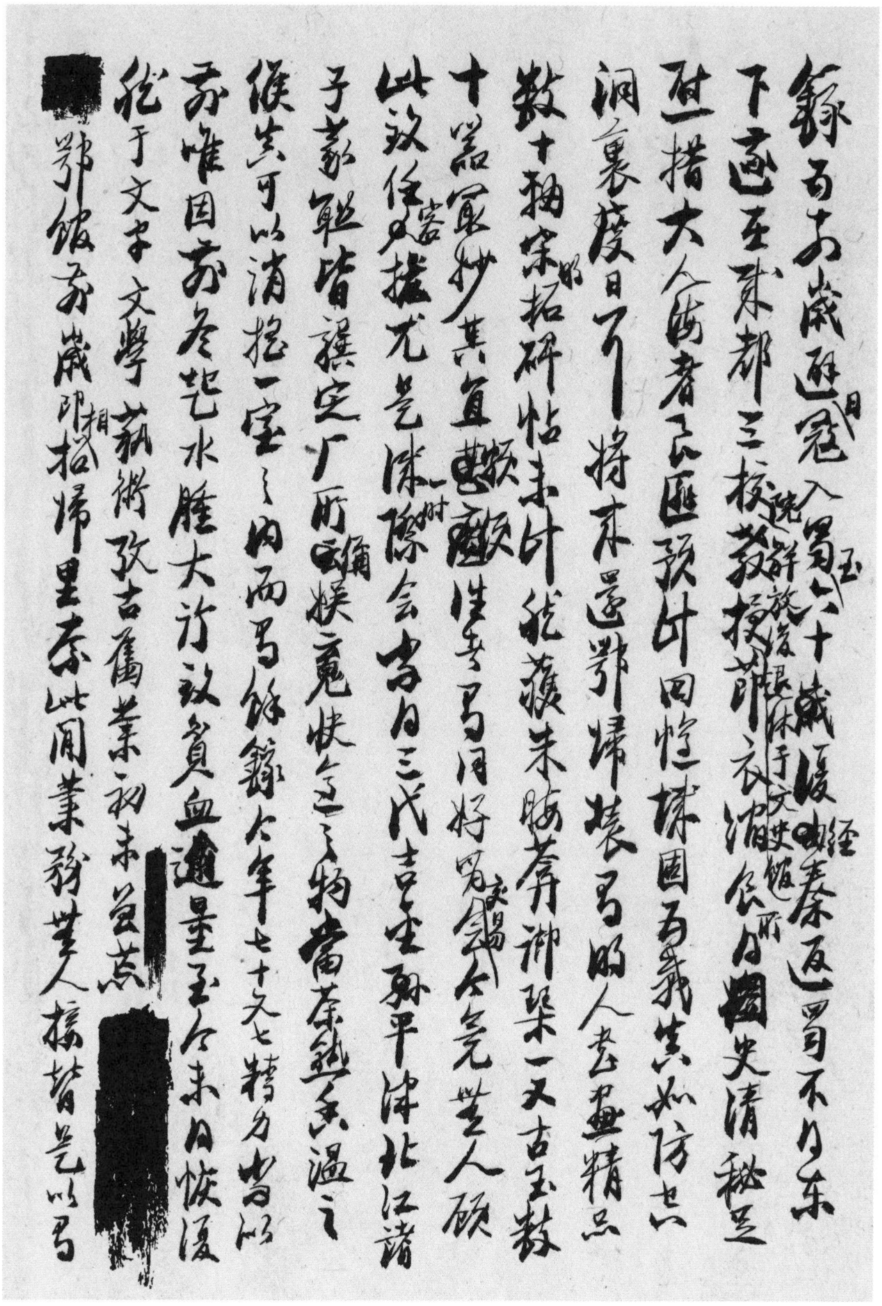

籙五十四歲避日寇入蜀，至六十復經秦返蜀，不得東下，遂在成都三校院教授，解放後退休于文史館。節衣縮食，所得圖史清秘足慰措大人海者，良匪預計。回憶城固五載，真如防空洞裏度日耳。將來還鄂，歸裝有明人書畫精品數十軸，宋明拓碑帖未計，然獲朱晦菴御琹一，又古玉數十器最妙，其直頗便。往者有同好爲交易會，今竟無人顧此，致任客拔尤，是誠一時際會。尚得三代吉金、平津、北江諸子篆聯，皆龔定厂所偁娛魂快意之物。當茶熟香温之候，真可以消搖一室之内而有餘。籙今年七十又七，精力尚似前，唯因前冬起水腫大行，致貧血逾量，至今未得恢復。然于文字、文學、蓺術、攷古舊業，初未曾荒。鄂館前歲即相招歸里，奈此閒業務無人接替，是以有待。靈蕤内史解放初曾受衛生訓練，自是爲街道服務頗多，久疎文房事業。唯因成都向有崑曲社，女友既多，遂亦

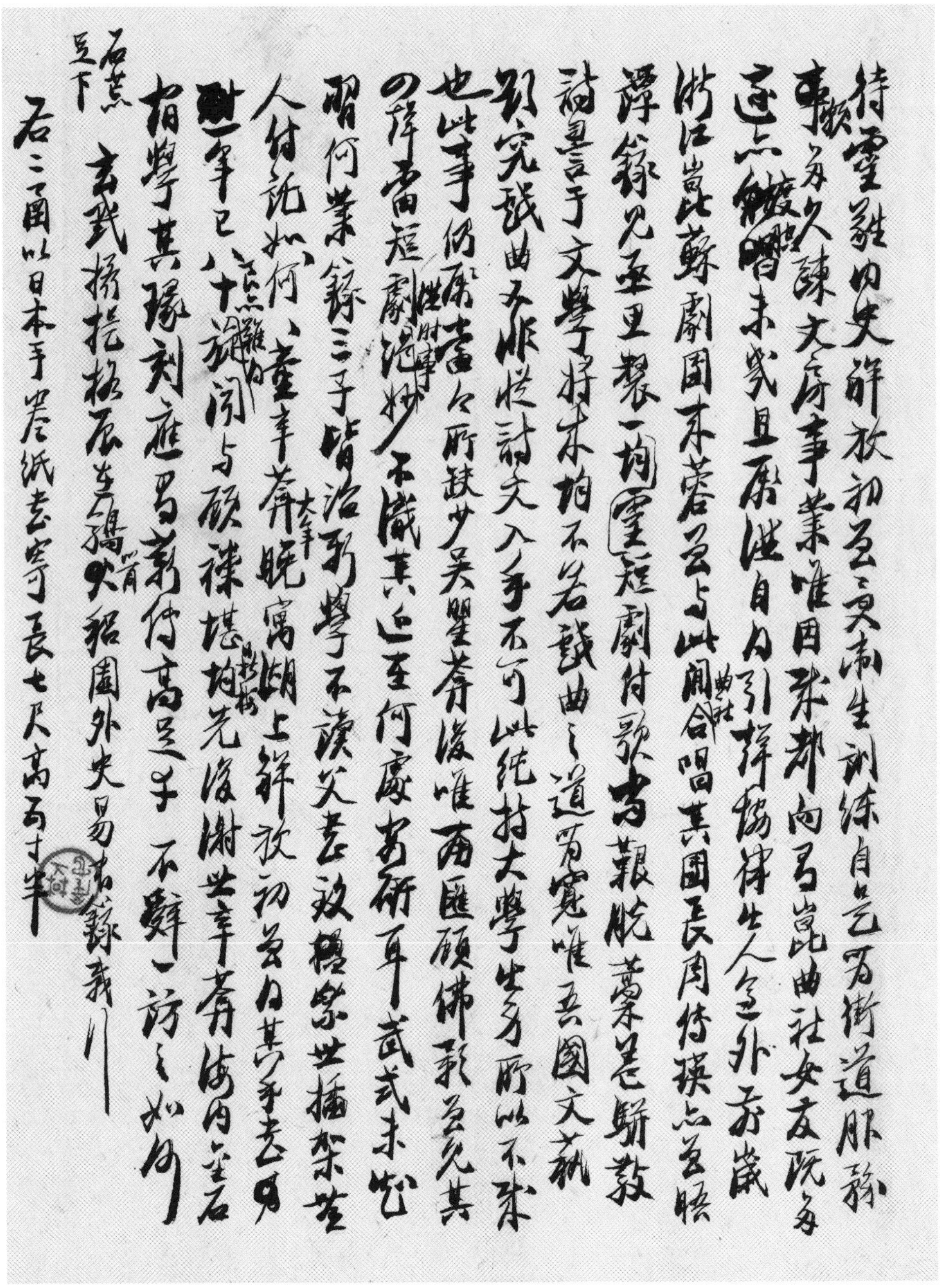

度腔，未幾且屬謚自得，引聲協律，出人意外。前歲浙江崑蘇劇團來蓉，曾与此間曲社合唱，其團長周傳瑛亦曾晤譚。籙見，亟思製一靈均短劇付歌，尚艱脱藁。蓋駢散、詩詞于文學，將來均不若戲曲之道爲寛。唯吾國文藝，欲究戲曲，又非從詩文入手不可。此純持大學出身，所以不成也。此事仍屬當今所缺少，吴瞿蓀後，唯南匯顧佛影，曾見其《四聲雷》短劇，譜時事絕妙，不識其近在何處安研耳。武式未知習何業。籙三子皆治新學，不讀父書，致累世插架，無人付託。如何如何！童辛莽大年晚寓湖上，解放初曾得其手書，年已八十，良亦難得。旋聞與顧襟堪鼎梅先後謝世。辛莽海内金石宿學，其瑑刻應有薪傳高足，幸不辭一訪之，如何？石荒足下。玄黙攝提格辰在鶉首，稆園外史易忠籙載拜。

右二函以日本手卷紙書寄，長七尺高五寸半。

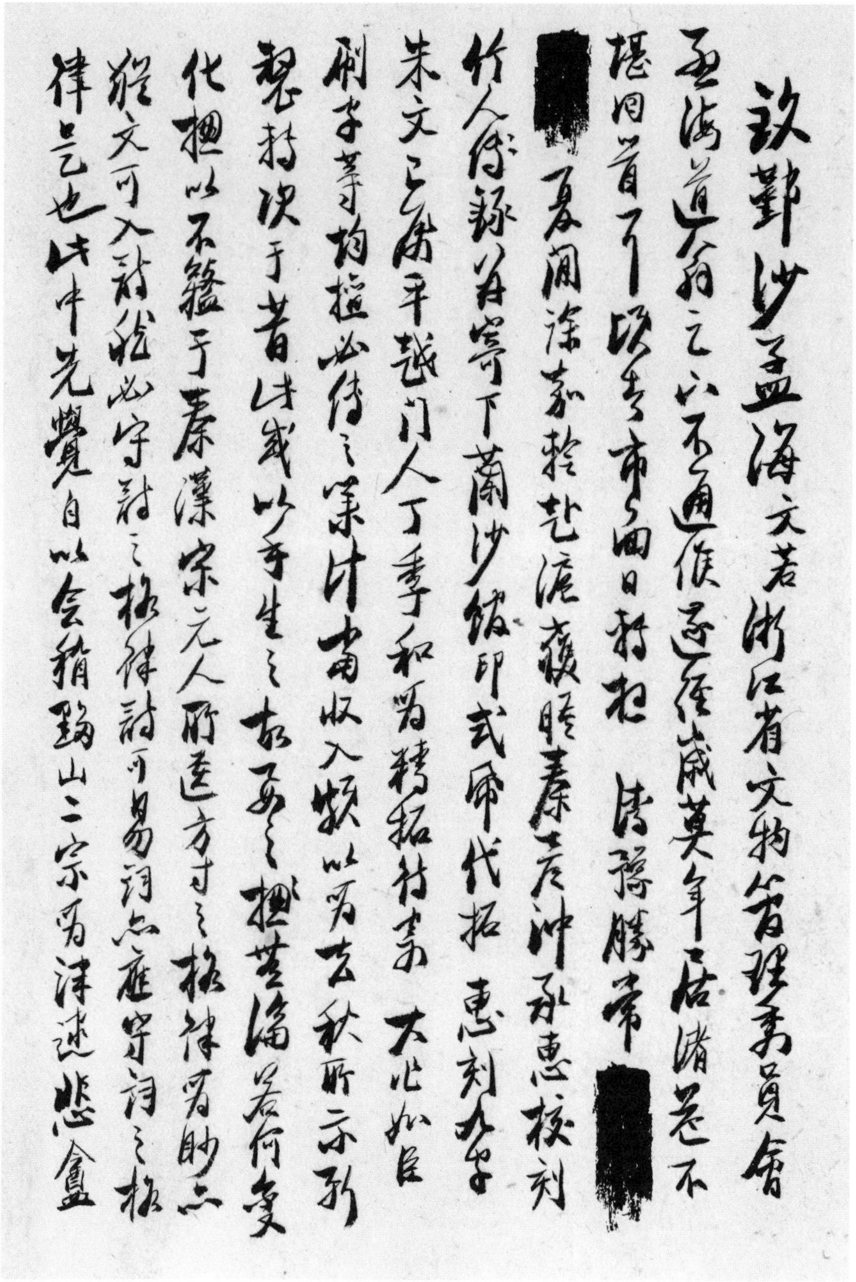

○九七　致沙孟海（六）

致鄞沙孟海（文若）浙江省文物管理委員會

孟海道翁足下：不通候遂經歲，莫年居諸，益不堪回首耳。頃者市面日轉，想清豫勝常。夏間徐嘉齡赴滬，獲晤秦彥沖，承惠校刻《竹人録》，并寄下蘭沙館印式紙代拓惠刻九字朱文，已屬平越門人丁季和爲精拓，待寄。大作如『臣書刷字』均擅必傳之業，計當收入。頗以爲去秋所示新製轉次于昔，或以手生之故。要之無論若何變化，總以不盭于秦漢宋元人所遺方寸之格律爲眇。亦猶文可入詩，然必守詩之格律，詩可易詞，亦應守詞之格律是也。此中先覺，自以會稽、黟山二宗爲津逮。悲盦于石，牧父于金，皆遲于印轂，不艱于一二字，而艱于多字之製。景印《黟山印存》下集視上集爲佳，下集爲籙等代收于鄂渚中，不少金文多字印絕眇。直抗日期間，少牧旋下世，遂未

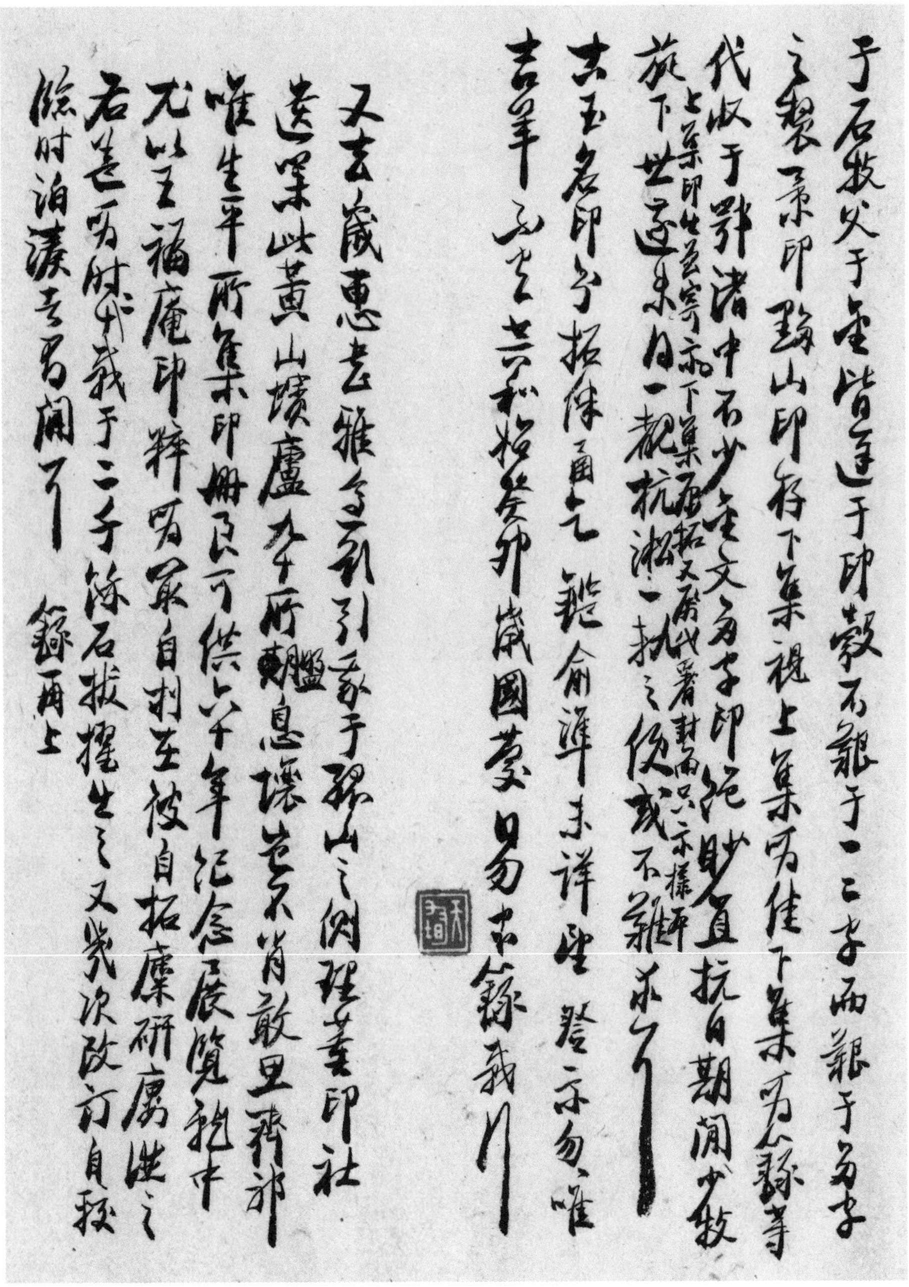

得一靚杭淞一軌之便，或不難求耳。上集印出曾寄示，下集原拓又屬代署封面，只示樣本。古玉名印分拓伴函，乞鑑，俞準未詳，望督示。匆匆，唯吉羊。不具。共和始癸卯歲國慶。易忠籙載拜。

又去歲惠書，雅意欲引我于孤山之側理董印社遺業，此黃山蟆廬九十所盟息壤，豈不肖敢思齊耶？唯生平所集印册，良可供六十年紀念展覽。就中尤以《王福庵印萃》爲最，自判在彼自拓《麋研廔譜》之右，蓋爲時二十載，于二千餘石拔擢出之，又幾次改訂，自較臨時泊湊者有間耳。籙再上。

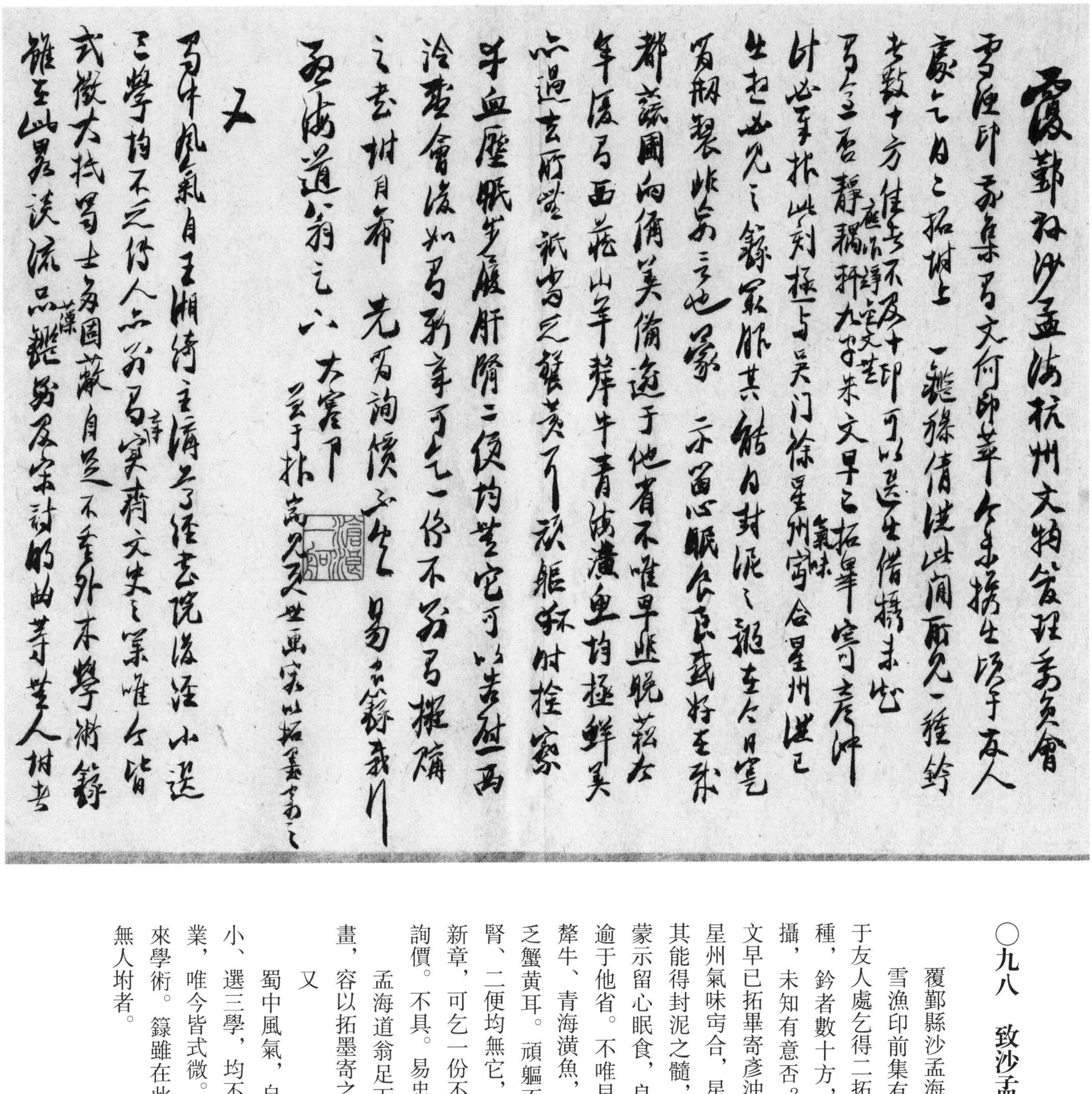

○九八　致沙孟海（七）

覆鄞縣沙孟海　杭州文物管理委員會

雪漁印前集有《文何印萃》，今未携出，頃于友人處乞得二拓坿上一鑑。穆倩譜此間所見一種，鈐者數十方，佳者不及十印，可以選出借攝，未知有意否？靜應作浄，金文無之耦軒九字朱文早已拓畢寄彥沖，計必奉報。此刻極與吳門徐星州氣味宑合，星州譜已出，想必見之。籙最服其能得封泥之髓，在今日寔爲刱製，非妄言也。蒙示留心眠食，良感。好在成都蔬圃向偁美備，逾于他省。不唯早韭晚菘，今年復有西藏山羊、犛牛、青海潢魚，均極鮮美，亦過去所無，祇尚乏蟹黄耳。頑軀不時檢察，幸血壓、步履、肝腎、二便均無它，可以告慰。西泠畫會後，如有新章，可乞一份不？別有擬購之書坿目，希先爲詢價。不具。易忠籙載拜。

孟海道翁足下，大寒節，曾于報耑見更世畫，容以拓墨寄之。

又

蜀中風氣，自王湘綺主講尊經書院後，經、小、選三學，均不乏傳人，亦別有章實齋文史之業，唯今皆式微。大抵蜀士多固蔽自足，不重外來學術。籙雖在此畧談流品藻鑑及宋詩明曲等，無人坿者。

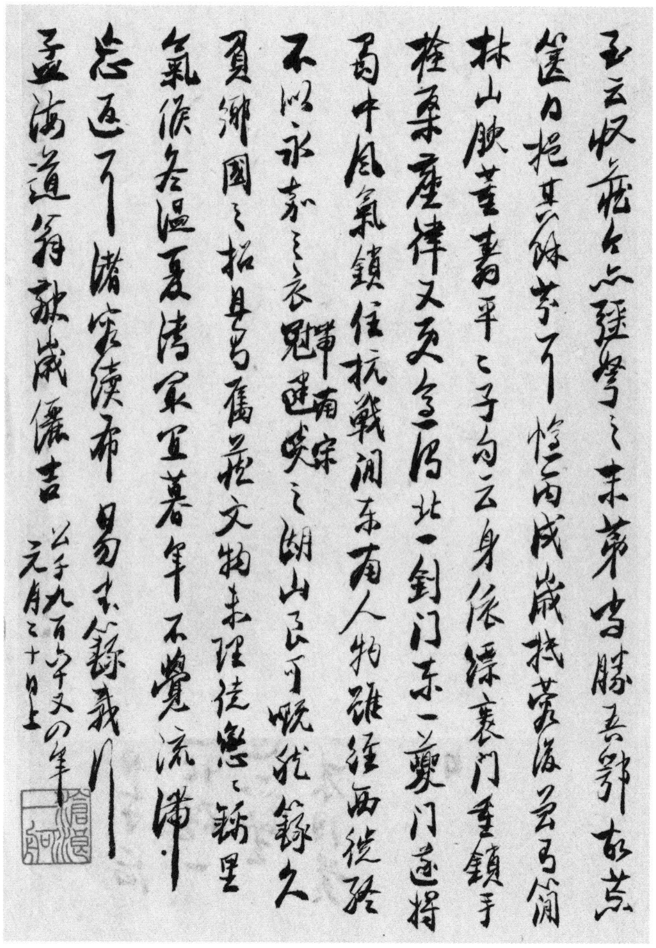

至云收藏今亦彊弩之末弟尚勝吾鄂故荒
篋得挹其餘芬耳憶丙戌歲抵蓉後曾有簡
林山腴董壽平二子句云身依縹衺門重鎖手
檢板塵律又更意謂北一劍門東一夔門遂將
蜀中風氣鎖住抗戰間東南人物雖經西徙終
不似永嘉之衣帶南宋之湖山良可慨然籙久
負鄉國之招且有舊藏文物未理徒戀戀錦里
氣候冬溫夏清最宜暮年不覺流滯
忘返耳諸容續布　易忠籙載拜
孟海道翁獻歲儷吉
公千九百六十又四年元月二十日上

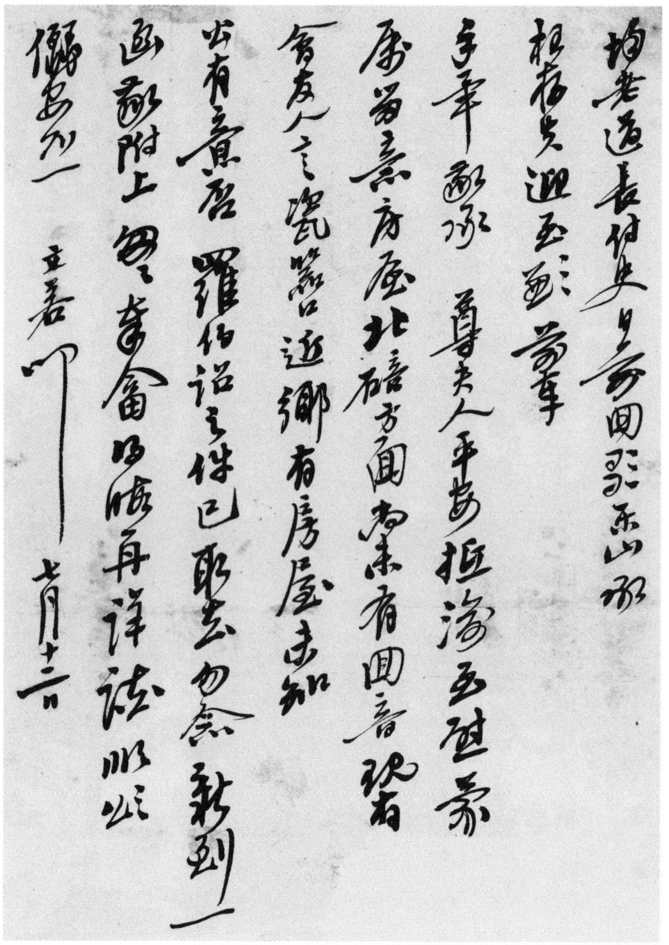

均老道長侍史日前回歌樂山承
枉存失迎至歉
前奉手畢　敬承尊夫人平安抵渝至慰蒙
屬留意房屋北碚方面尚未有回音現有
會友人言瓷器口近鄉有房屋未知
公有意否　羅伯詔之件已取去勿念新到一
函敬附上匆匆奉畣得暇再詳談順頌
儷安不一　文若叩　七月十二日

至云收藏，今亦彊弩之末，弟尚勝吾鄂，故荒篋得挹其餘芬耳。憶丙戌歲抵蓉後，曾有簡林山腴、董壽平二子句云：『身依縹衺門重鎖，手檢板塵律又更。』意謂北一劍門，東一夔門，遂將蜀中風氣鎖住。抗戰間，東南人物雖經西徙，終不似永嘉之衣帶、南宋之湖山，良可慨然。籙久負鄉國之招，且有舊藏文物未理，徒戀戀錦里氣候冬溫夏清，最宜暮年，不覺流滯忘返耳。諸容續布。易忠籙載拜，孟海道翁獻歲儷吉，公千九百六十又四年元月二十日上。

附：沙孟海来函

均老道長侍史：日前回歌樂山。承枉存，失迎至歉。前奉手畢，敬承尊夫人平安抵渝，至慰。蒙屬留意房屋，北碚方面尚未有回音，現有會友人言，瓷器口近鄉有房屋，未知公有意否？羅伯詔之件已取去，勿念。新到一函，敬附上。匆匆奉畣。得暇再詳談。順頌

儷安。不一。文若叩　七月十二日。

○九九　致沈君澄

致嘉禾沈君澄

君澄先生左右：辱枉至傾譚，慰甚。敝篋尚有可觀之銅幣，以不在手邊，遂未檢乞審定，良歉。頃理泉拓，得新疆、西藏銀銅舊幣凡三十餘品，先呈清賞。諸俟續上。『回疆』原有之泉曰普尔，爲裏踠式〇，其重二錢，小而厚，赤銅。正面畏兀兒文曰葉尔羌，幕則準噶尔文曰噶尔丹策凌。十餘年前西遊，友人曾遺數品，色帶土花，知非傳世之物。逮清乾隆朝于五十三年乃鑄新泉五種，就阿克蘇、烏什、喀什噶尔、葉尔羌、和闐五地鑄之，赤銅重一二錢不等。面文曰乾隆通寶，幕文則五地名。穿右爲回文，左滿文。今所見嘉慶以後，僅得阿克蘇一種。惟咸豐朝有當五十与百之大泉，事同内地各省。至光緒時，則易回文爲阿字或庫字（庫車）新字矣。又乾隆平定伊犁，亦于四十年鑄幕文寶伊平泉，此種今存

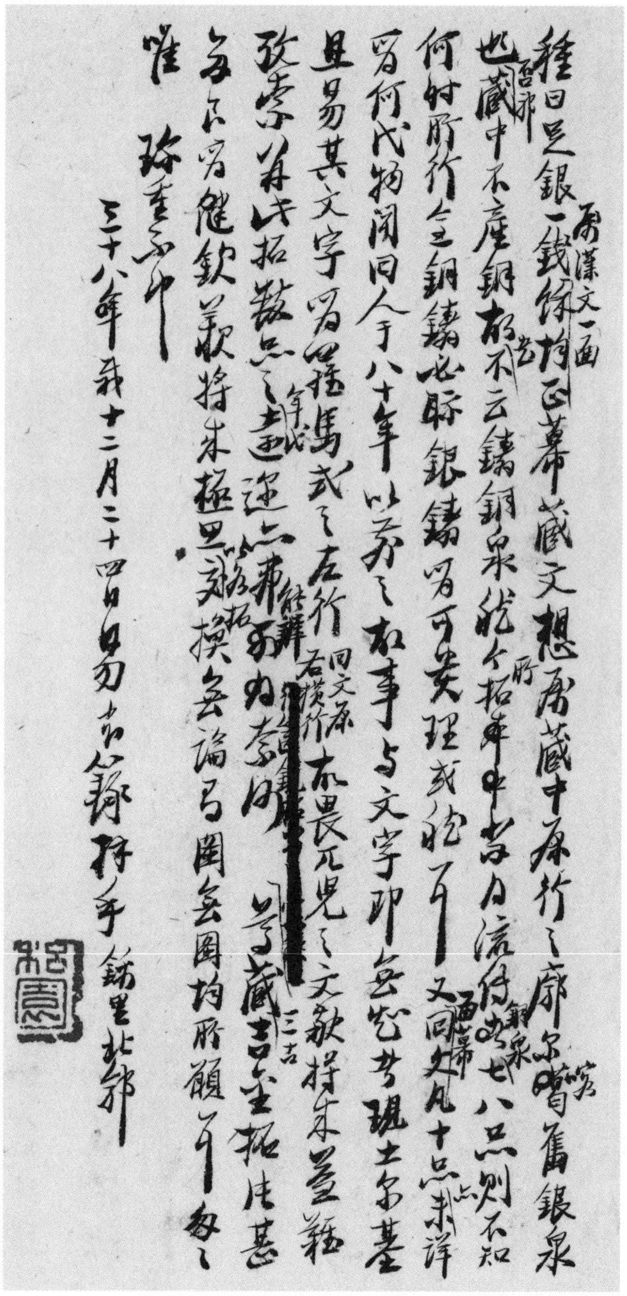

獨多，或當時非于伊犁鑄未可知。西藏新泉亦自乾隆朝改鑄銀質三品，其重五分、一錢、錢五分，道光鑄，同今所見。大者眎小爲多面，文曰乾隆寶藏，邊文五十八年，幕文則唐古忒字，其意同面。今拓上者僅一種，曰足銀一錢。屬漢文一面，餘均正幕藏文，想屬藏中原行之廓尔喀舊銀泉否耶？藏中不產銅，故書不云鑄銅泉。然今所拓，尚得流傳銅泉者七八品，則不知何時所行？意銅鑄必眎銀鑄爲可貴，理或然耳。又面幕回文凡十品，亦未詳爲何代物。聞回人于八十年以前之故事与文字即無知者。現土尔基且易其文字爲羅馬式之左行回文原右横行，故畏兀兒之文獻將來益難考索，并此拓數品之年代遠迩，亦弗能辨，奈何？尊藏三古吉金拓片甚多，良爲欽羡。將來極思以各拓交換，無論有圖無圖，均所顧耳。匆匆。唯珍重不具。

三十八載十二月二十四日。易忠籙拜手。錦里北郭。

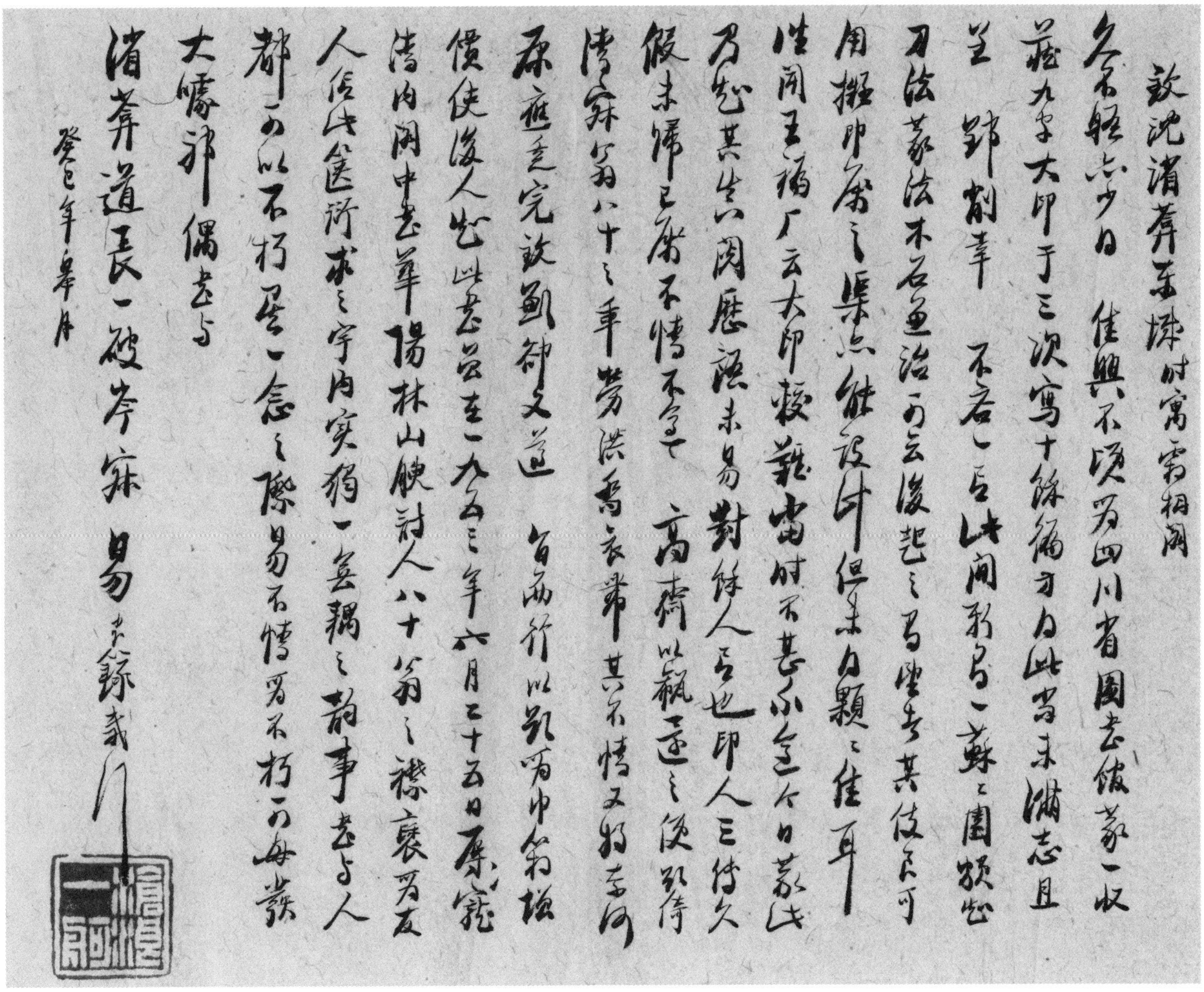

一〇〇　致沈湝莽（一）

致沈湝莽　東城時寓霜柑閣

久不晤，亦少得佳興不？頃爲四川省圖書館蒐一收藏九字大印，于三次寫十餘偏，方得此，尚未滿志，且呈郢削，幸不吝一言。此間新有一蘇蘇園，頗知刀法、篆法，木石兼治，可云後起之有望者。其伎良可用，擬即屬之。渠亦能設計，但未得顆顆佳耳。往聞王福厂云，大印較難，當時不甚介意，今日篆此，乃知其真閲歷語，未易對餘人言也。印人三傳久假未歸，已屬不情，不意高齋以瓻還之便，欲倚清寂翁八十之年勞洪喬衣帶，其不情又将奈何。原應走完致歉，卻又遵旨西行，以欲爲巾箱增价，使後人知此書，在一九五三年六月二十五日，辱寵清內閣中書華陽林山腴詩人八十翁之襟褒，爲友人信此篋衍求之宇內實獨一無耦之韵事，書与人都可以不朽矣。一念之際，易不情爲不朽，可毋發大噱耶？偶書与湝莽道長一破岑寂。易忠籙載拜。癸巳年皋月。

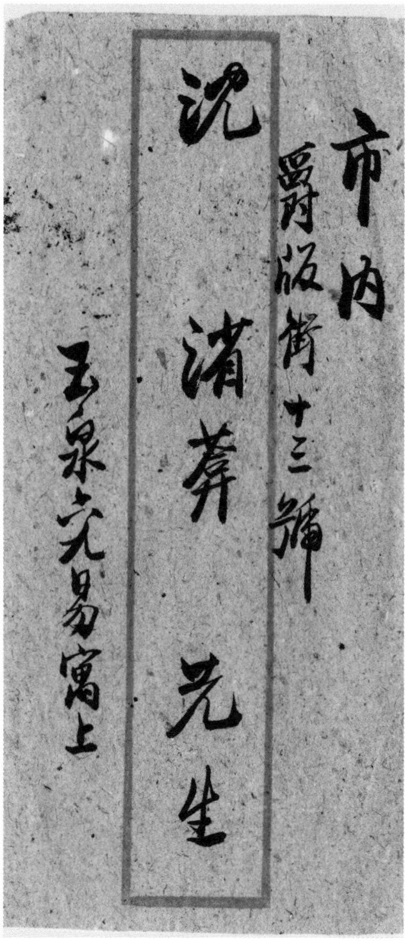
市内爵版街十三號
沈湝莽先生
玉泉六九易寓上

一〇一　致沈湝莽（二）

市内爵版街十三号
沈湝莽先生
玉泉六九易寓上

再，今春物價陡增，即小學生習字所用之帖亦數萬。較之去冬，相差太遠，且貨尤少見，是以不敢貿然代辦，必須先請尊裁爲玅耳。坩曉初先生一牋，乞轉是幸。籙又上报

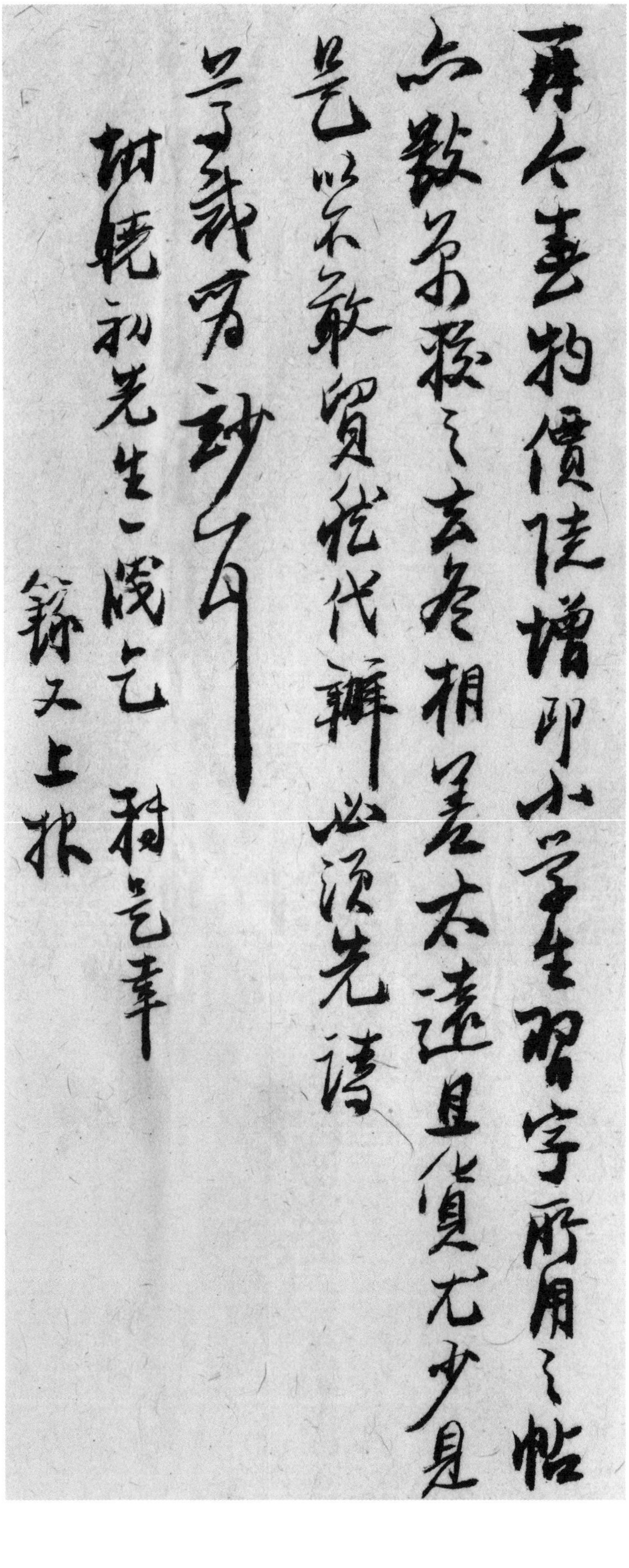
再今春物價陡增即小學生習字所用之帖亦數萬較之去冬相差太遠且貨尤少見是以不敢貿然代辦必須先請尊裁爲玅耳
坩曉初先生一牋乞轉是幸
籙又上报

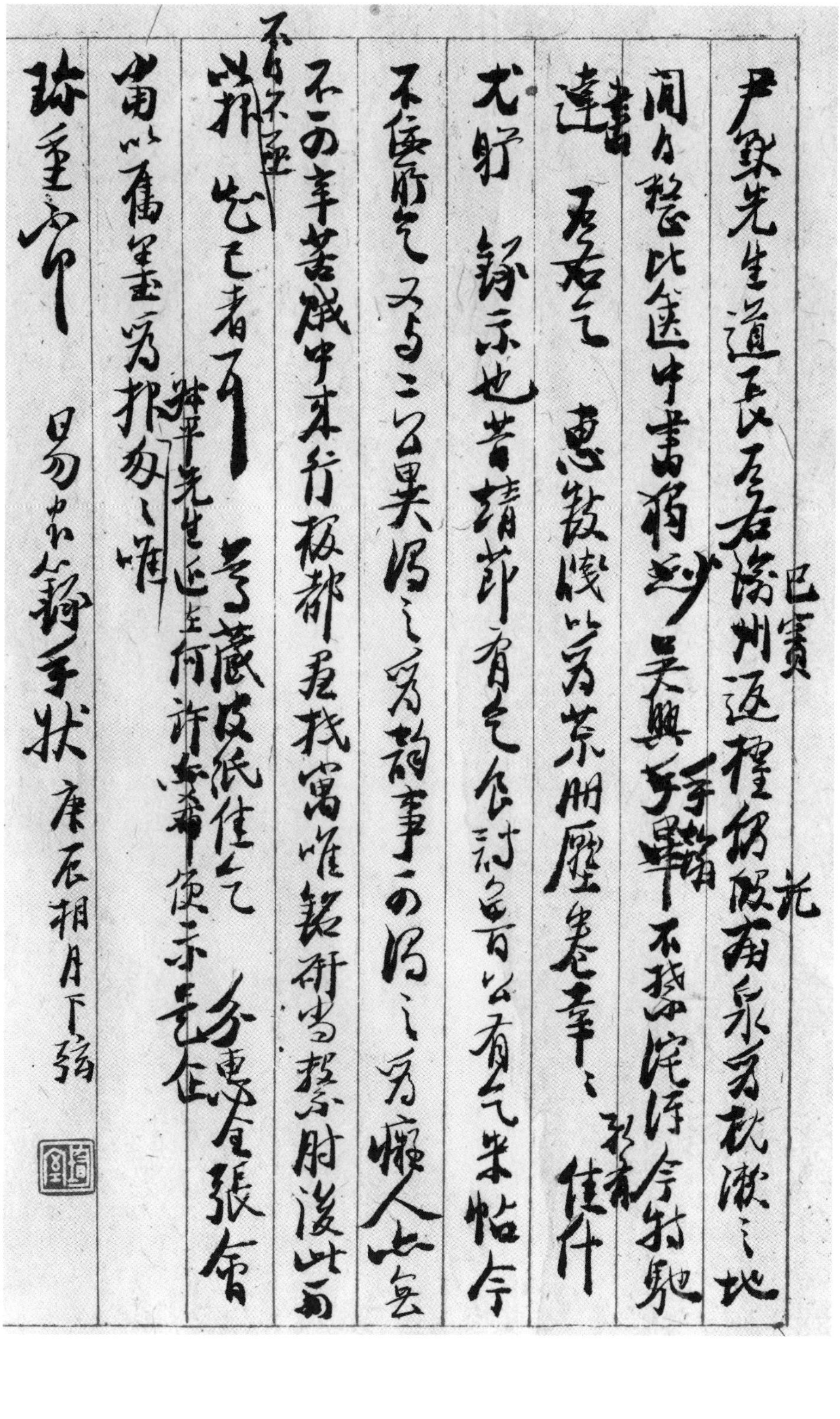

一〇二　致沈尹默

尹默先生道長左右：巴賓返櫂，仍託南泉爲枕漱之地。閒得整比篋中書，獨少吳興手翰，不禁詫訝。今特馳書，乞惠數牋，以爲荒册壓卷，幸幸。新有佳什，尤盼録示也。昔靖節有《乞食詩》，魯公有《乞米帖》，今不佞所乞又與二公異，謂之爲韻事，可謂之爲癡人，亦無不可。辛苦贼中來，行极都盡。抵寓，唯銘研尚繫肘後，此不得不亟报知己者耳。尊藏皮紙佳，乞分惠全張，會當以舊墨爲报。叔平先生近在何許？便示是企。匆匆，唯珍重不具。易忠籙手狀。庚辰相月下弦。

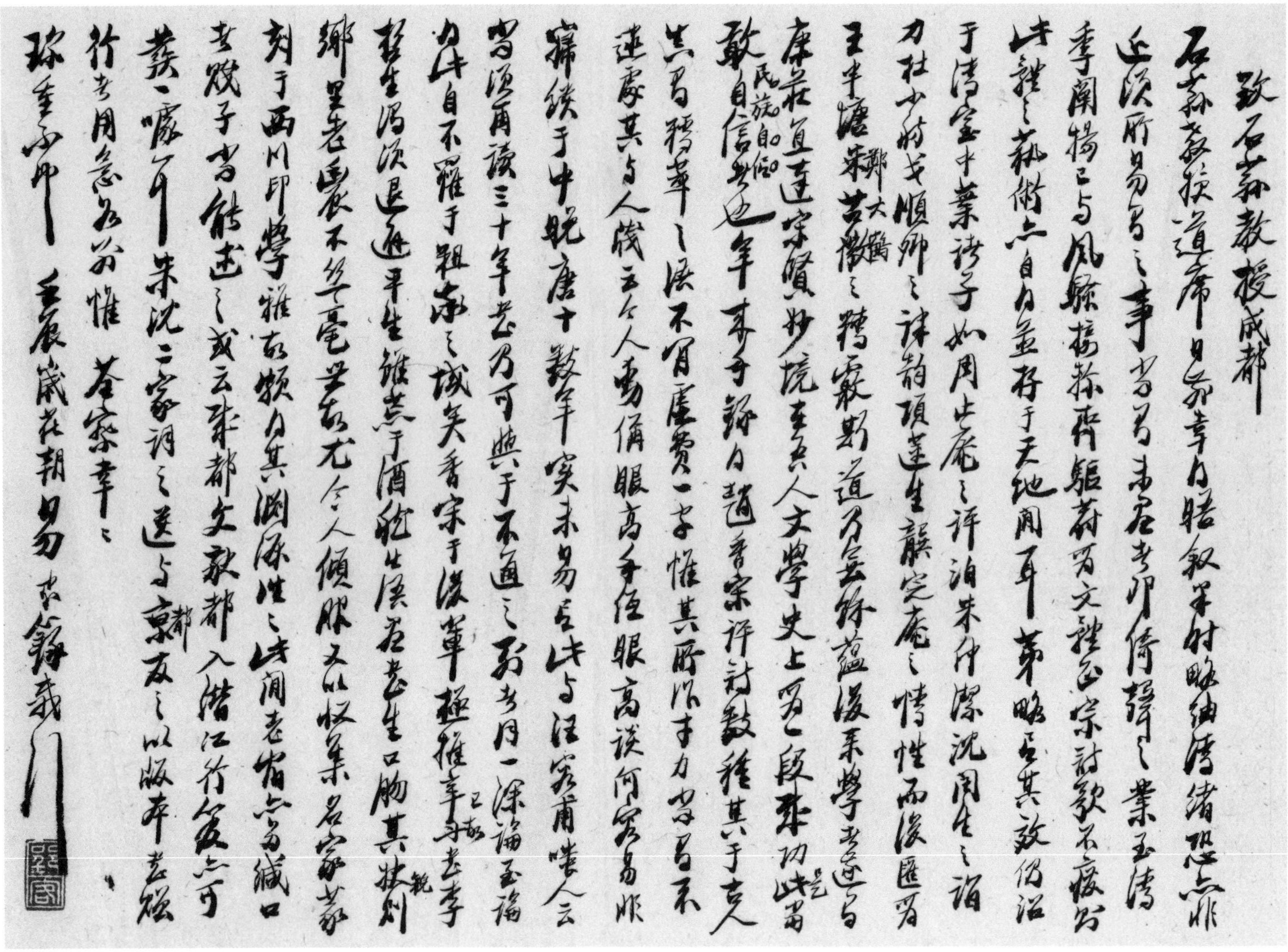

一〇三　致石蓀（一）

致石蓀教授　成都

石蓀教授道席：日前幸得晤叙半時，略紬清緒，恐亦非近頃所易有之事。尚有未盡者，即倚聲之業。至清季闡揚，已與風騷接軫齊驅，蔚爲文體正宗。詩歌不廢，則此體之蓺術亦自得並存于天地間耳。第略言其效，仍沼于清室中葉諸子，如周止庵之評泊，朱仲潔、沈閏生之詣力，杜小舫、戈順卿之律韵，項蓮生、龔定庵之情性，而復匯爲王半塘、鄭大鶴之精覈，斯道乃無餘蘊。後來學者遂有康莊，直達宋賢妙境，在吾人文學史上爲一段成功，此是當敢自信民族自信者也。年來手録得趙香宋評詩數種，其于古人真有精萃之語，不肯虚費一字。惟其所作，才力尚有不逮處。其与人牋云：『今人動稱眼高手低，眼高談何容易？非寢饋于中晚唐十數年，實未易言此。』与汪容甫嗤人云『尚須再讀三十年書，乃可與于不通之列』者同一深論。至論得此，自不罹於粗率之域矣。香宋于後輩極推辛丹書已故、李哲生，謂須退避。平生雖荒于酒，然出語盡書生口吻，其狀貌則鄉里老農，不絲毫世故，尤令人傾服。又以收集名家篆刻，于西川印學雅故頗得其淵源，往往此間老宿亦多緘口者，賤子尚能述之。或云成都文獻都入潛江行笈，亦可發一噱耳。朱、沈二家詞之遺，與都友之以版本書贈行者，用意各别，惟荃察。幸幸。珍重不具。壬辰歲花朝，易忠籙載拜。

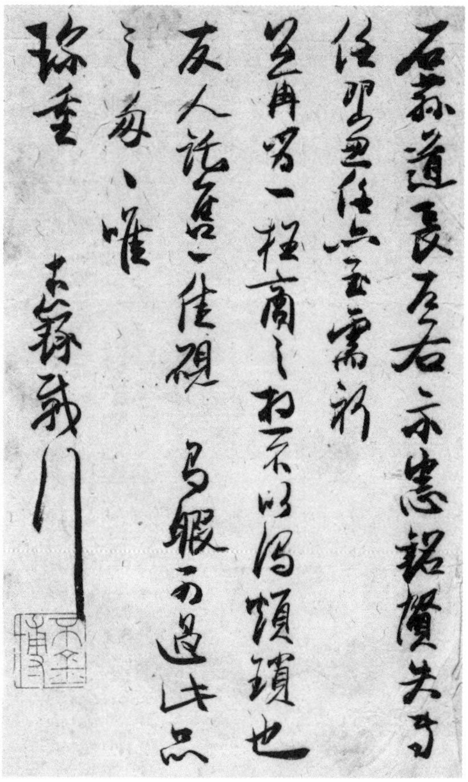

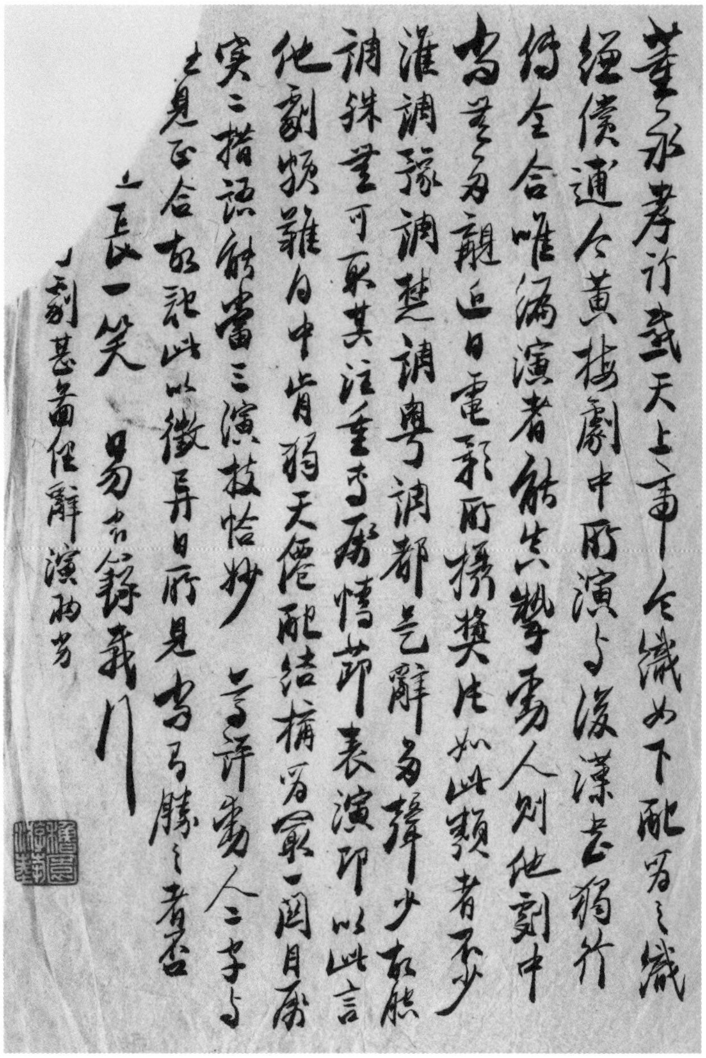

一〇四　致石蓀（二）

石蓀道長左右：示悉銘賢失專任，即兼任亦至需，祈公再爲一枉商之，想不以謂煩瑣也。友人託售一佳硯，有暇可過此品之。匆匆，唯珍重。忠籙載拜。

董永孝行感天上帝，令織女下配，爲之織縑償逋。今黄梅劇中所演，与《後漢書·獨行傳》全合。惟編演者能真摯動人，則他劇中尚無多覯。近日電影所攝獎片，如此類者不少，淮調、豫調、楚調、粤調，都是辭多聲少，故腔調殊無可取。其注重專屬情節表演，即以此言他劇，頗難得中肯，獨《天僊配》結構爲最。一關目屬實，二措語能當，三演技恰妙。尊評『動人』二字，與拙見正合，故記此，以徵異日所見，尚有勝之者否？□□道長一笑，易忠籙載拜。

□□劇甚啚俚，辭演兩劣。

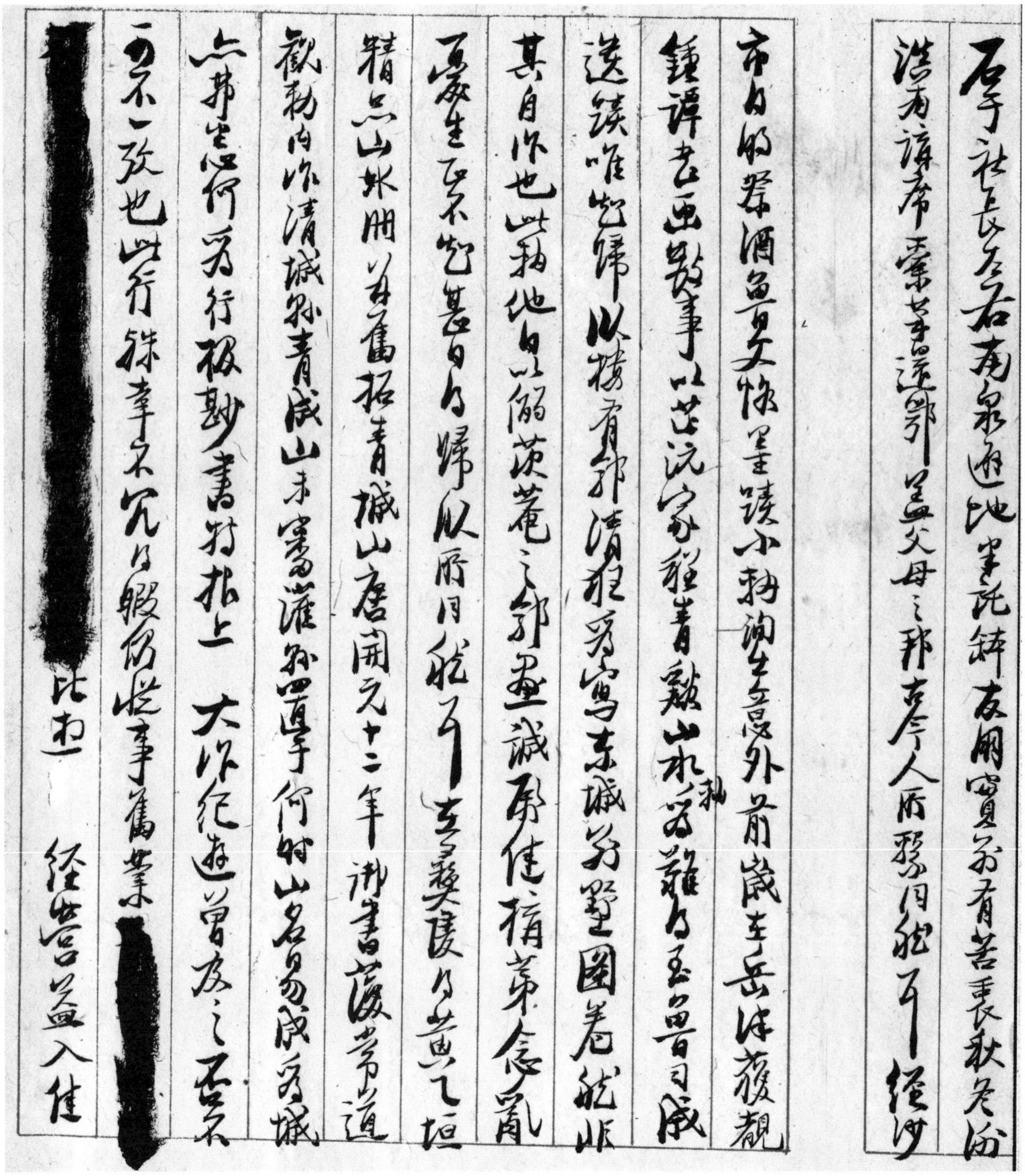

一〇五　致石于

石于社長左右：南泉避地，半託鉢友朋，實别有苦衷。秋冬謝滇南講席，槖筆還鄂，蓋父母之邦，古今人所繫同然耳。經沙市，得明祭酒魯文恪墨蹟小軸，洵出意外。前歲在岳津獲覩鍾、譚書畫數事，以芷沅家程青谿山水軸爲難得。至魯司成遺蹟，唯知歸臥樓有郭清狂爲寫《東城别墅圖》卷，然非其自作也。此軸他日以偭茨菴之郭畫，誠屬佳構。苐念亂憂生，正不知甚日得歸臥，所同然耳。在彝陵得黄乙垣精品山水册并舊拓。青城山，唐開元十二年御書護常道觀勑内作清城縣青成山，未審灌縣置于何時？山名易成爲城，亦弗悉何爲？行极尠書，特報上。大作紀遊曾及之否？不可不一攷也。此行殊幸不冗，得暇仍從事舊業。比想經營益入佳境，牙章之利借十有半，真望塵莫

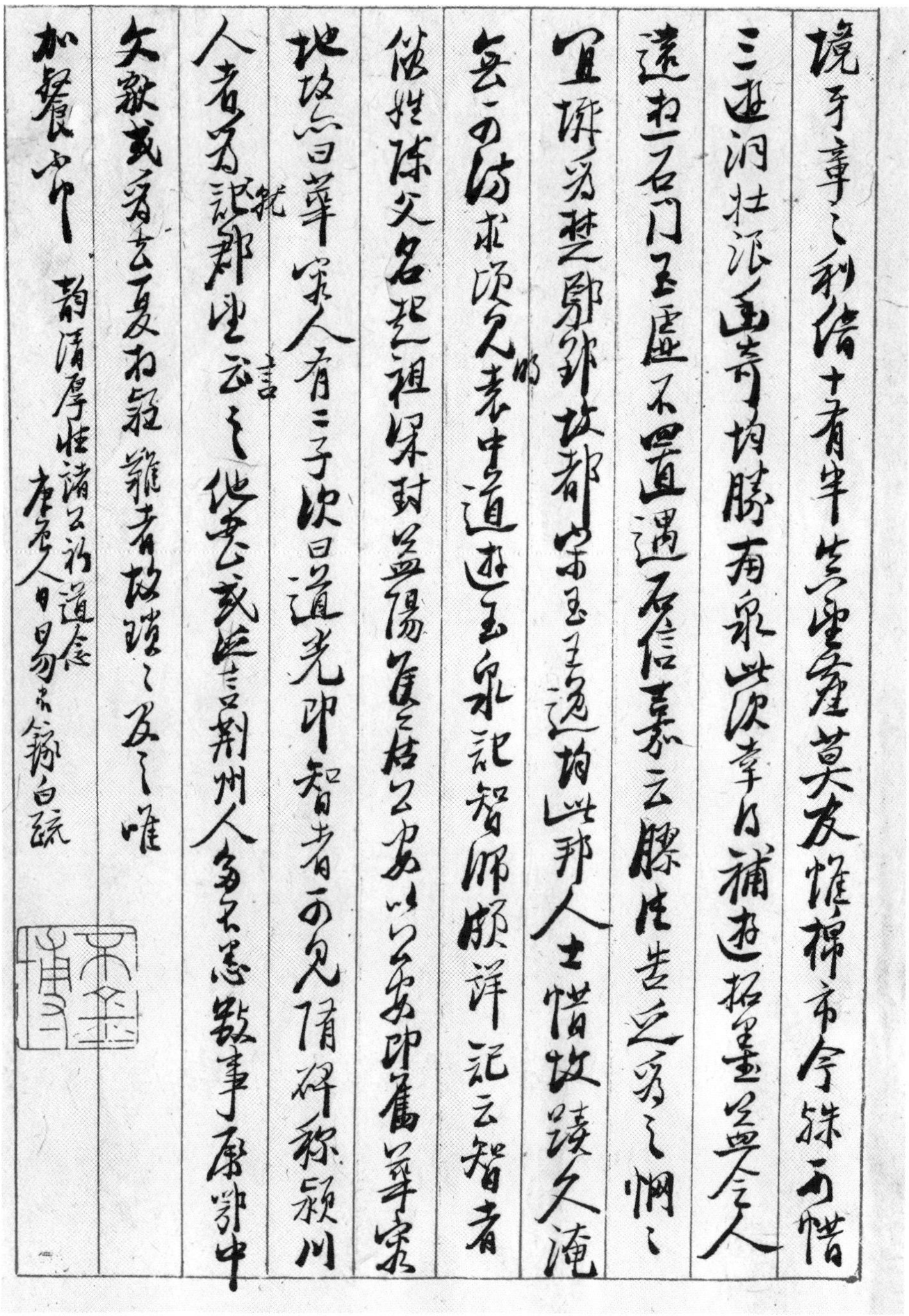

及，惟棉市今殊可惜。三遊洞壯浪幽奇，均勝南泉。此次幸得補遊拓墨，益令人遠想石門、玉虛不置。遇石信嘉云：膠片告乏。爲之惘惘。宜城爲楚鄢郢故都，宋玉、王逸均此邦人士，惜故蹟久淹，無可訪求。頃見明袁中道《遊玉泉》，記智師頗詳，《記》云：『智者俗姓陳，父名起祖，梁封益陽侯，居公安。以公安即舊華容地，故亦曰華容人。有二子，次曰道光，即智者。』可見隋碑稱潁川人者爲就郡望言之。他書或泛言荊州人，多不悉數事。屬鄂中文獻，或爲去夏相疑難者，故瑣瑣及之。唯加餐不具。

韻清、厚德諸公祈道念。

庚辰人日。易忠籙白疏。

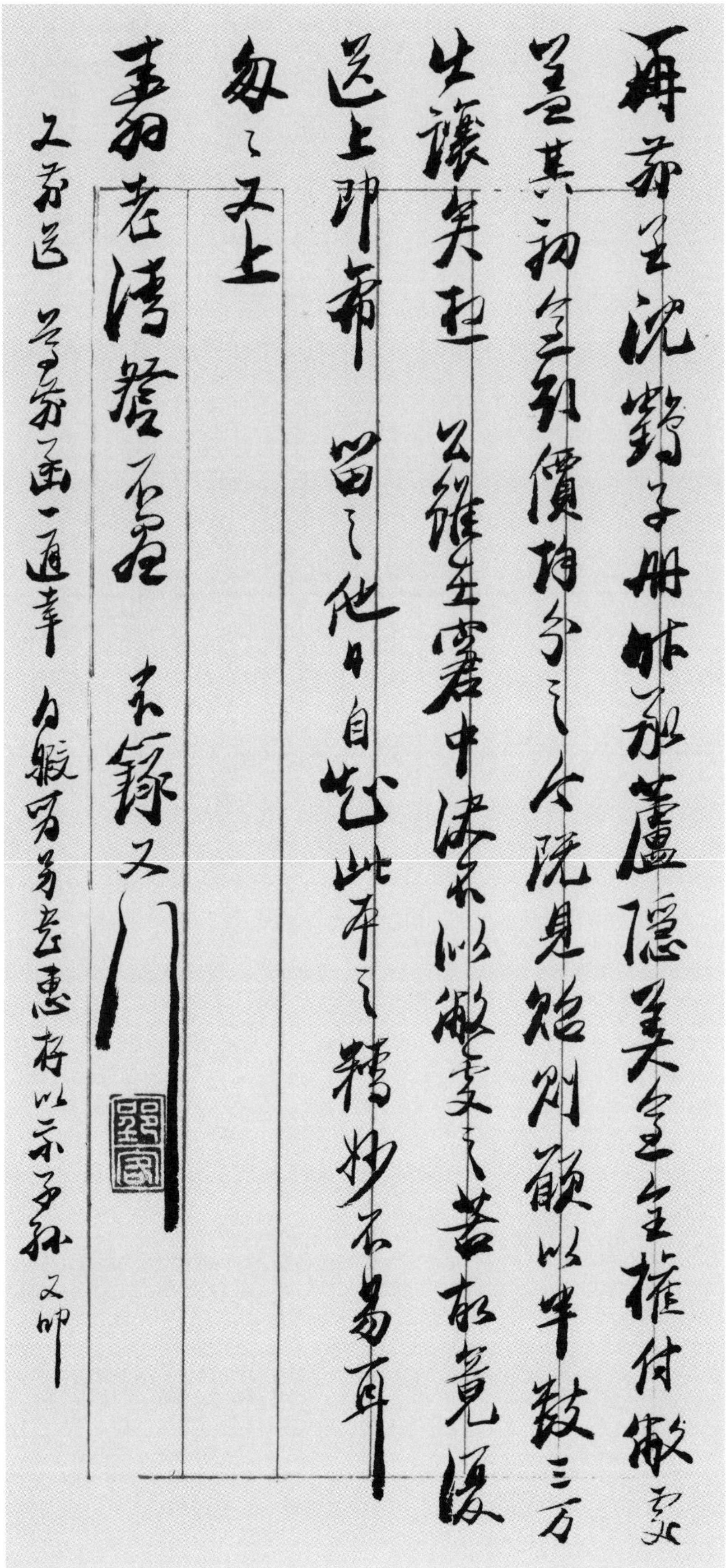

一〇六 致壽老

再前呈沈鶴子册，昨承蘆隱美意，全權付敝處。蓋其初意欲價均分之，今既見貽，則願以半數三万出讓矣。想公雖在窘中，決不似敝處之苦，故竟復送上，即希留之，他日自知此本之精妙不易耳。匆匆又上。壽老清簪，不盡。忠籙又拜。

又前送尊前函一通，幸得暇爲另書惠存，以示子孫。又叩。

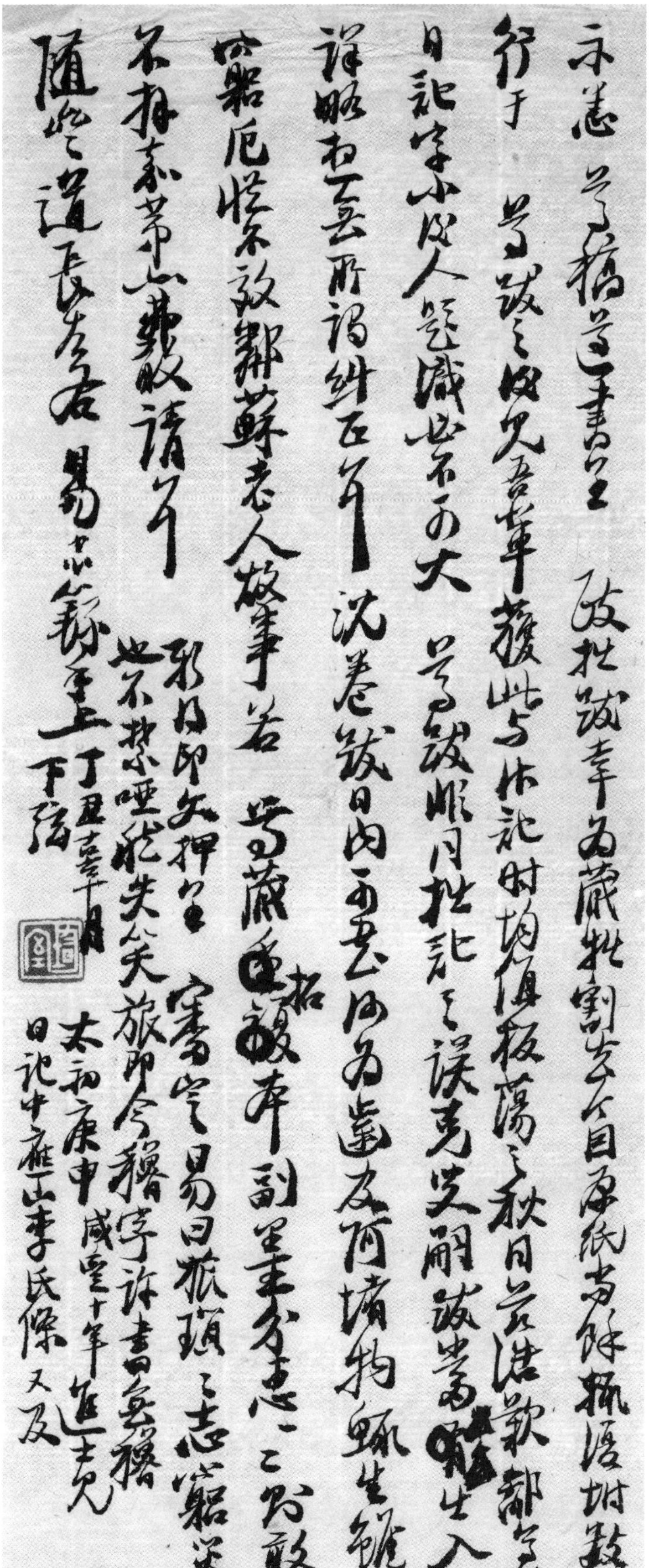

一〇七　致隨厂（一）

示悉尊稿，遵書。呈政拙跋，幸爲藏拙割去。今因原紙尚餘，輒復埘數行于尊跋之後，見吾輩獲此與作記時，均值板蕩之秋，同茲浩歎。鄙意日記字小，後人題識必不可大。尊跋非同拙記之誤，克叟嗣跋當出入詳略，想無所謂糾正耳。沈卷跋日内可書，何爲齒及阿堵物？鯫生雖窮厄，從不效鄰蘇老人故事。若尊藏拓本副墨分惠一二，則敢不拜嘉，弟亦弗敢請耳。隨齋道長左右。易忠籙手上。丁丑辜月下弦。

新得印文押，呈審定。易曰：『旅瑣瑣，志窮災也。』不禁啞然失笑。『旅』即今『穭』字，許書無『穭』。太初庚申（咸豐十年）進士，見日記中應山李氏條。又及。

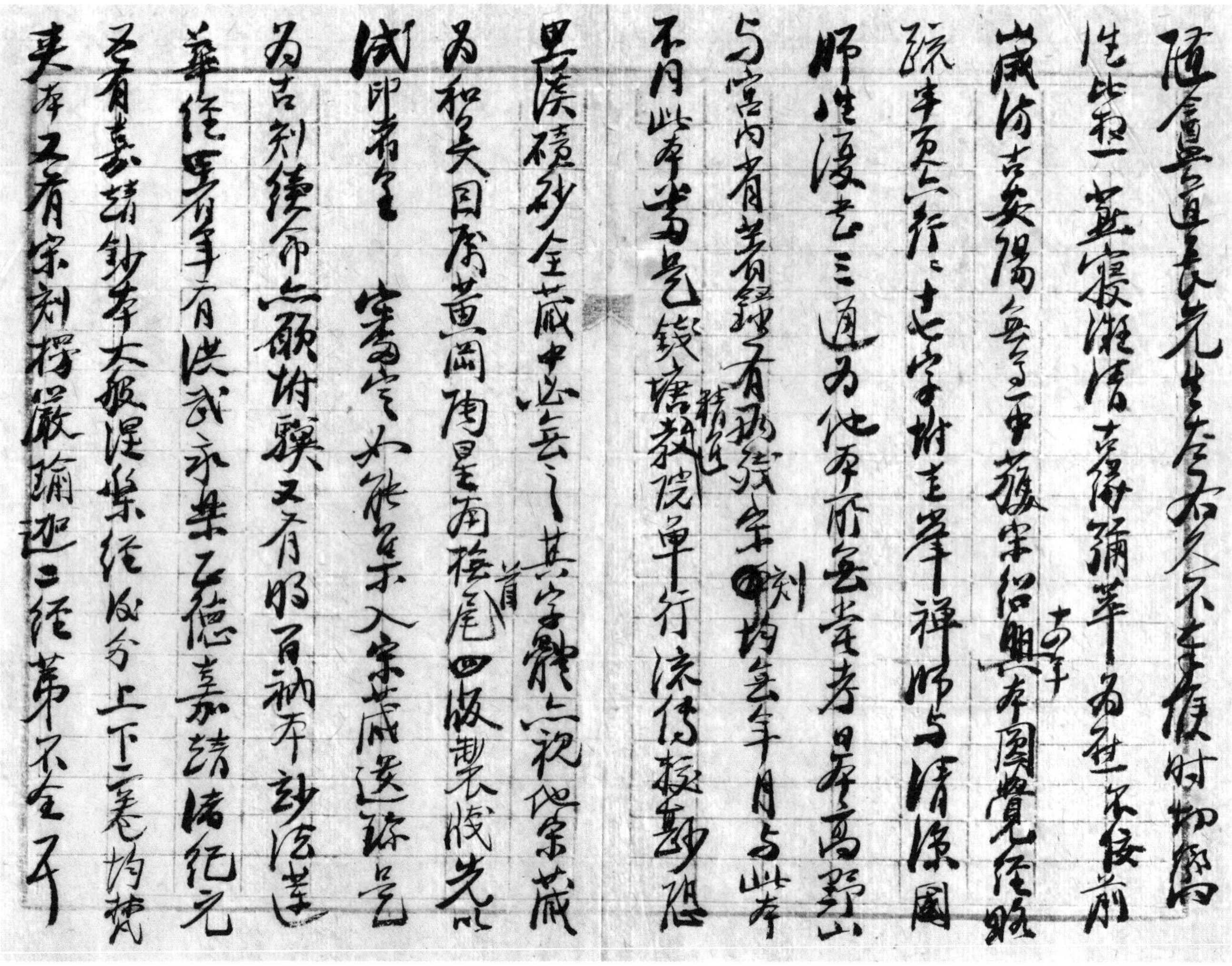

一〇八　致隨厂（二）

随盦道长先生左右：久不奉候，時切嚮往。比想燕寢凝清，古緣彌萃爲慰。不佞前歲訪古安陽，無意中獲宋紹興十四年本《圓覺經略疏》，半頁六行，行十七字，坿圭峰禪師与清涼國師往復書三通，爲他本所無。嘗考日本高野山与宫内省著録，有兩殘宋刻，均無年月，與此本不同。此本當是錢塘精進教院單行，流傳較尠，恐思溪、磧砂全藏中必無之，其字體亦視他宋藏爲和美。曰屬黄岡陶星南橅首尾四版製牋，先以試印者呈審定。如能集入《宋藏遺珍》，是爲古刻續命，亦願坿驥。又有明百衲本《玅法蓮華經》，署年有洪武、永樂、正德、嘉靖諸紀元。又有嘉靖鈔本《大般涅槃經》，後分上下二卷，均梵夾本。又有宋刻《楞嚴》《瑜迦》二经，苐不全耳。

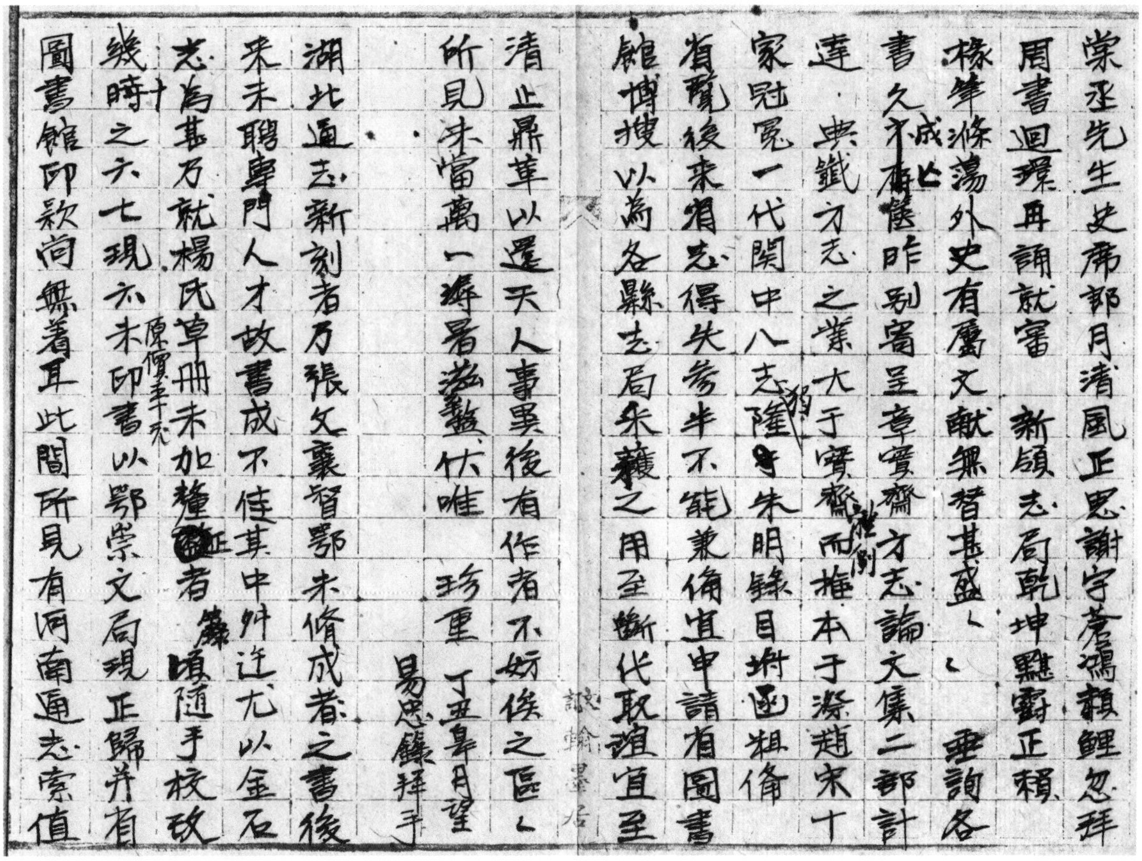

一〇九　致棠丞（一）

棠丞先生史席：郎（朗）月清風，正思謝宇，蒼鴻頳鯉，忽拜周書。迴環再誦，就審新領志局，乾坤黜霸，正賴椽筆滌蕩。外史有屬，文獻無替，甚盛甚盛。垂詢各書，久成亡篋。昨别寄呈章實齋方志、論文集二部，計達典籤。方志之業，大于實齋體例，而推本于溹。趙宋十家，冠冕一代，關中八志，獨隆朱明。録目坿函，粗備省覽。後來省志，得失參半，不能兼備。宜申請省圖書館博搜，以爲各縣志局采穫之用。至斷代取誼，宜至清止。鼎革以還，天人事異，後有作者，不妨俟之。區區所見，未當萬一。溽暑滋盭，伏唯珍重。　丁丑皋月望，易忠籙拜手。

《湖北通志》新刻者，乃張文襄督鄂未脩成之書，後來未聘專門人才，故書成不佳。其中舛迕，尤以《金石志》爲甚，乃就楊氏草册未加釐正者。籙頃隨手校改，幾十之六七。現示未印書原價五十元，以鄂崇文局現正歸并省圖書館，印款尚無著耳。此間所見，有《河南通志》，索值五六十元。此康熙朝頒爲法式者，其關于貴省，只見光緒《石鍾山志》八册約三元而已。目下方志價稍落，然每本仍在五六角之間，視他書較可觀也。匆匆又上。此次寄書，紅色印花希剪下，坿下次函中。至愁至愁。

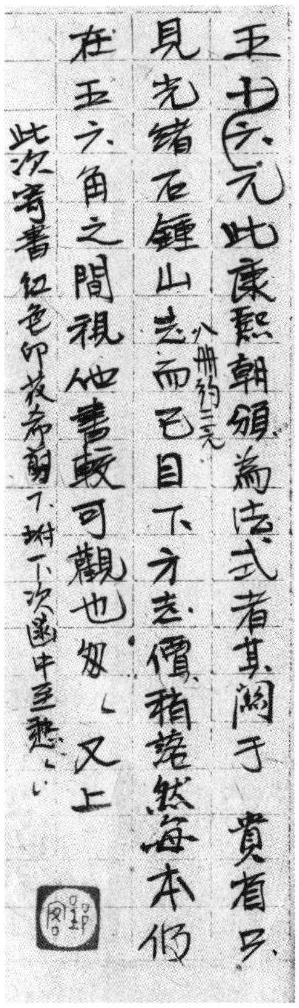

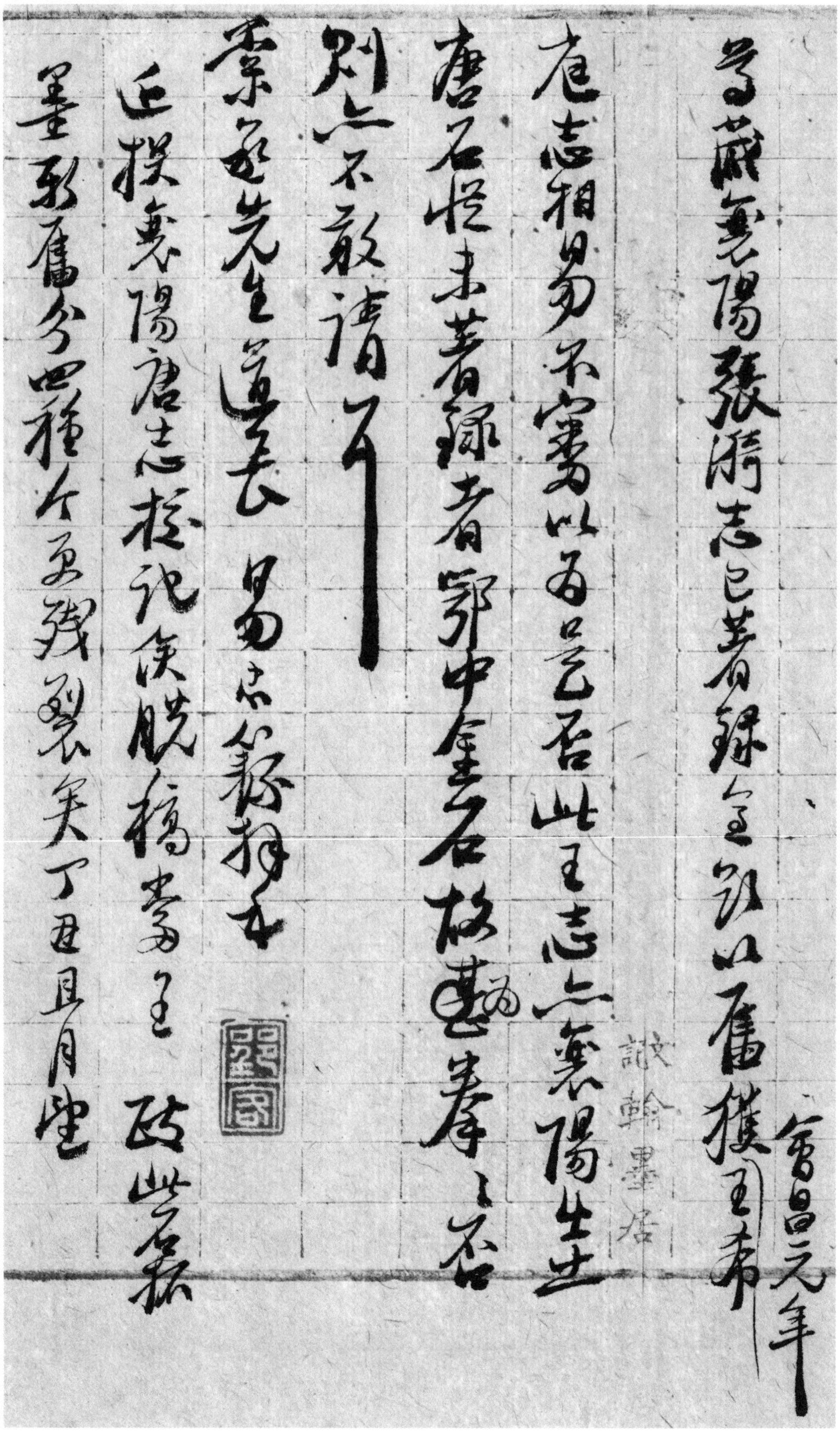

一一〇　致棠丞（二）

尊藏襄陽《張淯志》已著録，意欲以舊獲會昌元年《王希庭志》相易，不審以爲是否？此《王志》亦襄陽出土唐石，從未著録者。鄂中金石故爲拳拳否？則亦不敢請耳。棠丞先生道長。易忠籙拜手。

近撰《襄陽唐志校記》，俟脱稿當呈政。此石拓墨新舊分四種，今更殘製矣。丁丑且月望

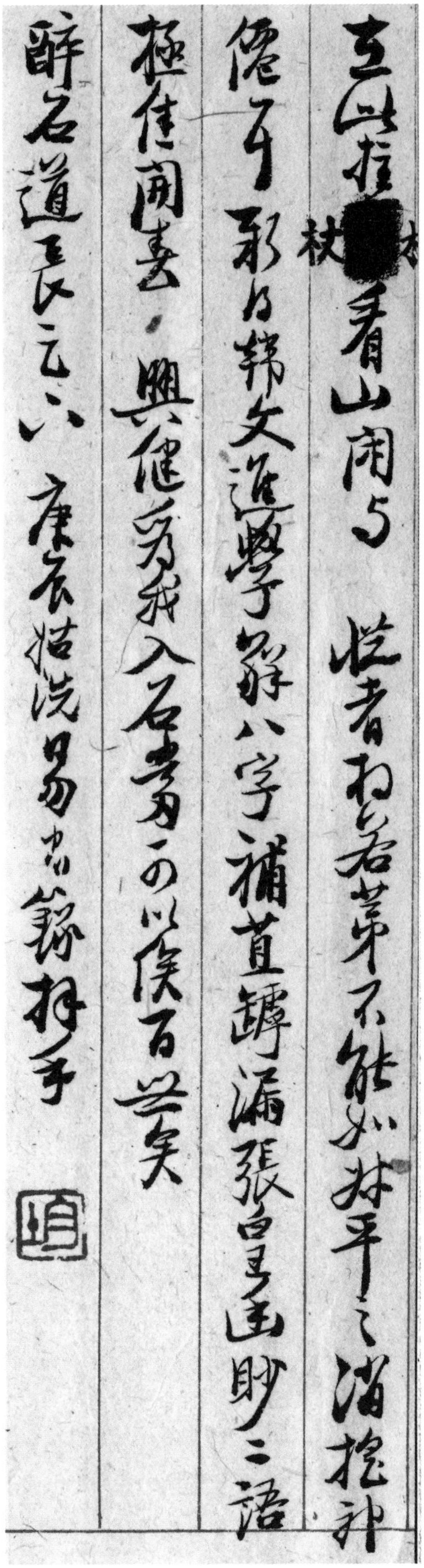

一一二　致唐醉石（一）

在此拄杖看山閑，与從者相若，茀不能如叔平之消搖神僊耳。新得韓文《進學解》八字，『補苴罅漏，張皇幽眇』，二語極佳。開春興健，爲我入石，當可以俟百世矣。

醉石道長足下。庚辰姑洗。易忠籙拜手。

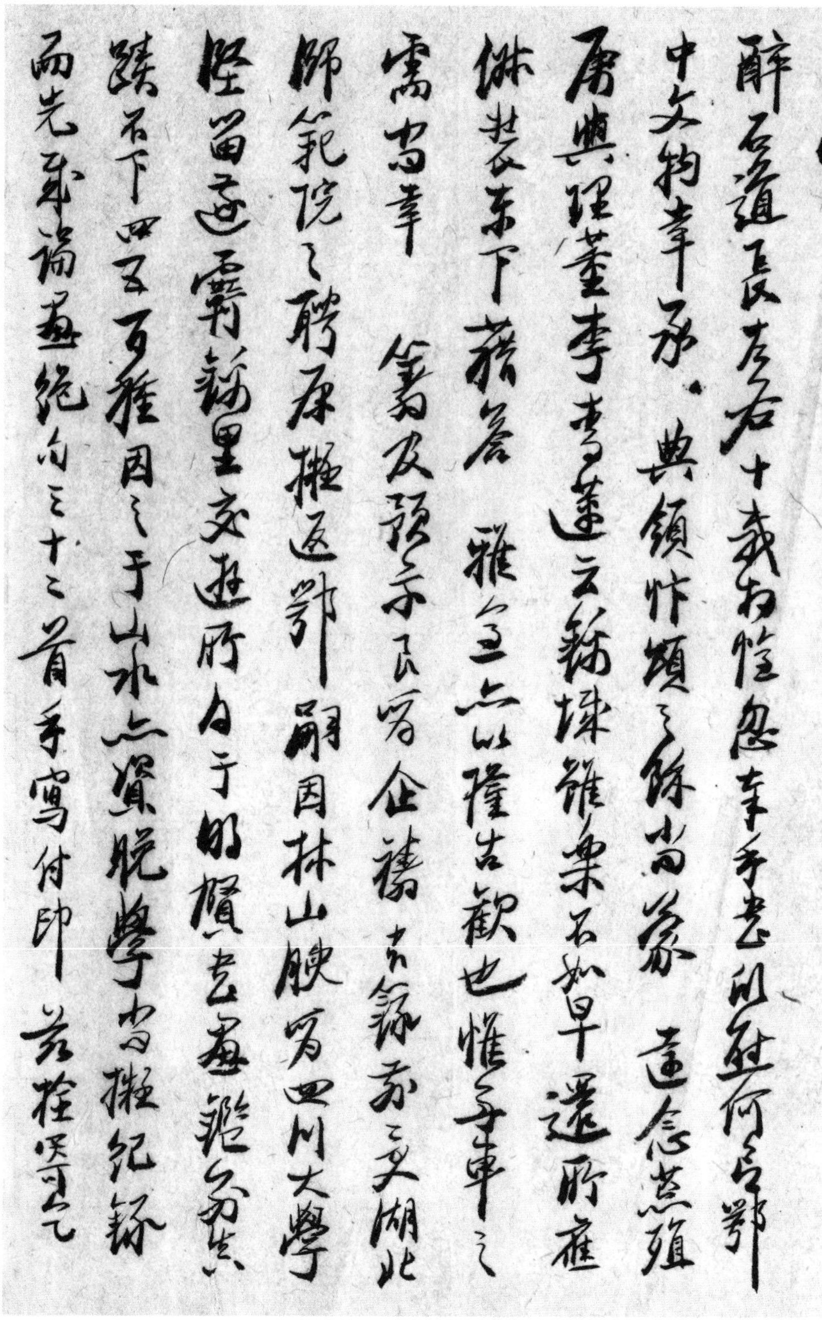

一一一 致唐醉石（二）

覆唐醉石武昌

醉石道長左右：十載相憶，忽奉手書，欣慰何言。鄂中文物幸承典領，忭頌之餘，尚蒙遠念荒殖，屬與理董。李青蓮云：錦城雖樂，不如早還。所應俶裝東下，藉答雅意，亦以隆古歡也。惟舟車之需，尚幸籌及預示，良爲企禱。忠籙前受湖北師範院之聘，原擬返鄂，嗣因林山腴爲四川大學堅留，遂覊錦里。交遊所得，于明賢書畫鑑別真蹟不下四五百種。因之于山水亦資晚學，尚擬紀録。而先成《論畫絕句》三十二首，手寫付印，茲檢奇，乞鑑。又古器物拓片，容再續上。鄂中久未通訊，兵前舊雨，晤乞道意。匆匆，唯

珍重不具。易忠籙載拜。

一九五一年五月二日成都上。

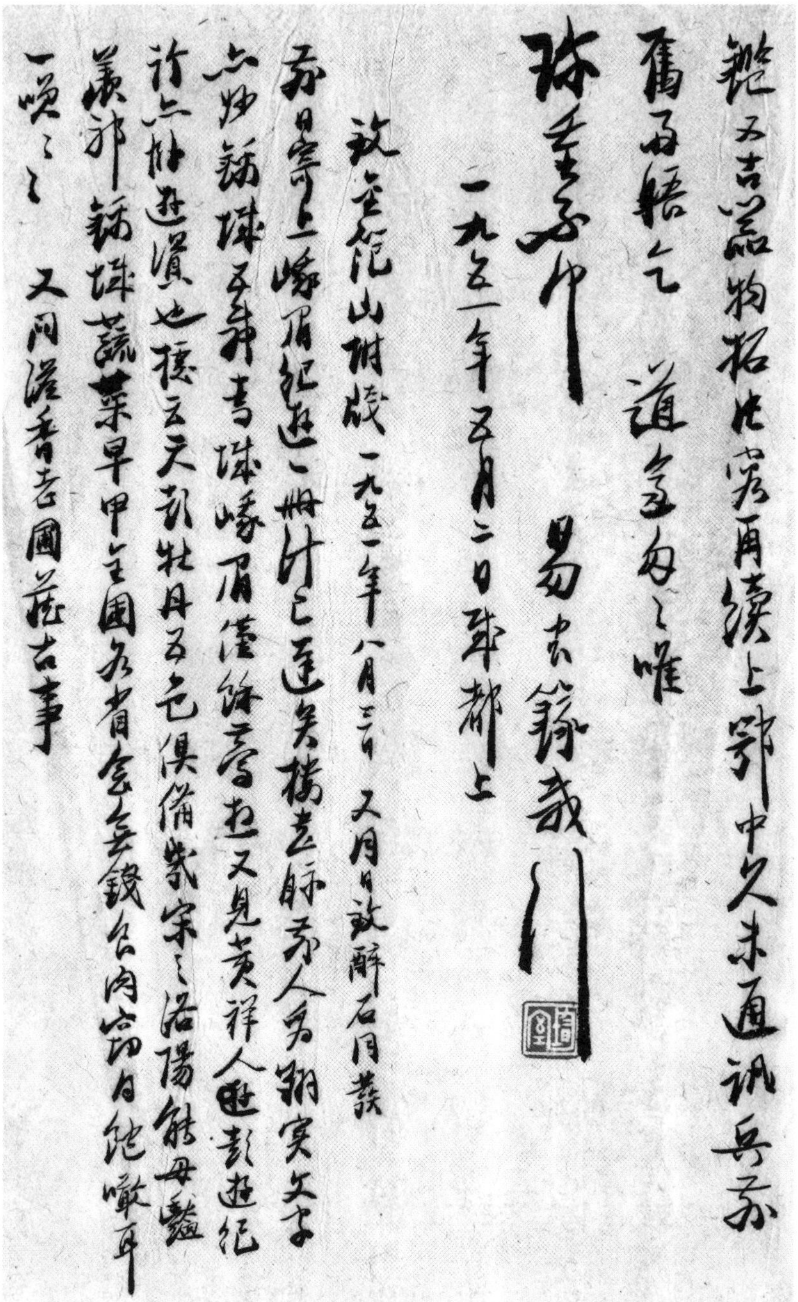

致金範山坿牋一九五一年八月二日又同日致醉石同發

前日寄上《峨眉紀遊》一册，計已達矣。樓書眎前人爲翔實，文字亦妙。錦城五載，青城、峨眉，僅餘夢想。又見黃祥人《彭遊紀行》，亦臥遊資也。據云天彭牡丹五色俱備，幾宋之洛陽，能毋艷羨耶？錦城蔬菜早甲全國各省會，無錢食肉，窃得飽噉耳。

一咲，一咲。又問澹香老圃藏古事。

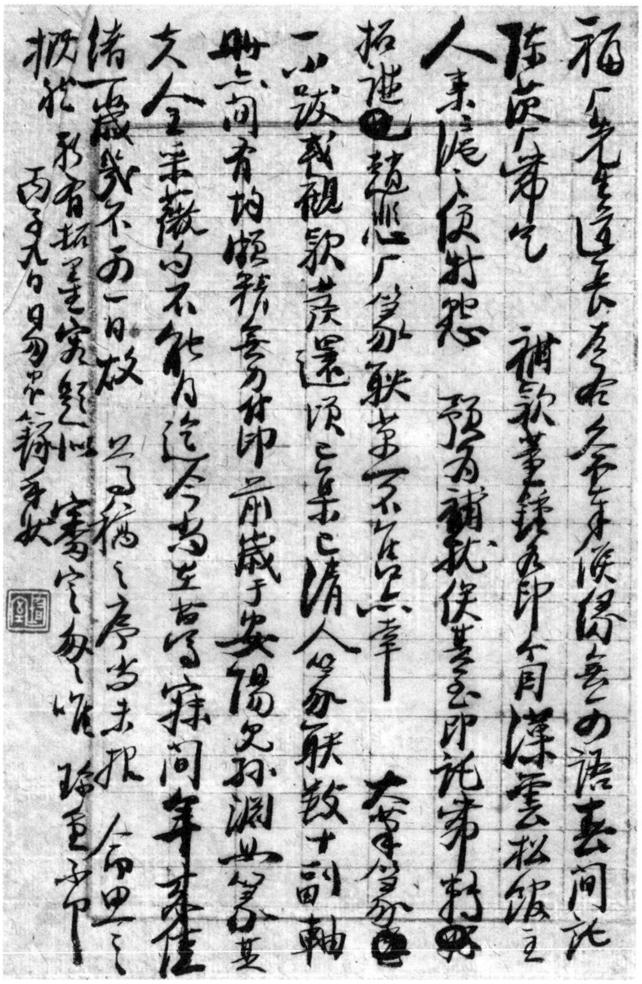

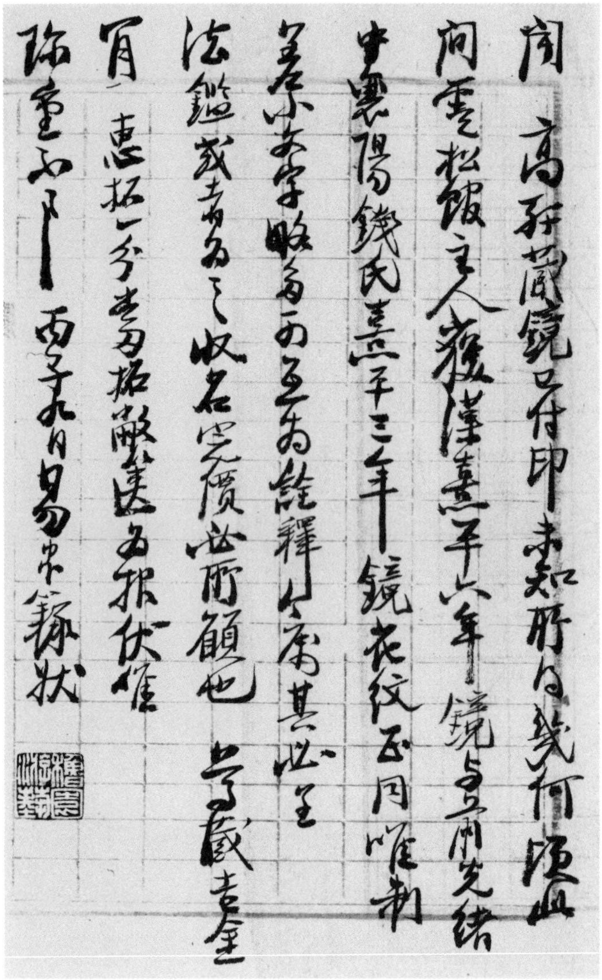

一一三　致王福厂

福厂先生道長左右：久不奉候，緣無可語。春間託陳茨厂帶乞補款董、鍾各印，今曰漢雲松館主人來滬之便，特懇預爲補就，俟其至，即託帶轉拓譜。趙悲厂篆聯萬一不售，亦幸大筆篆一小跋或觀款發還。頃已集已清人篆聯數十副，軸册亦間有，均頗精，無力付印。前歲于安陽見孫淵如篆其夫人王采薇句，不能得，迄今尚在夢寐間。年來佳緒一歲幾不可一日，故尊稿之序尚未報命，思之概（慨）然。新有拓墨，容題似審定。匆匆，唯珍重不具。丙子九日。易忠籙手狀。

聞高軒藏鏡已付印，未知所得幾何？頃此間雲松館主人獲漢熹平六年鏡，与前光緒中襄陽錢氏熹平三年鏡花紋正同，唯制差小，文字略多，可互爲詮釋。今屬其必呈法鑑，或者爲之收名定價，必所願也。尊藏吉金肯惠拓一分，當拓敝篋爲報。伏唯珍重不具。丙子九日。易忠籙狀。

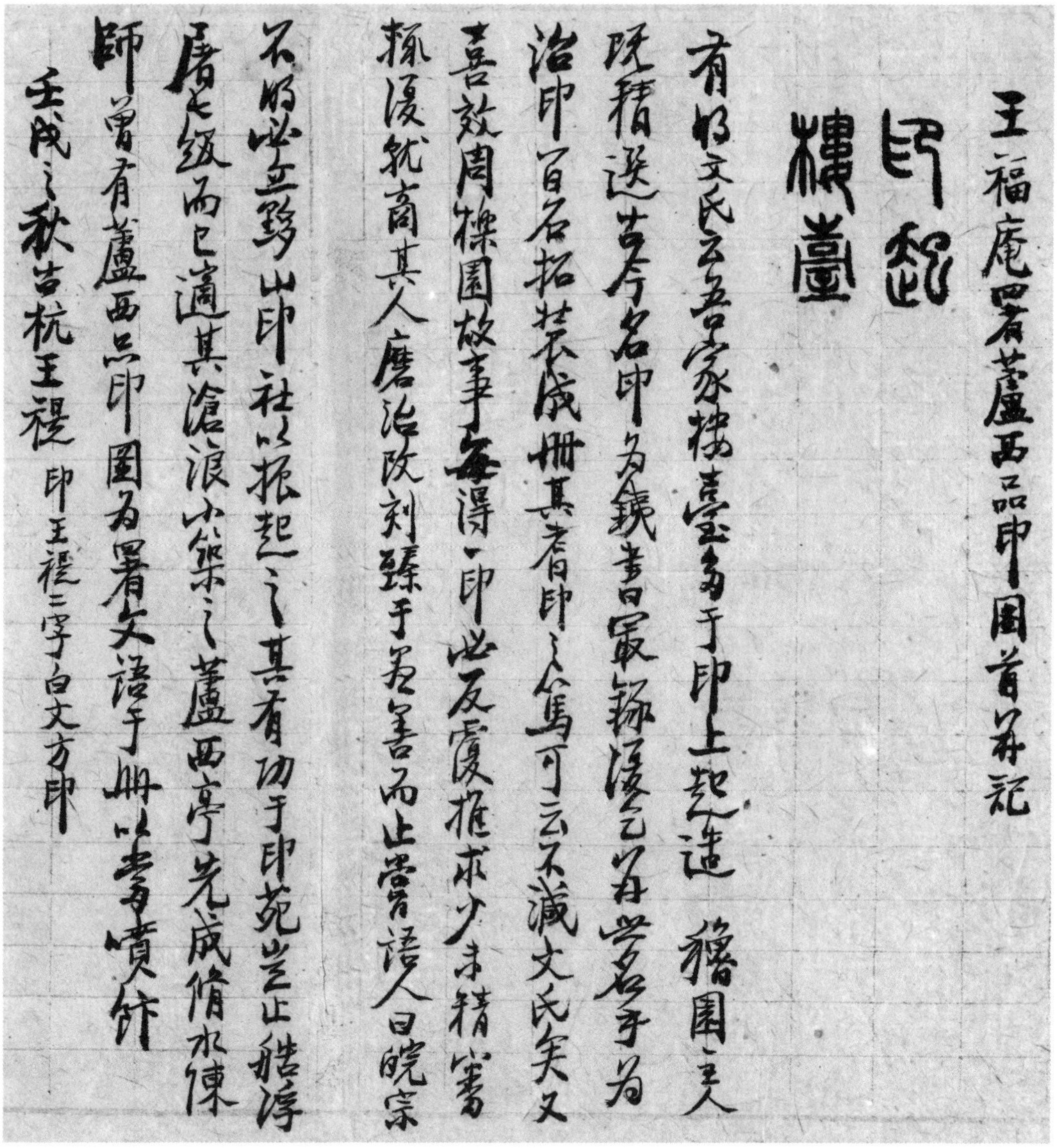

王福庵署蘆西品印圖首并記

印起

樓臺

有明文氏云吾家樓臺多于印上起造 穭園主人
既精選古今名印為鋏書最録復乞并世名手為
治印百石拓裝成册其耆印之篤可云不減文氏矣又
喜效周櫟園故事每得一印必反覆推求少未精審
輒復就商其人磨治改刻臻于盡善而止嘗語人曰皖宗
不明必立黟山印社以振起之其有功于印苑豈止艁浮
屠七級而已適其滄浪小築之蘆西亭先成脩水陳
師曾有蘆西品印圖為署文語于册以當噴飰

壬戌之秋古杭王禔 印王禔二字白文方印

附：王福厂来函（抄件）

《王福庵署蘆西品印圖首并記》

印起樓臺

有明文氏云：吾家樓臺，多于印上起造。

穭園主人既精選古今名印爲《鋏書最録》，復乞并世名手爲治印百石，拓裝成册，其耆印之篤，可云不減文氏矣。又喜效周櫟園故事，每得一印，必反覆推求，少未精審，輒復就商其人磨治改刻，臻于盡善而止。嘗語人曰：『皖宗不明，必立黟山印社以振起之。』其有功于印苑，豈止艁浮屠七級而已？適其滄浪小築之蘆西亭先成，脩水陳師曾有《蘆西品印圖》，爲署文語于册，以當噴飰。壬戌之秋，古杭王禔。印『王禔』二字，白文方印。

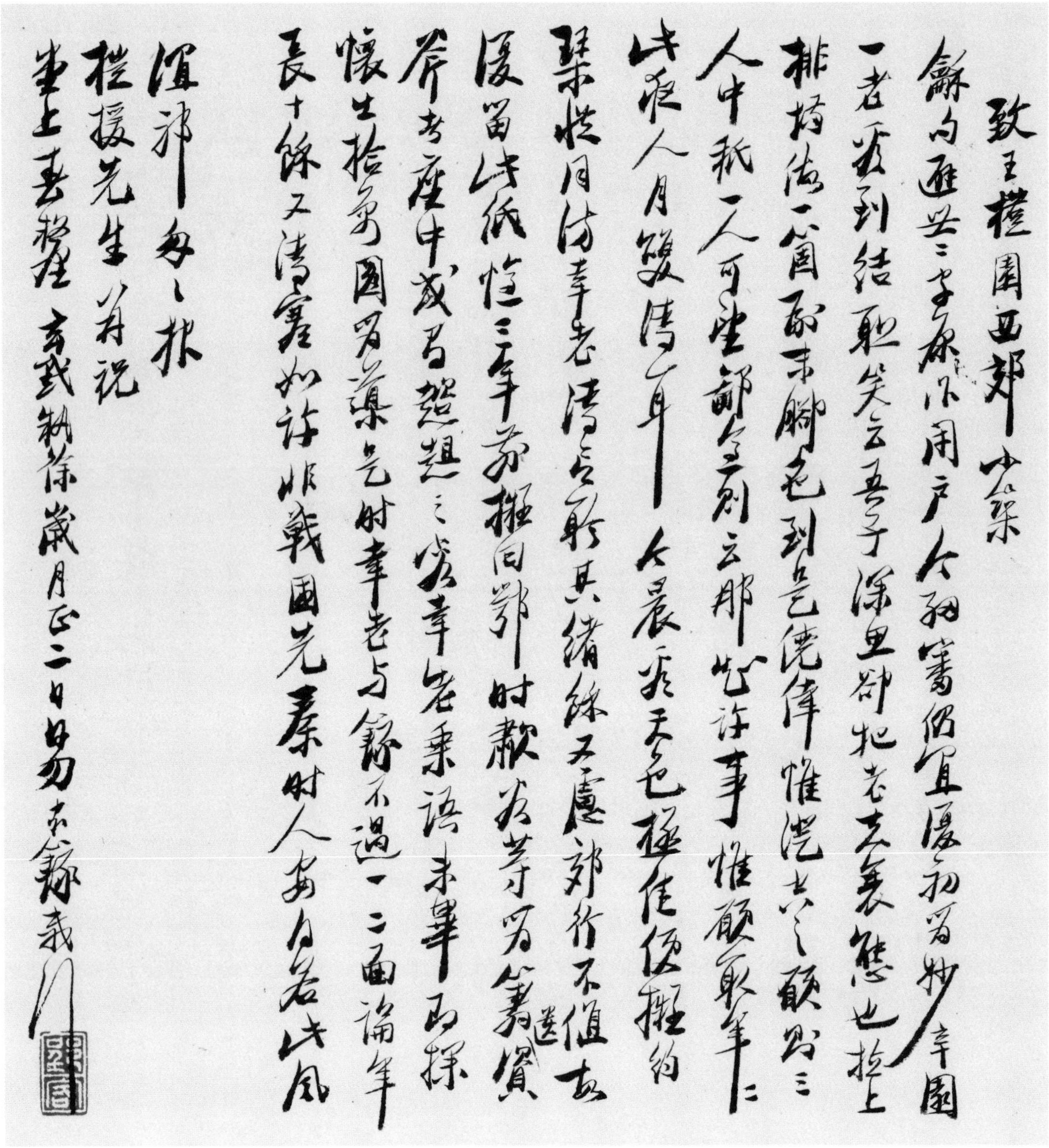

一一四　致王愷園

致王愷園西郊小築

龢句『避世』二字，原作『閉戸』，今細審，仍宜復初爲妙。辛園一老看到結聯笑云：『吾子深思，卻把老夫衰態也拉上排場，做一箇副末腳色，到是僥倖。惟證空之願，則三人中秖一人可望。』鄙意則云：那知許事，惟願取年年此夜，人月雙清耳。今晨看天色極佳，便擬約琹從同訪辛老清言，聆其緒餘。又慮郊行不值，故復留此紙。憶三年前擬回鄂時，歔谷等爲籌遺資斧者，座中或有趦趄之容，幸老乘語未畢，即探懷出拾萬元爲導。是時幸老与籙不過一二面，論年長十餘，又清寒如許，非戰國先秦時人，安得若此風誼耶？匆匆報

愷援先生。并祝

堂上春釐。玄黓執徐歲月正二日。易忠籙載拜。

一一五　致汪三輔

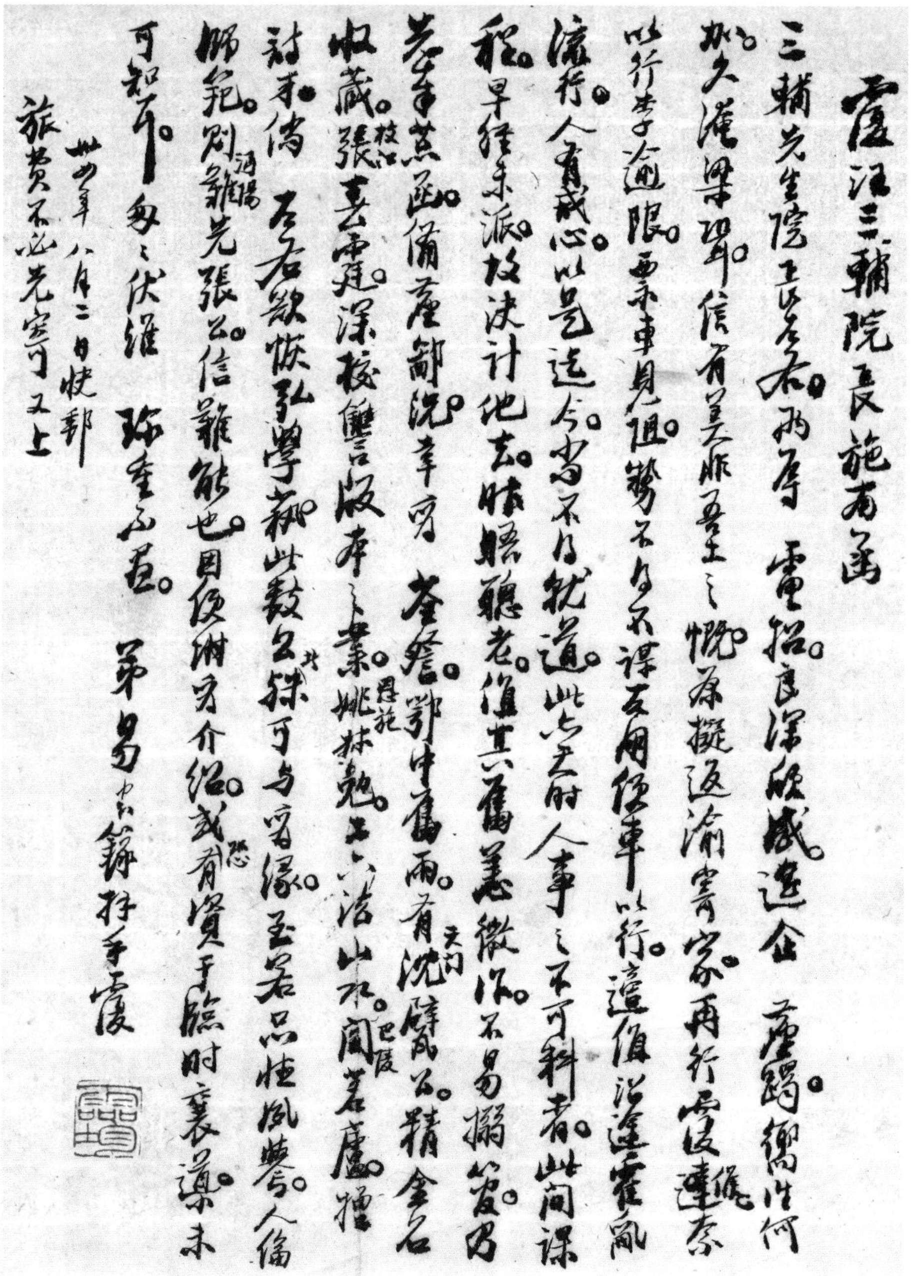

覆汪三輔院長施南函

三輔先生院長左右：兩辱電招，良深欣感。遙企塵躅，嚮往何加。久淹梁聳，信有美非吾土之慨。原擬返渝寄家，再行覆候，奈以行李逾限，票車見阻，勢不得不謀友朋便車以行。適值沿途霍亂流行，人有戒心，以是迄今，尚不得就道，此亦天時人事之不可料者。此間課程，早經未派，故決計他去。昨晤聰老，值其舊恙微作，不易搦管，乃先奉荒函，備塵鄙況，幸爲荃察。鄂中舊雨有天門沈甓公，精金石收藏。枝江張春霆，深校讐版本之業。恩施姚叔勉，工六法山水。巴陵閻茗盧，擅詩才。倘左右欲恢弘學藪，此數公者殊可與爲緣。至若品德夙譽、人倫師範，則沔陽難先張公，信難能也。因便坿爲介紹。或恐有資于臨時襄導，未可知耳。匆匆，伏維珍重不具　弟易忠籙拜手覆。

卅四年八月二日快郵。

旅費不必先寄。又上。

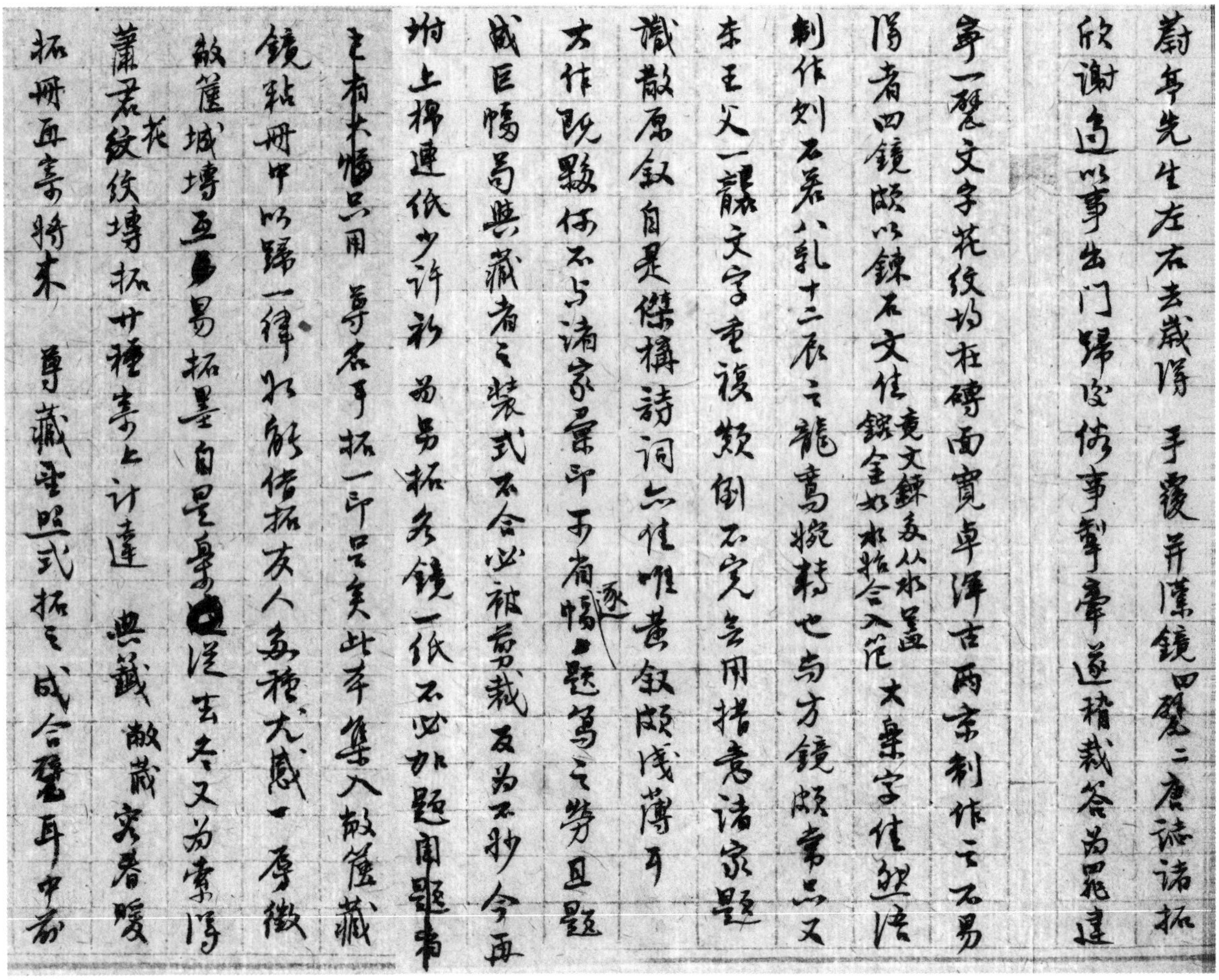

一一六　致蔚亭

蔚亭先生左右：去歲得手覆，并漢鏡四、甓二、唐誌諸拓，欣謝。適以事出門，歸後俗事掣牽，遂稽裁答爲罪。建寧一甓，文字花紋均在磚面，寬卓渾古，兩京制作之不易得者。四鏡頗似以鍊石文佳竟文鍊多從水，蓋鎔金如水，始合入範，大樂字佳。然語制作，則不若八乳十二辰之龍鸞婉轉也。尚方鏡頗常品。又東王父一襲文字重複，顛倒不完。無用措意諸家題識，散原叙自是傑構，詩詞亦佳，唯黄叙頗淺薄耳。

大作既夥，何不与諸家彙印，可省逐幅題寫之勞。且題成巨幅，苟与藏者之裝式不合，必被剪裁，反爲不妙。今再坿上棉連紙少許，祈爲另拓各鏡一紙，不必加題，只用尊名手拓一印足矣。此本集入敝篋藏鏡粘册中以歸一律，如能借拓友人多種尤感。辱徵敝篋城塼，互易拓墨，自是樂從。去冬又爲索得蕭君花紋塼拓廿種寄上，計達典籤。敝藏容春暖拓册再寄。將來尊藏望照式拓之，成合璧耳。中前後左右軍各塼，其文字自是唐以後物，後得三十將造一甓，字更

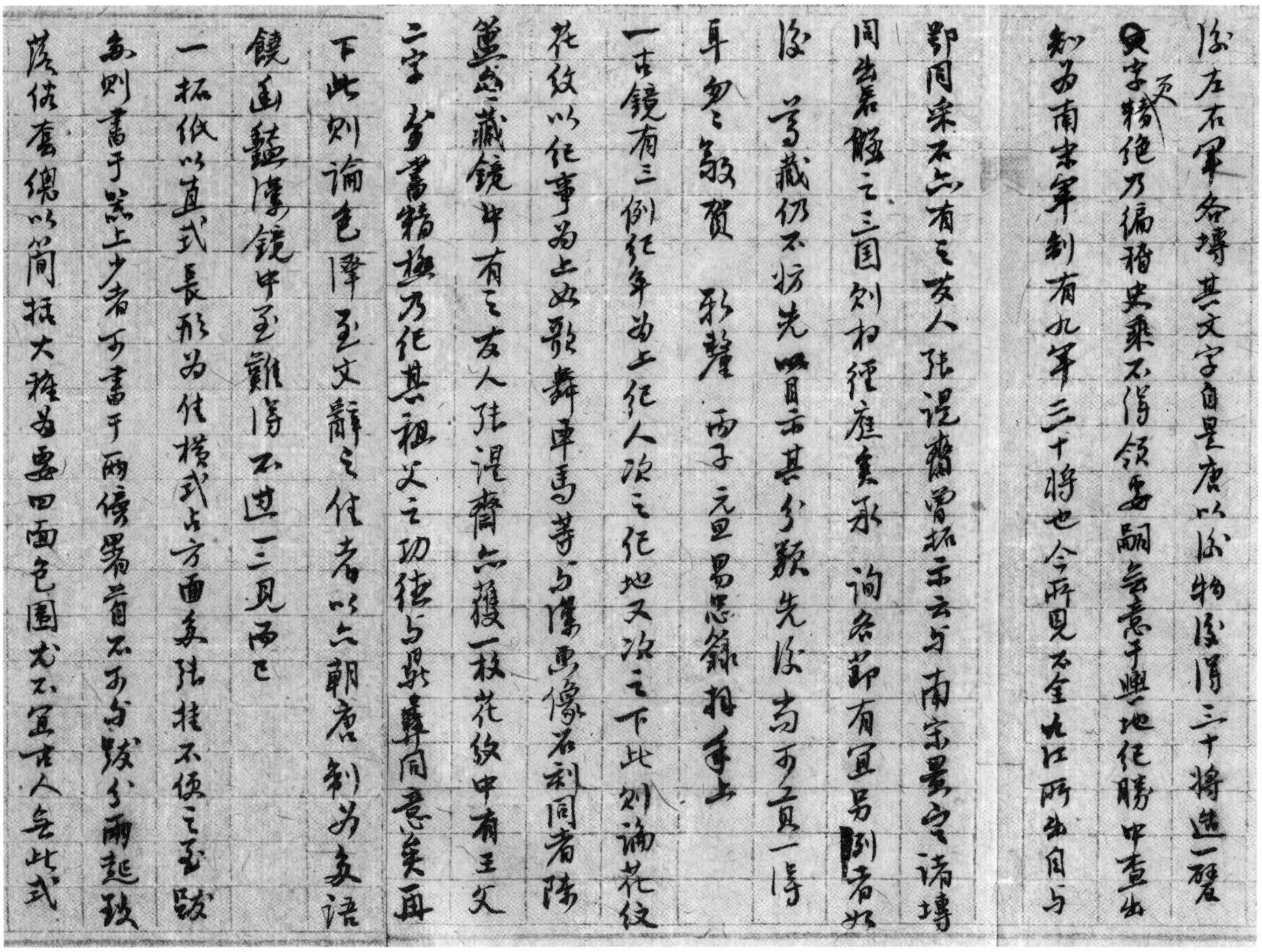

精絕，乃徧稽史乘，不得領要。嗣無意于《輿地紀勝》中查出，知爲南宋軍制，有九軍三十將也。今所見不全，九江所出，自與鄂同，采石亦有之。友人張諟齋曾拓示云，與南宋景定諸塼同出，若儗之三國，則相徑庭矣。承詢各節，有宜另列者如後。尊藏仍不妨以目示其分類先後，尚可貢一得耳。匆匆，敬賀新釐。丙子元旦。易忠籙拜手上。

一、古鏡有三例：紀年爲上，紀人次之，紀地又次之。下此則論花紋。花紋以紀事爲上，如歌舞、車馬等，与漢畫像石刻同者。陳簠齋藏鏡中有之。友人張諟齋亦獲一枚，花紋中有『王父』二字，分書精極。乃紀其祖父之功德，与鼎彝同意矣。再下此則論色澤。至文辭之佳者，以六朝唐制爲多，語饒幽豔，漢鏡中至難得，不過一二見而已。

一、拓紙以直式長形爲佳，橫式占方面多，張挂不便之至。跋多則書于器上，少者可書于兩傍，署首不可与跋分兩起，致落俗套，總以簡括大雅爲要。四面包圍尤不宜，古人無此式。一紙不可拓二器，以便流傳裝冊。蓋金石書畫，一遇裱挂，則不能

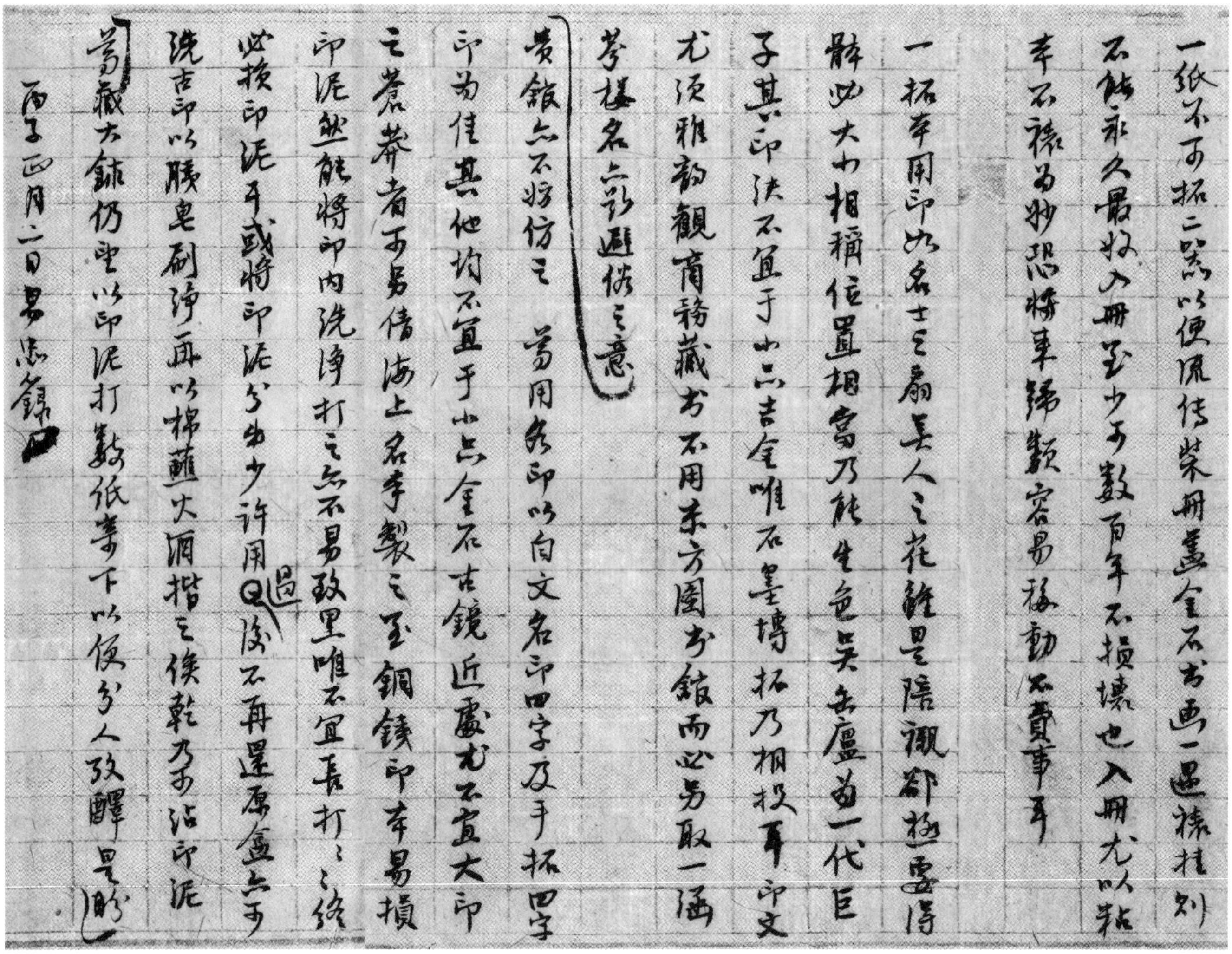

永久。最好入册，至少可數百年不損壞也。入册尤以粘本不裱爲妙，恐將來歸類容易，移動不費事耳。

一、拓本用印如名士之扇、美人之花，雖是陪襯，卻極要得體，必大小相稱，位置相當，乃能生色。吴缶廬爲一代巨子，其印決不宜于小品吉金，唯石墨塼拓乃相投耳。印文尤須雅韻，觀商務藏書，不用東方圖書館而必另取一涵芬樓名，亦欲避俗之意。貴館亦不妨仿之。尊用各印，以白文名印四字及手拓四字印爲佳，其他均不宜于小品金石。古鏡近處尤不宜大印之蒼莽者，可另倩海上名手製之。至銅鋏印本易損印泥，然能將印内洗淨打之，亦不易致黑。唯不宜長打，長打終必損印泥耳。或將印泥分出少許，用過後不再還原盒亦可。洗古印以胰皂刷淨，再以棉蘸火酒揩之，俟幹乃可沾印泥。尊藏大鉢仍望以印泥打數紙寄下，以便分人玫醳是盼。丙子正月二日。易忠籙。

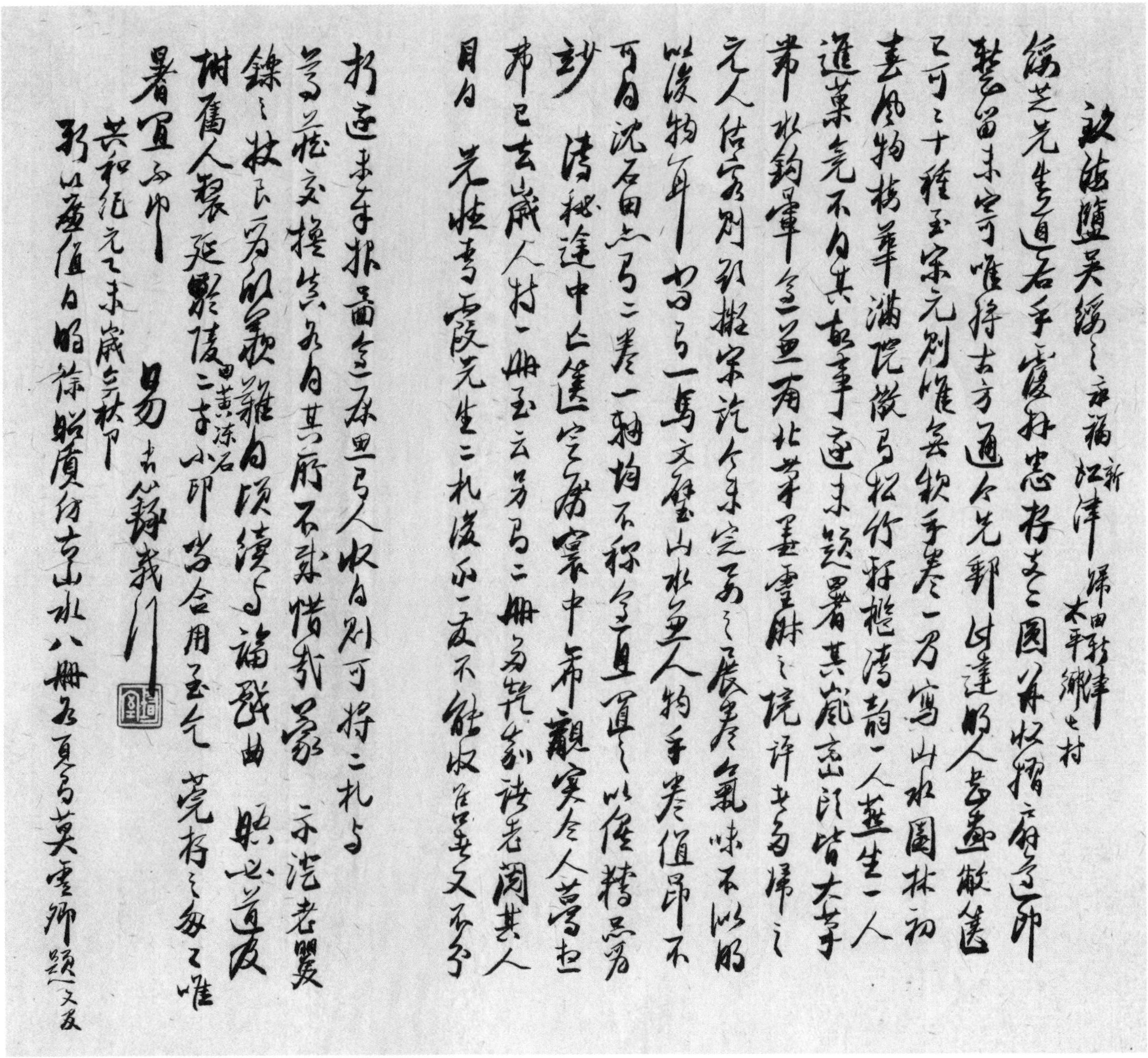

一一七　致吳綬之（一）

致海鹽吳綬之永福　新津歸田新津太平鄉七村

綬芝先生道右：手覆拜悉，存支二圓并收。摺扇遵即暫留未寄，唯將《古方通今》先郵，計達。明人書畫，敝篋已可二十種，至宋元則唯無款手卷一，乃寫山水園林，初春風物，梅華滿院，微有松竹軒檻清韻，一人燕坐，一人進菓，竟不得其故事，遂未題署。其巒頭皆大筆帶水鈎暈，意兼南北筆墨靈淑之境。評者多歸之元人，估客則欲擬宋，訖今未定。要之，展卷氣味不似明以後物耳。尚有一馬文璧山水兼人物手卷，值昂不可得。沈石田亦有二卷一軸，均不稱意。且置之，以俟精品爲玅。清秘途中亡篋，定屬寰中希覯，實令人夢想弗已。去歲人持一册至，云另有二册，多乾嘉諸老，閱其人，目得先德青霞先生二札。後介一友，不能收，售者又不分折，遂未奉報。喦意原思有人收得，則可將二札與尊藏交換，真各得其所。不成，惜哉。蒙示澄老矍鑠之狀，良爲欣羨難得。頃續與論戲曲，晤必道及。坿舊人製『延陵』田黄凍石二字小印，尚合用至，乞莞存之。匆匆，唯暑宜不具。

易忠籙載拜。

共和紀元乙未歲立秋卩。

新以廉值得明徐昭質仿古山水八册，各頁有莫雲卿題。又及。

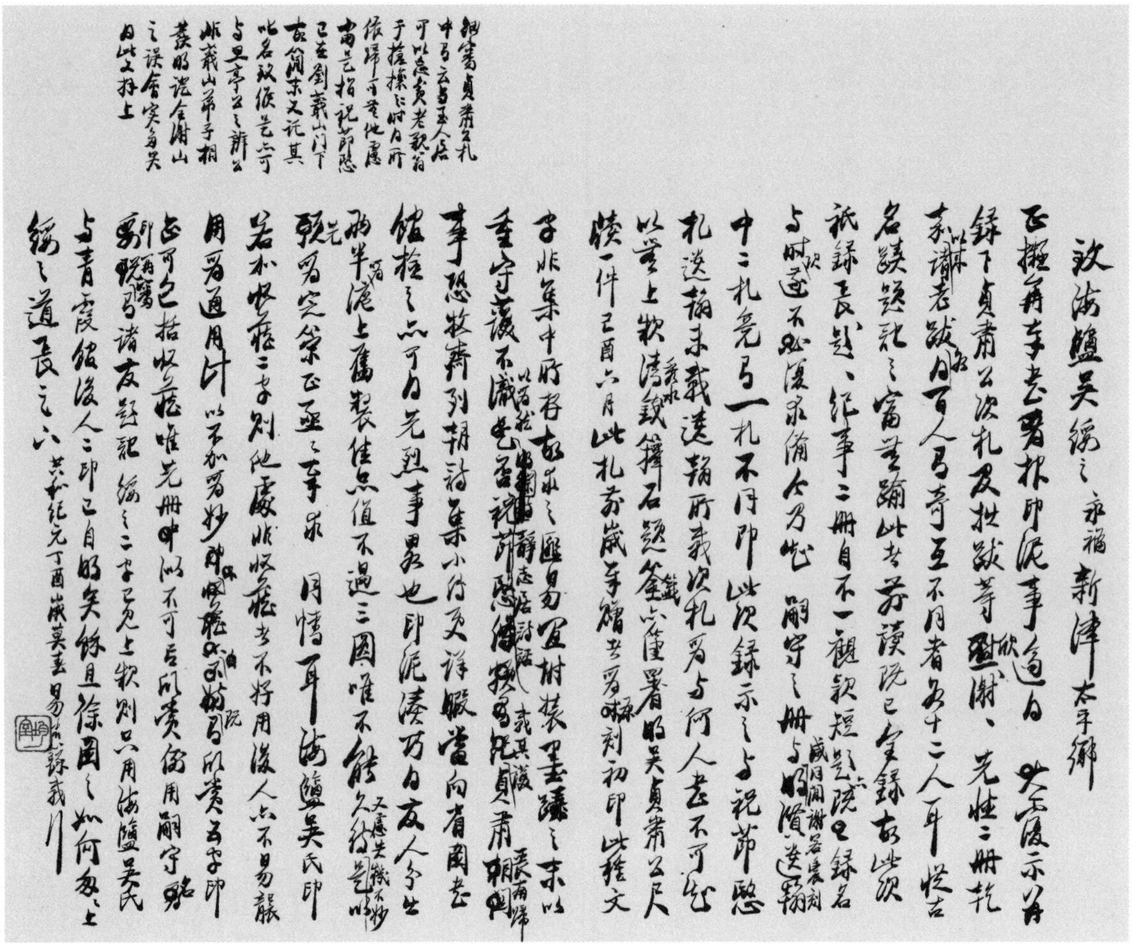

一一八　致吴綬之（二）

致海鹽吴綬之永福新津太平鄉

正擬再奉書爲報印泥事，適得覆示，并録下貞肅公次札及拙跋等，欣謝欣謝。先德二册，乾嘉以來諸老跋各得百人有奇。互不同者，各十二人耳。從古名蹟題記之富，無踰此者。前讀既已全録，故此次衹録長題。長題、紀事二册自不一，觀款，短題亦既録名与時次，遂不復求備。今乃知嗣守之册，与咸同間謝若農刻《明賢遺翰》中二札竟有一札不同，即此次録示之《与祝茚愍札》，《遺翰》未載，《遺翰》所載次札爲与何人書不可知，以無上款。清秀水錢籜石題籤亦僅署『明吴貞肅公尺牘一件。己酉六月。』此札前歲奉贈者，爲原刻初印。此種文字非集中所存，故求之匪易，宜坿裝墨蹟之末，以重守護。不識以爲然否？《静志居詩話·祝茚愍》載其護貞肅喪南歸事，恐牧齋《列朝詩集小傳》更詳，暇當向省圖書館檢之，亦可得先烈事畧也。印泥湊巧得友人分出兩半，爲滬上舊製佳品，值不過三圓。唯不能久待，又慮失機不妙，是以先爲定築，正亟亟奉求同情耳。『海鹽吴氏』印若加『收藏』二字，則他處非收藏者不好用，後人亦不易襲用。爲通用計，以不加爲妙。既有『欣賞』五字印，正可包括收藏。唯先册似不可言欣賞，例用『嗣守』名印。再審有諸友題記，『綬之』二字已見上款，則只用『海鹽吴氏』与『青霞館後人』二印，已自明矣。餘且徐圖之，如何？匆匆上。

綬之道長足下。

共和紀元丁酉歲莫春，易忠籙載拜。

細審貞肅公札中有云：『与至人居，可以忘貧。老親翁于搶攘時得所依歸，可無他慮。』當是指祝茚愍已在劉蕺山門下，故簡末又託其叱名致候，是亦可与思亭公之辨公非蕺山弟子相發明，證全謝山之誤會實多矣。得此，又拜上。

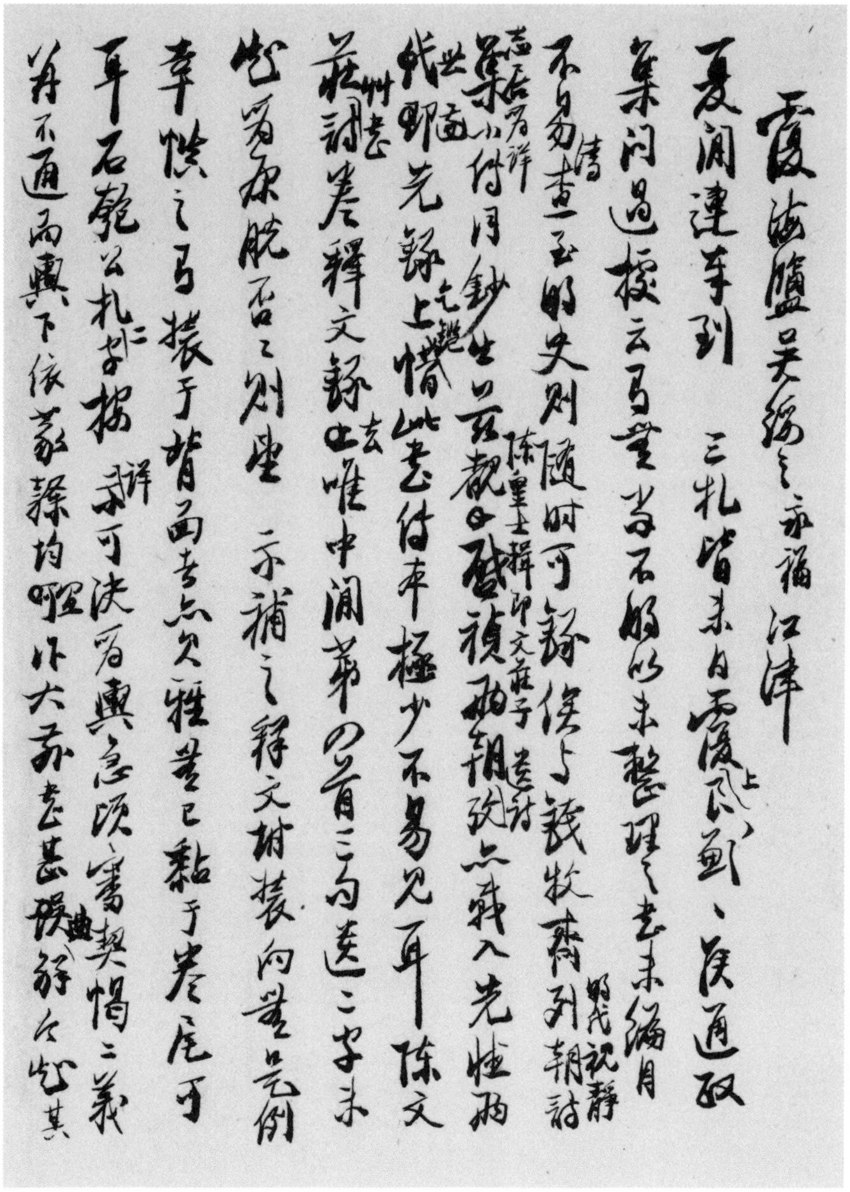

一一九　致吴綬之（三）

覆海鹽吴綬之永福　江津

夏間連奉到三札，皆未得覆上，良歉良歉。侯通政集問過，據云有無尚不明，以未整理之書未編目，不易清查。至《明史》則隨時可録，俟與錢牧齋《列朝詩集小傳》（明代視《靜志居》爲詳）同鈔出。茲覩《啓禎兩朝遺詩攷》陳皇士輯，即文莊子，亦載入先德兩世，遂先録上，乞鑑。惜此書傳本極少，不易見耳。陳文莊艸書詩卷釋文録去，唯中間第四首三句遺二字，未知爲原脱否？否則望示補之。釋文坿裝向無是例，幸慎之。有裝于背面者，亦欠雅。無已，黏于卷尾可耳。石匏公札二字，按詳示，可決爲『輿』『急』。頃審『契』『惕』二義并不通，而『輿』下依篆隸均宜作大，前書甚曲解，今知其非是。至贈敕卷首雖誤題，即于十字下旁添一二字便得，何用追悔？曾大荒〔一〕、徐鴻冥〔二〕咸忙甚，故久不交卷。其餘畫家亦然。且佳者難以与人，不必多求爲妙。前爲物色印石等，皆偶然億中，并非先有豫置以待者。尊屬四印今拓上審定，想能合用。若『庾』『隱』等文，恐致誤会，不必製印乏先例也。示書畫人名不易

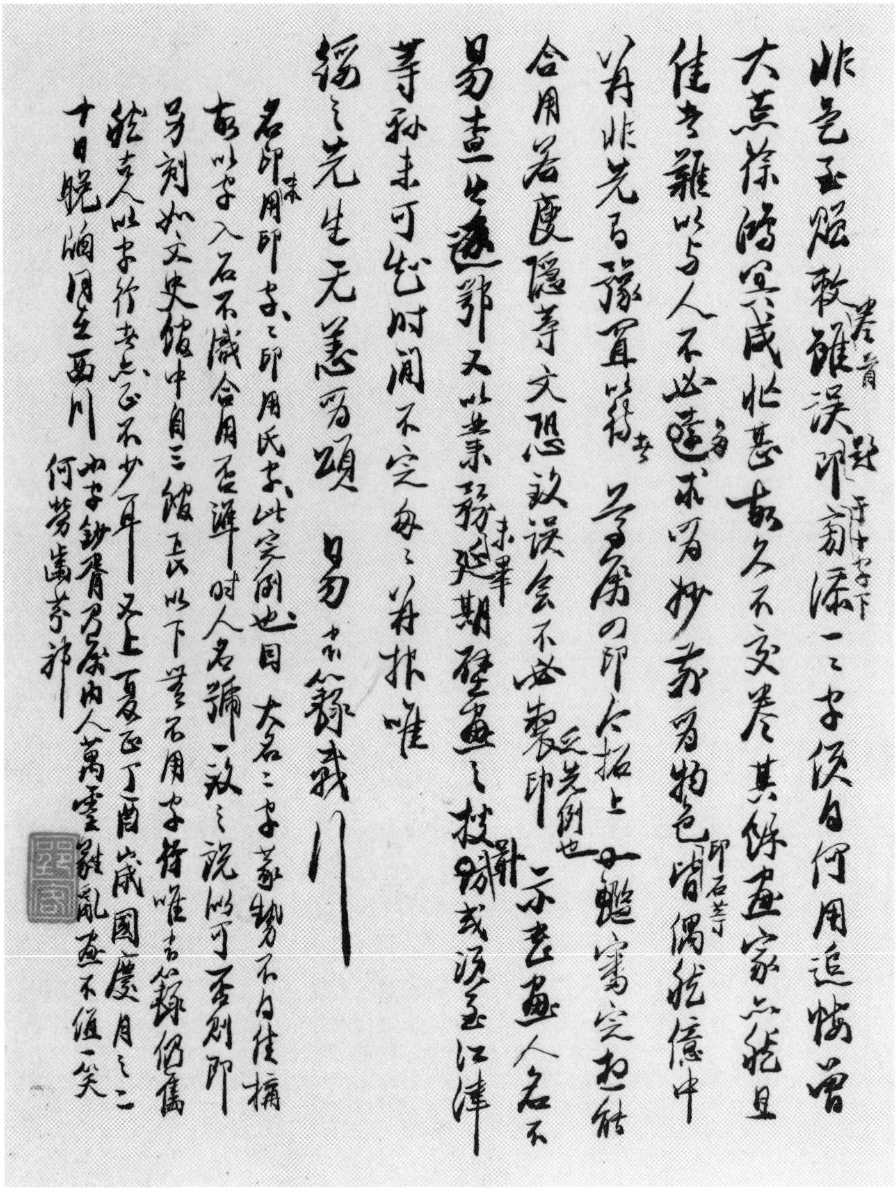

查出，返鄂又以業務未畢延期。壁畫之搜討，或須至江津等縣未可知，時間不定。匆匆并報。唯

綏之先生无恙爲頌。易忠籙載拜。

名印末用『印』字，字印用『氏』字，此定例也。因大名二字，篆勢不得佳構，故以字入石，不識合用否？準時人名號一致之説似可，否則即另刻。如文史館中，自三館長以下，無不用字行。唯忠籙仍舊。然古人以字行者，亦正不少耳。又上。夏正丁酉歲國慶月之二十日晚窗，同在西川。小字鈔胥乃屬内人萬靈蕤亂畫，不值一笑，何勞齒芬耶？

【注釋】

［一］曾大荒即曾默躬。見前注。

［二］徐鴻冥即徐壽（一九〇四—一九八八年），字益生，號鴻冥。四川成都人。著名書法家、篆刻家、書畫收藏鑒定家。徐無聞之父。

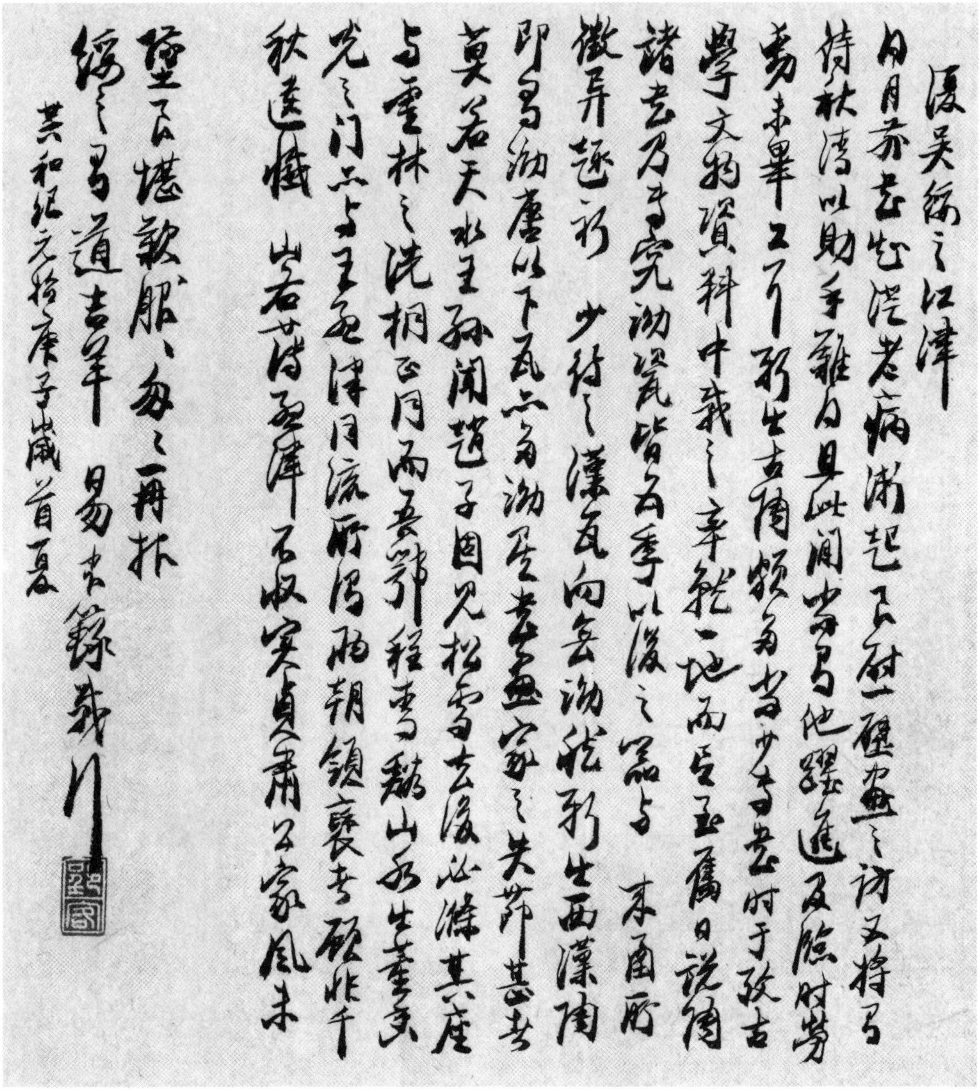

一二〇　致吳綬之（四）

復吳綬之　江津

得月前書，知澄老病漸起，良慰。壁畫之訪，又將有待秋清，以助手難得，且此間尚有他躍進及臨時勞動未畢工耳。新出古陶頗多，尚少專書，時于孜古學文物資料中載之，率就一地而言。至舊日說陶諸書，乃專究泑瓷，皆五季以後之器，与來函所徵異趣，祈少待之。漢瓦向無泑，然新出西漢陶即有泑，唐以下瓦亦多泑矣。書畫家之失莭甚者，莫若天水王孫。聞趙子固見松雪去後必滌其座，与雲林之洗桐正同。而吾鄂程青溪山水出董香光之門，亦与王孟津同流，所得兩朝領袞者，顧非千秋遺憾？山右薄孟津不收，實貞肅公家風未墜，良堪歎服，歎服。匆匆再報。

綏之有道吉羊，易忠籙載拜。

共和紀元始庚子歲首夏。

日月前老乞從老病衖起乃成一壁畫之作又將
綿秋清以助手雖有且此間寺君他躍進及定疑臨時勞
爲未畢工耳 彩生古陶類多寺少寺甚附于
孜古學文物資料中我之年能一地而已至舊址日
說陶諸書乃另改湖諸說皆爲李後之器與林臺蘭
微漢瓦向無湖綫新生西漢陶即以爲湖唐以後瓷別爲湖器
所說異趣新少許之去畫家之失節甚者莫若
趙子固以松雪去後必滌其庭與雲林之洗桐正同
天我王我而五郭經書溪山我生董其光之門亦与我王
律用流所謂爲朝鍛裘者啟非今秋送緘山右脩
而津不收實真肅然流風未墜足話款脉不至耶再報
綏之爲道吉羊 易大厂錄我川
共和紀元拾庚子歲首夏

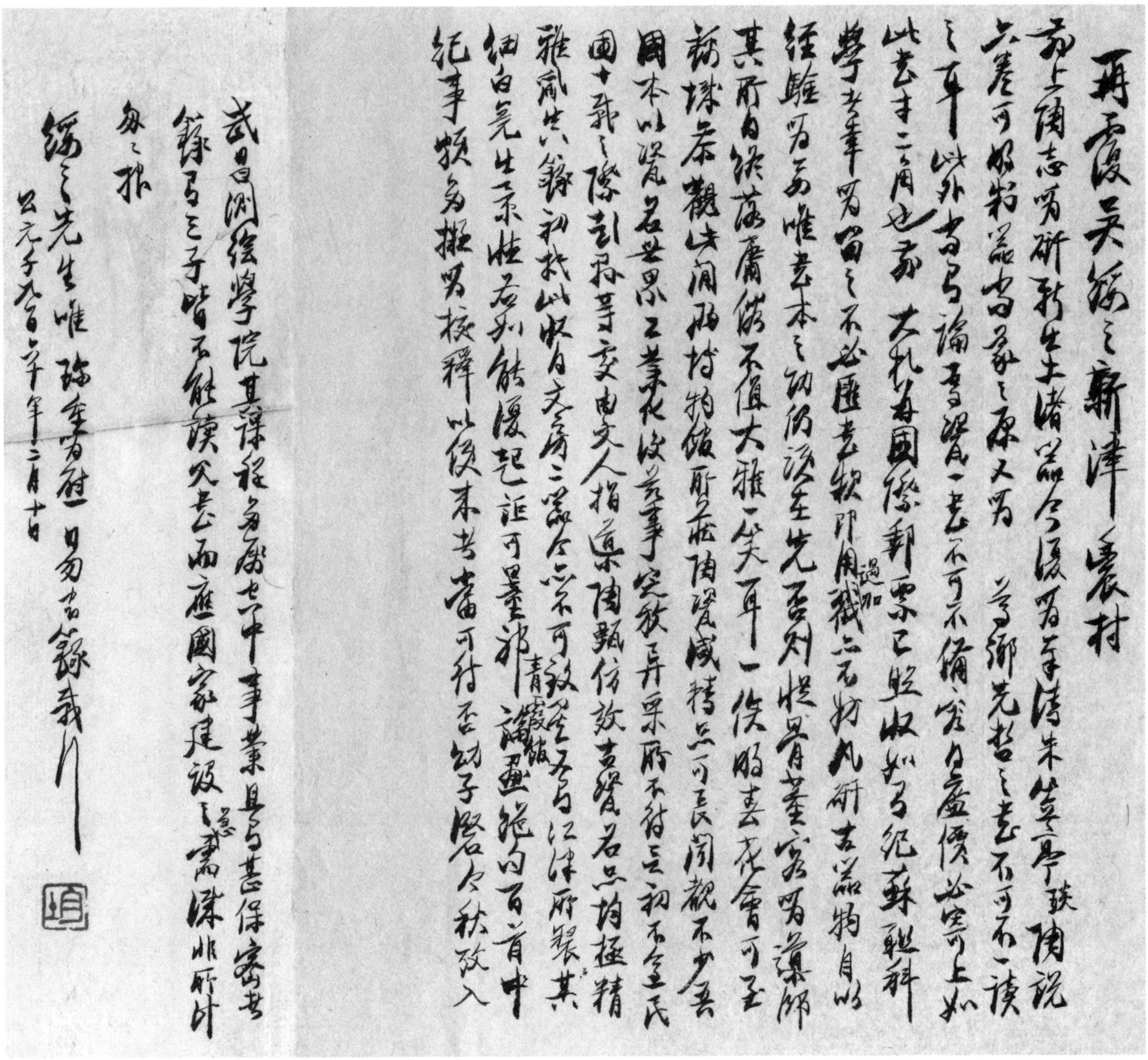

一二一　致吳綬之（五）

再覆吳綬之　新津農村

前上《陶志》爲研新出土諸器，今復爲奉清朱笠亭琰《陶説》六卷，可明制器尚象之原，又爲尊鄉先哲之書，不可不一讀之耳。此外，尚有《論青瓷》一書，不可不備，容得廉價必寄上，如此書才二角也。前大札并國際郵票已照收，如有紀蘇聯科學者，幸爲留之。不必匯書款，即用過加戳亦不妨。凡研古器物，自以經驗爲要。唯書本之功仍須在先，否則從骨董客爲導師，其所得終落庸俗，不值大雅一笑耳。一俟明春花會，可至錦城參觀，此間兩博物館所藏陶瓷咸精品，可長聞覩不少。吾國本以瓷名世界，工業化後，茲事定放異采，所不待言。初不意民國十載之際，彭縣等處由文人指導陶甄，仿效古瓷名品，均極精雅亂真。籙初抵此，收得文房二器，今亦不可致矣。又有江津所製，其細白竟出景德右。如能復起，詎可量耶？《青霞館論畫絕句》百首中，紀事頗多，擬爲校釋，以便來者，當可待否？幼子翌今秋攷入武昌測繪學院，其課程多屬空中事業，且有甚保密者。籙有三子，皆不能讀父書，而應國家建設之急需，誠非所計。匆匆報

綬之先生。唯珍重爲慰，易忠籙載拜。

公元千九百六十年十二月十日。

一二三一　致吳綬之（六）

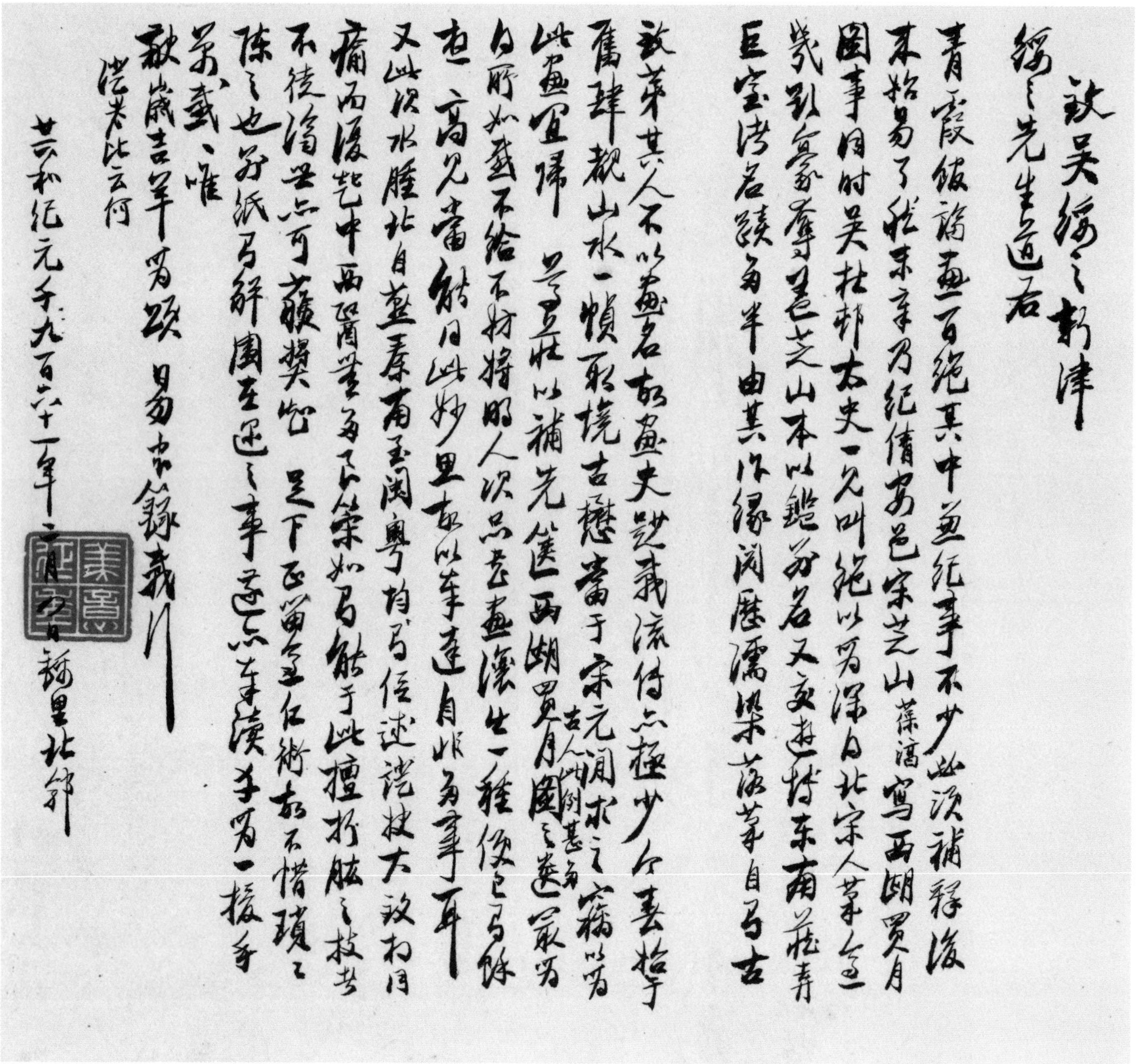

致吳綬之新津

綬之先生道右：《青霞館論畫》百絕，其中兼紀事不少，必須補釋，後來始易了然。末章乃紀倩安邑宋芝山葆淳寫《西湖買月圖》事，同時吳杜邨太史一見叫絕，以爲深得北宋人筆意，幾欲豪奪。蓋芝山本以鑑別名，又交遊博，東南藏弆巨室諸名蹟，多半由其作緣。閱歷濡染，落筆自有古致。第其人不以畫名，故畫史尟載，流傳亦極少。今春始于舊肆覩山水一幀，取境古懋，當于宋元間求之。竊以爲此畫宜歸尊莊，以補先篋《西湖買月圖》之遺古人此例甚多，最爲得所。如感不給，不妨將明人次品書畫讓出一種，便已有餘。想高見當能同此妙思，故以奉達，自非多事耳。又此次水腫，北自燕秦，南至閩粤，均有信述證狀大致相同。痛而復起，中西醫無多良策。如有能于此擅折肱之技者，不徒濟世，亦可獲獎。知足下正留意仁術，故不惜瑣瑣陳之也。別紙有解圍在邇之事，遂亦奉續，幸爲一援手。萬感萬感。唯獻歲吉羊爲頌，易忠籙載拜。

澄老比云何？

共和紀元千九百六十一年二月四日錦里北郭。

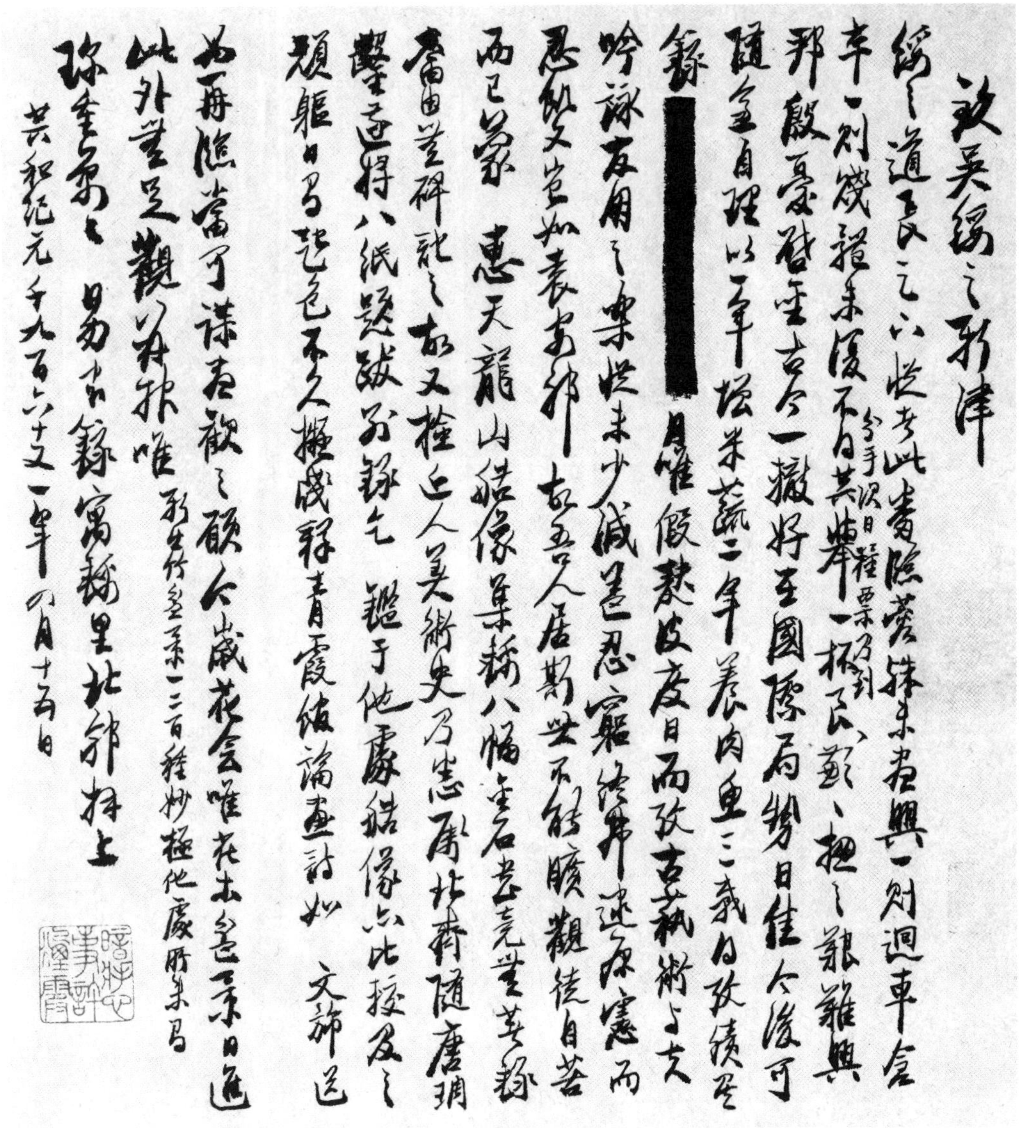

一二三　致吳綏之（七）

致吳綏之　新津

綏之道長足下：從者此番臨蓉，殊未盡興。一則迴車倉卒，一則賤體未復，不得共舉一杯分手次日糧票乃到。良歉良歉。揔之，艱難興邦，殷憂啓聖，古今一轍。好在國際局勢日佳，今後可隨意自理。以一年增米蔬，二年養肉魚，三載得攷績矣。籙月唯假欸皮度日，而攷古萟術与夫吟詠友朋之樂，從未少減。蓋忍窮終弗逮原慮，而忍飢又豈如袁安耶？故吾人居斯世，不能曠觀，徒自苦而已。蒙惠『天龍山皓像集錦』八幅，金石書竟無著録，當由無碑記之故。又檢近人美術史，乃悉屬北齊隋唐琱鑿。遂將八紙題跋別録乞鑑，于他處皓像亦比較及之。頑軀日有起色，不久擬牋釋《青霞館論畫詩》。如文旆送女再臨，當可謀盡歡之願。今歲花會，唯花木盆景日進，此外無足觀新出竹盆景一二百種妙極，他處所未有。并報。唯珍重萬萬。

易忠籙寓錦里北郭拜上。

共和紀元千九百六十又一年四月十五日。

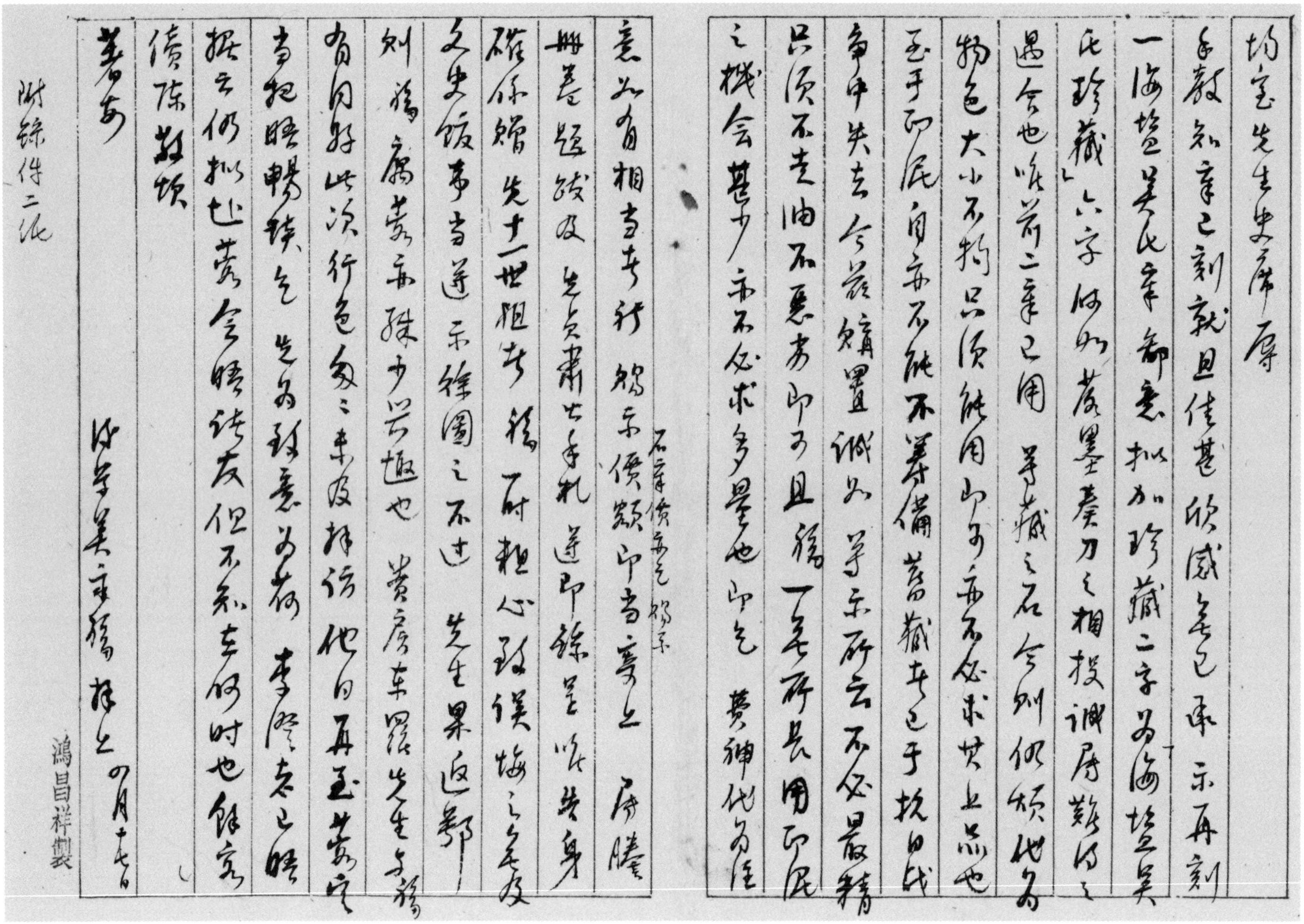

附：吴綬之來函（一）

均室先生史席：辱手教，知章已刻就，且佳甚，欣感無已。承示再刻一『海鹽吳氏』章，鄙意拟加『珍藏』二字爲『海鹽吳氏珍藏』六字何如？落墨奏刀之相投，誠屬難得之遇合也。唯前二章已用尊藏之石，今則仍煩代爲物色，大小不拘，只須能用即可，亦不必求其上品也。至于印泥，自亦不能不籌備，舊藏者已于抗日戰爭中失去，今兹購置，誠如尊示所云不必最精，只須不走油，不惡劣即可。且福一無所長，用印泥之機會甚少，亦不必求多量也。即乞費神，代爲注意，如有相當者，祈賜示價額。石章價亦乞賜示，即當寄上。屬膳册卷題跋及先貞肅公手札，遵即録呈。唯告身確係贈先十一世祖者，福一時粗心致誤，悔之無及。文史館事，當遵示徐圖之。不過先生果返鄂，則福寓蓉亦殊少興趣也。貴房東羅先生与福有同好，此次行色匆匆，未及拜訪，他日再至蓉，定當把晤暢談，乞先爲致意爲荷。李澄老已晤，據云仍擬赴蓉會晤諸友，但不知在何時也。餘容續陳。敬頌

著安。後學吳永福拜上。四月十七日。

附录件二纸。

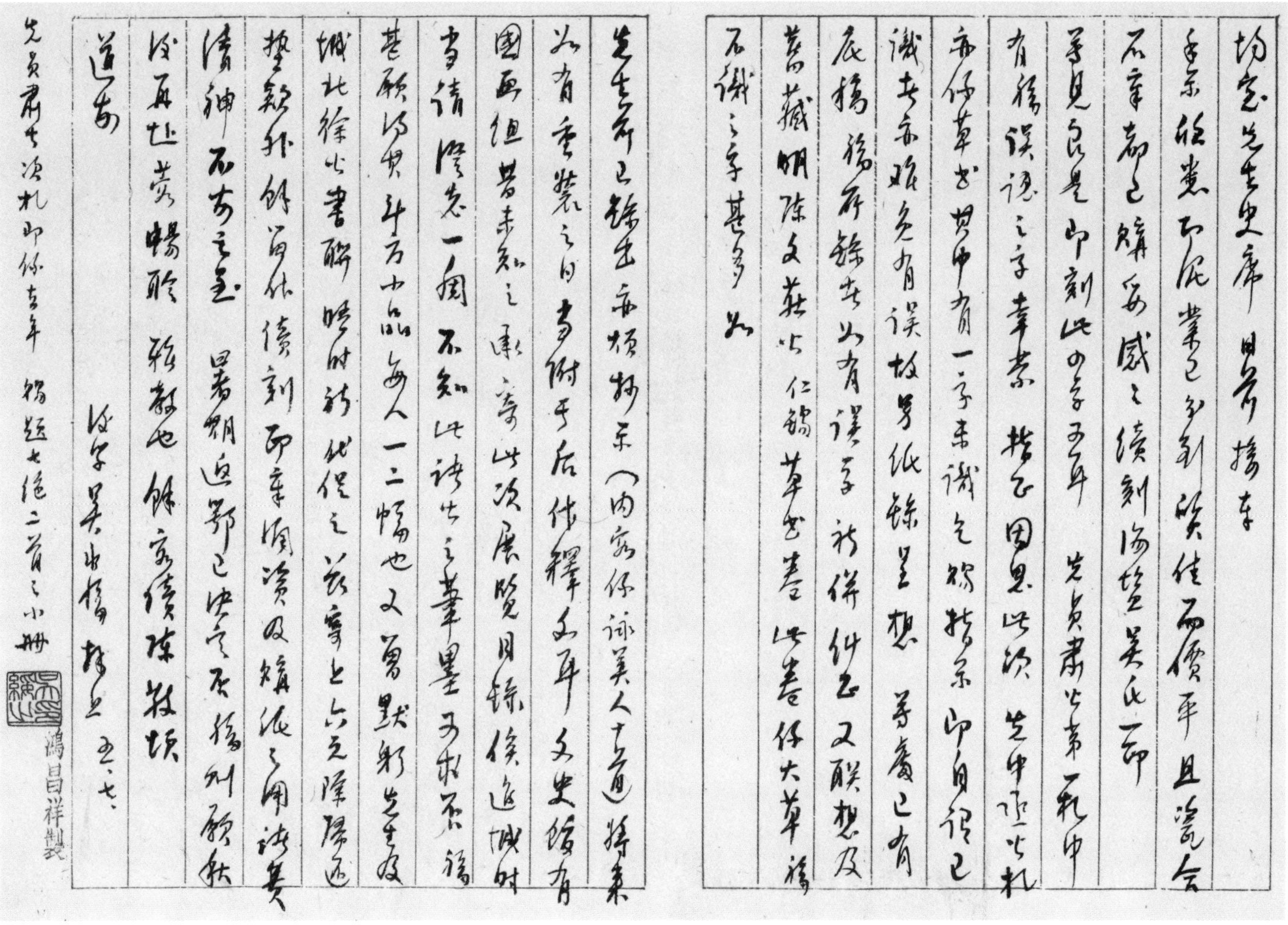

附：吳綬之來函（二）

均室先生史席：日前接奉手示，欣悉印泥業已分到，質佳而價平。且瓷合石章都已購妥，感感。續刻『海鹽吳氏』一印尊見良是，即刻此四字可耳。先貞肅公第一札中，有福誤認之字，幸蒙指正。因思此次先中丞公札亦係草書，其中有一字未識，乞賜指示。即自謂已識者，亦難免有誤，故另紙録呈。想尊處已有底稿，福所録者如有誤字，祈併糾正。又聯想及舊藏明陳文莊公仁錫草書卷，此卷係大草，福不識之字甚多，如先生前已録出，亦煩抄示（內容係詠美人十首）。將來如有重裝之日，當附于後作釋文耳。文史館有國畫組，昔未知之。承寄此次展覽目録，俟進城時當請澄老一閱，不知此諸公之筆墨可求否？福甚願得其斗方小品，每人一二幅也。又曾默躬先生及城北徐公書聯，晤時祈代促之。茲寄上六元，除歸還墊欵外，餘留作續刻印章潤資及購紙之用。諸費清神，不安之至。暑期返鄂已決定否？福則願秋後再赴蓉，暢聆雅教也。餘容續陳。敬頌道安。

後學吳永福拜上。五、七、

先貞肅公次札即係去年賜題七絕二首之小册。

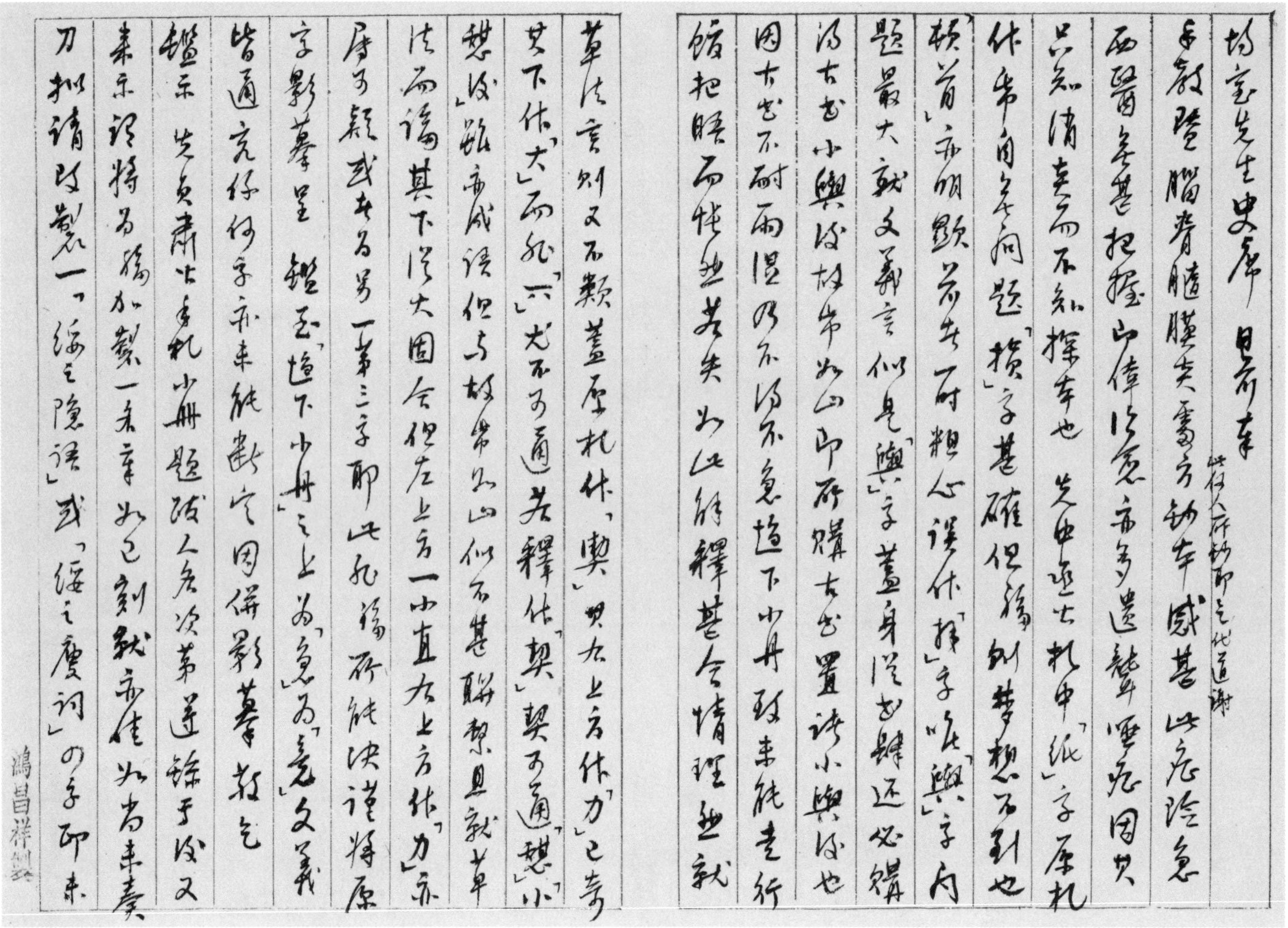

附：吴綬之來函（三）

均室先生史席：日前奉手教暨腦脊髓膜炎處方鈔本此何人所鈔，即乞代道謝，感甚。此症險急，西醫無甚把握，即倖治愈，亦多遺聾啞症。因其只知消炎，而不知探本也。先中丞公札中，『紙』字原札作『帋』，自無問題。『損』字甚確，但福則夢想不到也。『頓首』亦明顯，前者一時粗心，誤作『拜』字。唯『輿』字問題最大，就文義言，似是『輿』字。蓋身從書肆還，必購得古書，『小輿後故帋如山』，即所購古書置諸小輿後也。因古書不耐雨濕，乃不得不急趨下小舟，致未能走行館把晤，而悵然若失。如此解釋，甚合情理。然就草法言，則又不類。蓋原札作『輿』其右上方作『力』，已奇。其下作『大』而非『亣』，尤不可通。若釋作『契』，『契』可通『愬』，『小愬後』雖亦成語，但與『故帋如山』似不甚聯繫。且就草法而論，其下從大固合，但左上方一小直，右上方作『力』，亦屬可疑。或者爲另一第三字耶？此非福所能決，謹將原字影摹呈鑑。至『趨下小舟』之上爲『急』爲『竟』，文義皆通，究係何字，亦未能斷定。因併影摹，敬乞鑑示。先貞肅公手札小册題跋人名次第，遵録于後。又來示謂將爲福加製一名章，如已刻就亦佳。如尚未奏刀，拟請改製一『綏之隱語』或『綏之庾詞』四字印，未知可否？前賜先貞肅公二札刻本已藏于成都皮箱中，今春尚見之，並未遺失。將來墨蹟如有重裝之日，自當附入。前函漏未提及，致勞綺注，罪甚。先生又獲明劉完庵、鄭之佐佳製，不勝欣羡。鄭名似嘗見之，惜記不清耳。先中丞公另札，五三年曾蒙賜題，未知當時録出札文否？如已録出，福尚拟就正誤認

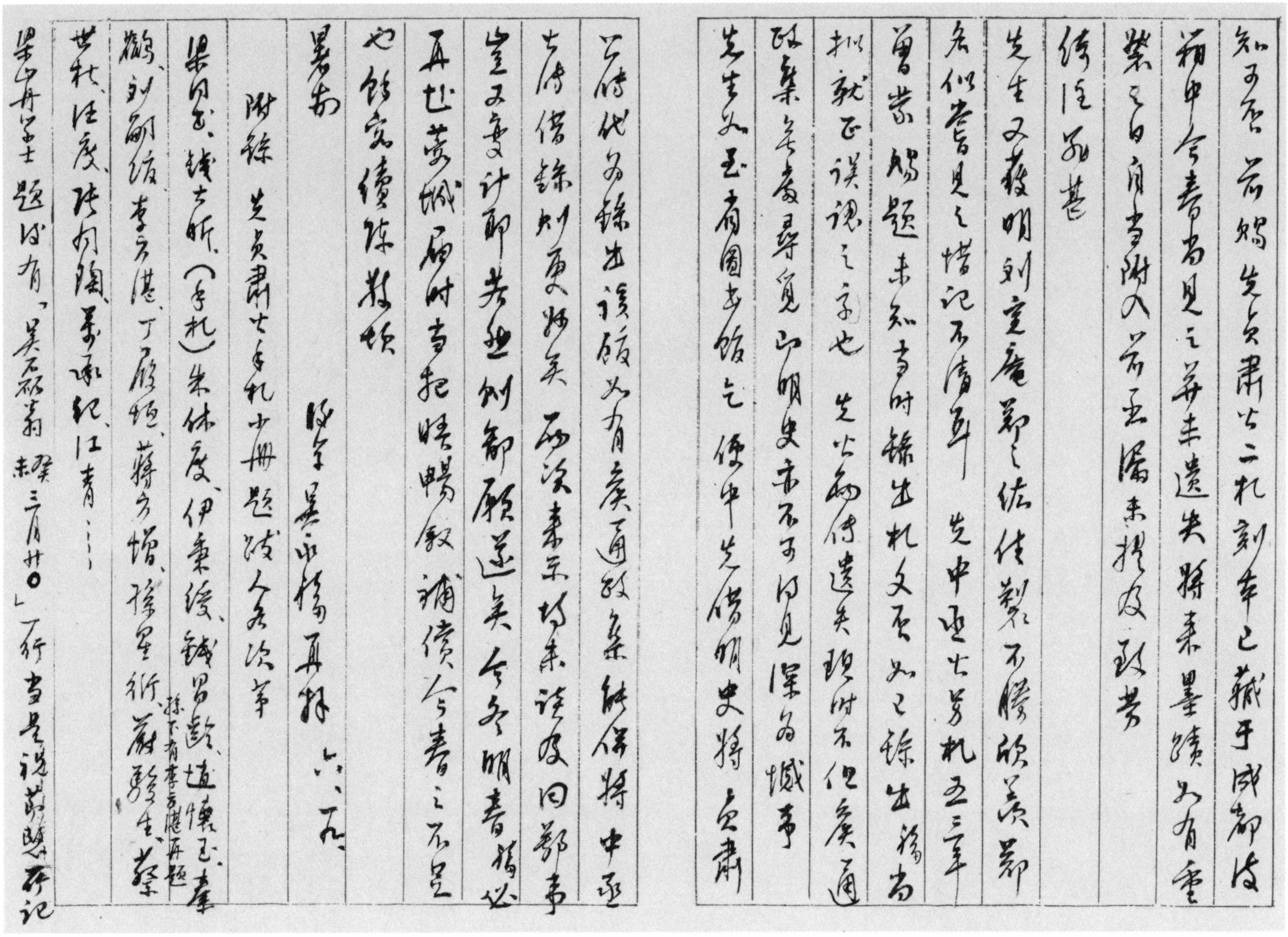

之字也。先公兩傳遺失，現時不但侯通政集無處尋覓，即《明史》亦不可得見，深爲憾事。先生如至省圖書館，乞便中先借《明史》，將貞肅公傳代爲録出。該館如有侯通政集，能併將中丞公傳借録，則更妙矣。兩次來示均未談及回鄂事，豈又变計耶？若然，則鄙願遂矣。今冬明春福必再赴蓉城，屆時當把晤暢叙，補償今春之不足也。餘容續陳。敬頌

暑安。後學吳永福再拜。六、一九、

附録先貞肅公手札小册題跋人名次第

梁同書、錢大昕（手札）、朱休度、伊秉綬、錢昌齡、趙懷玉、秦鶴、劉嗣綰、李方湛、丁履垣、蔣方增、孫星衍孫下有李方堪再題、嚴駿生、蔡世杜、汪度、張問陶、萬承紀、江青……

梁山舟學士題後有『吳磊翁癸未三月廿』一行，當是祝芾愍所記。

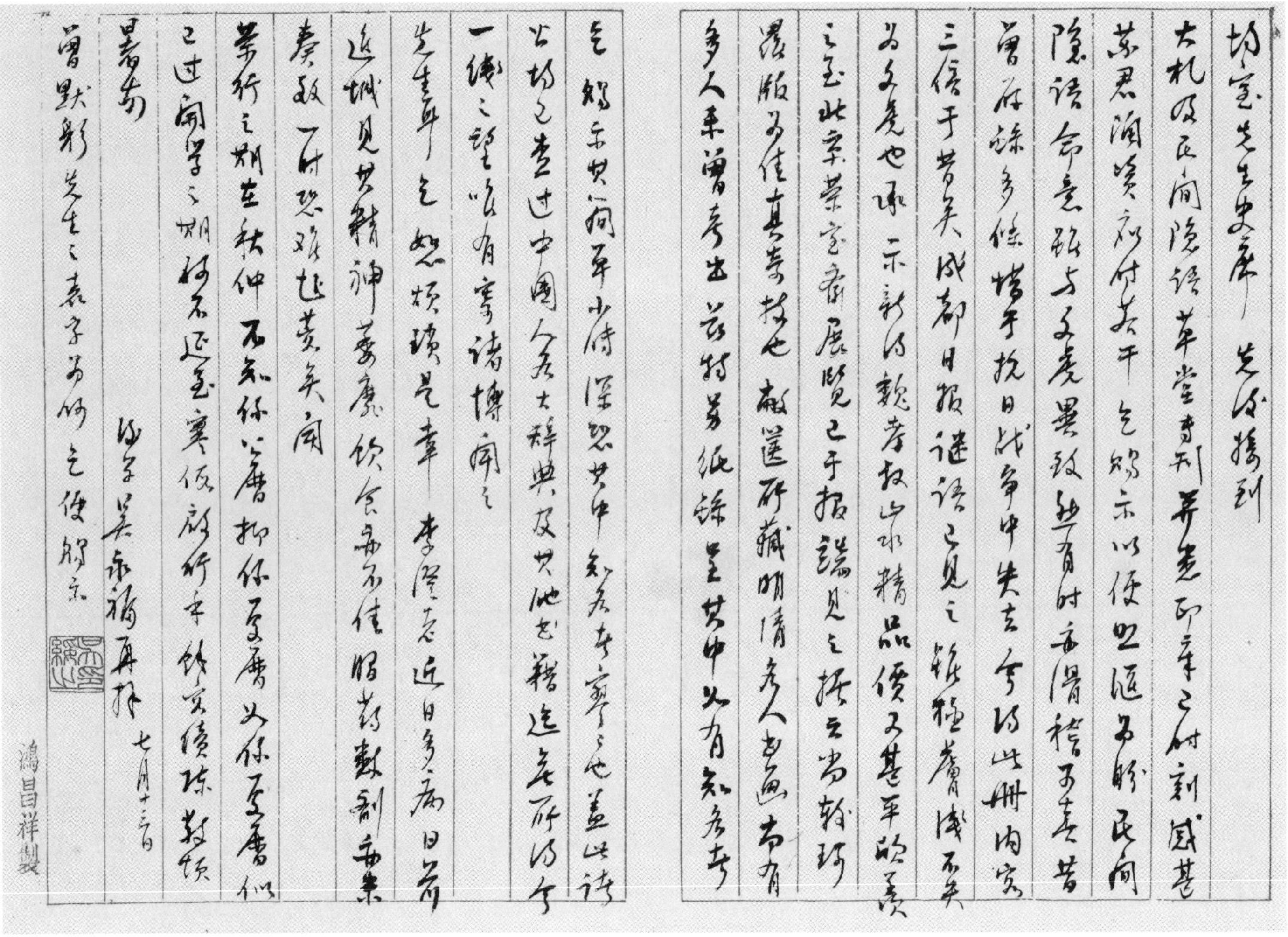

附：吴綬之來函（四）

均室先生史席：先後接到大札及《民間隱語》《草堂》專刊，并悉印章已付刻，感甚。蘇君潤資應付若干，乞賜示，以便照匯爲盼。《民間隱語》命意雖與《文虎》異致，然有時亦滑稽可喜。昔曾存録多條，惜于抗日戰爭中失去。今得此册，内容三倍于昔矣。《成都日報》謎語已見之，雖極膚淺，不失爲文虎也。承示新得魏考叔山水精品，價又甚平，欣羡之至。北京榮寶齋展覽，已于報端見之。據云尚較珂羅版爲佳，真奇技也。敝篋所藏明清名人書畫，尚有多人未曾考出，兹特另紙録呈，其中如有知名者，乞賜示其簡單小傳，深恐其中知名者寥寥也。盖此諸公均已查過《中國人名大辭典》及其他書籍，迄無所得。今一綫之望，唯有寄諸博聞之先生耳。乞恕煩瑣是幸。李澄老近日多病，日前進城見其精神萎靡，飲食亦不佳，服藥數劑亦未奏效，一時恐難赴蓉矣。聞榮行之期在秋仲，不知係公曆？抑係夏曆？如係夏曆，似已過開學之期，何不延至寒假啓行乎？餘容續陳。敬頌

暑安。後學吳永福再拜。七月十三日

曾默躬先生之表字爲何，乞便賜示。

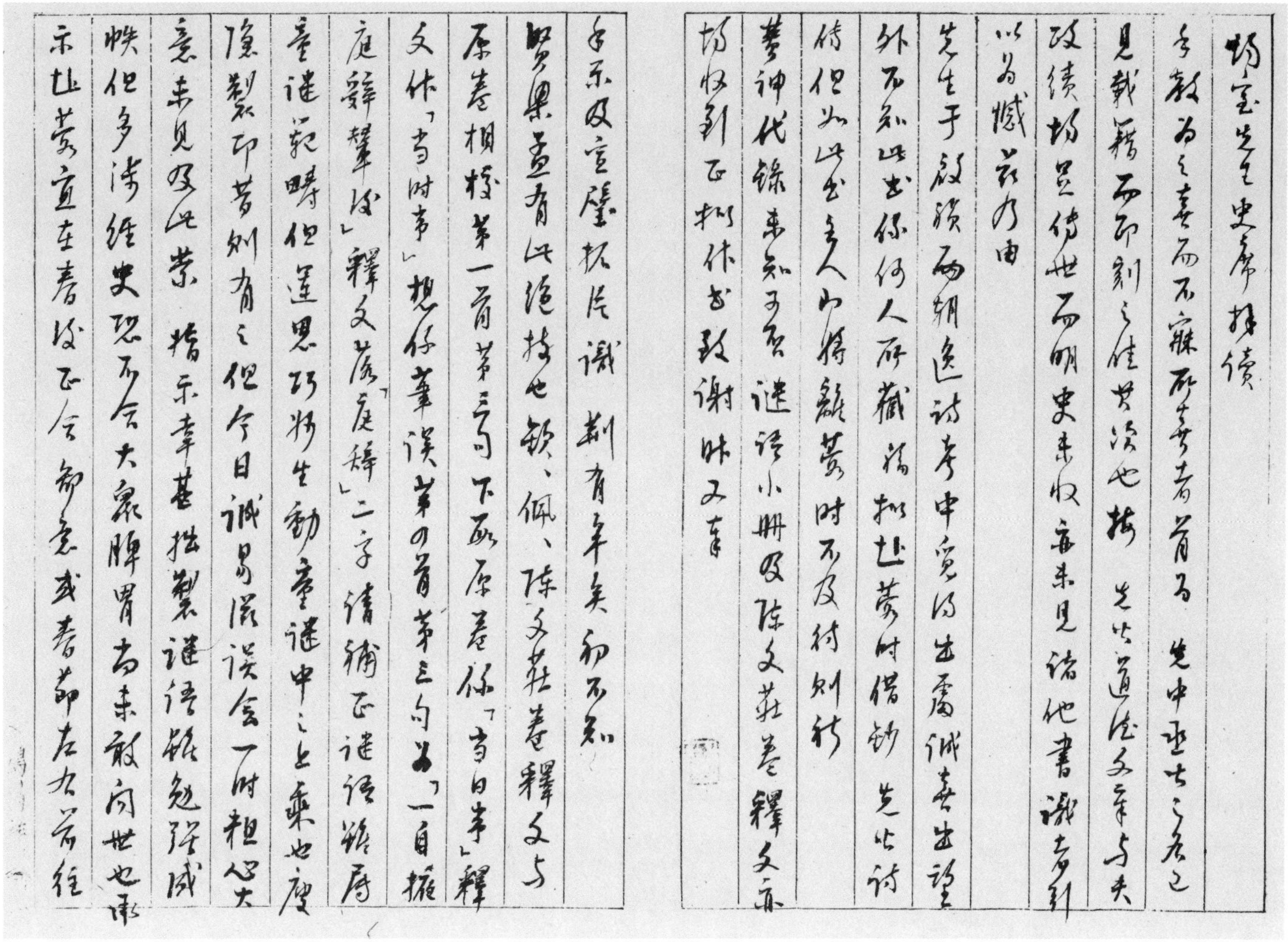

附：吳綬之來函（五）

均室先生史席：拜讀手教，爲之喜而不寐。所喜者，首爲先中丞公之名已見載籍，而印刻之佳其次也。按先公道德文章與夫政績，均足傳世，而《明史》未收，亦未見諸他書，識者引以爲憾。茲乃由先生于《啓禎兩朝逸詩考》中覓得出處，誠喜出望外。不知此書係何人所藏？福擬赴蓉時借鈔先公詩傳。但如此書主人即將離蓉，時不及待，則祈費神代録，未知可否？謎語小册及陳文莊卷釋文亦均收到，正擬作書致謝，昨又奉手示及宣壁拓片，識荆有幸矣。初不知賢梁孟有此絶技也。欽佩，欽佩。陳文莊卷釋文與原卷相校，第一首第三句下段原卷係『当日事』，釋文作『当時事』，想係筆誤。第四首第三句爲『一自掖庭辭輦後』，釋文落『庭辭』二字，請補正。謎語雖屬童謎範疇，但運思巧妙生動，童謎中之上乘也。『庋』『隱』製印，昔則有之，但今日誠易滋誤會，一時粗心大意，未見及此。蒙指示，幸甚。拙製謎語，雖勉强成帙，但多涉經史，恐不合大衆脾胃，尚未敢問世也。承示赴蓉宜在春後，正合鄙意。或春節左右前往，或仍在花會前，未能預定。不知先生何時赴江津？深恐相左，能預示行期否？昨晤澄老，致尊旨，彼云至時再看，能去即去。此老年來精神體力大不如前，是否能往，殊難逆料。但無論遲早，福則必去，印章等件當俟赴蓉時拜領，不煩郵寄也。敝篋藏品一九四九年寓益州旅館時，先生均曾寓目，唯是日所看過多，難記憶耳。最好請將已登入大著者録示，福即知所應帶者矣。春後赴蓉時，當擇其易携帶者帶去。

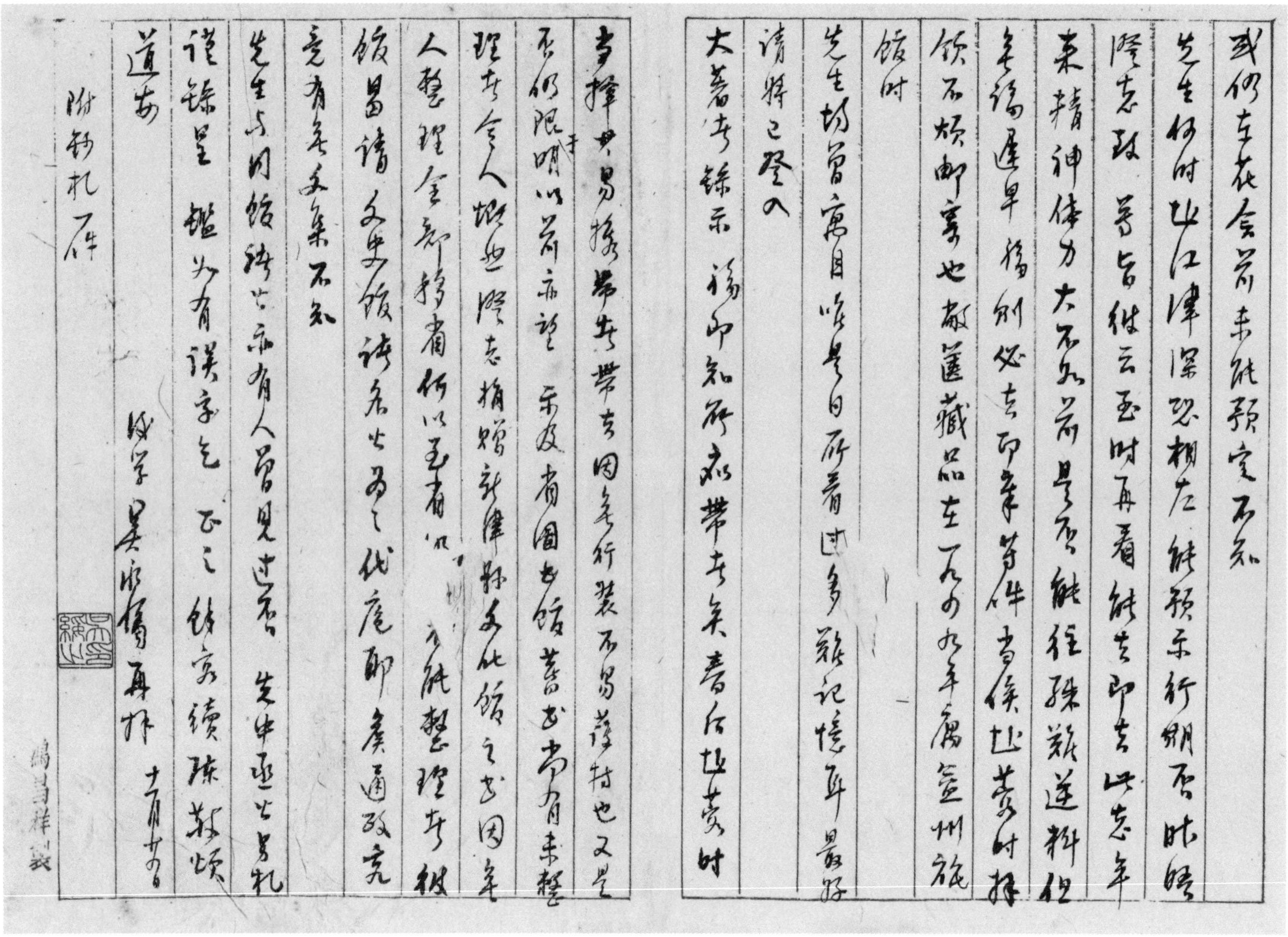

因無行裝，不易護持也。又是否仍限于明以前，亦望示及。省圖書館舊书尚有未整理者，令人慨然。澄老捐贈新津文化館之書，因無人整理，全部移省，何以至省仍有不能整理者？彼館曷請文史館諸名公爲之代庖耶？侯通政究竟有無文集？不知先生與同館諸公亦有人曾見過否？先中丞公另札謹録呈鑑，如有誤字，乞正之。餘容續陳。敬頌

道安。

後學吳永福再拜。附鈔札一件十一月十四日。

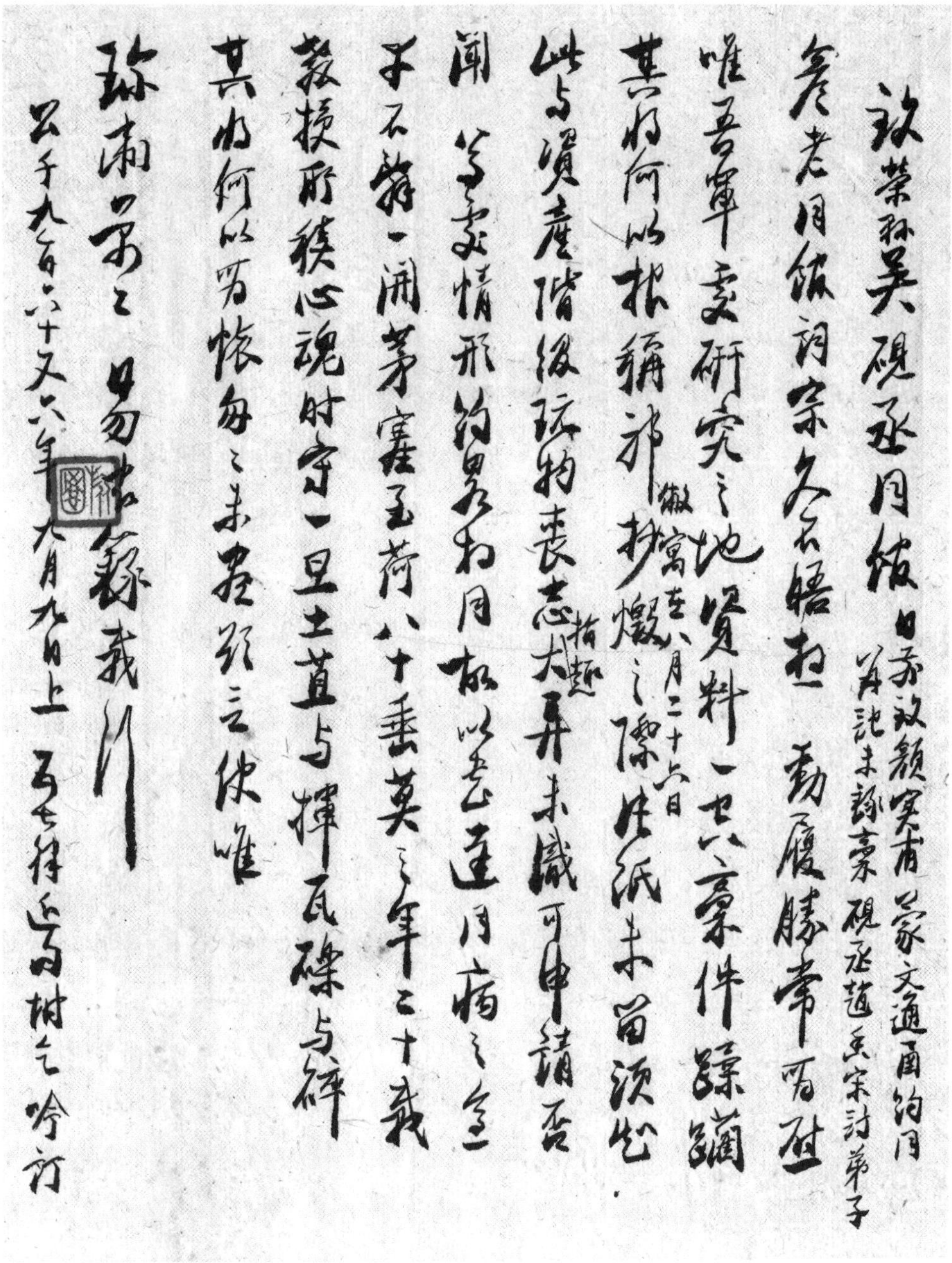

一二四　致吴硯丞

致榮縣吴硯丞同館

日前致顔实甫[一]、蒙文通函，約同并記，未録稿。硯丞，趙香宋詩弟子。

彦老同館詞宗：久不晤，想動履勝常爲慰。唯吾輩處研究之地，資料一空，稾件蹂躪，其將何以報稱耶？抄燬之際敝寓在八月二十六日，片紙未留，須知此与資産階級玩物喪志指趣大異，未識可申請否？聞尊處情形約略相同，故以書達同病之意，幸不辭一開茅塞。至荷。八十垂莫之年，二十載教授所積，心魂時守，一旦土苴與揮，瓦礫與碎，其得何以爲懷？匆匆，未盡欲言。伏唯

珍衛萬萬。易忠籙載拜。

公千九百六十又六年九月九日上。五七律近句坿乞吟訂。

【注釋】

[一] 顔實甫（一八九八—一九七四年），名學榮，號歆。重慶市江津人。著名翻譯家。

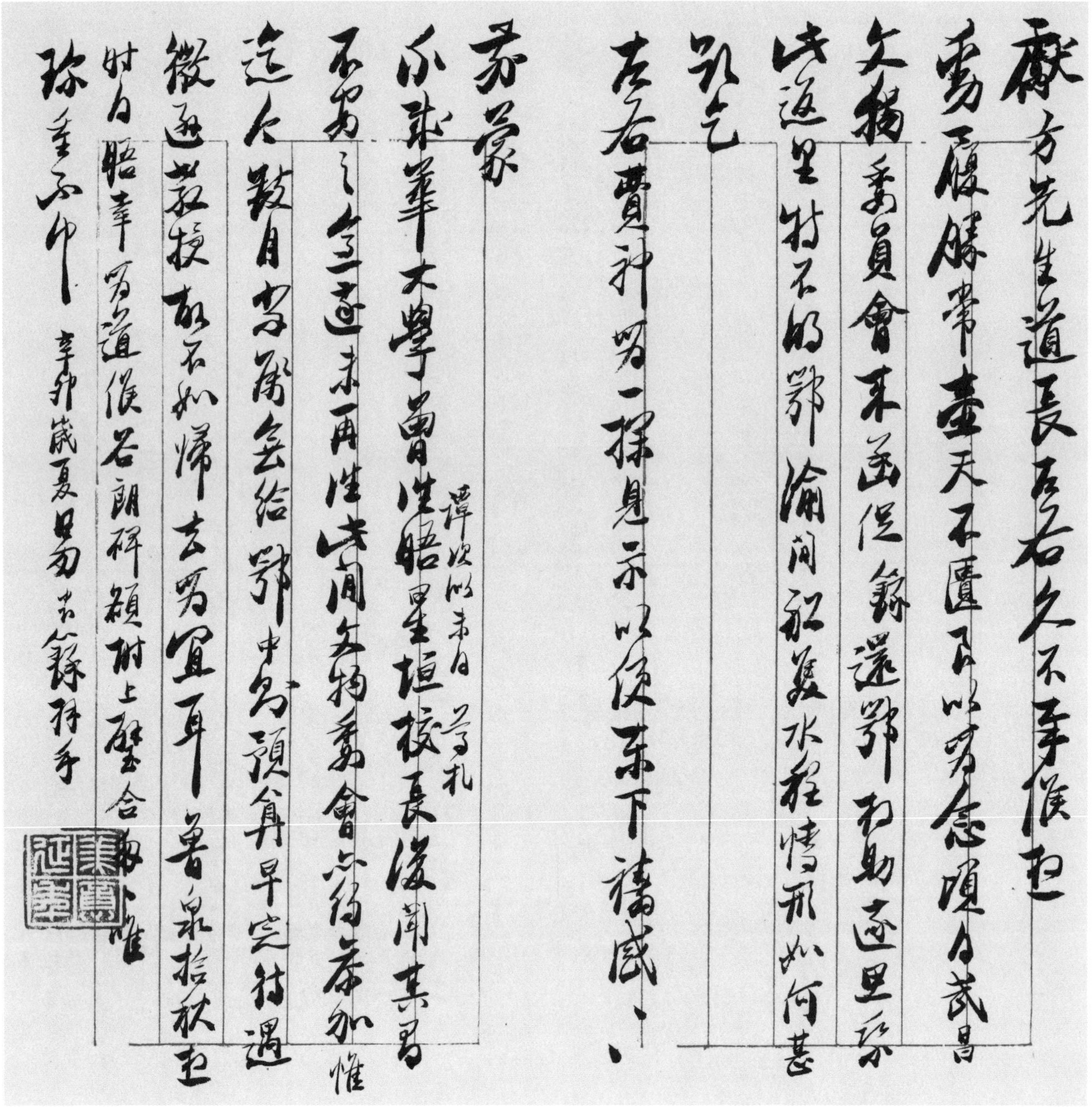

一二五　致獻方

獻方先生道長左右：久不奉候，想動履勝常，壺天不匱，良以爲念。頃得武昌文物委員會來函，促籙還鄂相助，遂思乘此返里。特不明鄂渝間船隻水程情形如何，甚欲乞左右費神爲一探見示，以便東下。禱感禱感。

前蒙介成華大學，曾往晤星垣校長（譚次似未得尊札），復聞其有不安之意，遂未再往。此間文物委員會亦約參加，惟迄今數月尚屬無給，鄂中則預算早定，待遇微遜教授，故不如歸去爲宜耳。魯泉、拾秋想時得晤，幸爲道候。《谷朗碑頌》附上壁合。匆匆，唯珍重不具。辛卯歲夏。易忠籙拜手。

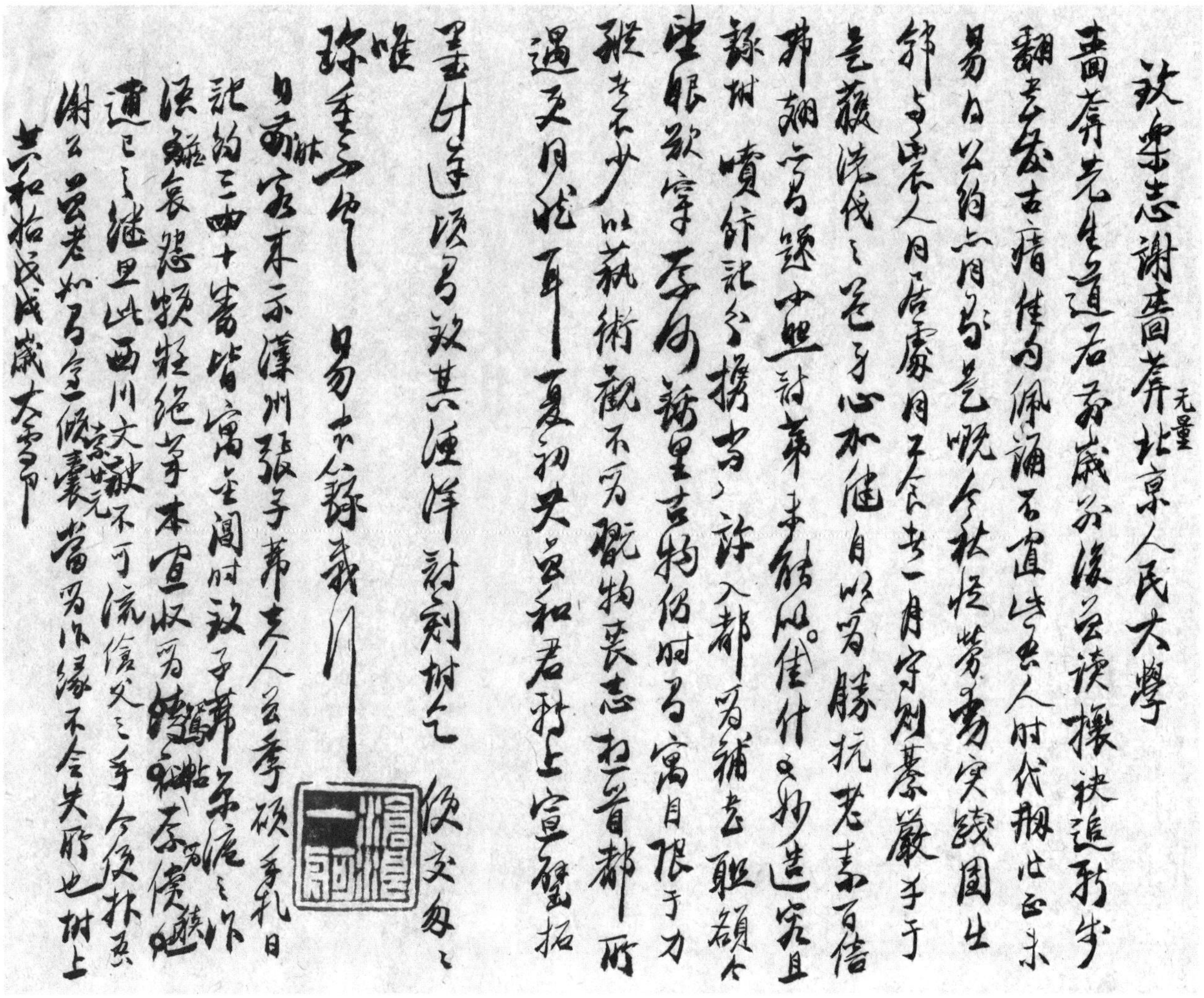

一二六　致謝無量[一]

致樂志謝嗇莽無量　北京人民大學

嗇莽先生道右：前歲別後，曾讀『攘袂追新步，翻書發古瘖』佳句，佩誦不置。此吾人時代艸作，正未易得，公約亦同是慨。今秋從勞動實踐團出郭，与農人同居處、同工食者一月，守則綦嚴，幸于是獲洗伐之益，身心加健，自以爲勝抗老素百倍弗翅。亦有題小照詩，苐未能似佳什妙造，容且録坿嘖飰。記分携尚許入都爲補書聯額，今望眼欲穿，奈何。錦里古物，仍時有寓目，限于力，縱者不少。以萟術觀，不爲翫物喪志，想首都所遇更同然耳。夏初央曾和君轉上宣壁拓墨，計達。頃有致其《漁洋詩刻》，坿乞便交。匆匆，唯珍重不具。易忠籙載拜。

日昨客來，示漢州張子苐夫人曾季碩手札、日記約三四十番，皆寓金閶時致子苐京滬之作，語藏哀怨，頗疑絕筆。本宜收爲鴛帖，奈爲償積逋已之。繼思此西川文獻，不可流倫父之手，今便報吾謝公，曾老如有意傾囊索廿元，當爲作緣，不令失所也。坿上。　共和始戊戌歲大雪卩。

【注释】

[一]謝無量（一八八四—一九六四年），原名蒙，字大澄，號希範，後易名沉，字無量，別署嗇庵。近代著名學者、詩人、書法家。曾任四川省文史研究館館長、中央文史研究館副館長。

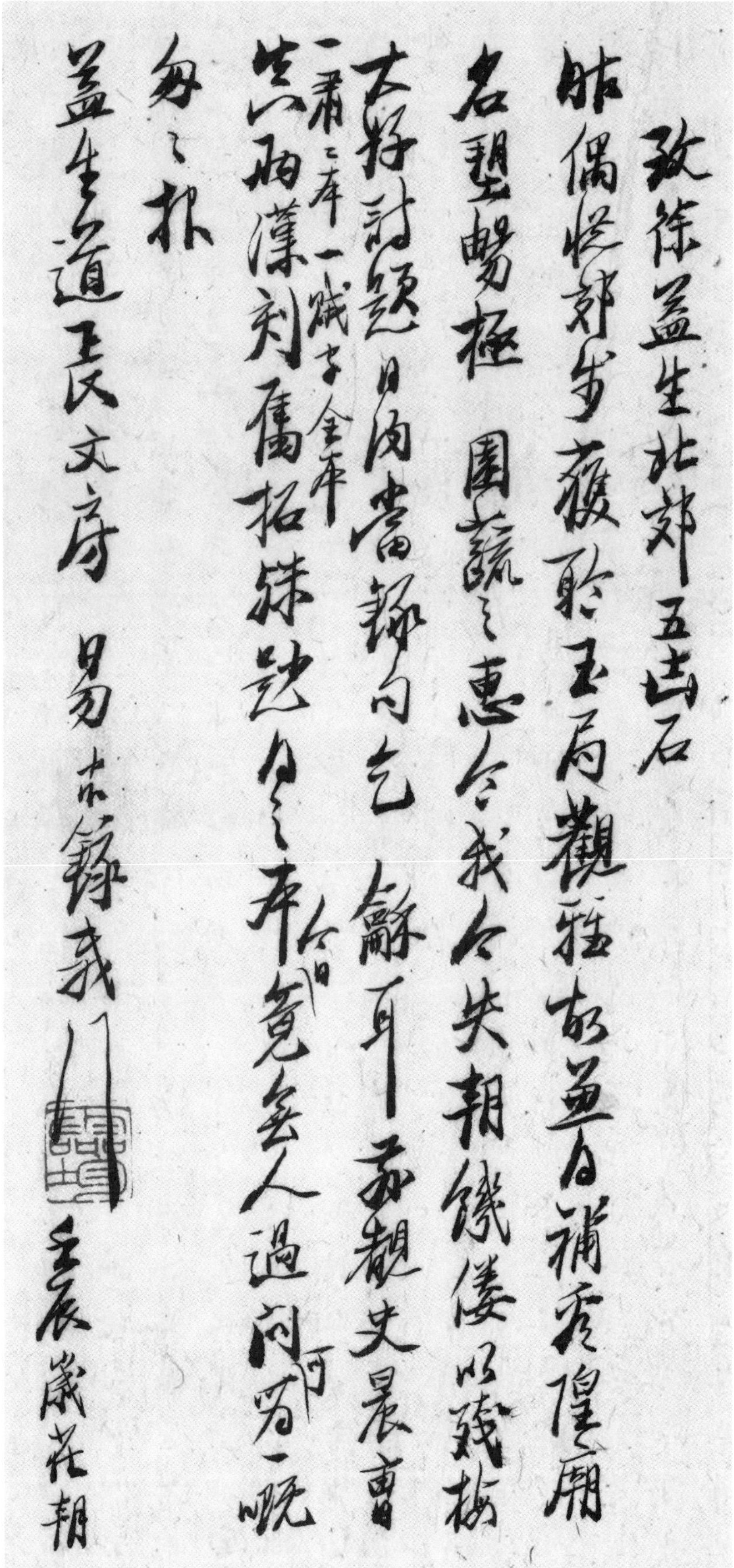

一二七　致徐壽（一）

致徐益生　北郊五凸石

昨偶從郊步，獲聆玉局觀雅故，兼得補看隍廟名塑，暢極。園蔬之惠，令我今失朝饑。倭以殘梅，大好詩題，日内當録句乞龢耳。前觀《史晨》《曹真》兩漢刻舊拓（一肅肅本，一賊字全本），殊匙得之本，今日竟無人過問，可爲一嘅。匆匆報

益生道長文房。易忠籙載拜。壬辰歲花朝。

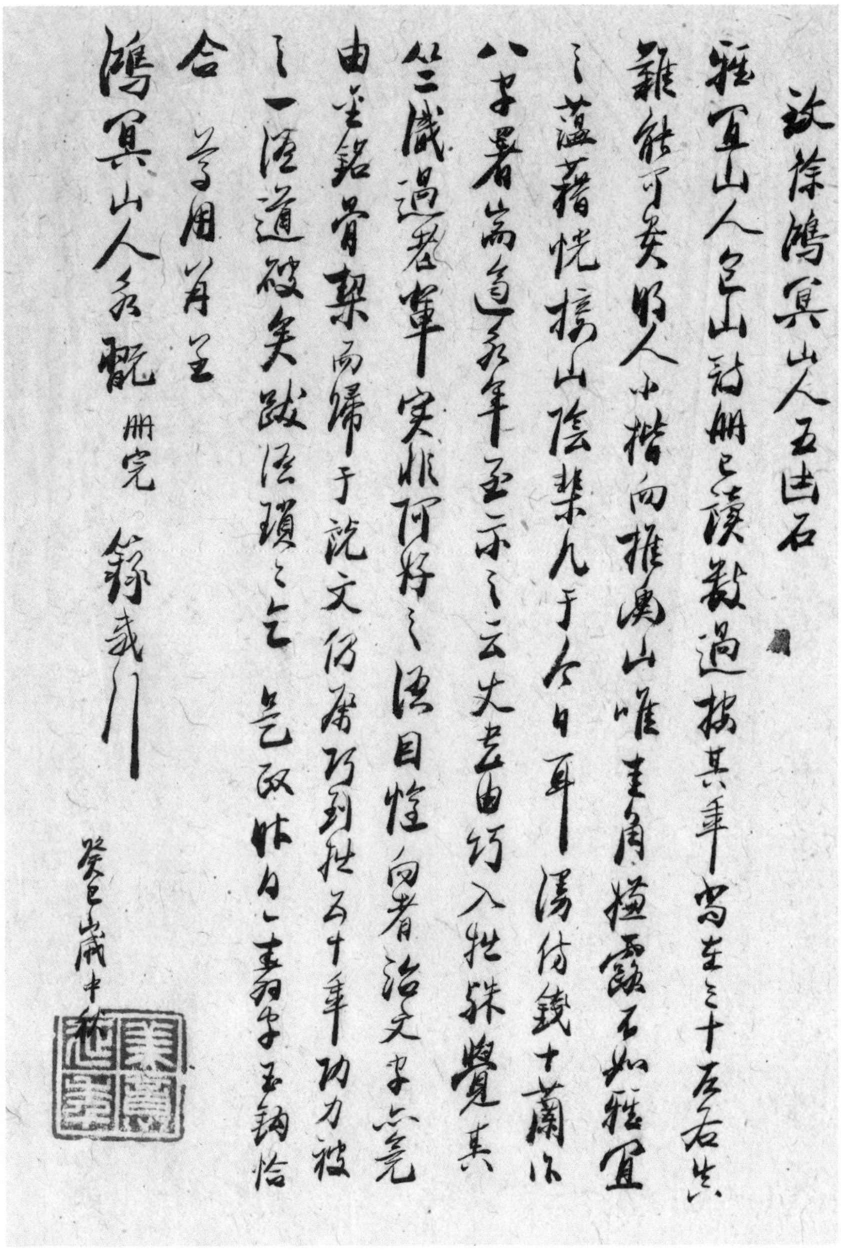

一二八　致徐壽（一二）

致徐鴻冥山人五凷石

雅宜山人《包山詩册》已讀數過，按其年尚在三十左右，真難能可貴。明人小楷向推衡山，唯圭角嫌露，不如雅宜之藴籍，恍接山陰棐几于今日耳。漫仿錢十蘭作八字署耑，適永年至，示之，云：『丈書由巧入拙，殊覺其竺識過老輩。』實非阿好之語。因憶向者治文字，亦竟由金銘骨契而歸于《説文》，仍屬巧到拙。五十年功力被之，一經道破矣。跋語瑣瑣，乞是政。昨日一壽字玉鈎，恰合尊用。并呈

鴻冥山人永甑册完。籙載拜，

癸巳歲中秋。

又

今日晴爽，又復失迓，歉極。永年昨送牙印至，足見精意奏刀，後起之秀，成都實無二人。凡文章、藝術皆須卓識，錦里篆刻向不出夔、劍二關，永年則以友天下之士爲未足，又尚論古之人矣，此豈可毋偶道耶？題款四行，錯落得漢人摩崖法。此種惟陳種榆獨步一代，今且駸駸欲度驊騮矣。入城想

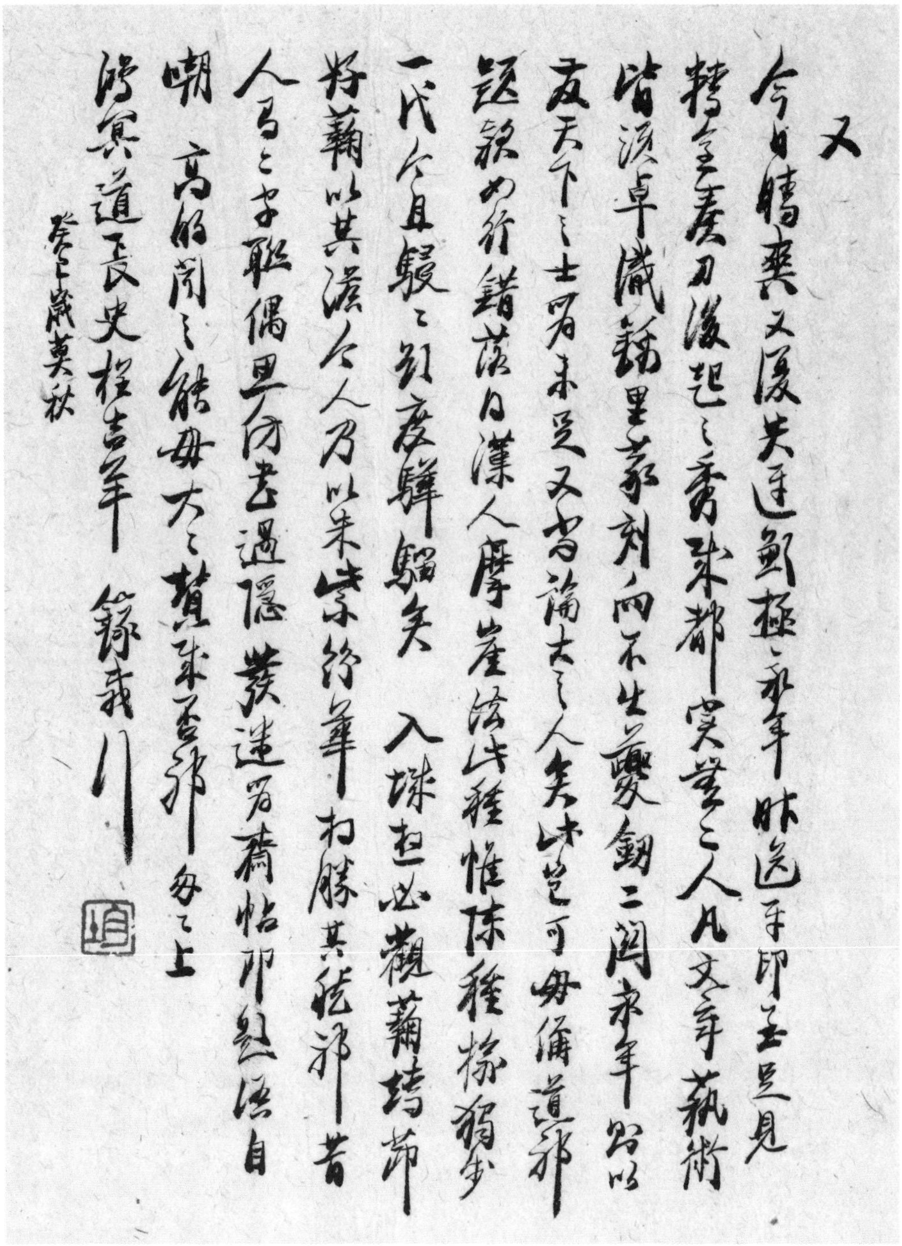

必觀蘛，靖茆好蘛以其澹，今人乃以朱紫紛華相勝，其然耶？昔人有二字聯，偶思仿書『過隱，發迷』爲齋帖，即題語自嘲。高明聞之，能毋大大贊成否耶？匆匆上

鴻冥道長史棖吉羊，籙載拜。

癸巳歲莫秋。

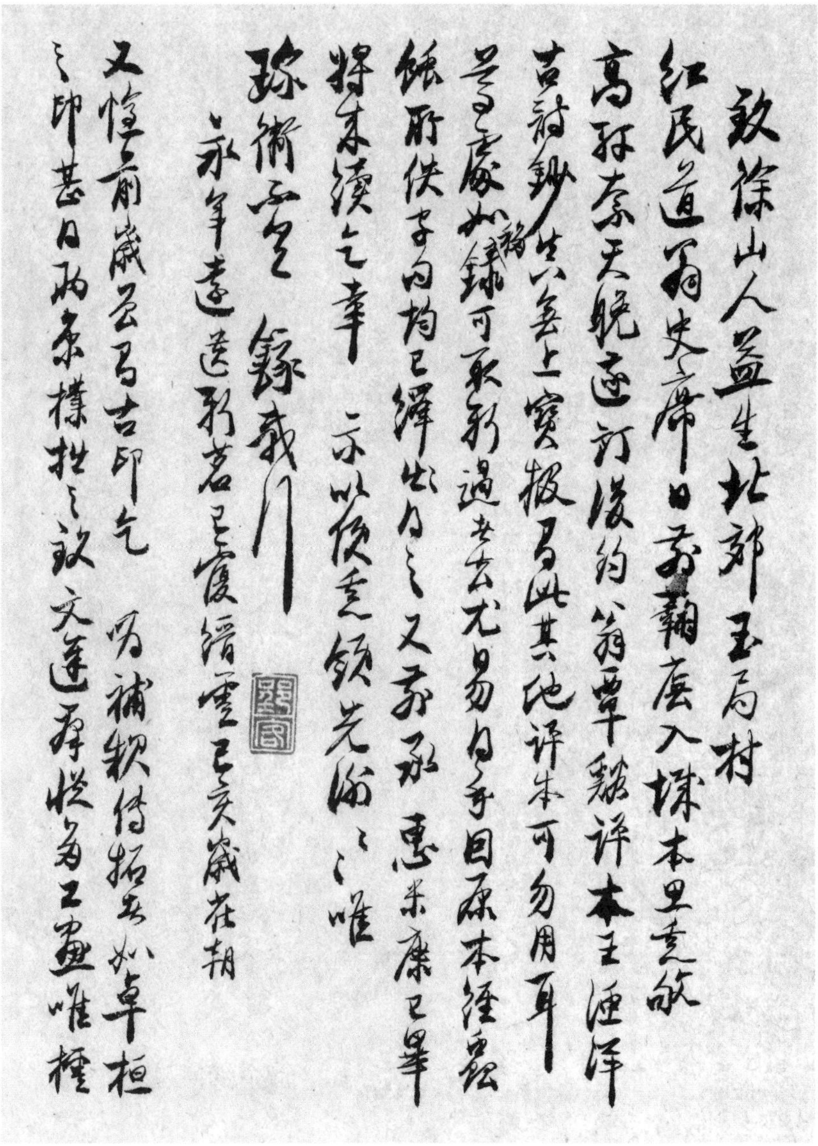

一二九　致徐壽（三）

致徐山人益生　北郊玉局村

紅民道翁史席：日前藕廡入城，本思□敏高軒，奈天晚，遂訂後約。翁覃谿評本王漁洋《古詩鈔》真無上寶极，有此，其他評本可勿用耳。

尊處如移録，可取新過者去，尤易得手。因原本經蟲蝕，所佚字句均已繹得之。又前承惠米康已畢，將來續乞，幸示，以便走領。先謝先謝。唯

珍衛不具。籙載拜。

永年遠遺新茗，已覆縉雲。己亥歲花朝。

又憶前歲曾有古印乞爲補款傳拓者，如卓桓之印甚得兩京樸拙之致。文達羣從多工畫，唯槱見著録。錦里所覯桓作，實不減乃昆第也。前卧《錦里印摭》，今亟思㡉成。然吾紅民翁之製所獲尚少，茲乞將高齋自用各印補款見假，以便拓入爲盼。即以是爲刻杜詩之先趨，如何？此異日蜀西文獻所繫，不意藕廡竟尔固拒，殊不可解。計卧拓者古今各得百名，坿入印話，以見雅故。交游所假以林山腴[一]、沈淯莽[二]、楊歗谷[三]、曾和君幾處爲多。尊藏如有名刻，甚希檢出一拓。易忠籙又上。

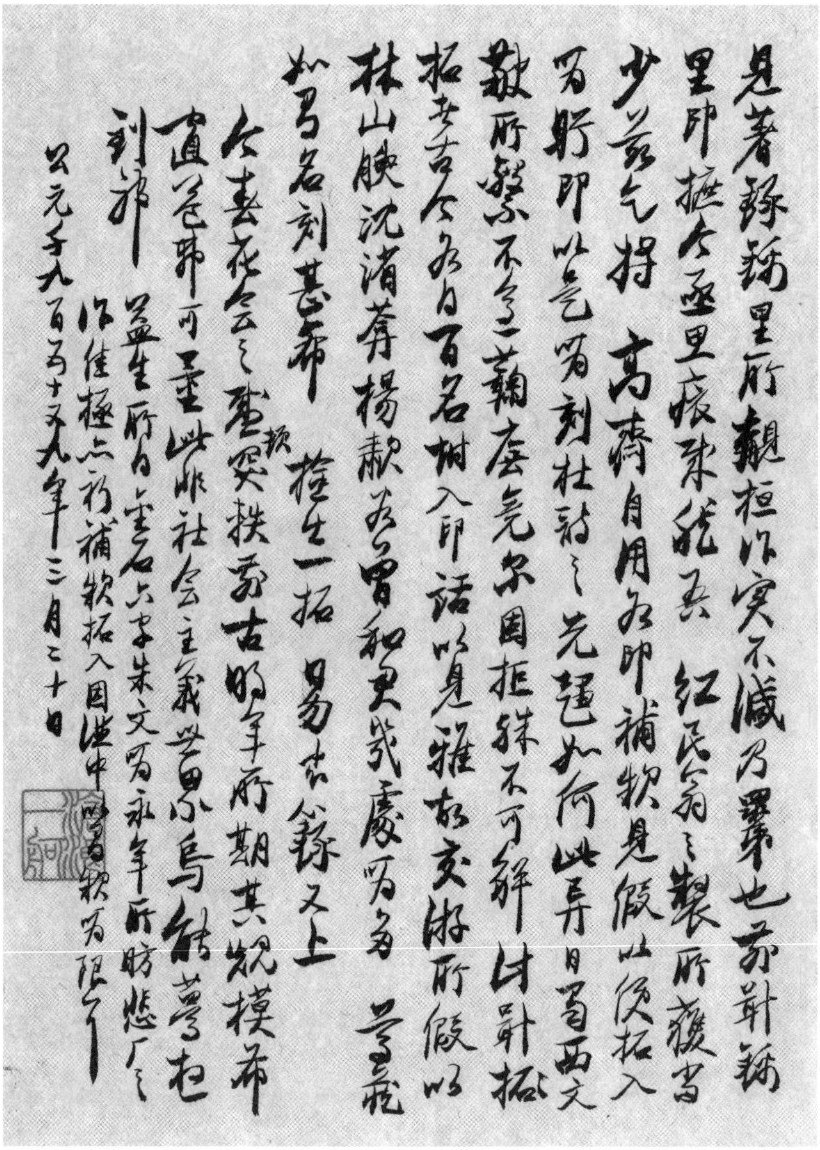

今春花會之盛，頓軼前古，明年所期其規模布置蓋弗可量。此非社會主義世界，烏能夢想到耶？益生所得金石六字朱文，爲永年所昉悲厂之作，佳極。亦祈補款拓入譜中，以有款爲限耳。

公元千九百五十又九年三月二十日。

【注釋】

［一］林山腴（一八七三—一九五三年），名思進，字山腴。別號清寂翁。四川華陽人。四川近代著名學者、詩詞學家。四川大學教授、四川省文史館副館長。

［二］沈渻葊即沈恵，生卒年不詳。字渻庵，號會稽山民。浙江山陰人。四川近代著名古文字學家、篆刻家。

［三］楊歗谷（一八五五—？），原名彪，字歗谷、嘯谷。四川大邑人。四川近代著名文物鑒定專家、考古學家、博物館學家、古籍版本目録學家。

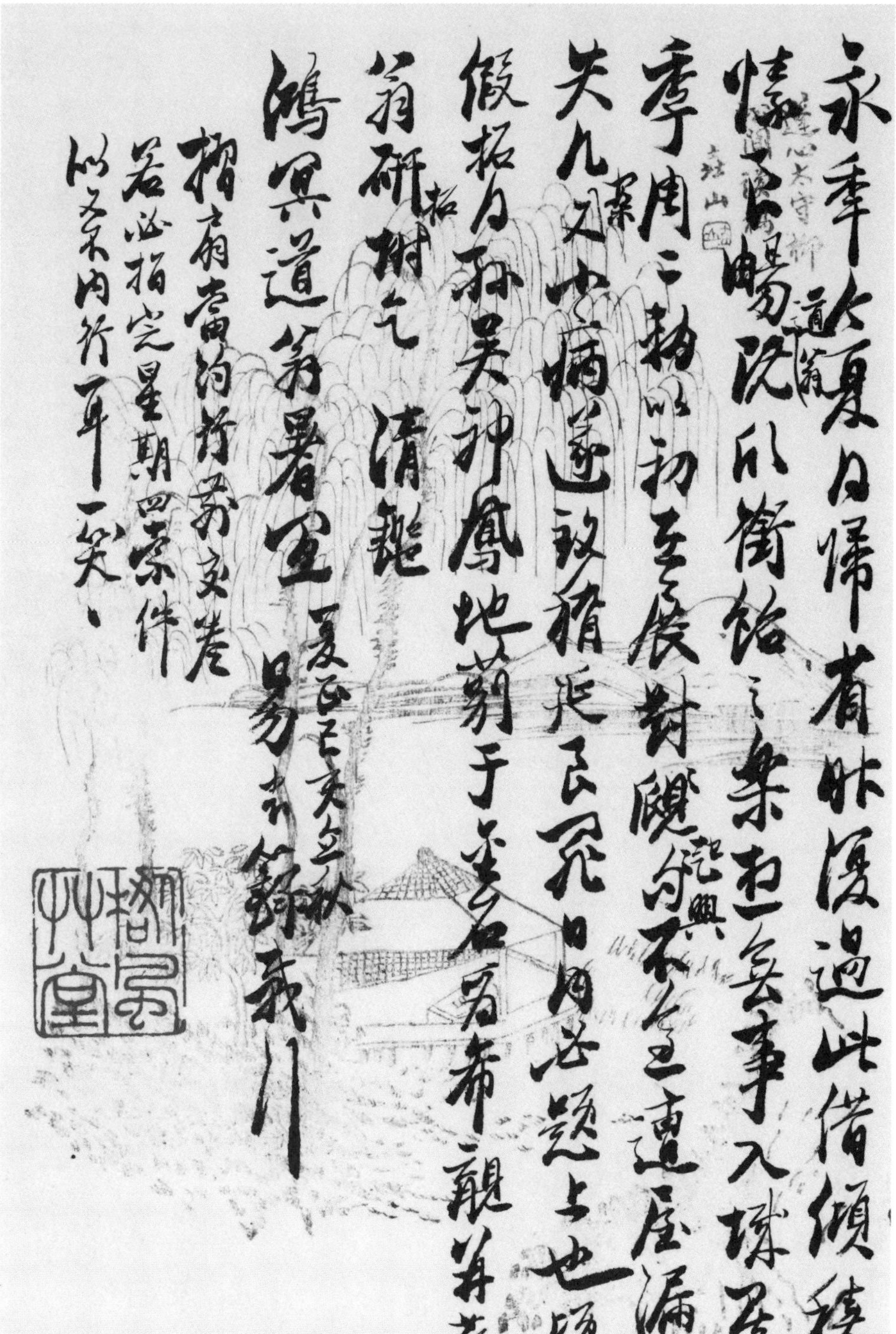

一三〇　致徐壽（四）

永年今夏得歸省，昨復過此，借傾積愫，良暢。道翁既欣銜飴之樂，想無事入城矣。季、周二軸以初在展對起興，不意遭屋漏，失几案，又小病，遂致稽延，良罪。日内必題上也。頃假拓得孫吳神鳳地莂，于金石爲希覯。并荇翁研拓，坿乞清鑑。

鴻冥道翁暑宜。夏正己亥立秋。易忠籙載拜。

摺扇當約行前交卷，若必指定星期四索件，似又不内行耳。一笑，一笑。

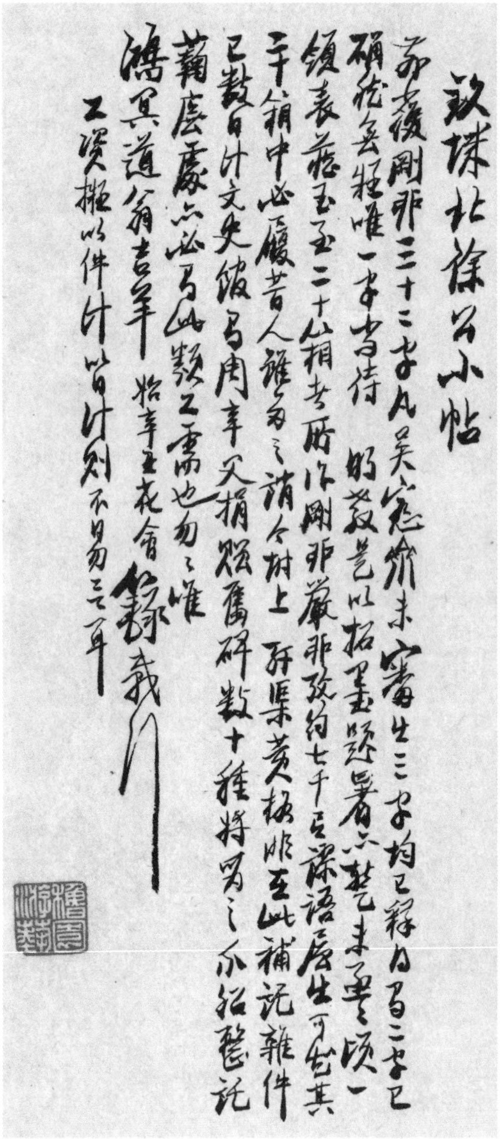

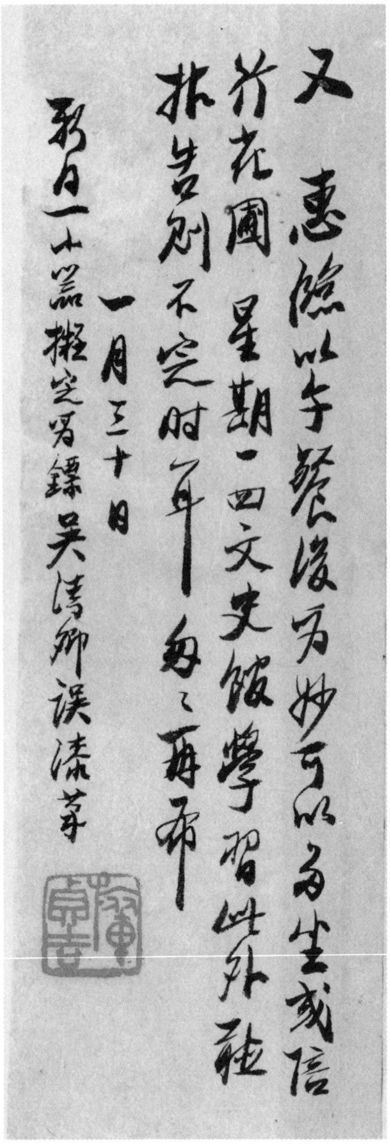

一三二　致徐壽（五）

致城北徐公小帖

前獲剛卯三十二字，凡吳愙齋未審出三字，均已釋得。有二字已确然無疑，唯一字尚待明教，是以拓墨題署亦躉未亟亟。頃一領表藏玉至二十箱者，所作《剛卯嚴卯攷》，約七千言，謬語層出。可知其二十箱中，必履昔人雖多之誚。今坿上軒渠。黄格非在此補託雜件已數日，計文史館有周辛父捐贈舊碑數十種，將爲之介紹整託，藕廡處亦必有此類工需也。匆匆，唯

鴻冥道翁吉羊。始辛丑花會。籙載拜。

工資擬以件計，以日計則不易言耳。

又，惠臨以午餐後爲妙，可以多坐或陪行花圃。星期一、四文史館學習，此外，聽報告則不定時耳。匆匆再布。

一月三十日。

新得一小器擬定爲鏢，吳清卿誤漆筆。

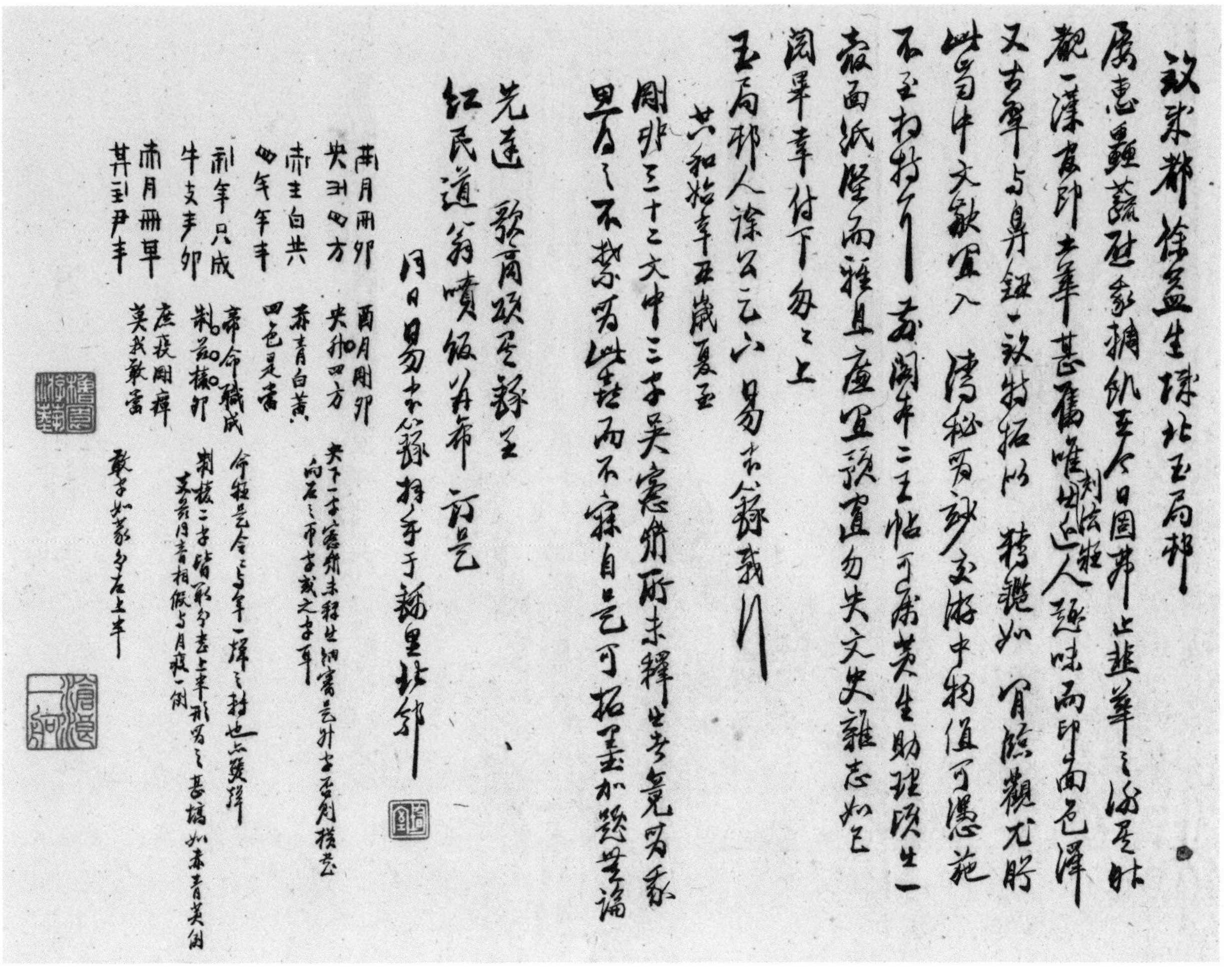

一三二　致徐壽（六）

致成都徐益生　城北玉局邨

屢惠𧕚蔬，慰我輖飢，在今日固弗止韭華之謝矣。昨覩一漢官印，土華甚舊，唯刻法疑出近人趣味，而印面色澤又古翠，與鼻鈕一致。特拓似精鑑，如肯臨觀，尤盼。此蜀中文獻，宜入清秘爲𢾾。交游中物值可憑施，不至相持耳。前閣本二王帖，可屬黄生助理。頃出一壳面紙，堅而雅且廉，宜預置勿失。《文史雜志》如已閲畢，幸付下。匆匆上。

玉局邨人徐公足下。易忠籙載拜。

共和始辛丑歲夏至。

剛卯三十二文中，三字吳窓齋所未釋出者，竟爲我思得之，不禁爲此喜而不寐。自是可拓墨加題，無論先達歌商頌矣。録呈紅民道翁噴飯，并希訂是。

同日易忠籙拜手于錦里北郭。

口口口口央升四方　央下一字，窓齋未釋出，細審是升字。否則，横書向左之帀字或之字耳。

口口口口酉月剛卯

口口口口赤青白黄

口口口口四色是當

口口口口帝命職成　命，疑是令。令與年一聲之轉也，亦雙聲。

口口口口制茲棱卯　制、棱二字，皆取分書上半形爲之，甚塙。如赤、青、黄例，支、茲同音相假，与月、疫一例。

口口口口庶疫剛癉

口口口口莫我敢當　敢字如篆分左上半。

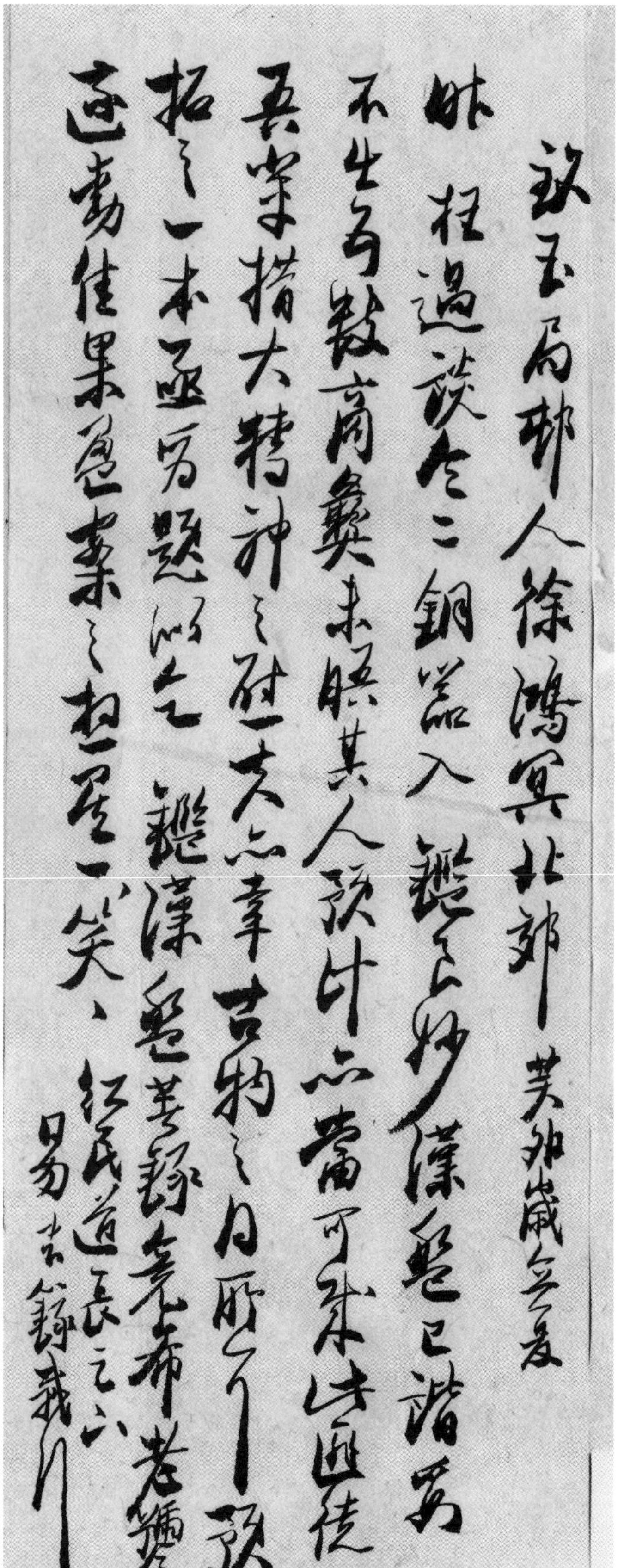

一三三　致徐壽（七）

致玉局郵人徐鴻冥　北郊　癸卯歲立夏

昨枉過談，令二銅器入鑑，良妙。漢盤已諧妥，不出五數。商彝未晤其人，預計亦當可成。此匪徒吾輩措大精神之慰，夫亦幸古物之得所耳。預拓之一本，亟爲題似乞鑑。漢盤著録竟希，老饕遂動佳果盈案之想矣。一笑，一笑。

紅民道長足下。易忠籙載拜。

脉 枉過潭府二鈅盌盌及照民沙（入鬆）

漢器已揩無不生百數商彝未賠其人

敗什六而朱并匾狗揩大特神之弖

夫六手吉拍之内所心一預拓一本亟蜀

題如乞 翻漢盤著錄先希羌孷晨

逐為兔案之佳果祀心二笑、

敦民道長足亦易中錄義川

吳郝某書

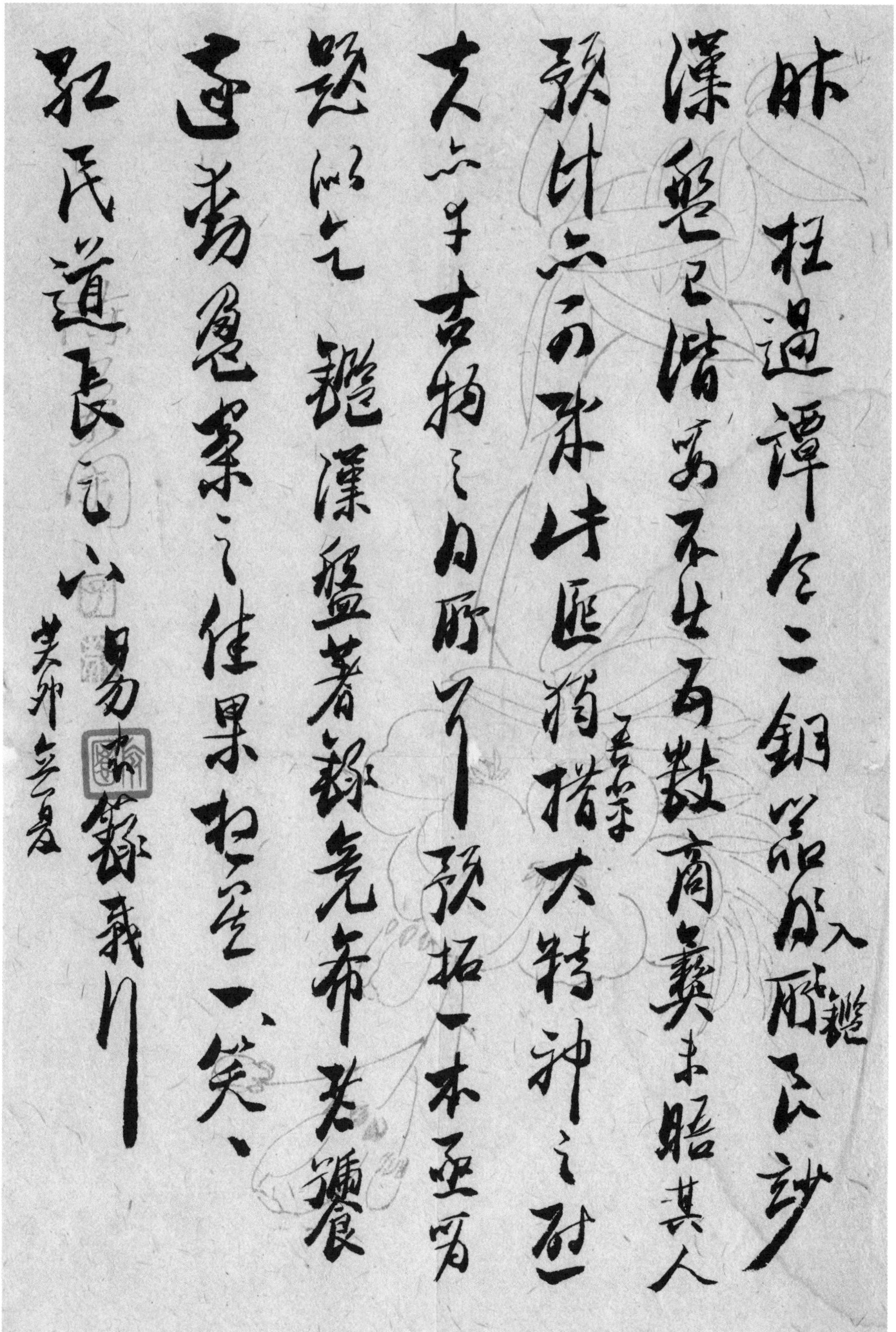

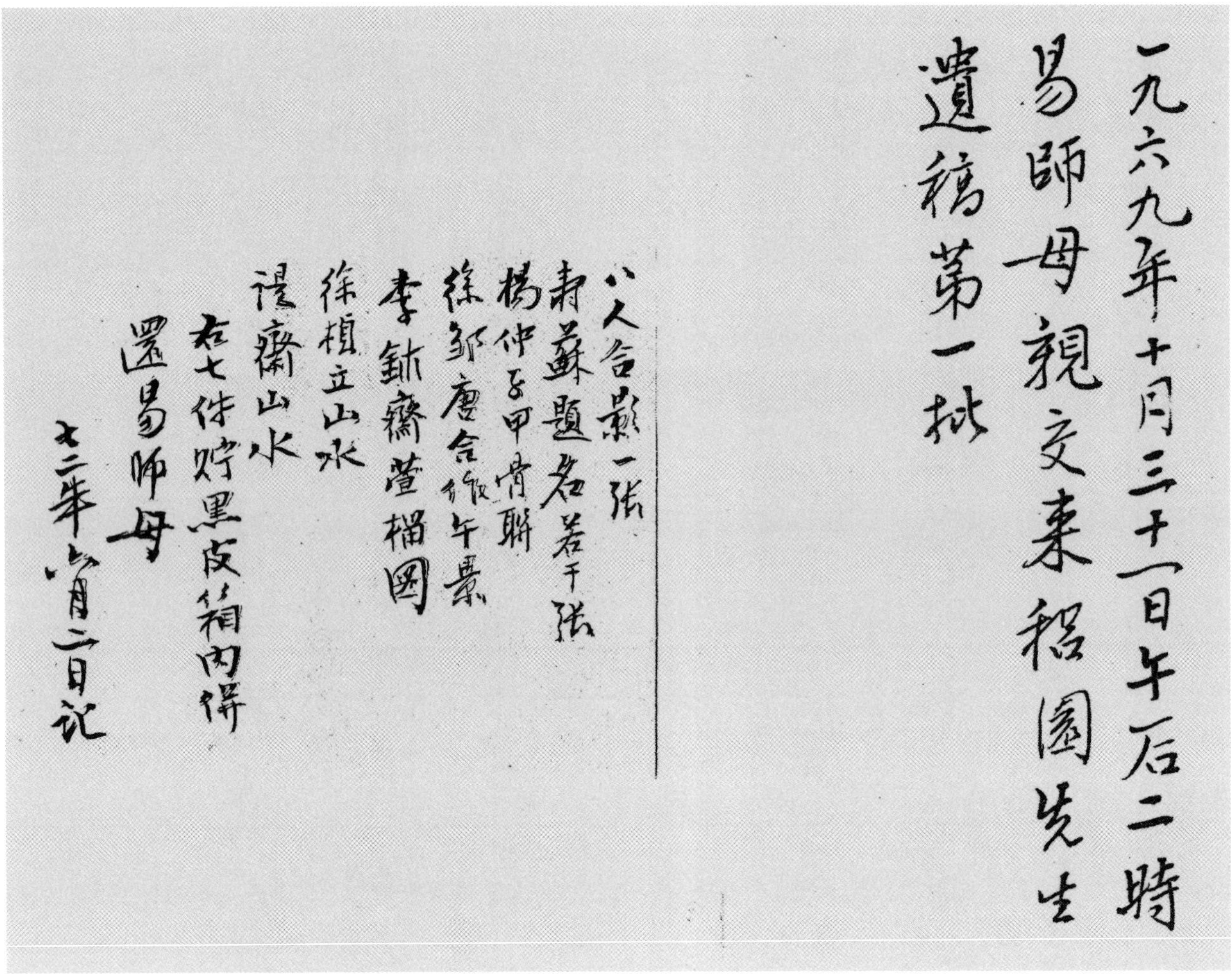
一九六九年十月三十一日午后二時易師母親交来稆園先生遺稿第一批
八人合影一张
壽蘇題名若干张
楊仲子甲骨聯
徐鄒唐合作午景
李鉨齋萱榴圖
徐禎立山水
諟齋山水
右七件貯黑皮箱内併還易師母
七二年六月二日記

附：徐壽記事條

一九六九年十月三十一日午后二時易師母親交來稆園先生遺稿第一批。

八人合影一張
壽蘇題名若干張
楊仲子甲骨聯
徐鄒唐合作午景
李鉨齋萱榴圖
徐禎立山水
諟齋山水
右七件貯黑皮箱内併還易師母。
七二年六月二日記。

一三四　致徐嘉齡[二]（一）

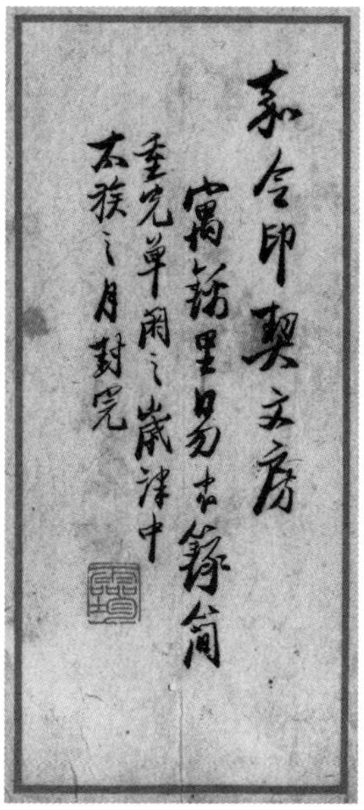

嘉令印契文房
寓锦里易忠籙簡
重光單閼之歲律中
太簇之月封完

不叫韵　仄仄平平仄　平平仄仄平　平平平仄仄　仄仄仄平平
叫　韵　仄仄仄平平
　　仄仄平平仄　平平仄仄平　平平平仄仄　仄仄仄平平
右五言律，仄起式。如作绝句只用一半，不拘前後均可。
不叫韵　平平平仄仄　仄仄仄平平　仄仄平平仄　平平仄仄平
叫　韵　平平仄仄平
　　平平平仄仄　仄仄仄平平　仄仄平平仄　平平仄仄平
右五言律，平起式。如作绝句，只用一半，同前式。凡首句有用韵、不用韵两式，随意用之。用韵一曰叫韵。又有拗句，即将苐一字或苐三字不拘平仄用之。
　　绝句如用後半式叫韵，则改为仄平平、仄仄平，末三字。
不叫韵　仄仄平平平仄仄　平平仄仄仄平平　平平仄仄平平仄　仄仄平平仄仄平
叫　韵　仄仄平平仄仄平
　　仄仄平平平仄仄　平平仄仄仄平平　平平仄仄平平仄　仄仄平平仄仄平
右七言律，仄起式。如作绝句，只用前半式或後半均可。
不叫韵　平平仄仄平平仄　仄仄平平仄仄平　仄仄平平平仄仄　平平仄仄仄平平
叫　韵　平平仄仄仄平平
　　平平仄仄平平仄　仄仄平平仄仄平　仄仄平平平仄仄　平平仄仄仄平平
右七言律，平起式。如作绝句，只用前半或後半。
又後半式用于絕句有時要叫韵，则可将起句末三字改换如下式
叫　韵　仄仄平平仄仄平　仄起式　平平仄仄仄平平　平起式　又有拗句即苐一字或苐三字随意用之，但在下句，即有韵之句。苐三字仍须遵守平仄，苐五字不可换。

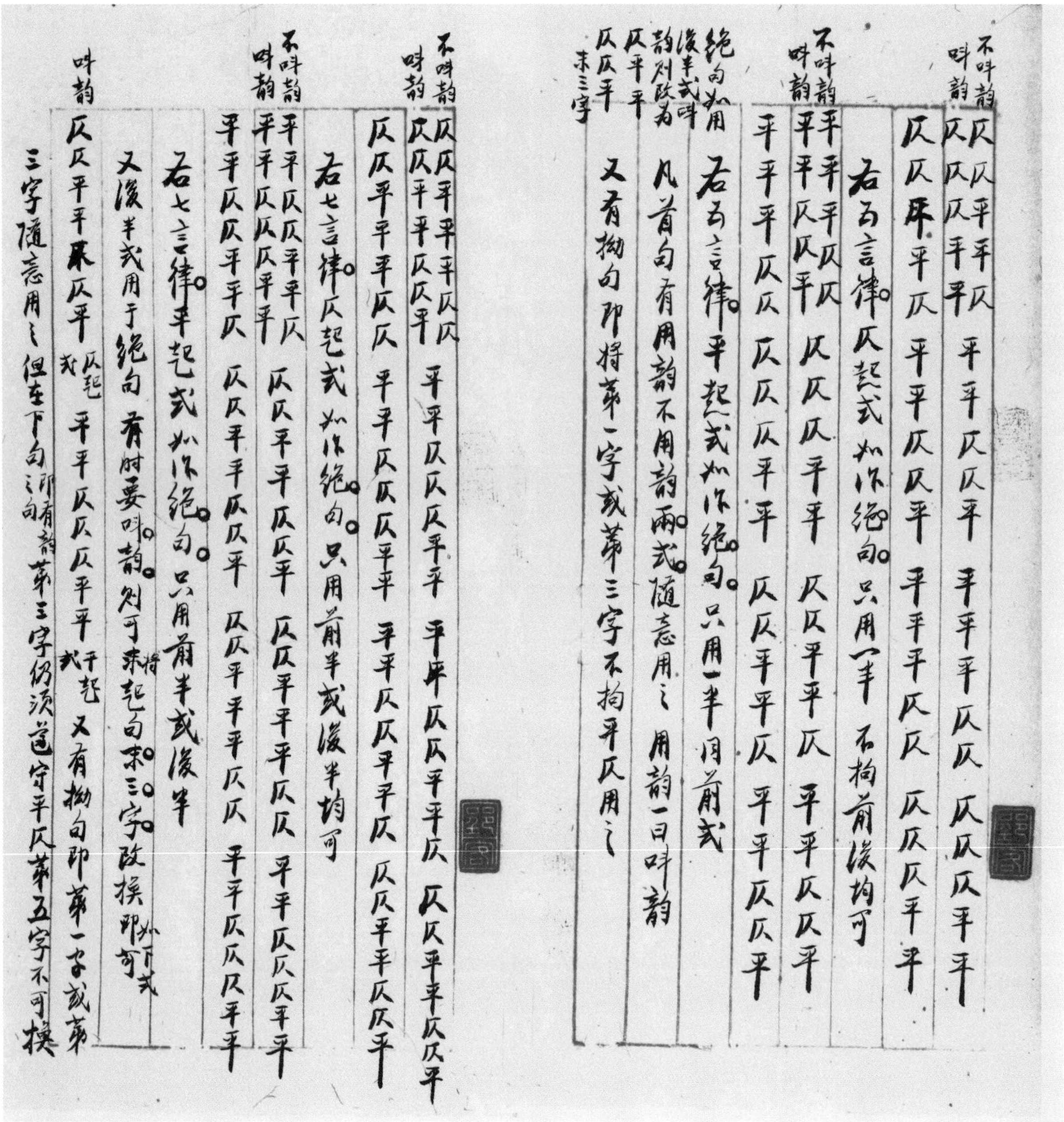
不叶韵 仄仄平平仄／叶韵 仄仄仄平平　平平仄仄平　平平平仄仄　仄仄仄平平
仄仄平平仄　平平仄仄平　平平平仄仄　仄仄仄平平
右五言律。仄起式如作絶句。只用一半　不拘前後均可
不叶韵 平平平仄仄／叶韵 平平仄仄平　仄仄仄平平　仄仄平平仄　平平仄仄平
平平平仄仄　仄仄仄平平　仄仄平平仄　平平仄仄平
絶句如用後半式叶韵則改為仄平平　仄仄平末三字
右五言律。平起式如作絶句。只用一半同前式
凡首句有用韵不用韵兩式。隨意用之　用韵一曰叶韵
又有拗句即將第一字或第三字不拘平仄用之
不叶韵 仄仄平平平仄仄／叶韵 仄仄平平仄仄平　平平仄仄仄平平　平平仄仄平平仄　仄仄平平仄仄平
仄仄平平平仄仄　平平仄仄仄平平　平平仄仄平平仄　仄仄平平仄仄平
右七言律。仄起式如作絶句。只用前半或後半均可
不叶韵 平平仄仄平平仄／叶韵 平平仄仄仄平平　仄仄平平仄仄平　仄仄平平平仄仄　平平仄仄仄平平
平平仄仄平平仄　仄仄平平仄仄平　仄仄平平平仄仄　平平仄仄仄平平
右七言律。平起式如作絶句。只用前半或後半
又後半式用于絶句　有時要叶韵。則可將起句末三字改換即可如下式
叶韵 仄仄平平仄仄平 仄起式　平平仄仄仄平平 平起式　又有拗句即第一字或第
三字隨意用之但在下句即有韵之句第三字仍須遵守平仄第五字不可換

【注释】

［一］徐嘉齡（一九三一—一九九三年），名永年，字嘉齡。三十後失聰號無聞。現代著名學者、書法篆刻家。易均室先生衣缽弟子。

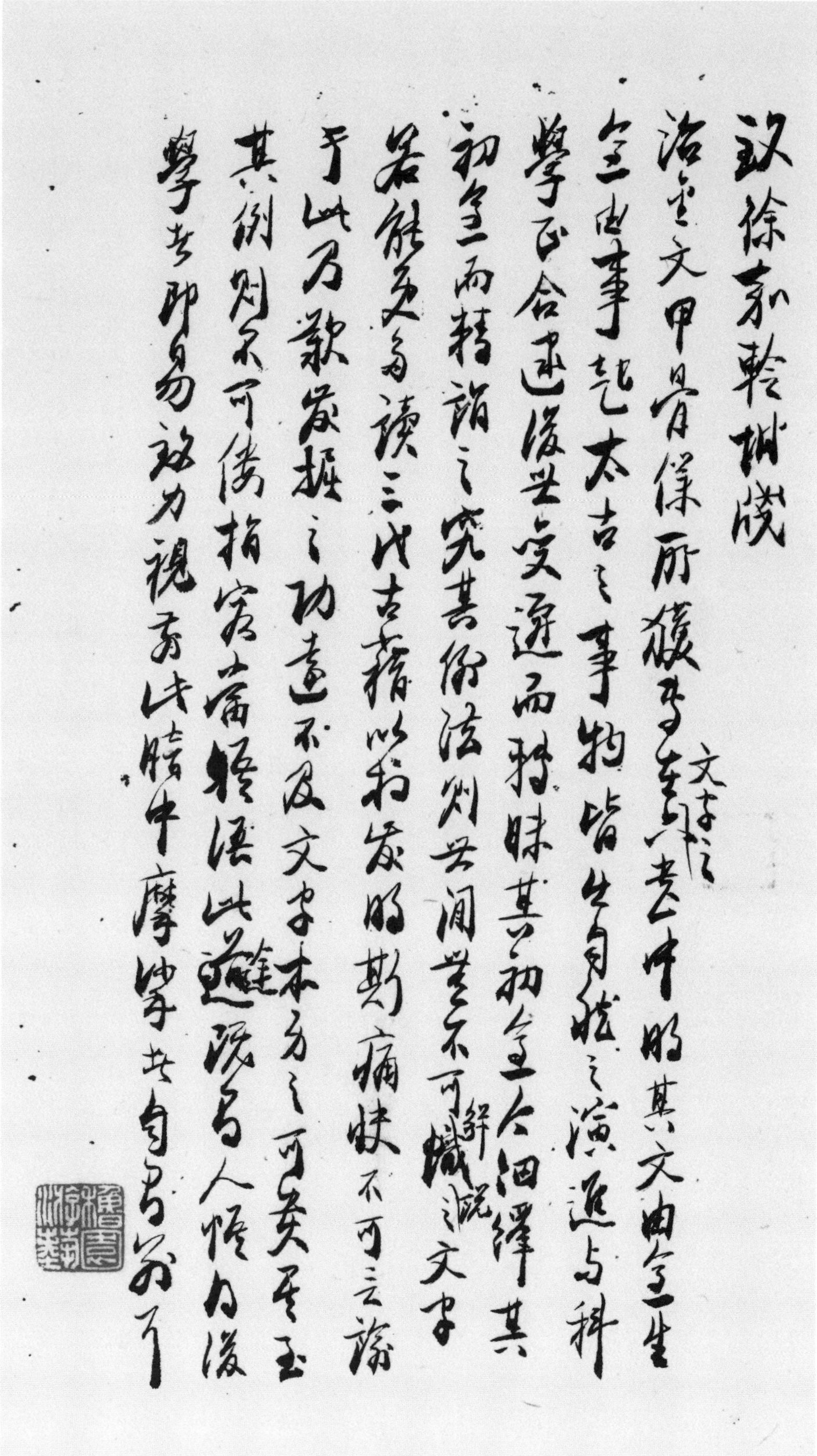

一三五　致徐嘉齡（二）

致徐嘉齡坿牋

治金文甲骨，僕所獲專在文字之六書中。明其文由意生，意由事起。太古之事物，皆出自然之演進，与科學正合。逮後世變遷而轉昧其初意。今細繹其初意而精詣之，究其例法，則世間無不可解説之文字。若能更多讀三代古籍，以相發明，斯痛快不可言諭。于此乃歎發掘之功，遠不及文字本身之可貴矣。至其例則不可僂指，容當晤語。此途既有人悟得，後學者即易致力，視前此暗中摩挲者，自有别耳。

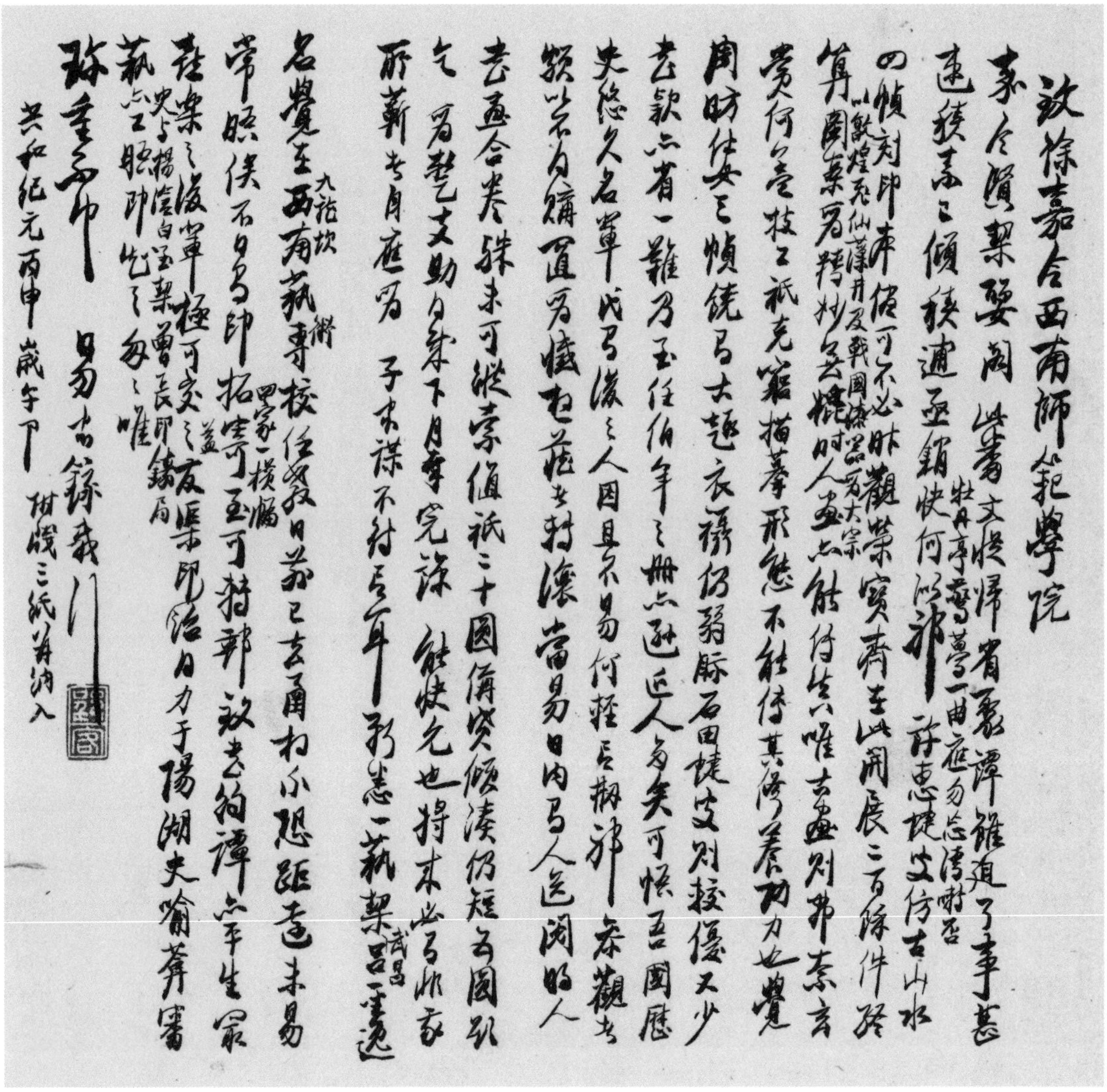

一三六　致徐嘉齡（三）

致徐嘉令西南師范學院

嘉令賢栔要閣：此番文從歸省，聚譚雖迫，了事甚速，積素已傾，積逋亟銷，快何似耶？《牡丹亭·驚夢》一曲，應勿忘清囀否？許惠蝀叟仿古山水四幀刻印本，儘可不必。昨觀榮寶齋在此開展，二百餘件，終算圖案爲精妙無媲以敦煌飛仙、藻井及戰國漆器爲大宗，時人畫亦能傳真，唯古畫則弗奈玄賞何。蓋技工衹克窮描摹形態，不能傳其修養功力也。覺周昉仕女三幀，饒有古趣。衣褶仍弱，眎石田、蝀叟則較優，又少書款，亦省一難。乃至任伯年之册，亦遜近人多矣。可悟吾國歷史悠久，名輩代有，後之人因且不易，何輕言挪耶？參觀者頗以不得購置爲憾，想藏者轉讓當易。日内有人送閲明人書畫合卷，殊未可縱。索值衹二十圓，偁貸傾湊，仍短五圓。欲乞爲暫支助得成，下月奉完，諒能快允也。將來必有非我所蘄者，自應爲子求謀，不待言耳。新悉一蓺栔，武昌呂聖逸，名覺，在九龍坎西南蓺術專校任教。日前已去函相介，恐距遠未易常晤。俟不日有印拓寄至四家一横幅，可轉郵致書約譚。亦平生最喜樂之後輩，極可交之益友。渠治印得力于陽湖史喻蕣，審藝亦工。史与楊滄白至栔，曾長印鑄局。晤即知之。匆匆，唯

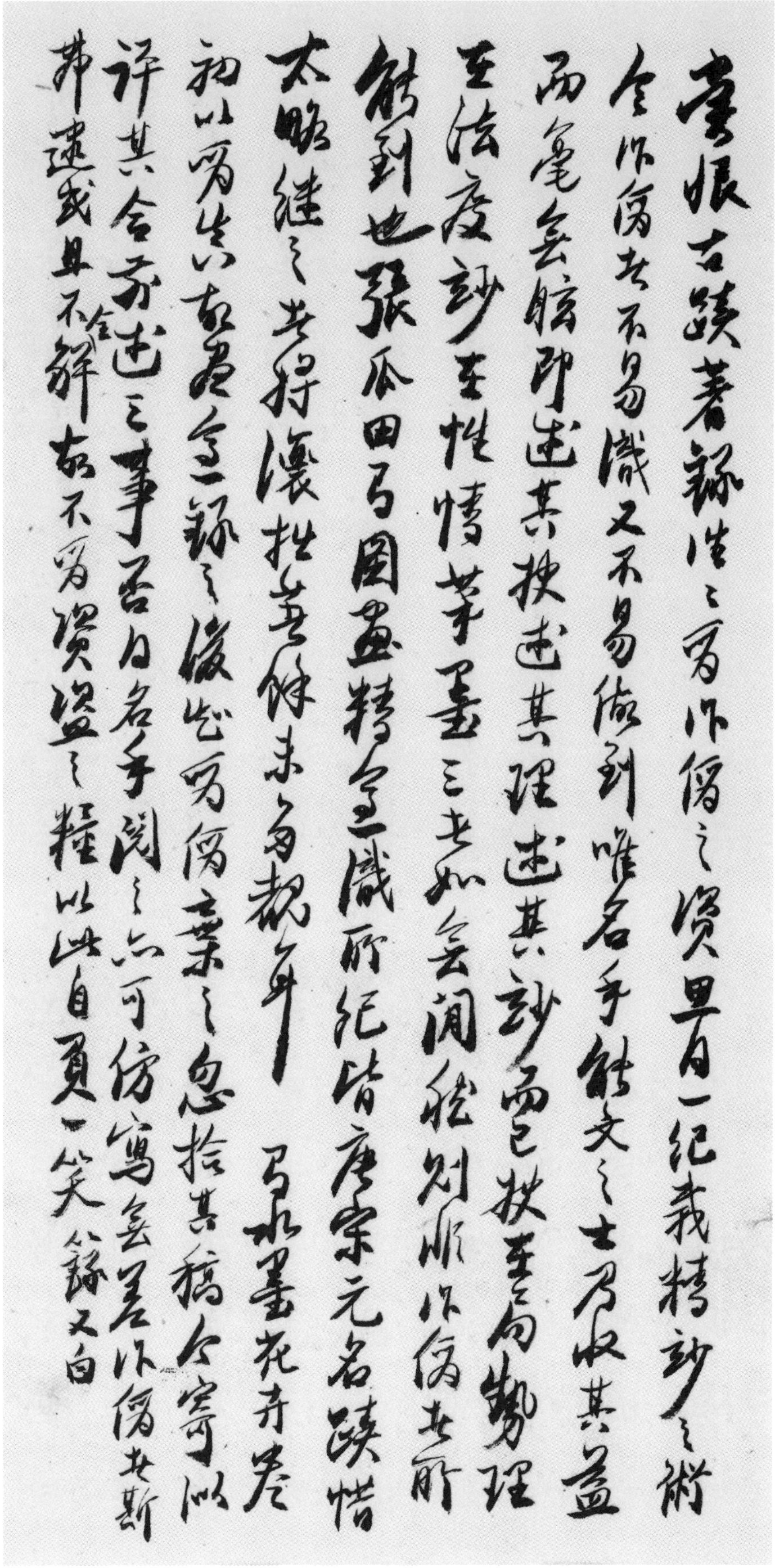

珍重不具。易忠籙載拜。

坿牋三紙并納入。共和紀元丙申歲午卩。

嘗恨古蹟著録往往爲作僞之資，思得一紀載精玅之術，令作僞者不易識，又不易做到，唯名手能文之士乃收其益而毫無眩。即述其抉，述其理，述其玅而已。抉在局勢，理在法度，玅在性情。筆墨三者如無間然，則非作僞者所能到也。張瓜田有《圖畫精意識》，所紀皆唐宋元名蹟，惜太略。繼之者將讓拙著，餘未多覯耳。有水墨花卉卷，初以爲真，故盡意録之。後知爲僞，棄之。忽拾其稿，今寄似，評其合前述之事否？得名手閱之，亦可仿寫無差，作僞者斯弗逮，或且不全解，故不爲資盜之糧，以此自負。一笑。籙又白。

跋徐紫翁重慶續雲山館

虞永興七帖冊已歸插架下，妙于萬篋明邳從公卷亦為鄰

星聚奇惜拙跋曷勝御寄當可日與築塢印亦拙拓生雅里

蘇名稱九字稿未白文均佳宜先手　孝易彷滌翁八字且

可證之　南宮生色矣　歸省乞　據示云河光寶上之玉

拓樹題畫詮珧之犯和白石道人四牌並原跡卷又承贈

之家印卷付展卷手　發入展後裝損如佳蹟乞日易借

展邳　承歲收日述學評本極佳今後日原梓初印厚

紙者得過録于此而以原評相送，閱之知寫一所茂汪文

從擊不敷奠為人至唯

知於天慧　拓壬寅歲夏天中日易古錄我

裝書紙經之悲悶畢由周古人前可不失祥玉和の詳偶一為之

可了此書篆周名雅致拍垂上承人皆未及友録拓以青禄

之理審生今人讀伴爲去拜亦廉諮于宋人甚以虛論容商自

此爲去上之拜而非垂上伴手收上母早韵録結論稿亦作復信

悟入後乃易彼爲勸古此抹時躇淵志之處不能不以告吾

紫於也録又拙識

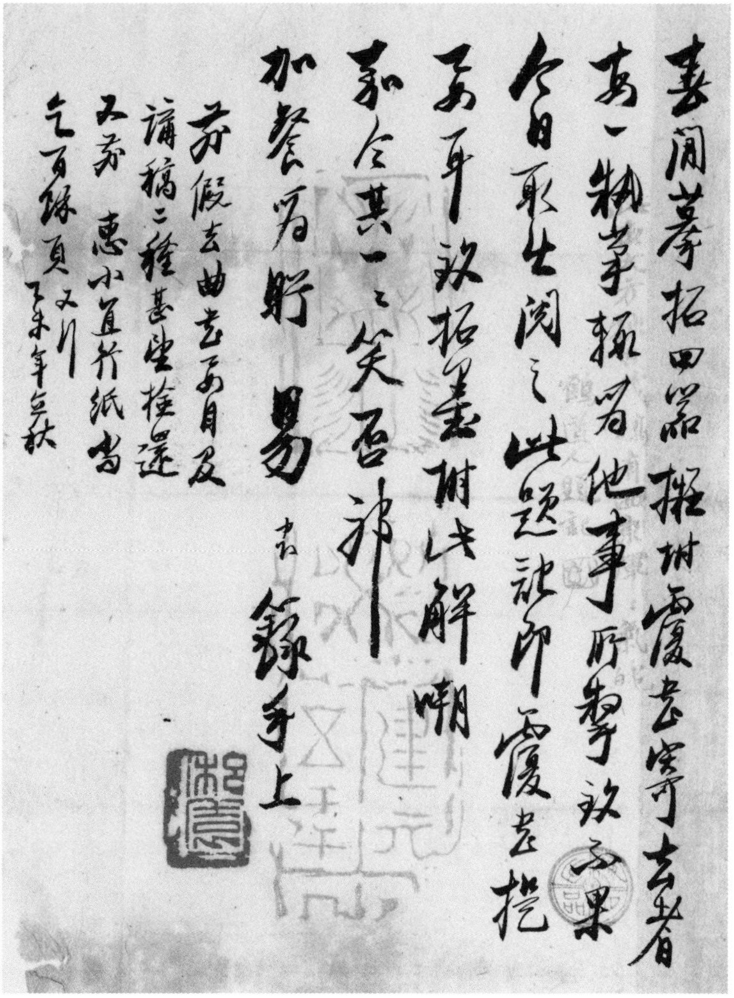

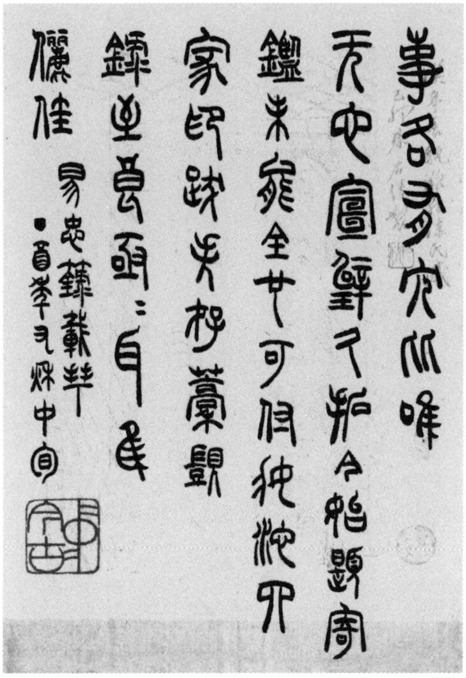

一三七　致徐嘉齡（四）

致徐嘉齡　重慶縉雲山寓

虛舟臨《十七帖》册已歸插架，良妙。于荒篋明孟陟公卷亦有鄰矣。默葊、惜抱既有肸鄉，容當可得。栞塢印亦擬拓出，唯里籍名號九字稿朱白文均佳，宜先幸奏刀。仿讓翁八字且可竢之。南宮生急就歸省，乞携示云何？先寄上四玉拓，坿題詞《玲瓏四犯·和白石道人四聲並原韻》卷。又前贈四家印卷付展者，幸督入展後裝損，如佳蹟豈易借展耶？前歲收得《述學》評本，極佳。今復得原梓初印厚紙者，將過録于此，而以原評相遺。聞之想爲一欣然。汪文修絜，不類其爲人矣。唯

嘉齡无恙。始壬寅歲天中卩。易忠籙載拜。

製詞秪經意起調畢曲，用古人韻，可不失律。至和四聲，偶一爲之可耳。此詞姜、周各體煞拍重上，前人皆未言及，籙始以音律之理審出。今人讀伴爲去聲，亦屬沿于宋人。蓋此處論宫商自必爲去上二聲，而非重上。伴字收上母，旱韻。籙結韻初稿亦作縮侶，悟入後乃易縮上爲勬去。此殊峙躇滿志之處，不能不以告吾嘉齡也。籙又坿箋。

春間摹拓四器，擬坿覆書寄去者。每一執筆，輒爲他事所掣，致不果。今日取出閱之，此題記即覆書提要耳。致拓墨，坿此解嘲。嘉令其一一笑否耶？

加餐爲盼，易忠籙手上。

前假去《曲書要目》及講稿二種，甚望檢還。又前惠小直行紙，尚乞百餘頁。又拜。乙未年立秋。

事各有冗，比唯无心。宣璧久拓，今始題寄鑑，未能全也。可付妝池。四家印跋先存藁，覬録至，良亟亟耳。唯儷佳。易忠籙載拜。

丁酉年九秋中旬。

一三八　致徐嘉齡（五）

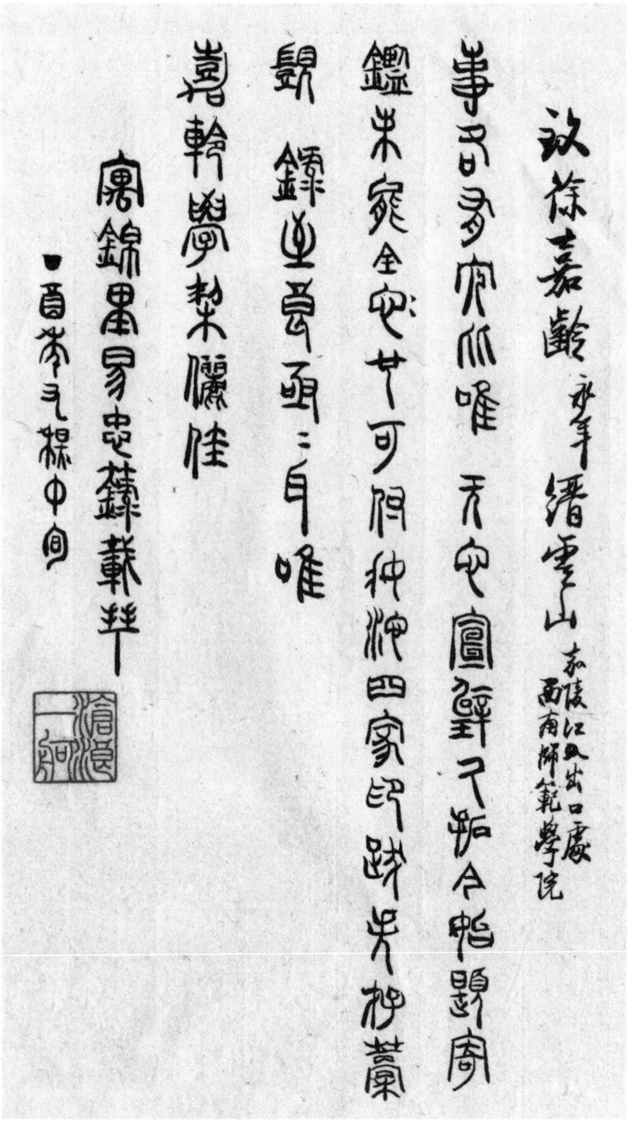

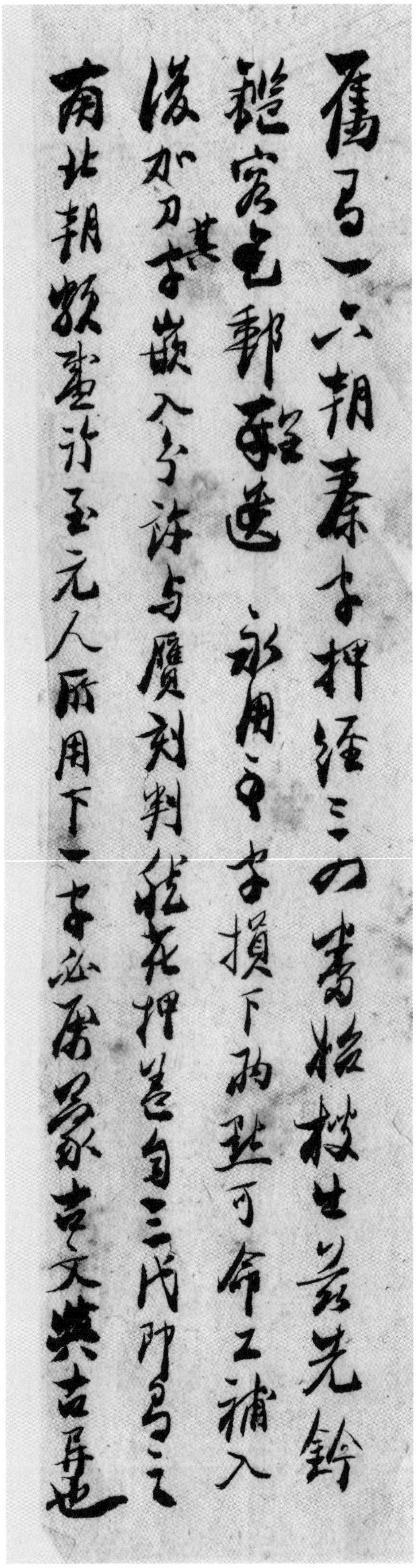

致徐嘉齡永年縉雲山　嘉陵江出口處，西南師範學院。

事各有冗，比唯无心。宣壁久拓，今始題寄鑑，未能全也。可付妝池。四家印跋先存藁，覬録至，良亟亟耳。唯

嘉幹學棃儷佳。

寓錦里易忠籙載拜。

丁酉年九秋中旬。

舊有一六朝秦字押，經三四番始搜出，茲先鈐鑑，容郵呈。永用字損下兩點，可命工補入後加刀。其字嵌入分許，与贋刻判然。花押蓋自三代即有之，南北朝頗盛行。至元人所用，下一字必屬蒙古文，與古異也。

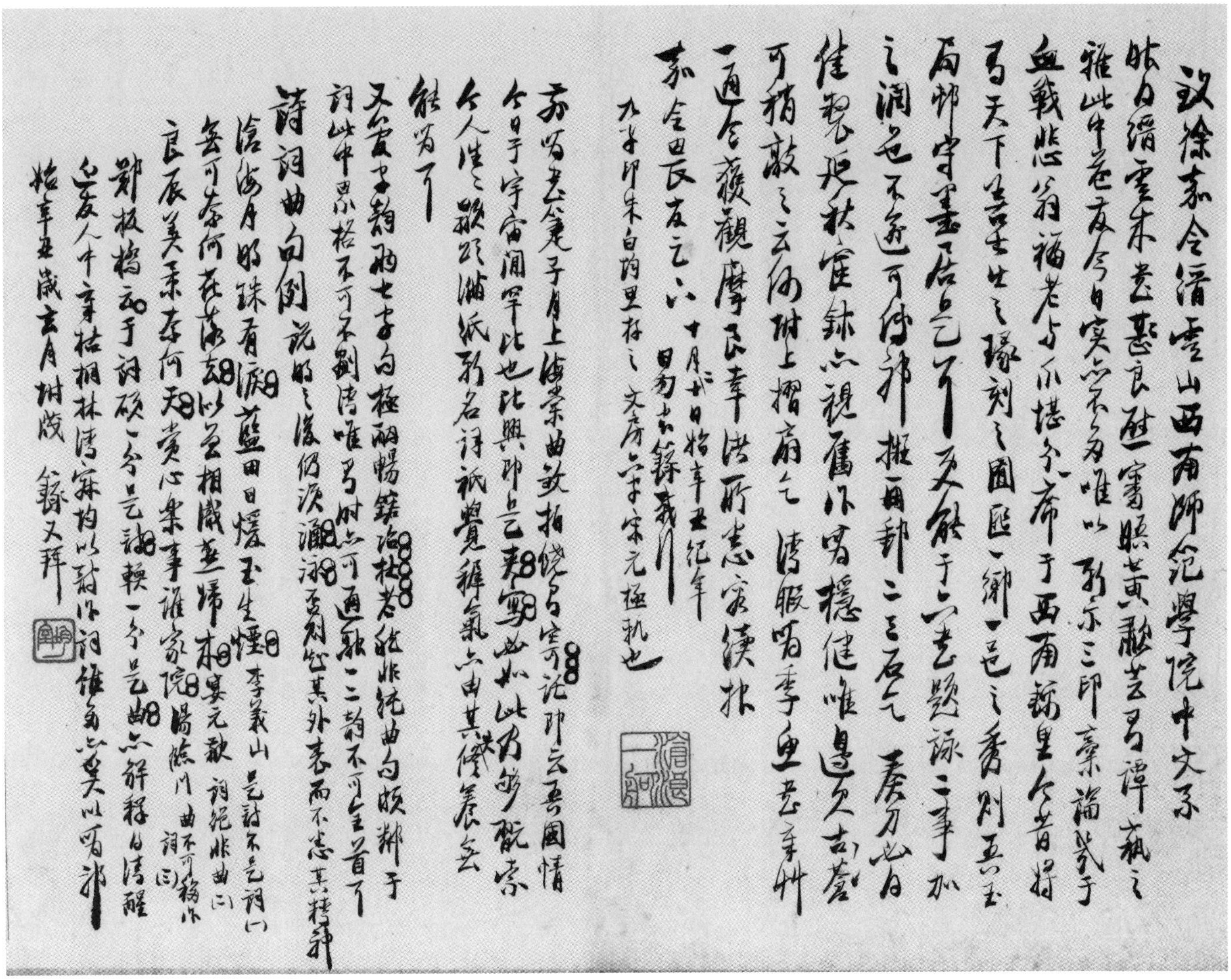

一三九　致徐嘉齡（六）

致徐嘉令　縉雲山西南師范學院中文系

昨得縉雲來書，良慰。審晤黃歗芸[一]，有譚萩之雅。此中益友，今日實亦不多。唯以新示三印稾論，幾于血戰悲翁、福老，与介堪分一席于西南。錦里今昔將有天下善士出之瑑刻之囿，匪一鄉一邑之秀，則吾玉局邨守墨居是耳。更能于六書、題詠二事加之潤色，不逾可傳耶？擬再郵二三石，乞奏刀，必得佳製。『延秋宧』鉢亦視舊作爲穩健，唯邊欠古蒼，可稍敲之，云何？坿上摺扇，乞清暇爲季魚書章艸一通，令獲觀摩，良幸。諸所悉容續报。

嘉令畏友足下。十月二十日始辛丑紀年。易忠籙載拜。

九字印朱、白均思存之，文房六字宋元極軌也。

前爲書箑子，《月上海棠曲》煞拍饒有寄託，即云吾國情，今日于宇宙間罕比也。比興即是夾寫，必如此乃夠翫索。今人往往顯頌，滿紙新名詞，衹覺穉氣，亦由其失修養，無能爲耳。

又『管』字韻兩七字句極酣暢，鎔冶杜老，然非純曲句，頗鄰于詞。此中界格不可不劃清，唯有時亦可通融一二韻，不可全首耳。

詩詞曲句例：說明之後，仍須涵泳。否則，知其外表而不悉其精神。

滄海月明珠有淚，藍田日煖玉生煙。李義山。

是詩，不是詞（一）。

無可奈何花落去，似曾相識燕歸來。宴（晏）元獻。詞，絕非曲（二）。

良辰美景奈何天，賞心樂事誰家院。湯臨川。曲，不可移作詞（三）。

鄭板橋云：于詞硬一分是詩，輭一分是曲。亦解釋得清醒。

近友人中章枯桐[二]、林清寂均以詩作詞，雖多，亦奚以爲耶？

始辛丑歲玄月坿牋。

籙又拜。

籙研古玉，頗以爲宜分三事：一制作，可證古籍。二琢工，可攷藝術。三土浸，可資欣賞。世人往往重第三者，此骨董習尚，非學術事也。吳清卿《古玉圖攷》不空談，唯誤處實多，籙皆一一疏論之。餘紙并及。公元千九百六十又二年六月。

坿新得印文：滄州趣小謝句中三字、錦蒙駃宛陵句中三字、情深調合《書譜》語。

【注釋】

[一]黃歗芸即黃笑芸（一九一六—一九九八年），名世銘。號抱璞室主人、清寧洞口掃葉人、後脂硯齋主人。重慶江北縣人。重慶近現代著名篆刻家。

[二]章枯桐即章士釗（一八八一—一九七二年），字行嚴，筆名黃中黃、青桐、秋桐等。近代民主革命先行者，著名學者、史學家、詩詞學家。

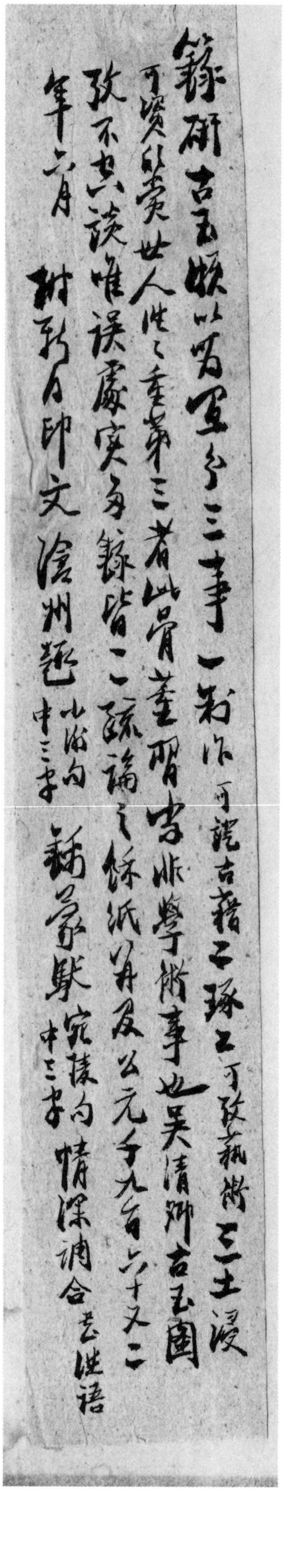

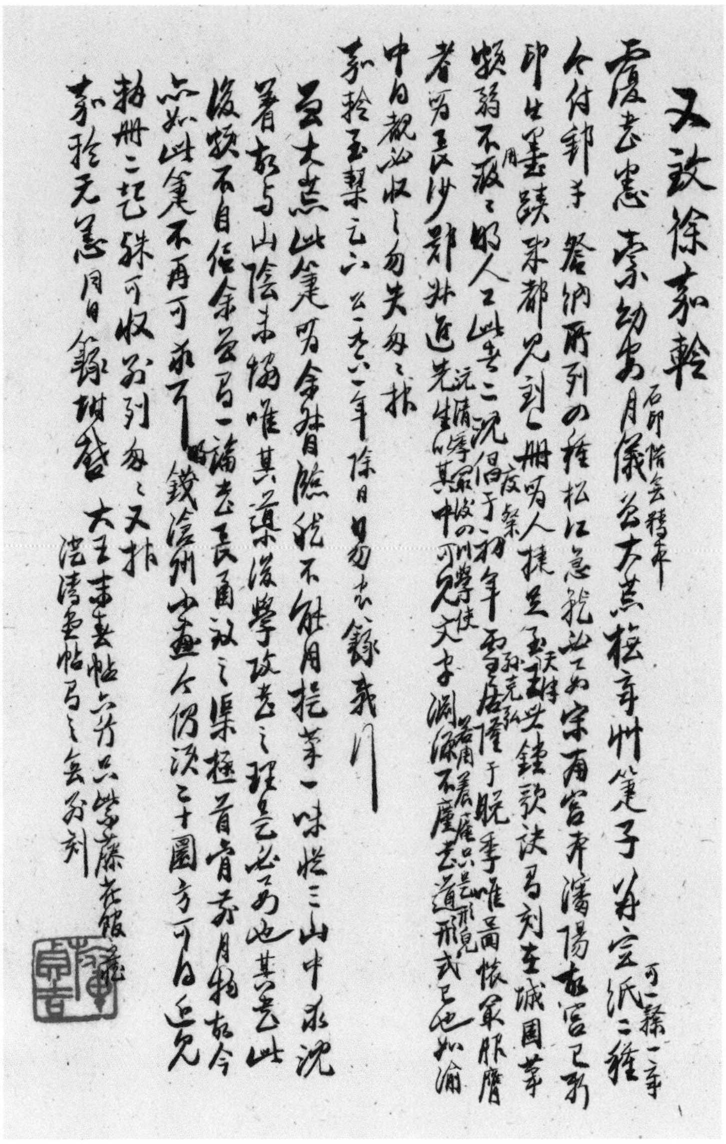

一四〇　致徐嘉齡（七）

又致徐嘉軨

覆書悉。索幼安《月儀》石印，惜無精本、曾大荒櫄章草箋子并宣紙二種可一隷一章，今付郵，幸督納。所列四種松江《急就》必要宋南宮本，瀋陽故宮已新印出墨蹟，成都見到一册，爲人捷足。至天津王世鏜《歌訣》，有刻在城固，筆頗弱。不用汲汲。明人工此者，二沈度、粲倡于初年，雪居孫克弘隆于晚季，唯啚懷最服膺者，爲長沙鄭叔進先生沅。清季最後四川學使，以其中可見文字淵源，不廑書道形式已也若周養庵，只是形貌。如渝中得覩，必收之勿失。匆匆報嘉軨至契足下。公一九六一年除日。易忠籙載拜。

曾大荒此箋爲余督臨，然不能用。提筆一味從三山中求沈着，故與山陰未協。唯其導後學攻書之理，是必要也。其書此後頗不自信。余曾有一論書長函致之，渠極首肯。前月物故，今亦如此箋不再可求耳。明錢滄州小畫，今仍需二十圜方可得。近見軸、册二起，殊可收。別列。匆匆又報。

嘉軨无恙。同日籙坿啓。

大王《末春帖》六行，只紫藤花館藏，《澄清堂帖》有之，無別刻。

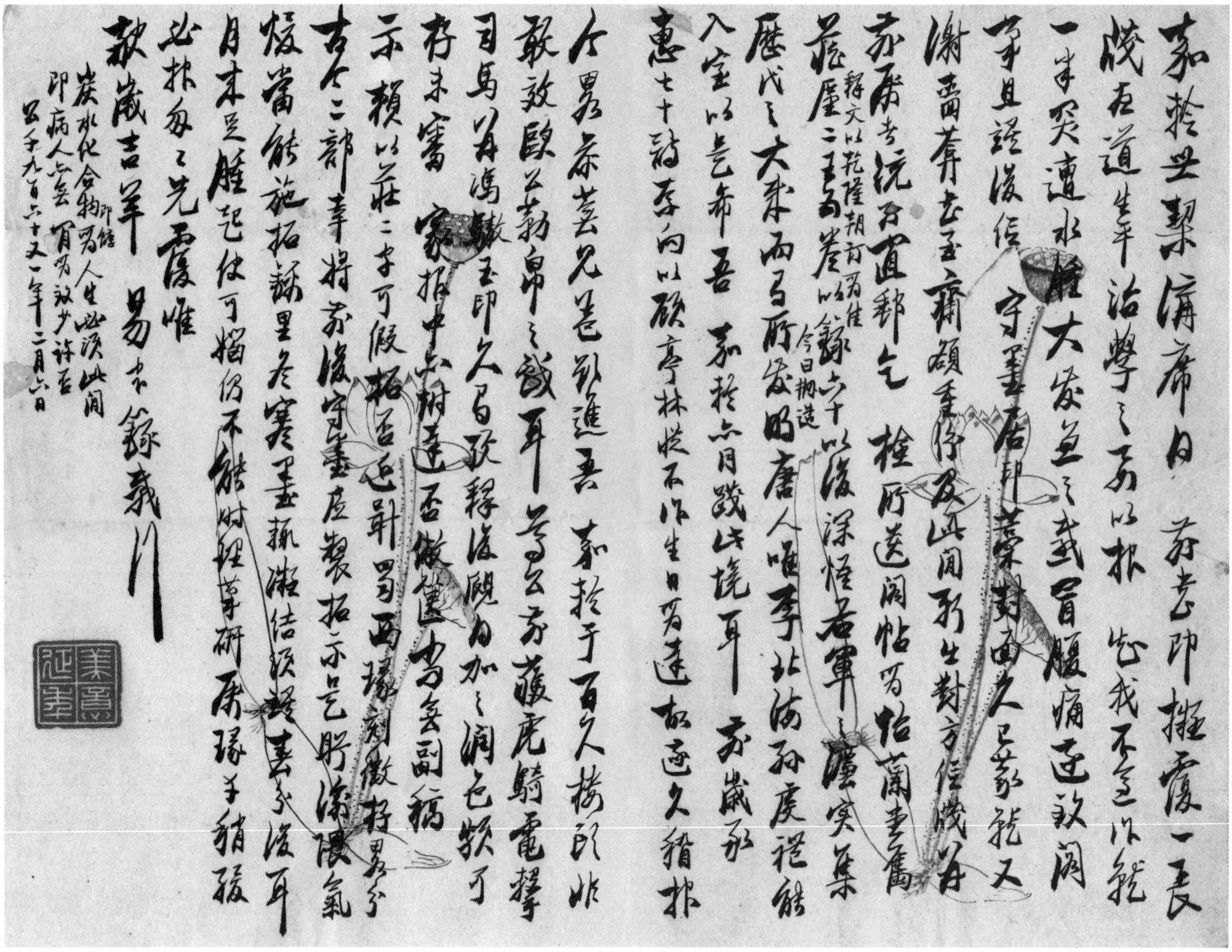

一四一　致徐嘉齡（八）

嘉幹世棨講席：得前書，即擬覆一長牋，盡道生平治學之要，以報知我。不意作就一半，突遭水腫大發，兼之感冒、腹痛，遂致閣筆。且竢後信。《守墨居印稾》封面久已篆就，又謝畣蒪書至，齋額重份，及此閒新出對方信牋，并前屬者，統別置郵。乞檢所遺《閣帖》，爲怡蘭堂舊藏，塵二王五卷釋文以乾隆朝訂爲佳。以籙六十以後，深悟右軍之瀍，實集歷代大成，而有所發明今日刱造。唐人唯李北海、孫虔禮能入室。以是希吾嘉幹亦同踐此境耳。前歲承惠七十詩，奈向以顧亭林從不作生日爲達，故遂久稽報。今畧參蕪見，蓋欲進吾嘉幹于百尺樓頭，非敢效歐公勒帛之戲耳。尊公前獲虎騎電擊司馬并馮驥玉印，久有攷釋，後覸得加之潤色，頗可存，未審家報中亦尌達否？敝篋尚無副稿。示賴以莊二字可假拓否？近尌《蜀西瑑刻徵存》，畧分古今二部，幸將前後守墨屋製拓示是盼。渝限氣煖，當能施拓，錦里冬寒，墨輒凝結，竢春分後耳。月末足腫，起伏可嬲，仍不能時理筆研，屬瑑幸稍緩必報。匆匆先覆。唯

獻歲吉羊。易忠籙載拜。

炭水化合物即餹爲人生必須，此間即病人亦無。肯爲致少許否？

公千九百六十又一年二月六日。

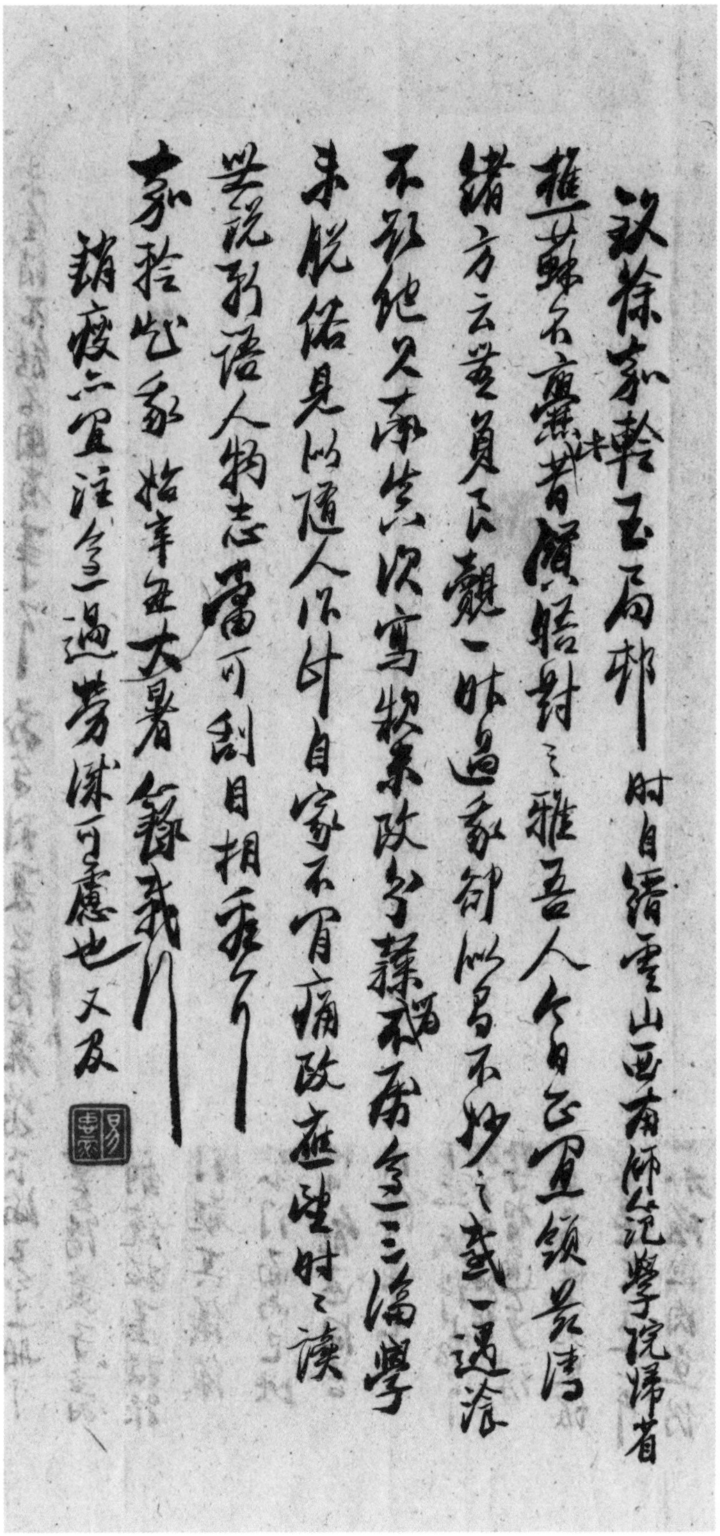
致徐嘉齡 玉局村 時自縉雲山西南師范學院歸省
樵蘇不爨此昔賢晤對之雅吾人今日正宜領茲清
緒方云無負良覿一昨過我卻似有不妙之感一遇滄
不欲飽欠率真次寫款未改分隸爲不屬意三論學
未脱俗見似隨人作計自家不肯痛改應望時時讀
世説新語人物志當可刮目相看耳
嘉齡知我 始辛丑大暑 籙載拜
銷瘦亦宜注意過勞誠可慮也 又及

一四二　致徐嘉齡（九）

致徐嘉齡　玉局村　時自縉雲山西南師范學院歸省

樵蘇不爨，此昔賢晤對之雅，吾人今日正宜領茲清緒，方云無負良覿。一昨過我，卻似有不妙之感。一遇滄不欲飽，欠率真；次寫款未改分隸，爲不屬意；三論學未脱俗見，似隨人作計。自家不肯痛改，應望時時讀《世説新語》《人物志》，當可刮目相看耳。

嘉齡知我。始辛丑大暑。籙載拜。

銷瘦亦宜注意過勞，誠可慮也。又及。

一四三　致徐嘉齡（一〇）

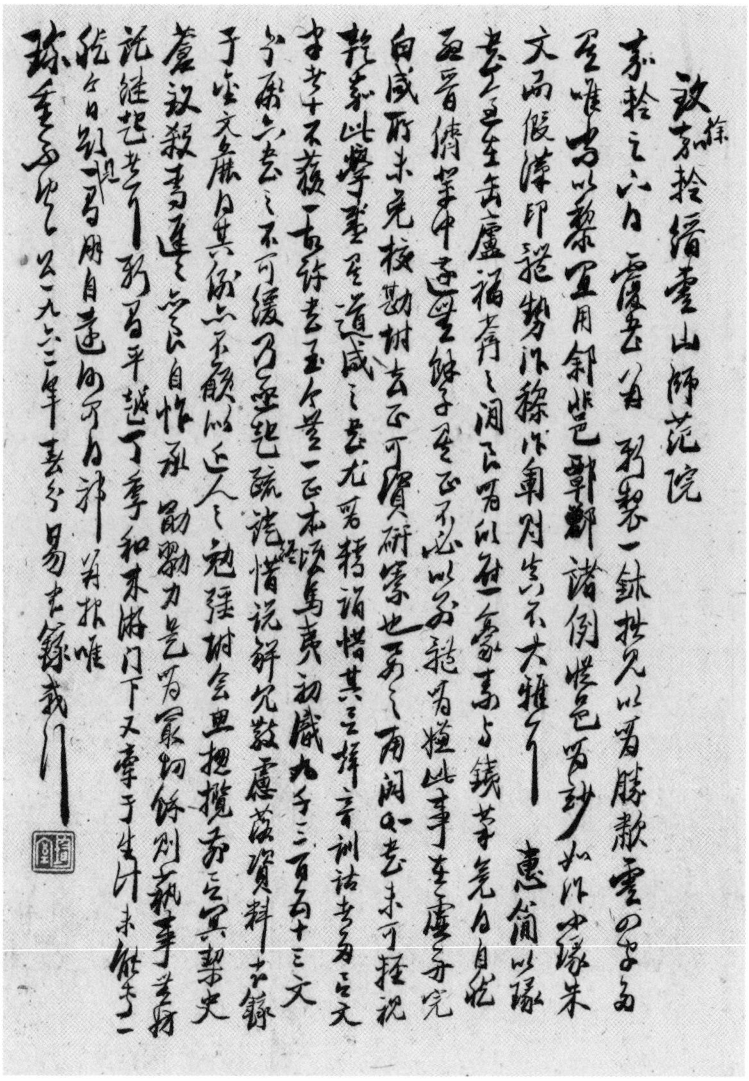

致徐嘉齡　縉雲山師范院

嘉齡足下：得覆書并新製一鉢，拙見以爲勝歔雲四字多矣。唯尚以黎宜用郤、巷、鄲、鄙諸例從邑爲𨚕。如作小篆朱文，而假漢印體勢作黎作軍，則真不大雅耳。惠簡以篆書意在缶廬、福莽之間，良爲欣慰。豪素与銕筆竟得自然，孟晉儕輩中，遂無餘子矣。正不必以別體爲嫌，此事在虚舟、完白咸所未免。校勘坿去，正可資研索也。要之，南閣一書未可輕視，乾嘉此學盛矣，道咸之書尤爲精詣。惜其言聲音訓詁者多，言文字者十不獲一，故許書至今無一正本。頃馬夷初[一]識九千三百五十三文分屬六書之不可緩，乃亟起疏證，終惜説解冗散，慮落資料。忠籙于金文龜得其例，亦不願似近人之勉彊坿會，思摠攬前言，冥絜史蒼，致殺青遲遲，亦良自怍。承勖勠力，是爲最切，餘則藝事，無妨託繼起者耳。新有平越丁季和[二]來游门下，又牽于生計，未能專一。然今日欲見一有朋自遠，何可得耶？并報。唯

珍重不具。公一九六二年春分。易忠籙載拜。

【注釋】

[一]馬夷初即馬叙倫（一八八五—一九七〇年），字彝初，更字夷初，號石翁、寒香，晚號石屋老人。浙江杭縣人。現代著名學者、哲學家、書法家、政治家。

[二]丁季和（一九二七—一九九九年），名鶴，號野莽、野丁、槃散人。貴州平越（今貴州省福泉市）人。

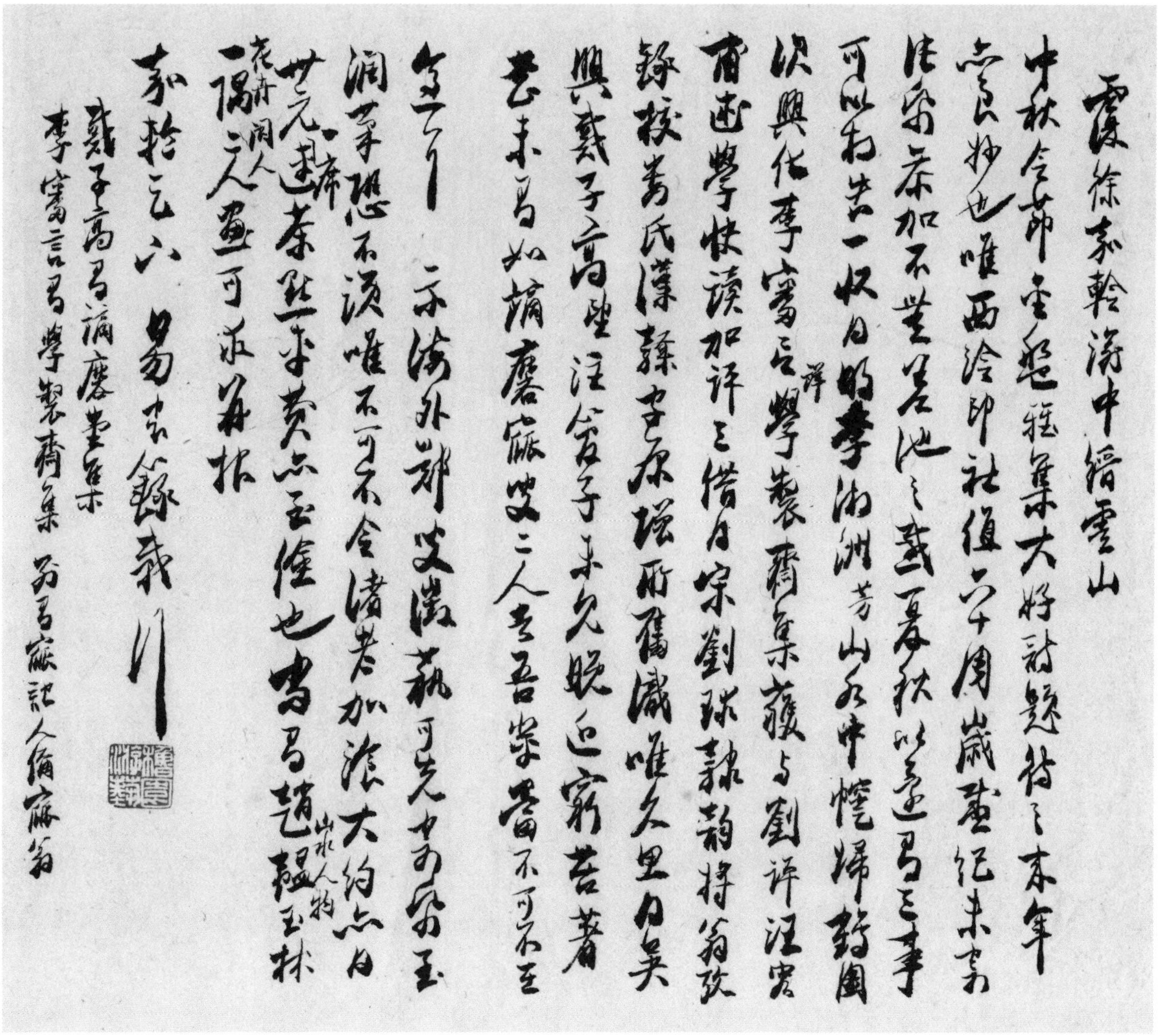

一四四　致徐嘉齡（一一）

覆徐嘉軨　渝中縉雲山

中秋令節，金盤雅集，大好詩題，待之來年，亦良妙也。唯西泠印社值六十周歲盛紀，未寄片帋參加，不無差池之感。夏秋以還，有三事可以相告：一收得明李湘洲芳山水中幨《歸鶴圖》，次興化李審言詳《學製齋集》獲与劉評汪容甫《述學》快讀加評，三借得宋劉球《隸韻》，將翁攷録校婁氏《漢隸字原》，增所舊識。唯久思得吳興戴子高望注《管子》未見。晚近窮苦著書，未有如謫麐、窳叟二人者，吾輩當不可不在意耳。示海外郑叟澂藝可先寄帋，至潤筆恐不須。唯不可不令諸老加湌，大約亦得卅元一席，連茶點、車費，亦至儉也。尚有趙蘊玉[一]山水人物、林一隅[二]花卉。閩人二人畫可求。并报

嘉軨足下。易忠籙載拜。

戴子高有《謫麐堂集》。

李審言有《學製齋集》，別有《窳記》。人偁窳翁。

【注釋】

[一] 趙蘊玉（一九一六—二〇〇三年），原名文蔚，後改名石，字蘊玉。四川閬中人。四川著名國畫家。大風堂門人。

[二] 林一隅，生卒不詳。福建福州人。四川著名國畫家。

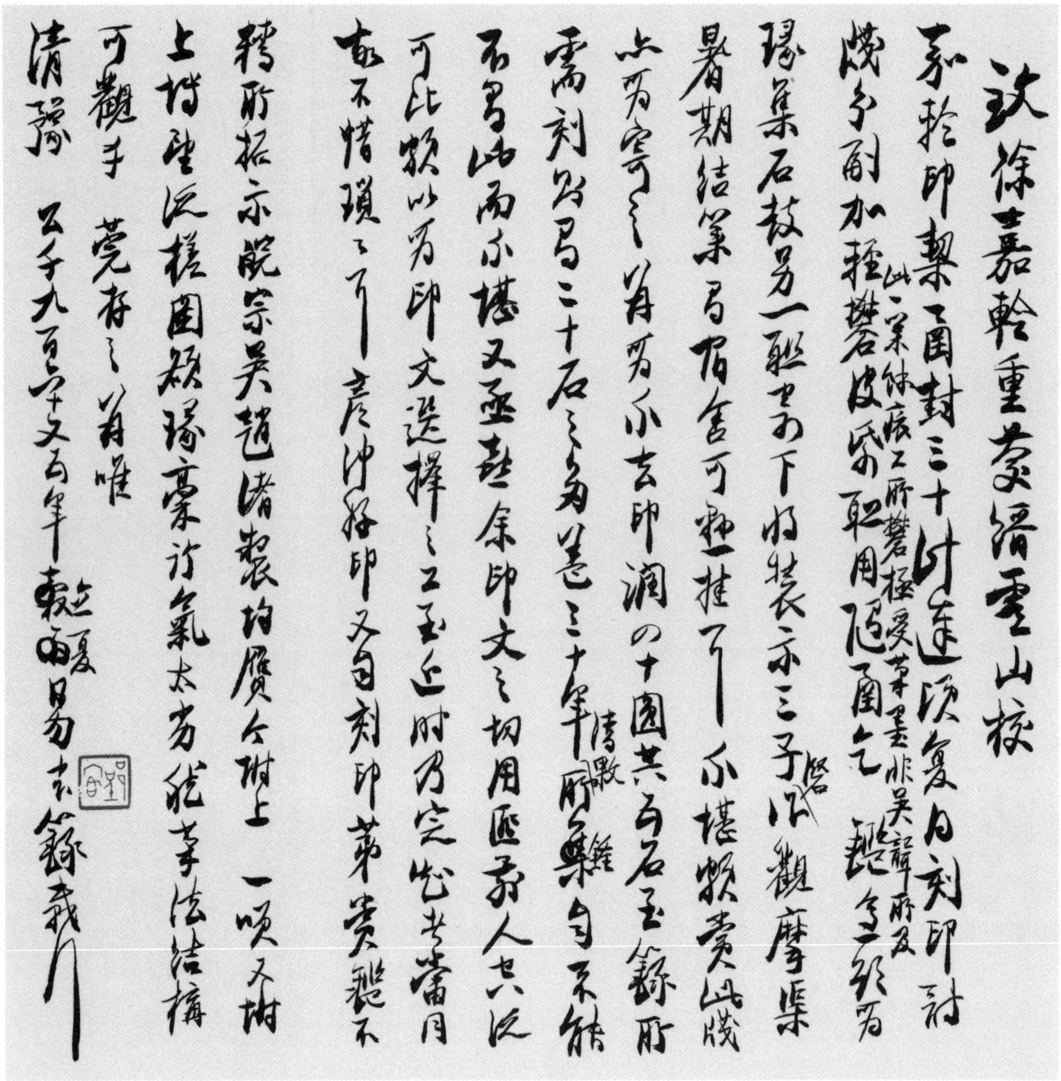

一四五　致徐嘉齡（一一）

致徐嘉齡　重慶縉雲山校

嘉齡印挈：函封三十計達。頃復得刻印，詩牋分副，加輕礬皮帋此一業餘庋工所礬，極受筆墨，非吳讐所及聯用，隨函乞鑑。意欲爲瑑，集石鼓。另一聯寄下，將裝示三子晵作觀摩。渠暑期結業，有宿舍可懸挂耳。介堪頗賞此牋，亦爲寄之。并爲介去印潤四十圓，共五石。至籙所需刻則有二十石之多。蓋三十年清斁所鍾，自不能不有此，而介堪又亟喜余印文之切用，匪前人空泛可比。頗以爲印文選擇之工，至近時乃定，知者當同，故不惜瑣瑣耳。彥沖好印，又自刻印，第賞鑑不精，所拓示皖宗吳、趙諸製均贋。今坿上一唉。又坿上《博望泛槎圖》額瑑藁，行氣太劣，然筆法結構可觀，幸莞存之。并唯

清豫。公千九百六十又五年立夏。易忠籙載拜。

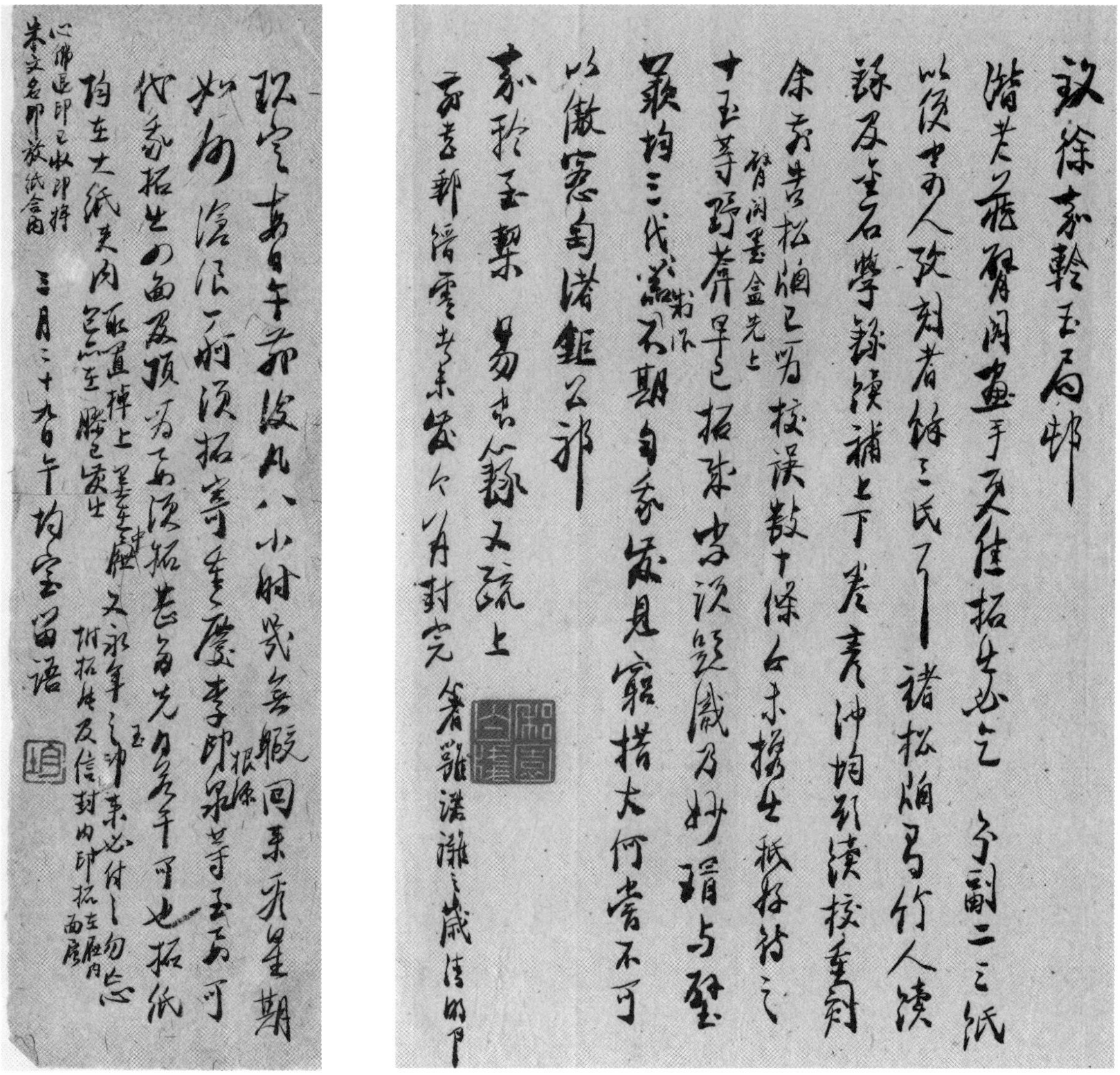

一四六　致徐嘉齡（一三）

致徐嘉齡　玉局郵

潛老藏臂閣，畫手更佳，拓出必乞分副二三紙，以便寄人攷刻者餘三氏耳。褚松牕有《竹人續録》及《金石學録續補》上下卷。彥沖均欲續校重刻，余前告松牕已爲校誤數十條，今未携出，秪好待之。十玉等野莽早已拓成臂閣墨盒先上，尚須題識乃妙。琱与璧羨均三代制作，不期自我發見，窮揩大何不可以傲簋、匋諸鉅公耶？

嘉軨至棨。易忠籙又疏上。

前書郵緡雲者未發，今并封完。箸雒涒灘之歲清明卩。

現定每日午前後凡八小時，幾無暇回來。看星期如何？『滄浪一舸』須拓寄重慶李印泉根源等，至要。可代我拓出四面及頂爲要。須拓甚多，先得若干可也。拓紙均在大紙夾内。取置棹上，墨在中屜，包亦在。膠已發出。

又永年之玉印，來必付之，勿忘。坿拓片及信封内印拓在屜内面層。心佛退印已收，即將朱文名印放紙合内。三月二十九日午，均室留語。

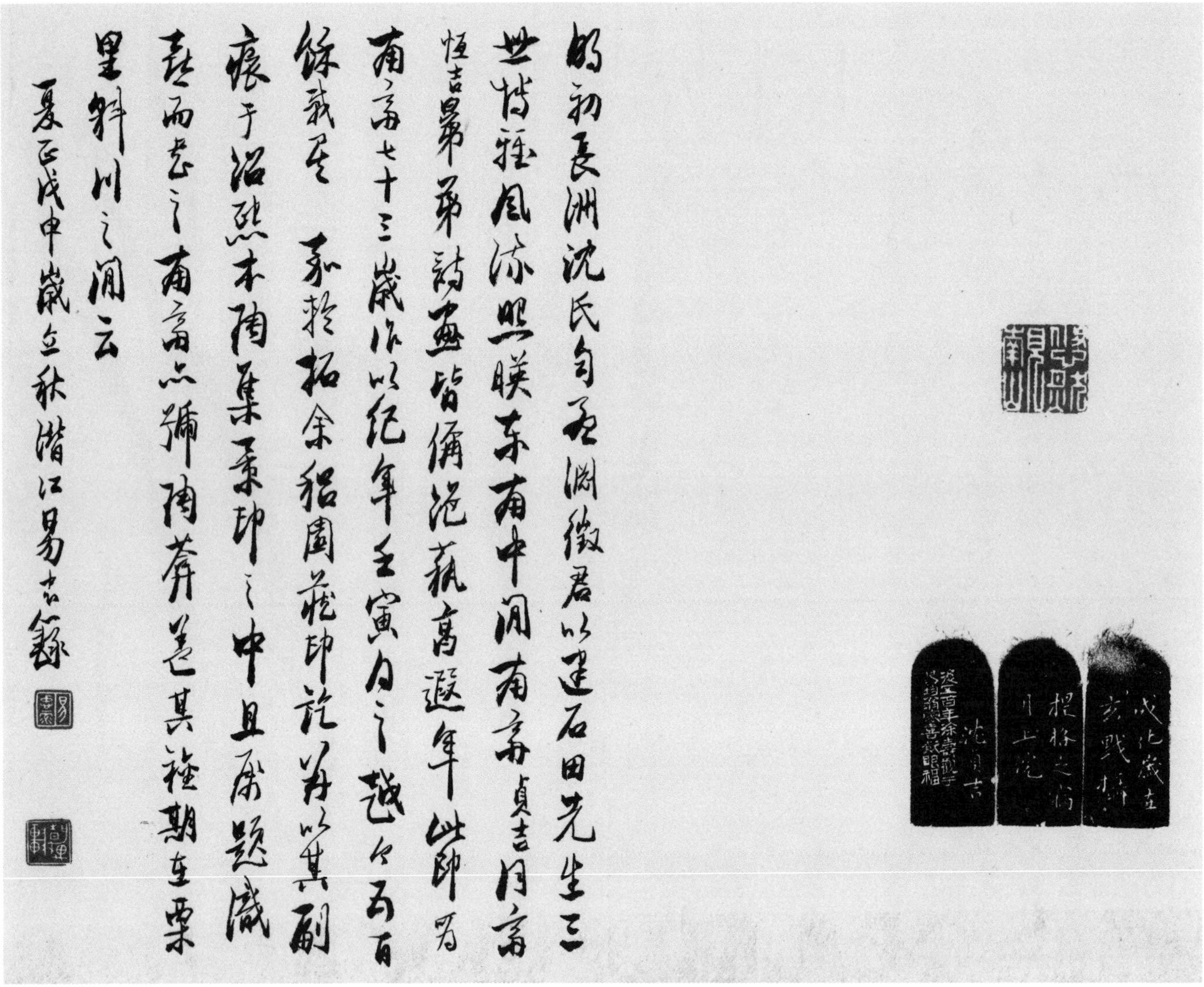

一四七　致徐嘉齡（一四）

鈐印：悠然見南山。

明初長洲沈氏自孟淵徵君以逮石田先生，三世博雅風流，照暎東南。中間南齋貞吉、同齋恒吉曩弟詩畫皆倆絕藝，享遐年。此即爲南齋七十三歲作以紀年，壬寅得之，越今五百餘載矣。嘉齡拓余稆園藏印訖，并以其副痕于紹熙本《陶集》景印之中，且屬題識，喜而書之。南齋亦號陶菴，蓋其䄆期在栗里、斜川之閒云。夏正戊申歲立秋，潛江易忠錄。

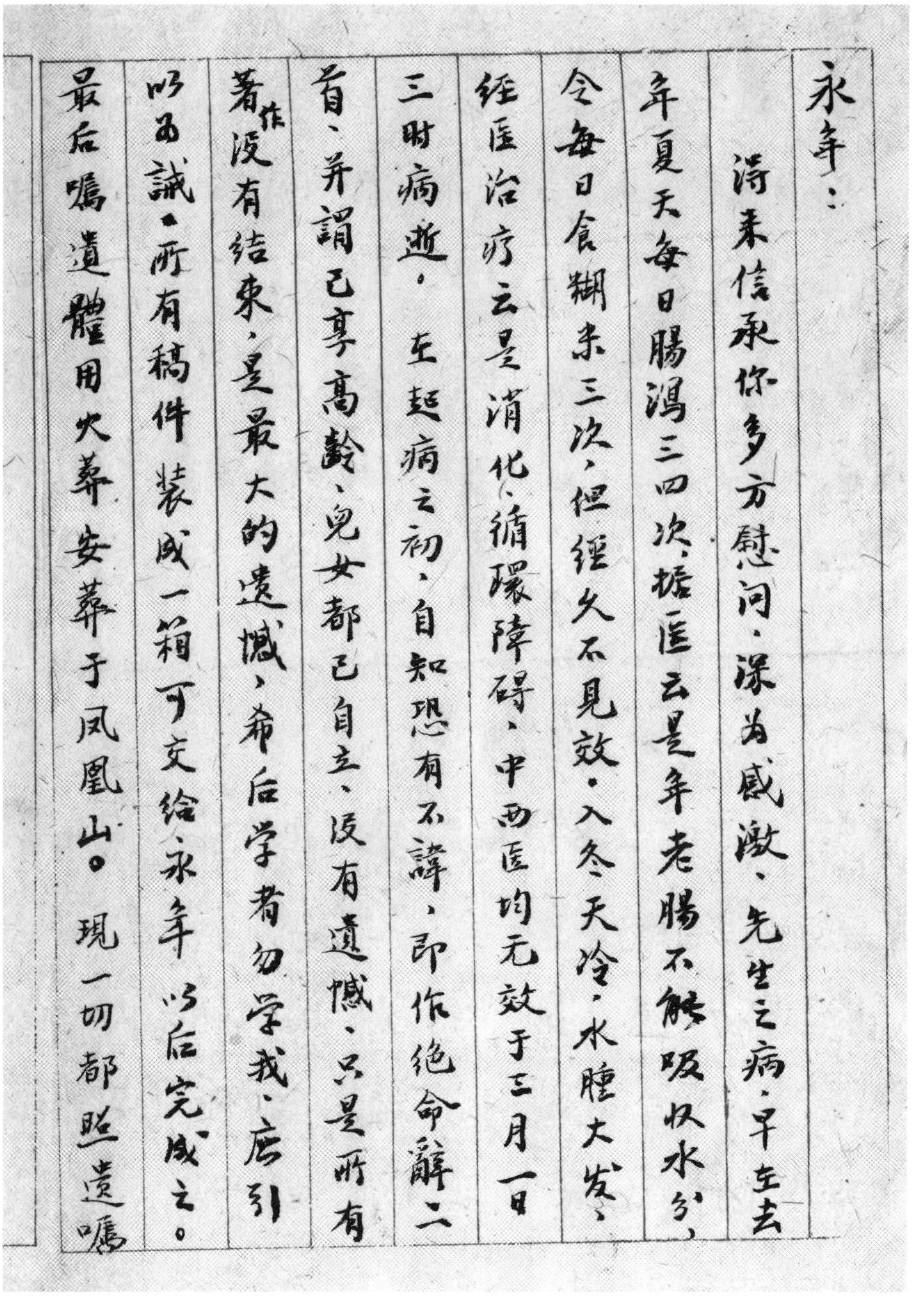

永年：
得来信，承你多方慰问，深为感激。先生之病，早在去
年夏天每日腸泻三四次，据医云是年老腸不能吸收水分，
令每日食糊米三次，但经久不見效。入冬天冷，水腫大发，
经医治疗，云是消化、循環障碍。中西医均无效，于三月一日
三时病逝。在起病之初，自知恐有不諱，即作绝命辭二
首，并謂已享高龄，兒女都已自立，沒有遺憾，只是所有
著作沒有结束，是最大的遗憾，希后学者勿学我，應引
以为誡。所有稿件裝成一箱，可交给永年，以后完成之。
最后囑遺體用火葬，安葬于凤凰山。現一切都照遺囑

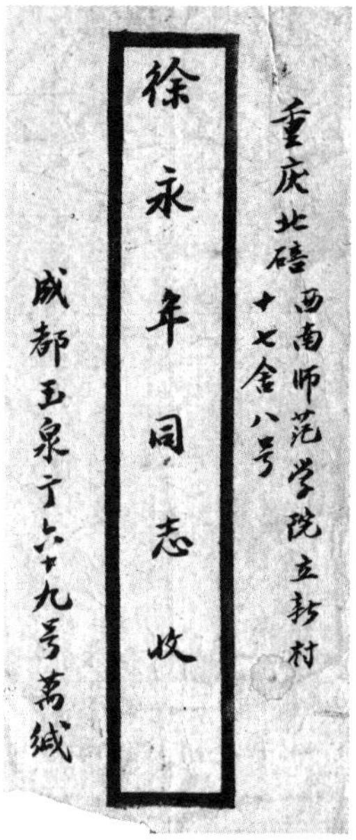

重庆北碚西南师范学院立新村十七舍八号
徐永年同志收
成都玉泉亍六十九号萬缄

附：萬靈蕤先生致徐永年函

重庆北碚西南師範學院立新村十七舍八號
徐永年同志收
成都玉泉街六十九號萬緘

永年：

得來信，承你多方慰問，深爲感激。先生之病，早在去年夏天每日腸瀉三四次，據醫云是年老腸不能吸收水分，令每日食糊米三次，但經久不見效。入冬天冷，水腫大發，經醫治療，云是消化循環障礙，中西醫均無效，于三月一日三時病逝。在起病之初，自知恐有不諱，即作絕命辭二首，並謂已享高齡，兒女都已自立，没有遺憾。只是所有著作没有結束，是最大的遺憾。希後學者勿學我，應引以爲誡。所有稿件裝成一箱，可交給永年，以後完成之。最後囑遺體用火葬，安葬于鳳凰山。現一切都照遺囑辦理，于九日始安葬完畢。諸事幸有季和幫忙，解決困難不少。所有文物書畫，自當妥爲保存，聽候國家處理，

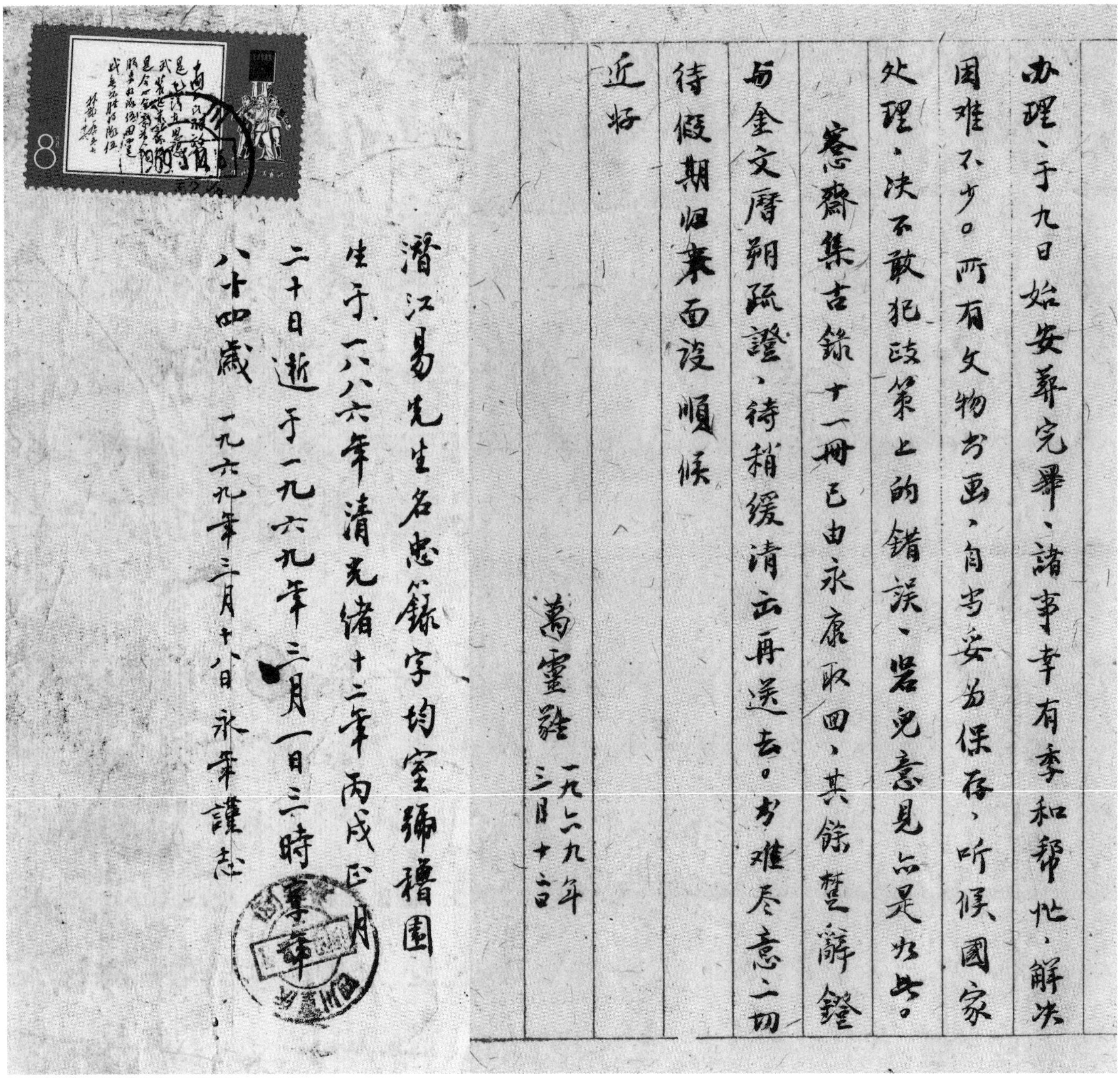

办理、于九日始安葬完毕、諸事幸有李和帮忙、解决
困难不少。所有文物书画、自当妥为保存、听候國家
处理、决不敢犯政策上的错误、曁兒意見亦是如此。
愙齋集古録十一册已由永康取回、其餘楚辭鐙
与金文曆朔疏證、待稍缓清出再送去。书难尽意、一切
待假期归来面談 順候
近好
萬靈蕤 一九六九年三月十二日

潛江易先生名忠籙字均室號穭園
生于一八八六年清光緒十二年丙戌正月
二十日逝于一九六九年三月一日三時
八十四歲 一九六九年三月十八日 永年謹志

決不敢犯政策上的錯誤。曁兒意見亦是如此。

《愙齋集古録》十一册已由永康取回，其餘《楚辭鐙》與《金文曆朔疏證》，待稍緩清出再送去。書難盡意，一切待假期歸來面談。順候

近好。萬靈蕤。

一九六九年三月十二日。

潛江易先生，名忠籙，字均室，號穭園。生于一八八六年，清光緒十二年丙戌正月二十日。逝于一九六九年三月一日三時。享年八十四歲。

一九六九年三月十八日

永年謹志。

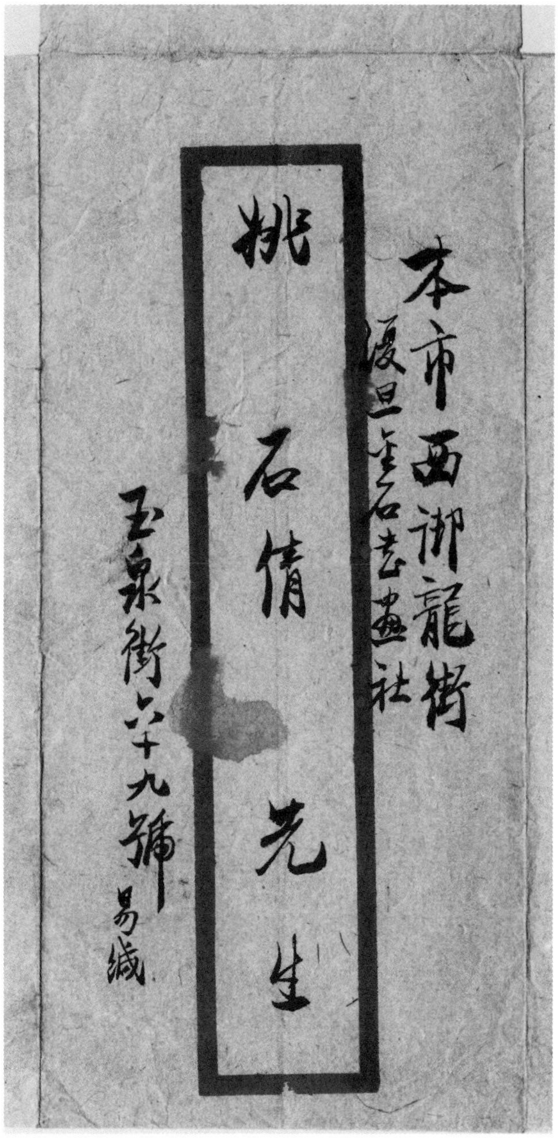

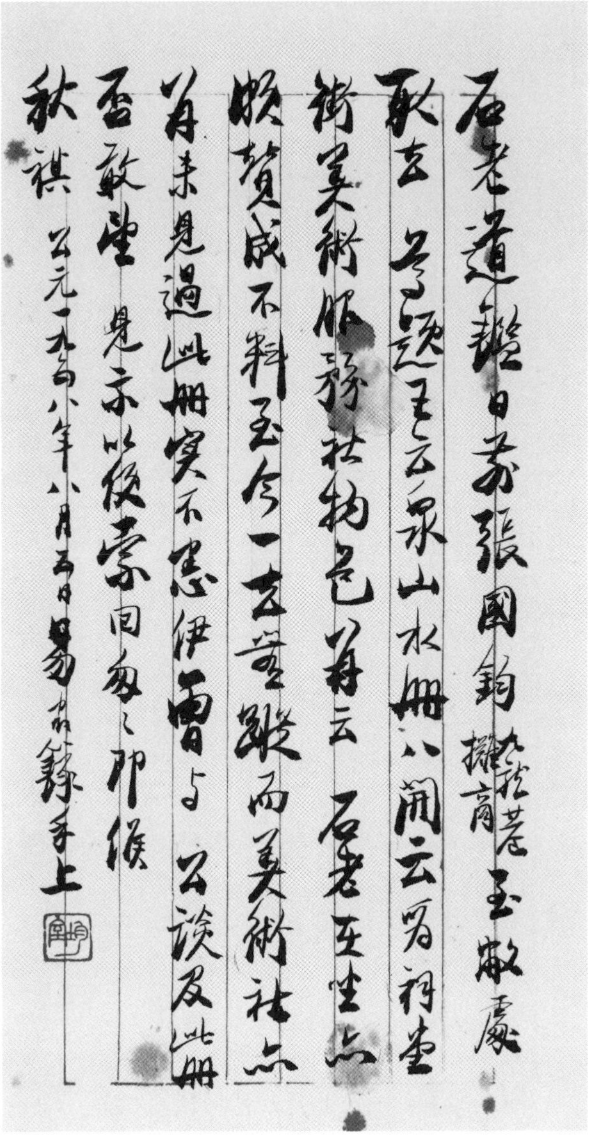

一四八 致姚石倩[一]

本市西御龍街復旦金石書畫社
姚石倩先生
玉泉街六十九號 易緘

石老道鑒：日前張國鈞（九龍巷攤商）至敝處，取去尊題王云泉山水册八開。云爲祠堂街美術服務社物色，并云石老在坐，亦頗贊成。不料至今一去無蹤，而美術社亦并未見過此册。實不悉伊曾与公談及此册否？敢望見示，以便索回。匆匆，即候

秋祺。公元一九五八年八月五日 易忠籙手上。

【注釋】

[一] 姚石倩（一八七九—一九六二年），字宜孔，號渴齋、硯老牛、五百泉富翁。安徽桐城人。齊白石入室弟子。四川近現代著名畫家、美術教育家。

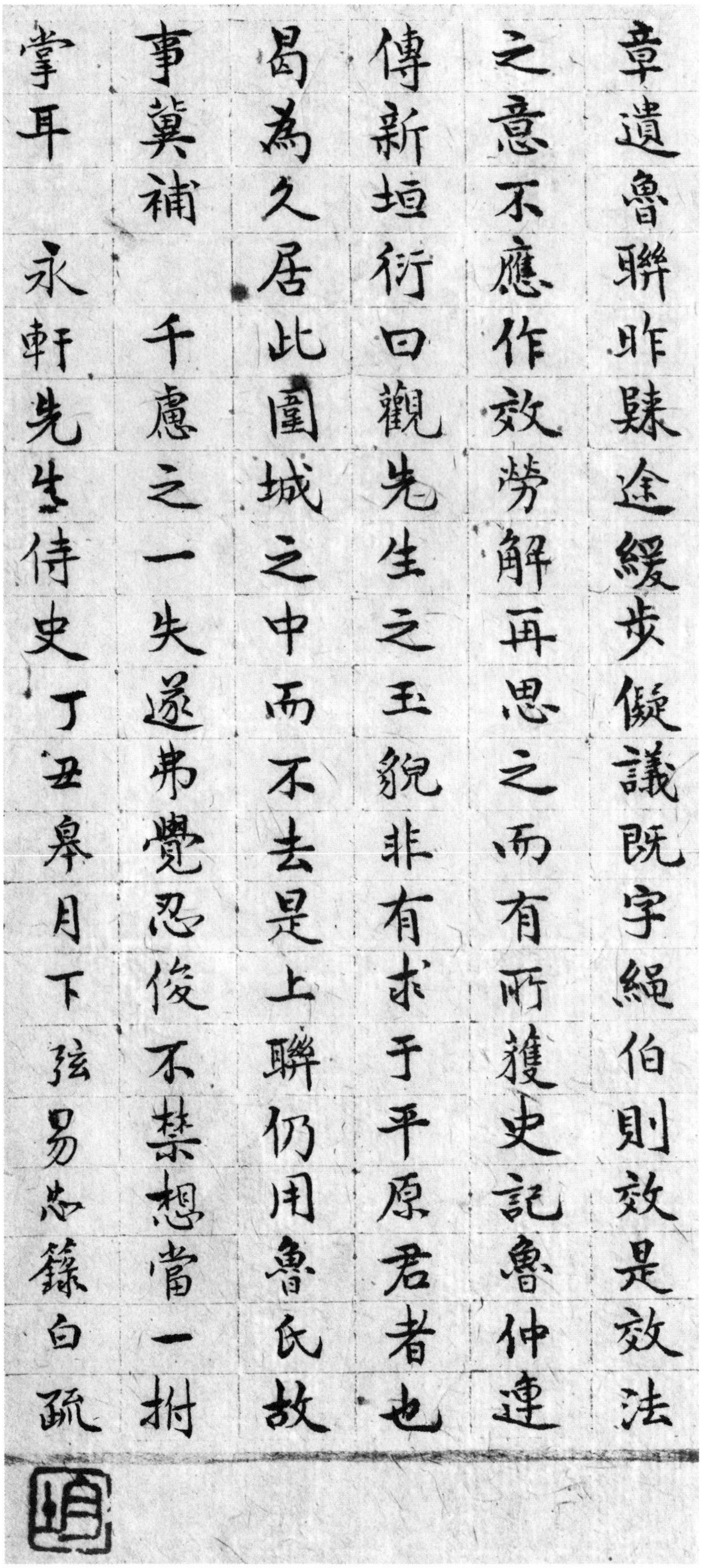
章遺魯聯昨歸途緩步儗議既字繩伯則效是效法
之意不應作效勞解再思之而有所獲史記魯仲連
傳新垣衍曰觀先生之玉貌非有求于平原君者也
曷為久居此圍城之中而不去是上聯仍用魯氏故
事冀補千慮之一失遂弗覺忍俊不禁想當一拊
掌耳　永軒先生侍史　丁丑皋月下弦　易忠籙白疏

一四九　致永軒（一）

章遺魯聯，昨歸途緩步，儗議既字繩伯，則『效』是『效法』之意，不應作『效勞』解。再思之而有所獲。《史記·魯仲連傳》：新垣衍曰：『觀先生之玉貌，非有求于平原君者也，曷爲久居此圍城之中而不去？』是上聯仍用魯氏故事。冀補千慮之一失，遂弗覺忍俊不禁，想當一拊掌耳。永軒先生侍史。丁丑皋月下弦　易忠籙白疏

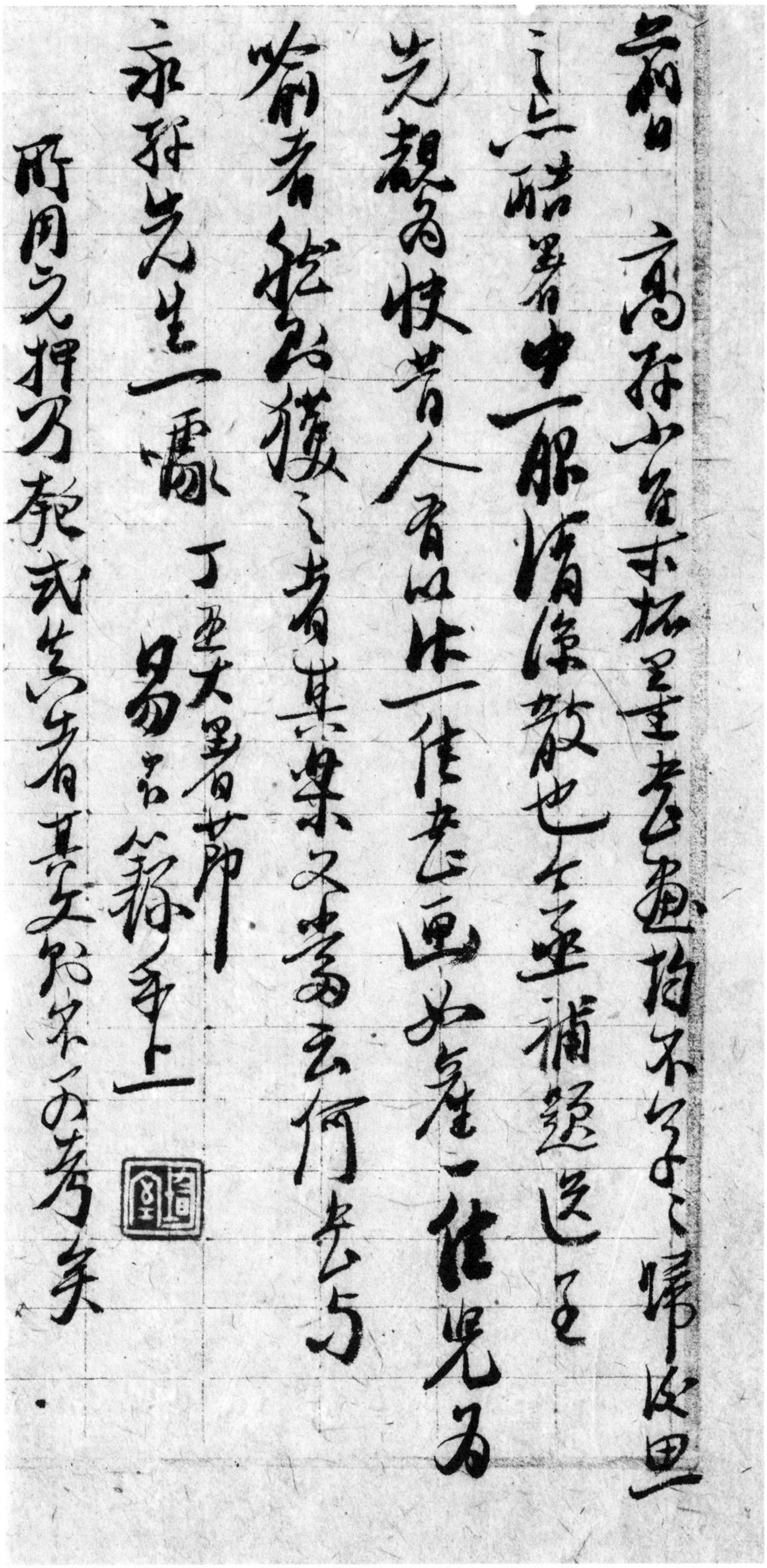

一五〇　致永軒（二一）

前日高軒小集，拓墨書畫均不草草，歸後思之，亦酷暑中一服清涼散也。今亟補題，送呈先覩爲快。昔人有以作一佳書畫如產一佳兒爲喻者，然則獲之者其樂又當云何？書与永軒先生一噱。丁丑大暑节，易忠籙手上。

所用元押乃匏式真者，其文則不可考矣。

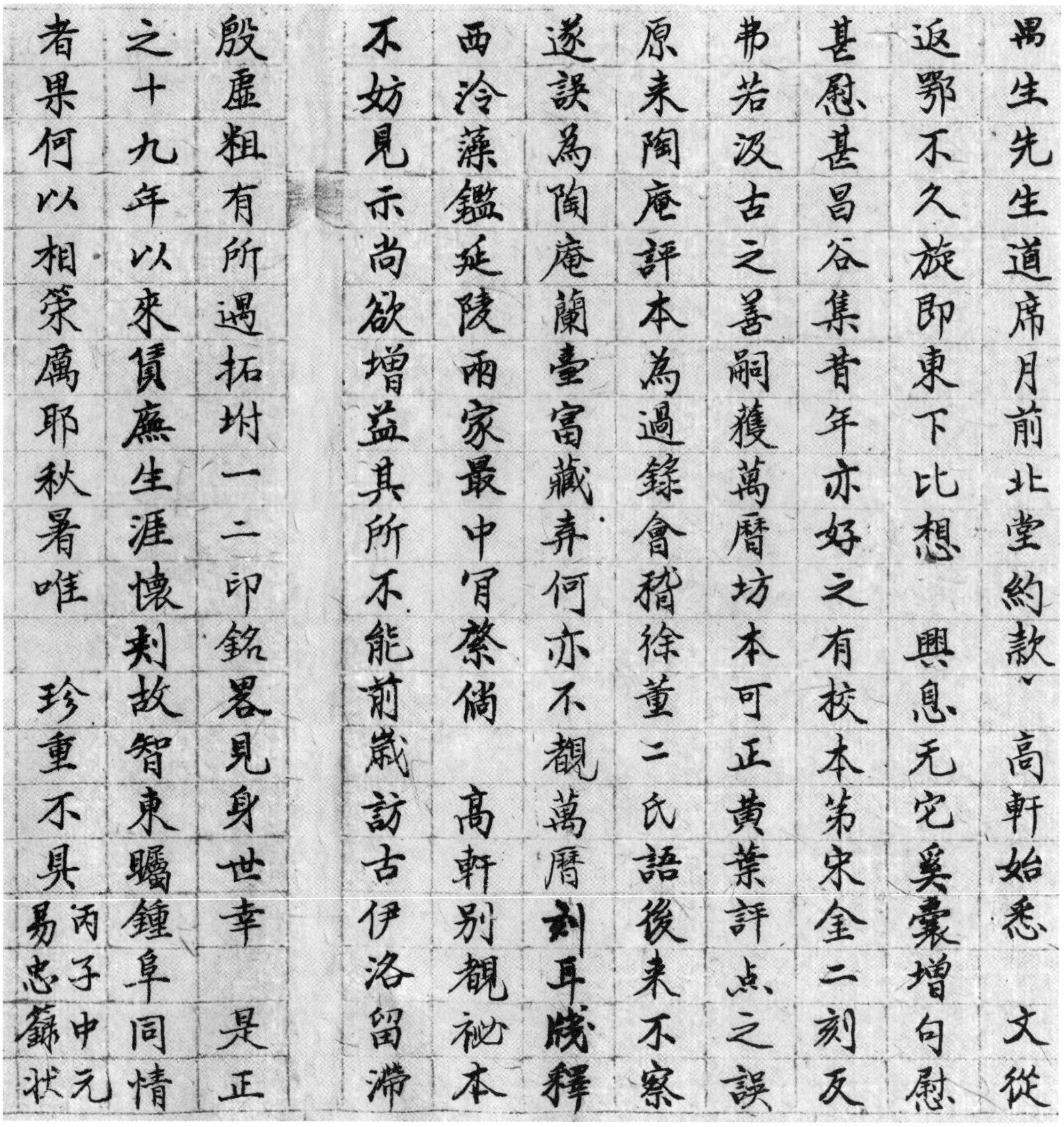
禺生先生道席月前北堂約款　高軒始悉　文從
返鄂不久旋即東下比想　興息无它奚囊增句慰
甚慰甚昌谷集昔年亦好之有校本第宋金二刻反
弗若汲古之善嗣獲萬曆坊本可正黄葉評点之誤
原來陶庵評本為過錄會稽徐董二氏語後來不察
遂誤為陶庵蘭臺富藏弃何亦不覩萬曆刻耳戔釋
西泠藻鑑延陵兩家最中肎綮倘　高軒別覩祕本
不妨見示尚欲增益其所不能前歲訪古伊洛留滯
殷虛粗有所遇拓坿一二印銘畧見身世幸是正
之十九年以來貭廡生涯懷刺故智東矚鍾阜同情
者果何以相策厲耶秋暑唯　珍重不具　丙子中元
易忠籙狀

一五一　致禺生

禺生[一]先生道席：月前北堂約款高軒，始悉文從返鄂，不久旋即東下。比想興息無它，奚囊增句，慰甚慰甚。《昌谷集》昔年亦好之，有校本，第宋、金二刻，反弗若汲古之善。嗣獲萬曆坊本，可正黄、葉點評之誤。原來陶庵評本爲過録會稽徐、董二氏語，後來不察，遂誤爲陶庵。蘭臺富藏弆，何亦不覩萬曆刻耳？戔釋《西泠藻鑑》，延陵兩家最中肯綮。倘高軒别覩秘本，不妨見示，欲增益其所不能。前歲訪古伊洛，留滯殷虚，粗有所遇，拓坿一二印銘，畧見身世，幸是正之。十九年以來賃廡生涯，懷刺故智，東矚鍾阜，同情者果何以相策厲耶？秋暑。唯珍重不具。丙子中元。易忠籙狀。

【注釋】

［一］禺生即劉成禺（一八七六—一九五三年），字禺生，湖北江夏人。劉兆霖子。畢業於京師大學堂。著有《洪憲紀事詩》《世載堂雜憶》等。

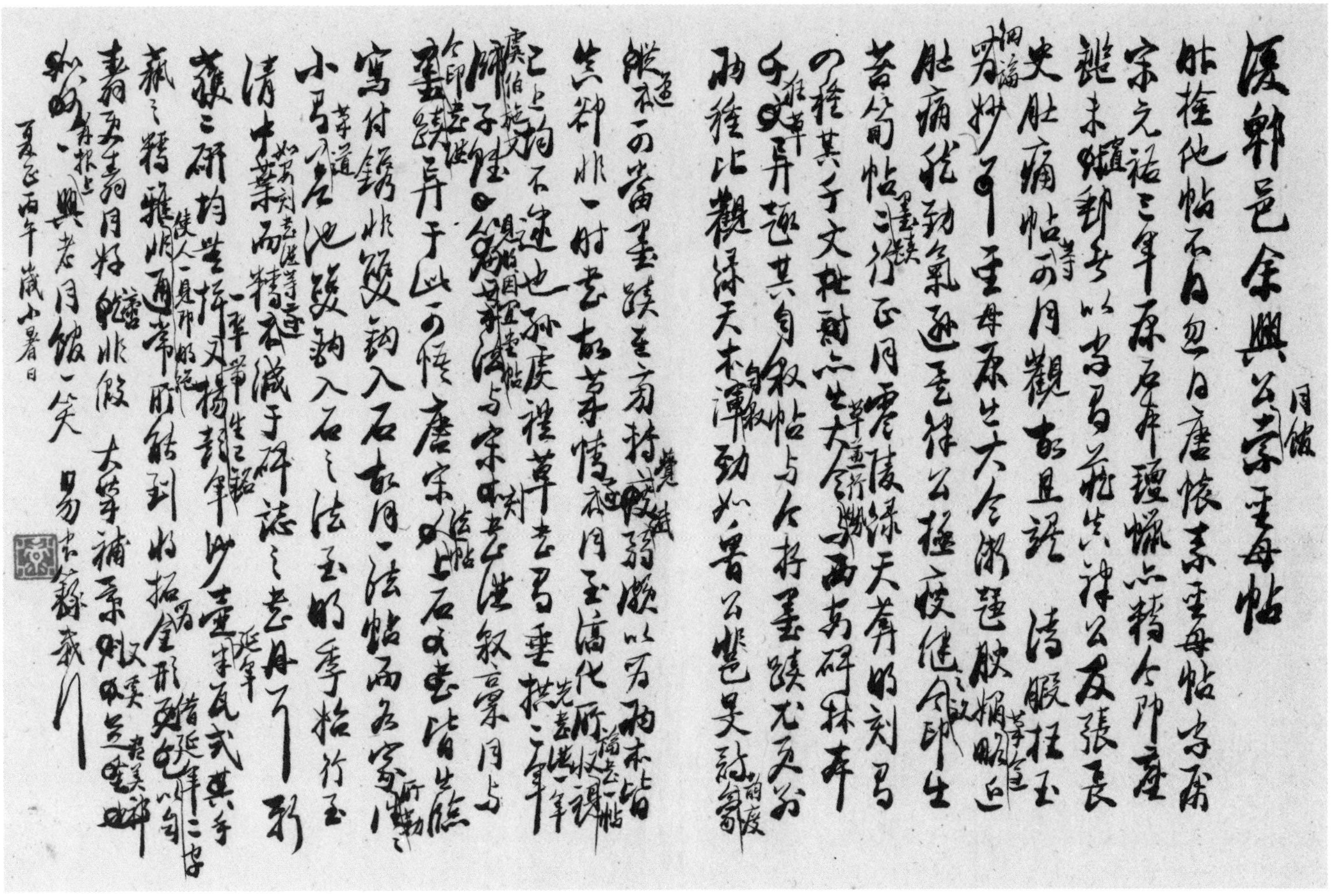

一五二一　致余興公[一]（一）

復郫邑余興公同館索《聖母帖》

昨檢他帖不得，忽得唐懷素《聖母帖》，尚屬宋元祐三年原石本，氊蠟亦精，今即塵鑑。未置郵者，以尚有藏真《律公》及張長史《肚痛帖》等可同觀，故且竢清暇枉至細論爲妙。《聖母》原出大令，漸趨腴媚，筆意略近《肚痛》，然勁氣遜矣。《律公》極瘦健之致，今印出《苦荀帖》墨蹟二行，正同。零陵緑天菴明刻有四種，其《千文》亦出大令，草兼行勢，与西安碑林本狂草異趣，其《自叙帖》与今存墨蹟尤更别。兩種比觀，緑天本《自叙》渾勁，如魯公甓旻詩，韻度豪邁不可當。墨蹟在旁，轉覺纖弱，頗以爲兩本皆真，卻非一時書，故筆情遂不同。至《淳化》所收論書一帖，視已上均不逮也。孫虔禮草書有垂拱二年先《書譜》一年虞伯施文《師子賦》，見收《因宜堂帖》，筆法与宋刻《書譜叙稾》同，与今印《書譜》墨蹟异。于此可悟唐宋法帖上石皆出臨寫付鐫，非雙鈎入石。故同一法帖，而各家所勒往往小有筆道差池。雙鈎入石之法，至明季始行，至清中葉而精，如安刻《書譜》等，遂不減于碑誌之書丹耳。新獲二研，均無聲，一翠帶生已銘。又楊彭年沙壺，延年半瓦式，手萩之精雅，使人一見即明，絕非通常所能到。將拓爲全形，借『延年』二字以自壽，更壽同好。啻非假大筆補景，又奚盡美耶？并報上，興老同館一笑。易忠籙載拜。夏正丙午歲小暑日。

【注释】

［一］余興公（一八九九—一九八三年），原名世澤，後更字中英，號興公。四川近代著名書畫家。善行草，擅畫墨竹。

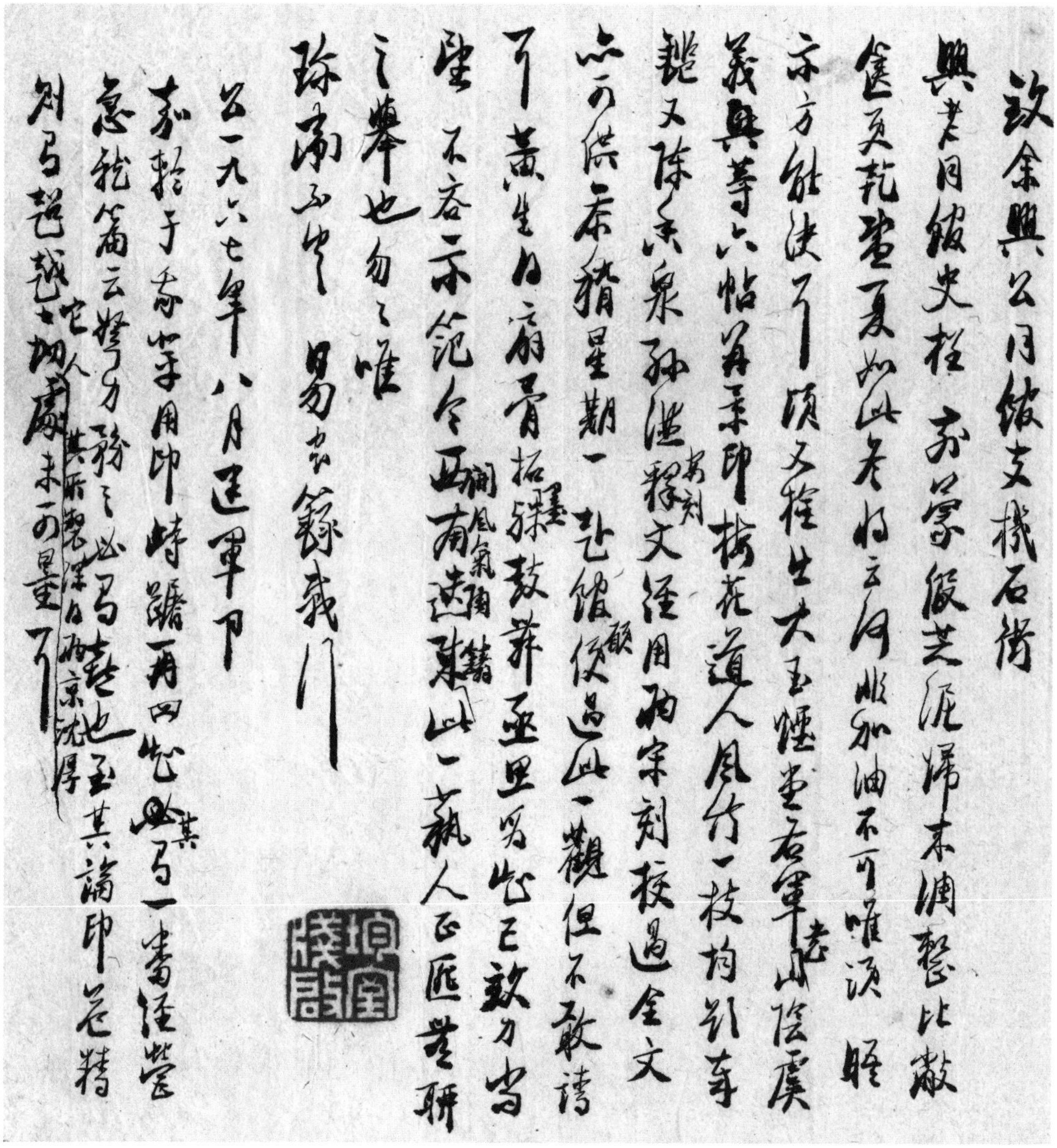

一五三　致余興公（一一）

致余興公同館　支機石街

興老同館史桯：前蒙假芝泥，歸來調整，比敝篋更乾。盛夏如此，冬將云何，非加油不可。唯須晤示，方能決耳。頃又檢出大玉煙堂右軍書《山陰》《虞義興》等六帖，并景印梅花道人風竹一枝，均欲奉鑑。又陳香泉孫《譜》安刻釋文，經用兩宋刻校過全文，亦可供參稽。星期一赴館，願便過此一觀，但不敢請耳。黄生得扇骨拓墨，殊鼓舞，亟思为知己效力，尚望不吝示范，令西南開風氣，陶鑄此一萩人，正匪無聊之舉也。匆匆。唯珍衛不具。易忠籙載拜。公一九六七年八月建軍卩。

嘉軨于我輩用印峙躇再四，知其有一番經營。《急就篇》云，努力務之，必有喜也。至其論印益精，則有超越它人。其所製深得兩京沈厚處，未可量耳。

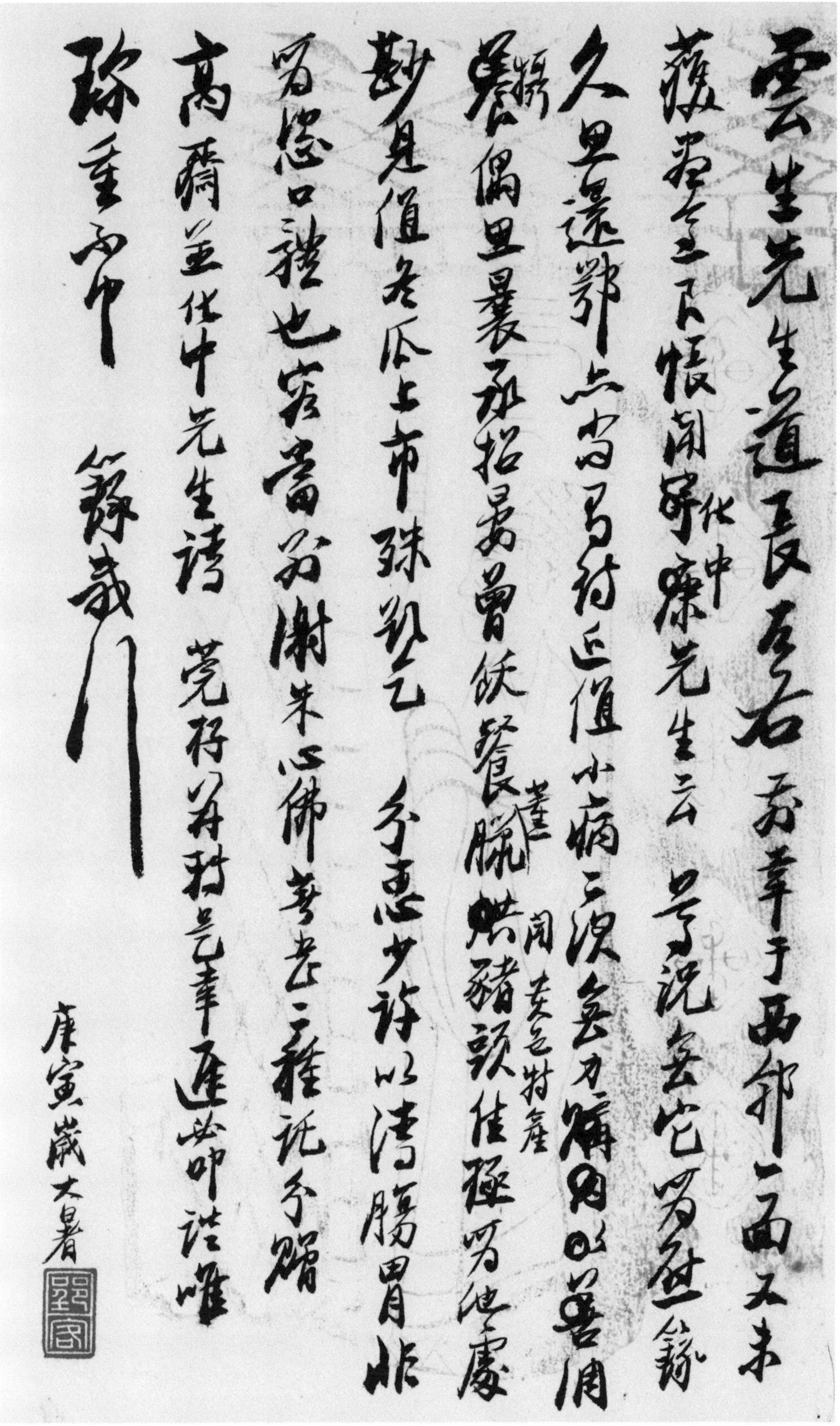

一五四　致雲生

雲生先生道長左右：前幸于西郭一面，又未獲盡意，良悵。聞化中先生云，尊況無它，爲慰。簶久思返鄂，亦尚有待。近值小病二次，無力調攝。偶思曩承招晏，曾飫餐薰臘豬頭聞貴邑特產，佳極，爲他處尠見。值冬瓜上市，殊欲乞分惠少許，以清腸胃，非爲恣口體也。容當別謝。朱心佛著書二種託分贈高齋，並化中先生，請莞存，并轉是幸。遲必叩談。唯珍重不具。簶載拜。庚寅歲大暑。

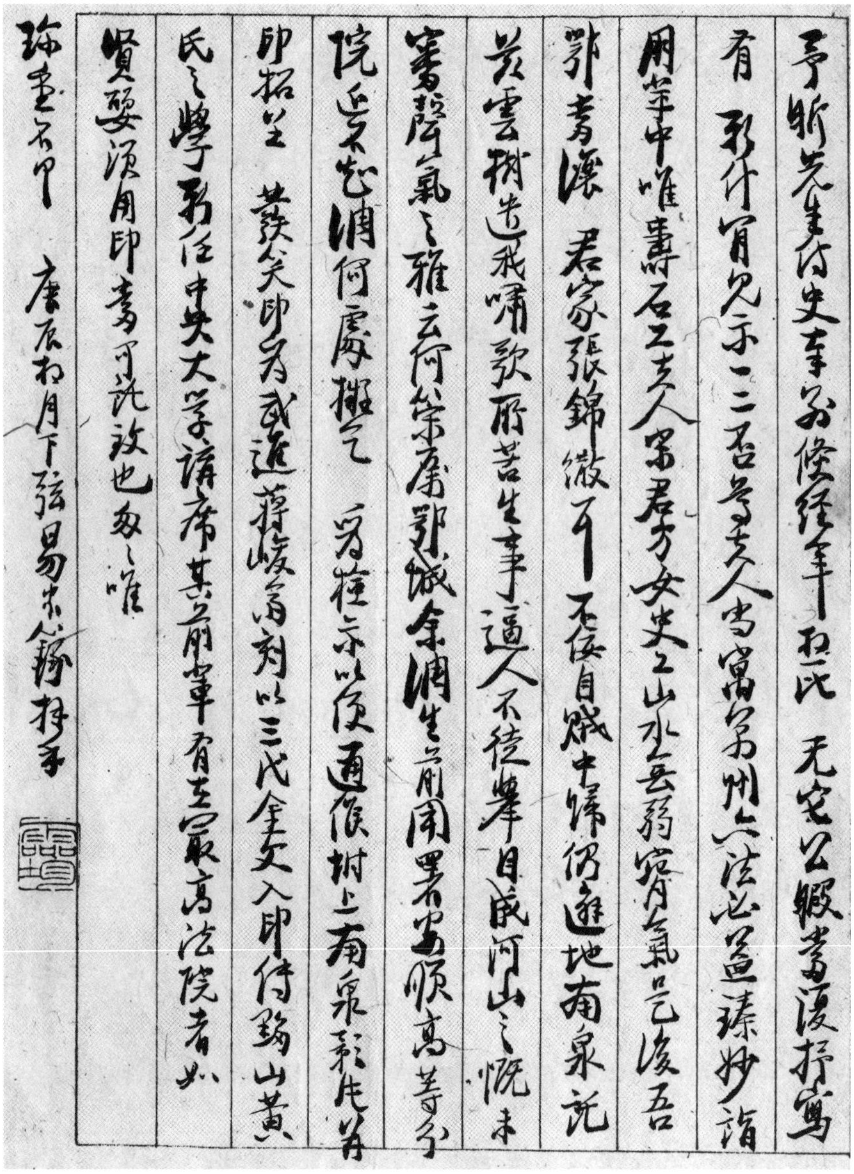

一五五　致予昕

予昕先生侍史：奉别倏經年，想比无它。公暇當復抒寫，有新什肯見示一二否？尊夫人尚寓萬州，六法必益臻妙詣。朋輩中唯壽石工[一]夫人宋君方女史工山水，無弱腕氣。是後吾鄂當讓君家張錦織耳。不佞自賊中歸，仍避地南泉，託茲雲樹，遣我嘯歌。所苦生事逼人，不徒舉目成河山之慨。未審聲氣之雅，云何策厲？鄂城余調生前聞署安順高等分院，近不知調何處，擬乞爲檢示，以便通候。埘上南泉影片并印拓，呈發笑。印爲武進蔣峻齋刻，以三代金文入印，傳黟山黄氏之學，新任中央大學講席。其前輩有在最高法院者。如賢要須用印，當可託致也。匆匆。唯

珍重不具。

庚辰相月下弦。易忠籙拜手。

【注释】

[一]壽石工（一八八五—一九五〇年），名壐，字務熹，號印、珏庵、悲風等。浙江紹興人。近代著名書法篆刻家、詩人。

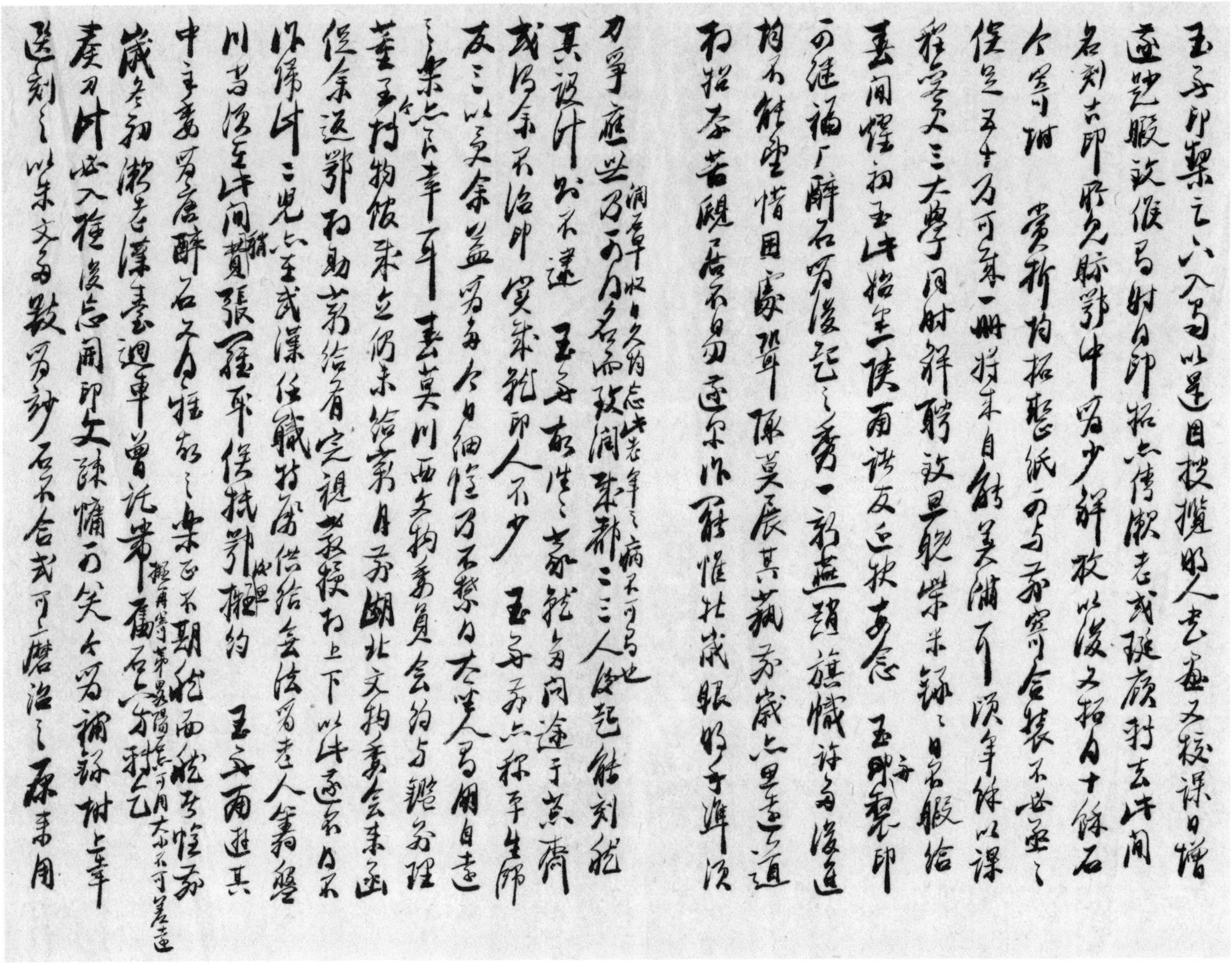

一五六　致玉舟

玉舟印杘足下：入蜀以還，因搜攬明人書畫，又校課日增，遂尟暇致候。有時得印拓，亦倩漱老或珽廎轉去。此間名刻古印所见眎鄂中爲少。解放以後，又拓得十餘石，今寄埘賞析。均拓整紙，可与前寄合裝，不必亟亟。俟足五十，乃可成一册，將來自能美滿耳。頃年餘以課程變更，三大學同時解聘，致旦晚柴米錄錄，日不暇給。春間耀初至此，始悉陝南米録録，致旦晚柴諸友近狀。每念玉舟製印可繼福厂、醉石，爲後起之秀，一新燕趙旗幟。許多後進，均不能望。惜困處聱隩，莫展其菿。前歲亦思遠道相招，奈苦覙居不易，遂尔作罷。惟壯歲眼明手準，須力爭應世，乃可得名而致潤。潤石早收，日久均忘，此老年之病，不可有也。成都二三人後起能刻，然其設計則不逮玉舟，故往往募就多問途于荒齋。或謂余不治印，實成就印人不少。玉舟前亦稱，平生師友三，以受余益爲多。今日細憶，乃不禁得大聖人。有朋自遠之樂，亦良幸耳。春莫，川西文物委員會約与鑑別、理董，至今博物館成立，仍未給薪。月前湖北文物委會來函，促余返鄂相助，薪給有定，視教授相上下。以此，遂不得不作歸計。二兒亦在武漢任職，特屬供給，無法爲老人籌盤川，尚須在此間稍費張羅。俟抵鄂後，思擬約玉舟南遊。其中主委爲唐醉石，又得雅故之樂，正不期然

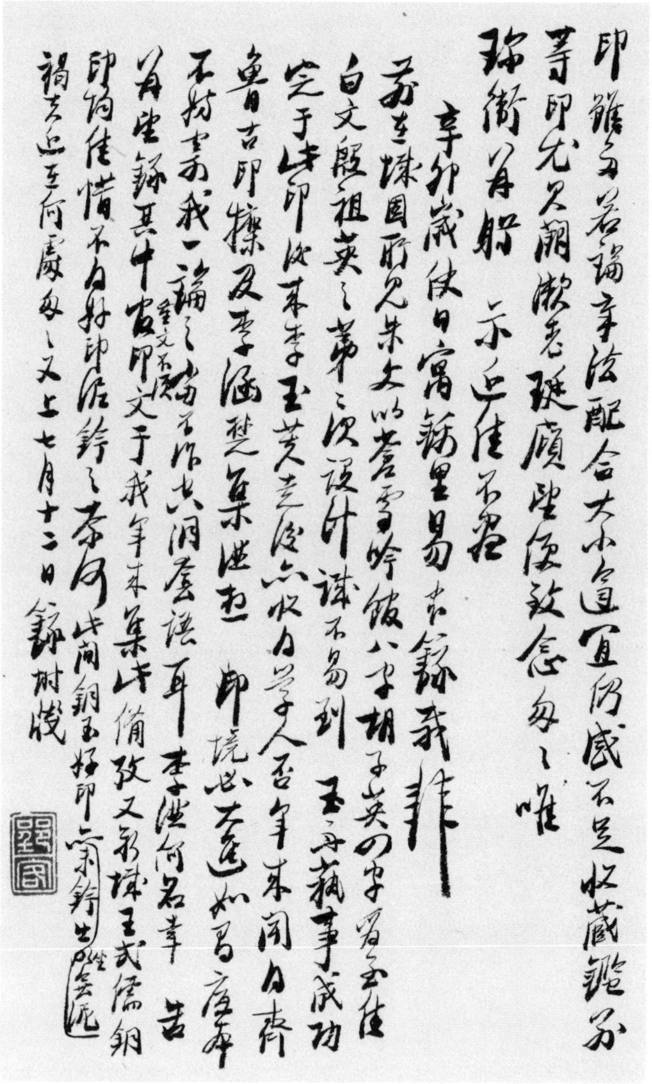

而然者。憶前歲冬初，漱老漢臺迴車，曾託帶舊石六方，擬再寄，第畧陽石亦可用，大小不可差遠。轉乞奏刀，計必入檢。後忘開印文，疎慵可笑。今爲補録坿上，幸選刻之。以朱文多數爲鈔，石不合式，可磨治之。原來用印雖多，若論章法配合、大小適宜，仍感不足。收藏、鑑别等印尤欠闕。漱老、珽廎望便致念。匆匆，唯

珍衛。并盼示近佳。不盡。

辛卯歲伏日寓錦里。易忠籙載拜。

前在城固所見朱文，以蒼雪吟館八字、胡子英四字爲至佳。白文殷祖英之第二次設計，誠不易到。玉舟莪事成功，定于此印。後來李玉芙走後，亦收得學人否？年來聞得《齊魯古印攈》及李涵楚集譜，想印境必大進。如有底本，不妨寄我一論之，當不作空洞套語耳。李譜何名？幸告并望録其中官印文于我重文不須。年來集此備攷。又新城王式儒銅印均佳，惜不得好印泥鈐之，奈何。此間銅玉好印，亦坐無泥，未鈐出。褐夫近在何處？匆匆又上。七月十二日，籙坿牋。

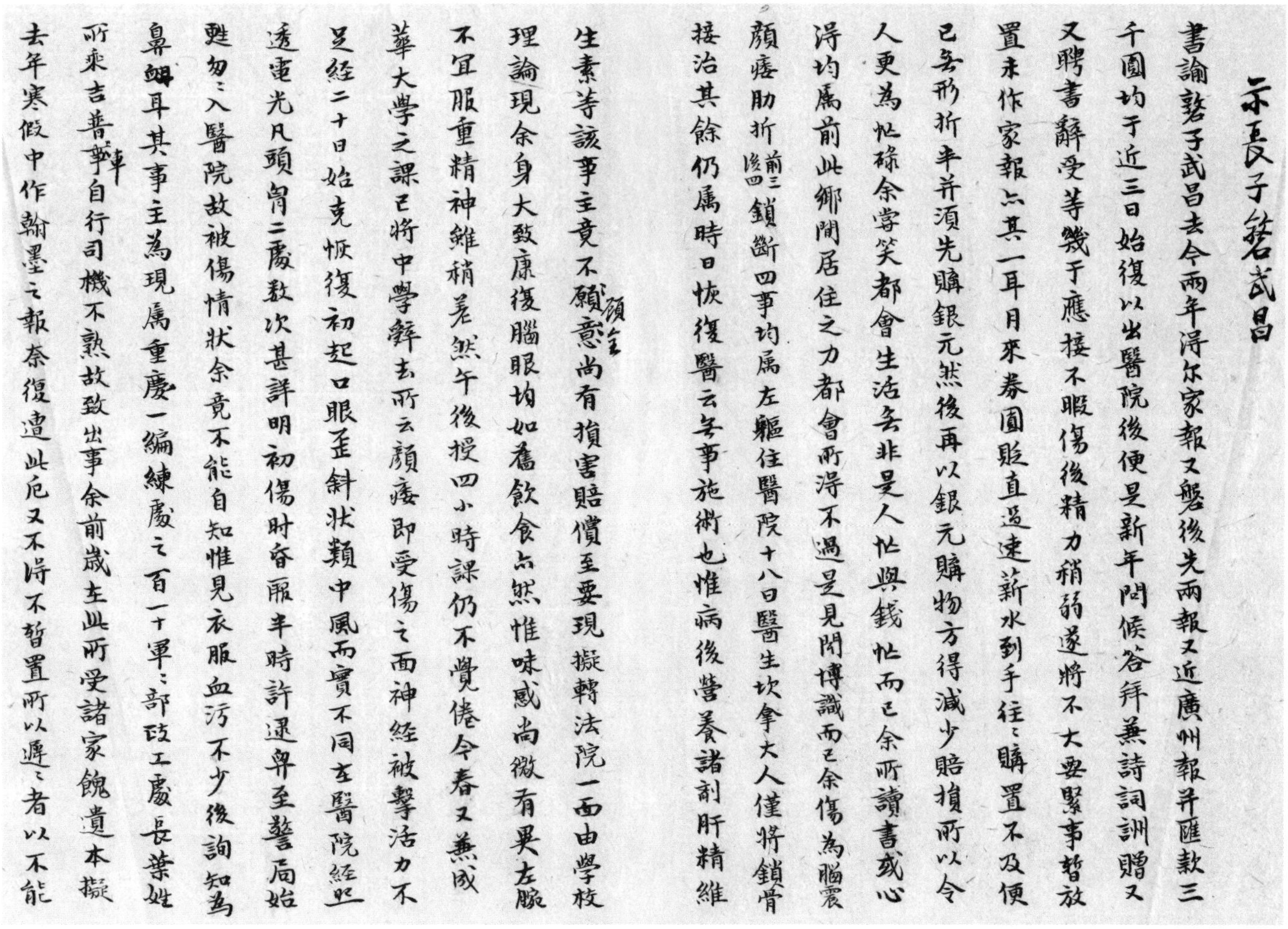

一五七　致易磐

示長子磐　武昌

書諭磐子武昌：：去今兩年得尔家報，又磐後先兩報，又近廣州報，并匯款三千圓，均于近三日始復。以出醫院後，便是新年問候、答拜兼詩詞詶贈，又聘書辭受等，幾于應接不暇。傷後精力稍弱，遂將不大要緊事暫放置未作，家報亦其一耳。月來券圓貶直過速，薪水到手，往往購置不及，便已無形折半。并須先購銀元，然後再以銀元購物，方得減少賠損，所以令人更爲忙碌。余嘗笑都會生活，無非是人忙與錢忙而已。余所讀書或心得，均屬前此鄉間居住之力，都會所得，不過是見聞博識而已。余傷爲腦震、顔瘘、肋折前三後四、鎖斷四事，均屬左軀。住醫院十八日，醫生坎拿大人，僅將鎖骨接治，其餘仍屬時日恢復，醫云無事施術也。惟病後營養諸劑肝精、維生素等，該事主竟不顧全，尚有損害賠償至要，現擬轉法院，一面由學校理論。現余身大致康復，腦、眼均如舊，飲食亦然。惟味感尚微有異，左腕不宜服重。精神雖稍差，然午後授四小時課，仍不覺倦。今春又兼成華大學之課，已將中學辭去。所云顔瘘，即受傷之面神經被擊，活力不足，經二十日始克恢復。初起，口眼歪斜，狀類中風，而實不同。在醫院經照透電光，凡頭胸二處數次，甚詳明。初傷時，昏厥半時許，逮舁至警局始甦，匆匆入醫院，故被傷情狀，余竟不能自知。惟見衣服血污不少，後詢知爲鼻衄耳。其事主爲現屬重慶一編練處之百一十軍軍部政工處長葉姓，所乘吉普車自行，司機不熟，故致出事。余前歲在此所受諸家餽遺，本擬去年寒假中作翰墨之報，奈復遭此厄，又不得

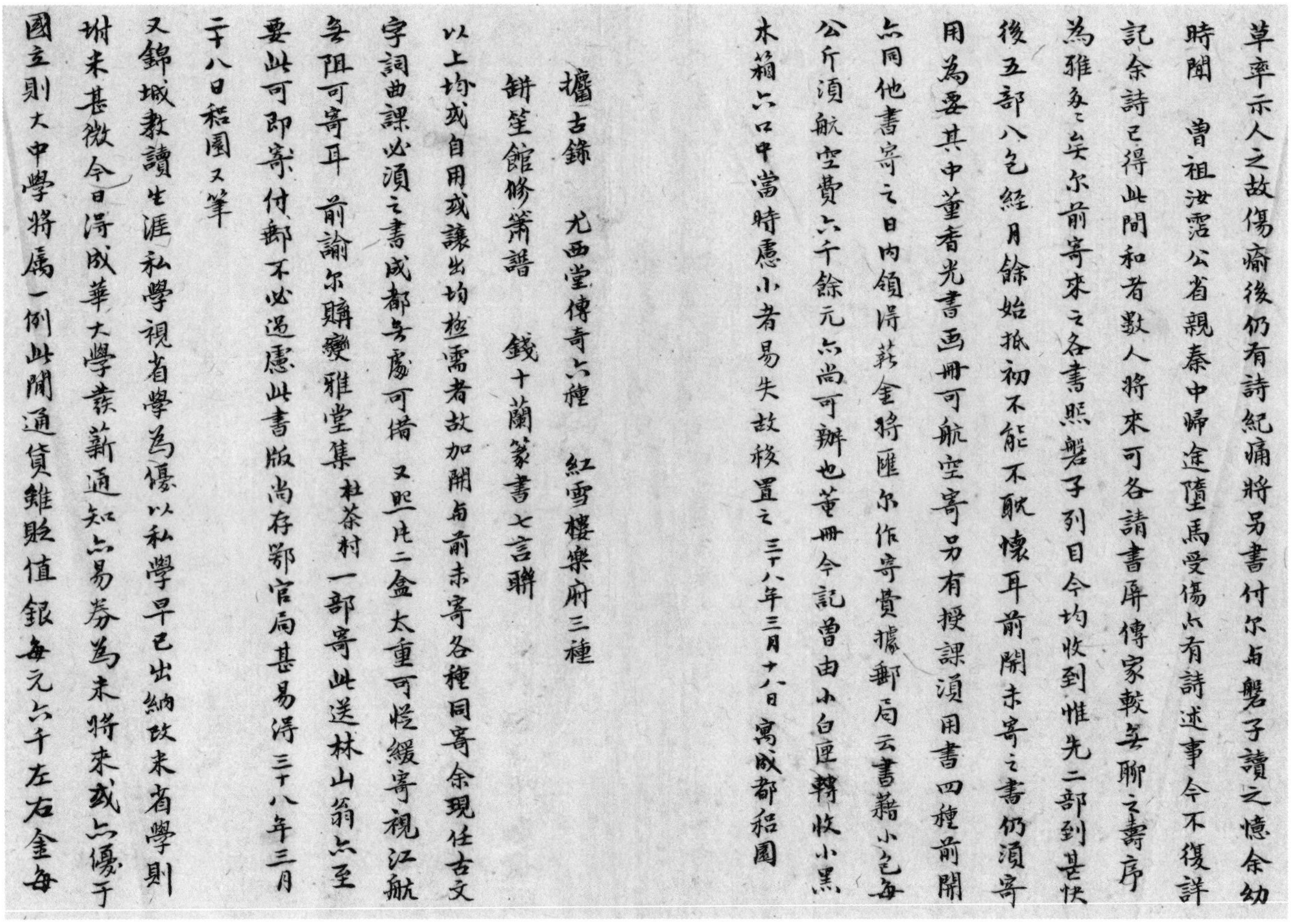

不暫置。所以遲遲者，不能草率示人之故。故傷痛後，仍有詩紀痛，將另書付尔與磐子讀之。憶余幼時聞曾祖汝霑公省親秦中，歸途墮馬受傷，亦有詩述事，今不復詳記。余詩已得此間和者數人，將來可各請書屏傳家，較無聊之壽序，爲雅多多矣。尔前寄來之各書，照磐子列目，今均收到。惟先二部到甚快，後五部八包經月餘始抵，初不能耽懷耳。前開未寄之書，仍須寄用爲要。其中董香光書畫册，可航空寄。另有授課須用書四種前開，亦同他書寄之。日内領得薪金，將匯尔作寄費。據郵局云：書籍小包每公斤須航空費六千餘元，亦尚可辦也。董册今記曾由小白匣轉收小黑木箱六口中。當時慮小者易失，故移置之。三十八年三月十八日。寓成都稆園。

《攟古録》　尤西堂傳奇六種　紅雪樓樂府三種

《缾笙館修簫譜》　錢十蘭篆書七言聯

以上或自用，或讓出，均極需者。故加開，與前未寄各種同寄。余現任古文字、詞曲課，必須之書，成都無處可借。又照片二盒太重，可從緩寄，視江航無阻，可寄耳。前諭尔購《變雅堂集》杜茶村一部寄此，送林山翁，亦至要。此可即付郵，不必過慮，此書版尚存鄂官局，甚易得。三十八年三月二十八日，稆園又筆。

又錦城教讀生涯，私學視省學爲優。以私學早已出納改米，省學則埘米甚微。今日得成華大學發薪通知，亦易券爲米，將來或亦優于國立，則大、中學將屬一例。此間通貨雖貶值，銀每元六千左右，金每兩百銀圓不及，似較他處爲平緩，物價亦類此。武昌情形不知如何？近聞遷出者又動，未識當局果有無把握耳？尔仍在商業專校否？須報。前

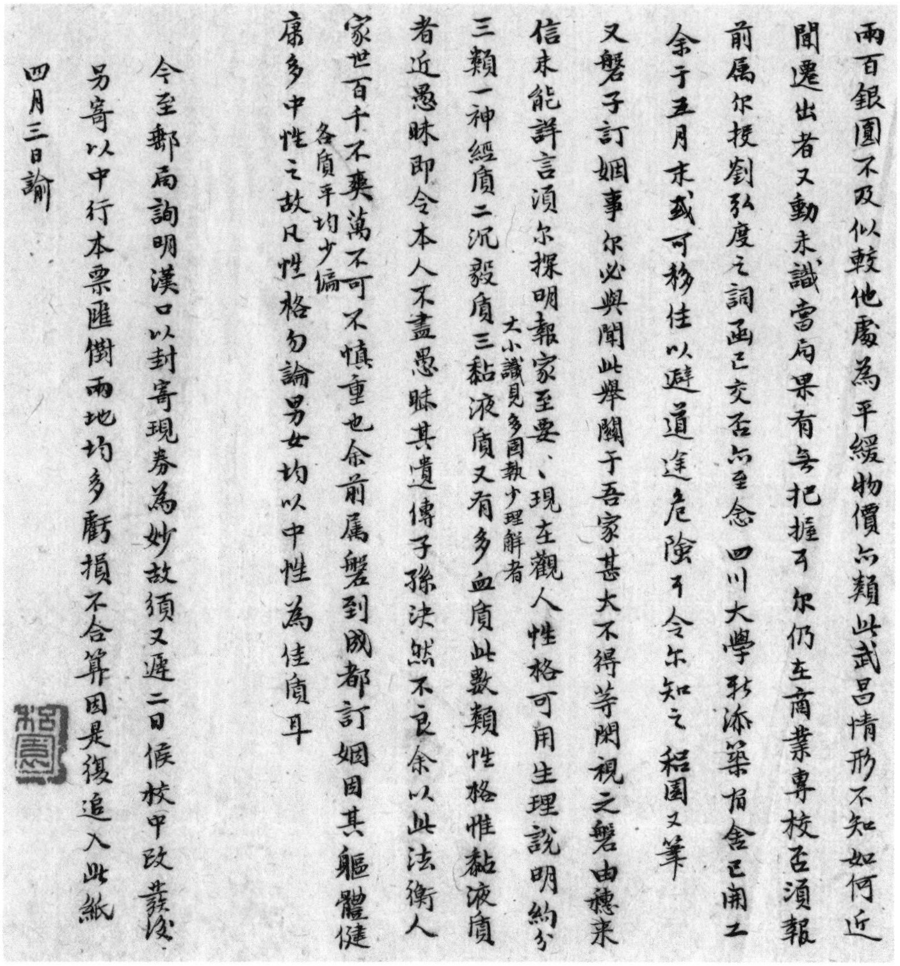
兩百銀圓不及似較他處為平緩物價亦類此武昌情形不知如何近
聞遷出者又動未識當局果有無把握耳尔仍在商業專校否須報
前屬尔投劉弘度之詞函已交否亦至念 四川大學新添築宿舍已開工
余于五月末或可移住以避道途危險耳 令尔知之 稆園又筆
又磐子訂姻事尔必與聞此舉關于吾家甚大不得等閑視之磐由穗來
信未能詳言須尔探明報家至要、、現在觀人性格可用生理說明約分
三類一神經質二沉毅質三黏液質大小識見多固執少理解者又有多血質此數類性格惟黏液質
者近愚昧即令本人不盡愚昧其遺傳子孫決然不良余以此法衡人
家世百千不爽萬不可不慎重也余前屬磐到成都訂姻因其軀體健
康多中性之故各質平均少偏凡性格勿論男女均以中性為佳質耳
今至郵局詢明漢口以封寄現券為妙故須又遲二日候校中改發後
另寄以中行本票匯儆兩地均多虧損不合算因是復追入此紙
四月三日諭
稆園

屬尔投劉弘度之詞函已交否？亦至念。四川大學新添築宿舍已開工，余于五月末或可移住，以避道途危險耳。令尔知之。稆園又筆。

又磐子訂姻事尔必與聞，此舉關于吾家甚大，不得等閑視之。磐由穗來信，未能詳言，須尔探明報家，至要至要。現在觀人性格，可用生理說明，約分三類：一神經質、二沉毅質、三黏液質大小識見多固執，少理解者，又有多血質。此數類性格，惟黏液質者近愚昧，即令本人不盡愚昧，其遺傳子孫決然不良。余以此法，衡人家世，百千不爽，萬不可不慎重也。余前屬磐到成都訂姻，因其軀體健康多中性之故各質平均少偏。凡性格勿論男女，均以中性爲佳質耳。

今至郵局詢明，漢口以封寄現券爲妙。故須又遲二日，候校中改發後，另寄以中行。本票匯儆，兩地均多虧損，不合算。因是復追入此紙。四月三日諭。

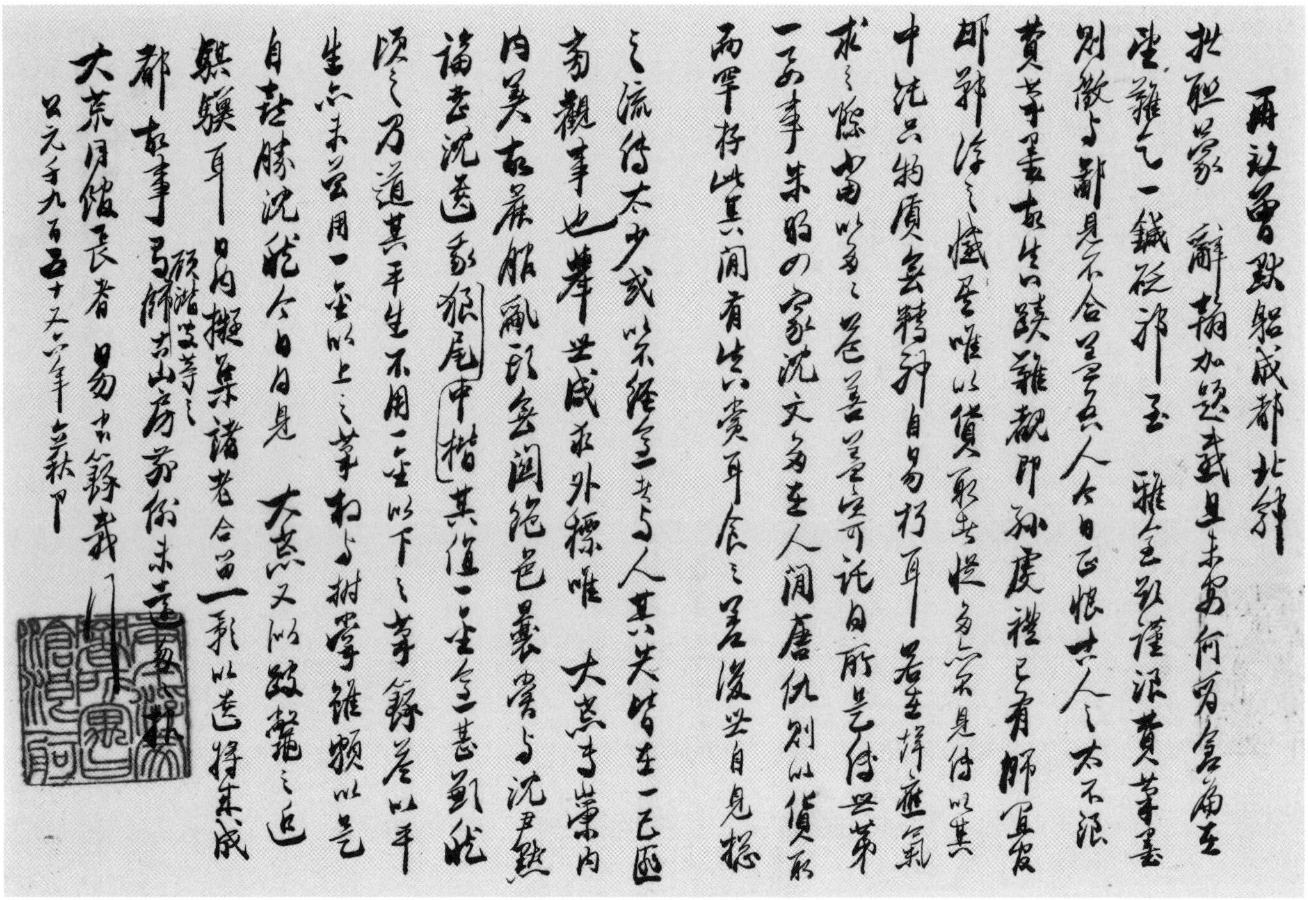

一五八　致曾默躬[一]（一）

再致曾默躬　成都北郭

拙聯蒙辭翰加題，感且未安，何爲倉扁在望，難乞一鍼砭耶？至雅意欲謹，浪費筆墨，則微與鄙見不合。蓋吾人今日正恨古人之太不浪費筆墨，故真蹟難覩，即孫虔禮已有師宜官、邯鄲淳之憾矣。唯以貨取者，從（縱）多亦不見傳。以其中純只物質，無精神，自易朽耳。若在聲應氣求之際，當以多多益善，寄託得所，是傳世第一要事。朱明四家，沈、文多在人間，唐、仇則以貨取而罕存，此其間有真賞耳食之差，後世自見。捻之，流傳太少，或以不經意者與人，其失皆在一已，匪旁觀事也。舉世咸求外標，唯大荒專崇内美，故龐服亂頭，無關絕色。曩嘗与沈尹默[二]論書，沈遺我中楷狼尾，其值一金，意甚歉然。頃之，乃道其平生不用一金以下之筆，錄答以平生亦未曾用一金以上之筆，相与拊掌。雖頗以是自喜勝沈，然今日得見大荒，又似跛鼈之追騏驥耳。日内擬集諸老合留一影，以遺將來。成都故事有顧潛叟等之師古山房，前例未遠。匆匆報

大荒同館長者。易忠籙載拜。

公元千九百五十又六年立秋卩。

【注釋】

[一] 曾默躬（一八八三—一九六一年），名思道，字墨公，号苦行者、默居士，晚年又号大荒老人，斋号瞰斋。四川成都人。著名中医、书法篆刻家。四川省文史馆馆員。

[二] 沈尹默（一八八三—一九七一年），原名君默，後改尹默，字中，秋明，號君墨。祖籍浙江湖州，生於陝西安康漢陰縣。現代著名學者、詩人、書法家、教育家。

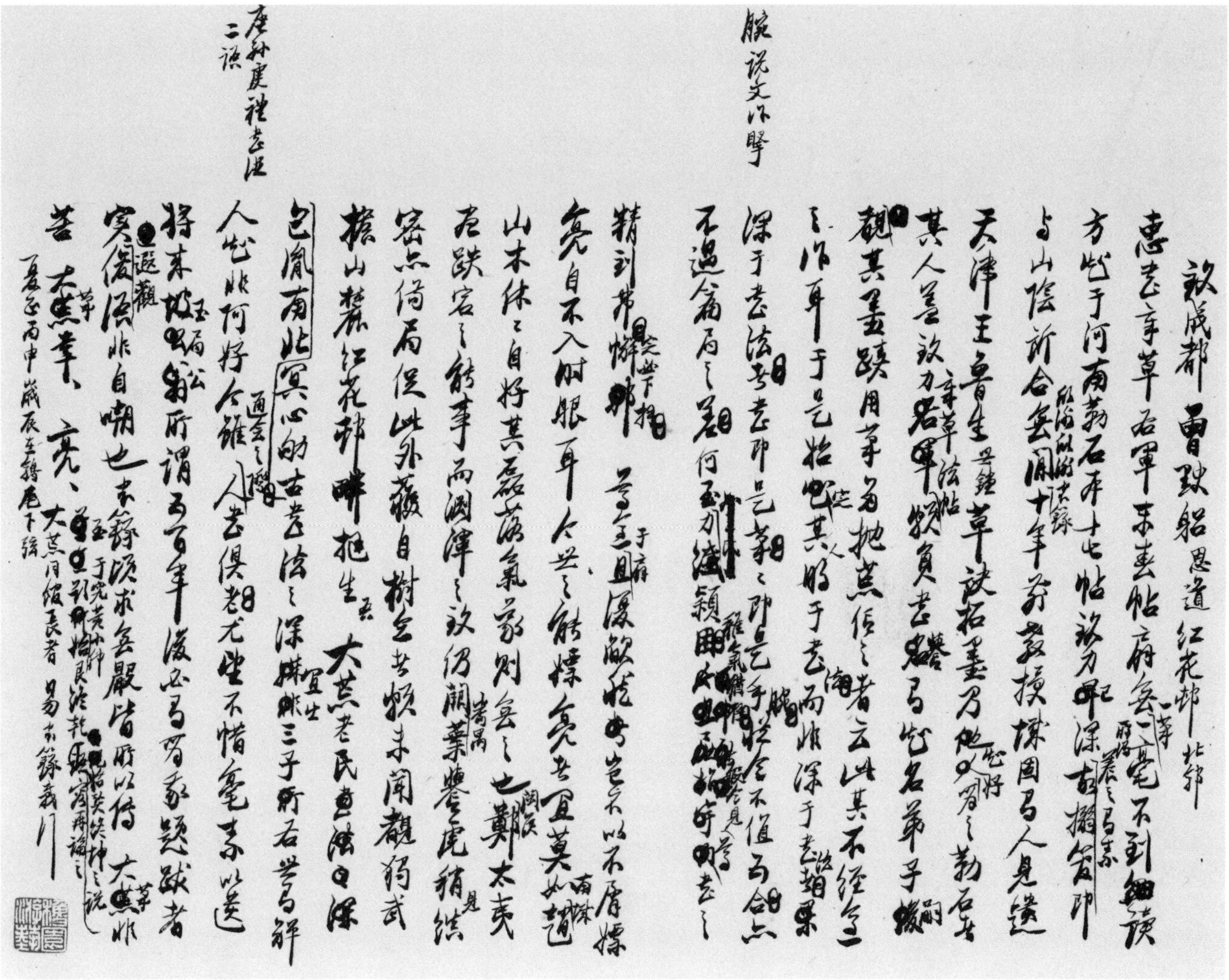

一五九　致曾默躬（二）

致成都曾默躬思道　紅花邨北郭

惠書章草右軍《末春帖》扇，無一筆一毫不到。細讀方知于河南勒石本《十七帖》致力已深，所得養之有素，故搦管即与山陰訢合無間。欣謝欣謝。忠簶十年前教授城固，有人見遺天津王魯生世鏜《草訣》拓墨，乃知好爲之勒石者，其人盖致力章草法帖，頗負書譽，有知名弟子。嗣靚其墨蹟，用筆多抛荒。信之者云，此其不經意之作耳。于是始定其人明于書法而非深于書法者。深于書法者，書即是筆，筆即是手腕，腕，《說文》作掔。從（縱）令不值五合，亦不過篇局之差，何至力纖穎困，稚氣猶存？假令見尊書之精到弗懈，定必下拜。尊意于扇且復欲然，豈不以不屑嫖亮，自不入時眼耳。今世之能嫖亮者，宜莫如南城趙山木。休休自好，其磊落氣象則無之也。閩侯鄭太夷盡趺宕之能事，而淵渾之致仍闕。番禺葉譽虎稍見縝密，亦傷局促。此外獲自樹立者，頗未聞靚。獨武擔山麓紅花邨畔挺生吾大荒老民，冥心劬古，包胤南北書法之深，宜出三子右。世有解人，知非阿好。今雖通會之際，人書俱老唐孫虔禮《書譜》二語。尤望不惜毫素，以遺將來。玉局公所謂五百年後，必有爲我題跋者，實遐觀俊語，非自嘲也。忠簶頃求無厭，皆所以傳大筆，非苦大筆。幸亮幸亮。至于欲究黄小仲始艮終乾、始巽終坤之說，容再論之。

大荒同館長者。易忠簶載拜。

夏正丙申歲在鶉尾下弦。

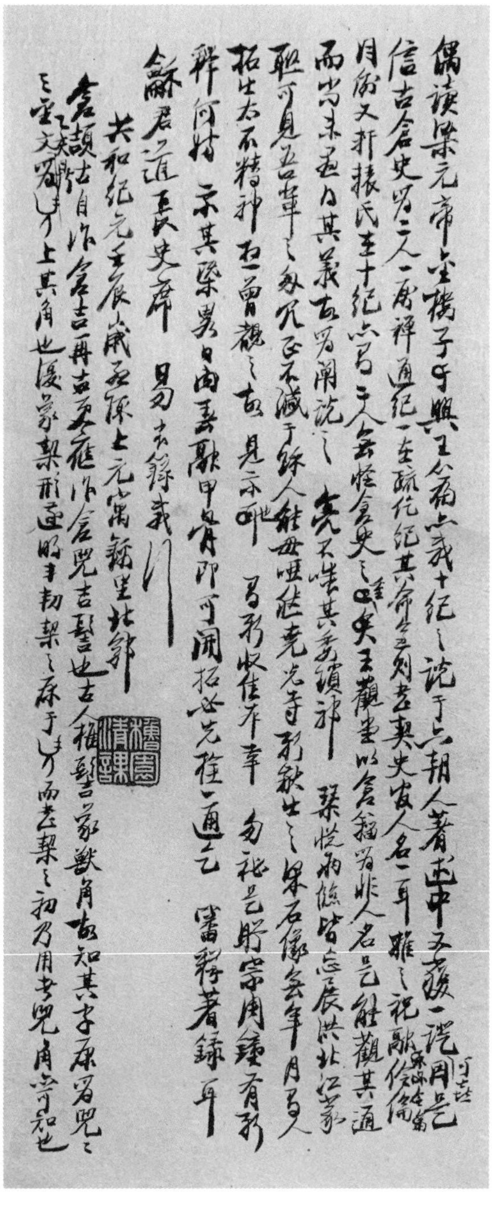

一六〇　致曾龢君[一]（一）

偶讀梁元帝《金樓子·興王篇》亦載十紀之説，于六朝人著述中又獲一證，可喜。因是信古倉、史爲二人，一屬禪通紀，一在疏仡紀，其命意則書契、史官、人名一耳。推之祝融、伶倫同例。又軒轅氏在十紀亦有二人，無怪倉、史之重。王觀堂[二]以倉籀爲非人名，是能觀其通而尚未盡得其義，故爲闡説之。亮不嗤其委瑣耶？栞從兩臨，皆忘展洪北江藔聯，可見吾輩之匆冗，正不減于餘人，能毋啞然？堯光寺新獻出之梁石像無年月，有人拓出，太不精神。想曾覩之，故見示也。有新收佳本，幸勿秘是盼。宗周鐘有新釋，何妨示其槩畧。日内春融，甲骨即可開拓，必先檢一通，乞審釋著録耳。

龢君道長史席。易忠籙載拜。

共和紀元壬申歲孟陬上元。寓錦里北郭。

倉頡，古自作倉吉，再古更應作倉兕。吉，髻也。古人椎髻象獸角，故知其字原爲兕。兕之金文《乙亥鼎》爲□，上其角也。復象絜形，遂明丰、㓞、栔之原于□。而書契之初，乃用者兕角，亦可知也。

【注釋】

[一] 曾龢君即曾天宇。生卒不详。

[二] 王觀堂即王國維（一八七七—一九二七年），初名國楨，字靜安。初號禮堂，晚號觀堂。浙江海寧人。中國近現代享有國際聲譽的著名學者。

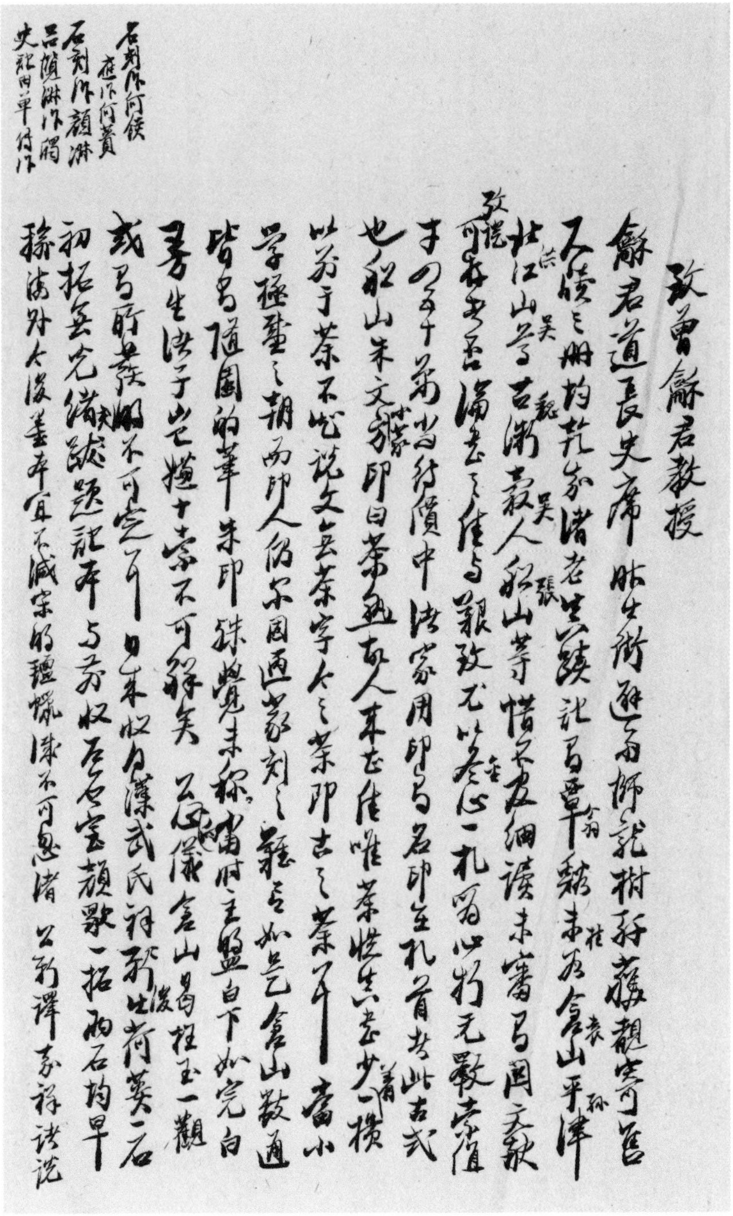

一六一　致曾龢君（二）

致曾龢君教授

龢君道長史席：昨出街，避雨師龍樹軒，獲覩寄售尺牘三册，均乾嘉諸老真蹟。記有覃谿翁、未谷桂、倉山袁、平津孫、北江洪、山尊吳、古微魏、穀人吳、船山張等，惜不及細讀，未審有關文獻考證可存者否。論書之佳與艱致，尤以冬心金一札爲心折無斁。索值才四五十萬，尚待價中。諸家用印有名印在札首者，此古式也。船山朱文小篆方印曰『茶熟故人來』，甚佳。唯『茶』從真書，少着一横，以別于『荼』。不知《説文》無『茶』字，今之『茶』即古之『荼』耳。當小學極盛之朝，而印人仍尔固陋，篆刻之難言如是。倉山數通皆有隨園的筆，朱印殊覺未稱。當時主盟白下，如完白、曼生諸子，豈嫌十索，不可解矣。公尚心儀倉山，曷枉至一觀？或有所發明，不可定耳。日來收得漢武氏祠，祠新出後荷蕢一石初拓，無光緒刻題記本，與前收左石室顏歜一拓。石刻作何饋，應作何蕢。石刻作顏淑，《呂覽》淑作闞，《史記·田單傳》作蠋，《國策》作歜，《説文》有歜無闞、蠋，應作顏歜。兩石

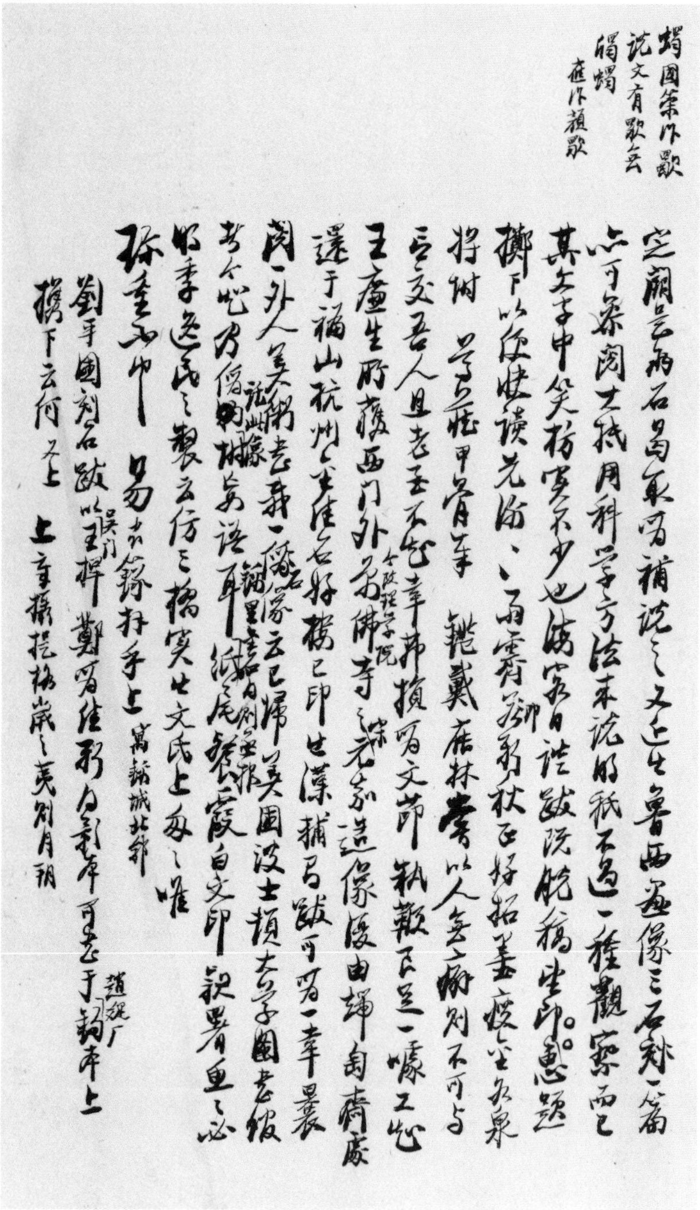

均早輸海外，今後墨本宜不減宋明氈蠟，誠不可忽諸。公新譯嘉祥諸説定闕，是兩石曷取爲補説之？又近出魯西畫像三石一篇，亦可參閲。大抵用科學方法來説明，秖不過一種觀察而已。其文字中笑枋實不少也。《海客日談》跋既脱稿，望即惠題擲下，以便快讀。先謝先謝。雨霽即新秋，正好拓墨，瘦金各泉將附尊藏甲骨奉鑑。戴鹿林嘗以人無癖則不可与言交，吾人且老至不知，幸弗損爲文節執鞭，良足一噱。又知王廉生所獲西門外萬佛寺今改理學院之宋元嘉造像，復由端匋齋處還于福山，杭州金佳石好樓已印出，漢輔有跋，可爲一幸。曩閲一外人美術書載一石像云，已歸美國波士頓大學圖書館者，今知乃僞託此像坿妄語耳。錦里金石得，則亟報。紙尾『餐霞』白文印款署『魚魚』，必明季逸民之製，云仿三橋，實出文氏上。匆匆，唯珍重不具。

易忠籙拜手上。寓錦城北郊。

《劉平國刻石》跋以吳門王捍鄭爲佳，新得影本，可書于趙疏厂鉤本上。携下云何？又上。上章攝提格歲之夷則月朔。

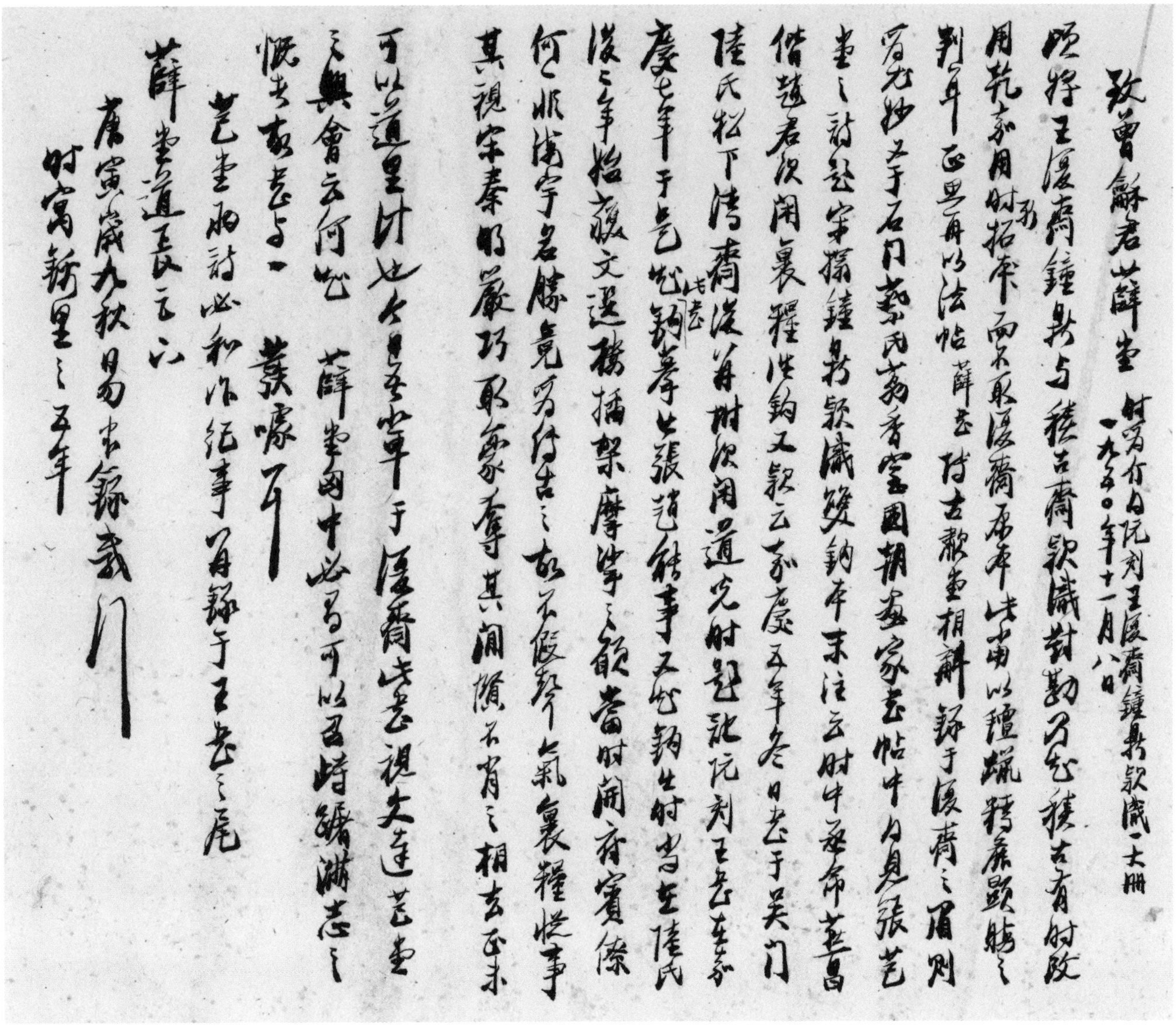

一六二一　致曾龢君（三）

致曾龢君薛堂　時爲介得阮刻王復齋《鐘鼎款識》一大册，一九五〇年十一月八日

頃將王復齋《鐘鼎》与《積古齋款識》對勘，乃知《積古》有時改用乾嘉，用時新拓本，而不取復齋原本。此當以氈蠟精麁顯晦之判耳。正思再以法帖薛書《博古》《歗堂》相斠，録于復齋之眉，則爲尤妙。又于石門蔡氏荔香室《國朝畫家書帖》中得見張芑堂之詩，題《宋搨鐘鼎款識雙鈎本》末，注云：『時中丞命燕昌偕趙君次閑，裹糧往鈎。』又款云：『嘉慶五年冬日書于吳門陸氏松下清齋』，後并埘次閑道光時題記。阮刻王書在嘉慶七年，于是知此書鈎摹出張、趙能事。又知鈎出時尚在陸氏後二年，始獲文選樓插架摩挲之願。當時開府賓僚，何一非海宇名勝？竟爲傳古之故，不假聲氣，裹糧從事。其視宋秦明嚴巧取豪奪，其間賢不肖之相去，正未可以道里計也。今日吾輩于復齋此書，視文達、芑堂之興會云何？知薛堂匈中必有可以召峙躇滿志之概者，故書与一發噱耳。

芑堂兩詩必和作紀事，并録于王書之尾。

薛堂道長足下。

庚寅歲九秋。易忠籙載拜。

時寓錦里之五年。

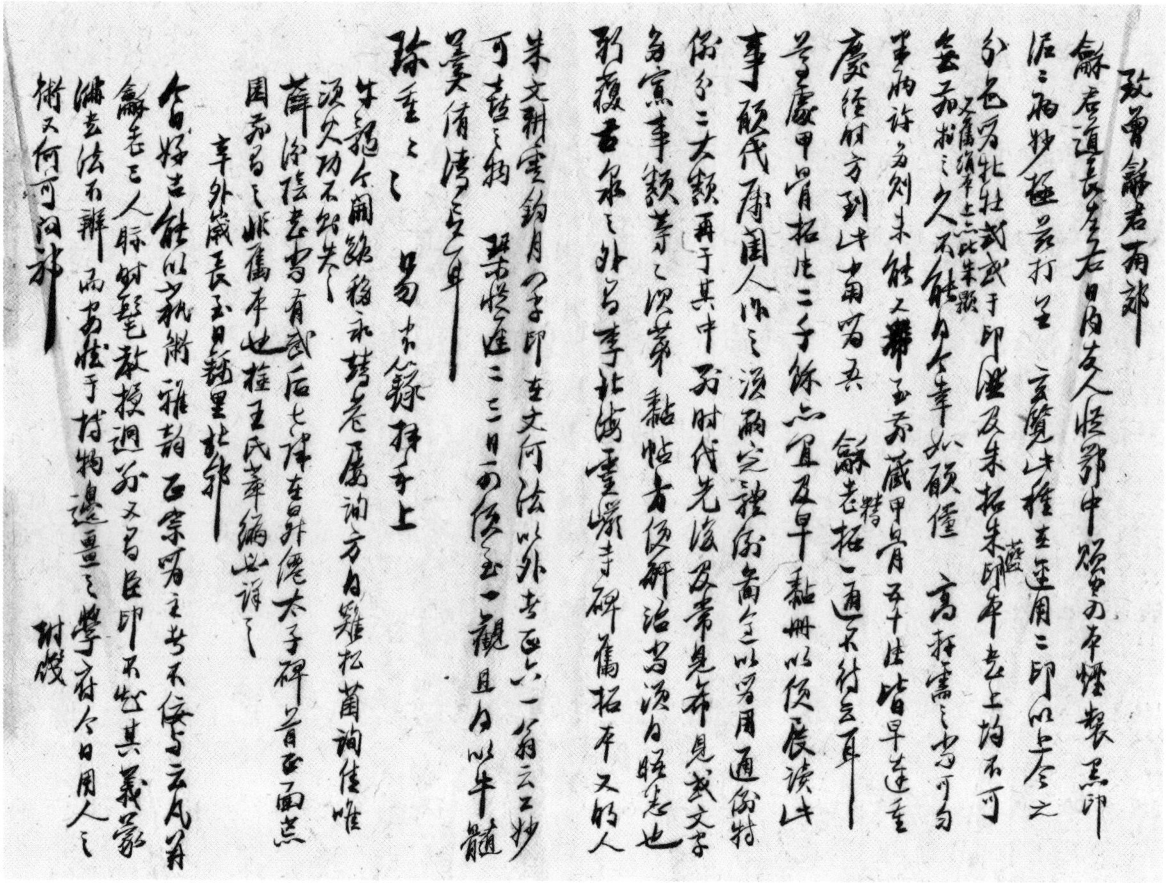

一六三　致曾龢君（四）

致曾龢君　南郊

龢君道長左右：日内友人從鄂中贈寄本煙製黑印泥二兩，妙極。茲打呈玄覽。此種在連用二印以上，均不可無。又舊絹本上，亦比朱顯。或于印譜及朱拓、朱藍印本書上，令之分色爲牝牡式。多前求之，久不能得，今幸如願。儻高軒需之，尚可匀半兩許，當則未能。又帶至前藏甲骨五十片，皆早達重慶，經時方到此。當爲吾穌老精拓一通，不待云耳。尊處甲骨拓片二千餘，亦宜及早黏册，以便展讀。此事願代屬閏人作之，須酌定體例。啚意以爲用通例、特例分二大類，再于其中別時代先後及常見、希見或文字多寡事類等等，次第黏帖，方便研治，尚須得晤悉也。新獲古泉之外，有李北海《靈巖寺碑》舊拓本。又明人朱文『耕雲釣月』四字印，在文、何法以外者，正六一翁云工妙可喜之物。琹從遲二三日可便至一觀，且得以牛髓羹侑清言耳。

珍重珍重。易忠籙拜手上。

牛髓今開路移永靖巷，屢詢方得。雞松菌詢佳，唯須火功，不則失之。

薛汾陰書尚有武后七律，在《昇僊太子碑》首正面。荒園前有之，非舊本也。檢王氏《萃編》必詳之。

辛卯歲長至日。錦里北郭。

今日好古能以埶術、雅韻、正宗爲主者，不佞與云凡并龢老三人，睎時髦教授迴別。前又有臣印不知其義，蒙滿書法不辨，而安然于博物邊畺之學府，今日用人之術，又何可問耶？坿牋。

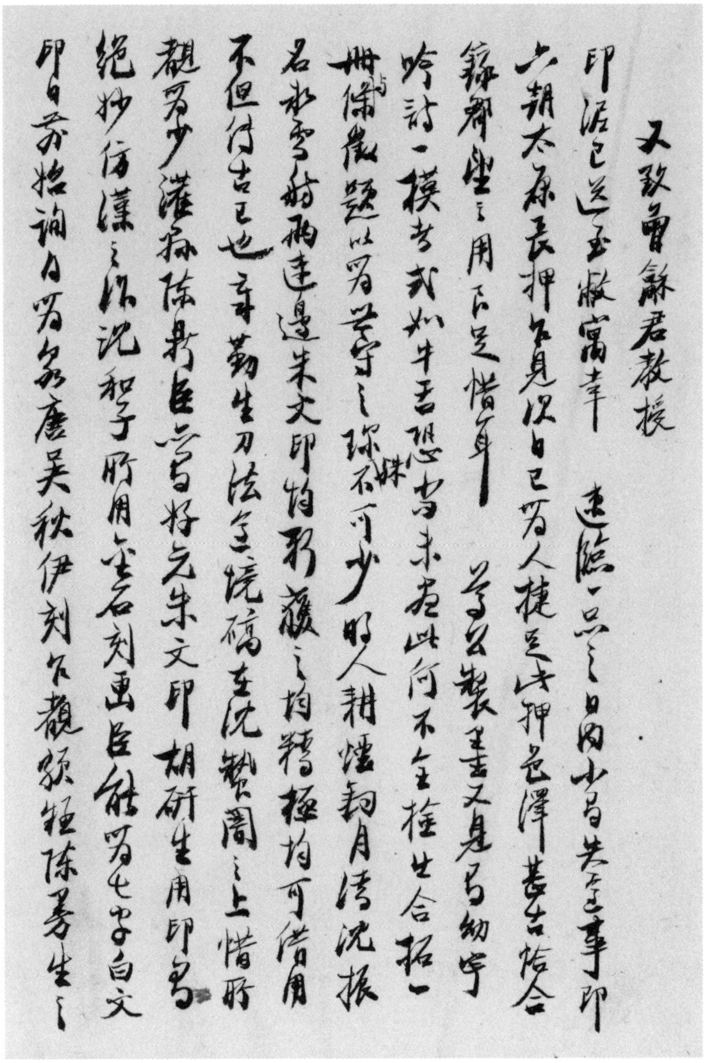

一六四　致曾龢君（五）

又致曾龢君教授

印泥已送至敝寓，幸速臨一品之。日内小有失意事，即六朝太原長押乍見，次日已爲人捷足。此押色澤甚古，恰合籙郡望之用，良足惜耳。尊公製墨，又見有『幼宇吟詩』一模者，式如牛舌，恐尚未盡此。何不全檢出，合拓一册，与條徵題，以爲世守之珍，殊不可少。明人『耕煙釣月』[一]、清沈振名『冰雪舫』兩連邊朱文印，均新獲之，均精極，均可借用，不但傳古已也。章勤生[二]刀法意境稿在沈蟄閣[三]之上，惜所覩爲少。灌縣陳鼎臣[四]亦有好元朱文印，胡研生[五]用印有絕妙仿漢之作。沈和子所用『金石刻画臣能爲』七字白文印，日前始詢得爲泉唐吳秋伊刻，乍覩頗疑陳曼生之精者，已爲鈎存。吳在都下負盛名，後客死錦城。鄧弈潛曾訪其墓不得。世傳其入峨眉爲僊者，亦与李芋僊同一故事，不免爲方朔之好奇耳。芋僊卻有絕好收藏印，皖宗朱文，尚不能明其爲何人作。又見有梁大年爲周櫟園製巨印，惜索值過昂，徒喚奈何。此錦里篆刻雅故，可爲吾同好龢老一陳之耳。花押在三代已有之，不止六朝。後人誤自元押，由前此發見未廣之故。顧印伯[六]亦有佳印，皆黟山黃牧父製也。其『安酒意齋』朱文四字一石，在鄂未收。至今思之。匆匆上

薛堂道長。易忠籙載拜。

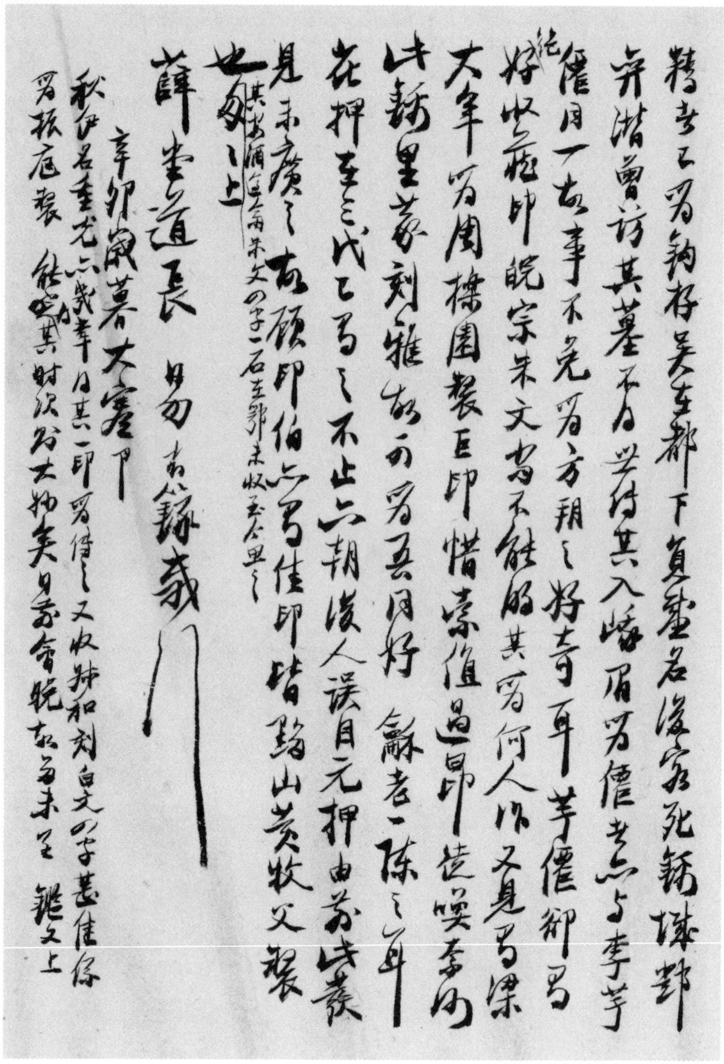

辛卯歲暮大寒卩。

秋伊名重光，亦幾幸得其一印爲傳之。又收叔和刻白文四字，甚佳。係爲振庭製。能得其時次則大妙矣。日前會晚，故多未呈鑑。又上。

【注釋】

［一］此處明人朱文印，文爲『耕雲釣月』。邊款爲：明人印須于文何以外求之，此製是也。集文何印萃後二十載，方得此解。易忠籙記，乞徐益生山人入石。壬申小雪。易先生信中誤記爲『耕煙釣月』。

［二］章勤生，生卒不詳。浙江會稽人。名儀慶，字勤生。

［三］沈蟄闇即沈中（一八七一—一九四三年），名忠澤，字靖卿，號蟄闇，執庵。浙江錢塘人。以授館、刻印、鬻字爲業。善書、精篆刻，擅長金石書畫鑒定，收藏頗丰。

［四］陳鼎臣，生卒不詳。名大科，字鼎臣。四川灌縣人。

［五］胡研生，生卒不詳。名延，字研生、硯生。四川成都人。

［六］顧印伯即顧印愚（一八五五—一九一三年），字印伯，一字蔗生。號所持、塞向宧、塞向翁。四川雙流人。清末民初著名詩人、書法家。

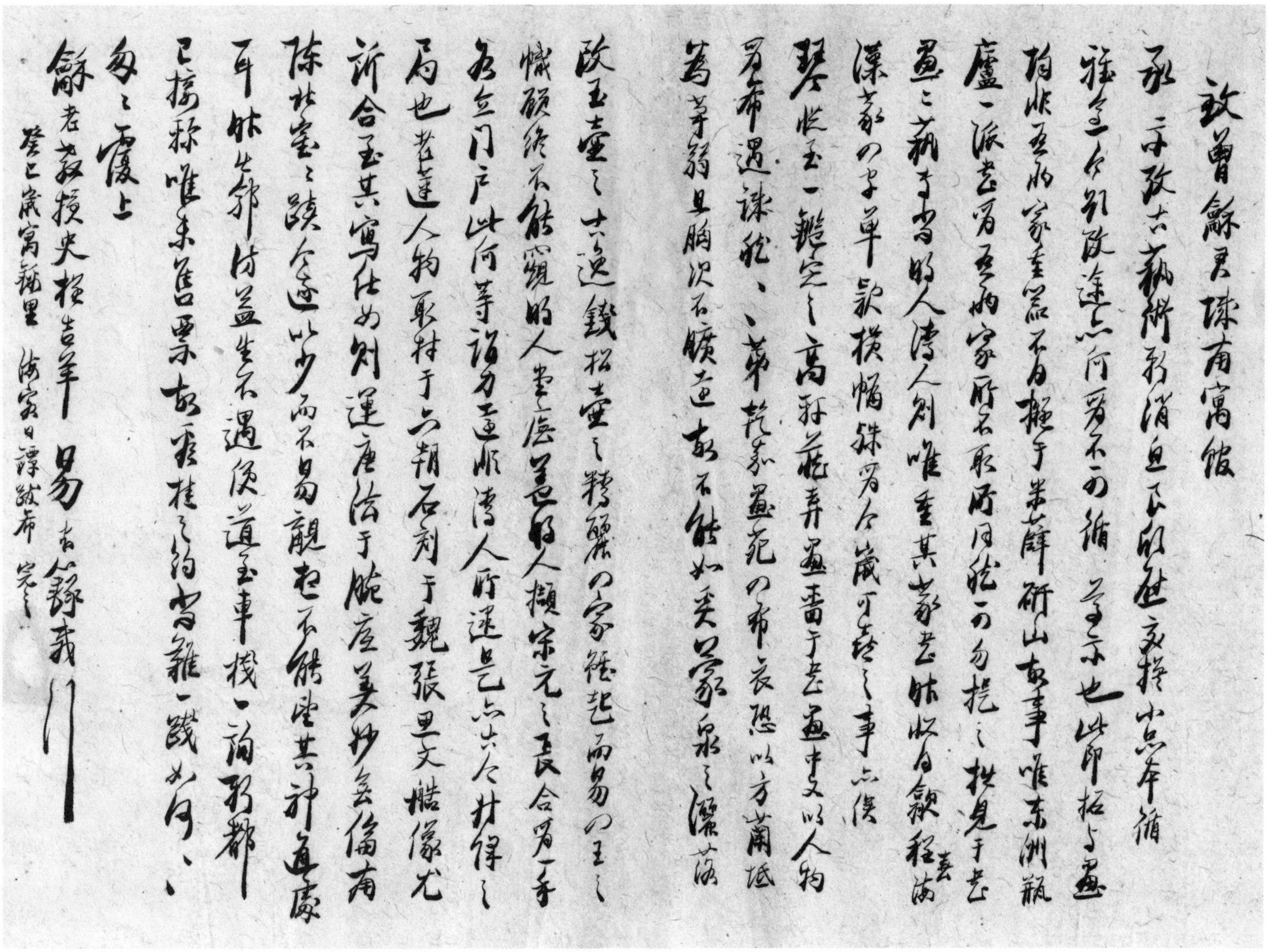

一六五　致曾龢君（六）

致曾龢君城南寓館

承示攷古萩術新消息，良欣慰。交換小品，本循雅意，今欲改途，亦何爲不可循尊示也？此印拓与畫，均非吾兩家重器，不得擬于米、薛研山故事。唯東洲、瓶廬一派書，爲吾兩家所不取，所同然，可勿提之。拙見于書、畫二藝專尚明人，清人則唯重其篆書。昨收得歙程春海漢篆四字單款橫幅，殊爲今歲可喜之事。亦俟琴從至，一鑑定之。高軒藏弆，畫嵒于書，畫中又以人物爲希遇，誠然誠然。弟乾嘉畫苑四布衣，恐以方蘭坻爲筆弱，且胸次不曠遠，故不能如奚蒙泉之灑落，改玉壺之古逸，錢松壺之精麗。四家雖起而易四王之幟，顧終不能窺明人堂廡。盖明人擷宋元之長，合爲一手，各立門户，此何等詣力？遠非清人所逮，是亦古今升降之局也。老蓮人物取材于六朝石刻，于魏《張思文皓像》尤訢合。至其寫仕女，則運唐法于腕底，美妙無倫。南陳北崔，崔蹟今遂以少而不易覯，想不能望其神通處耳。昨出郭訪益生不遇，便道至車棧一詢，新都已接軨，唯未售票，故看桂之約尚難一踐。如何如何。匆匆覆上

龢老教授史程吉祥。易忠籙載拜。

癸巳歲寓錦里。《海客日譚》跋希完之。

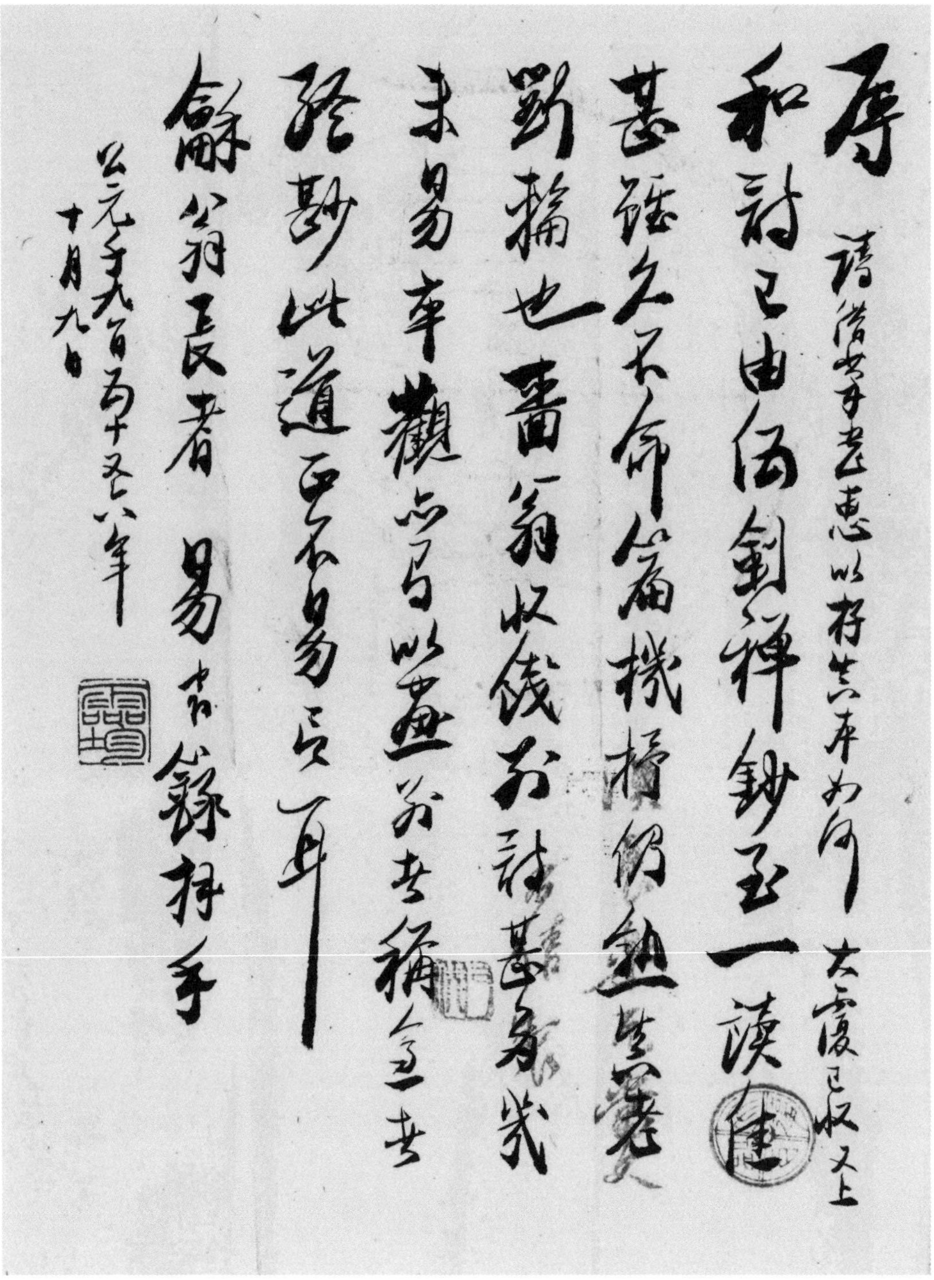

一六六　致曾緐君（七）

辱和詩，已由伍劍禪[一]鈔至一讀，佳甚。雖久不命篇，機抒仍熟，真老斲輪也。嗇翁[二]收餞別詩甚多，幾未易卒觀，亦有以畫別者，稱意者終尠，此道正不易言耳。

緐翁長者。易忠籙拜手。

公元千九百五十又六年十月九日。

請借筆書，惠以存真本，如何？大覆已收。又上。

【注釋】

[一]伍劍禪，生卒年不詳。四川蓬安人。曾就讀於北京中國大學畢業，日本東京帝國大學研究生。四川省文史研究館館員。

[二]嗇翁即謝無量（一八八四—一九六四年），名蒙，字大澄，號希范。後易名沉，字無量，別署嗇庵。近代著名學者、詩人、書法家。

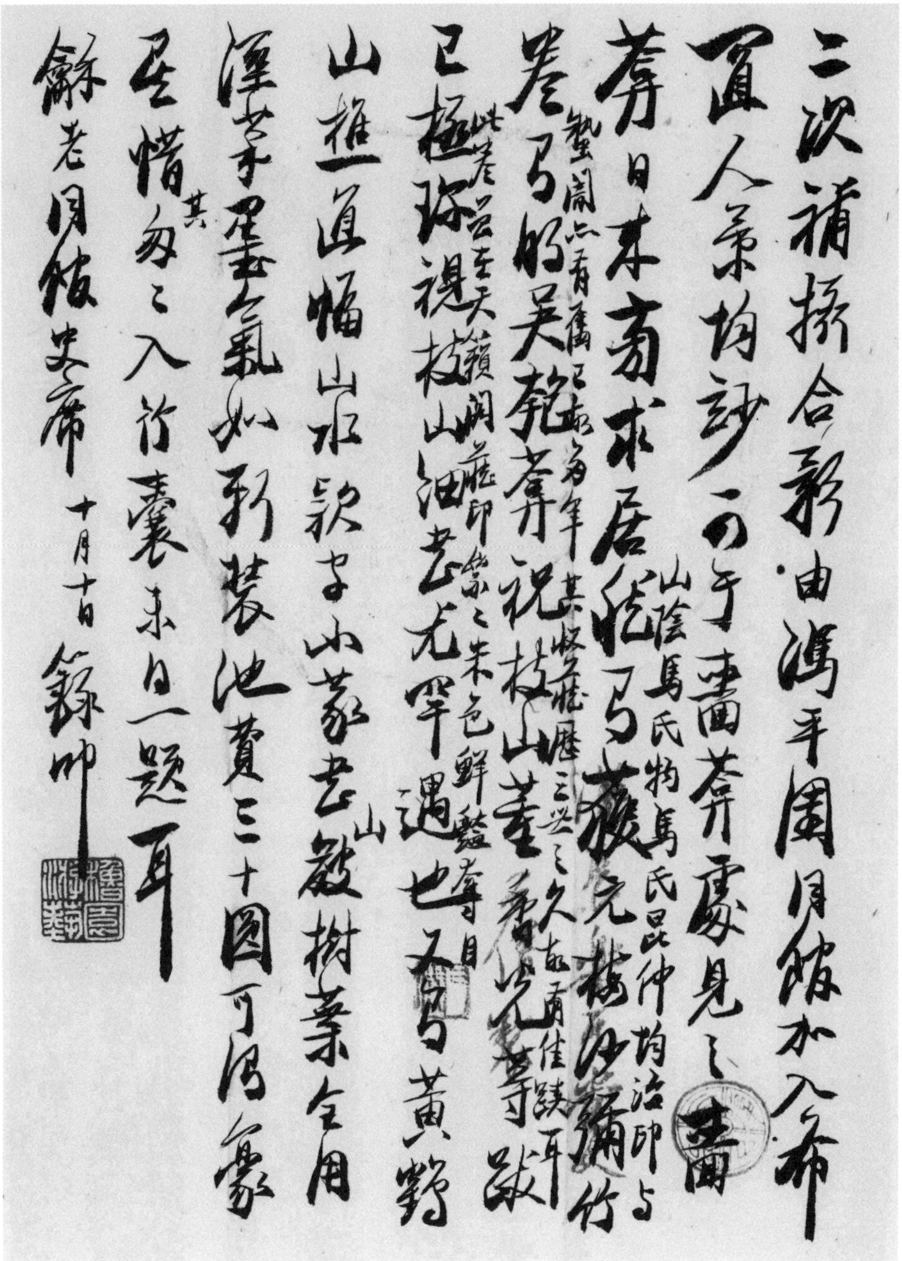

一六七　致曾龢君（八）

二次補攝合影，由馮平園同館加入布置，人景均玅。可于嗇莽處見之。嗇莽日來旁求，居然有獲，元梅沙彌竹卷有明吳匏菴、祝枝山、董香光等跋山陰馬氏物。馬氏昆仲均治印，與蟄闇亦有舊。已故多年。其收藏歷三世之久，故有佳蹟耳。此卷曾在天籟閣，藏印纍纍，朱色鮮豔奪目。已極珍，視枝山細書尤罕遇也。又有黃鶴山樵直幅山水，款字小篆書，山皴樹葉全用濕筆，墨氣如新。裝池費三十圓，可謂豪矣。惜其匆匆入行囊，未得一題耳。

龢老同館史席。十月十日。籙叩。

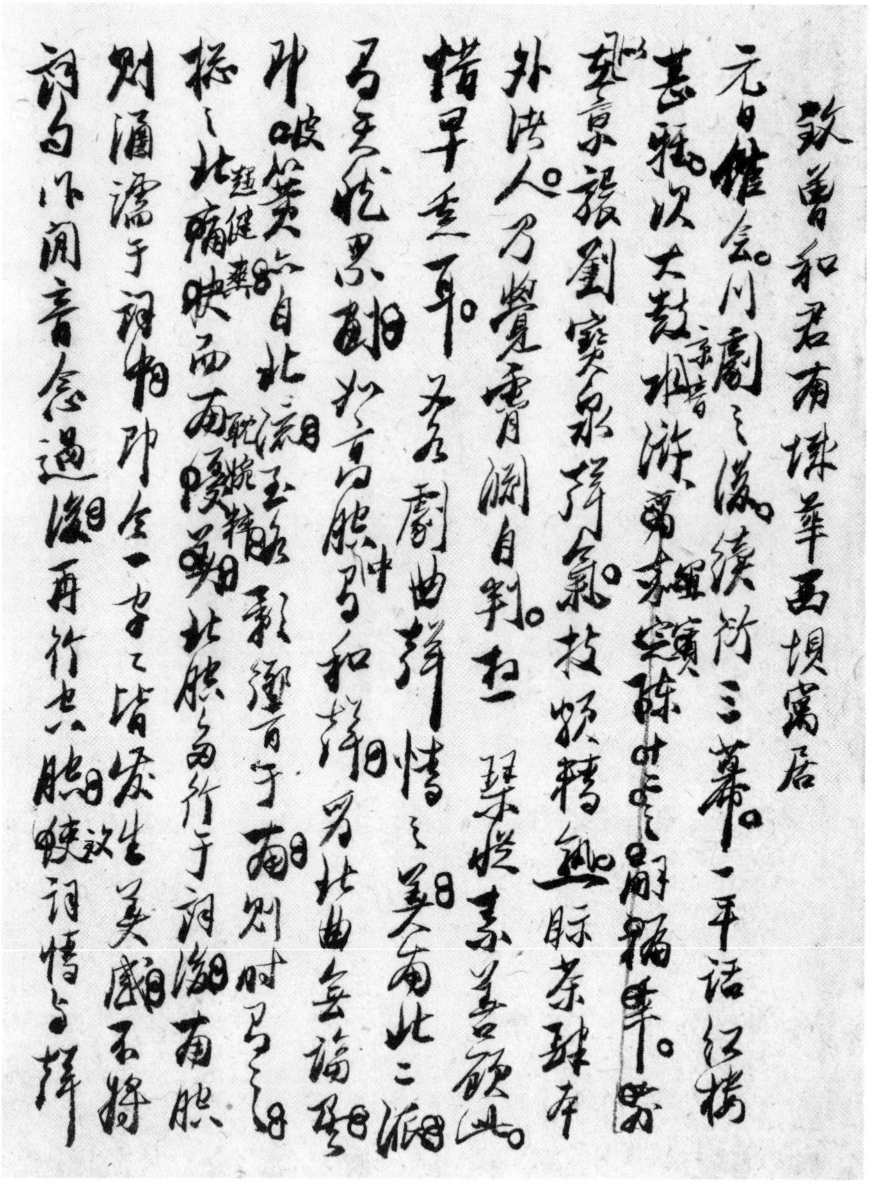

一六八　致曾龢君（九）

致曾龢君南城華西垻寓居

元日館會，川劇之後，續衍三幕。一平話《紅樓》甚雅，次大鼓京音《水滸》，似在京襲劉寶泉聲氣，技頗精熟。想琹眎茶肆本外諸人，乃覺霄淵自判。想琹從素善顧此，惜早走耳。又各劇曲聲情之美，南北二派有天然界劃。如高腔中有和聲，爲北曲無論矣。即皮簧亦自北流，至各影響于南，則時有之。捻之，北趋健爽而南耽婉粹。北腔多行于詞後，南腔則涵濡于詞中。即令一字字皆發生美感，不將詞句作閒音念過後，再行空腔，致詞情与聲情分揚。初無論中聲、側調，必盡婉約清脆之致。此南曲以崑曲爲首者所特擅，京秦諸劇望塵莫及。沉復平去陰陽，清鳌喉唇，諧理嘘吸，深護哀秘。聲技之妙，幾于透闢無間然矣。故聞崑曲，則他曲皆等檜以下也可。又《樂記》師乙所示抗隊諸語，他曲不過具一二，崑曲輒備，以是頗覺吾楚謝默卿之譜《碎金》，並非多事，蓋有不得已者在耳。詞之歌譜既亡，以曲譜入詞，正爲玅悟。《董西廂》之搊彈，多屬雙調，未脱詞式。而唱法有尾聲，已入曲律，此前例也。閒嘗究詞譜

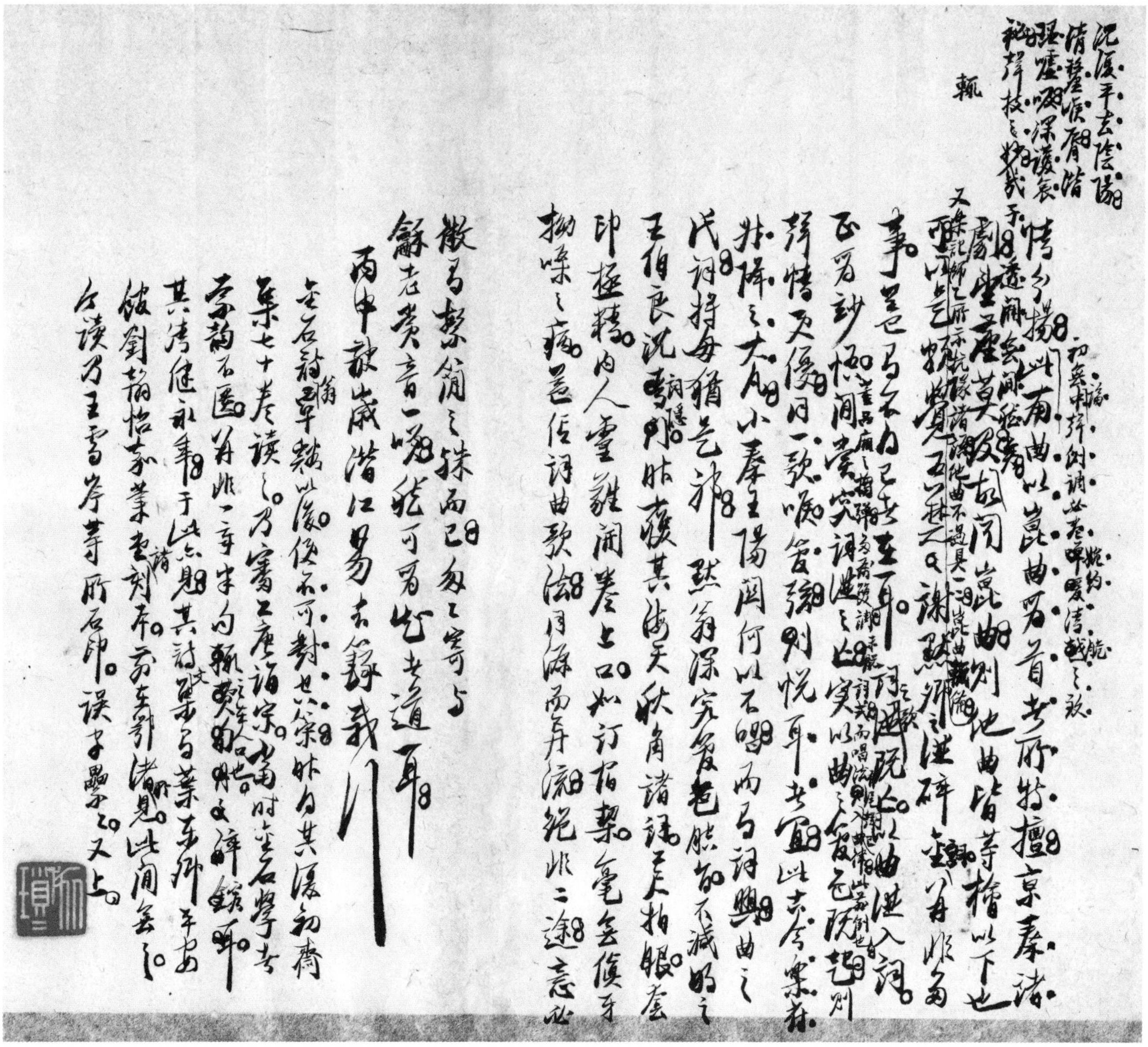

之亡，實以曲之管色既起，則聲情更優。同一歌喉、管弦，悦耳者宜，此古今樂府升降之大凡。《小秦王》《陽關》何以不唱而有詞興？曲之代詞，將毋猶是耶？默翁深究管色腔旨，不減明之王伯良、沈詞隱。昨獲其《海天秋角》諸詞，工尺拍眼，套印極精。內人靈蕤開卷上口，如訂宿契，毫無偵牙拗嗓之病。益信詞曲歌法同源而異流，絕非二途，意必微有繁簡之殊而已。匆匆，寄与

龢老賞音一咲，然可爲知者道耳。

丙申獻歲。潛江易忠籙載拜。

金石詩，翁覃谿以後，便不可對空策。昨得其《復初齋集》七十卷讀之，乃審工唐詣宋。當時金石學者索韻不匱，并非一章半句之在人口也。其清健永年，于此亦見。其詩文集有葉東卿平安館、劉翰怡嘉業堂諸刻本，前在鄂渚所見，此間無之。今讀乃王雪岑等所石印，誤字纍纍。又上。

一六九　致曾龢君（一〇）

覆華陽曾和君　北京人民大學校　黄祖青玉鉢未題寄

龢君道翁足下：損書，欣悉京鄂雅故，良慰遠懷。去春北海書法展覽亦徵及四川文史館，會以事未應。不意頓立夫竟同在都門，遂獲其數刻，又得沃觀王福盦新譜，尤爲欣羡。龔定盦《貂裘换酒》詞句印跋，唐醉石曾見示，苐未詳及爲《麋研齋印存》重輯本五册耳。三十年前，福盦曾屬爲製印譜騈文叙，蓬轉以來，遂不得搦管，不識今重輯本有何人叙跋？幸便示及。往在鄂渚，亦曾爲福盦最録印集，于二千石中擷其精華，得上下二卷。印文用朱打墨拓，成正反二面，以爲學者臨摹之計。見者歎羡，以爲印譜以來所未有。福盦且仿趙悲盦報魏稼孫故事，署『稆園多事』四字于其首。他日當可付精印。去歲秋徐嘉齡至都還，言荒肆亦見舊有福盦舊瑑刻，以非閑文未收。兹特轉告，留意物色，其值必廉。此事鄂渚前屢有之，福盦往在都門印鑄局久，必更多也。又其所瑑金文墨盒必尤多，小字精絕。幸收一二具藏之，將來皆清秘至寶，應不阿語。如有溥西山[二]人物山水畫墨盒舊佳者，籙尚欲致其一，以横長條式不大者爲妙。新致西山小幅，其人果在都，果署上款耶？頗疑其舊寫。錦里古物，市面幾絶跡，京估所收畫幅都時流，亦近畢矣。荒室昨今兩年僅獲明金陵魏攷叔仿劉松年山水精品絹本中幅，又嘉禾姚雲東

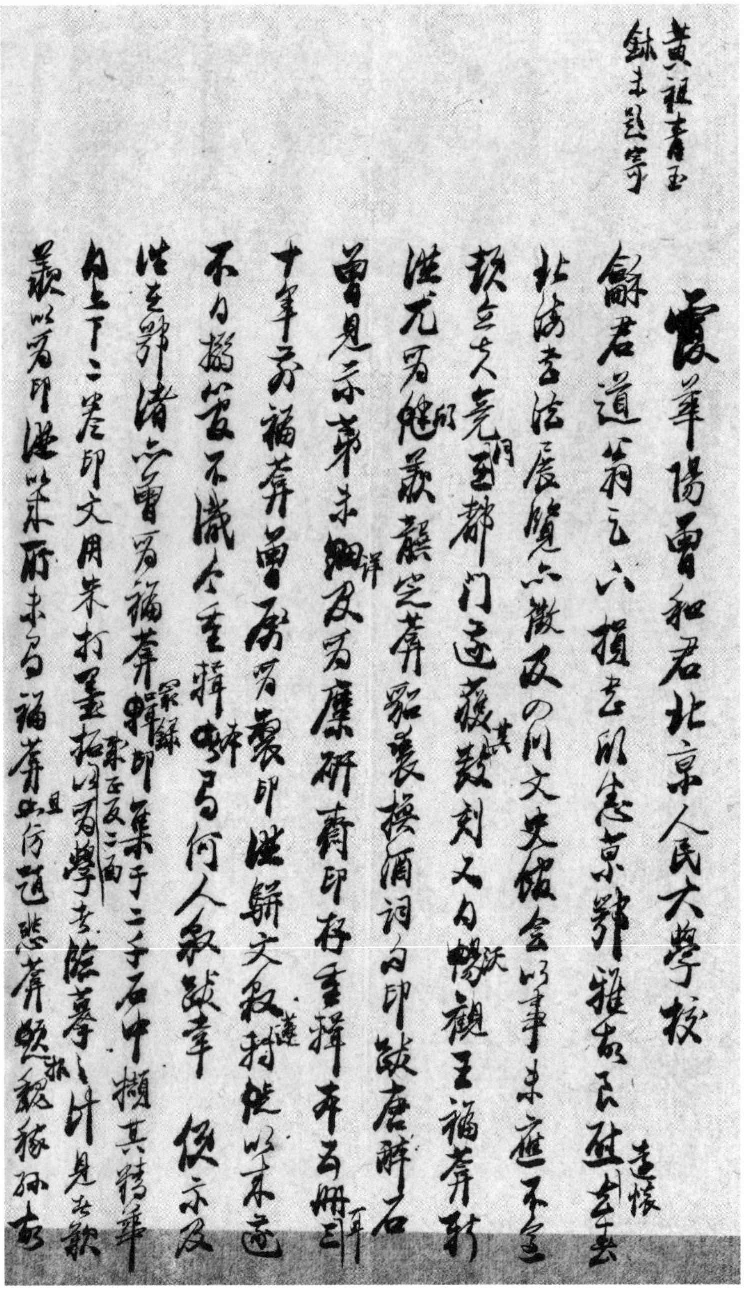

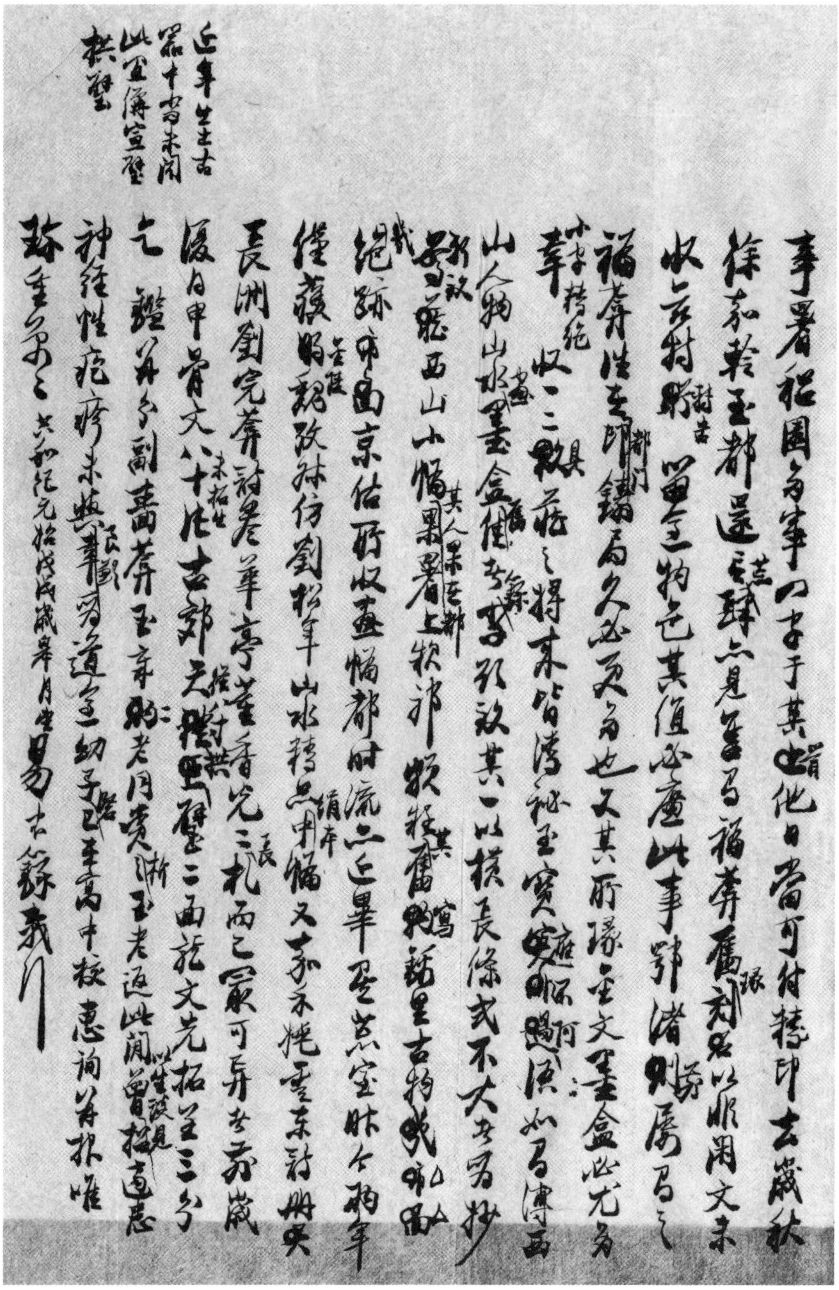

詩册、長洲劉完莽詩卷、華亭董香光二長札而已。最可异者，前歲復得甲骨文八十片未拓出，古郊天徑八寸拱璧近年出土古器中尚未聞此，宜偁宣璧、拱璧。二面龍文，先拓呈三分，乞鑑。并分副嗇莽、玉章[二]二老同賞析之。玉老返此間，曾以坐談見招，適患神經性疱疹，未與，良歉。幸爲道意。幼子詧已在高中校，惠詢并報。唯珍重萬萬。共和紀元始戊戌歲皋月望。易忠籙載拜。

【注釋】

［一］溥西山即溥心畬（一八八六—一九六三年），原名愛新覺羅・溥儒，初字仲衡，改字心畬，號羲皇上人、西山逸士。北京人。著名書畫家、收藏家。

［二］玉章即吳玉章（一八八七—一九六六年），原名永珊，字樹人。四川榮縣人。現代著名教育家、歷史學家、語言學家。

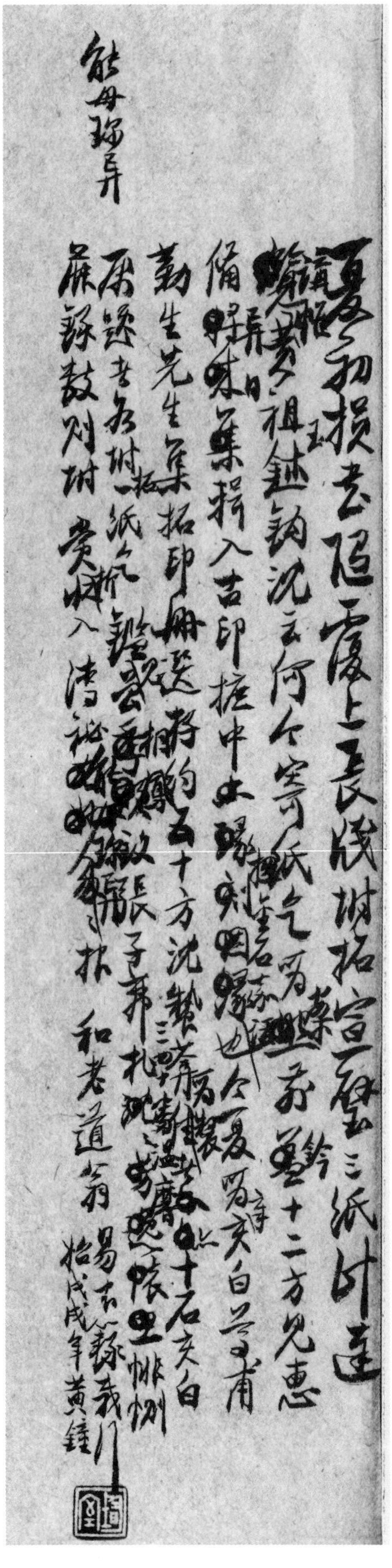

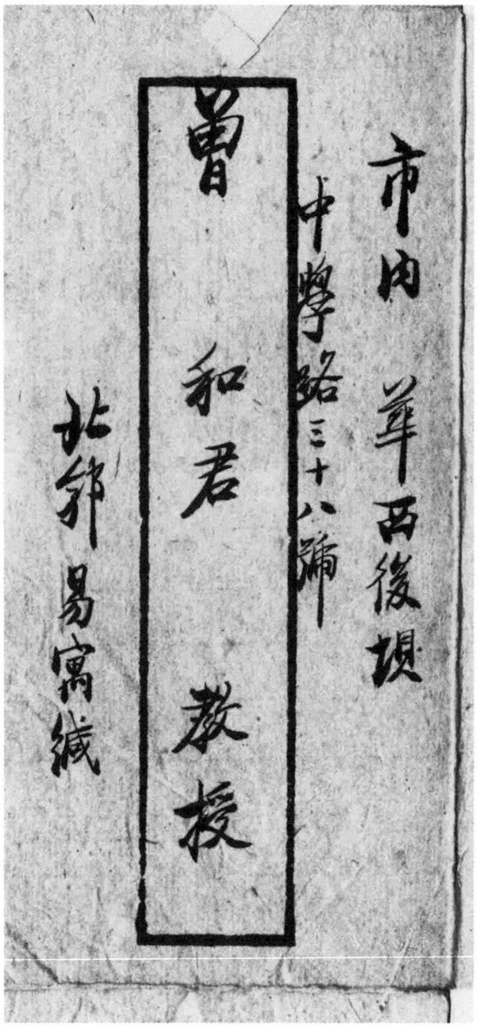

一七〇　致曾龢君（一一）

市内華西後垻
中學路三十八號
曾和君教授
北效易寓緘

夏初損書，隨覆上長牋，坿拓宣璧三紙，計達講帷。黄祖玉鉢鉤沈云何？今寄紙乞爲案前鈐十二方見惠，備異日輯入《古印摭》中，揔金石嘉話也。今夏爲章亥白尊甫勤生先生集拓印册，選存約五十方，沈蟄蓉爲製佳者亦十石。亥白屬題者各坿拓一紙乞鑑。見曾桐鳳致張子茀札三四十番，温馨悱惻，能毋珍異？庵録數則坿賞析，收入清秘珍異。匆匆報和老道翁。易忠籙載拜。始戊戌年黄鐘。

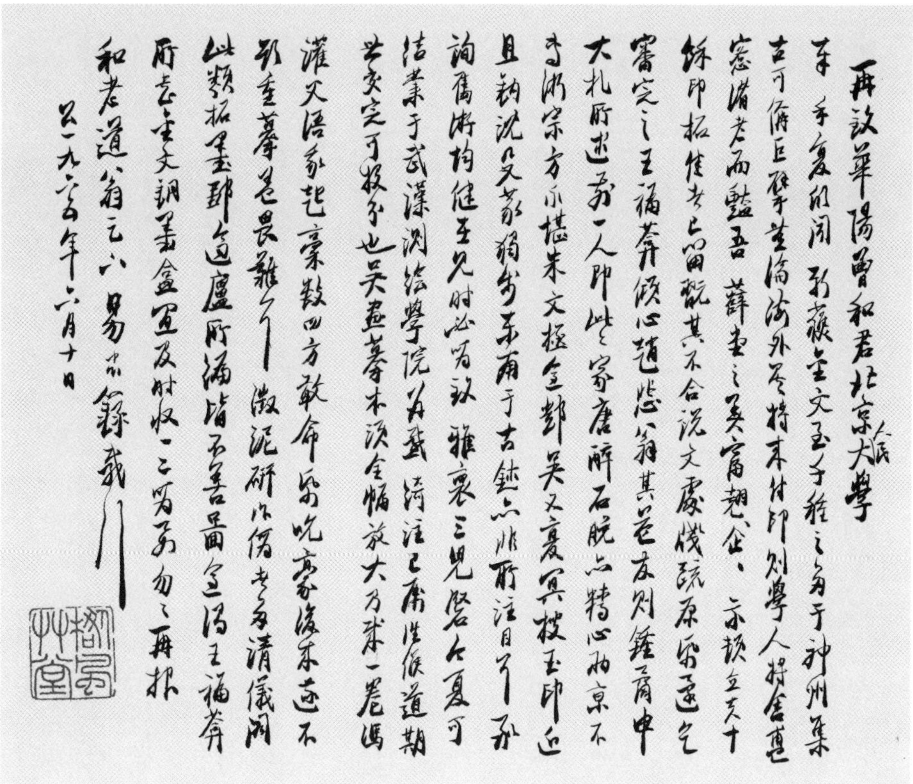

一七一　致曾龢君（一一）

再致華陽曾和君　北京人民大學

奉手复。欣聞新獲金文至千種之多，于神州集古可偁巨擘，無論海外矣。將來付印，則學人將舍盙、窓諸老而黝吾薛堂之美富。翹企翹企。示頓立夫十餘印拓，佳者已留氍。其不合《説文》處，牋疏原紙還，乞審定之。王福厂[一]傾心趙悲翁[二]，其益友則鍾矞申[三]，大札所述前一人即此二家。唐醉石晚亦精心兩京，不專浙宗。方介堪[四]朱文極意鄧、吳，又復冥搜玉印，近且鈎沉殳篆，獨步東南，于古鉩亦非所注目耳。承詢舊游，均健在，見時必爲致雅褱。三兒砮今夏可結業于武漢測繪學院，并感綺注。已屬往候，道期世交，定可投分也。吳畫摹本須全幅放大，乃成一卷。馮灌父語我，起稿數四，方敢命紙吮豪，後來遂不欲重摹，蓋畏難耳。澂泥研作偽者多，清儀閣此類拓墨，鄒適廬所編，皆不善。啚意謂王福厂所書金文銅墨盒，宜及時收一二爲要。匆匆再報。

和老道翁足下。易忠籙載拜。

公一九六五年六月十日。

【注釋】

[一]王福厂（一八八〇—一九六〇年），原名禔，壽祺，字維季，號福庵。以號行。浙江杭州人。現代書法篆刻家，『西泠印社』創始人之一。

[二]趙悲翁即趙之謙（一八二九—一八八四年），初字益甫，號冷君；後改字撝叔，號悲庵、梅庵、無悶等。清代著名書畫家、篆刻家。

[三]鍾矞申即鍾以敬（一八六六—一九一六年），字越生，又字矞申，號讓先、窳龕。浙江杭州人。近代著名篆刻家。

[四]方介堪（一九〇一—一九八七年），原名文渠，字溥如，後改名岩，字介堪。浙江温州人。現代著名書法家、篆刻家。

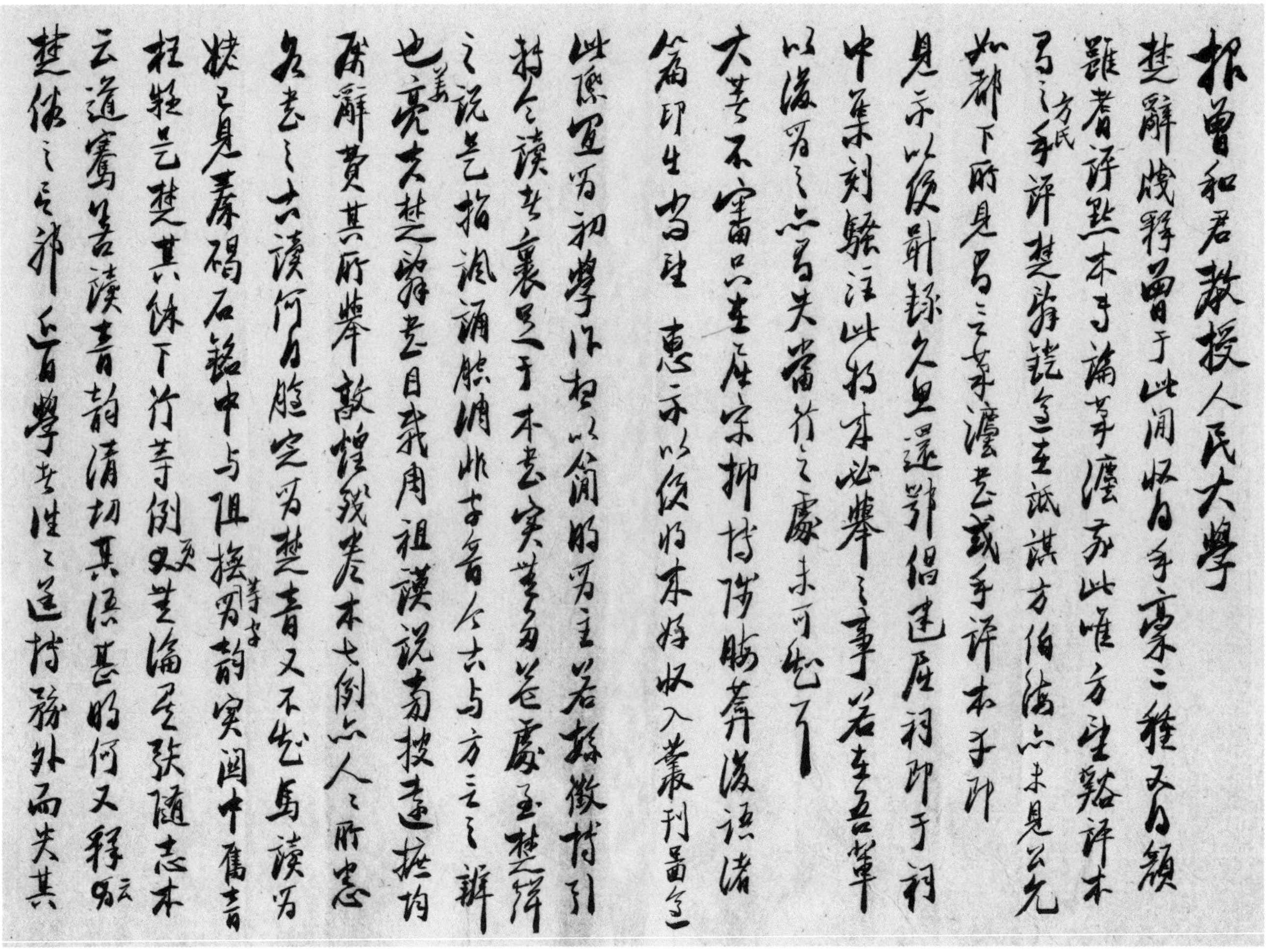

一七二　致曾緘君（一二三）

報曾和君教授　人民大學

《楚辭》牋釋曾于此間收得手稾二種，又得顔雖耆評點本，專論筆瀍，前此唯方望谿評本有之。方氏手評《楚辭鐙》意在詆諆方伯海，亦未見公允。如都下所見有言筆瀍書或手評本，幸即見示，以便卄録。久思還鄂，倡建屈祠，即于祠中集刻騷注，此將來必舉之事。若在吾輩以後爲之，亦有失當行之處，未可知耳。

大著不審只在屈宋，抑博陟晦莽後語諸篇？印出尚望惠示，以便將來好收入叢刊。啚意此際宜爲初學作想，以簡明爲主，若繁徵博引，轉令讀者裹足于本書，實無多益處。至楚聲之説，是指諷誦腔調，非字音今古與方言之辯也。姜亮夫〔一〕《楚辭書目》載周祖謨〔二〕説，旁搜遠摭，均屬辭費。其所舉敦煌殘卷本七例，亦人人所悉。各書之古讀，何得臆定爲楚音？又不知『馬』讀爲『姥』，已見秦碣石銘中，与阻、撫等字爲韻，實關中舊音，枉疑是楚。其餘下行等例更無淪矣。弡《隋志》本云：『道騫善讀，音韻清切』，其語甚明，何又釋云楚俗之言耶？近日學者往往逞博務外而失其内，自造野言而疑古。此風不息，學術安正？又六朝之際，釋子之名，欲明教義，以别于儒，故多冠以道或智慧等字。如道生、道安、慧遠、慧可、智顗、智永、智果、智儼，皆當時大德。倆公倆師，又它人尊語。審此，更無容致訝于道騫、智騫之非一人耳。尊藏金文已近千通，真可云欣于所遇，若竟置之，不爲傳述，豈弗虚此一遇耶？兹事頗可相助爲理，以省歲月，惜未能入都。如獲與一處安研席，則可以從編摩埘

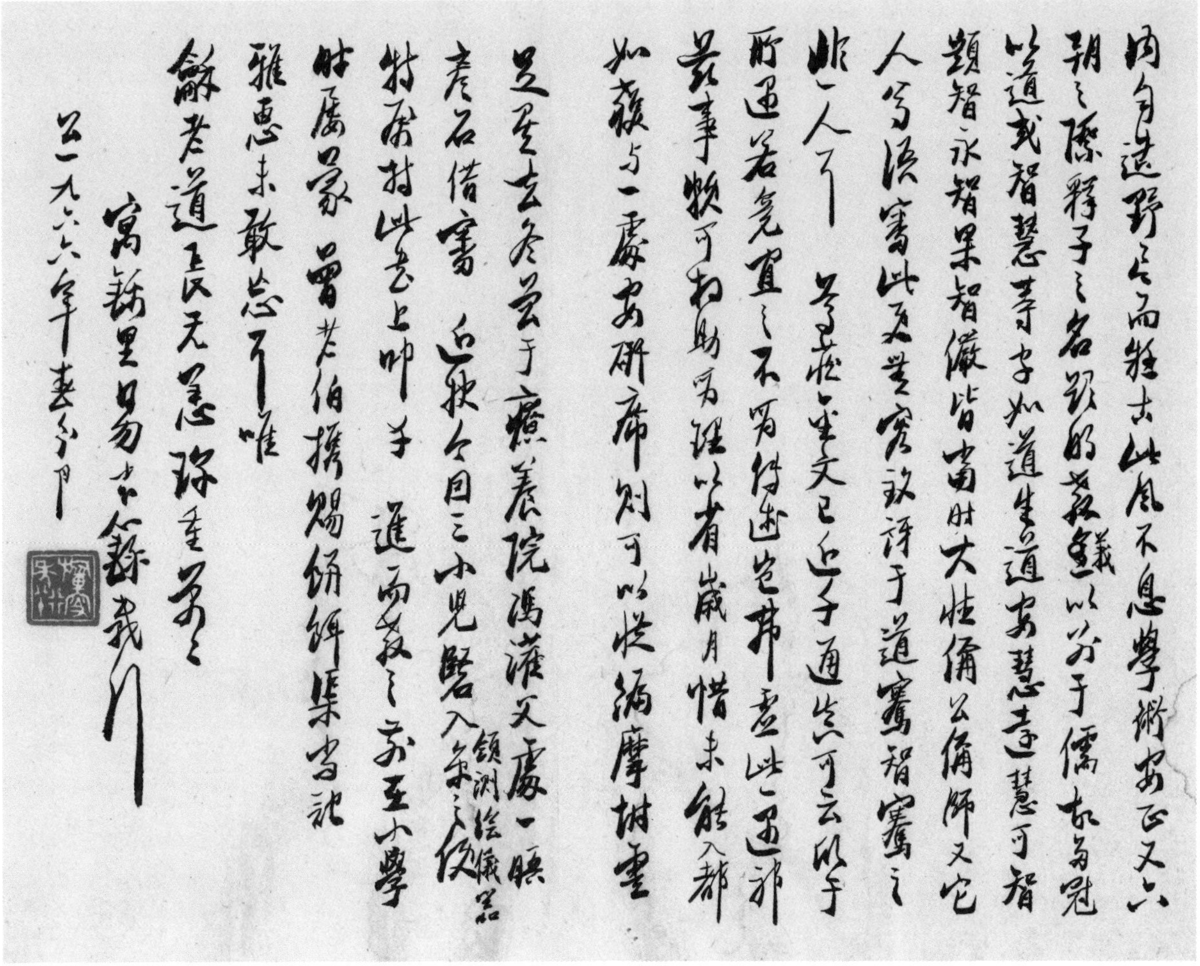

雲足矣。去冬曾于療養院馮灌父[三]處一晤彦石，借審近狀，今因三小兒畧入京之便領測繪儀器，特屬持此書上叩，幸進而教之。前在小學時屢蒙曾老伯携賜餅餌，渠尚記雅惠，未敢忘耳。唯

龢老道長无恙。珍重萬萬。

寓錦里易忠籙載拜。

公元一九六六年春分卩。

【注釋】

[一]姜亮夫（一九〇二—一九九五年），雲南昭通人。楚辭學專家，著名學者，教育家。

[二]周祖謨（一九一四—一九九五年），字燕生。北京人，祖籍浙江杭州。中國文字、音韻、訓詁、文獻學家。

[三]馮灌父（一八八四—一九六九年），名驤，别號平園。四川廣漢人。著名國畫家、書法家。

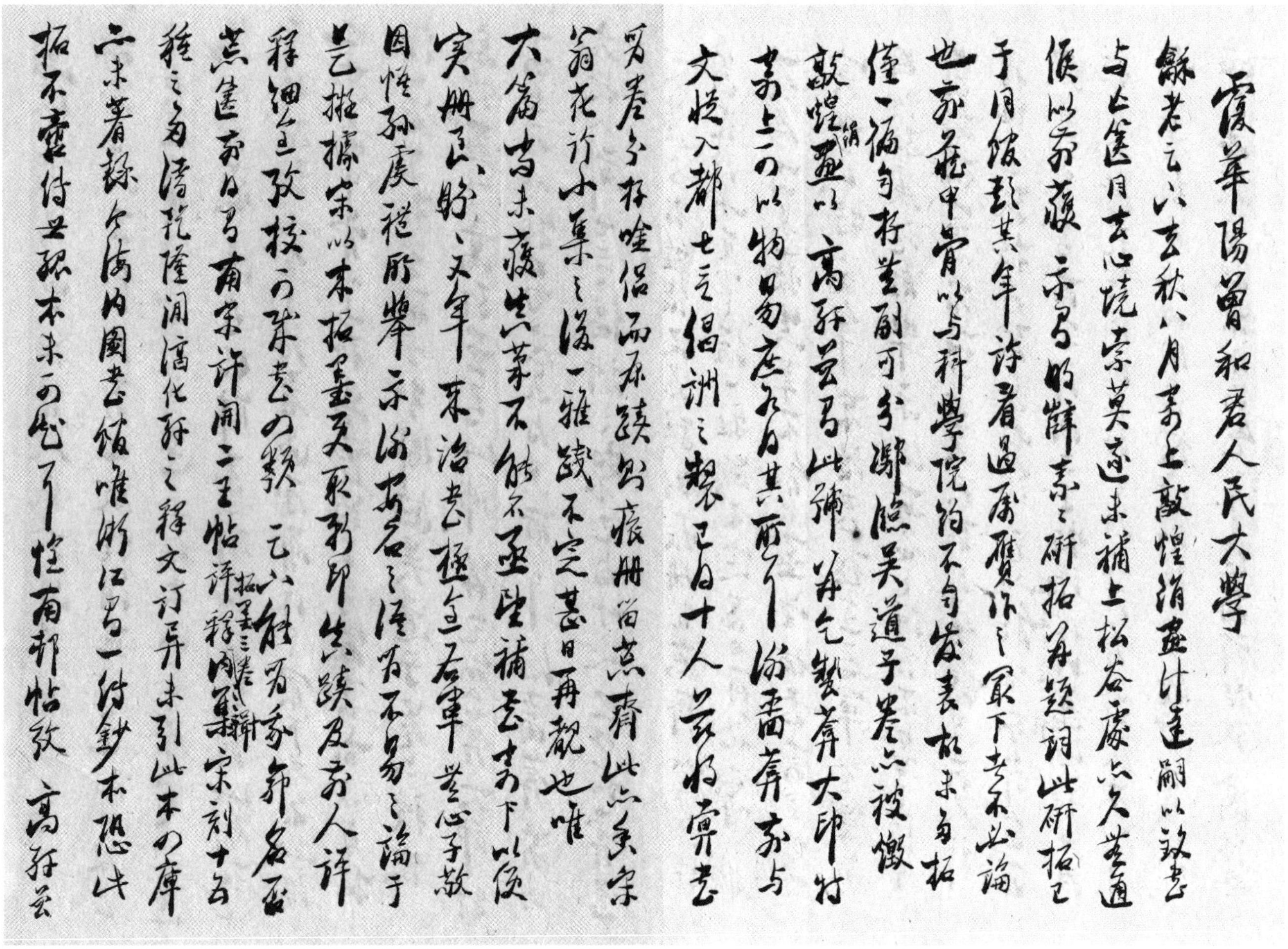

一七三　致曾龢君（一四）

覆華陽曾和君　人民大學

龢老足下：去秋八月，寄上敨煌絹畫，計達。嗣以致書与亡篋同去，心境索莫，遂未補上。松谷處亦久無通候，似前獲示有明薛素素研拓并題詞，此研拓已于同館彭其年［一］許看過，屬贋作之最下者，不必論也。前藏甲骨以與科學院約不自發表，故未多拓，僅一徧自存，無副可分。馮臨吳道子卷亦被燬，敦煌絹畫以高軒曾有此號，并乞蟄莽［二］大印，特寄上，可以物易，庶各得其所耳。謝嗇莽前与文從入都七言倡訓之製，已得十人，茲收彙書爲卷，分存唫侶，原蹟則裝册留荒齋。此亦香宋翁［三］花行小集之後一雅踐，不定甚日再覯也。唯大篇尚未獲真筆，不能不亟望補書寄下，以便實册，良盼良盼。又年來治書極意右軍，無心子敬，因悟孫虔禮所舉示謝安石之語，爲不易之論。于是擬據宋以來拓墨，更取新印真蹟及前人評釋，細意攷校，可成書四類，足下能爲我命名否？荒篋前得有南宋許開《二王帖評釋》拓墨三卷，内卧宋刻十五種之多，清乾隆間涫化軒之《釋文訂异》未引此本，《四庫》亦未著録。今海内圖書館，唯浙江有一傳鈔本。恐此拓不啻傳世孤本，未可知耳。憶《南邨帖攷》高軒曾有一《適園叢書》本，擬乞借閲，用過必還。蓉城各圖書館線裝書封存不開放已數載，故極感不便也。前見尊函清逸，視早歲無二，遠勝嗇翁［四］老態，良慰。更祝長生。唯

珍衛萬萬。易忠籙載拜。

夏正丁未歲首夏錦里北郭。

五言四律坿發噱。

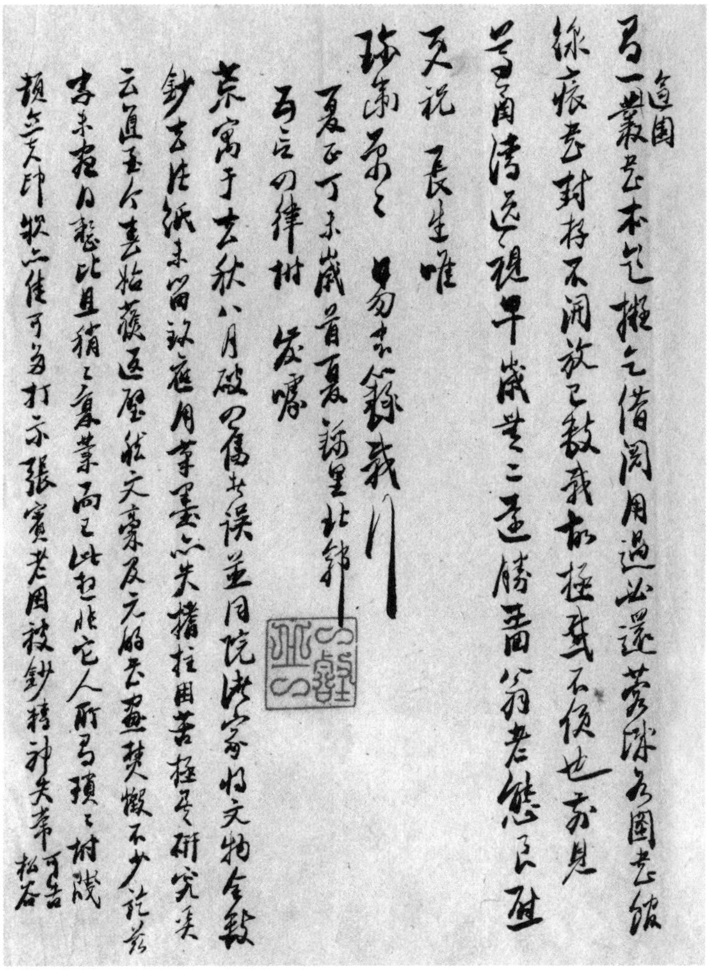

荒寓于去秋八月，破四舊者誤並同院諸家，將文物全數鈔去，片紙未留。致應用筆墨亦失揝拄，困苦極矣，研究悉云。直至今春始獲返璧，然文稿及元明書畫焚燬不少，訖茲尚未盡得整比，且稍稍復業而已。此想非它人所有，瑣瑣拊牋。頓立夫[五]印款亦佳，可多打示。張賓老因被鈔精神失常，可告松谷。

【註釋】

[一]彭其年（一九〇〇—一九六八年），四川遂寧人。上海大學畢業。曾任成華大學教授，成都《民聲報》主編。一九六一年入四川文史研究館。

[二]蟄葊即沈忠澤（一八七二—一九四三年），字瘦梅、靖卿，號蟄葊。中年改名中擇，號執庵；晚年蓋單名中。室名古情齋，壯泉簃。浙江錢塘人。久居成都，擅治印，長於書畫鑒定。

[三]香宋即趙熙（一八六七—一九四八年），字堯生，號香宋。四川榮縣人。蜀中五老七賢之一，世稱『晚清第一詞人』。

[四]嗇翁即謝無量（一八八四—一九六四年），原名蒙，字大澄，號希范。後易名沉，字無量，號嗇庵。近代著名學者、詩人、書法家。

[五]頓立夫（一九〇六—一九八八年），名群，字立夫。河北涿縣人。著名篆刻家、書法家。

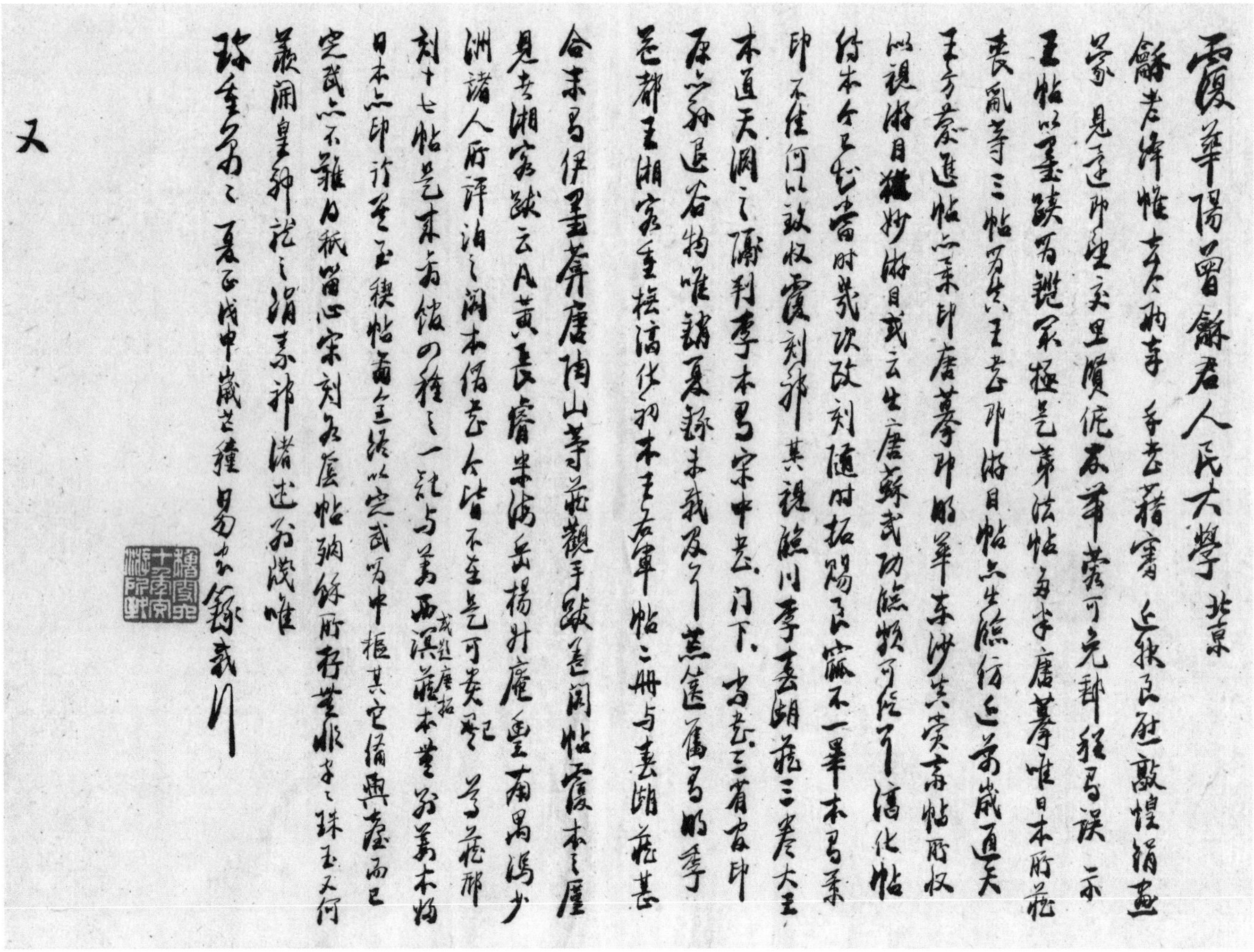

一七四　致曾緘君（一五）

覆華陽曾緘君　人民大學北京

緘老綘帷：去今兩奉手書，藉審近狀，良慰。敦煌絹畫蒙見還，即望交思賢佐友帶蓉，可免郵程有誤。示王帖以墨蹟爲鑑最，極是。苐法帖多半唐摹，唯日本所藏《喪亂》等三帖爲真王書，即《游目帖》亦出臨仿。近《萬歲通天王方慶進帖》亦景印唐摹，即明華東沙《真賞齋帖》所收，似視《游目》妙。《游目》或云出唐蘇武功臨，頗可信耳。《湻化帖》傳本，今已知當時幾次改刻，隨時拓賜，良窳不一。畢本有景印，不佳，何以致收覆刻耶？其視臨川李春湖藏三卷大王本，直天淵之判。李本有宋中書、門下、尚書三省官印，原亦孫退谷物，唯《銷夏録》未載及耳。荒篋舊有明季益都王湘客重槧《淳化》初本《王右軍帖》二册，与春湖藏甚合，末有伊墨莽、唐陶山等藏觀手跋。蓋《閣帖》覆本之廑見者。湘客跋云：凡黄長睿、米海岳、楊升庵、豐南禺、馮少洲諸人所評泊之《閣》本僞書，今皆不在，是可貴已。尊藏邢刻《十七帖》是《來禽館》四種之一，記与姜西溟藏本或題唐拓無別。姜本歸日本，亦印行矣。至《禊帖》，啚意終以定武爲中樞，其它備輿臺而已。定武亦不難得。秪留心宋刻各套帖殘餘所存，無非字字珠玉，又何羨開皇、神龍之絹素耶？諸述別牋。唯

珍重萬萬。夏正戊申歲芒種。易忠籙載拜。

又

承詢趙少咸[二]《廣韻箋》，趙任四川大學，研究

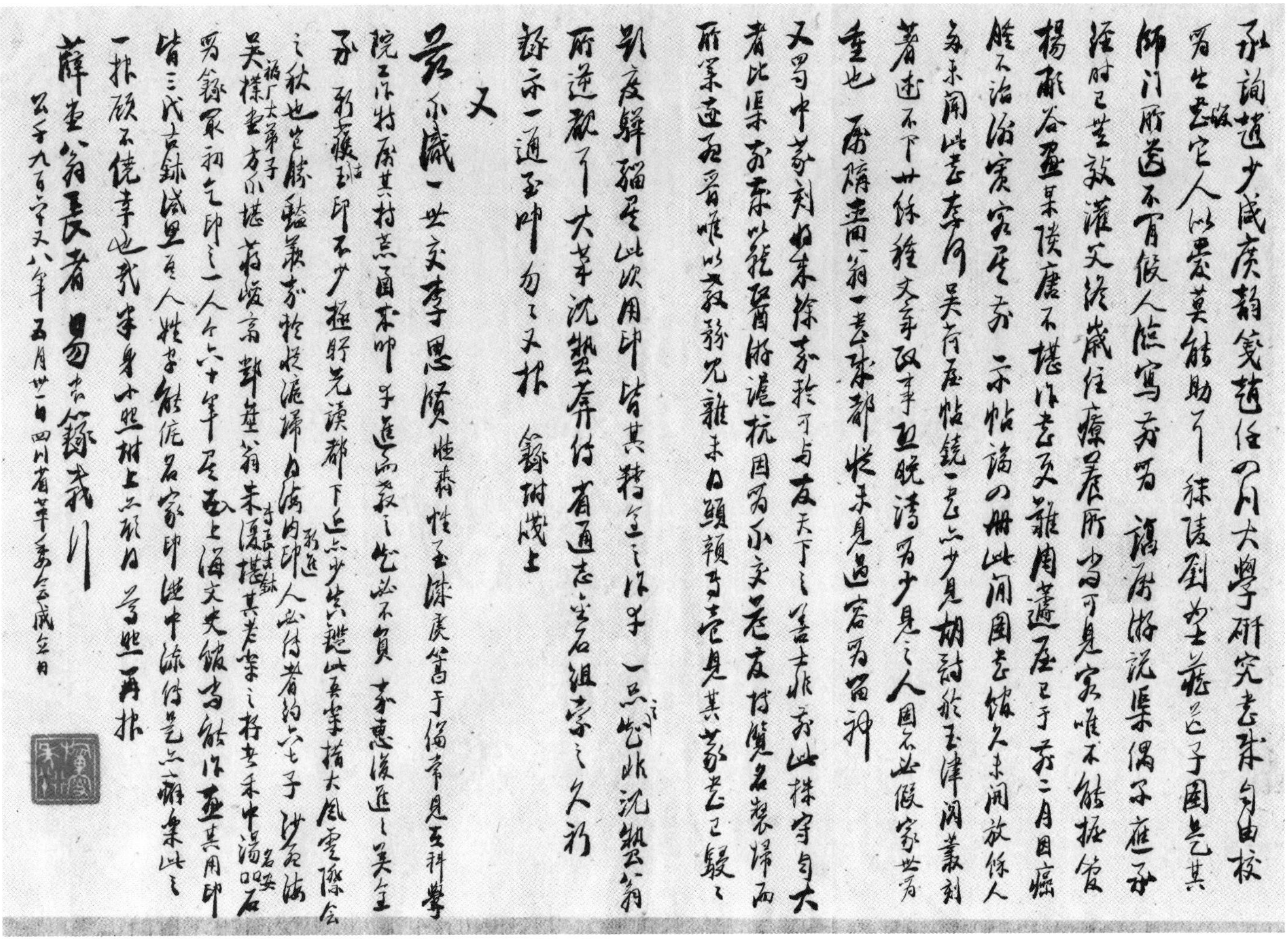

書成，自由校爲出版，它人似愛莫能助耳。秣陵劉女士藏《送子圖》，是其師門所遺，不肯假人臨寫。前爲諄屬游説，渠偶尔應承，經時已無效。灌父終歲住療養所，尚可見客，唯不能握管。楊獻谷[二]畫呆，隤唐不堪，作書更難。周蘧屋[三]已于前二月因癌腫不治，謝賓客矣。前示《帖論》四册，此間圖書館久未開放，餘人多未聞此書，奈何。吳荷屋《帖鏡》一書亦少見，胡詩舲《玉津閣叢刻》著述不下廿餘種，文章政事，恐晚清爲少見之人，固不必假家世爲重也。屬購嗇翁一書，成都從未見過，容爲留神。

又，蜀中篆刻，將來徐嘉齡可與友天下之善士，非前此株守自大者比。渠前歲以就醫游滬杭，因爲介交益友，博覽名製，歸而所業遂孟晉。唯以教務冗雜，未得顓頷專壹。見其篆書，已駸駸欲度驊騮矣。此次用印皆其精意之作，幸一品之，知非沈蟄翁所逆覩耳。大筆《沈蟄蒼傳》，省通志金石組索之久，祈録示一通。至叩。匆匆又報。籙坿牋上。

又

兹介識一世交李思賢德齊。性至誠虔，篤于倫常。見在科學院工作，特屬其持荒函來叩，幸進而教之，知必不負嘉惠後進之美意。承新獲古玉印不少，極盼先讀。都下近亦少真鑑，此吾輩措大風雲際會之秋也。豈勝豔羨。嘉齡從滬歸，得海内印人新進必傳者約六七子：沙孟海[四]、吳樸堂[五]福厂大弟子、方介堪、蔣峻齋[六]、鄧糞翁[七]、朱復戡[八]專長古鉢。其老輩之存者，禾中湯叩石[九]名安，爲籙最初乞印之一人，今六十年矣。入上海文史館，尚能作畫，其用印皆三代

古鉢。試思吾人姓字能侘名家印譜中流傳，是亦癖樂此之一報，顧不僥幸也哉。半身小照坿上，亦願得尊照。再報

薛堂翁長者易忠籙載拜。

公千九百六十又八年五月卅一日四川省『革委會』成立日。

【注釋】

[一]趙少咸（一八八四—一九六六年），名世忠，字少咸。祖籍安徽修寧，生於四川成都。語言文字學家。

[二]楊歗谷（一八五五—一九六九年），原名彪，字歗谷、嘯谷。四川大邑人。著名書畫家、書畫古籍鑒定專家。

[三]周蘧屋即周菊吾（一九一二—一九六八年），四川成都人。著名學者、篆刻家、四川大學教授，徐無聞先生之恩師。

[四]沙孟海（一九〇〇—一九九二年），原名文若，字孟海，號石荒、沙村、决明。浙江鄞縣人。著名書法家、篆刻家。書法理論家、印學史家、書法篆刻教育家。西泠印社社長。

[五]吴樸堂（一九二二—一九六六年），字樸堂，號厚庵。浙江紹興人。著名篆刻家。

[六]蔣峻齋即蔣維崧（一九一五—二〇〇六年），字峻齋。江蘇常州人。當代著名文字語言學家、書法篆刻家。

[七]鄧糞翁即鄧散木（一八九八—一九六三年），原名菊初，又名鉄，學名士杰，字鈍鉄，散木，别號糞翁。上海人。現代著名書法家、篆刻家。

[八]朱復戡（一九〇二—一九八九年），原名義方，字百行，號靜龕。四十歲後更名起，號復戡。浙江鄞縣人。現代著名書畫家、篆刻家。

[九]湯叩石即湯安（一八八七—一九六七年），字臨澤，别署鄰石、陵石、叩石。祖籍浙江嘉興，上海人。現代著名篆刻家。

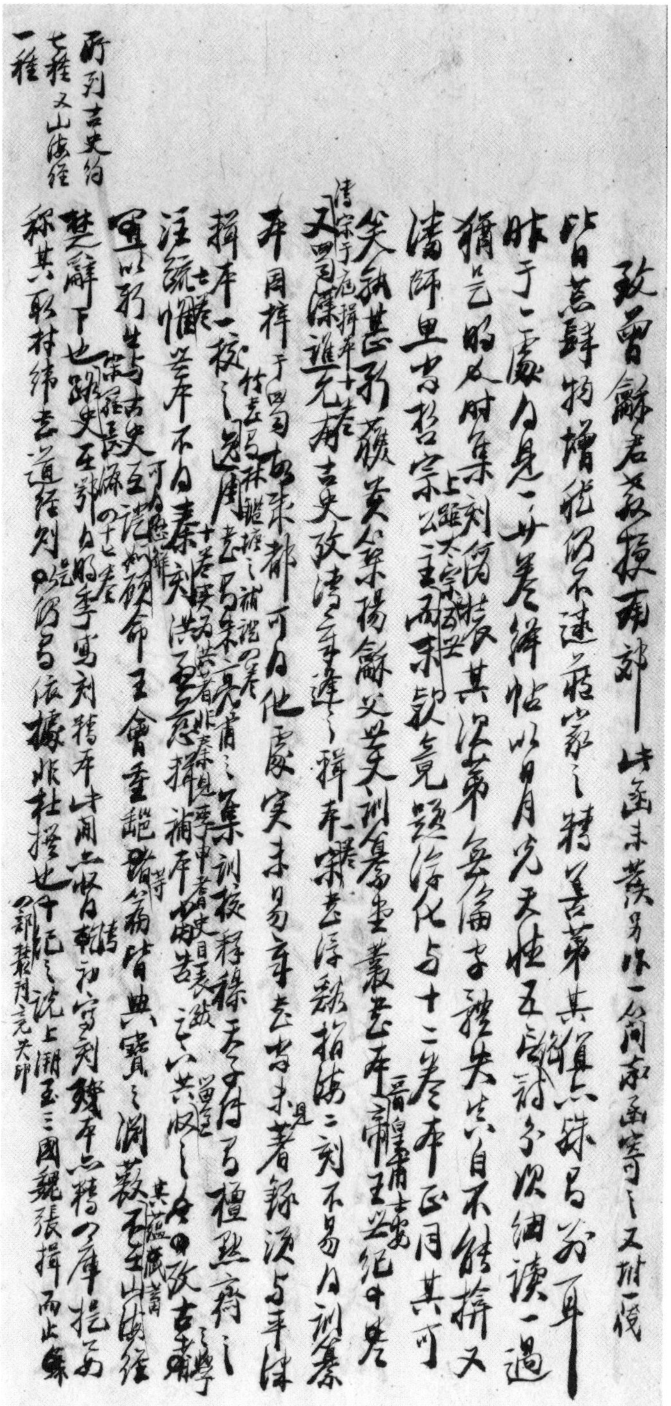

一七五　致曾龢君（一六）

致曾龢君教授南郊此函未發，另作一簡率函寄之，又坿一牋

比日荒肆物增，然仍不逮藏家之精善，第其值亦殊有別耳。昨于一處得見一廿卷《絳帖》，以『日月光天德』五言絕詩分次。細讀一過，猶是明時集刻僞裝，其次第無倫，字體失真，自不能揜。又潘師旦尚哲宗公主上距太宗已五世，末款竟題淳化，與十二卷本正同，其可笑孰甚。新獲貴築楊龢父世丈《訓纂堂叢書》本晉皇甫士安《帝王世紀》，清宋于庭輯本十卷。又蜀漢譙允南《古史攷》，清章逢之輯本一卷。宋書《浮谿》《指海》二刻不易得，訓纂本因梓于蜀，故成都可得，他處實未易。章書未見著録，須與平津輯本一校之。《竹書》有林鑑塘之補證四卷，《逸周書》有朱亮甫之集訓校釋，《穆天子傳》有檀默齋之注疏七卷，惟《世本》不得。秦刻洪孟慈輯補本十卷，實爲洪著，非秦。見李申者《史目表》跋。當告足下共留意收之。攷古之學以新出與古史互證可得懸解，如《顧命》《王會》《重趯》等篇，皆典實之淵藪，其蘊蓄不在《山海經》《楚辭》下也。宋羅長源《路史》四十七卷所列古史約七種，又《山海經》一種。在鄂得明季寫刻精本。此間亦收得清初寫刻殘本，亦精。《四庫提要》稱其取材緯書、道經，則是仍有依據，非杜撰也。《四部叢刊》竟失印。十紀之說，上溯至三國魏張揖而止。

一七六　致同館

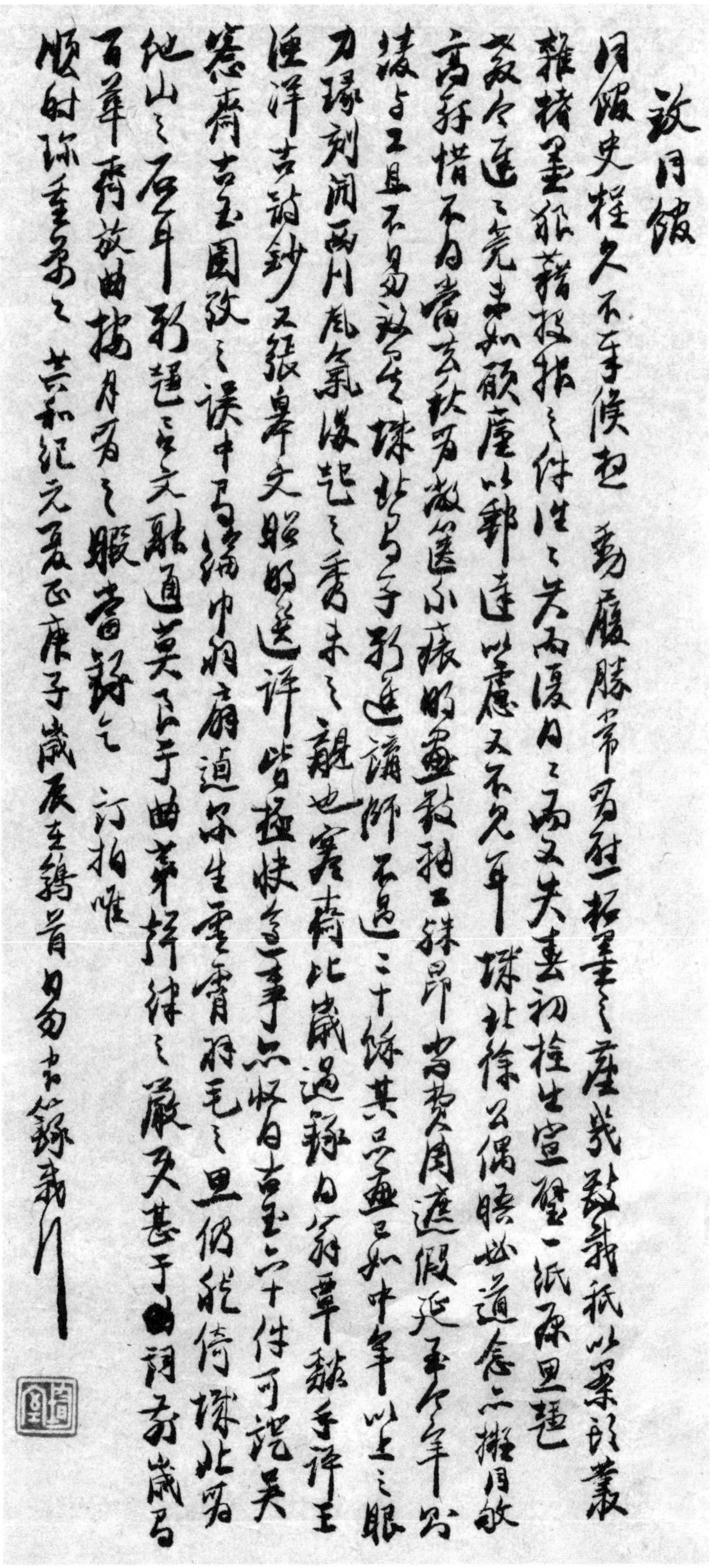

致同館

同館史桯：久不奉候，想動履勝常爲慰。拓墨之塵幾數載，秪以案頭叢雜，楮墨狼藉，投報之件，往往失而復得，得而又失。春初檢出宣璧一紙，原思趨教，今遲遲竟未如願。塵以郵達，以慮又不見耳。城北徐公偶晤必道念，亦擬同敏高軒，惜不得當。去秋爲敝篋介庋明畫數軸，工殊昂，尚費周遮，假延至今年，則綾与工且不易致矣。城北有子，新進講師，不過二十餘，其品畫已如中年以上之眼力，瑑刻開西川風氣，後起之秀，未之覯也。寒齋比歲過録得翁覃谿手評王漁洋《古詩鈔》，又張皋文《昭明選評》，皆極快意事。亦收得古玉六十件，可證吳愙齋《古玉圖攷》之誤。中有綸巾羽扇，逌尔生雲霄羽毛之思。仍然倚城北爲他山之石耳。新趨言文融通莫良于曲，苐聲律之嚴更甚于詞。前歲有《百華齊放曲》，按月爲之，暇當録乞訂拍。唯

順時珍重萬萬。共和紀元夏正庚子歲辰在鶉首。易忠籙載拜。

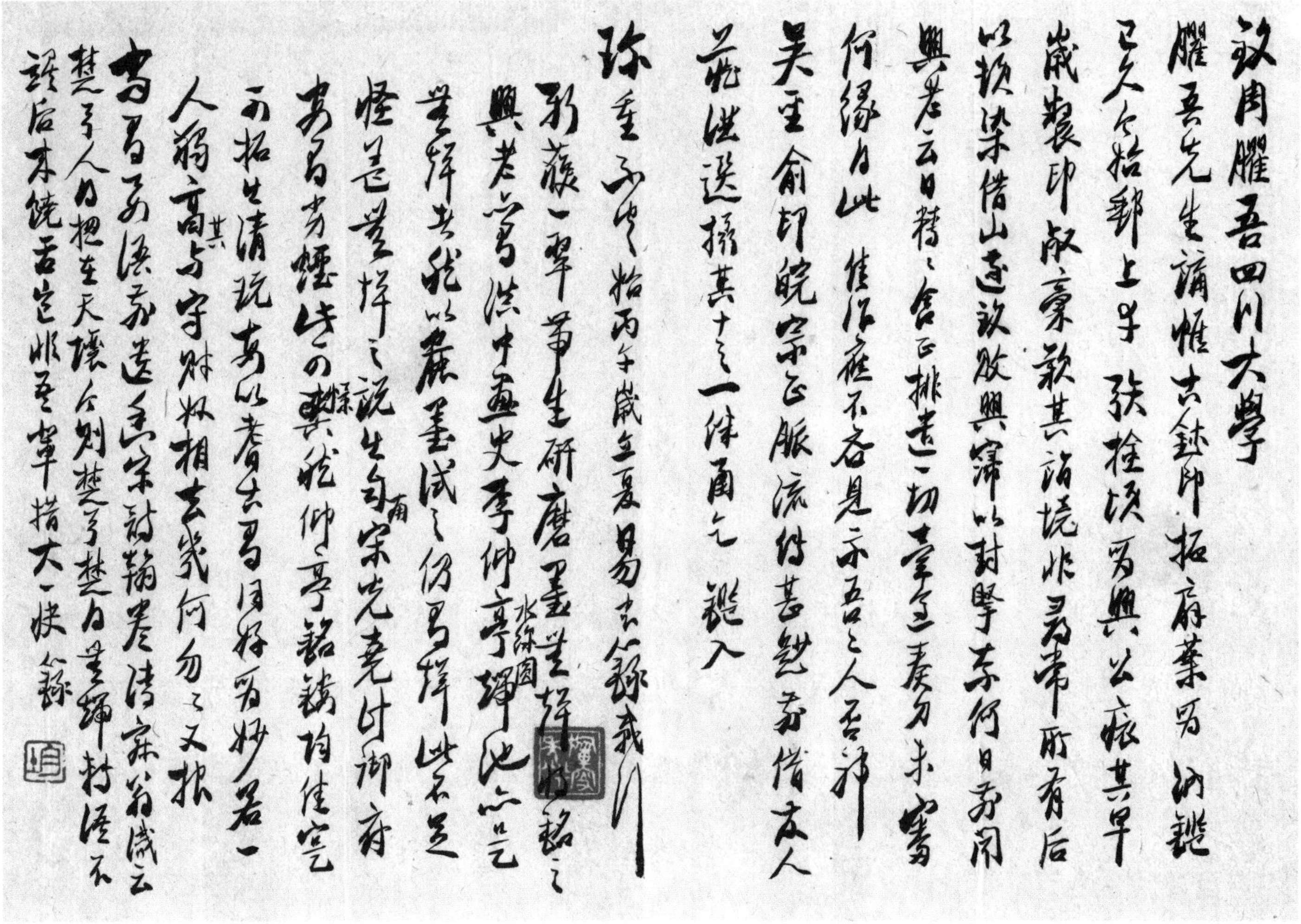

一七七　致周菊吾（一）

致周臞吾　四川大學

臞吾先生講帷：古鉢印拓扇葉爲納鑑已久，今始郵上，幸矧檢。頃爲興公裒其早歲製印殘稿，歎其詣境非尋常所有，後以頓染借山，遂致敗興。寖以封擘，奈何！日前聞興老云，日精精舍正排遣一切，壹意奏刀，未審何緣得此佳作，應不吝見示吾二人否耶？吴聖俞印，皖宗正脈，流傳甚尟。前借友人藏譜，選攝其十之一伴函，乞鑑入。

珍重不具。始丙子歲立夏。易忠籙載拜。

新獲一翠帶生研，磨墨無聲，將銘之。興老亦有滇中畫史李仰亭水綫圓端池，亦是無聲者，然以麁墨試之，仍有聲，此不足怪。蓋無聲之説，出自南宋光堯，計御府安有劣煙？此可憬然。仰亭銘鏤均佳，寔可拓出清玩。每以耆古有同好爲妙，若一人獨享，其與守財奴相去幾何？匆匆又報。

尚有要語，前遺幽宋詩翰卷，清寂翁識云：『楚弓人得，揔在天壤。』今則楚弓楚得，無端轉語，不娭後來饒舌，豈非吾輩措大一快？籙。

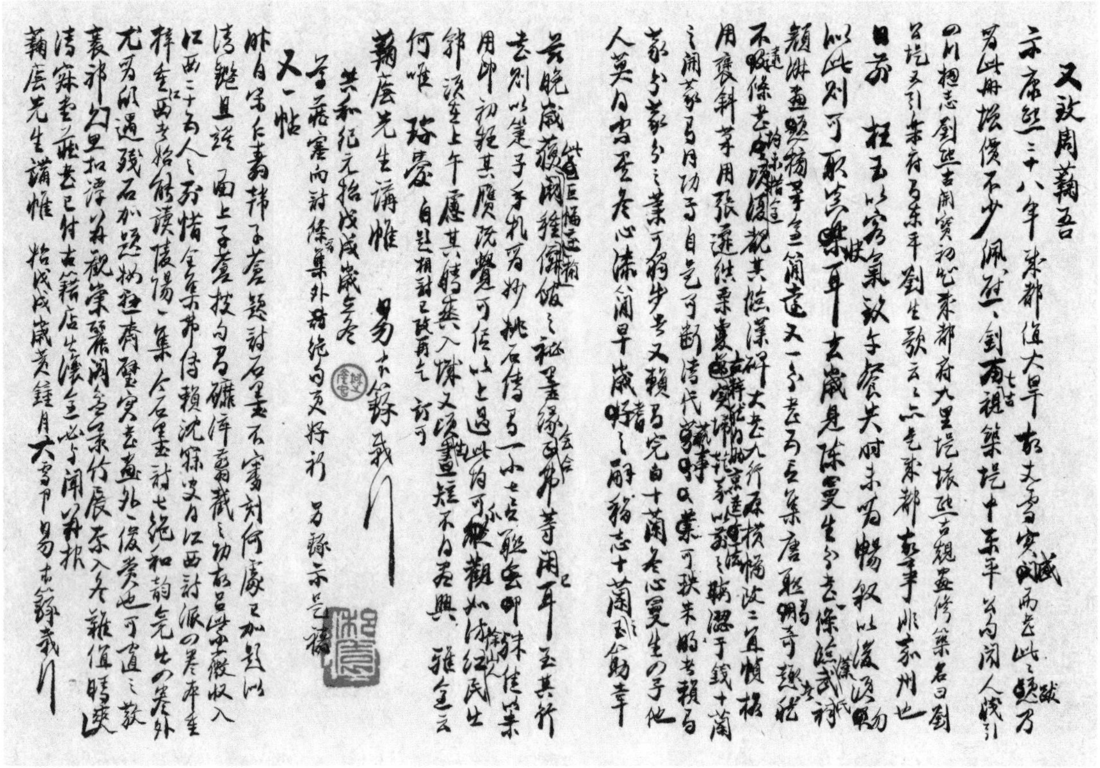

一七八　致周菊吾（二）

又致周蘜吾

示康熙二十八年，成都值大旱，故丈雪實盛而書此，此跋乃爲此册增價不少，佩慰佩慰。劍南七古《視築堤》中『東平公』句，聞人倓引《四川揔志》劉熙古開寶初知成都府，九里堤壞，熙古規畫修築，名曰劉公堤。又引《樂府》有《東平劉生歌》云云，亦是成都故事，非嘉州也。日前枉至，以客氣致午餐失時，未爲暢叙。以後須勿似此，則可取真快耳。去歲見陳曼生分書條，臨漢武氏祠顔淑畫榜，筆意簡遠。又一分書五言集唐聯有奇趣者，然不逮條書，均未措意。頃復覩其臨漢碑大書九行，原横幅，改二直幀，格用《褒斜》，筆用《張遷》，縝栗夐古，粹然得兩京遺法，實埽乾嘉以前之晦澀，于錢十蘭之開篆有同功焉。自是可斷清代秇事可軼朱明者，賴有篆分。篆分之業可獨步者，又賴有完白、十蘭、冬心、曼生四子，他人莫得尚矣。冬心漆簡，早歲耆之，嗣移志十蘭之玉筯。幸兹晚歲獲此巨幅，遂揄闋種僊館之秘墨，緣會合正，弗等閑已耳。至其行書，則以箑子、手札爲妙。姚石倩有一小七言聯，殊佳。以未用印，初疑其贋，既覺可信。以上過此均可介觀。如訪徐山人紅民，出郭須在上午，慮其晴爽入城，又頃生書短不可盡興，雅意云何？自題相詩已改，再乞訂可。唯珍愛。蘜廡先生講帷。易忠籙載拜。共和紀元始戊戌歲立冬。

尊藏塞向詩條爲集外絕句，更好。祈另録示是禱。

又一帖

昨得宋仁壽、韓子蒼題詩石墨，不審刻何處，已加題似清鑑，且竢面上。子蒼搜句有礲淬翦截之功，故吕紫薇收入江西二十五人之列，惜全集弗傳，賴沈寐叟得《江西詩派》四卷本重梓，重江西者始能讀《陵陽》一集。今石墨詩七絕和韵，竟出四卷外，尤爲欣遇。殘石加題，妝點齋壁，實書畫外一俊賞也，可置之散衷耶？久思扣譚，并觀崇麗閣盆景竹展，奈入冬難值晴爽。清寂堂藏書已付古籍店出讓，意必与聞。并報蘜廡先生講帷。始戊戌歲黃鐘月大雪卩。易忠籙載拜。

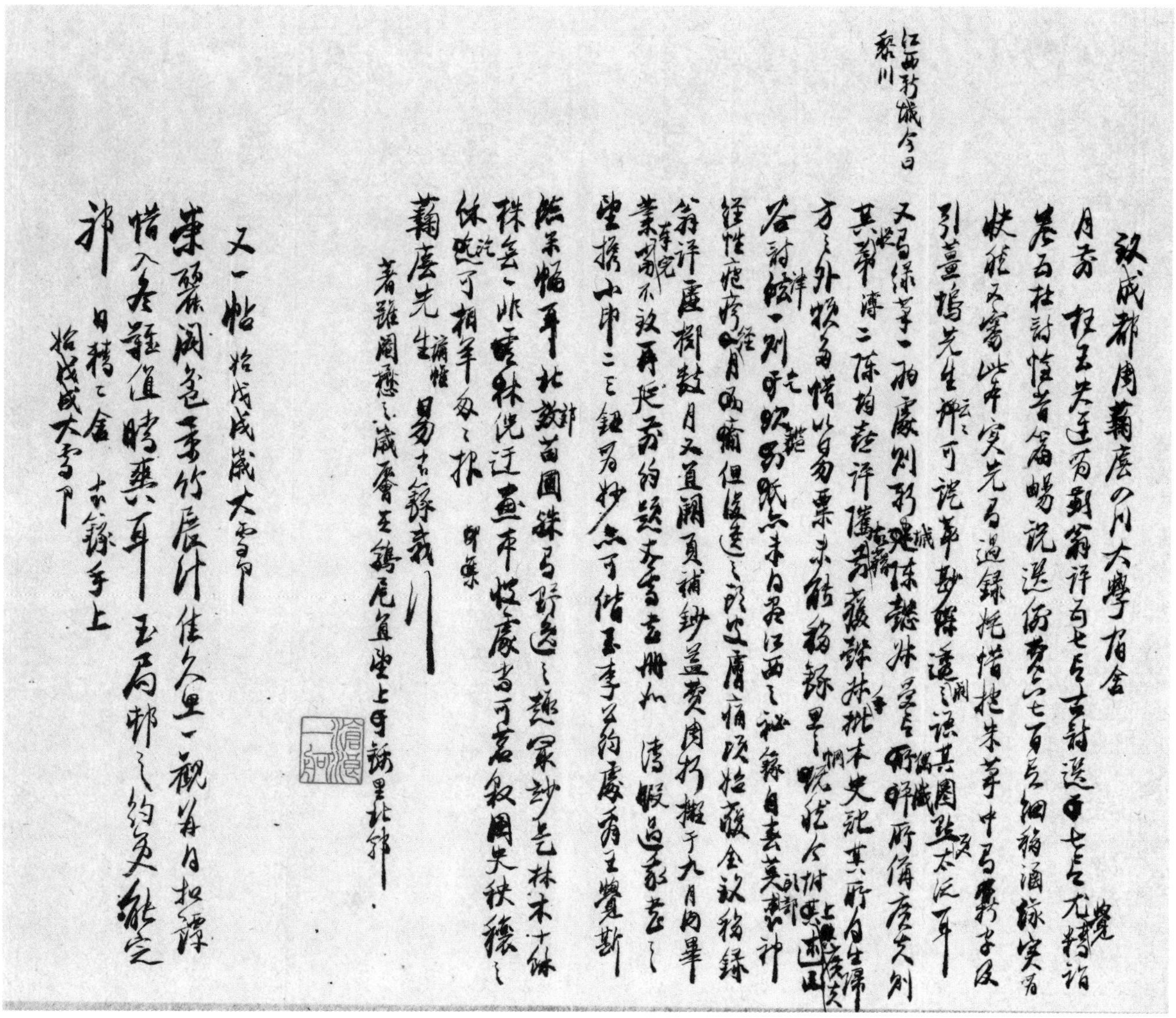

一七九　致周菊吾（三）

致成都周藕廡　四川大學宿舍

月前枉至，失迓爲歉。翁評五七言《古詩選》，七言尤覺精詣。卷五杜詩《憶昔》篇暢説選例，費六七百言，細移涵泳，實爲快然。又審此本實先有過録姚惜抱，朱筆中有鼐字及引蕫塢先生云云可證。第尠透闢之語，其圈點更太泛耳。又有緑筆一兩處，則新城江西新城，今曰黎川。陳懿叔受言偶識，所偁廣夫則其從弟溥，二陳均喜評騭故籍。前獲懿叔手批本《史記》，其所得出歸、方之外頗多，惜以易粟，未能移録，思之惘然。今坿上廣夫述山谷詩津一則，乞鑑。亦未得盡江西之秘。籙自春莫，頭部患神經性疱疹經月，但後遺之頭皮膚痛，頃始獲全，致移録翁評虚擲數月。又直闕頁補鈔，益費周折，擬于九月内畢業奉完，當不致再延前約。題丈雪書册，如清暇過我書之，望携小印二三鈕爲妙。亦可偕至李公約處，看王覺斯臨米幅耳。北郊苗圃殊有野逸之趣，最妙是林木十餘株，無一非倪迂畫本。彼處尚可茗叙圖史，秧穰之餘，汔可相羊。匆匆報

藕廡先生講帷。易忠籙載拜。

著雝閹茂之歲畬在鶉尾直望上。錦里北郭。

又一帖，始戊戌歲大雪卩。

崇麗閣盆景竹展計佳，久思一觀，并得扣譚，惜入冬難值晴爽耳。玉局邨之約更能定耶？日精精舍　忠籙手上

始戊戌大雪卩。

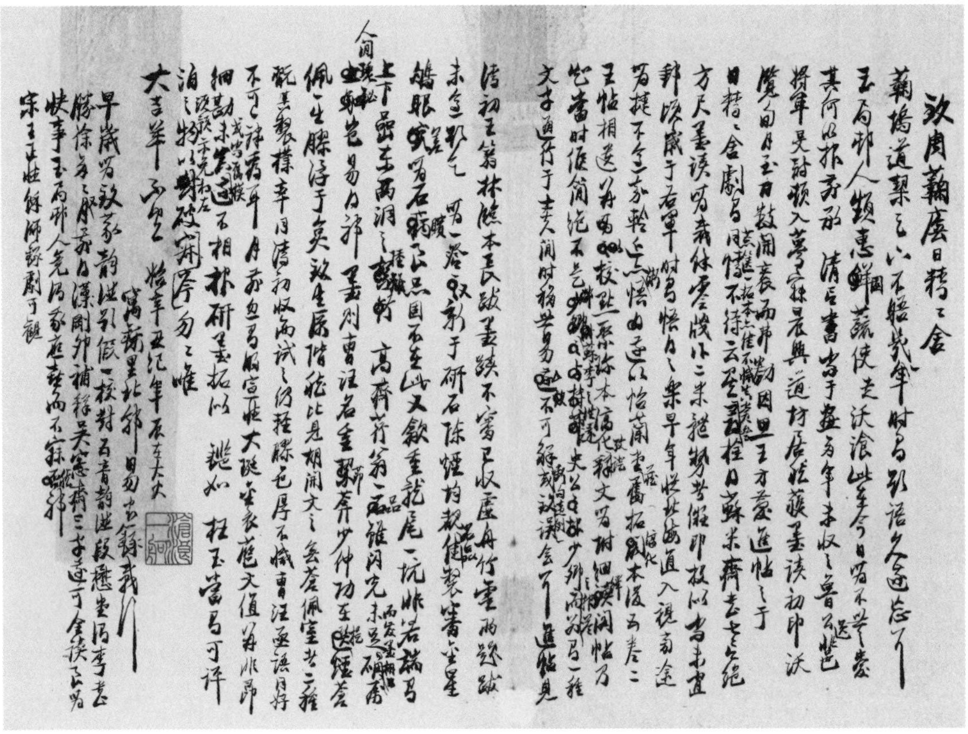

一八〇　致周菊吾（四）

致周藾廡日精精舍

藾塢道絜足下：不晤幾一年，時有欲語，久遂忘耳。玉局邨人頻惠園蔬，使走沃滄，此在今日爲不世之愛，其何以報？前承清言，書尚于畫，多年未收之。魯公《送𦗚將軍旻詩》頓入夢寐，晨興道坊，居然獲墨蹟初印。沃覽旬月，至日數開袠而弗勸。因思《王方慶進帖》之于日精精舍，劇有同情，不待云矣。荒篋一拓本亦佳，不減真賞齋。尋檢得蘇米齋書七言絶方尺墨蹟，爲裁餘零牋，作二米體勢者，儗印投似，尚未置郵。頃歲于右軍時有悟得之樂。早年從北海直入，視旁途爲捷，不意嘉軨近亦漸悟，遂以怡蘭堂藏舊拓湻化本後五卷《二王帖》相遺，并校點聚珍本《湻化攷證釋文》爲坿。細繹《閣帖》，乃知當時候簡絶不是蘇李之往還、史公少卿之報答，而別有一種文字通行于士大夫間。時移世易，遂不可解。斷句違例，或致誤會耳。《進帖》見清初王箬林臨本長跋墨蹟，不審已收《虛舟》《竹雲》兩題跋，未意，欲乞爲一瞀。又新于研石、陳煙均覩名品佳製，審金星鴝眼差爲石曠，良品固不在此。又歙重龍尾一坑，非若端有上下喦、東西洞之陸離。高齋荇翁一品，雖閃光未足而發墨栩栩，确屬人間瑰秘，豈易得耶？墨則曹、汪名重，節葊、少仲功在提煙。蒼佩一出，膠浮于臭，致生厲階。然比見胡開文之無蒼佩室者二種，瓹其製，樸率同清初。收而試之，仍輕膠色厚，不減曹汪。亟語同好，不可一律看耳。月前忽有明宣德大珽，金衣藍文，值并非昂，細勘未真，或尚舊模，遂不相報。研墨拓似鑑，如枉至，當有可評泊之物，須預示，免相左。以破岑寂。匆匆，唯大吉羊。不具。始辛丑紀年辰在大火

寓錦里北郭。易忠籙載拜。

早歲爲致《篆韵譜》，欲假一校對。《五音韵譜》，段懋堂謂李書勝徐多多。又月前得漢剛夘，補釋吴窓齋三字，遂可全讀，良爲快事。玉局邨人竟謂我應喜而不寐，然耶？

宋王正德《餘師録》劇可觀。

一八一　致周菊吾（五）

致周蘜廡　四川大學

蘜廡有道講帷：久未通候，亦尟江閣之遊，遂淹積素。《復初齋集》載有重本漁洋《古詩鈔》領南刻本。託粵友不可得，未識大學有此否？讀蘇門六君子諸集，始知元祐一代餘子無可與抗手矣。或云張文潛屬潁濱門下，此語尤審投分之雅，蓋次公論詩文與坡、谷皆有異趣耳。遺言一篇論文爲多，載《雙溪集》，《欒城集》無之。前歲獲郭季五移録香宋翁評《文選》，又得清寂翁評《虞道園集》，此皆爲書賈所不措意，故一一入荒篋。金衣明墨一笏，以廉直所收，今拓出似品定。此墨似見于《中舟藏墨録》，守玄命室，清初亦自不能耳。春間，客示以《四庫全書》告成

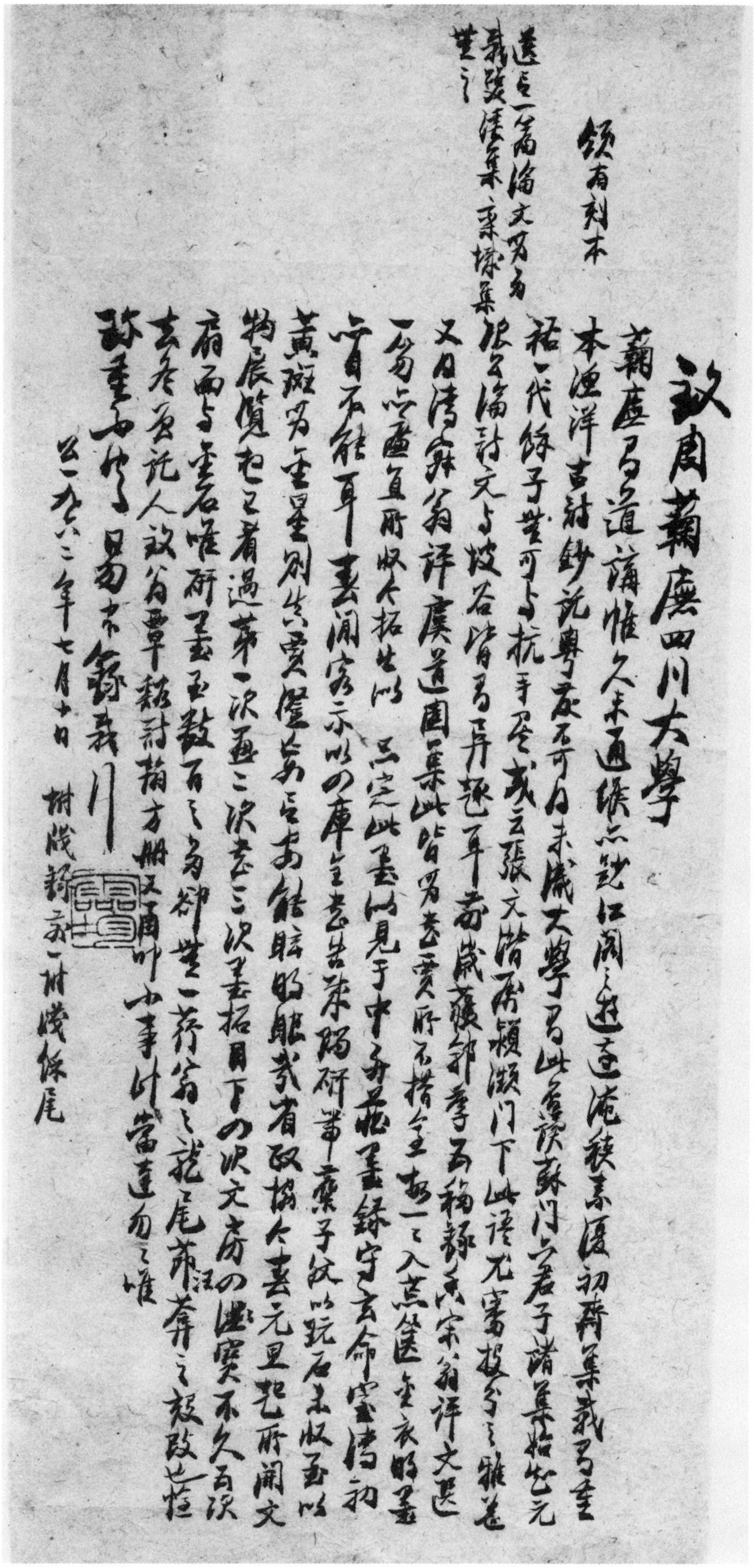

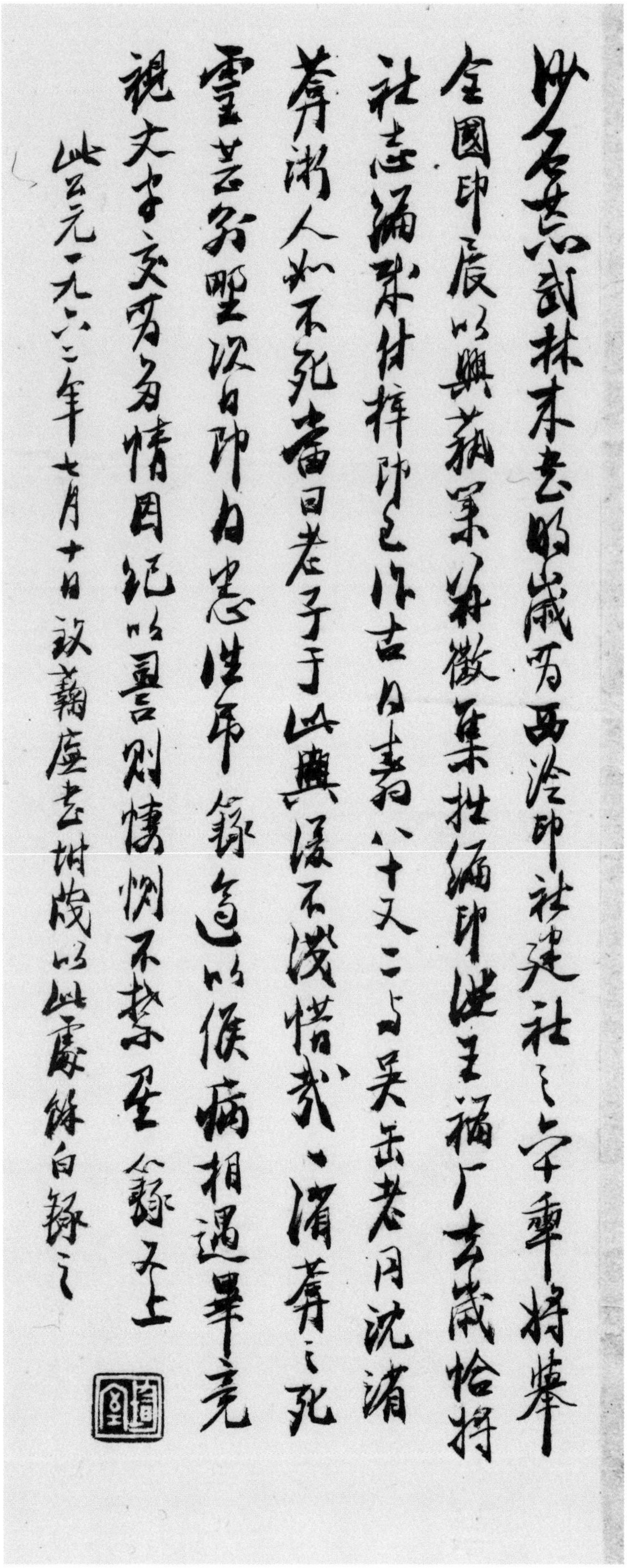
沙石荒武林來書明歲爲西泠印社建社之六十年將舉全國印展以興蓺業并徵集拙編印譜王福厂去歲恰將社志編成付梓即已作古得壽八十又二与吳缶老同沈湝莽浙人如不死當曰老子于此興復不淺惜哉惜哉湝莽之死靈芸別墅次日即得悉往弔籙適以候病相遇畢竟視文字交爲多情因紀以詞則悽惻不禁矣籙又上
此公元一九六二年七月十日致蘜廡書坿牋以此處餘白録之

賜研，帶麋子紋，以玩石未收。至以黃斑爲金星則真賈豎妄言，安能眩明眼哉！省政協今春元旦起所開文物展覽，想已看過。第一次畫，二次書，三次墨拓，目下四次文房四寶，不久五次扇面與金石。唯研墨至數百之多，卻無一荇翁之龍尾、節莽汪之籾改也。憶去冬曾託人致翁覃谿詩翰方册，又函叩小事，計當達。匆匆，唯珍重不具。易忠籙載拜。公一九六二年七月十日。坿牋録前一坿牋餘尾。

沙石荒武林來書，明歲爲西泠印社建社之六十年，將舉全國印展，以興蓺業，并徵集拙編印譜。王福厂去歲恰將社志編成付梓，即已作古，得壽八十又二，与吴缶老同。沈湝莽浙人，如不死，當曰老子于此興復不淺。惜哉惜哉。湝莽之死靈芸別墅，次日即得悉往弔。籙適以候病相遇，畢竟視文字交爲多情，因紀以詞，則悽惻不禁矣。籙又上。此公元一九六二年七月十日致蘜廡書坿牋，以此處餘白録之。

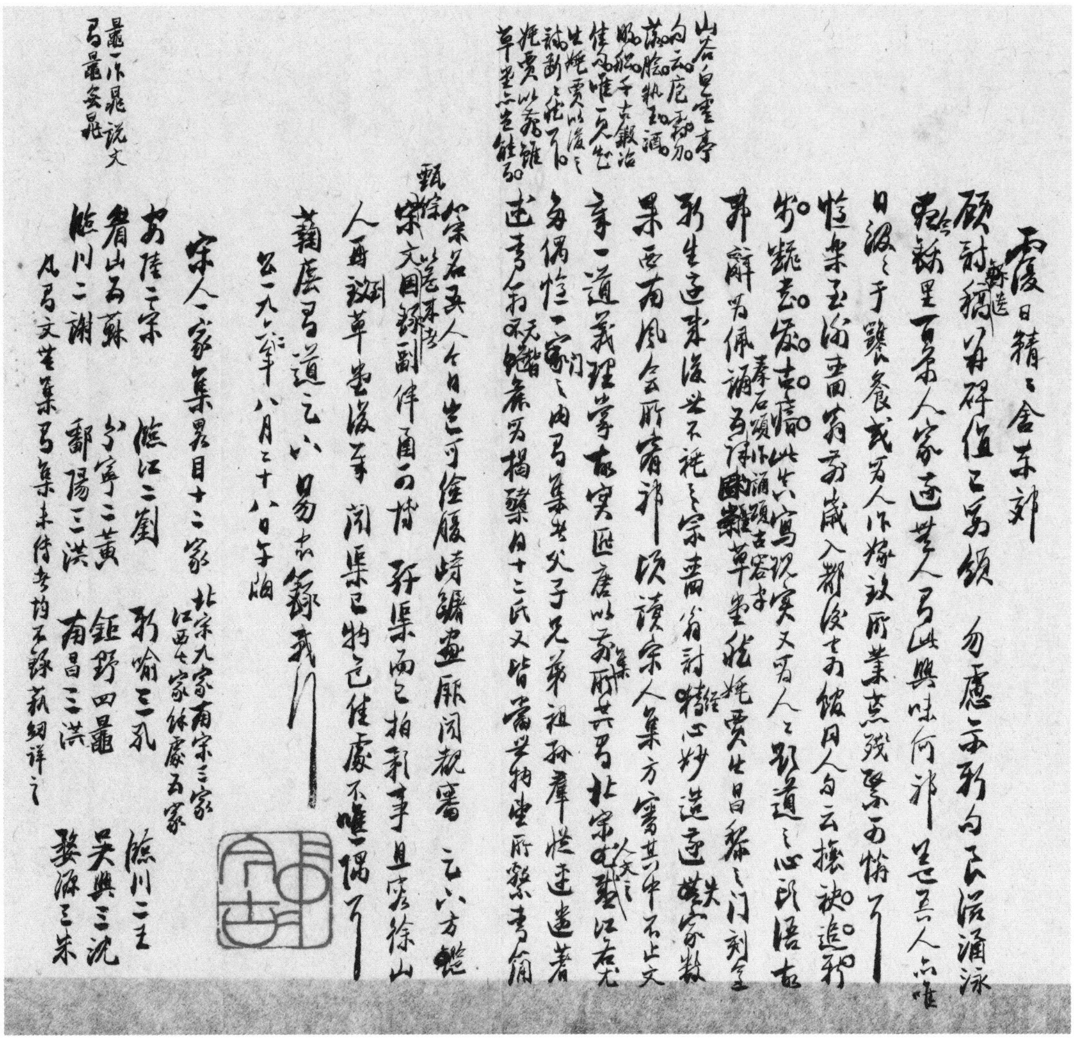

一八二　致周菊吾（六）

覆日精精舍東郊

顧詩遺稿并碑值已妥領，勿慮。示新句良滋涵泳。今錦里百萬人家，遂無人有此興味，何耶？蓋吾人亦唯日汲汲于饔飧，或爲人作嫁，致所業荒殘，緊可憐耳。憶樂至謝嗇翁前歲入都後，寄館同人句云『攘袂追新步，黐書發古瘖』，此真寫現實，又爲人人欲道之心頭語，故弗辭爲佩誦秦石頌作誦。頌，古容字。五律固崇草堂，然姚、賈出昌黎之門，刻意新生，遂成後世不祧之宗。山谷白雲亭句云：『庖霜刀落膾，執玉酒明船』，千古鍛冶佳句。唯一見知出姚、賈以後之詩，斷斷然耳。姚、賈以前，雖草堂亦豈能有？嗇翁詩經心妙造，遂失家數，果西南風會所宥耶？頃讀宋人集，方審其中不止文章一道，義理掌故，實匪唐以前集所共有。北宋人文之盛，江右尤多。偶憶一門之内有集者，父子、兄弟、祖孫、群從，連遝著述，青箱無替。麄爲揭櫫，得十二氏，又皆當世物望所繫，青簡箓名。吾人今日豈可儉腹峙躇，晝厥闈覩？審足下方甄綜宋文，以益來者。因録副伴函，可博軒渠而已。拍影事且容徐山人再到草堂後奉聞，渠已物色佳處，不唯一隅耳。

蘜廡有道足下　。易忠籙載拜　。公一九六二年八月二十八日午牕。

宋人一家集畧目十二家：北宋九家、南宋三家，江西七家、餘處五家。

安陸二宋、臨江二劉、新喻三孔、臨川二王、眉山五蘇、分寧二黃、鉅野四鼂鼂一作晁，《説文》有鼂無晁、吴興三沈、臨川二謝、鄱陽三洪、南昌三洪、婺源三朱。

凡有文無集、有集未傳者均不録。蘜紉詳之。

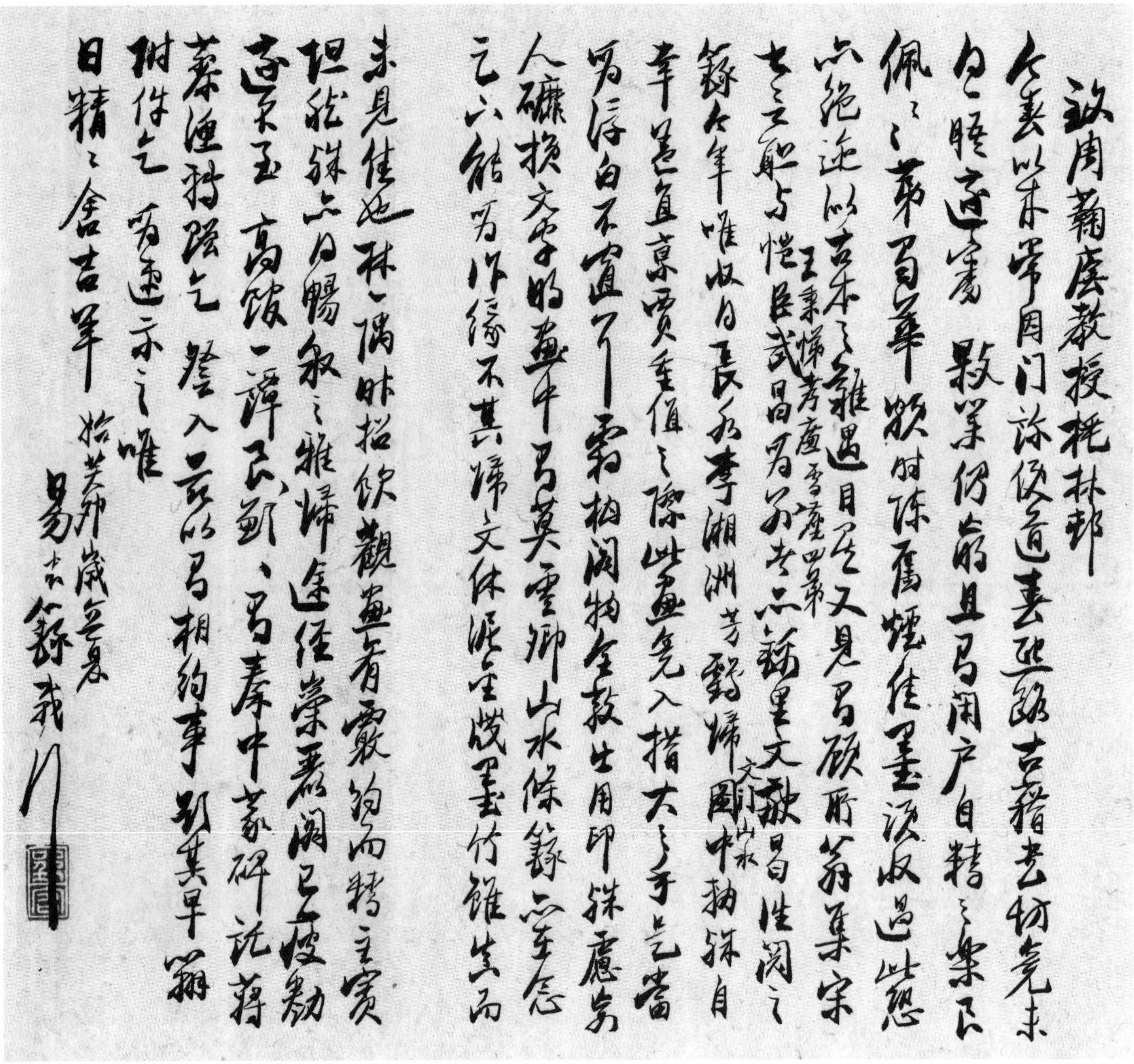

一八三　致周菊吾（七）

致周藾廡教授　桃林邨

今春以來，常因門診便道春熙路古籍書坊，竟未得一晤，遂審𣪘業仍萌，且有閉户自精之樂，良佩良佩。茀蜀華頗時陳舊煙佳墨須收，過此恐亦絕迹，似古本之難遇目矣。又見有頤所翁集宋七言聯，与愷臣王秉悌孝廉，雪廬四弟武昌爲別者，亦錦里文獻，曷往閱之？籙今年唯收得長水李湘洲芳《鶴歸圖》文門山水中軸，殊自幸。蓋直京賈重值之際，此畫竟入措大之手，是當爲浮白不置耳。霜柑閣物全散出，用印殊慮妄人礲損文字。明畫中有莫雲卿山水條，籙亦在念，足下能爲作緣不？其歸文休泥金牋《墨竹》，雖真而未見佳也。林一隅昨招飲觀畫，肴覈約而精，主賓坦然，殊亦得暢叙之雅。歸途經崇麗閣已疲勬，遂不至高館一譚，良歉良歉。有秦中篆碑，託蔣蓼漁轉贈，乞督入。兹以有相約事，欲其早辦，坿件乞爲速示之。唯

日精精舍吉羊。始癸卯歲立夏。

易忠籙載拜。

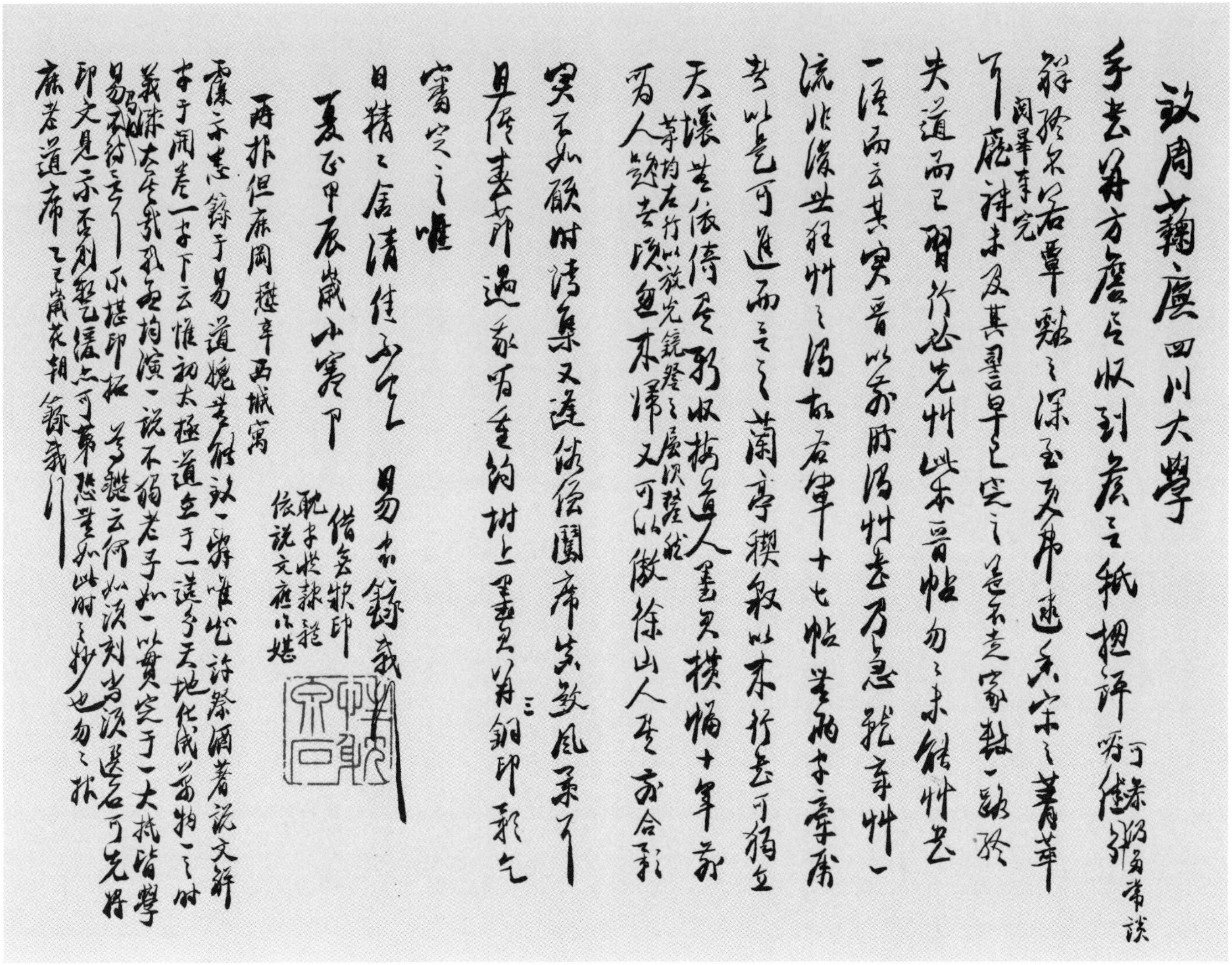

一八四　致周菊吾（八）

致周蘜廡　四川大學

手書并方《詹言》收到。《詹言》秖揔評爲可參，仍多常談，分解終不若覃谿之深至，更弗逮香宋之菁萃耳。閱畢奉完。龐律未及其詞，早已定之，蓋不走家數一路，終失道而已。習行必先草，此本晉帖『匆匆未能草書』一語而云。其實晉以前所謂草書乃《急就章》草一流，非後世狂草之謂。故右軍《十七帖》無兩字牽屬者，以是可進而言之，《蘭亭禊叙》以來，行書可獨立天壤無依倚矣。新收梅道人墨君橫幅，十年前爲人題者，筆均左行，以放光鏡瞀之，層次釐然，頃忽來歸，又可以傲徐山人矣。前合影實不如願，時清集又逢俗僧闖席，真煞風景耳。且俟春節過我，爲重約。坿上墨君并三銅印影，乞審定之。唯日精精舍清佳。不具。易忠籙載拜　夏正甲辰歲小寒節。

借無款印。耽字從隸體，依《說文》應作媞。

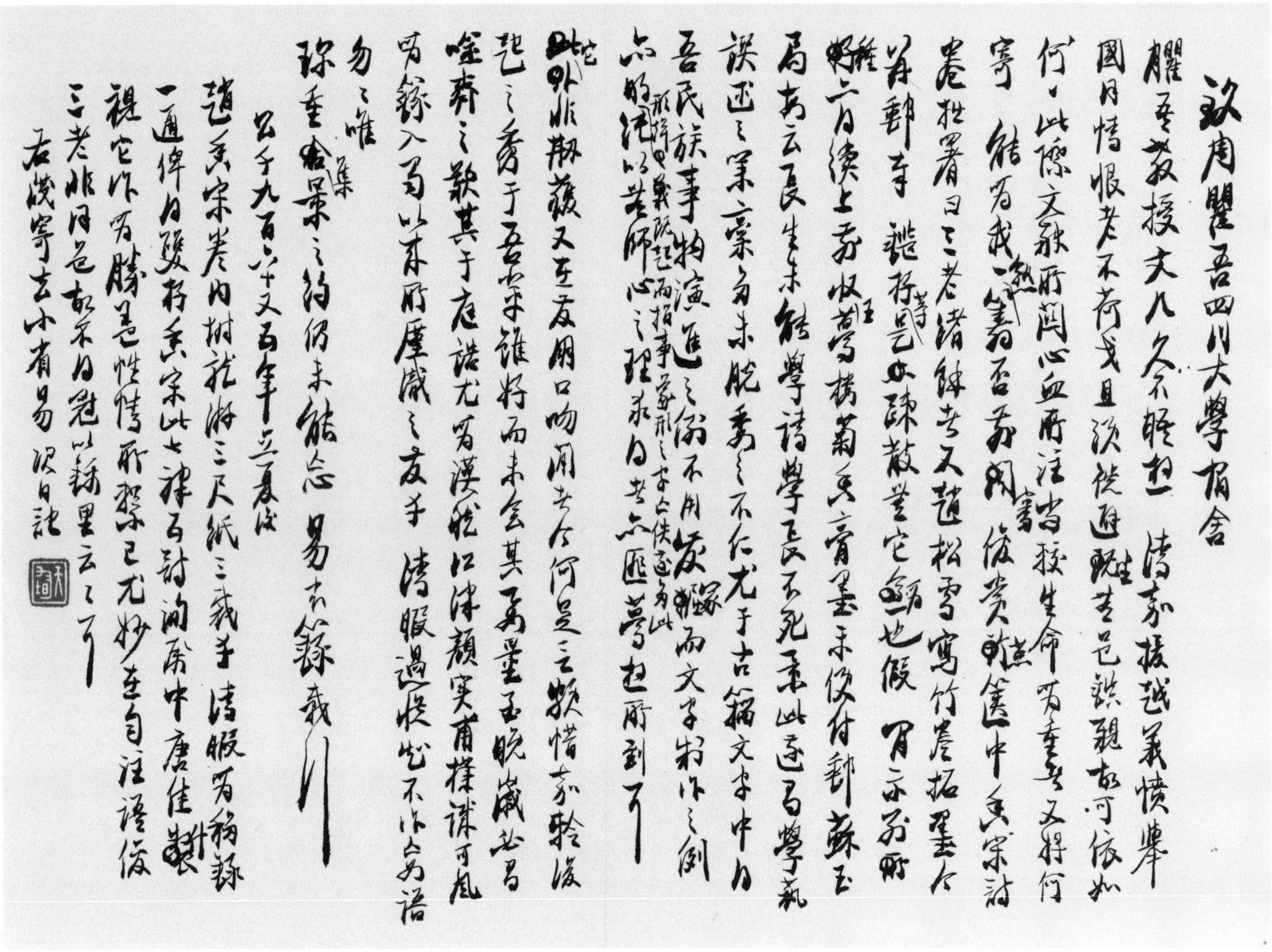

一八五　致周菊吾（九）

致周瞿吾　四川大學宿舍

瞿吾教授文几：久不晤，想清嘉。援越義憤，舉國同情。恨老不荷戈，且須徙避，坐無邑鎮親故可依，如何如何！此際文獻所關，心血所注，尚較生命爲重者，又將何寄？能爲我一熟籌否？前審俊賞荒篋中香宋詩卷，拙署曰『三老緒餘』者，又趙松雪寫竹卷拓墨，今并郵奉鑑存。等是疎散，無它爲也。假肯示別種，亦得續上。前收王夢樓菊香膏墨，未便付郵。蘇玉局每云：『長生未能學，請學長不死。』景此，遂有學蓺譔述之業，稾多未脱，委之不仁。尤于古籀文字中得吾民族事物演進之例，不用發冢，而文字制作之例亦明。形聲既起，而指事、象形之字亡佚遂多，此純以無師心之理求得者，亦匪夢想所到耳。它非刱獲。又在友朋口吻間者，今何足言。頗惜嘉軨後起之秀，于吾輩雖好而未會其要，量至晚歲，必有噬齊之歎。其于庭誥，尤爲漠然。江津顏實甫樸誠可風，爲籙入蜀以來所厪識之友，幸清暇過從，知不作妄語。匆匆，唯

珍重。集景之約，仍未能忘。易忠籙載拜。

公千九百六十又五年立夏後。

趙香宋卷内坿龍游三尺紙三葴，幸清暇爲移録一通，俾得雙存。香宋此七律五詩，洵屬中唐佳什，視它作爲勝，蓋性情所繫已，尤妙在自注語俊。三老非同邑，故不得冠以錦里云云耳。

（右牋寄去小省易。次日記。）

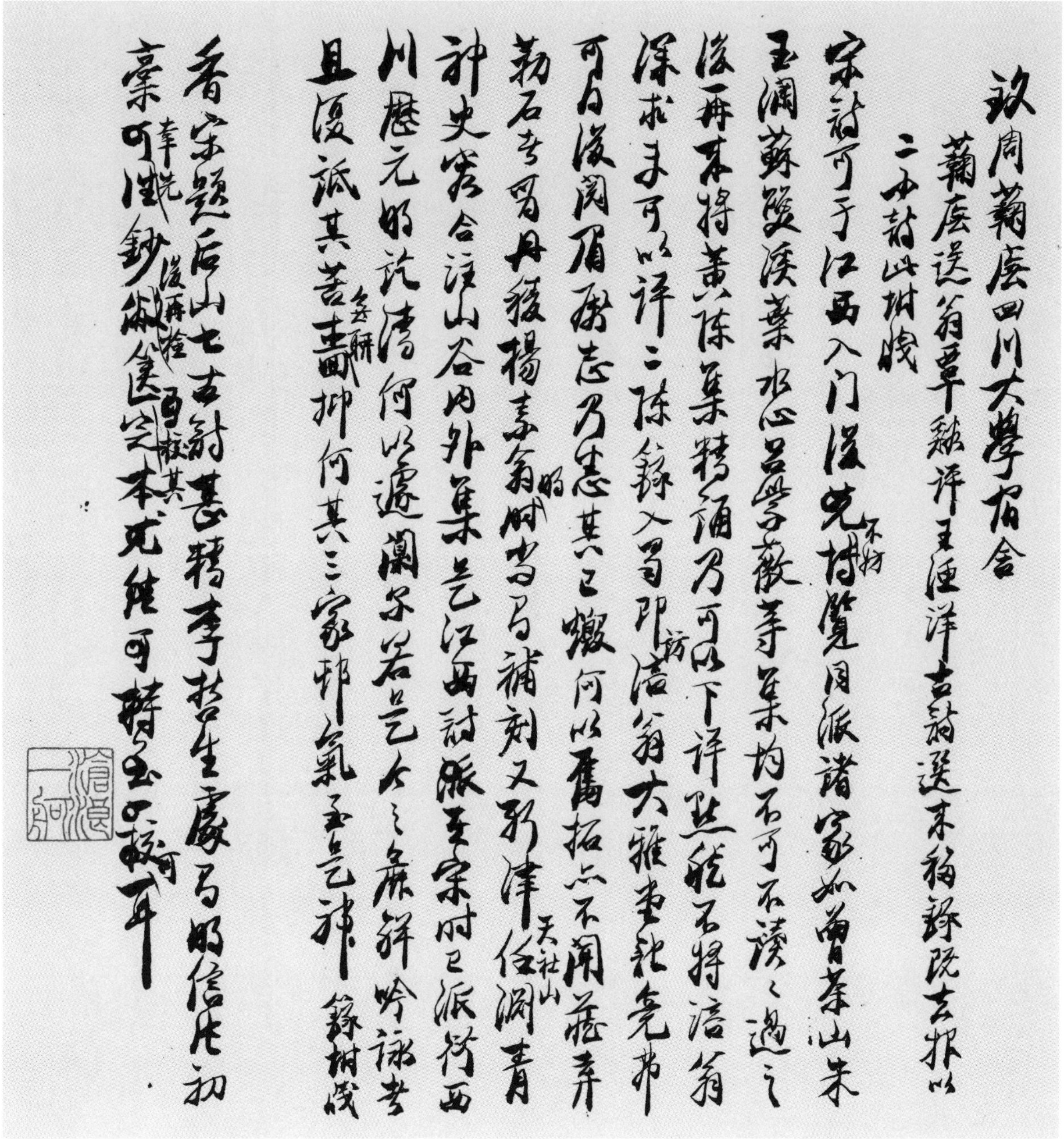

一八六　致周菊吾（一一〇）

致周蘜廡　四川大學宿舍

蘜廡送翁覃谿評王漁洋《古詩選》來移録，既去，報以二小詩。此坿牋。

宋詩可于江西入門後，不妨博覽同派諸家，如曾茶山、朱玉瀾、蘇雙溪、葉水心、吕紫薇等集，均不可不讀。讀過之後，再來將黄、陳集精誦，乃可以下評點。然不將涪翁深求，未可以評二陳。録入蜀即訪涪翁《大雅堂記》，竟弗可得。後閲眉屬志，乃悉其已燬，何以舊拓亦不聞藏弆？勒石者爲丹稜楊素翁，明時尚有補刻。又新津天社山任淵、青神史容合注《山谷内外集》，是江西詩在宋時已派衍西川，歷元明訖清，何以遽闃尔若是？今之麄解吟詠者，且復詆其苦嗇無聊，抑何其三家邨氣至是耶？録坿牋。

香宋題后山七古詩甚精，李哲生處有明信片。初稾幸先往鈔，後再檢敝篋校其定本可耳。

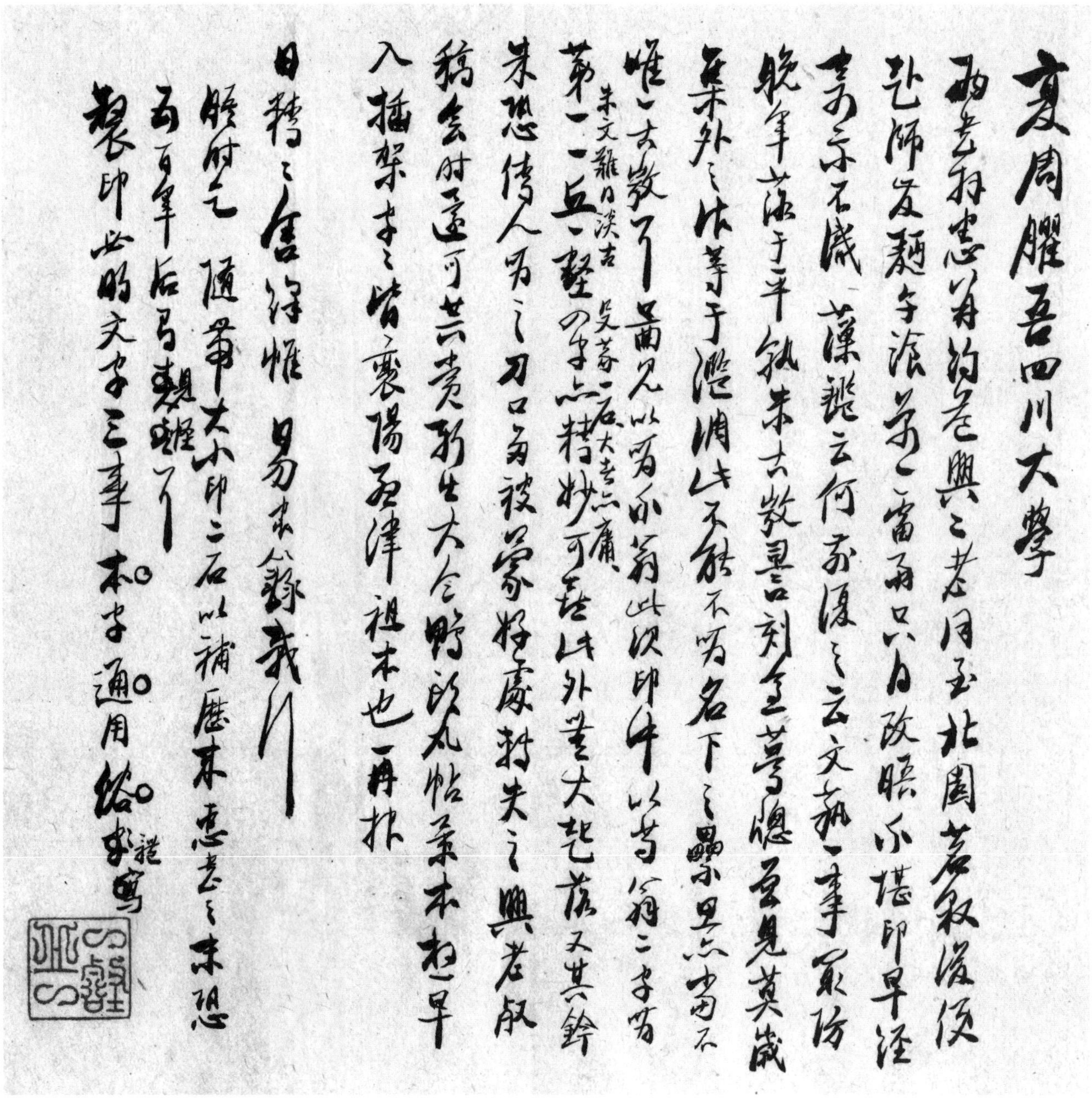

一八七　致周菊吾（一一）

復周臒吾　四川大學

兩書拜悉，并約益、興二老同至北園茗叙，後便赴師友㓛午滄，萬一雷雨，只得改晤。介堪印早經寄示，不識藻鑑云何？前復之云：文萩一事，最防晚年落于平孰。朱古敫詈刻意夢憁，曾見莫歲集外之作，等于濫調，此不能不爲名下之纍。思亦當不唯一古敫耳。啚見以爲介翁此次印中，以『芍翁』二字爲第一朱文難得淡古。『一丘一壑』四字亦精妙可喜㕣篆一石，大者亦庸。此外無大起落。又其鈐朱，恐倩人爲之，刀口多被蒙，好處轉失之。興老叔稿，會時還可共賞。新出大令《鴨頭丸帖》景本，想早入插架，字字皆襄陽、孟津祖本也。再報

日精精舍絳帷。易忠籙載拜。

晤時乞隨帶大小印二石，以補歷來惠書之末，恐五百年後有見怪耳。

製印必明文字三事：本字、通用、俗體。

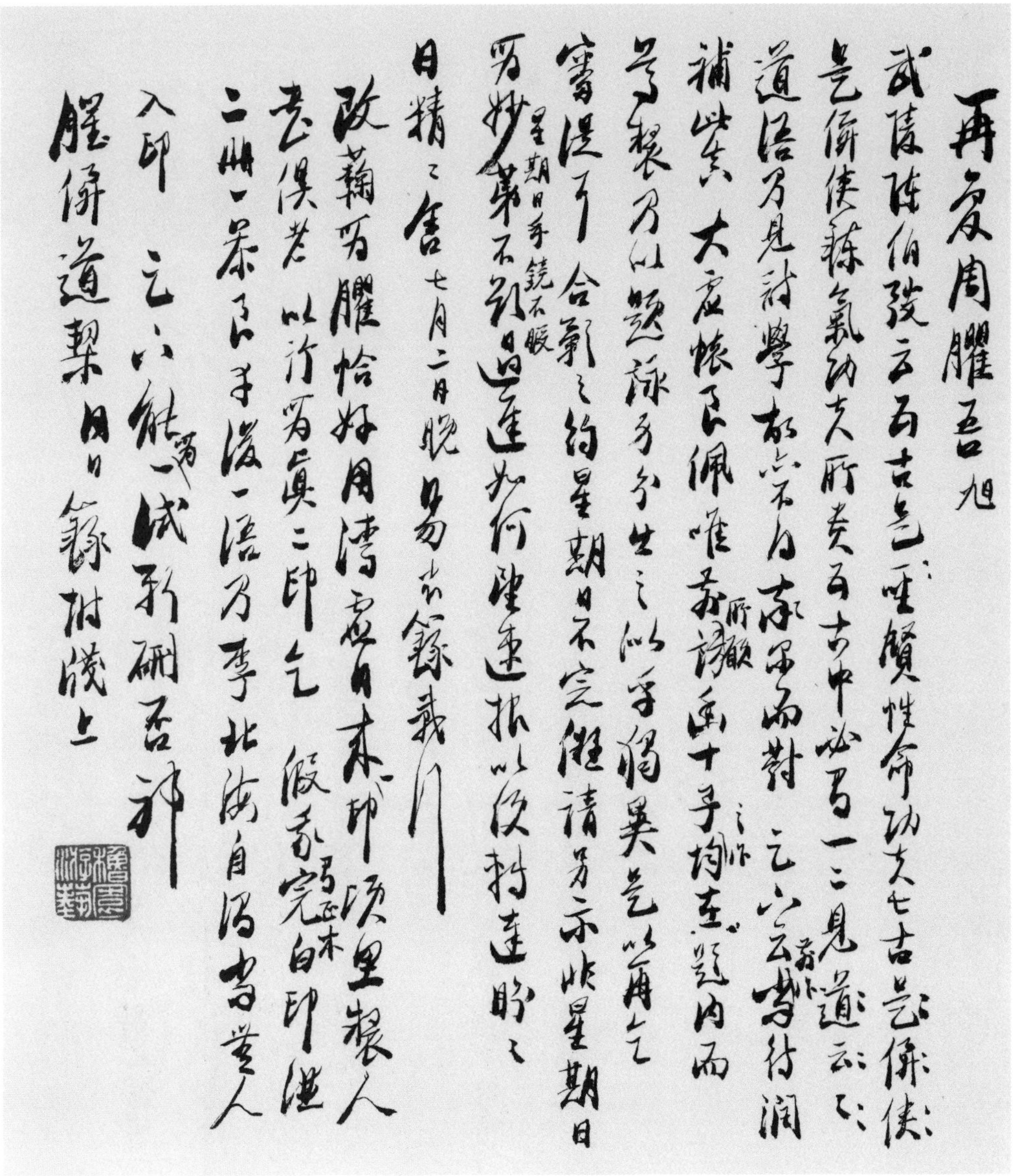

一八八　致周菊吾（一一）

再覆周臞吾旭

武陵陳伯弢云：五古是聖賢性命功夫，七古是僊俠鍊氣功夫。所貴五古中必有一二見道語，乃見詩學，故亦不得率爾而對。足下云前作尚待潤補，此真大虛懷，良佩。唯前所願訪幽十子之作，均在題内，而尊製乃以題詠身分出之，似乎獨異，是以再乞審諟耳。合影之約，星期日不定，儗請另示，非星期日爲妙星期日手鏡不暇。第不欲過遲，如何？望速報，以便轉達。盼盼

日精精舍。七月二日晚。易忠籙載拜

改『蒳』爲『臞』，恰好用『清虛日來』一印。頃思製『人書俱老』『以行爲真』二印。乞假我《完白印譜》有正本二册一參，良幸。後一語乃李北海自謂，尚無人入印，足下能爲一試新硎否耶？

臞僊道槼。同日。籙坿牋上。

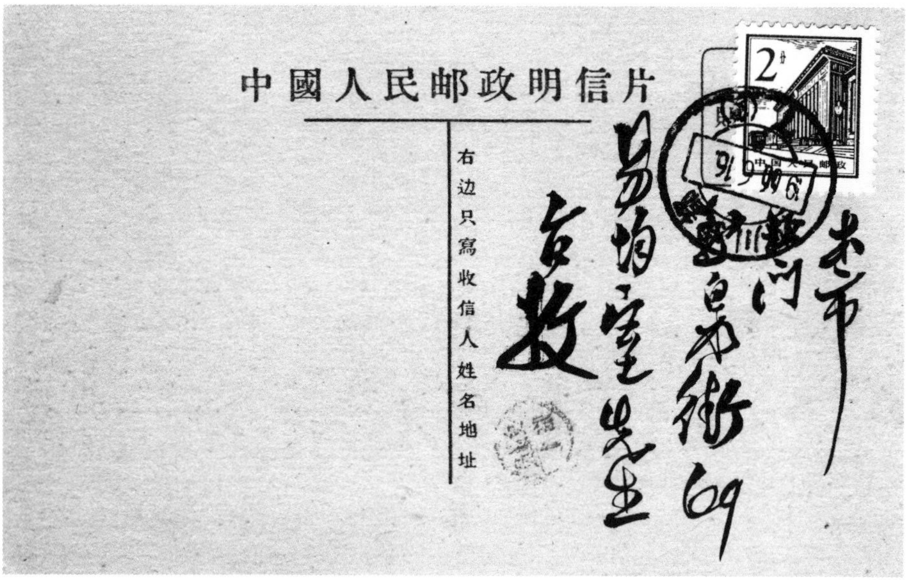

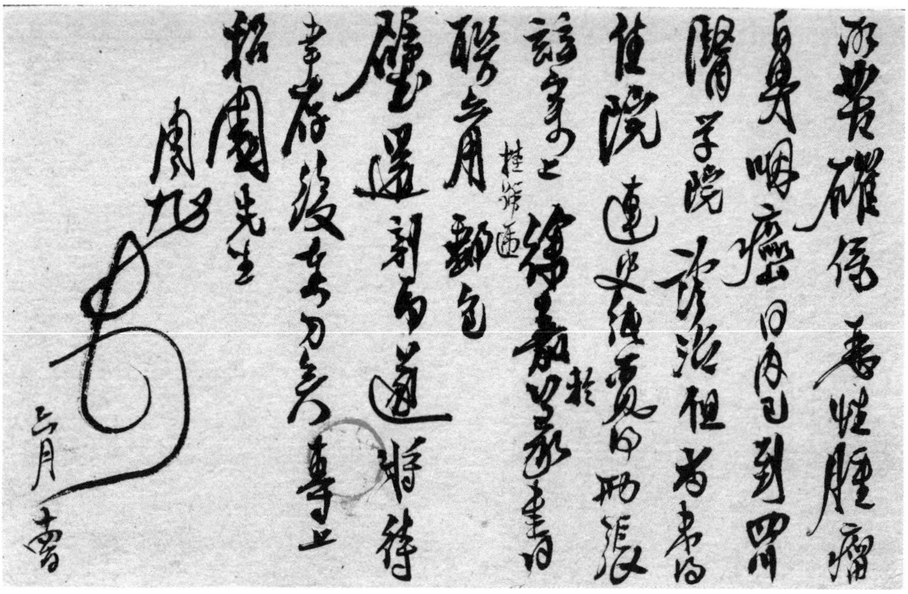

附：周旭来函

本市北門玉泉街69　易均室先生台收

所苦確係惡性腫瘤鼻咽癌，日内已到四川醫學院診治，但尚未得住院。連史紙覓得兩張，兹寄上。徐嘉齡篆書聯亦用郵包挂號遞壁還。刻印遂將待幸存後奏刀矣。專上

稆園先生。周旭頓首。六月十四日。

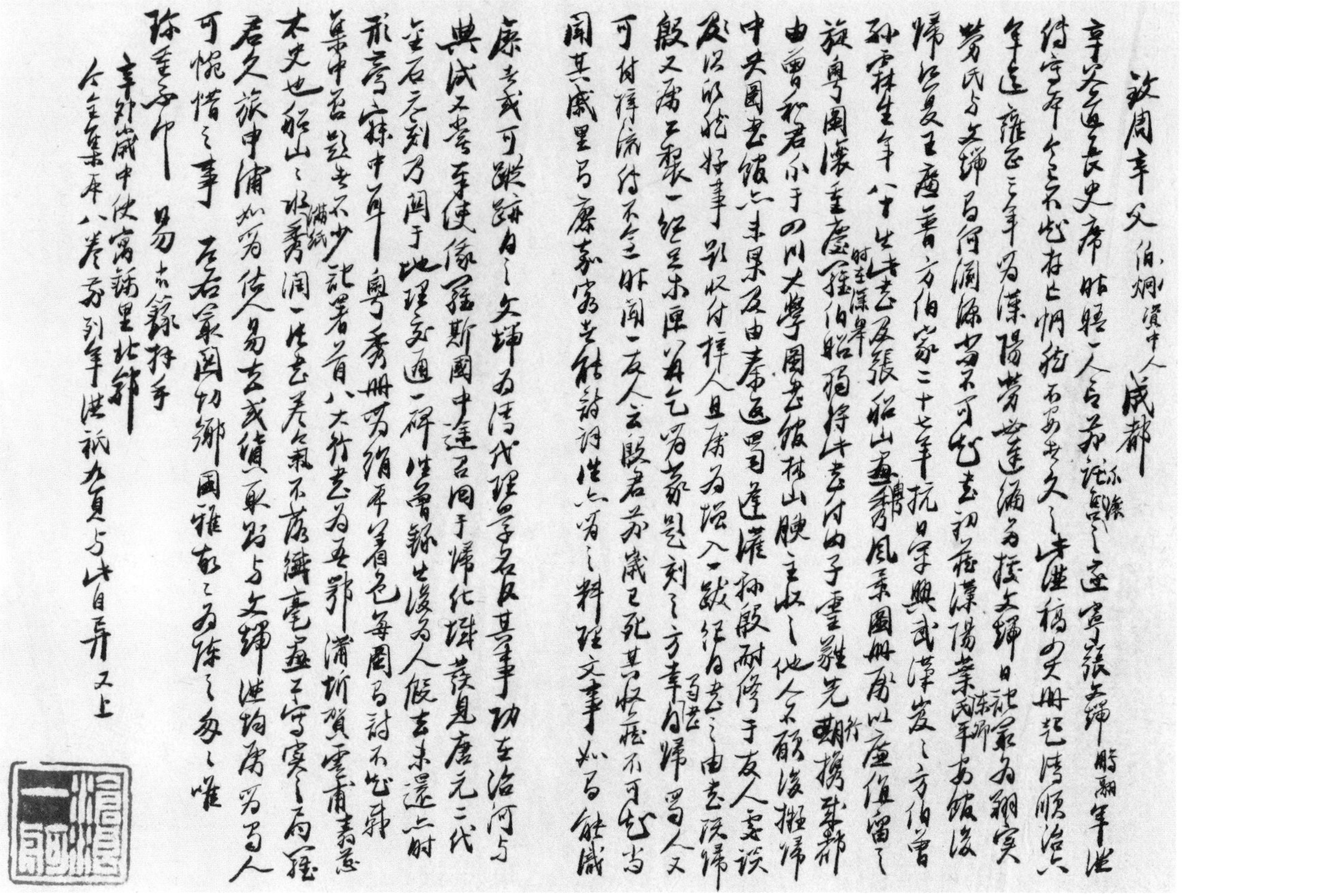

一八九　致周辛父（一）

致周辛父伯炯，資中人　成都

辛父道長史席：昨晤一人，言前介讓之《遂寧張文端鵬翮年譜》傳寫本，今已不知存亡，惘然不安者久之。此譜稿四大册，起清順治六年，迄雍正三年，爲漢陽勞必達編，多據文端日記，最爲翔實。勞氏與文端有何淵源，尚不可知。書初藏漢陽葉東卿氏平安館，後歸江夏王廉普方伯家。二十七年，抗日軍興，武漢岌岌，方伯曾孫霖生年八十，出此書及張船山畫粵秀風景圖册，屬以廉值留之。旋粵圖讓重慶羅伯昭時在漢皋，獨將此書付內子靈蕤先行携成都，由曾和君介于四川大學圖書館，林山腴主收之，他人不願。後擬歸中央圖書館，亦未果。及由秦返蜀，逢灌縣殷耐修于友人處談次，欣然好事，欲收付梓人，且屬爲增入一跋，紀得書之由。書既歸殷，又屬工製一紅豆木匣，并乞爲篆題刻之。方幸蜀書得歸蜀人，又可付梓流傳，不意昨聞一友人云，殷君前歲已死，其收藏亦不可知。尚聞其戚里有廖嘉客者，能詩詞，往亦爲之料理文事。如有能識廖者，或可蹤跡得之。文端爲清代理學名臣，其事功在治河與典試。又嘗奉使俄羅斯國，中途召回，于歸化城發見唐元二代金石。元刻乃關于地理交通一碑，往曾録出，後爲人假去未還，亦時形夢寐中耳。粵秀册爲絹本着色，每圖有詩，不知載集中否。題者不少，記署首八大行書，爲吾鄂蒲圻賀雲甫壽慈太史也。船山山水，滿紙秀潤，一片書卷氣，不落纖毫畫工寫實之局。羅君久旅申浦，如爲估人易去或貨取，則與《文端譜》均屬爲蜀人可惋惜之事。左右最關切鄉國雅故，故爲陳之。匆匆，唯

珍重不具。易忠籙拜手。

辛卯歲中秋寓錦里北郭。

今全集本八卷，前列年譜，衹九頁與此自異。又上。

一九〇　致周辛父（二）

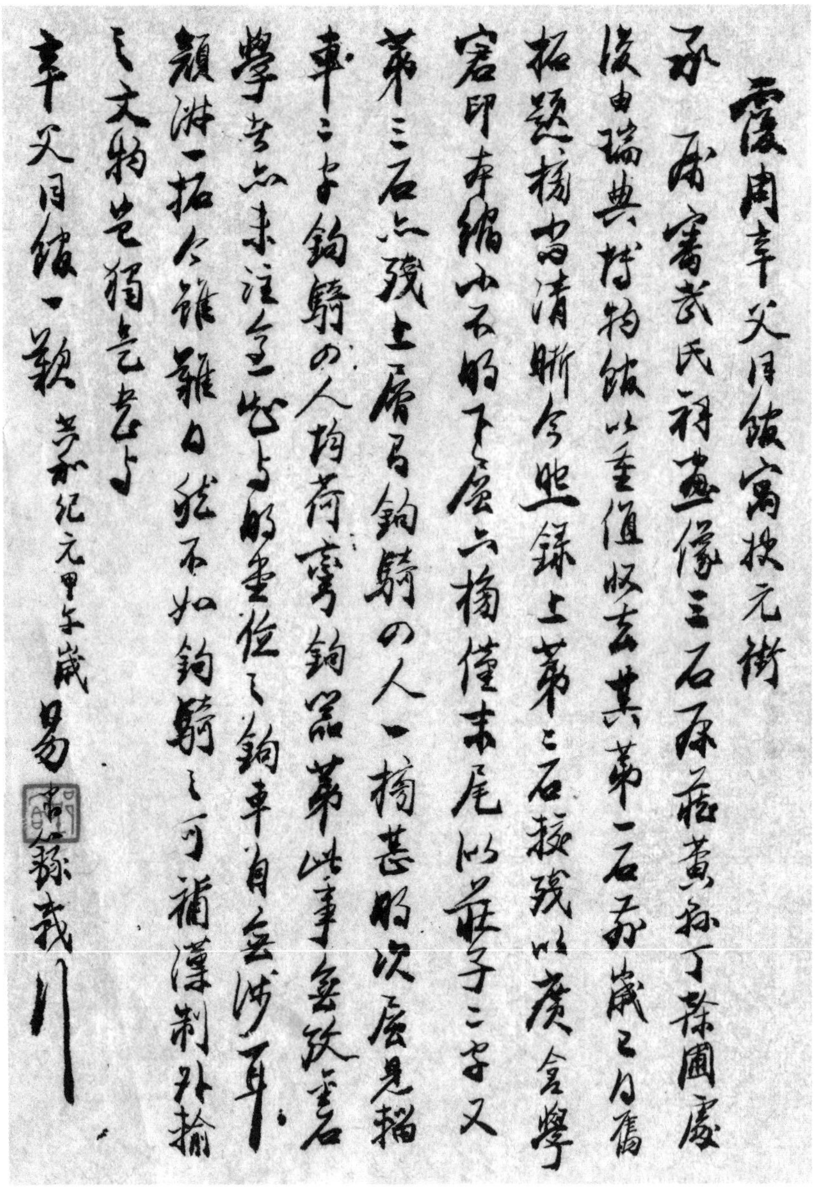

覆周辛父同館　寓狀元街

承屬審武氏祠畫像三石，原藏黃縣丁榦圃處，後由瑞典博物館以重值收去。其第一石前歲已得舊拓，題榜尚清晰，今照録上。第二石較殘，以廣倉學窘印本縮小，不明下層六榜，僅末尾似『莊子』二字。又第三石亦殘，上層有鉤騎四人，一榜甚明。次層見『輜車』二字，鉤騎四人均荷彎鉤器。苐此事無攷金石，學者亦未注意，知与明堂位之鉤車自無涉耳。顔淑一拓，今雖難得，然不如鉤騎之可補漢制。外輪之文物，豈獨是書？与

辛父同館一歎。共和紀元甲午歲。易忠籙載拜。

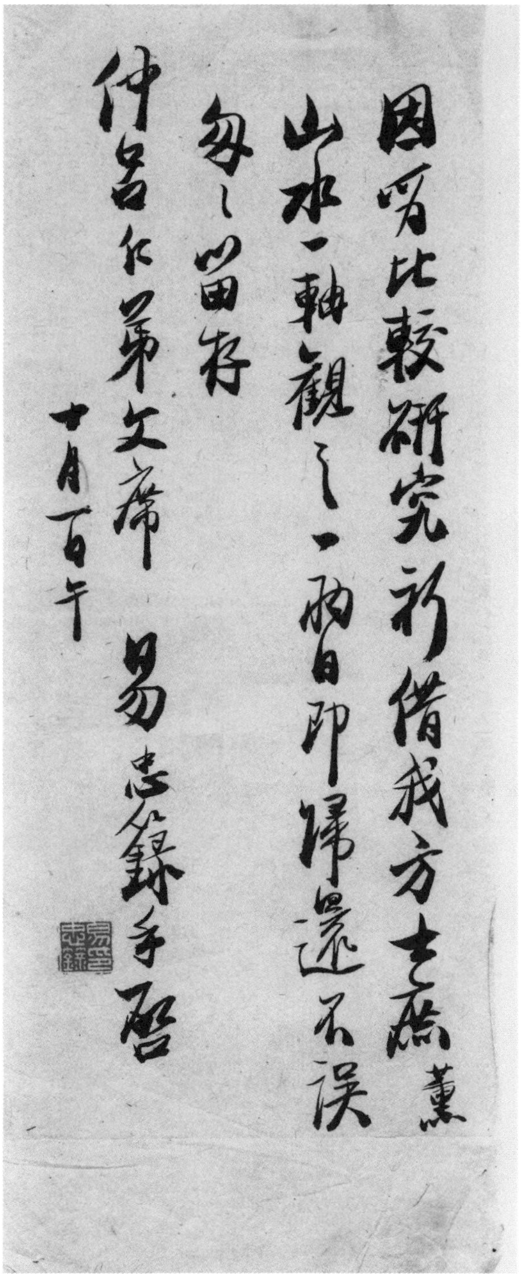

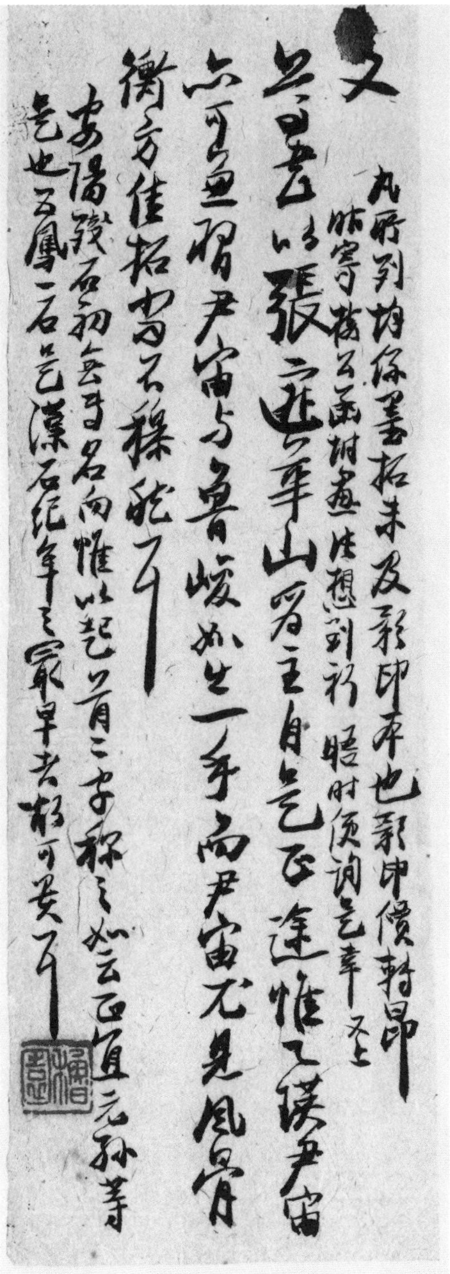

一九一　致仲吕

因爲比較研究，祈借我方士庶薰山水一軸觀之，一兩日即歸還不誤。匆匆留存。仲吕仁弟文席。易忠籙手啓。十月一日午。

又

凡所列均係墨拓本，未及影印本也，影印價轉昂。昨寄梅公函坿畫片，想到。祈晤時便詢是幸。又上。

尊書以《張遷》《華山》爲主，自是正途。惟《乙瑛》《尹宙》亦可兼習，《尹宙》与《魯峻》如出一手，而《尹宙》尤見風骨。《衡方》佳拓尚不穆然耳。

安陽殘石初無專名，向惟以起首二字稱之，如云正直、元孫等是也。五鳳一石是漢石紀年之最早者，故可貴耳。

一九二　致中谷

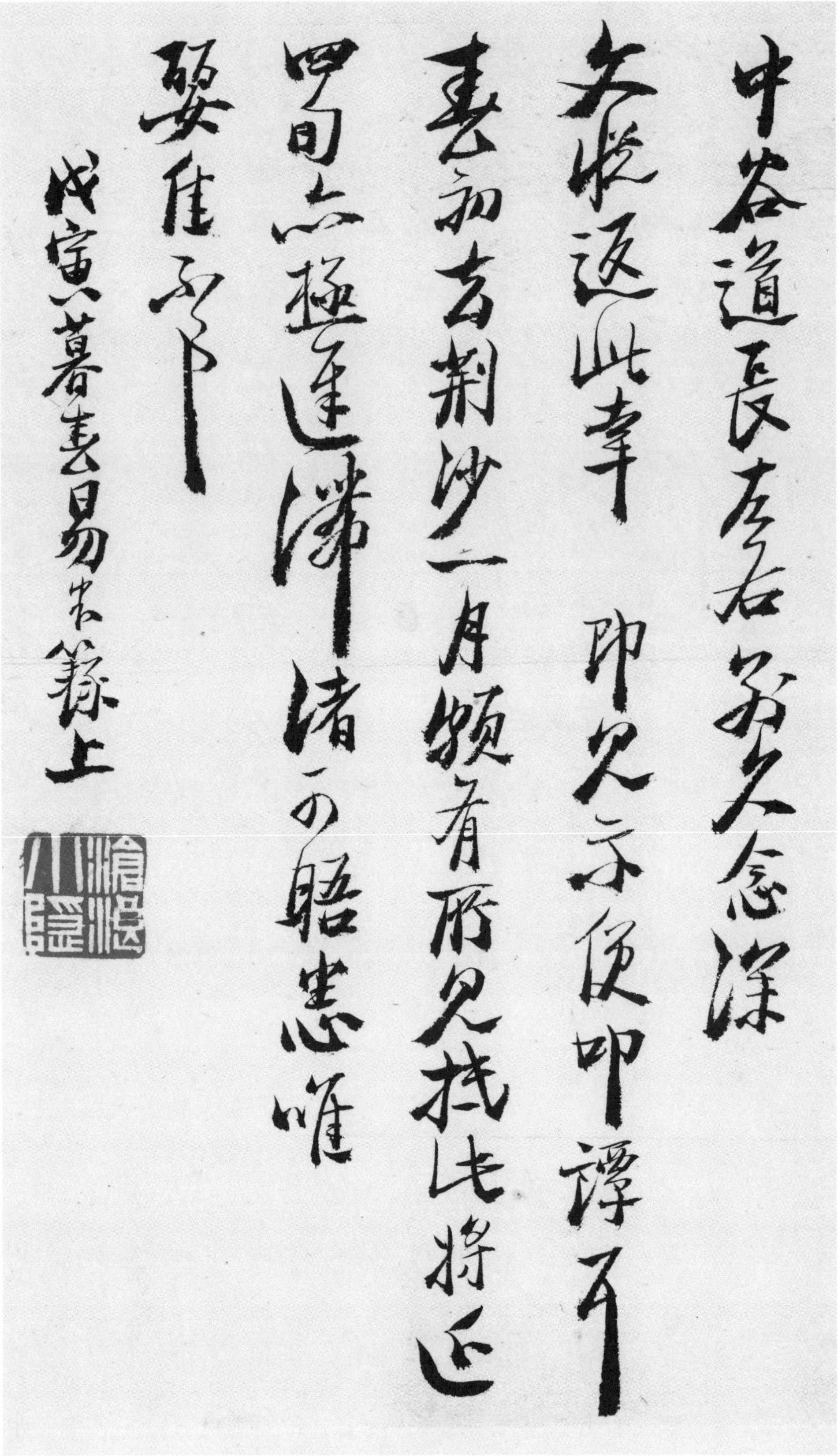

中谷道長左右：別久念深，文從返此，幸即見示，便叩譚耳。春初去荊沙一月，頗有所見。抵此將近四旬，亦極遲滯。諸可晤悉。唯要佳不具。

戊寅暮春。易忠籙上。

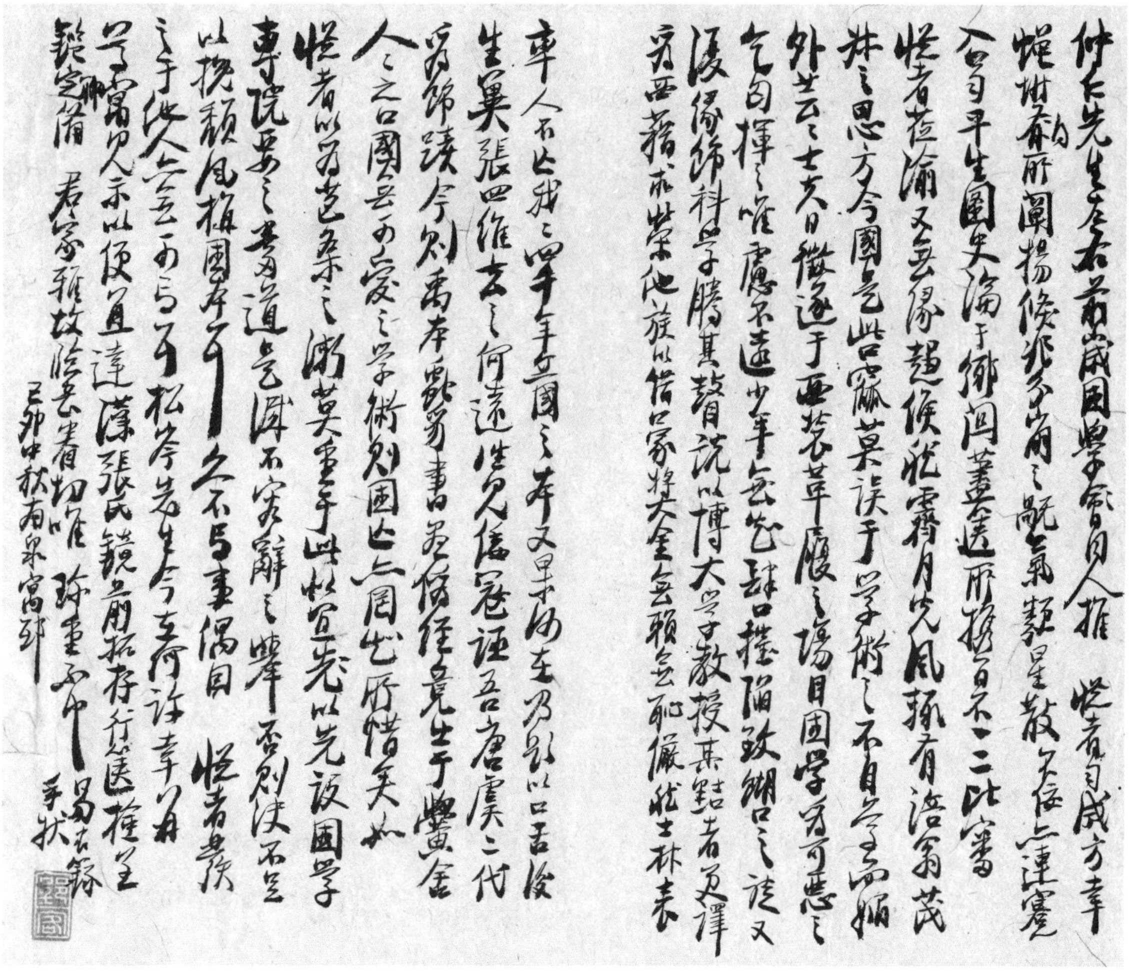

一九三　致仲仁

仲仁[一]先生左右：前歲國學同人推從者司成，方幸蠅坿，得所闡揚。倏兆分崩之戚，氣類星散，不佞亦連蹇入蜀。平生圖史淪于鄉關，蓋篋所携，百不一二。比審從者莅渝，又無緣趨候，然霽月光風，輒有涪翁、茂叔之思。方今國是呰窳，莫誤于學術之不自尊，而媚外芸芸士夫日徵逐于西裝革履之場，目國學爲可惡之乞匄，揮之唯慮不遠。少年無知，肆口摧陷，致餬口之徒，又復緣飾科學，騰其嚽說，以博大學教授。其黠者更譯爲西，藉求榮他族，以借蒙獎金，無賴無恥，儼然士林表率。人不亡我，我四千年立國之本，又果何在？乃欲以口舌後生，冀張四維，去之何遠。往見倭寇誣吾唐虞二代爲飾蹟，今則禹本蟲豸，書盡僞經，竟出于黌舍人人之口。國無可愛之學術，則困亡亦罔知所惜矣。如從者以爲苞桑之漸莫重于此，似宜以先設國學專院，要之當道，是誠不容辭之舉。否則，決不足以挽頽風、植國本耳。久不言事，偶因從者發之，于他人亦無可言耳。松岑先生今在何許？幸并尊寓見示，以便直達。漢張氏鏡前拓存行篋，檢呈鑑定，聊備君家雅故。臨書惓切。唯珍重不具。

易忠籙手狀。

己卯中秋南泉寓邸。

【注释】

[一]仲仁即張一麐（一八六七—一九四三年），字仲仁，號公紱。蘇州吳縣人。著名學者。著有《心太平室詩文鈔》《古紅梅閣别集》等。

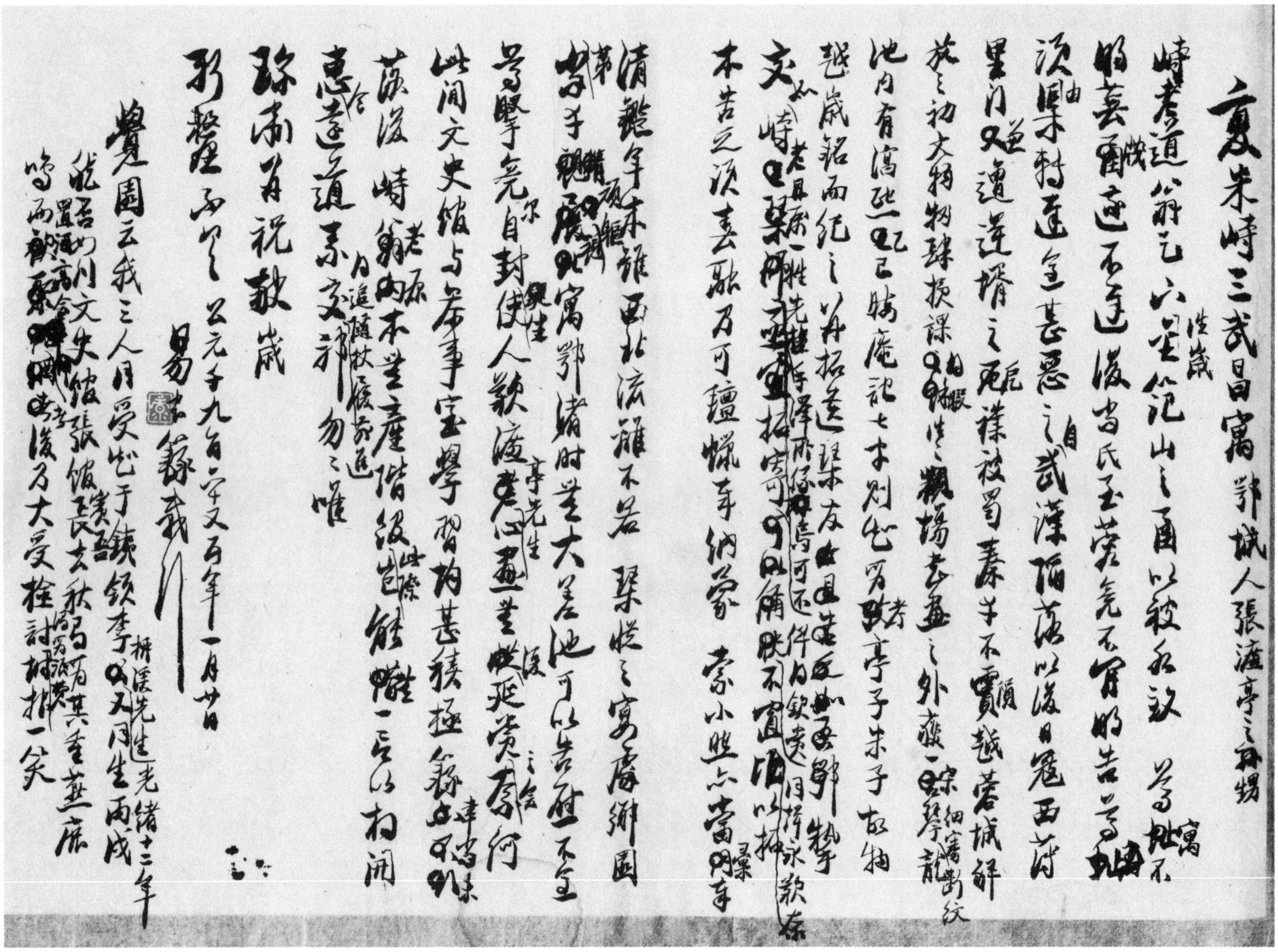

一九四　致朱峙三[一]

復朱峙三　武昌寓　鄂城人，張濂亭之甥。

峙老道翁足下：往歲金笵山之凾以被水，致尊寓不明，蕪牋遂不達。後尚氏至蓉，竟不肯明告尊址，須由渠轉達，意甚惡之。自武漢陷落以後，日寇西薄里門，兼遭逆壻之戹，襆被蜀秦，幸不隕越。蓉城解放之初，文物刓肆，授課得暇，往往觀場，書畫之外，獲一宋琴。細審斷紋，龍池内有『淳熙己巳晦庵記』七字，則知爲考亭子朱子故物。越歲，銘而記之，并拓遺棐友，摯交。如峙老且屬一姓，先哲手澤所係，烏可不亟拓寄，俾得欽賞不置，同聲永歎？奈以拓本告乏，須春融乃可氊蠟奉納。蒙索小照，亦當彙奉清鑑。年来雖西北流離，不若棐從之宴處鄉園，苐尚幸頑軀視寓鄂渚時無大差池，可以告慰。不意尊擥竟爾自封，坐使人歎濂亭先生心畫無復延賞之會，奈何。此間文史館與參事室學習均甚積極，籙幸尚未落後。峙老原本無產階級，此際豈能無一言以相開惠，令遠道素交得追隨杖履前進耶？匆匆。唯

珍衛。并祝獻歲

新釐。不具。公元千九百六十又五年一月廿日。

易忠籙載拜。

覺園云，我三人同受知于鋏領李柳溪先生，又同生丙戌光緒十二年，然否？四川文史館張館長賓吾，去秋有爲其重燕鹿鳴而置酒高會者，後乃大受檢討，謂爲浪費。坿報一笑。

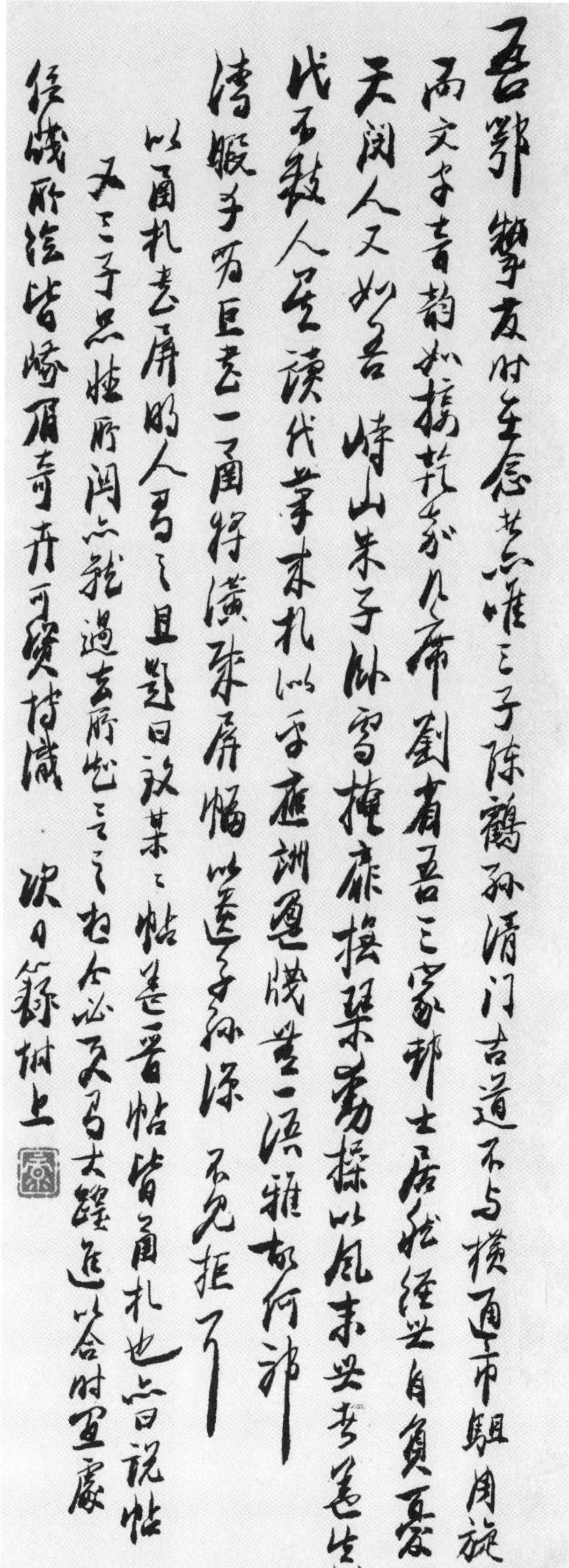

吾鄂摯友，時在念者，亦唯三子。陳鶴孫，清門古道，不與横通市駔周旋，而文字音韵如接乾嘉几席。劉省吾，三家邨士。居然經世自負，憂天閔人。又如吾峙山朱子，卧雪掩扉，撫琴動操，以風末世者，蓋真代不數人矣。讀代筆来札，似乎應訓盈牋，無一語雅故，何耶？清暇幸爲巨書一函，將潢成屏幅，以遺子孫，諒不見拒耳。

以函札書屏，明人有之，且題曰致某某帖。蓋晉帖皆函札也，亦曰説帖。又三子品德所關，亦就過去所知言之，想今必更有大躍進，以合時宜處。信牋所繪，皆峨眉奇卉，可資博識。次日籙坩上。

【注釋】

［一］朱峙三（一八八六—一九六七年），原名鼎元，又名繼昌。湖北鄂城人。著名學者。著有《壯學集》《金湖集》《春柳齋筆記》等。

一九五　致朱悟園[一]（一）

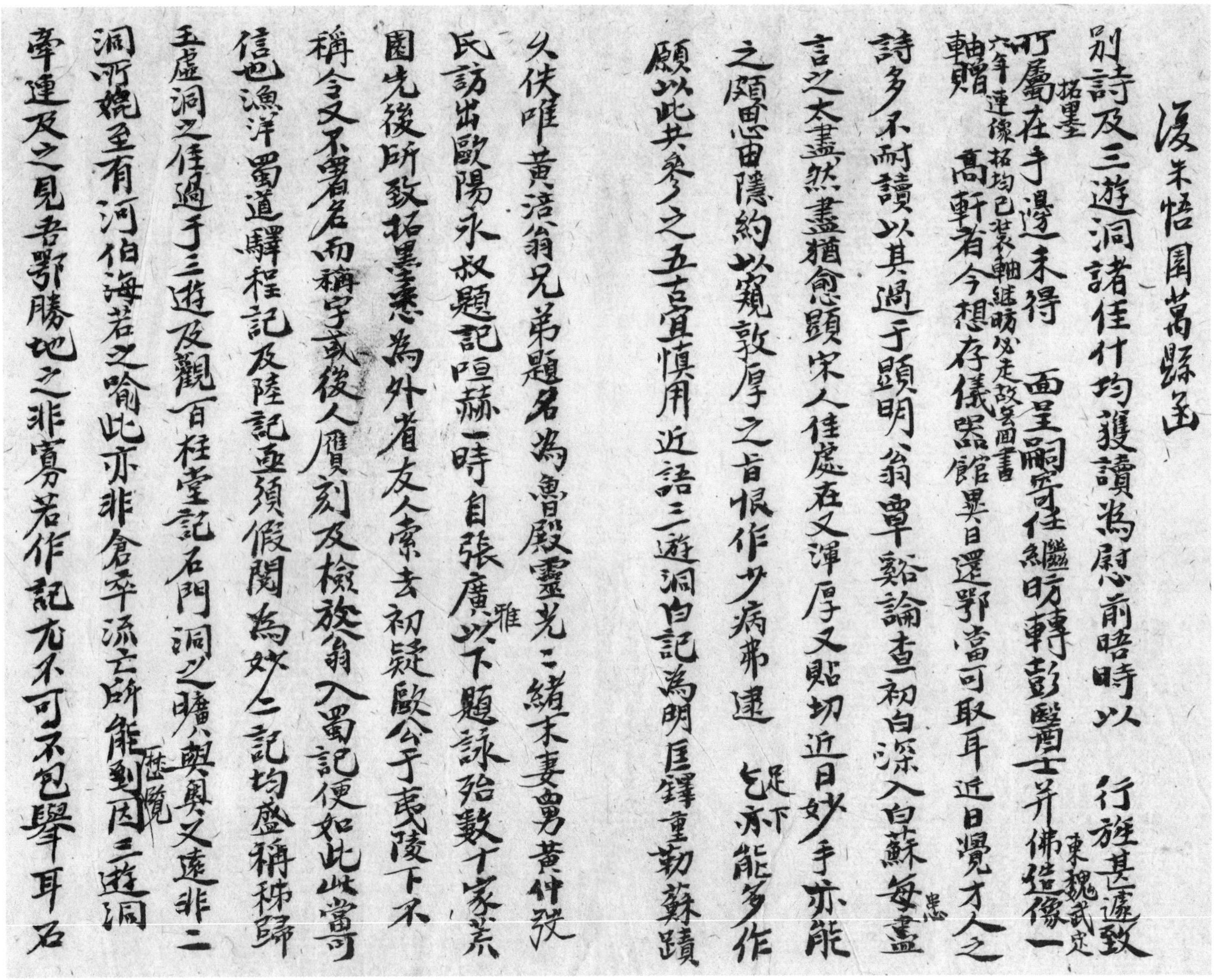

復朱悟園萬縣函

別詩及三遊洞諸佳什均獲讀爲慰。前晤時，以行旌甚遽，致所屬拓墨在手邊，未得面呈。嗣寄任繼昉轉彭醫士，并佛造像一軸東魏武定六年。連像拓均已裝軸。繼昉必走，故無回書。贈高軒者，今想存儀器館，異日還鄂，當可取耳。近日覺才人之詩多不耐讀，以其過於顯明。翁覃谿論查初白深入白、蘇，每患盡言之太盡，然盡猶愈顯。宋人佳處在又渾厚又貼切，近日妙手亦能之。頗思由隱約以窺敦厚之旨，恨作少，病弗逮。足下能多作，願以此共參之。五古宜慎用近語。三遊洞白《記》爲明匡鐸重勒，蘇蹟久佚，唯黄涪翁兄弟題名爲魯殿靈光。光緒末，妻舅黄仲弢[二]氏訪出歐陽永叔題記，喧赫一時，自張廣雅以下題詠殆數十家。荒園先後所致拓墨悉爲外省友人索去。初疑歐公于夷陵下不稱令，又不署名，而稱字，或後人贋刻。及檢放翁《入蜀記》便如此，當可信也。漁洋《蜀道驛程記》及陸《記》亟須假閲爲妙，二記均盛稱秭歸玉虚洞之佳，過于三遊。及觀百柱堂記石門洞之曠與奥，又遠非二洞所媲，至有河伯海若之喻。此亦非倉卒流亡所能歷覽，因三遊洞，牽連及之。見吾鄂勝地之非寡，若作記尤不可不包舉耳。石門無古刻，玉虚宋明題名早得。頃復屬芷沅爲拓三遊諸刻，分遺好事。又往獲王勝之[三]學使所拓夷陵宋人題名十餘種，大半屬三遊附近，慮非倩人所能辦。異日文從返旆，不可不一氈墨，以償前遊之憾。梁鄱陽王蕭

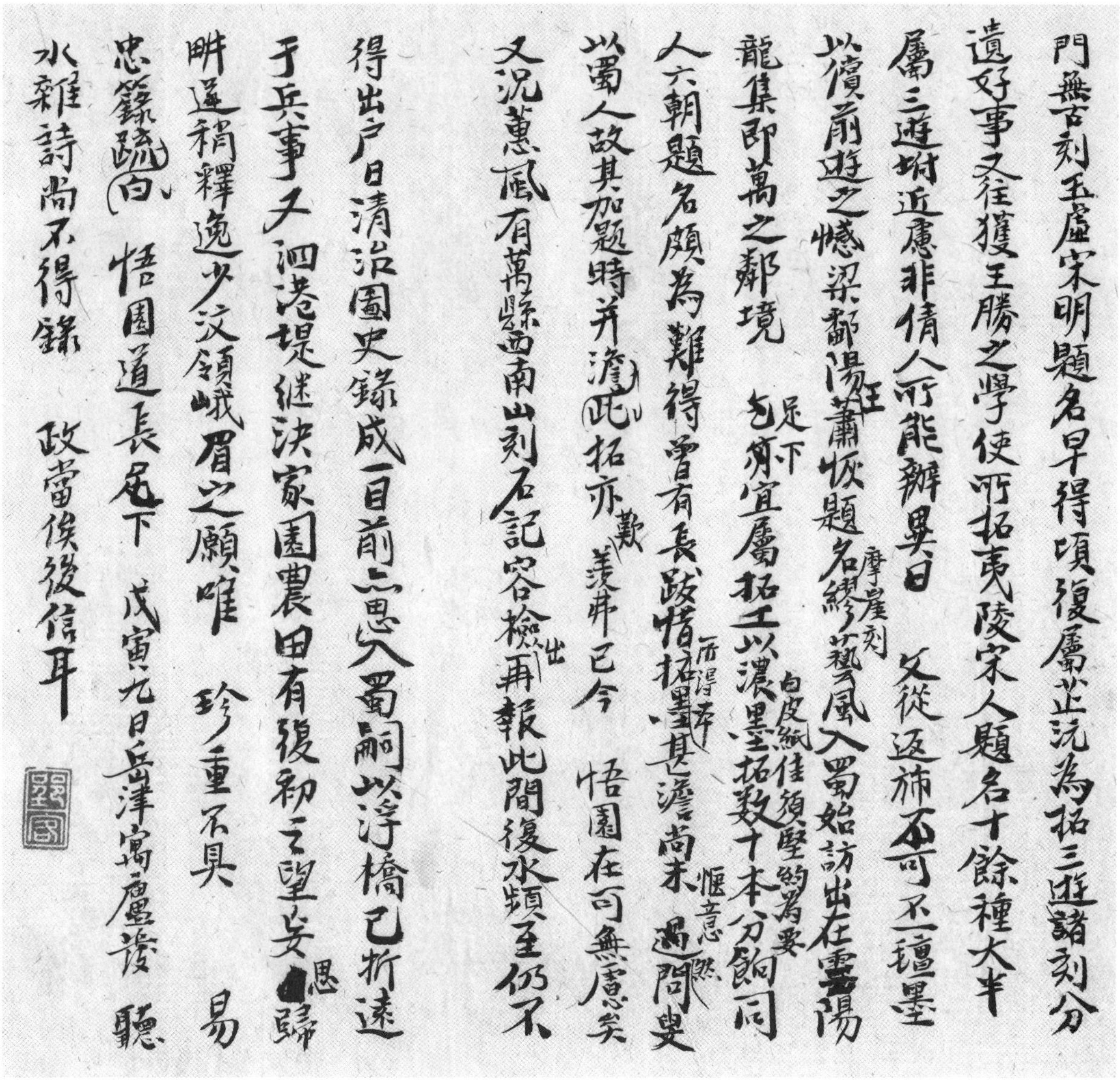

恢題名摩崖刻，繆藝風入蜀始訪出。在雲陽龍集，即萬之鄰境。足下宜屬拓工以濃墨拓數十本白皮紙佳，須堅約爲要，分餉同人。六朝題名頗爲難得，曾有長跋，惜所得本拓墨甚澹，尚未愜意。然問叟以蜀人故，其加題時并此澹拓亦歎羨弗已。今悟園在，可無慮矣。又況蕙風有《萬縣西南山刻石記》，容檢出再報。此間復水頻至，仍不得出戶。日清治圖史，録成一目。前亦思入蜀，嗣以浮橋已折，遠于兵事，又泗港堤繼決，家園農田有復初之望，妄思歸畊，遂稍釋逸少汶領峨眉之願。唯珍重不具。易忠録白疏。悟園道長足下。戊寅九日岳津寓廬發。聽水雜詩尚不得録，政當俟後信耳。

【注釋】

［一］朱悟園，生卒年不詳。名羲胄，字心佛。一九一五年考入北京大學國文系，拜國學大師、翻譯家林紓爲師。林紓曾在朱心佛著《悟園文存》上題詞曰：極力摹古，善轉善折，年來古文一道，幾絶響矣，不圖竟見悟園也。

［二］黃仲弢即黃紹箕（一八五四—一九〇八年），字仲弢、鮮庵，號漫庵。浙江瑞安人。光緒六年（一八八〇年）進士。授編修，官侍講。愛才好士，博學工文辭，善鑒別書畫。

［三］王勝之（一八五六—一九四一年），名同愈，號栩緣。江蘇蘇州人。清光緒十五年（一八八九年）進士。歷任翰林院編修、湖北學政、江西提學使。書畫篆刻皆工，門下名士有吳湖帆、陸俨少等。

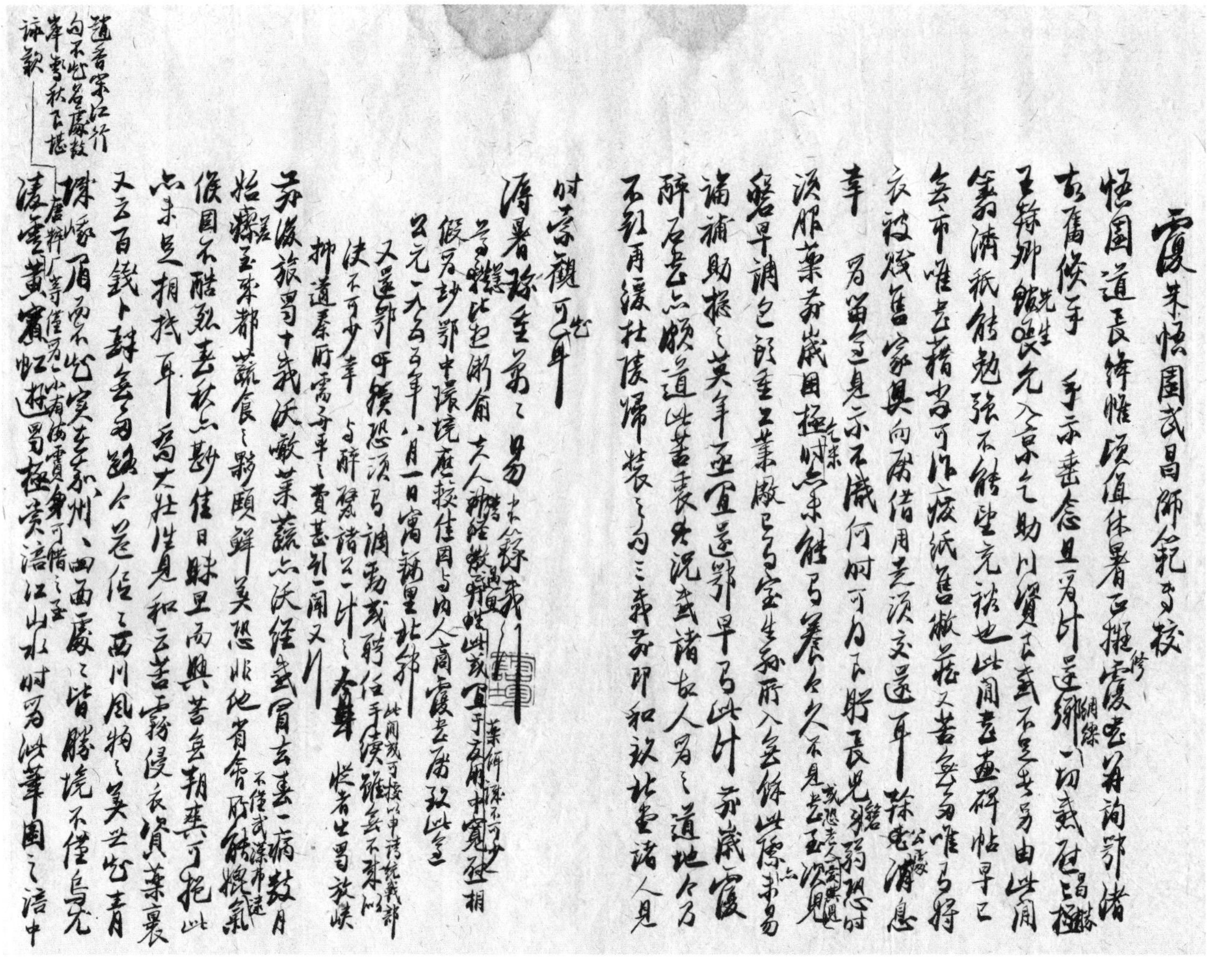

一九六　致朱悟園（二）

覆朱悟園　武昌師範專校

悟園道長絳帷：頃值休暑，正擬修覆，并詢鄂渚故舊，倏奉手示垂念，且爲計還鄉，綢繆一切，感慰曷勝。王幹卿〔一〕先生允入京，乞助川資，良感。不足者，另由此間籌濟，秖能勉强，不能望充裕也。此間書畫碑帖早已無市，唯書籍尚可作廢紙售，敝藏又苦無多，唯有將衣被賤售。家具向屬借用，走須交還耳。幹公處消息幸爲留意見示。不識何時可得，良盼。長兒⿱者石身弱，恐時須服藥，前歲困極乞米時亦未能有養，今久不見書至，或恐老人見憂。次兒磐早調包頭重工業廠，已有室生孫，所入無餘，此際亦未易論補助。捴之，莫年亟宜還鄂，早有此計，前歲覆醉石〔二〕書亦頗道此苦衷，況感諸故人爲之道地，今乃不欲再緩。杜陵歸裝之句，三載前即和致北堂〔三〕諸人，見時索觀可知耳。

溽暑，珍重萬萬。易忠籙載拜。

尊恙比想漸俞，夫人過思，藥餌誠不可少。此或宜于友朋中寬慰相假爲紗。鄂中環境應較佳，因與内人商覆書，屬致此意。

公元一九五五年八月一日。寓錦里北郭。

又，還鄂恐須有調動，或聘任手續此間或可據以申請統戰部，雖無不成，似決不可少。幸與醉甓諸公一計之。今春從者出蜀放峽，抑道秦所需舟車之費，甚欲一聞。又拜。

前後旅蜀十載，沃啖菜蔬，亦沃經感冒。去春一病，數月始差。至成都蔬食之夥頤鮮美，恐非他省會所能媲，不僅武漢弗逮。氣候固不酷烈，春秋亦尠佳日，昧旦而興，苦無朝爽可挹，此亦未足相抵耳。喬大壯〔四〕往見和云：『苦霧侵

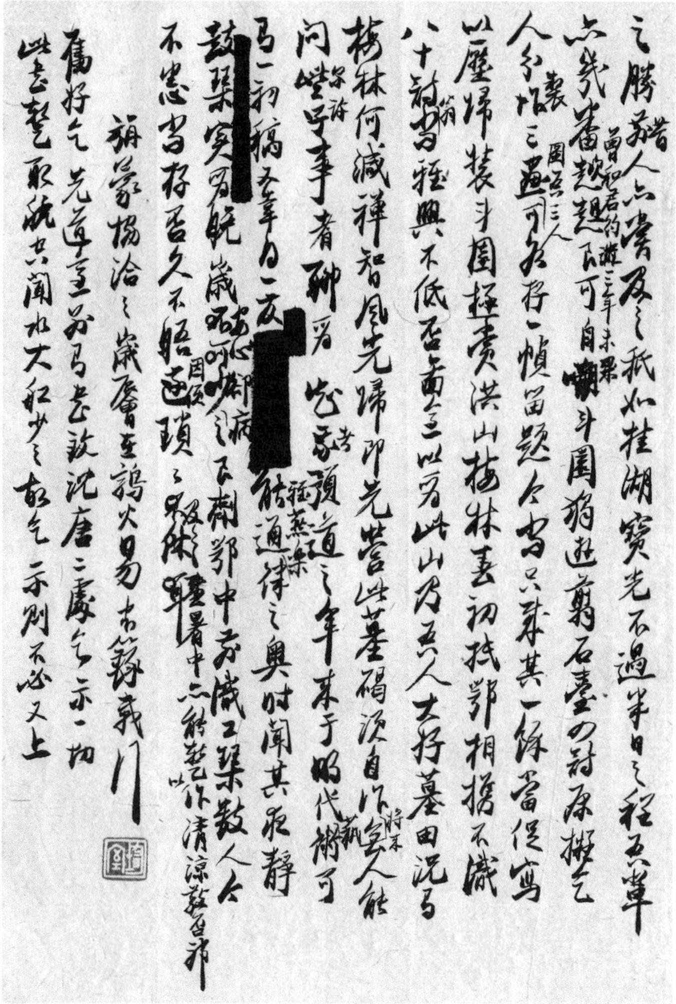

衣資藥裹』，又云：『百錢卜肆無多路』。今益信之。西川風物之美，世知青城、峨眉，而不知实在嘉州。嘉州四面處處皆勝境，不僅烏尤、凌雲。趙香宋[五]《江行》句：『不知名處數峰秋』，至堪詠歎。唐粹厂等僅爲一小南海賈身，可惜之至。黄賓虹遊蜀，極賞涪江山水，時爲泚筆圖之。涪中之勝，昔人亦嘗及之。秖如桂湖、寶光，不過半日之程，吾輩亦幾番趑趄曾和君約遊，三年未果。良可自嘲。斗園《獨遊翦石臺》四詩，原擬乞人分製三畫圖，吾三人可各存一幀留題，今尚只成其一，餘當促寫，以壓歸裝。斗園極賞洪山梅林，春初抵鄂相携，不識八十詩翁尚雅興不低否？鄙意以爲此山乃吾人大好墓田，況有梅林，何減禪智風光？歸即先營此，墓碣須自作，將來無人能問尔許事者，聊爲知者預道之。年來于明代蓺術可有一初稿，又幸得一友能通雅燕樂律之奧，時聞夜静鼓琹，實爲晚歲安心卻病之良劑。鄂中前識工琹數人，今不悉尚存否？久不晤，因便瑣瑣及之，盛暑中亦能暫以作清涼散否耶？

旃蒙協洽之歲爵在鶉火。易忠籙載拜。

舊好乞先道意，别有書致沈、唐二處，乞示一切。此書暫取航空，聞水大舡少之故。乞示則不必。又上。

【注釋】

[一]張榦卿曾爲湖北文史館館長。生平不詳。

[二]唐醉石（一八八五—一九六九年），原名源鄴，字李侯、蒲傭。號醉龍、醉農、韭園、醉石、醉石山農、印匠、休景齋。湖南長沙人，幼隨外祖父謀生於杭州。擅長金石碑帖鑒定，善繪畫，工書法，精篆刻。存世有《醉石山農印稿》。

[三]北堂，生卒不詳。

[四]喬大壯（一八九二—一九四八年），原名曾敂，字大壯，以字行，號波外居士。四川華陽人。近代詞人，書法家，篆刻家。

[五]趙香宋即趙熙（一八六七—一九四八年），字堯生，號香宋。四川榮縣人。蜀中五老七賢之一。世稱『晚清第一詞人』他『工詩，善書，間亦作畫。詩篇援筆立就，風調冠絕一時。偶撰戲詞，傳播婦孺之口』。蜀中坊間傳有『家有趙翁書，斯人才不俗』之諺。

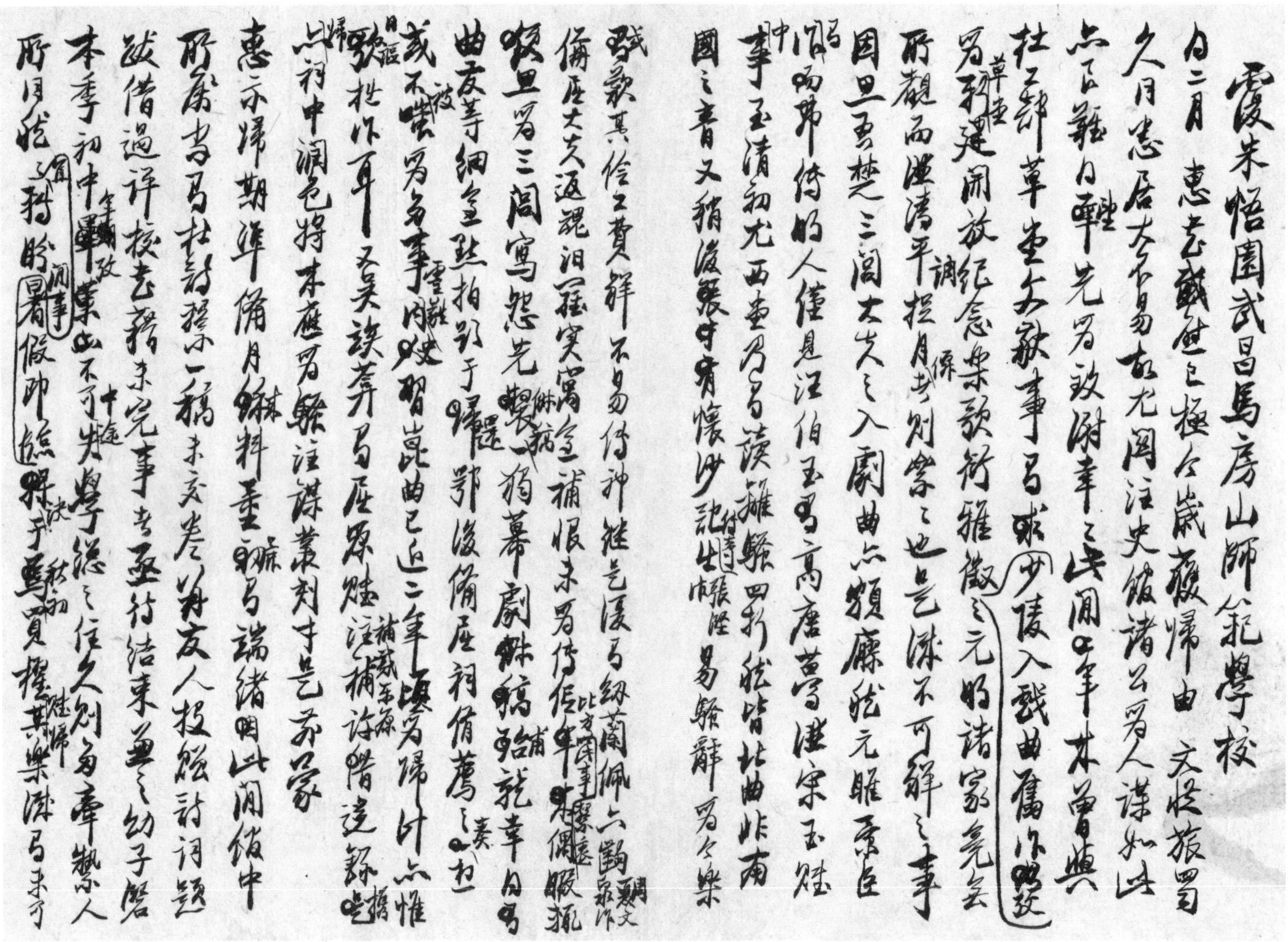

一九七　致朱悟園（三）

覆朱悟園武昌馬房山師範學校

得二月惠書，感慰已極。今歲獲歸，由文從旅蜀久，同悉居大不易。故尤關注史館諸公，爲人謀如此，亦良難得，望先爲致謝。幸幸。此間年來曾與杜工部草堂文獻事，有爲草堂新建開放紀念樂歌衍雅，徵少陵入戲曲舊作，攷之元明諸家，竟無所覩，而譜《清平調》《捉月僊》者則絫絫也，是誠不可解之事。因思吾楚三閭大夫之入劇曲亦頗廖然，元睢景臣有作弗傳，明人僅見汪伯玉《高唐夢》，譜宋玉賦中事。至清初尤西堂乃有《讀離騷》四折，然皆北曲，非南國之音。又稍後《懷沙記》傳奇出張堅作。易騷辭爲今樂，或歎其伶工費解，不易傳神。繼是復爲《紉蘭佩》六齣周文泉作。備屈大夫返魂汨羅，實寓意補恨，未爲傳信，比方繫衷此事。偶暇輒思爲三閭寫怨，先俶稿一獨幕劇，甫就，幸得曲友等細意點拍，欲于還鄂後備屈祠侑薦之奏。想或不被嗤爲多事。靈蕤內史習崑曲已近二年，頃爲歸計，亦惟日謳拙作耳。又吳竢莽有《屈原賦注補》補戴東原，許逡録携歸，亦祠中潤色，將來應爲騷注謀叢刻才是。前蒙惠示歸期，準備月來料量，麄有端緒，此間館中所屬尚有《杜詩繫》一稿未交卷，并友人投贈詩詞題跋，借過評校書籍未完事者，亟待結束。兼之幼子畧本季初中年攷，不可中途失學。總之，住久則多牽縶，人所同然。然暑假即臨，宜轉盼閒事決于秋初，買櫂賦歸，其樂誠有未可以尋常論者。前月統一戰線部約談返鄂訊，據倆，鄭位三

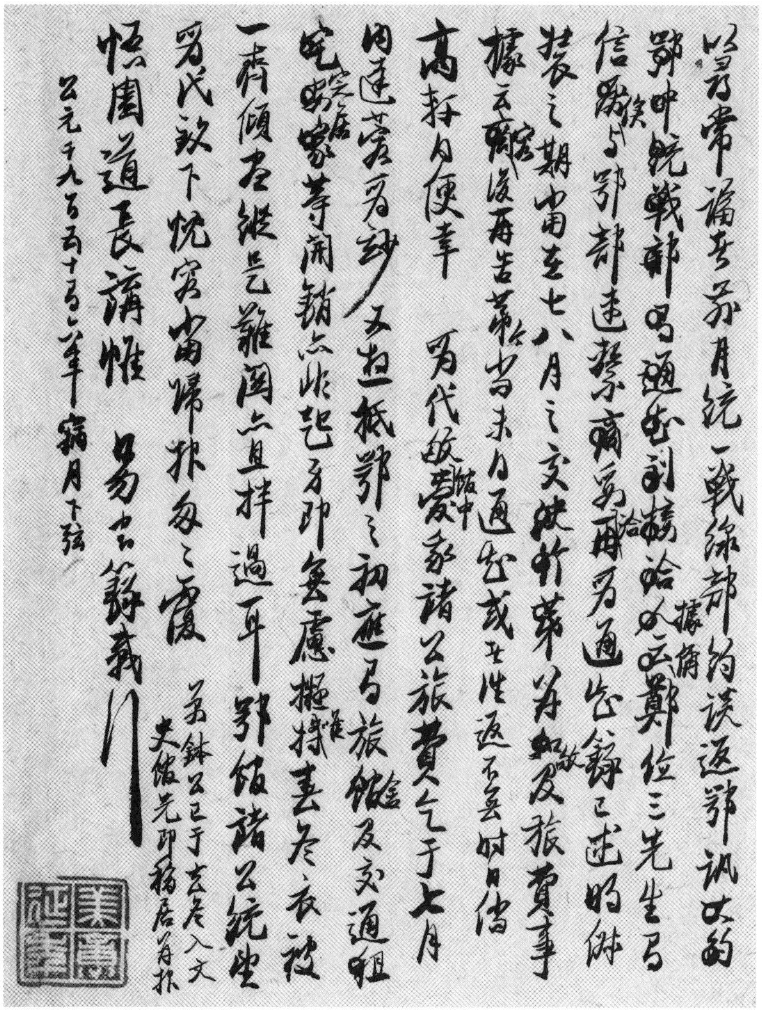

先生[一]有信，俟與鄂部連繫妥洽，再爲通知。籙已述明俶裝之期當在七八月之交，并敂及旅費事，據云容後再告。茀今尚未得通知，或者往返不無時日。倘高軒得便，幸爲代敂館中愛我諸公，旅費乞于七月内達蓉爲紗。又想抵鄂之初，應有旅舍及交通定居等開銷，亦非起身即無慮。擬唯將春冬衣被一齊傾盡，縱是難關亦且拌過耳。鄂館諸公，統望爲代致下忱，容當歸報。匆匆覆

悟園道長講帷。易忠籙載拜。

公元千九百五十有六年病月下弦。

萬鉢公[二]已于去冬入文史館，先即移居。并報。

【注釋】

[一]鄭位三（一九〇二—一九七五年），别名鄭植槐。湖北黄安人。中共黨員。一九二五年入黨，長期擔任鄂豫皖革命根據地領導工作。中華人民共和國成立後爲中國共産黨第八屆中央委員會委員、全國政協第二、三、四届常委。

[二]萬鉢公即萬敷（一八七五—一九五七年），字鉢公。湖北潛江人。曾就讀京師政法學堂，後歷任檢察官、首席檢察官、院長等職。一九五二年居成都女兒家，後聘爲四川省文史研究館館員。擅長書法篆刻，喜金石。

後記

徐立

歷時一年，易均室先生信札釋讀終於完成了。我與龍海兄面對這一沓厚厚的書稿，有一絲欣慰，更多的是忐忑。易先生一九六九年三月仙逝，同年十月易師母將先生遺稿交付鴻冥翁，至今已過去五十餘年。其間世事滄桑一言難盡，所幸易先生託付的遺稿完好保存，未負前輩的一片苦心。

如能起無聞公於九泉之下，整理這批信札應是輕鬆愉快的事了，他追隨易先生杖履二十多年，先生傾心教誨，他盡心學習，情同父子，對先生的學問、交際、生事瞭解頗深，熟悉他的字迹、行文、友朋的名號。可時至今日，我們却費了大工夫。

首先，對易先生的了解多是口耳相傳，落實到具體的人事則甚爲茫然。

其二，先生是民國時期的通才型學者，學識淵博，見多識廣，以今天的學科分類來看，他是一位多學科交叉型研究者，細數其研究領域有十多個，因而信札中牽涉的知識面太廣，非末學能吃透。

其三，先生文字、書法功底深厚，信札行草爲主，兼有篆書，行文典雅，內容豐富，且多異體字，往往一字不決則整句不通，句讀難斷。

其四，這批信札是易先生抄留的底稿，或是當時寫信的草稿，故删改、塗抹之處頗多，辨識困難。又如他致鄧糞翁一信，落款日期是一九六六年，但鄧散木先生於一九六三年去世，難道是久不聯繫，信息不通，或是記憶有誤，錯落日期，令人費解。

其五，易先生的一生物質條件極其艱苦，戰亂頻仍，時局混亂，顛沛流離，食不飽腹，有糠伴菜度日之時，賴友人贈舊衣避寒，連書信紙也需討要，故這二百封信稿各式各樣，雜箋、紙條、手紙等均有。且一紙多用，兩信一箋，後附紙條，上下加批，行間添文，隨處增删等，給整理帶來了不少困難。

這批信札是易先生數十年心血的結晶，從字迹看有早中晚不同時期的書寫風格，其中部分工整小楷書札爲易師母萬靈蕤所抄。難則難矣，做依然要做，盡心盡力而已。整理完這二百通信札，學到了多少東西不敢説，但有一點却是印象深刻：中國文人對中華文明的熱愛，對學術的執着追求，文人的人品、美德，令人仰慕崇敬。

這是一部具有多重價值的书信集，將近現代中國學術交流活動栩栩如生地呈現出來，無疑對感興趣的朋友開啓了一片天地。把這批信札整理出來，是對易先生畢生心血的崇高敬意，是完成無聞公未盡之遺願。因學識所限，不能盡善盡美，還望讀者不吝賜教。希望通过这批信札引起人們對一代通才學者——易均室先生的研究更廣泛地開展起來，不負時代的期望。

書札按收信人姓氏音序排列，一人多封者，按時間先後排序，書札録文的字形与手写稿保持一致。有一紙多箋或附字條者未做一一拆分。

我們誠摯地感謝清華大學劉石先生及其高足蕭鵬博士在釋讀的過程中貢獻的衆多寶貴意見和建議，使本書質量得以極大提高。書中種種不當之處，尚祈大方之家正謬。

二〇二〇年七月於縉雲山麓